LE DÉSESPÉRÉ

Pierre Glaudes est professeur à l'université Paris-Sorbonne. Il a déjà procuré plusieurs éditions de Léon Bloy : *Journal* (Robert Laffont, « Bouquins », 2 vol.), *Sueur de sang* (Le Passeur), *Histoires désobligeantes* (Slatkine), *Les Funérailles du naturalisme* (Les Belles Lettres).

LÉON BLOY

LE DÉSESPÉRÉ

*Présentation, notes, documents,
chronologie, bibliographie
par*
Pierre GLAUDES

GF Flammarion

© Flammarion, 2010
ISBN : 978-2-0807-1256-1

PRÉSENTATION

Le Désespéré, de l'aveu même de Léon Bloy, est « un livre sombre et véhément, passablement broussailleux [1] », qui avance dans un déferlement torrentiel, gonflé de toutes les outrances de l'impatience et de la révolte. Si l'on en sort abasourdi, il n'est pas de lecture plus éclairante pour découvrir cet écrivain atypique, dont le personnage d'« enragé volontaire [2] », en lutte contre un monde au seuil du désastre, a affiché sa dissidence à la fin du XIXe siècle. Paru en 1887, son roman, le premier qu'il a écrit, pousse immédiatement le genre aux limites de ses possibilités, comme s'il voulait manifester, avec une ostentation provocante, que la littérature authentique ne saurait l'être que par l'excès.

À cette époque, Bloy, il est vrai, est encore sous le coup d'expériences de lecture qui ont profondément renouvelé sa conception de l'écriture romanesque. En 1884, il a découvert *À rebours*, « ce défilé kaléidoscopique de tout ce qui peut intéresser à un degré quelconque la pensée moderne [3] », dont les audaces ont fait voler en éclats le carcan naturaliste. La forme peu conventionnelle de ce roman, comme les « invraisemblables orchidées de

---

[1]. Lettre du 2 octobre 1909 à Louise Petel, *Le Vieux de la Montagne*, *Journal*, t. II, éd. Pierre Glaudes, Robert Laffont, « Bouquins », 1999, p. 101.

[2]. Titre de la préface des *Histoires désobligeantes*, dans la collection « Les Proses » des éditions Georges Crès, en 1914.

[3]. « Les Représailles du Sphinx », *Le Chat noir*, 15 juin 1884. Repris dans *Sur la tombe de Huysmans*, *Œuvres*, t. IV, éd. Joseph Bollery et Jacques Petit, Mercure de France, 1964-1975, p. 334.

l'Inde[1] » qui font rêver Des Esseintes, l'a séduit par son inconcevable singularité, mais c'est aussi le style de Huysmans qui l'a vivement impressionné. Il a senti comme une inspiration fraternelle dans ces accents barbares qui révèlent chez l'auteur, à l'égard de sa langue maternelle, les irrévérences d'un fils en révolte. *Le Désespéré* fera sienne cette expression « toujours armée » de mauvais fils, qui rudoie continuellement « sa mère l'Image » et la traîne « par les cheveux ou par les pieds, dans l'escalier vermoulu de la Syntaxe épouvantée[2] ».

Bloy cependant, lorsqu'il rédige son roman, se sent conforté dans ses choix esthétiques par une autre lecture non moins décisive. En 1885, le directeur de *La Jeune Belgique*, Max Waller, lui a fait parvenir les *Chants de Maldoror*, dont la découverte suscite alors un certain engouement dans l'avant-garde littéraire belge[3]. Profondément remué par ce livre « d'une originalité si démesurée[4] », Bloy y puise une inspiration cruciale. Le premier à tirer Lautréamont de l'anonymat en France, il trouve dans son œuvre « sans analogue » l'image de son propre idéal romanesque[5] : « Il est difficile de décider si le mot

---

1. *Ibid.*, p. 336.
2. *Ibid.*
3. Imprimée en 1869 par Lacroix à Bruxelles, l'édition originale de l'ouvrage n'est pas mise en vente par crainte de poursuites judiciaires ; elle reste ainsi dans les caves de l'éditeur jusqu'à ce que la faillite le conduise à solder son fonds à un libraire bruxellois, Jean-Baptiste Rozes. En 1874, ce dernier fait brocher les exemplaires des *Chants* qui se trouvaient dans le stock de Lacroix et les met en vente, sans nom d'éditeur. Mais leur diffusion, sans doute par la volonté de la famille de l'auteur, reste confidentielle jusqu'en 1885 où les poètes de *La Jeune Belgique* font connaître l'ouvrage. C'est à cette époque que Max Waller le fait parvenir à Bloy, dont la réputation de pamphlétaire s'est répandue au-delà des frontières.
4. Léon Bloy, « Le Cabanon de Prométhée », *La Plume*, 14 janvier 1890. Repris dans *Belluaires et Porchers*, *Œuvres*, t. II, *op. cit.*, p. 191.
5. Il est symptomatique, à cet égard, que les *Chants de Maldoror* ne soient pas à proprement parler un roman, mais reprennent sur un mode parodique le modèle du poème épique. Voir Jean-Luc Steinmetz, Préface des *Œuvres complètes* de Lautréamont, Gallimard, « Bibliothèque de la Pléiade », 2009, p. XIX-XX.

monstre est ici suffisant. Cela ressemble à quelque effroyable polymorphe sous-marin qu'une tempête surprenante aurait lancé sur le rivage, après avoir saboulé le fond de l'Océan. [...] Quant à la forme littéraire, il n'y en a pas. C'est de la lave liquide. C'est insensé, noir et dévorant. »

On voit aisément le lien que Bloy peut établir entre les œuvres de Huysmans et de Lautréamont. Caractéristiques d'un temps où l'extension des productions paralittéraires du journalisme pousse la grande littérature à rejeter, en réaction, le langage de la communauté, ces œuvres situent résolument leur propos au-delà de ce que l'opinion juge recevable. Intempestives, elles s'affranchissent des normes du bien écrire et mettent en question les frontières génériques pour donner libre cours à une violence, une inquiétude, une ironie qu'aucune forme connue n'aurait pu contenir. Elles ont en partage une inconvenance pleinement assumée par leurs auteurs, conséquence d'une rupture esthétique où ceux-ci voient une impérieuse nécessité.

Pour les mêmes raisons, Bloy revendique « le suprême honneur d'être incompris [1] ». Dans ce roman de la folie qu'est *Le Désespéré*, non seulement il fait de son héros « une façon d'insensé » rêvant « d'impossibles justices », mais il affole aussi la langue par son « style en débâcle » qui a « toujours l'air de tomber d'une alpe » et qui roule « n'importe quoi dans sa fureur ». La forme du récit elle-même a l'aspect étrange des créations insanes : disjointe, composite, improbable, elle prendra le parti d'une altérité radicale rompant les équilibres habituels du roman.

On aurait tort de croire cependant que Bloy se laisse déborder par sa propre outrance et qu'il est l'homme d'une parole déréglée dont l'emballement lui échappe. Le passage à la limite est pour lui une méthode. Cherchant en littérature l'écart maximal par rapport au bon usage,

---

1. « La Religion de Monsieur Pleur », *Histoires désobligeantes*, Œuvres, t. VI, *op. cit.*, p. 208.

il reste maître de son écriture romanesque, tout éruptive qu'elle est. S'il crée à son tour un « monstre de livre », il fait à dessein le choix esthétique de la difformité, car le mode de composition et d'expression que ce choix implique est le seul qui convienne à son objet. Là encore, Bloy a retenu la leçon d'*À rebours* dont les désordres narratifs et stylistiques sont à l'image d'un monde « à l'extrémité de tout [1] », où plus rien n'est tenable : à chaque page, affirme-t-il, le lecteur peut mesurer l'effondrement général des étais, philosophiques et esthétiques, par lesquels l'homme moderne tentait jusque-là de se soutenir. De même, les imprécations féroces et le récit endiablé qui font souffler un vent de folie sur les *Chants de Maldoror* lui semblent révéler la fêlure d'un esprit supérieur « aux trois quarts détruit [2] » par l'ouragan d'une terrifiante douleur morale.

Suivant l'exemple de Huysmans et de Lautréamont, Bloy s'engage donc dans la voie de la « littérature du désespoir [3] ». Son roman s'enracine dans la sensibilité d'une époque profondément désenchantée, et l'on a pu soutenir qu'il était représentatif « jusqu'à la caricature [4] » de l'esprit fin de siècle, son originalité consistant à en porter au paroxysme les obsessions et les excès. On ferait pourtant fausse route en rattachant *Le Désespéré* à la littérature décadente. Ce roman est certes conforme aux goûts d'un temps que fascinent les « produits composites » et les « formules bâtardes [5] », dans un contexte d'estompement des frontières génériques, où les détails curieux et les bizarreries de construction l'emportent sur les ensembles bien ordonnés. Il néglige les lois de la

---

1. « Les Représailles du Sphinx », *loc. cit.*, p. 334-335.
2. « Le Cabanon de Prométhée », *Belluaires et Porchers*, *Œuvres*, t. IV, *op. cit.*, p. 187.
3. C'est le titre d'un article de Bloy qui ne fut jamais publié mais que l'écrivain réutilisa dans le chapitre IX du *Désespéré*.
4. Hubert Juin, Introduction de son édition du *Désespéré*, UGE, « 10/18 », 1983, p. 7.
5. *Ibid.*

cohérence narrative, en remployant pêle-mêle dans la fiction des extraits de correspondance, des articles de critique à l'emporte-pièce, des pages descriptives détachées d'un guide, des morceaux d'histoire et de spiritualité destinés, à l'origine, à d'autres usages. Mais l'hétérogénéité de ces formes qui rompent l'illusion romanesque – car Bloy ne se soucie guère de les adapter à l'univers de la fiction – ne relève pas, dans l'esprit, du syncrétisme décadent. Celui-ci est l'apanage d'esthètes qui poussent jusqu'au vertige les jeux spéculaires de la littérature et considèrent d'un œil désabusé l'irrémédiable délitement du sens dans leurs œuvres. Pour eux, toute valeur est relative, toute vérité, incertaine.

Lorsque Bloy vient au roman, genre babélique, hybride, sans règle déterminée, que le déclin du modèle réaliste a assoupli, il en tire une création tératologique, qui semble suivre la vulgate décadente, mais qui s'en distingue en réalité par son orientation spirituelle : s'y exprime, à vif, avec toute la gravité que donne le sentiment tragique de l'existence, l'inquiétude d'un croyant désespéré. Loin d'être le divertissement pervers de quelque dilettante, l'œuvre est le dernier avatar d'une apologétique laïque, qui a commencé à se développer dans la littérature au lendemain de la Révolution avec *René* : affranchie du contrôle dogmatique du clergé, avec tous les risques que cela comporte, cette apologétique a entrepris de rénover l'expression du sentiment religieux pour parler de Dieu dans un monde où s'effacent les repères de la transcendance. Bloy, qui en est le lointain héritier [1], tente un double pari.

Pari, d'abord, de la constitution d'une langue sans pareille, effectivement monstrueuse, puisqu'elle s'efforce de concilier la modernité littéraire – celle qu'incarnent

---

1. Dans la lettre du 30 mai 1886 à M. Godard, il se définit lui-même comme « un apologiste chrétien ». Voir Joseph Bollery, *« Le Désespéré » de Léon Bloy. Histoire anecdotique, littéraire et bibliographique*, Société française d'éditions littéraires et techniques, 1937, p. 128.

précisément Huysmans et Lautréamont – avec un style archaïsant, dont les diverses modalités, lyrique, sapientiale ou prophétique, trouvent leur origine dans la Bible [1]. La création verbale, dans la perspective du romancier, ne peut être qu'une activité d'inspiration divine, commandée par l'Écriture, qui propage l'écho d'une parole sacrée. Pari, ensuite, de la radicalisation d'une littérature du blasphème, dans la postérité de Baudelaire et de Barbey d'Aurevilly : alors que le ciel semble toujours plus vide, les clameurs de l'impatience, de l'insoumission et du dépit y deviennent la manifestation paradoxale d'une appétence spirituelle qui exprime négativement, dans une distance intérieure torturante, le désir de Dieu. *Le Désespéré*, qui ne gravite guère dans la sphère décadente, s'aventure ainsi sur des terres qui échappent également aux pieux balisages de l'Église romaine.

Ce livre tendu et composite, où passe une furieuse exécration « du propos banal et de la rengaine », laisse s'exprimer une exaspération que Bloy ne poussera pas aussi loin, tant s'en faut, en composant, quelques années plus tard, *La Femme pauvre*. *Le Désespéré*, en comparaison de ce second roman, est un phénomène littéraire, tel qu'il en paraît dans les moments critiques. Kaléidoscopique, à la manière d'*À rebours*, il résiste aux classifications simplificatrices : s'agit-il d'une autobiographie déguisée, d'une satire sociale, d'un roman psychologique, d'une fable symbolique ? Bloy, récusant les classifications univoques, se plaira à garder intacte l'étrangeté de cet aérolithe : à plus d'un siècle de distance, celui-ci conserve, on va le voir, toute sa puissance de sidération.

---

1. Il faudrait également faire la part, dans cette inspiration, des polémistes chrétiens de l'Antiquité tardive comme Tertullien. Voir Gaëlle Guyot, *Latin et latinité dans l'œuvre de Léon Bloy*, Honoré Champion, 2003.

Une autobiographie ?

Le Désespéré, si l'on prend Bloy au mot, est d'abord « une déchirante autobiographie[1] ». Encore faut-il s'entendre sur le sens de cette formule que l'écrivain emploie, avec quelques variantes, dans des échanges épistolaires[2] où son œuvre, plus que de longs discours, lui permet de faire valoir auprès de ses correspondants les tribulations peu communes qui ont forgé sa personnalité littéraire. Le label d'authenticité dont son livre est estampillé indique aussi que l'histoire qu'il relate – comme c'est souvent le cas, dit-on, dans un premier roman – est irriguée par les eaux nourricières du souvenir. Bloy, en effet, a toujours douté d'avoir la fibre d'un romancier. En 1884, lorsque l'éditeur Paul Victor Stock lui commande l'ouvrage, il craint de manquer des ressources d'imagination nécessaires à sa réalisation. Aussi est-il porté à chercher dans sa propre histoire une source d'inspiration : « Le fait est que je suis incapable de prendre ailleurs que dans mon expérience pour écrire un roman et même je ne conçois pas un autre procédé[3] », confie-t-il, en pleine rédaction, à son amie Henriette L'Huillier.

Le Désespéré ressuscite donc tout un passé – amoureux, spirituel, littéraire –, qui renaît d'autant plus facilement qu'il a laissé dans la mémoire de Bloy de larges blessures dont le temps n'a pas encore refermé les plaies. Ce passé douloureux, dont l'écriture permet d'exorciser les fantômes, reparaît d'abord dans le récit d'une passion mortelle qui fait écho aux drames amoureux vécus par

---

1. Lettre à Georges Khnopff du 20 décembre 1899, citée dans *Mon Journal*. Voir *Journal*, t. I, *op. cit.*, p. 300.
2. Bloy écrit à Paul Jury le 15 août 1894 : « Vous avez bien compris que *Le Désespéré* est une autobiographie, mais vous ne pouvez savoir combien c'est une autobiographie » (*Le Mendiant ingrat*, in *Journal*, t. I, *op. cit.*, p. 99). L'idée est reprise encore dans une lettre du 28 avril 1899 à Jan Lorentowicz : « Ma vie de misère est racontée dans *Le Désespéré* » (*Mon Journal*, in *Journal*, t. I, *op. cit.*, p. 259).
3. Lettre du 19 mars 1886, *Lettres aux Montchal*, in *Œuvre complète*, Typographie Bernouard, 1947, p. 160.

l'écrivain entre 1877 et 1885. On y sent passer le souvenir de trois femmes aimées et perdues dans des circonstances tragiques. L'une est devenue folle sous les yeux de Bloy impuissant, les deux autres sont mortes de misère et de maladie, sans qu'il ait pu les sauver d'une fin horrible. Ces deuils successifs l'ont laissé dans une profonde détresse affective qu'a aggravée le trouble spirituel dans lequel le premier de ces amours l'a plongé.

En effet, au moment où il compose *Le Désespéré*, Bloy est encore sous le coup des impressions extraordinaires qu'il a gardées de sa liaison avec Anne-Marie Roulé, la jeune femme qui a servi de modèle au personnage de Véronique Cheminot. Cette épave de la vie parisienne, rencontrée dans la rue où elle se prostituait occasionnellement pour parer à la misère, a été pour lui une sorte d'inspiratrice : il a vécu avec elle une aventure hors du commun, à la fois sensuelle et mystique, émaillée de mystérieuses révélations dont leur ami Ernest Hello a été l'un des rares témoins. L'attente, de plus en plus nerveuse, d'un signe de Dieu venant confirmer les pressentiments d'Anne-Marie, loin de s'achever par la clarification espérée, a eu l'issue lamentable que l'on sait : l'internement de la jeune femme à Sainte-Anne en juin 1882.

Bloy est sorti de cette aventure épuisé et atteint au plus intime de son être. Le découragement qui le terrasse alors, pendant de longs mois, l'éloigne de la vie chrétienne, sans pour autant éradiquer sa foi : « J'ai bien d'autres raisons que vous d'être sans illusions, écrit-il en août 1882 à Maurice Rollinat. J'ai fait le plus grand rêve du monde, j'ai cru le réaliser, que dis-je, j'en ai été sûr, j'en ai eu la preuve absolue, évidente et tout s'est évanoui. [...] Que diable faire ? Non seulement la vie ne m'est pas savoureuse, mais elle est presque impossible. Si je n'avais pas une loi religieuse qui me prescrit d'endurer, je me laisserais voluptueusement crever de faim et je me jetterais à la sodomie pour me refaire des illusions. Je suis le malheureux qui se réveille la nuit pour pousser des cris d'angoisse et qui ne voit autour de lui que les symboliques ruines d'un grand rêve détruit [1]. »

Cette sombre période pendant laquelle Bloy mène une existence erratique coïncide avec sa véritable entrée en littérature. Or, ses débuts sont l'occasion de nouvelles déconvenues. L'insuccès du *Révélateur du Globe*, en dépit de la préface de Barbey d'Aurevilly, et la réprobation qui entoure en 1884 la parution des *Propos d'un entrepreneur de démolitions* ne lui laissent espérer qu'une place marginale dans la république des lettres. En relatant les tribulations d'un écrivain solitaire, pauvre et « furieusement catholique », que ses pamphlets rageurs font redouter de ses confrères, *Le Désespéré* renchérit sur ses propres déboires. L'échec de Marchenoir dans la grande presse, le silence concerté qui voue ses publications à l'oubli, le brûlot éphémère qu'il lance contre les élites politiques et intellectuelles, l'hostilité générale que ces invectives lui attirent : tout cela, Bloy l'a vécu.

Mais, en peignant un tel héros, il a surtout brossé son autoportrait. *Le Désespéré* retient en effet l'attention par ce personnage dessiné d'un trait vigoureux, auquel l'auteur a généreusement prêté son apparence et son caractère. Dès la parution de l'ouvrage, Bloy se plaît à souligner sa ressemblance avec Marchenoir et le désigne au public – non sans une part de théâtralité – comme un puissant révélateur de son propre tempérament. Souhaite-t-il faire comprendre plus avant à un admirateur comment on peut être, à l'aube du XXe siècle, un « indigent parmi les indigents », en butte à « une société de ruffians ou d'empoisonneurs [2] » contre lesquels on se sent irrésistiblement appelé à vitupérer ? Il renvoie ce lecteur enthousiaste à l'infortuné « aussi incapable de

---

1. Lettre du 8 août 1882, citée par Joseph Bollery, *Léon Bloy*, t. II, Albin Michel, 1947-1954, p. 20.
2. Lettre du 17 octobre 1892 à Henry Hornbostel, *Le Mendiant ingrat*, *op. cit.*, p. 42.

résignation que de calcul[1] » dont *Le Désespéré* a retracé la destinée effroyable : « Dites-vous que le sombre Marchenoir, c'est moi, et que je n'ai pas raconté la moitié de mon enfer[2]. » Lui demande-t-on, par ailleurs, une conférence qui pourrait le faire connaître ? C'est encore à ce personnage qu'il affecte de se référer comme à un *alter ego* : « [...] je suis malheureusement atteint d'une infirmité, d'une sorte de goitre infâme. *Je crois en Dieu*, comme Marchenoir, et je suis catholique jusqu'à la pointe des cheveux, comme lui encore. Vous me voyez installé, non moins que lui, dans l'intolérance absolue[3]. »

Pour autant *Le Désespéré* – Bloy est le premier à le dire – n'a pas la forme d'une autobiographie. On parlerait aujourd'hui, avec plus d'exactitude, de roman autobiographique. Le récit, dont le cœur est occupé par un héros fictif auquel l'auteur s'identifie de manière explicite – « Je suis en toute vérité le héros de mon livre[4] », écrit-il à Stock en 1886 –, a toutes les ambiguïtés structurelles d'un genre fondé sur un pacte de lecture contradictoire. Les incertitudes liées au double langage de l'écrivain – « J'ai décidément adopté la forme du roman[5] », « Mon livre ne sera pas une autobiographie[6] », affirme-t-il par ailleurs – sont accrues dans *Le Désespéré* par le jeu de cache-cache qui est le propre du roman à clés. Les personnages réels représentés dans la fiction n'y sont pas désignés par leur nom véritable, mais par des patronymes aux connotations suggestives qui permettent de deviner leur identité. Cette volonté de travestissement vaut pour les contemporains célèbres que Bloy fait figurer dans son ouvrage comme pour son héros : « Marchenoir est moi

---

1. *Ibid.*
2. *Ibid.*
3. Conférence du 31 mars 1895. *Ibid.*, p. 139.
4. Lettre du 8 juin 1886, citée par Joseph Bollery, *Léon Bloy*, t. II, *op. cit.*, p. 197.
5. Lettre du 19 novembre 1885 à Louis Montchal, *Lettres aux Montchal, op. cit.*, p. 116.
6. Lettre du 31 décembre 1885 à Louis Montchal, *ibid.*, p. 124.

spéculativement, mais sa vie n'est pas ma vie. Je prends à pleines mains dans mon passé *bien autrement dramatique*, mais je romps l'ordre des faits et je les dénature complètement par addition ou retranchement de circonstances [1]. »

Si Bloy et Marchenoir ne peuvent donc se confondre, il existe néanmoins entre l'auteur et son personnage suffisamment de points communs, dans leur histoire et leur état-civil, pour que la tentation d'une lecture autobiographique subsiste. D'autant que le récit produit une forte impression d'intimité entre Marchenoir et le narrateur extérieur à la fiction qui se fait son biographe. Ce dernier, non content de porter sur le monde le même regard que le personnage, fait entendre une voix qui se distingue assez peu de la sienne. Leurs discours se font mutuellement écho, dans un roman où le héros, qui s'exprime souvent au style direct – dans ses lettres, ses invectives, ses prières, ses confidences à ses proches –, redouble par ses propos ceux du narrateur. Le passage incessant de la troisième à la première personne, loin d'accentuer des différences de perspective, souligne une remarquable solidarité de vues, que renforce une continuité de ton non moins frappante.

Quand on sait l'intensité, lyrique et dramatique, de la « présence subjective [2] » que manifestent les deux modalités énonciatives du récit, il est difficile d'ignorer par ailleurs que la confession liminaire de Marchenoir et les articles polémiques de la dernière partie, comme les réflexions du narrateur sur la littérature du désespoir, sont en fait empruntés soit à la correspondance soit aux publications de Bloy lui-même. En dépit du caractère fictif affiché par l'ouvrage, comment, dans ces conditions, ne serait-on pas tenté de rapporter à un sujet réel

---

1. *Ibid.*
2. Bertrand Vibert, « Ceci n'est pas de la littérature ou l'expérience tragique du *Désespéré* », *Léon Bloy*, n° 7 . *Sur « Le Désespéré ». Dossier 1*, Caen, Lettres modernes Minard, 2009, p. 109.

l'être de papier auquel il prête une existence imaginaire, et de déceler les signes d'une expérience authentique dans un tel récit ?

En même temps, le refus d'adopter franchement la forme autobiographique est, de la part de Bloy, une marque de sa volonté de parler de soi comme d'un autre. Attentif à ne pas limiter le récit à des considérations anecdotiques, l'écrivain choisit un mode de représentation qui transcende les limites de son individualité : en maintenant une distance avec son personnage principal, il ouvre au lecteur des horizons plus vastes que l'étroite perspective sur laquelle débouche d'ordinaire un exercice égotiste. Le choix d'une énonciation fictive témoigne en outre de son désir de ne se laisser contraindre par aucun engagement qui impliquerait, dans le détail, une relation littérale des faits. La vérité du récit ne saurait se réduire, selon Bloy, à l'exactitude. La mort de Marchenoir, dont la poitrine est écrasée par un camion, n'est évidemment pas conforme à la réalité biographique, mais cela n'empêchera pas l'écrivain d'affirmer que cet épisode est « cruellement vrai au sens symbolique [1] ».

Le roman, si personnel soit-il, a l'avantage de libérer celui qui le signe des contingences attachées à toute histoire réelle. Il lui permet de créer un personnage qui peut certes lui ressembler, mais qui peut aussi plus facilement être configuré sur un type universel. C'est ce que Bloy suggère lorsqu'il affirme : « *Caïn Marchenoir* est MOI dans *Le Désespéré*, comme *Des Esseintes* est Huysmans dans *À rebours* [2]. » La comparaison est éclairante, car Bloy, qui considère le roman de Huysmans comme « une espèce d'autobiographie lapidaire à forme d'épitaphe [3] », félicite l'auteur d'avoir incarné, dans un personnage exemplaire, la crise spirituelle de son époque : il voit en

---

1. Lettre du 23 juillet 1887 à Henriette L'Huillier, *Lettres aux Montchal*, *op. cit.*, p. 337-338.
2. Lettre du 22 février 1886 à Adèle Montchal, *ibid.*, p. 148.
3. « Les Représailles du Sphinx », *loc. cit.*, p. 334.

Des Esseintes une sorte d'Œdipe des Temps modernes, pressé de questions par un Sphinx intérieur dont l'« énigme ne porte plus sur l'homme maintenant, mais sur Dieu [1] ». Le roman autobiographique, on l'aura compris, vaut aux yeux de Bloy par les transpositions symboliques qu'il opère : mieux que la confession rousseauiste, il permet de faire entendre « une voix mythologique [2] ».

Comme *À rebours*, *Le Désespéré* s'inscrit en effet dans une tradition, inaugurée par *René* au XIXe siècle, qui lie étroitement roman personnel et exemplarité. Enracinés dans l'expérience vécue, ces récits, qui peignent un personnage d'exception en proie au mal de vivre, déchiré entre des postulations contraires – infini et finitude, foi et scepticisme, espérance et désespoir... –, ont une dimension symbolique. Celle-ci se manifeste dans une fiction exemplaire qui se situe au-delà de toute vraisemblance psychologique et sociale, comme le mythe, au sens platonicien du terme. L'horizon de ce genre narratif – on le sait – est souvent un dilemme fondamental, la fonction du récit étant précisément de remonter à des questions ultimes illustrées par le biais de la fabulation. Celle-ci garantit en effet une ouverture de sens en figurant, sous forme narrative et dans l'éclat de leur vérité, des aspects antagonistes de notre condition. La stylisation du récit, souvent fondée sur l'exagération des caractères et des situations, y confère aux données référentielles une portée symbolique, dont le déchiffrement tient la conscience du lecteur en éveil.

Le Désespéré relève de cette tradition narrative parce que son héros, au même titre que René ou Des Esseintes, incarne de façon exemplaire, jusque dans ses contradictions, un type de relation à l'existence. Marchenoir, cet ardent chrétien, est dévoré d'un désir que rien ne semble devoir combler. Épris d'absolu, rêvant d'une plénitude absente de cette vie, il se sent « ballotté par d'impures

---

1. *Ibid.*
2. Philippe Lejeune, *Le Pacte autobiographique*, Seuil, 1975, p. 37.

vagues au-dessus d'absurdes abîmes » : il éprouve douloureusement, dans le moindre événement, l'abîme qui subsiste entre la bienheureuse délivrance que le christianisme a promise au genre humain depuis sa rédemption et la misérable condition que tout homme est condamné à supporter depuis des siècles. Cette contradiction que Marchenoir ne peut s'expliquer avive son inquiétude spirituelle. Il est, comme il le dit, pris au piège de « ses facultés rationnelles en conflit perpétuellement inégal avec ses facultés affectives ». D'une part, sa raison ancrée dans la foi le pousse à se reposer, comme sur un sol granitique, sur « cette parole d'honneur de Dieu, cette sacrée promesse de "ne pas nous laisser orphelins" et de revenir » ; de l'autre, l'impatience amoureuse de l'« avènement de l'Esprit rénovateur » le fait tant souffrir qu'il est parfois furieusement emporté par la houle de l'indignation : le sentiment religieux de Marchenoir est une véritable « passion d'amour », jusque dans ses déchirements.

Des tensions analogues apparaissent dans les deux autres passions du héros, pour la littérature et pour les femmes. Ces deux passions sont en effet l'occasion de dilemmes inextricables, que le narrateur décrit conjointement, en entrelaçant deux intrigues parallèles, l'une littéraire, l'autre amoureuse. Du côté de la littérature, les « dons de l'esprit » dont Marchenoir se croit gratifié lui donnent la certitude d'être missionné pour répercuter une Parole qui le dépasse : comme il le dit lui-même, il est « le domestique très obéissant d'une étrangère Fureur » qui lui commande de parler. Mais la fidélité à ces dons sublimes tourne à sa confusion et fait de lui un réprouvé : un paria, et même un parricide, car son père meurt de honte à cause de lui. En d'autres temps, il aurait été un « tribun comme les Gracques » ou « un Croisé », mais il n'est plus, aux yeux de ses contemporains, qu'une « façon d'insensé », un don Quichotte :

> Le pauvre Marchenoir était de ces hommes [...] que leur fringale d'Absolu, dans une société sans héroïsme, condamne,

d'avance, à être perpétuellement vaincus. [...] Le sublime Gauthier *Sans Avoir* serait aujourd'hui prestement coffré, et c'était déjà fièrement beau que l'inséductible pamphlétaire n'eût pas été, jusqu'alors, incarcéré dans un cabanon ! (p. 330)

Ces paroles ont quelque chose de prémonitoire : jusqu'à sa mort tragique, la vocation littéraire de Marchenoir, dans laquelle il voudra voir une élection divine, sera une « efficace malédiction » dont il boira jusqu'à la lie la coupe d'amertume. Or, du côté des femmes, son sort n'est pas moins calamiteux. Son amour pour Véronique, loin d'être une source de réconfort, lui inflige de nouvelles tortures, en exaspérant les tensions au sein de sa « conscience dilacérée ». Le héros vit en effet une passion clarifiée et toute spiritualisée, qui révèle en lui « les plus hautes appétences » d'un être libre ; mais il est par ailleurs tenaillé par « les inférieures sollicitations de son animalité ». Pris entre les brutales impulsions de sa chair et les réquisitions de son esprit qui le poussent à sublimer ses sentiments amoureux, il ne trouvera dans ce conflit intérieur que « des suggestions de désespoir », qui hâteront la catastrophe finale.

Amour, littérature, vie religieuse sont inextricablement liés dans cette radioscopie de la douleur d'exister qu'est *Le Désespéré*. Pour éviter le triple fiasco de ses aspirations, Marchenoir aura beau en appeler à Dieu, il n'obtiendra d'autre signe de lui qu'une « perpétuelle agonie ». La réussite de ses entreprises humaines et la sérénité confiante des bienheureux lui seront également refusées. Héros problématique jusque dans son patronyme, comme le suggère l'oxymore de ses prénoms Marie-Joseph et Caïn, le malheureux restera, jusqu'à sa mort, captif en deçà de la sainteté.

Ce personnage, dont l'« amoureuse foi » digne des mystiques ne triomphe pas de la « bête féroce » qui lui ronge le cœur, est bien une figure de l'insatisfaction de vivre, souffrant du mal de l'infini. Solitaire, étranger aux autres, affamé d'un absolu qui reste inaccessible, il appartient sans aucun doute à la descendance de René, dont il est l'un des derniers rejetons : roman autobiographique, *Le Désespéré*, dans la tradition du récit exemplaire, porte à son niveau de tension maximal un mythe littéraire qui n'a cessé de se métamorphoser et de s'assombrir au cours du XIXe siècle. Mais Marchenoir se situe aussi, et peut-être plus fondamentalement encore, dans la postérité de Job, le juste éprouvé par la souffrance, condamné à chercher en vain le sens de son épreuve et à lutter pour retrouver son Dieu qui se dérobe.

Une satire sociale

S'il existe incontestablement dans *Le Désespéré* un lyrisme de la plainte dont l'âpreté rappelle les récriminations les plus désolées de Job, Marchenoir a plus souvent encore les accents d'un imprécateur, qui lance l'anathème sur ses contemporains comme les anciens prophètes. Ce n'est plus Job, mais Jérémie qui semble parler par sa voix, un Jérémie fin de siècle devenu un pamphlétaire dont on redoute la « catapultuosité verbale ».

Bloy, qui a dû couper court, faute d'argent, à l'inquisition littéraire du *Pal*, poursuit ainsi son projet de « dire la vérité à tout le monde, sur toutes choses et quelles qu'en puissent être les conséquences[1] ». Il campe également un personnage d'époque, car le temps est aux pamphlets : la répétition des scandales financiers, le cynisme des mœurs parlementaires, l'insolence tapageuse des nouvelles fortunes, la misère de moins en moins résignée des classes laborieuses, la vulgarité potinière des journaux ont suscité, dès le début des années 1880, des polémiques d'une violence inconcevable de nos jours, où Mirbeau, Barrès et Drumont se sont illustrés[2].

---

1. *Le Pal*, n° 1, 4 mars 1885. *Œuvres*, t. IV, *op. cit.*, p. 38.
2. Mirbeau publie *Les Grimaces* en 1883 ; Barrès, *Taches d'encre*, entre novembre 1884 et février 1885 ; Drumont, *La France juive*, en avril 1886.

Par le biais de son personnage, Bloy, qui n'a jamais cessé d'espérer un immense succès de scandale, semble déterminé à hausser encore le ton, en étrillant d'une main ferme tous ceux qui, depuis les lendemains de la défaite de 1870, incarnent la réussite ou la compromission dans « la République des Vaincus ». Il souhaite ainsi marteler le message inactuel d'un pamphlétaire catholique qui s'est fait une gloire de se « rendre insupportable à [ses] contemporains [1] ». Dans ce jeu de massacre où les « juifs d'argent » ne sont pas épargnés [2], les coups les plus durs sont réservés à « la Grande Vermine » du journalisme et de la littérature. Personne n'est épargné : les auteurs consacrés et leurs disciples moins célèbres, les critiques influents et les chroniqueurs de second plan, les principales figures de la littérature catholique, les magnats de la presse et de l'édition, tous sont éreintés avec une férocité jubilatoire.

Bloy est en effet persuadé que, dans une société sans avenir qui court à l'abîme, les hommes qui exercent le ministère de la parole portent une responsabilité écrasante dans la dégringolade universelle. Reprenant les thèmes de la pensée antimoderne, *Le Désespéré* dénonce les illusions

---

1. *Le Pal*, n° 1, *loc. cit.*, p. 37.
2. L'insupportable véhémence antisémite de certaines pages du roman doit être située dans une époque où les diatribes de Mirbeau contre la haute finance juive, par exemple, ne sont pas moins violentes (voir *Les Grimaces*, 1883). Depuis les anarchistes jusqu'à la droite nationaliste, l'antisémitisme est un lieu commun des discours hostiles au régime républicain et aux milieux capitalistes. Pour autant, Bloy – ses prises de position ultérieures le montrent – ne saurait être assimilé à Drumont et à ses acolytes de *La Libre Parole* : en 1892, il prendra Drumont pour cible dans *Le Salut par les Juifs*, ouvrage que saluera un Juif républicain tel que Bernard Lazare (voir « Un philosémite », dans *L'Événement* du 16 octobre 1892) – et, au moment de l'Affaire, il montrera une aversion constante pour le mouvement antidreyfusard. Sur cette question, on se reportera à l'article de Denise R. Goitein, « Léon Bloy et les juifs », in Michel Arveiller et Pierre Glaudes (éds.), *Léon Bloy*, Cahier de l'Herne, n° 55, Éditions de l'Herne, 1988, p. 280-294.

du progrès scientifique et l'ignominie des mœurs démocratiques dont les élites intellectuelles ont masqué l'âpre réalité, en célébrant l'apothéose des hommes libres, égaux, fraternels, maîtres de leur destin, enfin débarrassés de Dieu. Il vilipende ces imposteurs qui ont « prostitué le Verbe », en couvrant de leurs belles paroles « l'épouvantable muflerie moderne » : par complaisance, sottise ou lâcheté, ils ont ignoré les prodromes de quelque catastrophe épouvantable que sont le nivellement des valeurs et la course aux jouissances matérielles, le culte histrionique de soi et le conformisme bête du sens commun, le renoncement à toute grandeur et ses corollaires cyniques ou pessimistes, l'indignité torturante de la misère et l'indifférence des nantis à l'égard de ses maux.

Mais, de tous ces signes de malédiction universelle, celui qui prend le plus de relief est à coup sûr la « haine punique de l'imagination, de l'invention, de la fantaisie, de l'originalité », du beau enfin, qui, dans une société où sont honorées les « fausses gloires [1] », condamne les véritables artistes au mépris et à l'obscurité. Bloy fait de Marchenoir un écrivain maudit dont la voix se perd dans le désert, mais qui assume, par considération pour la vérité, au nom de la beauté qu'il porte en lui, une mission de justicier implacable. En 1885, alors qu'il reprend le manuscrit du *Désespéré*, il confie à Louis Montchal : « Je rêve un roman de misère et de douleur, l'écrasement d'un homme supérieur par une société médiocre. Tous les imbéciles et tous les infâmes de ma connaissance y défileront. Ce sera encore *Le Pal* mais un peu plus solidement enfoncé [2]. » Bien plus tard, dans la préface de 1913, il parlera de son œuvre comme d'« une satire sociale [3] » d'une rare intensité.

---

1. Lettre du 12 juin 1886 à Théodore de Banville, citée par Joseph Bollery, *Léon Bloy*, t. II, *op. cit.*, p. 199.
2. Lettre du 19 novembre 1885 à Louis Montchal, *Lettres aux Montchal, op. cit.*, p. 116.
3. Préface de 1913, voir Documents, p. 501.

De fait, dès les premières pages, on est frappé par les bigarrures de ton, les combinaisons inattendues de mots nobles et bas, les discordances de l'héroï-comique et du burlesque. Ces procédés, qui appartiennent à la tradition satirique, témoignent d'un antiréalisme foncier : à « l'ordre d'un réel méprisé » se substitue « l'ordre d'un langage » où s'affirme, « hors du champ de la vraisemblance [1] », une subjectivité visionnaire. Plus exactement, le prisme à travers lequel le romancier perçoit le monde moderne en donne une image contrefaite, à la fois hideuse et ridicule, placée sous le signe du grotesque. Ce « principe actif de subversion [2] » métamorphose la représentation en amplifiant le démembrement et la dislocation de ses matériaux. L'ordre en apparence solide du quotidien est ainsi envahi par des puissances destructrices qui mettent en péril sa cohésion. Le grotesque devient alors un processus d'anéantissement de la réalité familière, qui prive le lecteur de ses repères pour lui mettre sous les yeux une vision d'apocalypse.

Parmi ces procédés de décomposition du réel, l'un des plus frappants est l'hybridation de l'humain, du végétal et de l'animal. « Étonnamment dénué d'esprit », l'écrivain Gilles de Vaudoré traduit sa « parfaite stupidité de jouisseur » par « des yeux de vache ahurie ou de chien qui pisse ». Le journaliste Alfred Wolff subit aussi une curieuse métamorphose : cet « hermaphrodite prussien », dont la face est « entièrement glabre » comme « celle d'un singe papion », a une « lippe pendante », qui recouvre « le dessous d'entonnoir de son museau de poisson ». Rien ne semble pouvoir enlaidir ce visage qui ne serait « pas plus épouvantable », précise le narrateur, s'il y poussait « des champignons bleus ». L'incertitude sur la nature véritable de cet hybride met en évidence son caractère tératologique : Wolff est « le monstre pur, le

---

[1]. Mireille Dereu, « Exorciser le lieu commun », *Léon Bloy*, Cahier de l'Herne n°55, *op. cit.*, p. 77.
[2]. Dominique Iehl, *Le Grotesque*, PUF, « Que sais-je ? », 1977, p. 11.

monstre *essentiel* ». Le grotesque ainsi compris est voisin du fantastique. La « monstruosité physiologique » se double ici d'une monstruosité « morale », dont Bloy, par sa caricature, suggère la nature démoniaque.

L'inquiétante mutation de la réalité vers l'informe passe également par la dislocation, la liquéfaction, la décomposition proliférante de la représentation. Ainsi, quand Wolff s'anime, sa « carcasse » semble toujours sur le point de « se désassembler » : on dirait un tombereau d'ordures en décomposition. Wolff, il est vrai « soutire si puissamment, à lui seul, l'universelle pourriture contemporaine qu'il en devient positivement *volatile* » : ce n'est déjà plus tout à fait une personne, mais quelque chose que la putridité a rendu quasi impalpable, comme un composé gazeux. Le courriériste du *Figaro* n'a rien à envier, de ce point de vue, à Hippolyte Maubec. Cet autre chroniqueur de la presse parisienne est affublé « d'une espèce de figure syphilitique et foraminée, aux glandes cutanées perpétuellement juteuses » : « Quand l'humeur liquide menace de s'indurer, il presse délicatement les pustules réfractaires au suintement et fait jaillir son ordure. » En comparaison, Germain Gâteau – un autre plumitif – paraît moins abominable, lui le « Géronte visqueux et blanchâtre au teint de mastic couperosé ». L'intensification du réel et sa dynamisation, qui sont à l'œuvre dans ces descriptions répugnantes, donnent une signification mortifère au grouillement des matières organiques. Les fermentations du faisandage révèlent la puissance active du mal et de la mort au cœur du vivant : le lecteur peut ainsi saisir sur le vif le glissement d'un monde vicié et putréfié vers le néant.

La satire se nourrit encore de l'exhibition des réalités corporelles, qui s'exprime dans un irrésistible pullulement d'images obscènes ou scatologiques. La « bucolique dénomination de goret » est « presque honorable » pour Mérovée Beauclerc, le célèbre critique dramatique qui fait monter l'ignominie à des hauteurs himalayennes.

Logiquement, les bourgeois se reconnaissent dans « cette figure symbolique de toutes les bestialités » qui enflent sous leur crâne. Le poète Hamilcar Lécuyer, quant à lui, est une « cymbale sensuelle » qui ne vibre qu'« aux pulsations venues d'en bas » : ce qui sort de son cerveau, « comme d'un abcès monstrueux », n'est qu'un amas de « purulences recuites et granuleuses », d'« inexprimables moisissures coulantes » et d'« excréments calcinés ».

Après avoir sans doute reconnu quelques-uns de ces personnages à clés – entre autres, Maupassant, Sarcey et Richepin –, le lecteur pourrait sans doute être tenté de ne voir dans les injures de Bloy et dans son incroyable rosserie qu'un défoulement hargneux, somme toute anecdotique. L'écrivain tenait pourtant à ce qu'on ne ramenât pas son roman à un « pamphlet d'occasion [1] » : s'il n'a pas donné, à quelques exceptions près, leur nom véritable aux victimes de ses sarcasmes, c'est précisément pour éviter que l'on réduise son propos à des règlements de comptes personnels de peu d'intérêt. Ainsi s'explique qu'il ait préféré se réclamer de la satire : dans ce genre relevant de la tradition morale, les personnages, qu'ils aient ou non un modèle dans la réalité, sont des caractères dans lesquels l'individu disparaît sous le type. Par suite d'une « abstraction très spéciale », non pas « philosophique », mais « artistique », ils sont arrachés aux « conditions concrètes de l'ambiance humaine » qui les déterminent et sont transformés en figures de « quelque dévorante réalité spirituelle [2] » : leurs noms réels, s'il fallait les préciser, ne seraient « rien de plus que ces étiquettes collectives imaginées par les romanciers ou les caricaturistes pour la délimitation des espèces [3] ».

L'obscénité n'est donc jamais gratuite dans *Le Désespéré* et, malgré les apparences, ne saurait se réduire à quelque impulsion primaire. Elle prend tout son sens dans

---

1. Préface de 1913, voir Documents, p. 504.
2. Jacques Maritain, Introduction des *Pages de Léon Bloy*, Mercure de France, 1951, p. 11.
3. Préface de 1913, voir Documents, p. 504.

une perspective théologique. Le regard canin de Vaudoré symbolise le cynisme d'un personnage qui, dans un monde sans transcendance, a simplement décidé de vivre comme un chien – ce que suggère la désignation même de cynique –, considérant que le néant est une loi cosmique. Les purulences ignobles de Lécuyer révèlent sur son visage une âme pervertie qui se repaît avidement de blasphèmes et fait du sacrilège une profession. Les traits immondes que ces personnages grotesques partagent avec leurs contemporains témoignent à grande échelle d'une affreuse dénaturation de l'humain en l'homme, lequel a cessé d'être « à l'image et à la ressemblance [1] » de son Créateur, dégénération qui appelle en retour, de la part de Dieu, une riposte terrible. En effet, scatologie et eschatologie sont étroitement associées dans l'œuvre de Bloy : les procédés stylistiques du rabaissement, s'ils témoignent d'une prodigieuse invention verbale qui fait jaillir le rire, donnent à l'assomption du corps grotesque la signification d'une tragique chute spirituelle. Ce sont à la fois le Verbe et l'Amour divins qui sont profanés par cette « immondicité des esprits » exclusivement orientés vers les réalités inférieures. « L'apoplexie de l'humanité », dans un monde à son crépuscule, est inscrite dans cette prolifération dantesque des « âmes de pourceaux », qui annonce l'explosion imminente de la colère divine.

Le dernier procédé satirique dont Bloy tire parti dans *Le Désespéré* est le renversement des hiérarchies, des conventions, des comportements humains, selon la logique du *mundus inversus*. Ce retournement carnavalesque prend parfois la forme du travestissement burlesque : traitées en style vulgaire, les grandeurs d'établissement les hautes figures de l'histoire ou de la société sont alors tournées en dérision. Ainsi de cette évocation de Mahomet qui permet de ramener la naissance de l'islam aux proportions de Lilliput : « Du côté de l'Orient, le Chamelier Prophète, accroupi sur la bouse de son troupeau, couvait déjà, dans

---

1. Gen., I, 26.

son sein pouilleux, les sauterelles affamées dont il allait remplir les deux tiers du monde connu. » Les disconvenances stylistiques prennent aussi la forme de l'héroïcomique quand un personnage essentiellement vil s'exprime dans un style noble qu'affecte aussitôt une dimension parodique. C'est de cette façon que sont traitées, par exemple, les élégantes plaintes d'un fantoche tel que Dulaurier – *alias* Paul Bourget – sur l'ennui de vivre. Elles se réduisent à un entassement de clichés qui en font sentir l'artifice et leur ôte tout poids de réalité :

> Je sais trop ce que c'est que de souffrir, quoi que vous en pensiez, et personne, peut-être, n'a senti aussi douloureusement que moi, depuis lord Byron, le mal d'exister. Je me suis appelé moi-même, dans un poème du plus désolant scepticisme, une âme « à la fois exaspérée et lasse ». Rien de plus vrai, rien de plus triste. [...] La vie est plate, mon cher Marchenoir, il faut s'y résigner. (p. 83-85)

D'emblée démenties par le nom du personnage, ces paroles dolentes, pastiche du style byronien, relèvent d'une théâtralisation du discours qui en dévoile la facticité. Comment peut-on ne jamais s'interrompre de gémir sur « l'aridité des joies humaines » et idolâtrer les grandeurs d'établissement, les honneurs et la richesse ? « Rien de plus grotesque et de plus lamentable » que les airs mélancoliques de ce « gavé du monde » qui marchande chichement son aide à Marchenoir, alors que celui-ci est torturé d'angoisse de ne pouvoir enterrer son père avec décence, faute d'argent. Les amères maximes de Dulaurier ne sont « absolument rien » aux yeux du romancier : elles sont à mettre sur le même plan que l'oblation de son oignon, lors de la rencontre de Leverdier, l'ami fidèle de Marchenoir, au Palais-Royal. Cette générosité de façade est démentie par le retour de l'oignon dans son gousset, « comme un pauvre cœur qu'on dédaigne ». Minée par le ton de la parodie, la noblesse de sentiment qu'affecte ce « colon de l'heureuse rive du monde » apparaît alors comme une imposture.

Tous ces exemples le montrent : la batterie de procédés mis en œuvre par Bloy dans sa satire souligne l'inconstance du monde moderne. Mais ce néant est actif et malfaisant. La réalité grotesque porte en elle un formidable pouvoir de négation : d'où l'ambivalence qui résulte de cette représentation mêlant le comique au tragique. La seule présence sublime dans ce monde en proie à une interminable agonie est celle des pauvres : les mendiants, les proscrits, les loqueteux, tous ceux qui, d'un point de vue mondain, incarnent la parfaite abjection sont, en réalité, les seuls à pouvoir se prévaloir d'une grandeur qui découle précisément de leur humiliation. « Toujours vaincu, bafoué, souffleté, violé, maudit, coupé en morceaux », le pauvre a « l'étonnant destin de représenter Dieu même en qui se résumèrent les abominations les plus exquises de la misère et qui fut Lui-même le Balthasar d'un festin de tortures ».

Le *topos* satirique du *mundus inversus* prend de la sorte une coloration néotestamentaire. Bloy retrouve le style des Évangiles où tel pécheur, tel publicain, telle femme adultère, chacun pris dans les humbles réalités du quotidien, voient leur existence magnifiée par la rencontre du Christ, lequel ne vient pas parmi eux « en héros et en roi, mais en homme de basse condition sociale [1] ». Par Jésus, la plus grande dignité peut coïncider avec la plus profonde misère, les Évangiles étant le lieu d'émergence d'un « nouveau style élevé » qui « assume la réalité concrète avec sa laideur, son indignité, sa bassesse [2] ». Ainsi, Marchenoir est décrit comme le parangon d'une ignominie sublime qui renouvelle, dans l'ordre artistique, l'antique tradition des prophètes guenilleux et des pestiférés :

> Toutes les maladies dégoûtantes et monstrueuses qui peuvent justifier, analogiquement l'horreur des chrétiens

---

1. Erich Auerbach, *Mimèsis. La représentation de la réalité dans la littérature occidentale* [1946], trad. Cornélius Helm, Gallimard, 1968, p. 83.
2. *Ibid.*

actuels pour un malheureux artiste : la gale, la teigne, la syphilis, le lupus, la plique, le pian, l'éléphantiasis, il les accumulait à leurs yeux, dans sa forme d'écrivain. (p. 181-182)

En reprenant à son compte l'idée paulinienne « que nous voyons tout "en énigmes" », Bloy donne en outre un fondement théologique au renversement des valeurs du bas au sublime et du sublime au bas. Ce qui, sur cette terre, paraît élevé est petit et vain au regard de Dieu ; à l'inverse, ce qui est misérable ici-bas est grand *sub specie aeternitatis*. De cette façon, la satire retrouve l'esprit des Béatitudes. C'est au nom de cet esprit même que Bloy soutient finalement la légitimité des violences de l'imprécation. Si l'on veut bien se rappeler que Siméon dit à Marie que son fils « doit être un signe en butte à la contradiction [1] », et que Jésus lui-même déclare qu'il n'est pas venu sur terre pour « apporter la paix, mais le glaive [2] », on comprend que Marchenoir puisse prétendre que « la charité consiste à vociférer », le « véritable amour » étant selon lui implacable. Bienheureux les « assoiffés de justice », telle pourrait être sa devise :

> Que penseriez-vous de la *charité* d'un homme qui laisserait empoisonner ses frères, de peur de ruiner, en les avertissant, la considération de l'empoisonneur ? [...]
> [...] Qui donc parlera pour les muets, pour les opprimés et les faibles, si ceux-là se taisent, qui furent investis de la Parole ? L'écrivain qui n'a pas en vue la Justice est un détrousseur de pauvres aussi cruel que le riche à qui Dieu ferme son Paradis. (p. 292)

« Témoin pour l'Amour et pour la Justice », Marchenoir ira à la mort sans que rien puisse le sauver, pour avoir bravé une société où la morgue des riches et des puissants, comme leur mépris de toute supériorité morale ou intellectuelle, sont parvenus « à une sorte de contrefaçon du miracle ». En décembre 1885, dans l'enthou-

---

1. Luc. I, 34.
2. Matth. X, 34.

siasme de la création, Bloy avait annoncé à son éditeur « *un roman du Danube* d'une telle furie de style et d'une si énorme clameur *justiale*[1] » qu'on pouvait lui prédire un prodigieux succès. Si les dons du prophète lui manquèrent en cette occasion, son roman n'en renoue pas moins avec une inspiration qui trouve son origine dans les livres prophétiques de la Bible. Le réquisitoire véhément de Marchenoir, qui se pose en « antithèse de la mondanité bourgeoise[2] », donne à la satire sociale les proportions d'un jugement dernier. Mais il comporte aussi une part de dérision[3] : les admonestations du héros, en dépit de leur énergie, ne retentissent pas plus que la chute d'un atome dans l'immensité. *Vox clamantis in deserto*, le nouveau Jérémie lâché par son Dieu semble victime d'une farce tragique comme on les aimait au *Chat noir*. Le style biblique du *Désespéré* prend ainsi une coloration parodique qui révèle chez Bloy la persistance de l'esprit fumiste. Cette disconvenance, qui brouille la signification du récit, en révèle le point névralgique. Le silence obstiné de Dieu, dans son apparente absurdité, a des effets dévastateurs. Il transforme en raillerie féroce la destinée de Marchenoir et insinue en lui la tentation du désespoir : la satire, au bout de sa logique, conduit à l'exploration romanesque de cette affection spirituelle.

Un roman psychologique

Si *Le Désespéré* peut être considéré – selon l'expression de Bloy lui-même – comme « un roman psychologique des plus fouillés[4] », ce n'est évidemment pas au sens que

---

1. Lettre du 15 décembre 1885 à Paul Victor Stock, citée par Joseph Bollery, *Léon Bloy*, t. II, *op. cit.*, p. 181.
2. Erich Auerbach, *Mimèsis, op. cit.*, p. 83.
3. Voir Joseph Royer, « Celle qui pleure et celle qui rit ou le secret de la Subsannation », *Léon Bloy*, n° 2 : *Le Rire de Léon Bloy*, Lettres modernes, 1994, p. 167.
4. Lettre du 19 janvier 1887 à Louis Montchal, *Lettres aux Montchal, op. cit.*, p. 277. « Il y a dans ce livre, écrit-il par ailleurs, divers cas

Paul Bourget donne à ce mot : il ne s'agit nullement de l'introspection d'une conscience solipsiste qui dissèque à l'infini ses états les plus diffus et qui explore complaisamment les territoires du moi. Le roman psychologique, tel que Bloy l'entend, est celui de la vie spirituelle. Il permet de toucher aux ultimes questionnements de la foi et d'examiner, à travers les tourments de Marchenoir, la possibilité d'un désespoir chrétien.

Bloy s'empare ainsi d'un sujet, le désespoir de la dernière génération du siècle, qui intéresse depuis longtemps les romanciers et qui, au début des années 1880, a déjà retenu l'attention des plus fins analystes. Le 21 novembre 1880, Maupassant a publié dans *Le Gaulois* une chronique sur Tourgueniev où le romancier russe est présenté comme « l'inventeur du mot "nihiliste" [1] ». Trois ans plus tard, Bourget a réuni en un premier volume ses *Essais de psychologie contemporaine* dans lesquels il étudie les symptômes de l'« esprit de négation de la vie qui, chaque jour, obscurcit davantage la civilisation occidentale [2] », de Paris à Saint-Pétersbourg. L'année suivante, Huysmans a livré dans *À rebours* le bréviaire schopenhauerien d'un temps de décadence. À la fin de l'année 1885 ont paru les *Nouveaux Essais de psychologie contemporaine* dans lesquels Bourget approfondit son analyse du pessimisme. Enfin, en 1886, Eugène Melchior de Vogüé a publié le recueil de ses articles sur le roman russe parus dans la *Revue des Deux Mondes* du 15 octobre 1883 au 15 mai 1886, faisant ainsi connaître à un large public diverses nuances du nihilisme.

Dans ce contexte, le roman de Bloy ne se contente pas de camper l'attitude paradoxale d'un chrétien intégral en

---

de psychologie extrêmement difficiles à débrouiller. » Lettre du 16 janvier 1886 à Louis Montchal, *ibid.*, p. 139.

1. Guy de Maupassant, « L'inventeur du mot "nihiliste" », *Le Gaulois*, 21 novembre 1880. Repris dans *Chroniques*, t. I, UGE, « 10/18 », 1980, p. 101.

2. Paul Bourget, *Essais de psychologie contemporaine*, éd. André Guyaux, Gallimard, « Tel », 1993, p. 9-10.

lutte contre « le roi des monstres : le Désespoir ». Il a aussi une dimension polémique, puisque au milieu d'autres fantoches, il met en scène certains de ces écrivains – Bourget-Dulaurier, Maupassant-Vaudoré – qui ont précisément marqué les esprits en étudiant les ravages grandissants de la lassitude existentielle. Le narrateur du *Désespéré* propose en outre sa propre analyse de la crise morale qui gagne les esprits en cette fin de siècle. Le chapitre IX du roman, consacré à « la littérature du désespoir », offre un panorama de ce mal moderne. Enfin, au chapitre LXVIII, le biais de la prosopopée permet au romancier de prêter sa voix aux laissés-pour-compte de la société industrielle, ces naufragés de l'histoire en guerre contre toutes les institutions, qu'anime une rage nihiliste.

Roman dialogique, *Le Désespéré* présente donc diverses expressions du désenchantement collectif qui ouvre les consciences contemporaines à la tentation du néant. Alors que l'ennui de vivre résulte pour certains de l'effondrement irrémédiable de tout socle métaphysique, qu'il est pour d'autres une force destructrice, conséquence de la misère, enracinée dans l'amertume et le ressentiment, il est intégré par Bloy à une quête spirituelle résolument fidèle à l'esprit du christianisme. *Spem contra spem* : cette citation de saint Paul empruntée à l'Épître aux Romains[1], que le romancier avait choisie comme épigraphe dans la première ébauche manuscrite de l'œuvre, place au cœur de la foi chrétienne une espérance contre toute espérance. Ce « désespoir conditionnel[2] » est pour Bloy le seul viatique permettant d'affronter le malaise existentiel de son temps, auquel ni le pessimisme schopenhauerien, ni le nihilisme russe, ni la délectation

---

1. Rom. IV, 18.
2. Lettre à M. Godard, citée par Joseph Bollery, *« Le Désespéré » de Léon Bloy. Histoire anecdotique, littéraire et bibliographique*, op. cit., p. 127.

morose des esthètes décadents en proie à la névrose n'apportent selon lui de véritable réponse.

Mais, comment peut-on être un « croyant désespéré [1] » ? Dans une lettre à Théodore de Banville composée en juin 1886, quelques mois avant la parution de son roman, Bloy s'efforce d'expliquer l'originalité de son propos : « Ce sera un livre plein de désespoir, comme son auteur, mais d'un désespoir *philosophique et non point théologique*, parce que je ne cesse d'être chrétien. J'ai voulu, en cette horrible fin de siècle, où il me semble que tout soit perdu, pousser *vers Dieu* la définitive clameur de déréliction et d'épouvante pour la multitude orpheline que le Père fait semblant d'abandonner du fond de ses cieux [2]. » La distinction opérée dans cette lettre entre un désespoir philosophique consistant à n'attendre rien des hommes [3] et une espérance théologique toujours intacte, qui persiste à croire en la toute-puissance divine, attire d'emblée l'attention sur un paradoxe : « désespoir » est ici un mot à double sens, traversé de tensions contradictoires, qui procède de la logique ironique du retournement. Quand il commente le titre du roman ou l'état spirituel de son personnage, Bloy parle de l'« *optimisme à rebours, mais réel et constant, de cet étrange Désespéré* [4] ». La formule d'un désespoir optimiste relève de l'oxymore. Mais l'écrivain préfère se référer à une autre figure de pensée : « Je me nomme, dans mon livre, *Le Désespéré*, écrit-il en juin 1886 à Henriette L'Huillier, et

---

1. Bertrand Vibert, « Ceci n'est pas de la littérature ou l'expérience tragique du *Désespéré* », *loc. cit.*, p. 119.

2. Léon Bloy, lettre du 12 juin 1886 à Théodore de Banville, citée dans *Léon Bloy*, Cahier de l'Herne n° 55, *op. cit.*, p. 315.

3. Voir la lettre du 8 février 1906 à Émile Godefroy, où Bloy définit le « désespoir *philosophique* » comme un désespoir qui « consiste à attendre Rien des hommes et Tout de Dieu ». « Pour ce qui est de l'autre désespoir, le *théologique*, celui qui n'attend rien de Dieu, poursuit Bloy, nous *l'abandonnerons* aux bourgeois qui cherchent la joie de leurs tripes » (*L'Invendable*, in *Journal*, t. II, *op. cit.*, p. 594-595).

4. Dédicace à Jeanne Termier-Boussac, *Au seuil de l'Apocalypse*, 6 août 1913, in *Journal*, t. II, *op. cit.*, p. 359.

voilà, certes, une antiphrase, car il n'est pas possible qu'il y ait jamais eu un espérant plus incurable [1]. »

En exprimant le contraire de ce qu'elle laisse entendre, l'antiphrase place le roman sous le signe du renversement des apparences. Elle ne peut cependant réduire le paradoxe de ce désespoir chrétien, que souligne davantage, par une alliance de termes antithétiques, la persistance d'un « optimisme déchaîné [2] » au comble de l'accablement moral. On touche ici à la complexité même de Marchenoir, qui incarne cette difficulté logique. Le personnage a ceci de particulier qu'il a traversé tous les degrés du désespoir, de la simple mélancolie au blasphème de l'impatience religieuse, en passant par la rébellion contre la société.

Marchenoir est d'abord affecté d'une mélancolie native qui fait de lui, on l'a vu, un nouveau René. De fait, le roman de Bloy porte maintes traces, dans l'expression du désespoir, d'un romantisme tardif [3]. Marqué par une destinée implacable, le héros est de « ces êtres miraculeusement formés pour le malheur ». Taciturne, solitaire, « enragé d'un absolu de sensations ou de sentiments », il paraît exilé dans le monde, incapable de concevoir « une condition terrestre moins atroce » que la sienne. Il est fondamentalement « le déshérité » de toute consolation humaine – on songe, bien sûr, à « El Desdichado » – parce qu'il regarde vers l'infini. S'il lui arrive de pleurer sur son sort, il est cependant capable d'une « extraordinaire énergie ». C'est un « amoureux de l'action héroïque » que révolte la médiocrité des choses

---

1. Lettre du 16 juin 1886 à Henriette L'Huillier, *Lettres aux Montchal*, *op. cit.*, p. 198. Même tonalité dans une lettre à Émile Godefroy du 22 octobre 1905, où Bloy se présente comme « l'optimiste incurable du *Désespéré* ». Voir *L'Invendable*, *op. cit.*, p. 583.

2. Dédicace à Vincent d'Indy, citée par Éric Walbecq, « Les Envois de Léon Bloy », *Histoires littéraires*, n° 1, 2000, p. 48.

3. Voir Richard Griffiths, « Désespoir romantique et douleur chrétienne. L'énigme Caïn Marchenoir », *Léon Bloy*, n° 7 : *Sur « Le Désespéré ». Dossier 1*, *op. cit.*, p. 93-105.

humaines, un « désenchanté de la vie » qui, tout en chérissant sa souffrance, refuse la finitude qui borne ses désirs : de ce rêveur impénitent sort parfois un « cannibale », un « lycanthrope », à la manière de Pétrus Borel.

« Hirsute et noir », il peut être féroce, mais sa lutte contre le monde se retourne le plus souvent contre lui. C'est un paria frappé par « l'anathème d'une vocation supérieure », une « âme altissime » qui, pour son malheur, s'est vouée à l'Art – « un art proscrit, [...], méprisé, subalternisé, famélique, fugitif, guenilleux et catacombal ». Son infortune est telle que son mal, de surcroît, est « contagieux » : ce réprouvé dans le genre de Manfred est funeste à tous ceux qui l'aiment. Il ne se prénomme pas Caïn par le fruit du hasard : c'est un avatar du Satan romantique, dont le narrateur du *Désespéré* suggère cependant l'outrance parodique[1]. Si Marchenoir est assurément un type littéraire issu du romantisme noir, cet héritage est dépassé par l'évolution même du héros. Ainsi, sous son premier aspect, son désespoir, qu'il serait facile de ramener à un *topos* éculé – celui de la mélancolie, du mal de vivre, du *taedium vitae* –, apparaît comme un stade, somme toute superficiel, dans la caractérisation morale et spirituelle de cette « âme tragique » qui a « l'air de marcher dans une gloire de misères ».

On rencontre, en ce point, un autre aspect du désespoir dont souffre Marchenoir, plus proche du nihilisme moderne. Le personnage est aussi « un désespéré » au sens politique et social du terme[2] : un homme en révolte

---

1. Ainsi de cette « origine espagnole » dont est souligné le « ridicule romantique ».

2. « Un désespéré » est le titre qui figure sur la première ébauche manuscrite du roman de Bloy. Détail intéressant déjà relevé par Joseph Royer : la dernière nouvelle de Tourgueniev avait été traduite en français, sous ce titre, par Durand-Gréville, et était parue en France dans le n° 2 de la *Revue politique et littéraire*, le 14 janvier 1882. Voir Joseph Royer, « Un parricide laborieux. Étude génétique de l'incipit dans *Le Désespéré* », *Léon Bloy*, n° 7 : *Sur « Le Désespéré ». Dossier 1, op. cit.*, p. 45, n. 17.

contre la loi paternelle, qui refuse tout compromis avec la société bourgeoise, ce qu'indique assez clairement le thème capital du parricide sur lequel s'ouvre le roman. Marchenoir, dans une lettre en forme de confession, s'y décrit comme « une âme livrée à son propre néant » qui éprouve le besoin de crier sa détresse. La mort de son père est pour le héros une « œuvre de damné » : son œuvre précisément, fruit amer de la désobéissance et du mépris qui l'ont conduit, contre la volonté expresse du vieil homme, à se jeter « aux avanies démoniaques de la vie d'artiste ».

Cette « révolte impie » contre l'autorité paternelle est certes présentée dans le roman comme « une intransgressable loi de nature ». Mais, dans l'une des ébauches manuscrites de l'*incipit* [1], elle était d'abord rapportée à un conflit de générations, semblable à celui que décrit Tourgueniev dans *Père et Fils*. Le parricide y avait une signification historique : Marchenoir, renouvelant la *Confession d'un enfant du siècle*, mettait l'accent sur le malaise moral et intellectuel de la jeunesse après 1848. Le désespoir du héros, identique à celui du « grand nombre », y était la conséquence d'une impasse idéologique et d'une irrémédiable défiance à l'égard d'autorités familiales, sociales, politiques, jugées illégitimes et oppressives :

> La génération romantique de 1830 qui nous engendra nous trouvait généralement assez mal venus et aurait voulu nous faire rentrer dans ses génitoires. La réaction psychologique déterminée sous le second Empire par le coup de refouloir d'une littérature qui semblait [en] naissant devoir faire éclater toute tradition, l'étrange délire d'inquiétude qui s'est emparé de la jeunesse d'élite en ces vingt dernières années ; enfin le grandissant décri des rengaines politiques si prodigieusement éculées par d'ambitieux saltimbanques, toutes ces causes avaient entaillé le milieu du siècle à une telle profondeur que les pères et les fils avaient l'air de se

---

1. *Ibid.*, p. 22-24.

promener intellectuellement de chaque côté d'un infranchissable abîme. Conséquence certaine : oppression absurde d'une part, révolte complète de l'autre. Révolte et égorgement. Telle est l'histoire d'un grand nombre. (p. 480-481)

Même si Bloy n'a pas engagé le récit plus avant dans cette voie, Marchenoir reste, à bien des égards, un réfractaire qui sent, profondément plantée dans sa chair, « l'épine de révolte aux noires fleurs ». La rébellion est à ses yeux l'aboutissement de « toute pensée vigoureuse » qui a en vue la justice. À rebours de Bonald et de tous les « gens vertueux » qui expliquent doctement que la différence de condition entre riches et pauvres est un équilibre socialement nécessaire, moralement bienfaisant et théologiquement fondé, il se sent « en communion d'impatience avec tous les révoltés, tous les déçus, tous les inexaucés, tous les damnés de ce monde ». Nul homme doué de raison ne saurait selon lui accepter sans lâcheté ou sottise qu'on le traite comme un criminel « pour avoir perdu sa fortune ou pour être né sans argent », si aucune consolation ne lui est donnée.

De ce point de vue, renchérit le narrateur, « les nihilistes ont cent fois raison » : « Que tout tombe, que tout périsse, que tout s'en aille au tonnerre de Dieu, s'il faut endurer indéfiniment cette abominable farce de souffrir *pour rien* ! » Ce même narrateur se faisant le porte-parole « des crevants de faim et des porte-loques » n'a aucune peine à lancer, à leur place, contre « la surdité des riches », les menaces des « dynamiteurs allemands ou russes » dont il a, comme son héros, la violence et le désespoir en partage :

> Vous garderez l'argent, le pain, le vin, les arbres et les fleurs. Vous garderez toutes les joies de la vie et l'inaltérable sérénité de vos consciences. Nous ne réclamerons plus rien, nous ne désirerons plus rien de toutes ces choses que nous avons désirées et réclamées en vain, pendant tant de siècles. Notre désespoir complet promulgue, dès maintenant, *contre nous-mêmes*, la définitive prescription qui vous les adjuge.

Seulement, défiez-vous !... Nous gardons le *feu*, en vous suppliant de n'être pas trop surpris d'une fricassée prochaine. Vos palais et vos hôtels flamberont très bien, quand il nous plaira, car nous avons attentivement écouté les leçons de vos professeurs de chimie et nous avons inventé de petits engins qui vous émerveilleront. (p. 392)

Quelque chose d'essentiel sépare cependant Marchenoir des anarchistes nihilistes : « une nuit de grand'garde », pendant la guerre de 1870, il a eu « l'aperception immédiate, foudroyante, d'une Révélation divine ». Contre toute attente, malgré un long passé de compagnonnage idéologique – « dix ans d'un impur noviciat dans les latrines de l'examen philosophique » –, il ne s'est pas converti à la religion du Rien, et n'a point prononcé « de stercoraires vœux ». La foi chrétienne a donné du sens à son existence, elle l'a comblé du sentiment de la Présence, elle a affermi son esprit d'« un principe de résurrection, de justice, de triomphe futur ». Elle l'a préservé de « l'absolu désespoir » des nihilistes, mais elle a en même temps ouvert en lui « un double abîme [...] de désir et de fureur », en le confrontant à « l'inexorable énigme d'un Règne de Dieu [...] qui jamais n'arrive ». La conversion n'a pas éradiqué son désespoir, elle en a changé la nature. Sa foi lui a appris à se fabriquer « de l'espérance avec le plus noir pessimisme » ; elle lui a apporté « le conditionnel désespoir des millénaires », cette impatience apocalyptique qui pousse jusqu'au blasphème le désir de voir s'achever sans tarder la « farce tragique de l'Homme » :

> Plus que jamais, il fut un désespéré, mais un de ces désespérés sublimes qui jettent leur cœur dans le ciel, comme un naufragé lancerait toute sa fortune dans l'océan pour ne pas sombrer tout à fait, avant d'avoir au moins entrevu le rivage. (p. 99)

La « dialectique complexe » permettant à Marchenoir de tenir la double postulation du désespoir et de la foi dans la Bonne Nouvelle se fonde sur une théologie

« d'essence tragique [1] », qui appelle quelques éclaircissements. Marquée depuis l'origine par le péché originel et par la Chute, l'histoire humaine est « un livre insoupçonné et plein de mystères » qui vient en supplément des Saintes Écritures : ce « texte homogène », dont tous les signes sont solidaires, porte un sens en devenir que la Rédemption n'a pas immobilisé. Tout n'est donc pas éclairci dans cette histoire : son déroulement providentiel, loin d'être la révélation d'un plan immuable, fait place à une réserve eschatologique, le Salut étant donné aux hommes comme une promesse, dont l'accomplissement dépend du devenir du christianisme.

Ainsi, selon Bloy qui se prévaut ici de saint Paul [2], l'« Éternité bienheureuse » n'est donnée aux hommes qu'« en espérance », de manière toute conditionnelle. Rien n'est encore accompli de ce que Dieu a promis, et nul ne sait s'il sera sauvé. Or, « les interminables ajournements de la Justice », comme « l'apparente inefficacité de la Rédemption », éprouvent durement la patience de ceux qui attendent la délivrance : « Ce n'est que du Temps qu'il faut au solvable Maître de l'Éternité et le temps est fait de la désolation des hommes. »

Cette désolation est d'autant plus grande que le mal assaille le monde. Il lui a été donné en même temps que la mort, il semble s'étendre avec les siècles, et fait peser sur l'humanité la menace de « l'enfer *possible*, de la défiguration sans retour, du monstre éternel ». Si le christianisme permet de conjurer « l'*irrévocabilité* de la damnation », s'il porte en lui une promesse d'immortalité, ce n'est qu'« un atome d'espérance pour contrepeser un mont de terreurs ». Car le sens de l'histoire se brouille, en même temps que la Chute s'accélère et que le « silence de Dieu », son apparente « impuissance » deviennent un gouffre d'une insondable profondeur : le mal paraît

---

1. Bertrand Vibert, « Ceci n'est pas de la littérature ou l'expérience tragique du *Désespéré* », *loc. cit.*, p. 120.
2. Rom. VIII, 22-24.

« plus universel » et « plus grand » que jamais aux Temps modernes.

Jamais, en contrepartie, n'a été plus intense et plus nécessaire la douleur des « grandes âmes » qui attendent « la fin de cet exode » et qui « implorent un dénouement ». Marchenoir, qui appelle de ses vœux ardents l'élargissement définitif de l'humanité souffrante, est « une sorte de Sisyphe chrétien, voué à un supplice éternel et toujours recommencé [1] ». Non content de devoir « remâcher tous les vieux culots d'une misère sans issue », il lui faut encore « retraîner sempiternellement, avec des épaules en sang, la voiture à bras du déménagement de ses vieilles illusions archi-décrépites, crevassées, poussiéreuses, grelottantes, mais cramponnées encore et inarrachables ».

Dans un tel contexte théologique, son désespoir, né de l'impétuosité de son désir de Dieu, n'est jamais que ce « blasphème *par amour* » qui est « la prière de l'abandonné » : « Moi, le dernier venu, je pense qu'une agonie de mille ans nous donne peut-être le droit d'être impatients, comme on ne le fut jamais, et, puisqu'il faut que nous *élevions nos cœurs*, de les arracher, une bonne fois, de nos poitrines, ces organes désespérés, pour en lapider le ciel ! » Refusant de se résigner, se cabrant toujours contre les infortunes et les iniquités, Marchenoir a cette énergie du désespoir qui est pour lui l'autre nom de l'espérance.

Une parabole

Un tel paradoxe spirituel doit se lire en dernier lieu, au dire de Bloy, comme « une parabole durable [2] » ; le roman a la valeur d'un cryptogramme qui, sous le voile narratif, rapporte l'aventure particulière de Marchenoir à l'histoire générale du Salut. Parler de parabole a en

---

1. Bertrand Vibert, « Ceci n'est pas de la littérature ou l'expérience tragique du *Désespéré* », *loc. cit.*, p. 121.
2. Préface de 1913, voir Documents, p. 504.

effet pour corrélat une exigence herméneutique qui calque la lecture idéale sur le modèle de l'exégèse biblique et, en particulier, de l'interprétation figurative. Ce type d'interprétation « établit, entre deux événements ou deux personnages, une relation dans laquelle l'un des deux ne signifie pas seulement ce qu'il est, mais est aussi le signe annonciateur de l'autre, qui l'englobe ou l'accomplit [1] ». Une telle relation implique un rapport très particulier au temps. Les deux pôles de la figure sont « temporellement disjoints », mais « appartiennent l'un et l'autre à la temporalité [2] » : ils sont pris dans le flux ininterrompu du devenir historique, et seule une intuition spirituelle est capable d'en saisir les correspondances. Un épisode de l'Ancien Testament, le sacrifice d'Isaac par exemple, peut ainsi être compris comme une préfiguration symbolique des événements du Nouveau Testament : la Passion du Christ, dans ce cas précis. L'interprétation figurative, on le voit, est une construction de sens complexe, dans laquelle un premier événement en annonce un second, lequel réalise pleinement le premier, alors que ces deux événements sont sans lien temporel ou causal. Cela implique une conception de l'histoire où « le *hic et nunc* n'est plus un simple élément d'un processus terrestre, mais en même temps quelque chose qui a toujours été et qui s'accomplit dans le futur [3] » : quelque chose d'éternel sous le regard de Dieu, qui a commencé à se réaliser fragmentairement dans les événements terrestres.

Le « symbolisme universel » de Marchenoir radicalise cette logique figurative, en faisant de tout ce qui se produit sur terre un signe composant avec d'autres un unique Texte sacré. « Cet esprit absolu [...] était arrivé à se persuader que tous les actes humains, de quelque

---

1. Erich Auerbach, *Figura*, trad. Diane Meur, Macula, 2003, p. 63-64.

2. *Ibid.*, p. 64.

3. Erich Auerbach, *Mimésis, op. cit.*, p. 84.

nature qu'ils soient, concourent à la syntaxe infinie d'un livre insoupçonné et plein de mystères, qu'on pourrait nommer les *Paralipomènes* de l'Évangile ». Jugée « sublime » par le héros lui-même, cette conception symbolique de l'histoire s'étend également à la fiction. Car la création romanesque consiste aussi, comme le dit Bloy, dans « cette admirable faculté de passer du relatif à l'absolu [1] », en faisant apercevoir, par le jeu des figures, l'image de Dieu dans « les réalités de notre monde contingent [2] ». Un romancier, quand il a du génie, c'est-à-dire quelque chose comme une inspiration divine, dispose de ce pouvoir de figuration qui lui permet, par les choses qu'il crée ou qu'il imagine, de déborder, pour ainsi dire, du « cœur de l'homme » dans « le cœur de Dieu [3] ». La vraisemblance de la fiction et sa motivation, au sens réaliste du terme, sont ici des facteurs secondaires : la réalité toute seule n'est ni assez belle ni assez vraie, et le droit du romancier est de « l'arranger de gré ou de force sur le lit de Procuste de sa conception personnelle [4] ».

Écrire un roman, en effet, ne consiste pas seulement à être « l'annaliste du réel » [5] : le romancier de génie est celui qui dépouille la réalité de ses traits inessentiels pour traiter les personnages et leurs actions comme de possibles figures de la Révélation chrétienne. C'est ce que font admirablement les anciens romans de chevalerie dont Bloy apprécie les héros simples, attelés à l'impossible « avec la plus touchante conviction [6] ». Négligeant la vraisemblance des événements, au profit de leur

---

1. « *Un prêtre marié* », *Revue du monde catholique*, 10 septembre 1876. *Œuvres*, t. XIV, *op. cit.*, p. 80.
2. *Ibid.*, p. 86.
3. *Ibid.*, p. 72.
4. *Le Révélateur du Globe*, *Œuvres*, t. I, *op. cit.*, p. 85.
5. *Ibid.*
6. « Renaissance d'un art perdu », *Le Chat noir*, 12 avril 1884. Repris dans les *Propos d'un entrepreneur de démolitions*, *Œuvres*, t. II, *op. cit.*, p. 134.

dimension figurale, ces romans attirent l'attention du lecteur sur les enjeux transcendants de la fiction. Appliqués à la création romanesque en général, de tels principes, qui dégagent le récit de « l'ensorcellement de la bagatelle [1] », donnent aux personnages une stature inhabituelle, qui semble avoir quelque chose de surhumain : dans leurs aventures se réfracte l'« image de la grandeur de Dieu [2] ».

Considéré sous cet angle, Marchenoir n'est rien de moins qu'une figure christique. Élu de la Douleur, depuis la prime enfance, il est mystérieusement configuré sur ce type divin : « Cette vocation de sauver les autres, malgré votre misère, cette soif de justice qui vous dévore, cette haine que vous inspirez à tout le monde et qui fait de vous un proscrit, tout cela ne vous dit-il rien, à vous qui lisez dans les songes de l'histoire et dans les figures de la vie ? », lui demande Véronique, la visionnaire. De fait, la vie pèse lourdement sur les épaules de « ce porte-croix », qui semble n'avoir pour toute ambition que de proférer « une grande parole » et de mourir ensuite, comme Jésus, « sous les soufflets et les crachats de l'univers ». C'est du reste ce qui arrive : sa « pire souffrance », sur son lit de mort, est « une soif épouvantable, la soif de Jésus dans son Agonie ». Mais c'est surtout avec les filles publiques, ces épaves sans cesse recueillies par Marchenoir, qu'éclatent « ses fonctions de releveur » : comme le Christ avec Marie-Madeleine, il est pour elles un Sauveur.

Dans la poétique romanesque de Bloy où « l'expression d'une réalité quelconque » doit toujours être « adéquate à la vision de l'esprit », Marchenoir, à l'échelle de sa vie d'homme, répercute donc, dans l'ordre symbolique, le geste rédempteur de Jésus. C'est ce que suggère en particulier la métamorphose de Véronique, cette transfiguration qui d'une pécheresse décrite en termes

---

1. Sag. IV, 12, cité dans « *Un prêtre marié* », *loc. cit.*, p. 72.
2. Erich Auerbach, *Mimèsis, op. cit.*, p. 28.

orduriers fait une figure mariale, d'une pureté irréprochable :

> Cette ordure de fille, ensemencée et récoltée dans l'ordure, – qui renouvelait, en pleine décrépitude du plus caduc de tous les siècles, les Thaïs et les Pélagie de l'adolescence du christianisme, – s'était transformée, d'un coup, par l'occasion miraculeuse du plus profane amour, en un lys aux pétales de diamants et au pistil d'or bruni des larmes les plus splendides qui eussent été répandues, depuis les siècles d'extase qu'elle recommençait. [...]
> Le passé était tellement aboli que, pour s'en souvenir, il fallait imaginer un dédoublement du sujet, un recommencement de nativité, une surcréation du même être, repétri, cette fois, dans une essence un peu plus qu'humaine. (p. 148-149)

Mais le « diabolisme de la passion » va enrayer la glorieuse assomption de l'Amour divin, qui devait être le terme de cette aventure symbolique. Véronique est en quelque sorte l'œuvre de Marchenoir : l'équivalent d'un « beau livre qu'il eût écrit », d'un livre « vraiment sublime ». Or cette œuvre est profanée par son créateur, dont les appétits charnels et la jalousie indigne, en renaissant de leurs cendres, entraînent aussitôt un obscurcissement des figures qui coïncide avec un retour au registre bas. Véronique, convoitée « charnellement comme une maîtresse vulgaire », n'est plus une figure de sainte, elle redevient pour Marchenoir une prostituée irrémédiablement avilie par ses fautes passées :

> [...] elle s'était pourléchée dans sa crapule et, gavée d'infamies, elle en avait infatigablement redemandé. Sa robe de honte, elle en avait fait sa robe de gloire et la pourpre réginale de son allégresse de prostituée !
> [...]. Il avait beau se dire que toutes ces choses n'existaient plus [...], qu'il se devait à lui-même [...] d'oublier ce que la Miséricorde infaillible avait pardonné. Il ne le pouvait pas [...].
> C'était à l'école de cette agonie qu'il apprenait décidément ce que vaut la Chair et ce qu'il en coûte de jeter ce pain dans les ordures ! (p. 154-155)

Le dérèglement de l'économie symbolique se traduit alors par l'apparition de deux thématiques capitales qui cristallisent l'enjeu spirituel du *Désespéré*. La première est celle du monstre. Dès qu'il prête l'oreille aux « susurrements, [...] de la Luxure », Marchenoir est assailli par une bête faisant penser aux grylles, assemblages bizarres de figures animales qu'on trouve dans la peinture d'un Bruegel ou d'un Bosch : le désir qui ronge sa chair est « un carnassier plein d'insomnie, tacheté d'yeux, avec une paire de télescopes sur son arrière-train ». Le récit multiplie ces allégories de la passion inquiète qu'il associe à une autre thématique, celle de la défiguration. Ainsi, l'amour jaloux, ce « colimaçon sans patrie qui se repaît, sans convives, dans sa spirale ténébreuse », est ubiquitaire « comme le vrai Dieu » dont il est l'image contrefaite. Cette thématique prend un tour particulièrement dramatique avec la mutilation de Véronique. La jeune femme ne se contente pas de tordre sa splendide chevelure, cette « toison sublime », en « un despotique et monstrueux chignon », elle se fait aussi arracher toutes les dents :

> Défigurement bizarre et triste, qui faisait conjecturer la fantasmatique juxtaposition d'une moitié de vieux visage à la cassure intérieure de quelque sublime chapiteau humain [...].
> [...] Les yeux paraissaient avoir grossi, la tête réduite de moitié fuyait honteusement, le front, dégarni, était terrible et semblait porter la marque de quelque infamante punition. (p. 256-258)

Au plan symbolique, la monstruosité et la défiguration représentent pour les personnages ce qui, dans l'histoire de l'humanité, empêche ou retarde « la translation des figures en réalité ». De fait, Marchenoir reste déchiré entre ses deux types : Jésus et Caïn, le réprouvé. Alors qu'elle s'était métamorphosée en figure virginale, Véronique se met à « convoiter le fruit savoureux de sa propre mort » : elle devient une figure de « la grande Ève » qui convoita elle-même « le fruit de la mort universelle ».

Tous deux apparaissent comme les « singulières victimes d'un Idéal prorogé au-delà des temps ». S'ils sont par leurs amours humaines de possibles figures de l'Amour divin, c'est-à-dire du Saint-Esprit, celui-ci demeure « caché sous un travestissement inimaginable ».

Le désespoir dont il est question dans le roman de Bloy est donc une espérance suspendue et défigurée. C'est un monstre et même, on l'a vu, « le roi des monstres », alliant inexplicablement les contraires, confondant les extrêmes. Il est à l'image de Lucifer, l'ange tombé de la lumière dans les ténèbres. C'est la forme superlative de l'ironie spirituelle à laquelle sont exposés les croyants des Temps modernes. Pourtant, sur son lit de mort, Marchenoir déclare : « Je ne suis plus le Désespéré. » Parole capitale – et déconcertante – qui donne un sens à sa disparition dans l'abandon le plus total.

Plongé dans la solitude, le héros agonisant a vainement attendu les derniers sacrements et la venue de Leverdier, son seul ami. En pleine crise de tétanie, livré à une concierge imbécile qui a empoisonné ses derniers instants, il est allé au bout du dénuement, de l'impuissance et de la douleur. Il a touché la limite de la privation dans une parfaite déréliction. Une telle mort paraît être le comble du tragique. Pourtant quelque chose s'y accomplit, qui métamorphose le désespoir de Marchenoir et le renverse en pur amour, le héros accédant enfin à une délivrance bienheureuse [1], au moment même où,

---

1. Cette « délivrance bienheureuse » peut-elle se comprendre comme une tranquillité d'âme qui gagne le personnage après que celui-ci a « payé sa dette », selon le principe de la réversibilité ? Bloy, dont la théologie magnifie la douleur humaine, se réfère plusieurs fois dans le roman au principe maistrien. En outre, dans la lettre qu'il adresse à sa fiancée le 27 septembre 1889, il livre une confidence qui permet de lire la fin de son roman de cette manière, à la lumière de sa biographie : « Alors même que j'étais aussi près que possible du désespoir et cela m'est arrivé bien souvent, j'ai toujours pensé que j'avais une énorme dette à payer qu'il fallait que j'acquittasse jusqu'à la dernière obole, après quoi, j'aurais enfin la paix [...]. Cette croyance inébranlable est le

dans la soumission, l'abandon et la confiance, il « renonce à toute idée de Salut [1] ».

Antiphrastique et paradoxal, *Le Désespéré* place le lecteur dans une position inconfortable. Le désespoir chrétien dont il tente de tracer la voie est un cheminement sur des escarpements spirituels où l'on finit par ne plus distinguer le précipice de la ligne de crête. Bloy, ce n'est point un hasard, aimait citer en dédicace de son livre cette phrase de Carlyle : « Le désespoir porté assez loin complète le cercle et redevient une espérance ardente et féconde [2]. » Il est, à cet égard, le cousin de Dostoïevski et de Kierkegaard.

Pierre GLAUDES

---

fondement de mon espérance et m'a toujours soutenu » [voir Léon Bloy-Johanne Molbech, *Correspondance (28 aout 1889-24 mars 1890)*, éd. Natacha Galpérine, avec la collaboration de Pierre Glaudes, Marie Tichy et Joseph Royer, Classiques Garnier, 2009, p. 85-86].

1. Lydie Parisse, « *Le Désespéré* de Léon Bloy : le *pur amour* comme modèle herméneutique », *Léon Bloy*, n° 7 : *Sur « Le Désespéré ». Dossier 1, op. cit.*, p 159.

2. Voir, par exemple, *Le Pèlerin de l'Absolu*, 13 septembre 1910. *Journal*, t. II, *op. cit.*, p. 186. La citation est tirée de *La Révolution française*, vol. 3, livre V, chap. I.

NOTICE

Le plus ancien témoignage qu'on possède sur le premier roman de Bloy est une lettre de Charles Buet datée de Pâques 1883. Celui-ci y prête à l'écrivain « le projet d'écrire les mémoires d'un Désespéré [1] ». Que Bloy ait pu songer d'abord à l'écriture autobiographique n'a rien de surprenant : deux ans à peine se sont écoulés depuis « la grande catastrophe [2] » de sa vie, c'est-à-dire la folie d'Anne-Marie Roulé que les murs d'un asile ont séparée de lui pour toujours. Ce dénouement tragique de leur liaison l'a plongé pour longtemps dans un accablement moral qui a fait naître en retour un impérieux besoin de clarification par l'écriture.

Cependant, lorsque le projet se précise l'année suivante, les circonstances l'ont fait évoluer dans une autre direction. Au début de 1884, Paul Victor Stock, qui regarde Bloy comme un écrivain prometteur, lui propose de publier un roman dans sa maison d'édition. À la fois séduit et effrayé par cette offre, Bloy, après maintes tergiversations, finit par accéder à la demande de l'éditeur, en échange de la publication de ses articles du *Chat noir* en recueil. Les *Propos d'un entrepreneur de démolitions* paraissent chez Stock au printemps. Le 11 septembre, l'écrivain informe son commanditaire qu'il est « tout à [son] nouveau livre », ce « roman attendu et même

---

1. Lettre de Charles Buet à Léon Bloy, citée par Joseph Bollery, *Léon Bloy*, t. II, *op. cit.*, p. 45.
2. Lettre du 21 mars 1887 à Henriette L'Huillier, *Lettres aux Montchal, op. cit.*, p. 305.

conseillé » par lui, dont le titre est pour l'heure « *Un Désespéré*[1] ».

Cependant Bloy ne se sent aucunement la vocation d'un romancier. En mal de sujet, il emprunte abondamment à ses souvenirs. La première ébauche de l'œuvre est une longue confession épistolaire où il réutilise de larges extraits de sa correspondance : une lettre à l'abbé Tardif de Moidrey de la fin de 1877, qu'il définit lui-même comme « une confession non sacramentelle, mais cependant humble, sincère et entière[2] » ; une lettre à Maurice Rollinat, datée d'août 1882, dans laquelle il peint les tourments de la désespérance, ce « démoniaque scarabée noir[3] » dont il est l'hôte malgré lui. Cette première ébauche, plusieurs fois recommencée à l'automne 1884[4], lui inspire un profond dégoût. Peinant à trouver une formule viable, il décide de suspendre la rédaction de son roman, découragé.

L'interruption dure jusqu'à l'automne 1885. Il est vrai que pendant les mois qui suivent cette première tentative, l'écrivain est cruellement éprouvé : au fiasco du *Pal* et aux difficultés financières qui l'accompagnent s'ajoute la mort atroce de Berthe Dumont, emportée par le tétanos à la mi-mai. Bloy, à la suite de ce nouveau drame, se sent profondément démuni, comme privé de « [ses] facultés affectives et pensantes[5] » : « désespéré absolument[6] » et incapable de mettre à distance les peines qui l'affligent pour en tirer la matière d'un roman.

---

1. Paul Victor Stock, *Memorandum d'un éditeur*, t. I, Stock, 1935, p. 16.
2. Lettre inédite, vraisemblablement de novembre 1877, citée par Jacques Petit dans l'introduction du *Désespéré*, *Œuvres*, t. III, *op. cit.*, p. 14.
3. Lettre du 8 août 1882 à Maurice Rollinat, citée par Joseph Bollery, *Léon Bloy*, t. II, *op. cit.*, p. 20.
4. On en connaît trois versions successives. Voir Documents, p. 475.
5. Lettre du 27 juin 1885 à Louis Montchal, *Lettres aux Montchal*, *op. cit.*, p. 65.
6. Lettre du 8 juin 1886 à Paul Victor Stock, citée par Joseph Bollery, *Léon Bloy*, t. II, *op. cit.*, p. 197.

La rédaction reprend brusquement à la Toussaint. L'écrivain a-t-il puisé une énergie cathartique dans la réminiscence d'images funèbres, a-t-il cherché les ressources de l'espérance au plus profond du deuil ? Toujours est-il que la composition ne va plus cesser désormais jusqu'à son terme. À partir de novembre 1885, Bloy, « l'esprit obsédé de [son] livre [1] », surmonte ses doutes et s'approprie enfin « la forme du roman [2] ». Aidé matériellement par un mécène providentiel – un millionnaire de Fontenay-aux-Roses séduit par *Le Pal*, qui va lui assurer cent francs mensuels jusqu'en avril 1886 –, il avance, trop lentement à son gré, dans la composition de l'ouvrage.

Au début de décembre, il n'en est « pas encore à la 100e page [3] », alors qu'il lui en faudrait quatre cents. Il passe les fêtes de la Nativité « dans un état cérébral extraordinaire », travaillant « nuit et jour » à « vaincre des difficultés infinies » et rempli du désir de « faire le *chef-d'œuvre* que lui prédisent tous [ses] amis [4] ». À ce rythme, il atteint bientôt le chapitre XXI, dont il fait immédiatement une copie pour Louis Montchal. Le début de l'année ne le voit pas relâcher ses efforts : il passe douze à quinze heures par jour à sa table et, soutenu par « une volonté enragée [5] », il approche peu à peu de « la 200e page [6] ». Impatient, il se plaint des lenteurs de cette genèse : « Mes couches littéraires sont horriblement laborieuses, écrit-il le 22 février à Adèle Montchal, et mon œuvre vient si lentement que je commence à désespérer de ne pouvoir la publier avant l'automne [7]. »

---

1. Lettre du 9 novembre 1885 à Adèle Montchal, *Lettres aux Montchal, op. cit.*, p. 115.
2. Lettre du 19 novembre 1885 à Louis Montchal, *ibid.*, p. 116.
3. Lettre du 5 décembre 1885 à Louis Montchal, *ibid.*, p. 119.
4. Lettre du 27 décembre 1885 aux Montchal, *ibid.*, p. 120.
5. Lettre du 9 janvier 1886 aux Montchal, *ibid.*, p. 137.
6. Lettre du 9 février 1886 à Louis Montchal, *ibid.*, p. 145.
7. Lettre du 22 février 1886 à Adèle Montchal, *ibid.*, p. 148.

Cependant, à force d'énergie, il a presque rédigé les deux tiers de l'ouvrage à la mi-mars. Il lui arrive alors de passer de longues heures « à rêvasser sur [son] livre [1] » qui devient, dit-il, « de plus à plus noir », à mesure qu'affluent les souvenirs de son « passé infernal [2] ». Au cours de ce rude hiver, sa douloureuse anamnèse lui fait pousser parfois « des gémissements si lugubres [3] » que la quiétude de ses voisins en est troublée : « J'ai tout arraché de mes entrailles [4] », dira-t-il comme pour s'excuser. Ainsi, le 19 mars, fête de saint Joseph, le souvenir d'Anne-Marie éveillé par cette date symbolique [5] fait passer une bourrasque sur ses « imaginations de romancier [6] ». Il confie alors à Henriette L'Huillier qu'il est assommé par « tout ce qui peut faire souffrir un homme, le deuil, la solitude, la misère, l'impossibilité de s'assouvir l'âme [7] ».

Le 25 mai, la *Revue de Genève*, où Louis Montchal a ses entrées, publie un article intitulé « Du symbolisme en histoire », que Bloy a tiré des chapitres XXIV et XXV du *Désespéré*. Au cours de l'été, l'écrivain informe ses amis genevois que « [son] livre avance [8] ». Montchal, pendant ce temps, essaie de placer un nouvel article de Bloy dans la *Revue de Genève*, mais il s'agit cette fois de pages d'inspiration pamphlétaire : « Le Péché irrémissible » fait « un four [9] » auprès des responsables de la revue et

---

1. Lettre du 14 avril 1886 à Adèle Montchal, *ibid.*, p. 172.
2. Lettre du 19 mars 1886 à Henriette L'Huillier, *ibid.*, p. 160.
3. *Mon Journal*, 27 juillet 1899, *Journal*, t. I, *op. cit.*, p. 279.
4. Lettre du 31 décembre 1885 à Louis Montchal, *Lettres aux Montchal, op. cit.*, p. 123.
5. La jeune femme, au cours de ses visions, a révélé à Bloy que l'avenir était « entre les mains de saint Joseph » et qu'il devait tout attendre de lui. Voir la lettre du 14 mars 1880 à Ernest Hello citée par Joseph Bollery, *Léon Bloy*, t. I, *op. cit.*, p. 425.
6. Lettre du 19 mars 1886 à Henriette L'Huillier, *Lettres aux Montchal, op. cit.*, p. 159.
7. *Ibid.*
8. Lettre du 22 juillet 1886 à Henriette L'Huillier, *ibid.*, p. 211.
9. Lettre du 4 septembre 1886 à Louis Montchal, *ibid.*, p. 232.

Montchal, début septembre, doit renoncer à cette insertion. Bloy s'en consolera en reprenant cet article au chapitre LXVI de son roman, dans l'épisode où Marchenoir se lance à corps perdu dans la rédaction du *Carcan*, le pamphlet hebdomadaire dont il est l'unique rédacteur.

À la fin de septembre 1886, la rédaction est entrée dans sa dernière phase, et l'écrivain peut écrire à Henriette L'Huillier : « Le mal que je me donne est tel, qu'il se pourrait bien qu'à la fin de mon œuvre, je fusse forcé de me coucher et de me faire soigner [1]. » Le 2 novembre, jour des Morts, Bloy écrit enfin la dernière ligne du *Désespéré*. Il presse aussitôt son éditeur, car il tient à ce que l'œuvre paraisse en décembre : 1886 est en effet l'année « climatérique [2] » qui, selon les prédictions d'Anne-Marie, doit marquer le début d'événements extraordinaires où il aura un rôle de premier plan à jouer.

Mais le sort va une fois encore s'acharner contre lui. Le 10 novembre, Stock, sur qui se sont exercées des pressions efficaces, refuse de mettre le livre en vente, arguant qu'il vient de découvrir les pages où Francis Magnard est attaqué dans sa vie privée [3] sous un pseudonyme transparent. L'éditeur, craignant des poursuites, demande à Bloy de supprimer le passage incriminé. Mais celui-ci, piqué au vif, refuse d'obtempérer : Stock en catastrophe décide alors d'entasser dans sa cave les mille exemplaires imprimés, qui n'attendaient plus que le brochage et une couverture.

Bloy cependant ne désarme pas : il se tourne vers Alphonse Soirat, « l'ancien entrepositaire du *Pal* [4] », dont il connaît la fibre contestataire. Celui-ci consent à se faire éditeur pour la circonstance et décide Narcisse

---

1. Lettre du 29 septembre 1886 à Henriette L'Huillier, *ibid.*, p. 241.
2. Lettre du 19 novembre 1886 aux Montchal, *ibid.*, p. 260.
3. On y voir Magnus Conrart, directeur du *Basile*, pousser sa femme au suicide.
4. Lettre du 19 novembre 1886 aux Montchal, *Lettres aux Montchal*, *op. cit.*, p. 261.

Blanpain, un imprimeur anticlérical aux sympathies libertaires, de se charger de l'impression. Bloy, sur la suggestion de Huysmans, se résout sans trop de regret à quelques corrections – il supprime en particulier les pages diffamatoires sur Magnard –, mais le cœur n'y est plus : l'année s'achève pour lui dans un climat d'amère déception. *Le Désespéré*, tiré à deux mille exemplaires, est enfin mis en vente le 15 janvier 1887, précédé la veille par la distribution de prospectus publicitaires. Cette parution, sans passer inaperçue, est étouffée par le silence des rédactions, malgré deux articles favorables de Verhaeren et d'Alcide Guérin [1]

Fin mars, il faut se rendre à l'évidence, les ventes ont à peine couvert les frais de l'éditeur. Une lettre d'août à Louis Montchal nous apprend que Soirat a fait faillite et que Bloy a récupéré une partie des invendus. En décembre, l'écrivain, à court d'argent, se décide à céder deux cent cinquante exemplaires de son roman à l'éditeur Léon Vanier. Le reliquat de l'édition Soirat est vendu un an plus tard à Albert Savine avec lequel Bloy vient de conclure, en octobre 1888, un accord pour l'édition d'*Un brelan d'excommuniés*.

Cependant, Stock, après avoir constaté que la parution du *Désespéré* n'a pas déclenché les embarras judiciaires qu'il redoutait, se décide en 1893 à mettre en vente son édition imprimée depuis l'automne 1886, non sans avoir pris la précaution de substituer à l'original une nouvelle version du carton de 16 pages où a été supprimé le fameux passage, objet du litige [2]. L'ouvrage paraît au mois de mars sans l'autorisation de Bloy. Celui-ci réagit aussitôt en adressant aux journaux une circulaire indignée que seuls publieront *L'Éclair* et *L'Événement* :

---

1. Émile Verhaeren, « Léon Bloy. *Un désespéré* [sic]. Soirat », *L'Art moderne* (Bruxelles), 7e année, n° 5, 30 janvier 1887, p. 33-35 ; Alcide Guérin, « M. Léon Bloy », *La Petite Gazette*, 31 janvier 1887.

2. Les exemplaires qui ont conservé le carton original sont rarissimes (il n'en existe guère plus de cinq).

J'apprends qu'une édition d'un de mes livres, *Le Désespéré*, vient de paraître, à mon insu et contre ma volonté formelle, dans la maison Tresse et Stock.

Cette édition, antérieure à la seule que connaisse le public, avait dû être mise au pilon en 1886, – M. Stock n'ayant pas osé la publier à cette époque et la seule pensée d'en exhiber un exemplaire le faisant expirer d'effroi.

Certaines menaces, qui paraissent, maintenant, ne plus agir sur son âme, l'y avaient fait renoncer au dernier moment.

Aucun contrat ne l'autorisait, d'ailleurs, à réaliser une publication jugée par lui-même si dangereuse et qui dut rester, en conséquence, à l'état de projet complètement défunt.

On me révèle, aujourd'hui, que cet éditeur surprenant s'est déterminé, depuis trois semaines environ, à déballer son papier, actuellement en vente à peu près partout. Cette opération industrielle, je le répète, a été faite à mon insu, au mépris de toute équité et dans un superbe dédain de ce qui constitue les droits les plus élémentaires d'un écrivain.

J'ajoute que l'édition, aussi clandestine que *carottée*, de M. Stock, *n'étant pas conforme à l'édition véritable*, expurgée avec soin et lancée par moi-même, en 1887 (chez Alphonse Soirat, Paris), – j'ai cru devoir, avant toute autre démarche, désavouer publiquement cette spéculation de librairie, qu'une loi, maternelle aux individus malins, m'interdit, malheureusement, de qualifier [1].

Malgré ces péripéties éditoriales, *Le Désespéré*, en quelques années, impose Bloy à l'attention des milieux littéraires et, grâce à ces deux éditions, établit la légende de Marchenoir, l'« homme impossible [2] », ennemi de tous, contre qui tous sont dressés. Dès la fin des années 1890, la réputation de son héros incite l'écrivain, qui ne cesse pour autant de désavouer l'initiative de Stock, à susciter une nouvelle édition de son œuvre. Son journal garde la trace de plusieurs tentatives en ce sens. *L'Invendable* consigne

---

1. Elle est reproduite dans *Le Mendiant ingrat* à la date du 6 mars 1893 (*Journal*, t. I, *op. cit.*, p. 54-55).
2. *Mon Journal*, 29 août 1899, *ibid.*, p. 288.

ainsi, à la date du 7 août 1904, une lettre à Fasquelle auquel Bloy a proposé sans succès une réédition de ce « livre célèbre, depuis longtemps épuisé et introuvable, sinon dans l'édition véreuse de Tresse et Stock[1] ». On peut lire de même, dans *Le Pèlerin de l'Absolu*, une lettre d'octobre 1910 à Philippe Raoux, dans laquelle l'écrivain révèle qu'il a vainement plaidé, la veille, pour obtenir une nouvelle édition de son premier roman, ouvrage qu'on ne cesse de lui demander, observe-t-il, mais qu'« aucun éditeur ne veut réimprimer[2] ».

Il faudra attendre 1913 pour que se présente l'oiseau rare. En décembre 1912, Adolphe Van Bever, directeur des « Maîtres du livre » chez Georges Crès, propose à Bloy de publier *Le Désespéré* dans cette collection réservée à des ouvrages de luxe, à tirage limité. L'écrivain, heureux de cette offre amicale, entreprend aussitôt de réviser son œuvre. Il modifie la dédicace, introduit la subdivision en cinq parties, fait disparaître la numérotation des chapitres, ajoute une préface. Le texte est minutieusement revu et corrigé. Des noms propres sont changés et des passages de la veine pamphlétaire sont adoucis ou supprimés, Bloy ne voulant pas que les lecteurs s'arrêtent à cette partie de l'œuvre, « épisodique[3] » à ses yeux. Un portrait de l'auteur réalisé par le graveur Paul Eugène Vibert pour le frontispice est refusé par Bloy au vu du résultat[4] et remplacé finalement par une couronne d'épines.

L'année suivante, le Mercure de France décide de rééditer à son tour *Le Désespéré*. Cette nouvelle édition, qui

---

1. *L'Invendable*, 7 août 1904, *ibid.*, p. 546.
2. *Le Pèlerin de l'Absolu*, 26 octobre 1910, *Journal*, t. II, *ibid.*, p. 191. On trouve encore des observations similaires dans *L'Invendable*, le 31 décembre 1906 (*Journal*, t. I, *ibid.*, p. 627).
3. Lettre du 19 janvier 1887 à Louis Montchal, *Lettres aux Montchal*, *op. cit.*, p. 279.
4. Bloy, furieux, note dans son journal que Vibert l'a fait ressemblant à « Paul de Kock ravagé par la colique »... Voir *Au seuil de l'Apocalypse*, 14 février 1913, *Journal*, t. II, *op. cit.*, p. 341.

suit en général le texte publié chez Crès, est encore corrigée par Bloy, qui revoit la ponctuation et modifie, plus rarement, quelques formules. La préface de 1913 n'y est pas reproduite, mais on y voit apparaître sur la couverture et la page de titre une épigraphe : « Lacrymabiliter », tirée de l'« Office des morts des Chartreux ». Cette édition est mise en vente en mars 1914, ornée d'une héliogravure représentant Bloy devant des cochons. Les rééditions lui substitueront jusqu'en 1918 une autre photographie de l'auteur qui disparaîtra dans les tirages d'après-guerre.

Nous donnons ici le texte de cette édition du Mercure de France, souvent altéré dans les éditions ultérieures par de nombreuses coquilles reproduites, au fil des reprises, par de paresseux éditeurs [1]. Nous avons conservé la ponctuation et l'orthographe de Bloy (qui écrit, par exemple, « Jésabel », « vagon », « naguères »). Nous indiquons en note la totalité des variantes, à l'exclusion de celles qui ne concernent que la ponctuation. Il nous a semblé utile de garder la trace de la numérotation des chapitres qui disparaissent à partir de l'édition Crès. Cette numérotation est indiquée entre crochets au début des subdivisions que Bloy a conservées à l'intérieur de chaque partie.

Nous voudrions enfin remercier toutes les personnes sans l'aide desquelles il n'aurait pas été possible d'annoter aussi abondamment cette édition : Aurélia Cervoni, Antonia Fonyi, Daniel Grojnowski, Béatrice Guion, André Guyaux, Bernard Joassart, Marlo Johnston, Claude Millet, Maximilien Monbrun, Yann Mortelette, Michael Pakenham, Jean-Yves Pranchère, Joseph Royer et Serge Zenkine.

---

1. Voir, à ce sujet, Joseph Royer, « La coquille et l'exégète », *Léon Bloy*, Cahier de l'Herne, n° 55, *op. cit.*, p. 111.

LE DÉSESPÉRÉ

Lacrymabiliter [1] *!*
Office des morts des Chartreux.

AD FRATRES IN EREMO [1] :
JACQUES-CHRISTOPHE MARITAIN
ET PIERRE-MATTHIAS VAN DER
MEER DE WALCHEREN, MES
FILLEULS BIEN-AIMÉS.
L.B. [2]

[PREMIÈRE PARTIE [1]]

LE DÉPART

[I]

« Quand vous recevrez cette lettre, mon cher ami, j'aurai achevé de tuer mon père. Le pauvre homme agonise, et mourra, dit-on, avant le jour [2].

« Il est deux heures du matin. Je suis seul dans une chambre voisine, la vieille femme qui le garde m'ayant fait entendre qu'il valait mieux que les yeux du moribond ne me rencontrassent pas et qu'on m'avertirait *quand il en serait temps*.

« Je ne sens actuellement aucune douleur ni aucune impression morale nettement distincte d'une confuse mélancolie, d'une indécise peur de ce qui va venir. J'ai déjà vu mourir et je sais que, demain, ce sera terrible. Mais, en ce moment, rien ; les vagues de mon cœur sont immobiles. J'ai l'anesthésie d'un assommé. Impossible de prier, impossible de pleurer, impossible de lire. Je vous écris donc, puisqu'une âme livrée à son propre néant n'a d'autre ressource que l'imbécile gymnastique littéraire de le formuler.

« Je suis parricide, pourtant, telle est l'unique vision de mon esprit ! J'entends d'ici l'intolérable hoquet de cette agonie qui est véritablement mon œuvre, – œuvre de damné qui s'est imposée à moi avec le despotisme du destin !

« Ah ! le couteau eût mieux valu, sans doute, le rudimentaire couteau du chourineur [3] filial ! La mort, du moins, eût été, pour mon père, sans préalables années de tortures, sans le renaissant espoir toujours déçu de mon retour à l'auge à cochons d'une sagesse bourgeoise ; je serais fixé sur la nature légalement ignominieuse d'une probable expiation ; enfin, je ne resterais pas avec cette hideuse incertitude d'avoir eu raison de passer sur le cœur du malheureux homme pour me jeter aux réprobations et aux avanies démoniaques de la vie d'artiste.

« Vous m'avez vu, mon cher Alexis, coiffé d'une ordure cylindrique, dénué de vêtements, de souliers, de tout enfin, excepté de l'apéritive espérance. Cependant, vous me supposiez un domicile conjecturable, un semblant de subsides intermittents, une mamelle quelconque aux flancs d'airain de ma chienne de destinée et vous ne connûtes pas l'irréprochable perfection de ma misère.

« En réalité, je fus un des Dix-Mille retraitants sempiternels de la famine parisienne, – à qui manquera toujours un Xénophon [4], – qui prélèvent l'impôt de leur fringale sur les déjections de la richesse et qui assaisonnent à la fumée de marmites inaccessibles et pénombrales, la croûte symbolique récoltée dans les ordures [5].

« Tel a été le vestibule de mon existence d'écrivain, – existence à peine changée, d'ailleurs, même aujourd'hui que je suis devenu quasi célèbre. Mon père le savait et en mourait de honte.

« Excellent théologien maçonnique, adorateur de Rousseau et de Benjamin Franklin [6], toute sa jurisprudence critique était d'arpenter le mérite à la toise du succès. De ce point de vue, Dumas père et Béranger [7] lui paraissaient des abreuvoirs suffisants pour toutes les soifs esthétiques.

« Il me chérissait, cependant, à sa manière. Avant que j'eusse fini de baver dans mes langes, avant même que je vinsse au monde, il avait soigneusement marqué toutes les étapes de ma vie, avec la plus géométrique des sollicitudes. Rien n'avait été oublié, excepté l'éventualité d'une pente littéraire. Quand il devint impossible de nier l'existence du chancroïde, sa confusion fut immense et son désespoir sans bornes. Ne discernant qu'une révolte *impie* dans le simple effet d'une intransgressable loi de nature, mais absolument pénétré de son impuissance, il me donna, néanmoins, une dernière preuve de la plus inéclairable tendresse en ne me maudissant jamais tout à fait.

« Mon Dieu ! que la vie est une horrible dégoûtation ! Et combien il serait facile aux sages de ne jamais faire d'enfants ! Quelle idiote rage de se propager ! Une continence éternelle serait-elle donc plus atroce que cette invasion de supplices qui s'appelle la naissance d'un enfant de pauvre ?

« Déjà, dans toutes les conditions imaginables, un père et un fils sont comme deux âmes muettes qui se regardent de l'un à l'autre bord de l'abîme du flanc maternel, sans pouvoir presque jamais ni se parler ni s'étreindre, à cause, sans doute, de la pénitentielle immondicité de toute procréation humaine ! Mais si la misère vient à rouler son torrent d'angoisses dans ce lit profané et que l'anathème effroyable d'une vocation supérieure soit prononcé, comment exprimer l'opaque immensité qui les sépare ?

« Nous avions depuis longtemps cessé de nous écrire, mon père et moi. Hélas ! nous n'avions rien à nous dire. Il ne croyait pas à mon avenir d'écrivain et je croyais moins encore, s'il eût été possible, à la compétence de son diagnostic. Mépris pour mépris. Enfer et silence des deux côtés.

« Seulement, il se mourait de désespoir et voilà mon parricide ! Dans quelques heures, je me tordrai peut-être les mains en poussant des cris, quand viendra l'énorme peine. Je serai ruisselant de larmes, dévasté par toutes les tempêtes de la pitié, de l'épouvante et du remords. Et cependant, s'il fallait revivre ces dix dernières années, je ne vois pas de quelle autre façon je pourrais m'y prendre. Si ma plume de pamphlétaire catholique avait pu conquérir de grandes sommes, mon père, le plus désintéressé des pères ! – aurait fait cent lieues pour venir s'asseoir devant moi et me contempler à l'aise dans l'auréole de mon génie. Mais il était de ma destinée d'accomplir moi-même ce voyage et de l'accomplir sans un sou pour l'abominable contemplation que voici !

« Vous ignorez, ô romancier plein de gloire, cette parfaite malice du sort. La vie a été pour vous plus clémente. Vous reçûtes le don de plaire et la nature même de votre talent, si heureusement pondéré, éloigne jusqu'au soupçon du plus vague rêve de dictature littéraire.

« Vous êtes, sans aucune recherche, ce que je ne pourrais jamais être, un écrivain aimable et fin, et vous ne révolterez jamais personne, – ce que, pour mon malheur, j'ai passé ma vie à faire. Vos livres portés sur le flot des éditions innombrables vont d'eux-mêmes dans une multitude d'élégantes mains qui les propagent avec amour. Heureux homme qui m'avez autrefois nommé votre frère, je crie donc vers vous dans ma détresse et je vous appelle à mon aide.

« Je suis sans argent pour les funérailles de mon père et vous êtes le seul ami riche que je me connaisse. Gênez-vous un peu, s'il le faut, mais envoyez-moi, dans les vingt-quatre heures, les dix ou quinze louis strictement indispensables pour que la chose soit décente. Je suis isolé dans cette ville où je suis né, pourtant, et où mon père a passé sa vie en faisant, je crois, quelque bien. Mais il meurt sans ressources et je ne trouverais probablement pas cinquante centimes dans une poche de compatriote.

« Donnez-vous la peine de considérer, mon favorisé confrère, que je ne vous ai jamais demandé un service d'argent, que le cas est grave, et que je ne compte absolument que sur vous.

« Votre anxieux ami,
« CAÏN MARCHENOIR [8]. »

*

[II]

Cette lettre, aussi maladroite que dénuée d'illusions juvéniles, était adressée, rue de Babylone, à M. Alexis Dulaurier[1], l'auteur célèbre de *Douloureux Mystère.*

Les relations de celui-ci avec Marchenoir dataient de plusieurs années. Relations troublées, il est vrai, par l'effet de prodigieuses différences d'idées et de goûts, mais restées à peu près cordiales.

À l'époque de leur rencontre, Dulaurier, non encore entré dans l'étonnante gloire d'aujourd'hui, vivait obscurément de quelques nutritives leçons triées pour lui, avec le plus grand soin, sur le tamis de ses relations universitaires. Il venait de publier un volume de vers byroniens[2] de peu de promesses, mais suffisamment poissés de mélancolie pour donner à certaines âmes liquides le mirage du *Saule* de Musset sur le tombeau d'Anacréon.

Aimable et de verve abondante – tel qu'il est encore aujourd'hui – sans l'érésipèle de vanité qui le défigure depuis ses triomphes, son petit appartement du Jardin des Plantes était alors le lieu d'un groupe fervent et cénaculaire de jeunes écrivains, dispersés maintenant dans les entrecolonnements bréneux de la presse à quinze centimes. Le plus remarquable de tous était cet encombrant tzigane Hamilcar Lécuyer[3], que ses goujates vaticinations antireligieuses ont rendu si fameux.

Alexis Dulaurier, ami, par choix, de tout le monde et, par conséquent, sans principes comme sans passions, comblé des dons de la médiocrité, – cette force à déraciner des Himalayas ! – pouvait raisonnablement prétendre à tous les succès.

Quand l'heure fut venue, il n'eut qu'à toucher du doigt les murailles de bêtise de la grande Publicité pour qu'elles tombassent aussitôt devant lui et pour qu'il entrât, comme un Antiochus[4], dans cette forteresse imprenable aux gens de génie, avec les cent vingt éléphants futiles chargés de son bagage littéraire.

Sa prépondérante situation d'écrivain est désormais incontestable. Il ne représente rien moins que la Littérature française.

Bardé de trois volumes d'une poésie bleuâtre et frigide, en excellent acier des plus recommandables usines anglaises, – au travers de laquelle il peut défier qu'on atteigne jamais son cœur ; inventeur d'une psychologie polaire, par l'heureuse addition de quelques procédés de Stendhal[5] au *dilettantisme* critique de M. Renan[6] ; sublime déjà pour les haïsseurs de toute virilité intellectuelle, il escalada enfin les plus hautes frises en publiant les deux premiers romans d'une série dont nul prophète ne saurait prévoir la fin, car il est persuadé d'avoir trouvé sa vraie voie.

Il faut penser à l'incroyable anémie des âmes modernes dans les classes dites élevées, – les seules âmes qui intéressent Dulaurier et dont il ambitionne le suffrage, – pour bien comprendre l'eucharistique succès de cet évangéliste du Rien.

Raturer toute passion, tout enthousiasme, toute indépendance généreuse, toute indécente vigueur d'affirmation ; fendre en quatre l'ombre de poil d'un sénile fantôme de sentiment, faire macérer, en trois cents pages, d'impondérables délicatesses amoureuses dans l'huile de myrrhe d'une chaste hypothèse ou dans les aromates d'un élégant scrupule ; surtout ne jamais conclure, ne jamais voir le Pauvre, ne jamais s'interrompre de gémir avec lord Byron[7] sur l'aridité des joies humaines ; en un mot, ne *jamais* ÉCRIRE ; – telles furent les victuailles psychologiques offertes par Dulaurier à cette élite dirigeante engraissée dans tous les dépotoirs révolutionnaires, mais qui, précisément, expirait d'une inanition d'aristocratie.

Après cela, que pouvait-on refuser à ce nourrisseur[8] ? Tout, à l'instant, lui fut prodigué : l'autorité d'un augure, les éditions sans cesse renouvelées, la survente des vieux bouillons, les prix académiques, l'argent infini, et jusqu'à cette croix d'honneur si polluée, mais toujours désirable, qu'un artiste fier, à supposer qu'il l'obtînt, n'aurait même plus le droit d'accepter !

Le fauteuil d'immortalité lui manque encore. Mais il l'aura prochainement, dût-on faire crever une trentaine d'académiciens pour lui assurer des chances !

On ne voit guère qu'un seul homme de lettres qui se puisse flatter d'avoir joui, en ces derniers temps, d'une aussi insolente fortune. C'est Georges Ohnet [9], l'ineffable bossu millionnaire et avare, l'imbécile auteur du *Maître de Forges*, qu'une stricte justice devrait contraindre à pensionner les gens de talent dont il vole le salaire et idiotifie le public.

Mais, quelque vomitif que puisse être le succès universel de ce drôle, qui n'est, en fin de compte, qu'un sordide spéculateur et qui, peut-être, se croit du génie, celui de Dulaurier, qui *doit* sentir la misère de son esprit, est bien plus révoltant encore.

Le premier, en effet, n'a vu dans la littérature qu'une appétissante glandée dont son âme de porc s'est réjouie et c'est bien ainsi qu'on a généralement compris sa fonction de faiseur de livres. Le second a vu la même chose, sans doute, mais, sagement, il s'est cantonné dans la clientèle influente et s'est ainsi ménagé une situation littéraire que n'eut jamais l'immense poète des *Fleurs du Mal* et qui déshonore simplement les lettres françaises.

Cette réserve faite, la pesée intellectuelle est à peu près la même des deux côtés, l'un et l'autre ayant admirablement compris la nécessité d'écrire comme des cochers pour être crus les automédons [10] de la pensée [11].

L'auteur de l'*Irrévocable* [12] et de *Douloureux Mystère* est, par surcroît, travaillé de manies anglaises. Par exemple, on ne passe pas dix minutes auprès de lui sans être investi de cette confidence, que la vie l'a traité avec la dernière rigueur et qu'il est, à peu de chose près, le plus à plaindre des mortels.

Un brave homme, qui venait de voir mourir dans la misère et l'obscurité un être supérieur dont quelques journaux avaient à peine mentionné la disparition, s'indignait, un jour, de ce boniment d'un médiocre à qui tout a réussi. – Après tout, dit-il en se calmant, il y a peut-être quelque sincérité dans cette vile blague. Ce garçon a l'âme petite, mais il n'est ni un sot, ni un hypocrite, et, par moments, il doit lui peser quelque chose de la monstrueuse iniquité de son bonheur !

*

[III]

L'imploration postale de ce Marchenoir au prénom si étrange était donc doublement inhabile. Elle étalait une complète misère, la chose du monde la plus inélégante aux yeux d'un pareil dandy de plume, et laissait percer, dans les dernières lignes, un vague, mais irrémissible mépris, dont l'infortuné pétitionnaire, inexpert au maniement des vanités, et, d'ailleurs, anéanti, ne s'était pas aperçu. Il avait même cru, dans son extrême fatigue, pousser assez loin la flatterie et il s'était dit, avec le geste de lancer un trésor à la mer, que son effrayante détresse exigeait un tel sacrifice.

Dulaurier et lui ne se voyaient presque plus depuis des années. Une sorte de curiosité d'esprit les avait poussés naguère l'un vers l'autre. Pendant des saisons on les avait vus toujours ensemble, – la misanthropie enflammée du bohème qui passait pour avoir du génie, faisant repoussoir à la sceptique indulgence de l'arbitre futur des hautes finesses littéraires.

Dès la première minute de succès, Dulaurier sentit merveilleusement le danger de remorquer plus longtemps ce requin, aux entrailles rugissantes, qui allait devenir son juge et, suavement, il le lâcha.

Marchenoir trouva la chose très simple, ayant déjà pénétré cette âme. Ce ne fut ni une rupture déclarée, ni même une brouille. Ce fut, de part et d'autre, comme une verte poussée d'indifférence entre les intentions inefficaces dont cette amitié avait été pavée. On avait eu peu d'illusions et on ne s'arrachait aucun rêve.

De loin en loin, une poignée de main et quelques paroles distraites quand on se rencontrait. C'était tout. D'ailleurs le rayonnant Alexis montait de plus en plus dans la gloire, il devenait empyréen. Qu'avait-il à faire de ce guenilleux brutal qui refusait de l'admirer ?

Un jour cependant, Marchenoir ayant réussi à placer quelques articles éclatants au *Pilate* [1], – journal pituiteux à immense portée, dont le directeur avait eu passagèrement la fantaisie de condimenter la mangeoire, – Dulaurier se découvrit, tout à coup, un regain de tendresse pour cet ancien compagnon des mauvais jours, qui se présentait en polémiste et qui pouvait devenir un ennemi des plus redoutables.

Heureusement, ce ne fut qu'un éclair. Le journal immense, bientôt épouvanté des témérités scarlatines du nouveau venu et de son scandaleux catholicisme, s'empressa de le congédier. L'exécuté Marchenoir vit se fermer aussitôt devant lui toutes les portes des journaux sympathiquement agités du même effroi et, plein de famine, évincé du festin royal de la Publicité, pour n'avoir pas voulu revêtir la robe nuptiale des ripaillants maquereaux de la camaraderie, il replongea dans les extérieures ténèbres d'où ne purent le tirer deux livres supérieurs [2], étouffés sans examen sous le silence concerté de la presse entière.

Le fatidique Dulaurier, qui n'avait jamais eu la pensée de secourir ce réfractaire d'une parcelle de son crédit de feuilletoniste influent, n'était, certes, pas homme à se compromettre en jouant pour lui les Bons Samaritains. Dans les rencontres peu souhaitées que leur voisinage rendait difficilement évitables, il sut se borner à quelques protestations admiratives, accompagnées de gémissements mélodieux et d'affables reproches sur l'intransigeance, au fond, pleine d'injustice, qui lui avait attiré cette disgrâce.

– Pourquoi se faire des ennemis ? Pourquoi ne pas aimer tout le monde qui est si bon ? L'Évangile, d'ailleurs, auquel vous croyez, mon cher Caïn, n'est-il pas là pour vous l'apprendre [3] ?

Il osait parler de l'Évangile !... et c'était pourtant vers cet homme que le naufragé Marchenoir se voyait réduit à tendre les bras !

*

[IV]

Le *jeune maître* reçut la lettre dans son lit. Il avait passé la soirée chez la baronne de Poissy [1], la célèbre amphitryonne de tous les sexes, en compagnie d'un groupe élu de chenapans du *Premier-Paris* et de cabotins lanceurs de rayons. Il avait été *étincelant*, comme toujours, et même un peu plus.

Dès cinq heures du matin, le *Gil Blas* [2] en avait répandu la nouvelle chez quelques marchands de vin du faubourg Montmartre ; à huit heures, aucun employé de commerce ne l'ignorait plus. Le squameux chroniqueur nocturne laissait entendre, avec la pudique diaphanéité congruente à ce genre d'information, que la présence d'une jeune Norvégienne des fiords lointains, à la gorge liliale et à la virginité ductile, avait été pour quelque chose dans l'éréthisme d'improvisation de l'irrésistible ténor léger de « nos derniers salons littéraires ».

En conséquence, il se réconfortait d'un peu de sommeil, après cette lyrique dilapidation de son fluide.

– Est-ce vous, François ? dit-il d'une voix languissante, en s'éveillant au faible bruit de la porte de sa

LE DÉPART

chambre à coucher que le domestique entr'ouvrait avec précaution.

– Oui, Monsieur, c'est une lettre très pressée pour Monsieur.

– C'est bien, posez-la ici. Ouvrez les rideaux et apportez du feu. Je vais me lever dans un instant... Il me semble que j'ai beaucoup dormi, quelle heure est-il donc ?

– Monsieur, la *demie* de huit heures venait de sonner, quand le facteur est arrivé.

Dulaurier referma les yeux et, dans la tiédeur du lit, au grondement d'un excellent feu, s'immergea dans l'exquise ignavie [3] matutinale de ces colons de l'heureuse rive du monde [4], pour qui la journée qui monte est toujours sans menaces, sans abjection de comptoir ni servitude de bureau [5], sans le dissolvant effroi du créancier et la diaphragmatique trépidation des coliques de l'échéance, sans tout le cauchemar des plafonnantes terreurs de l'expédient éternel !

Ah ! que le Pauvre est absent de ces réveils d'affranchis, de ces voluptueux entrebâillements d'âmes entretenues, à la chantante arrivée du jour ! Comme il est, – alors, – Cimmérien [6], télescopique, aboli dans l'ultérieure ténébrosité des espaces, le dolent Famélique, le sale et grand Pauvre, ami du Seigneur !

La flûte pensante qu'était Dulaurier vibrait encore des bucoliques mondaines de la veille. L'édredon de Norvège ondulait mollement, à l'entour de son esprit, dans la grisaille lumineuse d'un demi-sommeil. Une jeune oie, venue du Cap Nord, épandait sur lui de chastes songes, neige psychologique sur cette flottante imagination glacée...

– Quelle pureté ! quelle âme fine ! murmurait-il en étendant la main vers la lettre. *Très pressée, en cas d'absence, faire suivre.* C'est l'écriture de Marchenoir. Je le reconnais bien là. Comme s'il y a jamais eu rien de pressé dans la vie !

Il lut, sans aucune émotion visible, les quatre pages de cette écriture, droite et robuste, à la façon des dolmens, dont l'étonnante lisibilité a fait la joie de tant d'imprimeurs. Vers la fin, cependant, une alarme soudaine apparut en lui, accompagnée de gestes de détresse, aussitôt suivis de l'interprétative explosion d'une petite fureur nerveuse.

— Il m'embête, ce misanthrope, s'écria-t-il, en rejetant la prose cruciale de son onéreux ami. Me prend-il pour un millionnaire ? Je gagne ma vie, moi, il peut bien en faire autant ! Eh ! que diable, son père ne sera pas jeté à la voirie, peut-être ! Pourquoi pas les funérailles d'Héphestion [7] à ce vieil imbécile ?

Il s'habilla, mais sans enthousiasme. Sa journée allait être gâtée.

— J'avais bien besoin de ça ! Décidément, il n'y a de belles âmes que les mélancoliques et les tendres, et ce Marchenoir est dur comme le diable... Caïn ! c'est la seule idée spirituelle que son père ait jamais eue, de le nommer ainsi. Mais, que faire ? Si je ne lui réponds pas, je m'en fais un ennemi, ce qui serait absurde et intolérable. J'ai pu le blâmer pour son fanatisme et ses violences dont j'ai vainement essayé de lui démontrer l'injustice, surtout lorsqu'il s'est attaqué d'une façon si sauvage à ce pauvre Lécuyer [8], qu'il devrait pourtant épargner, ne fût-ce que par amitié pour moi ; je me suis vu forcé, à mon grand regret, de m'écarter de lui, à cause de son insupportable caractère ; mais enfin je ne l'ai jamais attaqué, moi, j'ai même dit du bien de lui, au risque de me compromettre, et je lui ai laissé voir assez clairement la pitié que m'inspirait sa situation. Il abuse aujourd'hui de ce sentiment... Dix ou quinze louis [9], il va bien ! C'est à peine si je gagne deux mille francs par mois, je ne peux pourtant pas aller tout nu. D'un autre côté, si je lui réponds que je prends part à son chagrin, mais que je ne puis faire ce qu'il me demande, il ne manquera pas de m'accuser d'avarice. Tout est dangereux avec cet enragé. On est toujours trop bon, je l'ai dit bien souvent. Il faudrait pouvoir vivre dans la solitude, en compagnie d'âmes charmantes et incorporelles !... Quelle lassitude

LE DÉPART

est la mienne !... Déjà dix heures et cinq cents lignes d'épreuves à corriger avant d'aller chez Des Bois[10], qui m'attend à déjeuner !... Cette lettre m'exaspère !

Il s'assit devant le feu, ses épreuves à la main, et se mit à considérer le volubile effort d'une flamme bleuâtre autour d'une bûche humide.

– Mais, au fait, c'est bien simple, dit-il, tout à coup à voix basse, répondant à d'interrogantes pensées intérieures plus basses encore, Marchenoir est en fort bons termes avec Des Bois, qui est riche, lui. Je déciderai sans doute le docteur à faire quelque chose.

Sa figure s'éclaira, le cordial de cette résolution ayant réconforté sa belle âme, et il put relire, avec la clairvoyance rapide d'un contempteur de la *petite bête* littéraire, les phrases collantes et albumineuses espérées par deux mille salons.

*

[V]

Le docteur Chérubin Des Bois habite un appartement somptueux dans le milliardaire quartier de l'Europe, au plus bel endroit de la rue de Madrid. C'est le médecin du monde exquis, le thérapeute des salons, l'exorciste délicat des petites névroses distinguées.

À peine au début de sa brillante carrière, il a déjà conquis des avenues et des boulevards. Ses grâces personnelles faites de rien du tout, comme sa science même, passent généralement pour irrésistibles. Sa petite tête ascendante et mobile de casoar consultant est habituellement scrutatrice à la manière d'un speculum qui aurait d'aimables sourires. Casuiste médical plein de mystères et conjecturant brochurier plein d'intentions, mais thaumaturge hypothétique, il serait peut-être le premier docteur du monde pour guérir les gens de mettre le pied chez lui, s'il n'avait reçu l'admirable don de tranquilliser Cypris[1] ulcérée et d'attraire ainsi une vaste clientèle de muqueuses aristocratiques dont il est devenu le tentaculaire confident.

Curieux d'alchimie et de traditions occultes, mais sans archaïque manipulation de substances, jobardement épris de toute absconse doctrine capable de travestir son néant, fanatique de littérature décente et d'art correct, ami respectueux de cabots puissants, tels que Coquelin cadet[2], ou d'avares scribes, tels que Georges Ohnet, – prototypes accomplis des relations de son choix, – il gratifie d'excellents dîners tous les estomacs influents qu'il suppose coutumiers des reconnaissantes digestions.

On l'a dit un peu plus haut, le lamentable Marchenoir avait eu sa minute de célébrité. On avait pu penser un moment qu'il allait s'asseoir dans une situation formidable. Le docteur, aussitôt, rêva de l'annexer.

Marchenoir était, alors, comme il fut tant de fois, dans une de ces agonies, où le lycanthrope le plus imprenable s'abandonne à la moite main qui veut le saisir, au lieu de la trancher férocement d'un coup de mâchoire.

Puis, le misérable était ainsi fait, pour sa confusion et son indicible rage, que la grimace de l'amour l'avait toujours vaincu et qu'il se trouvait toujours désarmé devant l'expression postiche de la plus manifestement droguée des bienveillances.

Des Bois, s'étant arrangé pour le rencontrer comme par hasard, sut entrer, avec une souplesse fondante, dans les sentiments du pamphlétaire et emporta, presque sans effort, les sauvages répugnances du révolté. Il obtint que Marchenoir déjeunât chez lui, sans témoins.

– Mon cher monsieur Marchenoir, lui dit-il sur-le-champ, je gagne cent mille francs par an et je les dépense. Par conséquent, je suis pauvre, *plus pauvre que vous*, peut-être, a cause des charges écrasantes qui résultent de ma situation même. Je suis donc en état de très bien comprendre certaines choses. Permettez-moi de vous parler

LE DÉPART

avec une entière franchise. Vous êtes évidemment appelé au plus brillant avenir littéraire, mais je sais que vous êtes momentanément embarrassé. Droit au but. Je mets vingt-cinq louis à votre disposition. Acceptez-les sans façon comme d'un ami qui croit en vous et qui serait heureux de pouvoir vous offrir bien davantage.

Cela fut si parfaitement dit, et d'une cordialité si sûrement décochée, que le pauvre Marchenoir, ravagé d'angoisses provenant du manque d'argent, menacé d'imminentes catastrophes et croyant voir le ciel s'entr'ouvrir, accepta sans délibérer, avec un enthousiasme imbécile.

Quant à Des Bois, il était bien trop habile et complexe pour comprendre quoi que ce fût à la simplicité incroyablement rudimentaire d'un tel homme et il se tint pour assuré d'avoir conclu un heureux marché.

Cette amitié, si étrangement assortie, fut quelque temps sans nuages. Mais, un jour, Marchenoir ayant commencé de broncher dans la vivifiante estime des journaux, le Chérubin docteur commença d'être oraculaire.

Avec d'infinies mesures, en de circonspectes exhortations, ce dernier fit comprendre à son hôte que le bon sens était tenu de réprouver l'absurde inflexibilité de ses principes, que le bon goût endurait, par ses insolences écrites, un intolérable gril, qu'il fallait soigneusement se garder de croire qu'une si farouche indépendance d'esprit fût un rail rigide pour arriver à l'indépendance par l'argent, enfin qu'on avait espéré beaucoup mieux de lui et qu'on était navré de tout ça jusqu'à l'effusion des larmes.

En même temps, des paroles moins humides et beaucoup plus nettes étaient dites à un tiers commensal qui s'empressa de les répéter à Marchenoir. On se plaignait de ses visites abusivement fréquentes et la vie privée de ce vaincu ne fut pas exemptée de blâme. On le savait vivant avec une jeune femme et le mot infamant de *collage* fut prononcé.

C'était la fin. Marchenoir ramassa tous ces propos au ras de l'ordure et les flanqua, pêle-mêle, avec l'argent, comme un tas de trésors, dans une incorruptible caisse de cèdre, bardée d'un airain vibrant, au plus profond de son cœur !

*

[VI]

La loi des « attractions proportionnelles » devait, au contraire, infailliblement précipiter l'un vers l'autre et souder ensemble Alexis Dulaurier et le docteur Chérubin Des Bois. Évidemment, de telles âmes avaient été créées pour fonctionner à l'unisson.

Ils n'avaient à déplorer que de s'être rencontrés si tard. Ils se connaissaient, par malheur, depuis peu de temps. Quoiqu'ils fréquentassent à peu près les mêmes salons, – l'un raffermissant et cicatrisant ce que l'autre se contentait de lubrifier, – un inconcevable guignon avait longtemps écarté les occasions, qui eussent dû être sans nombre, d'une si désirable conjonction.

Cette circonstance, regrettable au point de vue de l'entrelacs de leurs esprits, avait été providentielle pour Marchenoir, que le consciencieux Dulaurier n'aurait jamais permis de secourir avec un tel faste, s'il avait pu être consulté.

Si maintenant celui-ci venait, de lui-même, inciter Des Bois à de nouvelles largesses, c'était uniquement, comme on vient de le voir, pour ménager une amitié dangereuse encore, bien que jugée inutile, en préservant au meilleur marché, du maculant soupçon de ladrerie, sa pure hermine d'excellent enfant.

C'est toujours une allégresse chez le docteur quand Dulaurier s'y présente. De part et d'autre, on se placarde

LE DÉPART

de sourires, on se plastronne de simagrées affectueuses, on se badigeonne au lait de chaux d'une sépulcrale sensibilité.

C'est un négoce infini de filasse sentimentale, d'attendrissements hyperboréens, de congratulatoires frictions, de susurrements apologétiques, de petites confidences pointues ou fendillées, d'anecdotes et de verdicts, une orgie de médiocrité à cinquante services dans le dé à coudre de l'insoupçonnable femelle de César[1] !

Car ces fantoches sont, *à leur insu*, des majestés fort jalouses et c'est une question de savoir si Dieu même, avec toute sa puissance, arriverait à leur inspirer quelque incertitude sur l'irréprochable beauté de leur vie morale.

C'est peut-être l'effet le moins aperçu d'une dégringolade française de quinze années[2], d'avoir produit ces dominateurs, inconnus des antérieures décadences, qui règnent sur nous sans y prétendre et sans même s'en apercevoir. C'est la surhumaine oligarchie des Inconscients et le Droit Divin de la Médiocrité absolue.

Ils ne sont, *nécessairement*, ni des eunuques, ni des méchants, ni des fanatiques, ni des hypocrites, ni des imbéciles affolés. Ils ne sont ni des égoïstes avec assurance, ni des lâches avec précision. Ils n'ont pas même l'énergie du scepticisme. Ils ne sont absolument rien. Mais la terre est à leurs pieds et cela leur paraît très simple.

En vertu de ce principe qu'on ne détruit bien que ce qu'on remplace, il fallait boucher l'énorme trou par lequel les anciennes aristocraties s'étaient évadées comme des ordures, en attendant qu'elles refluassent comme une pestilence. Il fallait condamner à tout prix cette dangereuse porte et les Acéphales furent élus pour chevaucher un peuple de décapités !

Aussi, la Fille aînée de l'Église, devenue la Salope du monde, les a triés avec une sollicitude infinie, ces lys d'impuissance, ces nénuphars bleus dont l'innocence ravigote sa perverse décrépitude ! Si l'Exterminateur arrivait enfin, il ne trouverait plus une âme vivante dans les quartiers opulents de Paris, rien aux Champs-Élysées, rien au Trocadéro, rien au Parc Monceau, trois fois rien au Faubourg Saint-Germain et, sans doute, il dédaignerait angéliquement de frapper du glaive les simulacres humains pavés de richesses qu'il y découvrirait !

*

[VII]

Dulaurier ne parla pas immédiatement de Marchenoir. Par principe, il ne parlait jamais immédiatement de rien et rarement, ensuite, se décidait-il à parler avec netteté de quoi que ce fût. Il gazouillait des conjectures et s'en tenait là, abandonnant les grossièretés de l'affirmation aux esprits sans délicatesse.

Cette fois, pourtant, il fallut bien en venir là.

— J'ai reçu une lettre de Marchenoir, commença-t-il. Le pauvre diable m'écrit de Périgueux que son père est à l'agonie. La mort était attendue hier matin. Il me demande d'une manière presque impérieuse de lui envoyer quinze louis, aujourd'hui même, pour les funérailles. Il a l'air de croire que j'ai des paquets de billets de banque à jeter à la poste, mais il paraît affligé et je suis fort embarrassé pour lui répondre.

— Je ne vois pas d'autre réponse que le silence, prononça Des Bois. Marchenoir est un orgueilleux et un ingrat qu'il faut renoncer à secourir utilement. Il méprise et offense tout le monde, à commencer par ses meilleurs amis. J'ai voulu le tirer d'affaire et il s'en est fallu de peu qu'il ne me mît dans l'embarras. C'est assez comme cela. Je n'ai pas le droit de sacrifier mes intérêts et mes devoirs d'homme du monde à un personnage de mauvaise compagnie qui finirait par me compromettre.

— Il a du talent, c'est bien dommage !

– Oui, mais quelle odieuse brutalité ! Si vous saviez le ton qu'il apportait ici ! Il paraissait ne faire aucune différence entre ma maison et une écurie qui eût été l'annexe d'un restaurant. Heureusement, je ne l'ai jamais reçu quand j'avais du monde. Il prenait à tâche de dire du mal de tous mes amis. Un jour, malgré mes précautions, il rencontra mon vieux camarade Ohnet, à qui il ne peut pardonner son succès. Eh bien ! il affecta de le considérer comme une épluchure. Vous conviendrez que ce n'est pas fort agréable pour moi. Croiriez-vous qu'il avait pris l'habitude de manger constamment de l'ail et qu'il empestait de cette infâme odeur mon appartement et jusqu'à mon cabinet de consultation ? Je me suis vu forcé de le consigner et je crois qu'il a fini par comprendre, car il a cessé de venir depuis deux ou trois mois.

– Il est malheureux. Il faut avoir pitié de lui. Tout mon spiritualisme est là, mon bon Des Bois. Il n'y a de divin que la pitié. Je vois Marchenoir tel que vous le voyez vous-même et je pourrais faire les mêmes plaintes. Je lui ai bien souvent, et combien vainement ! reproché son intolérance et son injustice ! Lui-même, il s'accuse d'avoir fait mourir son père de chagrin. Il ne m'a jamais répondu que par le mépris et l'injure. Une fois, ne s'est-il pas emporté jusqu'à me dire qu'il ne m'estimait pas assez pour me haïr[1] ? Il est vrai que je lui avais rendu, moi aussi, quelques services, mais il m'a laissé entrevoir que je devais me sentir fier d'avoir été sollicité par un homme de son mérite. Il faut en prendre son parti, voyez-vous ! Cet énergumène catholique est ingrat, mais pas vulgaire, et c'est assez pour qu'on en puisse jouir. Vous rappelez-vous ce fameux esclave des solennités triomphales de l'ancienne Rome, chargé de tempérer l'apothéose en insultant le triomphateur ? Tel est Marchenoir. Seulement, sa journée finie et sa hotte d'injures vidée, il s'en va tendre humblement la main pour l'amour de Dieu, à ceux-là mêmes qu'il vient d'inonder de ses outrages. Ne pensez-vous pas qu'il serait criminel de décourager cette industrie ?

Dulaurier ayant expulsé ces choses, une brise de contentement passa sur son cœur. Il se replanta sous l'arcade un instable monocle que l'émotion du discours en avait fait tomber et, levant son verre, il regarda le docteur en homme qui va porter un toast à la Justice éternelle.

– Mais que voulez-vous donc que je fasse ? repartit Des Bois. Je ne peux pourtant pas le prendre chez moi avec son ail et ses perpétuelles fureurs !

– Assurément, mais ne pourriez-vous, une dernière fois, le secourir de quelque argent ? Il s'agit d'enterrer son père et le cas est grave, ainsi qu'il me l'écrit lui-même, avec une légère nuance de menace, le pauvre garçon ! La pitié doit intervenir ici. Par malheur, je ne peux rien ou presque rien en ce moment, ma récente *promotion*[2] m'ayant forcé à des dépenses infinies. Je ne veux pas vous le dissimuler, Des Bois, j'ai espéré vous attendrir sur ce malheureux. En toute autre circonstance, je ne vous eusse pas importuné de cette mince affaire. Vous me connaissez. J'aurais fait ce qu'il désire sans hésitations et sans phrases, mais je suis étranglé et, précisément, parce qu'il me suppose comblé des dons de la fortune, je craindrais qu'il ne se crût en droit de m'accuser d'une dureté sordide si je n'accomplissais ostensiblement aucun effort...

La voix chantante de Dulaurier était descendue du soprano des vengeresses subsannations[3] jusqu'aux notes gravement onctueuses d'un baryton persuasif.

Il avait su ce qu'il faisait, ce légionnaire, en rappelant, d'un seul mot explicativement détaché, sa décoration toute fraîche éclose. Cette boutonnière était extrêmement agissante sur le docteur, pour qui elle représentait une irréfragable sanction des préférences esthétiques de son milieu ; l'auteur de *Douloureux Mystère* ayant surtout attrapé ce signe de grandeur à force de rapetisser la littérature.

Le juteux succès de son dernier livre, – irréprochablement glabre, – avait été l'occasion, longtemps espérée, de cette récompense nationale dont le titulaire, un beau matin, reçut la nouvelle, – à l'heure précise où l'un des plus rares écrivains de la France contemporaine[4] accueillait, en pleine figure, le quarante-cinquième coup de poing hebdomadaire de ses fonctions de *moniteur* dans une salle de boxe anglaise, aux appointements de soixante francs par mois, – pour nourrir son fils[5] !

*

[VIII]

– Soit ! conclut Des Bois, après un assez long combat. Par considération pour vous, Dulaurier, je consens à faire encore un sacrifice. Mais, songez-y, ce sera le dernier. Je me croirais coupable si j'encourageais l'orgueil et la paresse de ce garçon, qui n'est malheureux que par sa faute, vous en convenez vous-même. Voici trois louis. Je ne puis ni ne veux donner davantage. Envoyez-lui cet argent comme vous le jugerez convenable. Vous m'obligerez en lui faisant comprendre qu'il ne doit plus rien espérer de moi.

En conséquence, le poète sigisbéen[1] des flueurs[2] psychologiques du grand monde jetait à la poste, le soir même, un message ainsi libellé :

« Mon cher Marchenoir,

« Votre lettre m'a fait beaucoup de peine. Vous savez combien est vraie mon amitié pour vous, en dépit des superficielles différences d'opinion qui ont paru l'altérer, et vous ne pouvez pas douter de la part sincère que je prends à votre chagrin. Je sais trop ce que c'est que de souffrir, quoi que vous en pensiez, et personne, peut-être, n'a senti aussi douloureusement que moi, depuis lord Byron, le mal d'exister. Je me suis appelé moi-même, dans un poème du plus désolant scepticisme, une âme "à la fois exaspérée et lasse"[3]. Rien de plus vrai, rien de plus triste.

« Vous m'avez quelquefois reproché, bien à tort, ce que vous appeliez mon indifférence et ma légèreté, sans tenir compte des déchirements affreux d'une vie écartelée à vingt misères. Votre demande d'argent m'a plongé dans le plus cruel embarras. Vous me croyez riche sur la foi de succès fort exagérés qui compensent bien faiblement des années d'obscur labeur et de continuel effort pour imprégner d'idéalisme les plus répugnantes vulgarités.

« Apprenez que je suis très pauvre et, par conséquent, très éloigné de pouvoir, même *en me gênant*, vous envoyer ce que vous me demandez. Cependant, je n'ai pas voulu vous faire une réponse aussi affligeante avant d'avoir essayé une démarche. J'ai donc été chez Des Bois, à qui j'ai fait connaître votre situation.

« Il vous aime beaucoup, lui aussi, mais vous l'avez froissé comme tant d'autres, souffrez que je vous le dise amicalement, mon cher Marchenoir. Votre inflexible caractère a toujours rebuté les gens les mieux disposés. Je vous ai défendu avec toute la chaleur de mon amitié pour vous, sans pouvoir surmonter ses préventions. J'espérais obtenir la somme entière et ce n'est qu'à force d'instances et de guerre lasse qu'il a consenti à me remettre pour vous soixante francs, en me chargeant de vous avertir que toute tentative du même genre serait désormais inutile.

« Je joins de bon cœur à cet argent les deux louis nécessaires pour vous compléter une centaine de francs et je vous jure, Marchenoir, qu'il a fallu l'horrible urgence du cas pour que je me décidasse, en ce moment, à un pareil sacrifice.

« Cependant, je le prévois bien, vous allez dire qu'on vous marchande un misérable service et vous ferez d'amères plaintes sur ce que vous ne pouvez réaliser pour votre père les funérailles excessives que vous aviez rêvées. Mais, mon pauvre ami, nul n'est tenu à l'impossible et il n'y a aucun déshonneur à s'en tenir à la fosse commune quand on ne peut faire les frais d'une sépulture moins modeste [4].

LE DÉPART

« Je sais que je vous afflige en parlant ainsi, mais ma conscience aussi bien que ma raison me dicte ce langage et, comme catholique, vous n'avez pas le droit de repousser une exhortation à l'humilité chrétienne.

« – Pourquoi, me disait le docteur, Marchenoir ne resterait-il pas à Périgueux ? Il y serait assurément beaucoup mieux qu'à Paris, où il est aussi mal que possible. Il y trouverait infailliblement des amis de sa famille, d'anciens condisciples qui seront heureux de lui procurer des moyens d'existence...

« Je trouve qu'il a raison et je ne puis m'empêcher de vous donner le même avis [5]. Prenez-le en bonne part, comme venant d'une âme unie de tristesse à la vôtre et qui a renoncé, depuis longtemps, à toute illusion.

« La littérature vous est interdite. Vous avez du talent sans doute, un incontestable talent, mais c'est pour vous une non-valeur, un champ stérile. Vous ne pouvez vous plier à aucune consigne de journal, et vous êtes sans ressources pour subsister en faisant des livres [6]. Pour vivre de sa plume, il faut une certaine largeur d'humanité, une acceptation des formes à la mode et des préjugés reçus, dont vous êtes malheureusement incapable. La vie est plate, mon cher Marchenoir, il faut s'y résigner. Vous vous êtes cru appelé à faire la justice et tout le monde vous a abandonné, parce qu'au fond vous étiez injuste et sans *charité*.

« Croyez-moi, renoncez à la littérature et faites courageusement le premier métier venu. Vous êtes intelligent, vous avez une belle écriture, je vous crois appelé à un infaillible succès dans n'importe quelle autre carrière. Tel est le conseil désintéressé d'un homme qui vous aime sincèrement et qui serait heureux d'apprendre que vous avez enfin trouvé votre véritable voie.

« Votre dévoué,
« ALEXIS DULAURIER. »

*

[IX]

« Un éternel mouvement[1] dans le même cercle, une éternelle répétition, un éternel passage du jour à la nuit et de la nuit au jour ; une goutte de larmes douces et une mer de larmes amères ! Ami, à quoi bon moi, toi, nous tous, vivons-nous ? À quoi bon vécurent nos aïeux ? À quoi bon vivront nos descendants ? Mon âme est épuisée, faible et triste. »

Ces lignes furent écrites, dans les dernières années du siècle passé, par l'historien Karamsine[2].

On le voit, l'étrange Russie était déjà travaillée de ce célèbre désespoir qui descend aujourd'hui, comme un dragon d'apocalypse, des plateaux slaves sur le vieil Occident accablé de lassitude[3].

Ce Dévorateur des âmes est si formidable, dans sa lente, mais invincible progression, que toutes les autres menaces de la météorologie politique ou sociale commencent d'apparaître comme rien devant cette Menace théophanique, dont voici l'épouvantable et trilogique formule inscrite en bâtardes de feu sur le pennon noir du Nihilisme triomphant :

Vivent le chaos et la destruction !
Vive la mort !
Place à l'avenir[4] *!*

De quel avenir parlent-ils donc, ces espérants à rebours, ces excavateurs du néant humain ? Ils ne s'arrangent pas des *fins dernières* notifiées par le catholicisme et protestent avec rage contre l'intolérable déni de justice d'une imbécile évasion de l'âme pensante dans la matière.

Quoi donc, alors ? Nul ne peut le dire, et jamais la pauvre mécanique raisonnable n'avait enduré les affres d'une telle agonie. On s'est raccroché autant qu'on l'a pu, on a essayé de toutes les amarres et de tous les crampons du rationalisme ou du mysticisme humanitaire, pour ne pas tomber jusque-là. Tout vésicatoire philosophique, supposé capable de ressusciter un instant le souffle de l'Espérance, a été appliqué à cette phtisique, depuis l'hiérophante Saint-Simon [5] qui parlait de rédemption jusqu'au patriarche des nihilistes, Alexandre Herzen [6], qui en parlait aussi.

« Prêchez la *bonne nouvelle* [7] de la mort, dit ce dernier, montrez aux hommes chaque nouvelle plaie sur la poitrine du vieux monde, chaque progrès de la destruction ; indiquez la décrépitude de ses principes, la superficialité de ses efforts ; montrez qu'il ne peut guérir, qu'il n'a ni soutien, ni foi en lui-même, que personne ne l'aime réellement, qu'il se maintient par des mésentendus ; montrez que chacune de ses victoires est un coup qu'il se porte ; prêchez la *Mort* comme bonne nouvelle, comme annonce de la *prochaine* RÉDEMPTION [8]. »

Tel est le gravitant Absolu de doctrine que nul cric religieux ne déplacera jamais plus !

Négation absolue de tout bien présent et certitude absolue de récupérer l'Éden après l'universelle destruction. Enthymème délateur du néant de la vie par le néant de la mort, dernier acculement de l'Orgueil, sommant une suprême fois l'X de la Justice, au nom de toute la douleur terrestre, d'accorder enfin autre chose que le *simulacre* d'une rédemption ou de raturer, – comme un solécisme, – en même temps que la malheureuse race humaine, l'inexpiable Infini de notre nature !

Cette pensée terrible, cette convoitise *de derrière le cœur* [9], s'est jetée sur la société moderne et l'a enveloppée comme un poulpe. Les plus myopes esprits commencent à comprendre qu'elle est en train de confectionner un fameux cadavre, – le cadavre même de la Civilisation ! – aussi grand que cinquante peuples, dont les chiens sans Dieu se préparent à ronger le crâne en Occident, pendant que ses pieds putréfiés répandront la peste au fond de l'Orient !

Expectans, expectavi [10], attendre en attendant. Les mille ans du Moyen Âge ont chanté cela. L'Église a continué de le chanter depuis l'égorgement du Moyen

Âge par les savantasses bourgeois de la Renaissance, comme si rien n'avait changé de ce qui pouvait donner un peu de patience et, maintenant, on en a tout à fait assez.

Attendre cinquante siècles à la marge enluminée d'un livre d'heures saturé de poésie, comme un de ces expectants patriarches, au sourire fidèle, qui regardent sempiternellement pousser des cèdres sortis de leur ventre, passe encore.

Mais attendre sur un trottoir venu de Sodome, en plein milieu de la retape électorale, dans le voisinage immédiat de l'*Américain* ou de Tortoni [11], avec la crainte ridicule de mettre le pied dans la figure d'un Premier ministre ou d'un chroniqueur, c'est décidément au-dessus des forces d'un homme !

C'est pourquoi tout ce qui a quelque quantité virile, depuis une trentaine d'années, se précipite éperdument au désespoir. Cela fait toute une littérature qui est véritablement une littérature de désespérés. C'est comme une loi toute despotique à laquelle il ne semble pas qu'aucun plausible poète puisse désormais échapper.

Il ne faut pas chercher cette situation inouïe des âmes supérieures en un autre point de l'histoire que cette fin de siècle, où le mépris de toute transcendance intellectuelle ou morale est précisément arrivé à une sorte de contrefaçon du miracle.

Antérieurement à Baudelaire, on le sait trop, il y avait eu lord Byron, Chateaubriand, Lamartine, Musset, postiches lamentateurs qui trempèrent la soupe de leur gloire avec les incontinentes larmes d'une mélancolie *bonne fille* qui leur partageait ses faveurs.

Or, qu'est-ce que le *vague passionnel* [12] de l'incestueux René, bâtard de Rousseau, ou la frénésie décorative de Manfred [13], auprès de la tétanique bave de quelques réprouvés tels que Baudelaire [14] ?...

Ceux-là ne *se souviennent* plus *des cieux*, blague Lamartinienne tant admirée [15] ! Ils ne s'en souviennent plus du tout. Mais ils se souviennent de la tangible terre où ils sont forcés de vivre, au sein de l'ordure humaine, dans une irrémédiable *privation de la vue de Dieu*, – quel que soit leur concept de cette Entité substantielle, – avec un désir enragé de s'en repaître et de s'en soûler à toute heure !...

À cette profondeur de spirituelle infortune, il n'y a plus qu'une seule torture, en qui toutes les autres se sont résorbées pour lui donner une épouvantable énergie, je veux dire : le besoin de la JUSTICE, nourriture infiniment absente !

Parbleu ! ils savent ce que disent les chrétiens, ils le savent même supérieurement. Mais il faut une foi de tous les diables et ce n'est pas la vue des chrétiens modernes qui la leur donnerait ! Alors, ils produisent la littérature du désespoir, que de sentencieux imbéciles peuvent croire une chose très simple, mais qui est, en réalité, une sorte de mystère..., annonciateur d'on ne sait quoi. Ce qui est certain, c'est que toute pensée vigoureuse est maintenant poussée, emportée, balayée dans cette direction, aspirée et avalée par ce Maëlstrom !

Serait-ce que nous touchons enfin à quelque Solution divine dont le voisinage prodigieux affolerait la boussole humaine ?...

L'un des signes les moins douteux de cet acculement des âmes modernes à l'extrémité de tout, c'est la récente intrusion en France d'un monstre de livre, presque inconnu encore, quoique publié en Belgique depuis dix ans : les *Chants de Maldoror*, par le comte de Lautréamont (?) [16], œuvre tout à fait sans analogue et probablement appelée à retentir. L'auteur est mort dans un cabanon [17] et c'est tout ce qu'on sait de lui.

Il est difficile de décider si le mot *monstre* est ici suffisant. Cela ressemble à quelque effroyable polymorphe sous-marin qu'une tempête surprenante aurait lancé sur le rivage, après avoir saboulé le fond de l'Océan.

La gueule même de l'Imprécation demeure béante et silencieuse au conspect [18] de ce visiteur, et les sataniques litanies des *Fleurs du Mal* prennent subitement, par comparaison, comme un certain air d'anodine bondieuserie.

Ce n'est plus la *Bonne Nouvelle de la Mort* du bonhomme Herzen, c'est quelque chose comme la Bonne Nouvelle de la *Damnation*. Quant à la forme littéraire, il n'y en a pas. C'est de la lave liquide. C'est insensé, noir et dévorant.

Mais ne semble-t-il pas à ceux qui l'ont lue que cette diffamation inouïe de la Providence exhale, par anticipation, – avec l'inégalable autorité d'une Prophétie, – l'ultime clameur imminente de la conscience humaine devant son Juge ?...

*

[X]

Marchenoir était né désespéré. Son père, petit bourgeois crispé, employé aux bureaux de la Recette générale de Périgueux, l'avait affublé, sur le conseil du *Vénérable* de sa Loge et par manière de défi, du nom de Caïn, à l'inexprimable effroi de sa mère qui s'était empressée de le faire baptiser sous le vocable chrétien de Marie-Joseph. La volonté maternelle ayant été, par extraordinaire, la plus forte, on l'appela donc Joseph dans son enfance et le nom maléfique, inscrit au registre de l'état civil, ne fut exhumé que plus tard, en des heures de mécontentement solennel.

D'autres ont besoin des déconfitures ou des crimes de leur propre vie pour en sentir la nausée. Marchenoir, mieux doué, n'avait eu que la peine de venir au monde.

Il était de ces êtres miraculeusement formés pour le malheur, qui ont l'air d'avoir passé neuf cents ans dans le ventre de leur mère, avant de venir lamentablement traîner une enfance chenue dans la caduque société des hommes.

LE DÉPART

Il fut orné, dès son premier jour, de la déplorable faculté, trop rare pour qu'on ait pu l'observer, de porter, autour de son intelligence, comme une brume de choses anciennes et indiscernables, comme un halo de rêveries antérieures qui ne lui permirent longtemps qu'une vision réfractée du monde ambiant. Il eut le maillot réminiscent, si l'on veut concéder cette façon d'exprimer une chose naturellement indicible.

— Cette anomale [1] disposition extatique, racontait-il, à trente ans, ce prenant despotisme du Rêve qui me faisait incapable de toute application en me livrant à une perpétuelle stupeur, attira sur moi des tribulations et des épouvantes à défrayer un martyrologe d'enfants. Mon père, endurci par d'imbéciles préjugés sur l'éducation et résolument enfermé dans la forteresse inexpugnable d'un tout petit nombre d'idées absolues, ne voulut jamais voir en moi qu'un paresseux et m'assommait avec une fermeté lacédémonienne.

Peut-être avait-il raison. Je suis même arrivé à me persuader que la culture intensive du roseau pensant [2] est, en général, la résultante spirituelle d'un ascendant épidermique. Malheureusement, le pauvre homme stérilisait ses raclées en ne les faisant jamais suivre d'aucun retour de tendresse qui en eût intellectualisé la cuisson. Naturellement incliné à chérir, cet éducateur infortuné nourri au râtelier de Plutarque avait cru faire des miracles en prenant conseil de cette rosse antique, et, refoulant son cœur, à lui, son moderne cœur scarifié par d'anachroniques immolations, il s'était infligé de n'avoir jamais une caresse de son enfant, dans le civique espoir de sauvegarder la majesté paternelle [3].

Quand il me mit au lycée, ce fut un enfer. Hébété déjà par la crainte, méprisé des autres enfants dont la turbulence me faisait horreur, bafoué par d'ignobles cuistres qui m'offraient en risée à mes camarades, puni sans relâche et battu de toutes mains, je finis par tomber dans un taciturne dégoût de vivre qui me fit ressembler à un jeune idiot.

Cette parfaite détresse, cette perpétuelle constriction du cœur, ordinairement dévolue aux enfants mélancoliques dans les pénitentiaires de l'Université, s'aggravait pour moi de l'impossibilité de concevoir une condition terrestre qui fût moins atroce. Il me semblait être tombé, j'ignorais de quel empyrée, dans un amas infini d'ordures où les êtres humains m'apparaissaient comme de la vermine. Telle était, à quatorze ans, et telle est encore, aujourd'hui, ma conception de la société humaine !

Un jour, cependant, je me révoltai, la malice de mes condisciples ayant dépassé je ne sais plus quelles bornes. Je dérobai un couteau de réfectoire heureusement inoffensif et m'élançai, après une bravade emphatique, sur un groupe de quarante jeunes drôles dont je blessai deux ou trois. On me releva écumant, broyé de coups, superbe. Mon couteau avait fait peu de mal, à peine quelques écorchures, mais mon père dut me retirer de l'abrutissant séjour et me garder à la maison [4].

*

[XI]

Marchenoir père, instruit par sa propre expérience du néant des espérances administratives, avait décidé de pousser son fils dans l'industrie. Les chemins de fer se construisaient alors partout avec fureur. Périgueux était précisément le foyer d'irradiation de ce réseau de lignes que la spéculation jeta comme un filet sur le centre de la France et qui s'appela, pour cette raison, le *Grand Central d'Orléans*.

L'araignée industrielle, aujourd'hui repue et même crevée, avait fixé là son laboratoire et pompait les sucs financiers de beaucoup de provinces, naguère tranquilles, qu'elle avait promis d'enrichir. La frénésie californienne, la prostitution et le jobardisme civilisateur battaient leur plein. La vieille petite cité romaine, envahie par plusieurs armées d'ingénieurs poussiéreux et de limousins prolifiques, s'était accrue du double en quelques années et menaçait tout à l'heure, de son inondante obésité, les montagnes à hauteur d'appui qui l'avaient contenue pendant vingt siècles...

En conséquence, le besogneux employé de l'État avait formé le bouddhique vœu d'immerger le fils de ses secrètes ambitions déçues dans ce Brahmapoutre d'or.

À ce point de vue, c'était sans doute un bien qu'il n'eût pas mordu aux *humanités*. Apparemment, l'estomac de son esprit n'avait été calculé que pour la digestion des mathématiques. Il s'agissait de le gaver sans retard de cet aliment nouveau.

Le pauvre garçon n'y mordit pas davantage. L'hypothèse préliminaire, l'acte de foi primordial, planté comme un basilic sur le seuil de toute science naturelle, suffit pour éteindre, du premier coup, la timide flamme de curiosité que les pollicitantes [1] exhortations de son père avaient paru allumer en lui. L'insuffisance de l'outillage cérébral chez le jeune Périgourdin éclata manifestement, dès qu'il fallut excogiter l'impossible roman d'une ligne conjecturale, problématiquement engendrée par copulation dubitable d'une multitude de points inexistants !...

Il fallut se résigner à de médiocres destins et devenir expéditionnaire. Caïn-Joseph, désormais abandonné comme une lande inculte, livré à une tâche presque manuelle qui ne comprimait plus ses facultés, retourna de lui-même, par une pente insoupçonnée, aux premières études dont il avait paru si prodigieusement incapable. Seul, presque sans effort, il apprit en deux ans ce que le despotisme abêtissant de tous les pions de la terre n'aurait pu lui enseigner en un demi-siècle. Il se trouva soudainement rempli des lettres anciennes et commença de rêver un avenir littéraire.

Au fait, que diable voulez-vous que puisse rêver, aujourd'hui, un adolescent que les disciplines modernes exaspèrent et que l'abjection commerciale fait vomir ? Les croisades ne sont plus, ni les nobles aventures lointaines d'aucune sorte. Le globe entier est devenu raisonnable et on est assuré de rencontrer un excrément anglais à toutes les intersections de l'infini. Il ne reste plus que l'Art. Un art proscrit, il est vrai, méprisé, subalternisé, famélique, fugitif, guenilleux et catacombal. Mais, quand même, c'est l'unique refuge pour quelques âmes altissimes condamnées à traîner leur souffrante carcasse dans les charogneux carrefours du monde.

Le malheureux ne savait pas de quelles tortures il faut payer l'indépendance de l'esprit. Personne, dans sa sotte province, n'eût été capable de l'en instruire et l'ironique mépris de son père, résolument hostile à tout ambitieux dessein qu'il n'eût pas couvé lui-même, ne pouvait être qu'un stimulant de plus. D'ailleurs, il se croyait un cœur de martyr, capable de tout endurer.

Un jour donc, ayant, à force de démarches, obtenu à Paris le plus misérable des emplois, il s'en vint docilement agoniser, après cent mille autres, dans cet Ergastule de promission[2] où l'on met à tremper la fleur humaine dans le pot de chambre de Circé. La hideuse Goule des âmes qui n'a qu'à les siffler pour qu'elles accourent à ses sales pieds des extrémités de la terre, une fois de plus, avait été obéie !

*

[XII]

Il avait dix-huit ans, une de ces physionomies rurales où le mufle atavique n'avait pas encore eu le temps de livrer sa dernière bataille à l'envahissante intelligence qui monta, bientôt, pour tout ennoblir, des vallées intimes du cœur.

LE DÉPART

Il tenait de sa mère, morte depuis longtemps, le ridicule romantique d'une origine espagnole, partagé d'ailleurs avec cette multitude de prêtres infâmes dont on peut lire les identiques forfaits dans la plupart des romans anticléricaux.

Cette origine, – à peine démentie par des yeux d'un bleu si naïf qu'il avait toujours l'air de s'en servir pour la première fois, – était surabondamment attestée par l'extraordinaire énergie de tous les autres traits sans exception. Seulement, c'était l'énergie contemplative de ces amoureux de l'action héroïque qui n'estiment pas que l'action vulgaire vaille la dépense de l'autre énergie.

Hirsute et noir, silencieux et avare de gestes, exécrateur victimaire du propos banal et de la rengaine, il portait sur l'extrémité de sa langue une catapulte pour lancer d'erratiques monosyllabes qui vous crevaient à l'instant même une conversation d'imbéciles. Bouche close, narines vibrantes, sourcils presque barrés et entrant l'un dans l'autre à la plus légère commotion, il avait parfois des colères muettes et blanches de séditieux comprimé, qui eussent donné la colique à un éventrable despote. En ces rencontres, le cannibale sortait du rêveur, instantanément. Les yeux noyés et d'une tendresse presque enfantine, – seuls capables de tempérer l'habituelle dureté de l'ensemble, – changeaient alors de couleur et devenaient noirs !...

Des années d'humiliations et de supplices tamisèrent peu à peu sur la friche de ce visage la fertilisante poudrette [1] de quelques inévitables accommodements. Le teint, déjà bilieux, prit cette lividité brûlante d'un chrétien mal lapidé, de la première heure, qui serait devenu sacristain dans les catacombes.

Il avait le don des larmes, signe de *prédestination*, disent les Mystiques [2]. Ces larmes furent l'allégresse cachée, l'occulte trésor d'une des existences les plus dénuées et les plus tragiques de ce siècle.

Quand il avait avalé une de ces couleuvres à dimensions de boa *devin* [3] qui furent si souvent son exclusive nourriture, il répandait autour de lui, dans sa chambre solitaire, avec des prudences d'avare, cette gemme liquide qu'il n'aurait pas échangée contre les consolations desséchantes d'une plus solide richesse.

Car il avait l'étrangeté de chérir sa peine, cet *incunable* de mélancolie, qui était tombé dans son berceau comme dans un Barâthre [4] et que sa mère stupéfaite regardait pleurer, des journées entières sur ses genoux, – silencieusement [5] ! Il eut, tout enfant, la concupiscence de la Douleur et la convoitise d'un paradis de tortures, à la façon de sainte Madeleine de Pazzy [6]. Cela ne résultait ni de l'éducation, ni du milieu, ni d'aucune lésion mentale, ainsi que d'oraculaires idiots entreprirent de l'expliquer. Cela ne tenait à aucune opération discernable de l'esprit naissant. C'était le tréfonds mystérieux d'une âme un peu moins inconsciente qu'une autre de son abîme et naïvement enragée d'un absolu de sensations ou de sentiments qui correspondît à l'absolu de son entité. Quand le christianisme lui apparut, Marchenoir s'y précipita comme les chameaux d'Éliézer à l'abreuvoir nuptial de Mésopotamie [7].

Il était expirant de soif depuis si longtemps ! Son incrédule père n'avait pas cru devoir s'opposer à ce semblant d'instruction religieuse que des simulacres de prêtres, empaillés de formules, tordent comme du linge sale de séminaire, sur de jeunes fronts inintéressés. Il avait fait sa première communion sans malice et sans amour. Les deux seules facultés qui parussent vivantes en lui, – les deux seules anses par lesquelles on pût espérer de le saisir, – la mémoire et l'imagination, avaient tout simplement reçu cette vague empreinte *littérale* du symbolisme chrétien que de sacrilèges entrepreneurs jugent suffisante pour être admis au *bachot* de l'Eucharistie. Aucun débitant de formules ne s'étant avisé de s'enquérir de son cœur, le pauvre enfant n'avait pu rien garder de ce pain mal cuit, et comme tant d'autres, l'avait revomi presque aussitôt sur ce chemin verdoyant de la quinzième année où l'on voit rôder le grand lion à tête de porc de la Puberté.

*

[XIII]

Ce ne fut que beaucoup plus tard, – après dix ans d'un impur noviciat dans les latrines de l'examen philosophique, étant déjà sur le point de prononcer de stercoraires vœux, – qu'ayant parcouru, pour la première fois, le Nouveau Testament, durant l'oisive chaufferie de pieds d'une nuit de grand'garde, en 1870, il eut l'aperception immédiate, foudroyante, d'une Révélation divine.

Il s'est toujours rappelé le trouble immense, l'ahurissement surhumain de cette minute aux ailes d'aigle qui l'enleva dans un ouragan d'ininterprétables délices. Il s'était dressé dans le sentiment nouveau d'une force inconnue, artères battantes et cœur en flammes ; ivre de certitude, secoué par le roulis d'une espérance mêlée d'angoisse, prêt à toutes les acceptations du martyre. Car cette âme divinatrice et synthétiquement ardente, bondissant au-dessus des intermédiaires leçons de la foi, s'était emportée, du premier coup, au décisif concept de l'immolation.

Il lui sembla sortir d'un de ces rares songes, aux déterminables contours, qui feraient croire à quelque vision sensible de la Conscience, réflexement manifestée dans l'extra-lucide intussusception [1] des dormants. Il avait cru s'apparaître à lui-même, inimaginablement transmué pour *se ressembler davantage*, mais horrible, ruisselant d'abominations et triste par delà toute hyperbole.

Cette impression s'ajustait assez aux effrayantes scrutations inspirées de certains Mystiques, – à propos de l'Enfer et de la paralysante affreuseté de l'Irrévocable [2], –

dont la lecture, déjà ancienne, avait laissé sur sa mémoire comme des brûlures d'enthousiasme et des ecchymoses de poésie...

Un double abîme s'ouvrit en cet être, à dater de ce prodigieux instant. Abîme de désir et de fureur que rien ne devait plus combler. Ici, la Gloire essentielle, inaccessible ; là, l'ondoyante muflerie humaine, inexterminable. Chute infinie des deux côtés, ratage simultané de l'Amour et de la Justice. L'enfer sans contrepoids, rien que l'enfer !

Le Christianisme lui donnait sa parole d'honneur de l'Éternité bienheureuse, mais à quel prix ! Il la comprenait, maintenant, cette fringale de supplices de toute son enfance ! C'était le pressentiment de la Face épouvantable de son Christ !... Face de crucifié et face de juge sur l'impassible fronton du Tétragramme[3] !...

Les misérables se tordent et meurent depuis deux mille ans devant cette inexorable énigme de la Promesse d'un Règne de Dieu qu'il faut toujours demander et qui jamais n'arrive. « Quand telles choses commenceront, est-il dit, sachez que *votre Rédemption approche*[4]. » Et combien de centaines de millions d'êtres humains ont enduré la vie et la mort sans avoir rien vu commencer !

Marchenoir considérait cette levée d'innombrables bras perpétuellement suppliants et perpétuellement inexaucés et il comprit que c'était là le plus énorme de tous les miracles. – Voilà dix-neuf siècles, pensa-t-il, que cela dure, cette demande sans réponse d'un Père qui règne *in terrâ*[5] et qui délivre. Il faut que le genre humain soit terriblement constant pour ne s'être pas encore lassé et pour ne s'être pas assis dans la caverne de l'absolu désespoir !

Il conclut au conditionnel désespoir des millénaires.

Il avait senti passer l'Amour, l'amour spirituel, absolu. Il avait, lui aussi, comme tous les autres, répandu son cœur dans cet infidèle crible de l'Oraison Dominicale et... il avait été saturé de la joie parfaite. Il y avait donc quelque chose sous cet amas de sépultures, sous cette

Maladetta [6] de cœurs souffrants en poussière, au fond de ce gouffre du silence de Dieu, – un principe quelconque de résurrection, de justice, de triomphe futur ! À force d'amoureuse foi, il se fit de l'éternité palpitante avec une poignée de temps pétrie dans sa main et se fabriqua de l'espérance avec le plus amer pessimisme.

Il se persuada qu'on avait affaire à un Seigneur Dieu volontairement eunuque, infécond par décret, lié, cloué, expirant dans l'inscrutable réalité de son Essence, comme il l'avait été symboliquement et visiblement dans la sanglante aventure de son Hypostase [7].

Il eut l'intuition d'une sorte d'impuissance divine, *provisoirement* concertée entre la Miséricorde et la Justice, en vue de quelque ineffable récupération de Substance dilapidée par l'Amour.

Situation inouïe, invocatrice d'un patois abject. La *Raison Ternaire* suspend ses paiements depuis un tas de siècles et c'est à la Patience humaine qu'il convient de l'assister de son propre fonds. Ce n'est que du Temps qu'il faut au solvable Maître de l'Éternité et le temps est fait de la désolation des hommes. C'est pourquoi les Saints et les Docteurs de la foi ont toujours enseigné la nécessité de souffrir pour Dieu.

Le brûlant néophyte, ayant deviné ces choses, arracha l'épine de son pied boiteux de catholique arrivé si tard et, – se ruant à la Douleur, – en fit un glaive qu'il s'enfonça dans les entrailles, après s'être crevé les yeux.

Plus que jamais, il fut un désespéré, mais un de ces désespérés sublimes qui jettent leur cœur dans le ciel, comme un naufragé lancerait toute sa fortune dans l'océan pour ne pas sombrer tout à fait, avant d'avoir au moins entrevu le rivage.

D'ailleurs, il regardait comme fort prochaine la catastrophe de la séculaire farce tragique de l'Homme. Certaines idées étonnantes qui lui vinrent sur l'histoire universelle, – et qu'il déroula jusqu'à leurs plus extrêmes conséquences, – lui faisaient conjecturer, avec une autorité d'exégèse quasi prophétique, l'imminent accomplissement des scripturales Vaticinations.

L'exaltation des humbles, l'essuiement des larmes, la béatitude des pauvres et des maudits, la préséance paradisiaque des voleurs et le couronnement réginal des prostituées, enfin cette venue si solennellement annoncée d'un Paraclet libérateur, – tout ce que la fratricide surdité des argousins de la Tradition a conspué, tout ce qui empêche les orphelins et les captifs de mourir d'horreur, il ne croyait pas possible qu'on l'attendît longtemps encore et il donnait ses raisons.

Mais les seuls crevants de faim étaient dans la confidence, non par crainte qu'on le jugeât ridicule ou insensé, – à cet égard, il n'avait plus rien à gagner ni à perdre depuis longtemps, – mais par l'horreur de la bienveillance viscérale des digérants heureux qui l'eussent écouté.

*

[XIV]

Telle fut la doctrine de Marchenoir. Doctrine qui ne le séparait pas du catholicisme, puisque l'Église romaine a tout permis de ce qui n'altère pas le canonique Symbole de Nicée [1], mais jugée singulièrement audacieuse par les vendeurs de contremarques célestes qui vocifèrent le boniment sulpicien sur le trottoir fangeux des consciences.

Un croyant qui voulait contraindre les regrattiers du salut à repeser devant lui leur marchandise et que l'orgueil chrétien révoltait plus que le pharisaïsme crucificateur de la Thora, ne pouvait pas se faire beaucoup d'amis dans le sacerdoce.

Il n'en put trouver qu'un seul, un prêtre doux et humble à la manière de cet émule ignoré de saint Vincent de Paul, que le peuple de Paris nommait le *Pauvre prêtre* [2] et qui, un jour, pressé par le tout-puissant Cardinal de Richelieu de lui demander quelque importante faveur, lui fit cette simple réponse :

– Monseigneur, veuillez donner des ordres pour qu'on remette des planches neuves à la charrette qui porte les condamnés à mort au lieu de leur supplice, afin que la crainte de *tomber en chemin* ne les détourne pas de recommander leur âme à Dieu.

Marchenoir eut l'inespérée fortune de dénicher un prêtre de cette sorte, mais ce fut pour très peu de temps. En général, le Clergé français n'aime pas les saints ni les apôtres. Il ne vénère que ceux qui sont morts depuis longtemps et en poussière. Rejeton ligneux de la vieille souche gallicane et légataire de son coriace orgueil, il abhorre par-dessus tout la supériorité de l'esprit, naturellement incompressible comme l'eau du ciel, et, par conséquent, dangereuse pour l'équilibre sacerdotal.

L'abbé T... [3] était mort à la peine, peu de temps après la rencontre du Périgourdin. Écarté soigneusement de toutes les chaires où ses rares facultés de prédicateur apostolique eussent pu servir à quelque chose, navré du cloaque de bêtise où il voyait le monde catholique s'engouffrer, abattu par le chagrin au pied de l'autel, il avait à peine eu le temps d'ensemencer ce vivipare dont la monstrueuse fécondité immédiate eût peut-être suffi pour le faire expirer d'effroi.

Il est certain que Marchenoir tenait de lui le meilleur de ce qu'il possédait intellectuellement. Le défunt lui avait transmis d'abstruses méthodes d'interprétation sacrée qui devinrent aussitôt une algèbre universelle dans le miroir ardent de cet esprit concentrateur. L'élève, plus robuste que le maître, avait violemment répercuté du premier coup, dans toutes les directions imaginables, l'ésotérisme brûlant d'un *intégral* de Beauté divine, que le timide apôtre, de nature moins incendiaire, se bornait à convoiter avec la douceur résignée d'un saint.

Marchenoir accomplit ce prodige de dépasser toutes les audaces d'investigation ou de conjecture, sans oblitérer en lui la soumission filiale à l'autorité souveraine de l'Église. Ce poulain sauvage, affronteur de gouffres, ne cassa pas son licol et resta dans le brancard.

Seulement, il avait réussi de telles escalades que la société catholique contemporaine ne pouvait plus avoir pour lui le moindre prestige. L'obéissance fut un décret de sa raison, un hommage tout militaire et de pure consigne aux Eunuques du Sérail de la PAROLE. Il ne fallait pas lui en demander davantage.

Le *sel de la terre*, – pour employer le saint Texte liturgiquement adopté dans le *commun* des Docteurs[4], – il le voyait dénué de saveur, incapable de saler, même une tranche de cochon, gravier sédimentaire bon tout au plus à sablonner de vieilles bouteilles ou à ressuyer les allées d'un parc mondain sous les vastes pieds du dédaigneux « larbin de Madame ».

Investi des plus transcendantales conceptions, il considérait avec d'horrifiques épouvantements ce collège œcuménique de l'Apostolat, cette cléricature fameuse qui avait été réellement « la lumière du monde[5] », – si formidable encore que la dérision ne peut l'atteindre sans rejaillir sur Dieu comme une tempête de fange, – devenue pourtant le décrottoir des peuples et le tapis de pied des hippopotames !

Il se disait que c'était justice, cela, et que la grande Prévarication sacerdotale allait sans doute recommencer, puisqu'on revenait à l'obduration[6] et à l'enflure théologique de la Synagogue, – avec l'aggravation, pour les seuls bourreaux, cette fois, de l'universel mépris.

De l'ignominie du Christianisme naissant à l'ignominie du Catholicisme expirant, la translation s'achevait enfin dans ce char de gloire qui avait roulé dix-neuf siècles, par toute la terre !

Le Seigneur n'avait plus qu'à se montrer. Les pasteurs des âmes allaient lui régler son compte plus sûrement encore que les Princes des prêtres et les Pharisiens de l'ancienne loi qui *ne surent ce qu'ils faisaient*, dit l'Évangile[7].

Émasculation systématique de l'enthousiasme religieux par médiocrité d'alimentation spirituelle ; haine sans merci, haine punique de l'imagination, de l'invention, de la fantaisie, de l'originalité, de toutes les indépendances du talent[8] ; congénère et concomitant oubli absolu du précepte d'évangéliser les pauvres ; enfin, adhésion gastrique et abdominale à la plus répugnante boue devant la face des puissants du siècle : tels sont les pustules et les champignons empoisonnés de ce grand corps, autrefois si pur !...

Marchenoir collait l'oreille à toutes les portes de son enfer pour entendre venir ce Dieu que ses propres domestiques allaient massacrer.

*

[XV]

Il avait peu de consolation à espérer des chrétiens laïques. Ils sont faits à l'image de leurs pasteurs et c'est tout ce qu'on en peut dire. Ici, comme là, l'innocence est presque toujours imbécile, hélas ! quand elle n'est pas faisandée.

Les hardiesses viriles de sa foi et les indignations trop éloquentes de sa probité religieuse révoltèrent, au début, ce lanigère troupeau qui s'en va paissant, sous des houlettes paroissiales, au mugissement automatique des petites cataractes dominicaines. D'ailleurs, il était pauvre et, par conséquent, élagable... Il vécut seul, dans le voisinage d'un unique ami, à peine moins indigent, qui le sauva de la mort quinze ou vingt fois.

Les dix années antérieures à sa *conversion* avaient été faites à la ressemblance de toutes les années d'adolescent pauvre, niais, timide, ambitieux, mélancolique, misanthropique, épiphonémique [1] et brutal. Mais il avait apporté de sa province, en excédent de ce commun bagage, le particulier viatique d'impuissance que j'ai dit plus haut. Ce sempiternel rêveur ne pouvait voir les choses telles qu'elles étaient et il n'y eut peut-être jamais un homme d'aussi peu de ressource et moins ambidextre pour s'emparer du toupet de l'occasion.

Son auge unique, l'emploi de copiste qui avait été le prétexte et le moyen de son embauchage pour la lutte parisienne, à laquelle il était si merveilleusement impropre, il le perdit au bout de quelques mois. Son chef de bureau, vieillard adipeux et favorable, mais plein de principes et sans faiblesse, lui révéla, un jour, que l'administration ne le payait pas pour ne rien faire et le mit tranquillement à la porte, avec une dignité incroyable.

Ce fut la misère classique et archiconnue, tant de fois explorée et décrite. Le pauvre garçon n'était bon absolument à rien. Il était de ces fruits sauvages, d'une âpreté terrible, que la cuisson même n'édulcore pas et qui ont besoin de mûrir longtemps « sur la paille », ainsi que Balzac l'a judicieusement observé dans son âge mûr [2].

Il a fait plus tard ce calcul basé sur d'approximatives défalcations qu'il avait passé, alors, huit années entières sur dix, sans prendre aucune nourriture ni porter aucune sorte de vêtement !...

Successivement évincé de toutes les industries et de tous les trucs suggérés par l'ambition de subsister, il se vit réduit à condescendre aux plus linéamentaires expédients. Ramasseur diurne et noctambule investigateur, il s'acharna faméliquement à la recherche de tout ce qui peut être glané ou picoré, dans les mornes steppes de l'égoïsme universel, par le besoin le plus fléchisseur, en vue d'apaiser l'intestinale vocifération.

Forcé d'ajourner indéfiniment son éclosion littéraire, il enfouit sa précieuse tête sous les décombres de ses illusions et s'en alla se ronger le cœur dans les carrefours de l'indifférence. – Cette époque de ténèbres a été le Moyen

Âge de mon ère, disait-il, au lendemain de sa *renaissance* chrétienne.

Les lettres, il est vrai, n'y perdaient pas grand'chose. Cet esprit noué comme un cep, condamné à se chercher et à s'attendre bien longtemps, ne devait se développer, littérairement, que fort tard, sous un arrosage emphytéotique de pleurs.

Les bibliothèques publiques étant devenues pour lui l'habituel refuge, il y connut cet ami déjà mentionné, le seul qu'il ait jamais eu. C'était un doux maniaque d'histoire ecclésiastique et de monographies pontificales, âme sereine et peu croyante, en tout l'opposé de Marchenoir.

Privé de fortune, comme il convient aux lapicides de l'érudition, ce documentaire vivait besogneusement d'un grisâtre bulletin bibliographique dans une grande revue. À ce titre, il voyait passer chez lui le torrent des livres lancés sur le monde par la sottise ou la vanité contemporaines.

Providentiellement, il y avait menace de déluge, vers le temps où il commença de s'intéresser à ce vagabond, qui avait l'air de marcher dans une gloire de misères et dont la physionomie douloureuse lui parut extraordinaire.

Un jour donc, ému de compassion, il le fit dîner et l'emmena chez lui, pour qu'il le débarrassât, disait-il, de ce monceau de brochures dont la vente seule pouvait être utile. C'est à dater de ce bienheureux instant que Marchenoir s'élança dans la carrière enviée d'*ami du critique*, la seule que, durant une assez longue période, on l'ait vu exercer avec avantage.

Mais, surtout, il eut un ami, enfin ! « Un ami fidèle, *medicamentum vitæ et immortalitatis* », prononce mystérieusement le Saint Livre [3], – comme si la véritable amitié pesait les milliards de mondes qu'il faut pour contrebalancer la miette de pain transsubstantiée que ces expressions rappellent !

*

[XVI]

La Femme n'apparut dans la vie de Marchenoir qu'à la fin de cette première période, c'est-à-dire après la guerre et après cette décisive secousse d'âme qui l'avait subitement restitué au sentiment religieux dont il portait en lui, dès son premier jour, les prédéterminations ignorées.

Auparavant, il avait été chaste à la manière des prisonniers et des matelots, lesquels ne voient ordinairement dans l'amour qu'une désirable friction malpropre, en l'obscurité de coûteux repaires. Tantale stoïque d'un festin d'ordures, il s'était résigné, comme il avait pu, à la privation des inespérables immondices. D'un côté, le dénuement absolu, de l'autre, la timidité la plus incroyable chez un tel violent, le préservèrent plus efficacement que la religion même, quand elle intervint pour lui amollir le cœur...

Les hauts penseurs qui décrètent professionnellement le balayage de toute notion religieuse ont cette amusante contradiction d'exiger que les chrétiens dont la foi résiste à leurs récurages et à leur potasse soient, au moins, des saints. Surtout, ils les veulent purs. Ils leur disent des choses aussi robustes que ceci : Vous péchez, *donc* vous êtes des hypocrites ; enthymème lacustre d'une autorité certaine sur les palmes et les squames du marécage antireligieux.

Ce ne serait pas encore trop bête, s'il ne s'agissait ici, pour l'âme pensante, livrée aux Dévorants invisibles, que d'un combat très difficile où l'héroïsme continuel fût de rigueur. Après tout, c'est une politique judicieuse et barbue comme l'expérience même, d'empiler sur les épaules d'autrui d'écrasants fardeaux qu'on ne voudrait pas seulement remuer du bout des doigts.

Mais le sentiment religieux est une passion d'amour et voilà ce qu'ils ne comprendront jamais, ces pédagogues de notre dernière enfance, quand il pleuvrait des clefs de lumière pour leur ouvrir l'entendement !

Or, ce tison incendiaire, lancé tout à coup, du plus inaccessible des sommets, dans le misérable torchis humain, au travers du chaume défoncé, – il serait pourtant nécessaire d'en tenir compte, si l'on voulait être raisonnable et juste, à la fin des fins !...

Marchenoir était, plus qu'aucun autre, une conquête de l'Amour et son cœur avait été l'évangéliste de sa raison. Les châtiments et les récompenses du prône, par lesquels on explique si bassement les plus désintéressés transports, n'avaient été pour rien dans son exode spirituel. Il s'était rué sur Dieu comme sur une proie, aussitôt que Dieu s'était montré – avec la rudimentaire spontanéité de l'instinct.

Alors, comme si sa destinée se fût accomplie à cet instant, une soudaine et corrélative révélation s'était faite, en cet élu de la Douleur, de sa propre puissance affective, jusqu'alors inconnue de lui-même, enveloppée et flottante dans l'amnios... Une surprenante avidité de tendresse humaine fut l'accompagnement immédiat des surnaturelles appétences de ce vierge cœur.

Du premier coup, sans avoir passé par le cloaque des intermédiaires impressions cupidiques [1], il se trouva prêt pour la grande tribulation passionnelle. Tout ce que la misère et les défiances d'un rétractile orgueil avaient, jusque-là, comprimé, fit explosion : l'ignorance, les niaises pudeurs, les crédulités jobardes, les lyriques éruptions, les attendrissements dangereux, le besoin subit de se fendre l'âme du haut en bas, au milieu même du hennissement sexuel, enfin, tout le déballage coquebin [2] d'un chérubinisme [3] attardé et grandiloque. Éternelle dilapidation des mêmes trésors pour aboutir à l'empyreume [4] fatal de la passion satisfaite !

Cet éphèbe de vingt-huit ans, sourcilleux et mal vêtu, – qui portait son cœur comme un hanneton dans une lanterne et dont le redoutable esprit, semblable à la fleur détonante [5] du cactus, commençait à peine à se détirer sous ses membraneuses enveloppes, – était une proie trop facile pour que de passantes curiosités libertines ne s'en emparassent pas.

Marchenoir fit de l'amour extatique dans des lits de boue, avec une conscience dilacérée, en se vomissant lui-même, – à l'instar de ces anachorètes pulvérulents de l'ancienne Égypte que l'aiguillon de la chair contraignait parfois à venir secouer leurs carcasses mortifiées dans d'impures villes et qui s'enfuyaient ensuite, gavés d'horreur.

Plus coupable encore, cet assidu relaps d'incontinence laissait mijoter son vomissement de chien de la Bible [6], en prévision des lâches retours. Écartelé à Dieu et aux femmes, navré du perpétuel fiasco des héroïques puretés qu'il avait rêvées, – également incapable de s'asseoir dans un granitique parti pris de paillarder impavidement, et d'exterminer le bouc intérieur qui renaissait jusque sous le couteau des holocaustes pénitentiels, il se vit souffleter par l'imperturbable nature, juste autant de fois qu'il avait prématurément espéré de la dompter.

Lâche pénitent, sans aucun doute, mais vergogneux et humilié. Il avouait, du moins, sa détresse et ne cadenassait pas exclusivement son ignominie dans le coffre-fort des confessionnaux et des tabernacles. Il eût été difficile de rencontrer un fornicateur plus éloigné de l'hypocrisie ou de la plus légère velléité de contentement de lui-même.

Il faut le redire, cet adolescent ne ressemblait à aucun autre. Il était né pour le désespoir et le christianisme *dérangea* sa vie, en le remplissant, – si tard ! – de l'afflictive famine d'amour, surajoutée à l'autre famine. À moins d'un miracle que Dieu ne fit pas, comment cet ébloui de la Face du Seigneur, – Icare mystique aux ailes fondantes, – aurait-il pu échapper au vertige qui l'aspirait vers les argileuses créatures conditionnées à cette Ressemblance [7] ?...

Il serait évidemment insensé d'espérer que des contemporains de Zola [8], par exemple, auront la bonté de concéder ces prolégomènes enfantins de la très rare grandeur morale qui va être racontée. La déliquescente psychologie littéraire de cette fin de siècle n'acceptera pas non plus que d'aussi peu perverses prémisses puissent jamais engendrer une concluante délectation esthétique. Enfin et surtout, la porcine congrégation des sycophantes de la libre pensée pourra s'accorder le facile triomphe de contemner [9], – jusqu'au fientement vertical ! – l'exacte genèse de ce catholique ballotté par d'impures vagues au-dessus d'absurdes abîmes... Qu'importe !

*

[XVII]

Marchenoir pleurait auprès du corps de son père, lorsqu'il reçut à la fois deux lettres de Paris : celle de Dulaurier et une autre de son ami le bibliographe. Il ouvrit aussitôt cette dernière :

« Mon affligé, Voici cinq cents francs que j'ai pu réunir en tricotant activement de mes deux jambes de derrière depuis ton départ, et que je t'adresse avec une joie infinie. Pas de remerciements, surtout, n'est-ce pas ? tu sais si je les méprise.

« Cher cœur souffrant, ne te laisse pas dévorer par ton chagrin. Tu as ton livre à faire [1]. Tu as de grandes choses à dire à certaines âmes à qui personne ne parle plus. Relève-toi. Je n'ai pas d'autre parole de consolation à t'offrir. Ton infortuné père, que tu n'as pas plus tué que je n'ai tué le mien, a beaucoup plus besoin, à cette heure, de tes *suffrages* actifs que de tes larmes. Tu dois, ce me semble, comprendre ce langage.

« Tu ne m'as pas écrit, naturellement ! – et je n'y comptais guère, malgré ta promesse. Mais, en revanche, tu as écrit à Dulaurier pour lui demander de l'argent, comme si je n'existais pas, moi ! Je l'ai rencontré aujourd'hui même, alors que j'étais en course précisément pour t'en procurer, et il m'a tout appris.

« Tu es un traître, mon pauvre Caïn, et un imbécile par-dessus le marché. Comment pouvais-tu espérer que ce fantoche de lettres, cet Harpagon-Dandy, se porterait volontiers à te secourir ? Est-ce que, par hasard, tu tomberais dans le gâtisme définitif de supposer que cette reliure, soi-disant pensante, de tous les lieux communs et de toutes les inanités clichées, puisse être capable d'entrevoir seulement l'immense honneur que tu lui fais en l'implorant ? C'est par trop idiot et si tu n'étais pas si malheureux, je t'assommerais d'injures.

« Il m'a joué tous les airs de sa mandoline, le misérable ! Il s'est attendri, comme toujours, sur tes chagrins, sur ta malchance littéraire, etc. Puis prenant mon silence pour une approbation de tout ce qu'il lui plairait de me faire entendre, cet eunuque, – pour qui le *fanatisme* consiste à dire *oui* ou *non* sur n'importe quoi, – a parlé, une fois de plus, de ton intolérance si regrettable et de ton injuste rage de dénigrement ; il m'a donné sa parole d'honneur que tes absurdes principes étaient incompatibles avec l'idée qu'on pouvait se faire d'une tête sagement équilibrée et qu'ainsi tu n'arriverais jamais à rien. Au fond, il te redoute terriblement et voudrait bien que tu restasses à Périgueux.

« J'ai parfaitement senti qu'il tenait surtout à se justifier par avance du soupçon de ladrerie. Il paraît qu'il a poussé le zèle de l'amitié jusqu'à s'en aller demander pour toi l'aumône au docteur[2], qui s'est fendu de quelques pièces de cent sous, à ce que j'ai pu comprendre. Ça ne doit pas être gros. Une bien jolie pratique, celui-là encore ! J'espère bien que tu vas leur renvoyer immédiatement leur sale monnaie.

« Ce Dulaurier a eu un mouvement admirable :
– Voulez-vous prendre ma montre ? m'a-t-il dit d'une voix mourante, vous la porteriez au mont-de-piété et vous enverriez l'argent à ce malheureux.

LE DÉPART

« Moi, toujours silencieux, je regardais l'oignon monter et descendre dans le gousset, puis finalement disparaître, comme un pauvre cœur qu'on dédaigne. Cela tournait au Palais-Royal.

« Cette oblation grotesque me rappela, néanmoins, que l'heure galopait. Je me hâtai de le féliciter sur son ruban rouge et sur le prix de cinq mille francs qu'on vient de lui décerner[3], en le suppliant avec douceur de vouloir bien épandre désormais sa protection sur quelques écrivains supérieurs que je lui nommai, et que les récompenses n'atteignent jamais. Il m'a regardé alors avec des yeux de merlan au gratin et s'est immédiatement fait disparaître. J'espère que m'en voilà débarrassé pour quelque temps.

« Maintenant, très cher, pleure à ton aise, tant que tu pourras, en une seule fois, et quand ce sera bien fini, fais ce que je vais te dire.

« Va-t'en à la Grande Chartreuse et demande l'hospitalité pour un mois. Je connais ces excellents religieux ; confie-leur tes idées, tes projets, ils te feront la vie douce, et, si tu sais leur plaire, ils ne te laisseront pas revenir à Paris sans ressources. N'hésite pas, ne délibère pas, je sais ce que je te dis. Je vais même écrire au Père Général pour t'annoncer et te présenter. On te sinapisera le cœur sur cette montagne et tu pourras ensuite reprendre la lutte avec une vigueur nouvelle qui déconcertera plusieurs sages.

« Ne t'inquiète pas au sujet de ta Véronique. La bonne fille s'extermine à prier pour toi dix-huit heures par jour. Tu peux te flatter d'être aimé d'une bien extraordinaire façon. Sa hâte de te revoir est extrême, mais elle comprend que je te donne un bon conseil en t'envoyant à la Chartreuse.

« Rien à craindre pour le pot-au-feu. Je suis là et tu dois un peu me connaître, n'est-ce pas ? Je te serre dans mes bras.

« GEORGES LEVERDIER. »

*

[XVIII]

Ce Georges Leverdier [1], à peine connu dans le monde des lettres, était bien, en réalité, le seul homme sur lequel Marchenoir pût compter. L'avare destinée ne lui avait donné que cet ami, et, encore, elle l'avait choisi pauvre, comme pour empoisonner le bienfait.

Il faut l'expérience de la misère pour connaître l'affreuse dérision d'un sentiment exquis frappé d'impuissance. La crucifiante blague archaïque sur les consolations lambrissées et trimalcyonnes [2] de l'amour dans l'indigence ne paraît pas une ironie moins insupportable quand il s'agit de la simple amitié. C'est peut-être la plus énorme des douleurs, et la plus suggestive de l'enfer, que cette nécessité quotidienne d'éluder le réciproque secours qui s'achèterait quelquefois au prix de la vie, – si l'infâme vie du Pauvre pouvait jamais avoir le poids d'une rançon !

Leverdier, passionné pour Marchenoir, qu'il regardait comme un homme du plus rare génie, et dont il s'honorait d'être l'*inventeur*, avait réalisé des prodiges de dévouement. Il se comptait pour rien devant lui et ne s'estimait qu'à la mesure des services qu'il pouvait lui rendre.

Il l'avait connu en 1869 [3], il y avait déjà quatorze ans [4], – alors que la supériorité hivernale de son étonnant ami ne donnait encore aucun signe de maturité prochaine. Mais il l'avait fort bien démêlée sous la gourmande frondaison de chimères et de préjugés qui en retardait le développement. Il avait même, en horticulteur plein de diligence, pratiqué, d'un sécateur tremblant, quelques émondages respectueux.

Marchenoir était un peu son œuvre. Naturellement froid et peu enthousiaste pourtant, cet original critique avait livré son âme en esclavage pour cette Galathée d'airain qui aurait lassé la ferveur d'un Pygmalion moins intellectuel. Cette donation de tout son être avait été jusqu'au célibat volontaire ! – la piété de ce séide ne lui permettant pas de reculer devant aucune immolation avantageuse pour son prophète.

Il est vrai que celui-ci lui avait à peu près sauvé la vie pendant la guerre. Ils faisaient partie du même bataillon de francs-tireurs et, dans l'effroyable sauve-qui-peut de la retraite du Mans, le chétif Leverdier, épuisé de fatigue et tordu par le froid, serait peut-être mort sur la neige, au milieu de l'indifférence universelle, si son compagnon, doué d'une vigueur extraordinaire, ne l'eût porté dans ses bras pendant plus de deux lieues et n'eût enfin réussi, par supplications et menaces, à le faire admettre dans une charrette quelconque dont il faillit égorger le conducteur.

Aussi, Leverdier ne pouvait s'absoudre de n'être pas millionnaire. Volontiers, il s'accusait de sa pauvreté comme d'une trahison.

– Je déteste l'argent pour lui-même, disait-il, mais je devrais être un sac d'écus sous la main de Marchenoir. J'aurais ainsi une excuse plausible d'encombrer sa voie.

Et cependant, il n'était guère assuré d'un futur triomphe ! Sa pensée, fort enflammée quand elle se fixait sur son ami, redevenait singulièrement lucide et froide quand il l'abaissait sur le public contemporain. L'espérance d'un avenir moins sombre était chez lui en raison inverse de la hauteur de génie qu'il supposait et ce calcul n'allait pas sans déchirement.

Marchenoir, son aîné de quelques mois, venait d'entrer dans sa quarante et unième année, il avait publié déjà deux livres jugés de premier ordre [5] et la gloire aux mains pleines d'or ne venait pas. Elle se prostituait dans les pissotières du journalisme.

Leverdier avait fait des démarches inouïes auprès des directeurs et rédacteurs en chef, qui se refusèrent toujours au lancement d'un écrivain dont l'indépendance révoltait leur abjection. Celui-ci, d'ailleurs, ne leur avait jamais caché son absolu dégoût. Littéralement, il les déféquait. Il laissait agir son fidèle esclave pour qu'on ne lui reprochât pas de refuser absolument de s'aider lui-même, mais il se serait fait couper tous les membres avec des cisailles de tondeur de jument et scier entre deux planches à bouteilles longtemps savonnées, par un maniaque centenaire ivre depuis trois jours, avant de consentir à une démarche personnelle en vue de recueillir, de leurs nidoreuses [6] mains, un quartier de cette charogne archiputréfiée dont ils sont les souteneurs et qu'ils vendent pour de la vraie gloire !

On ne pouvait raisonnablement pronostiquer un succès beaucoup plus éclatant à la nouvelle œuvre qui se préparait. Marchenoir allait toujours s'exaspérant dans sa forme déchaînée, qui rappelait l'invective surhumaine des sacrés Prophètes. Il se faisait de plus en plus torrentiel et rompeur de digues.

Leverdier, qui l'admirait précisément à cause de cela, ne pouvait, cependant, se dissimuler qu'on allait ainsi à d'inévitables catastrophes. Il avait fini par en prendre son parti et s'était fait le résigné pilote de la tempête et du désespoir.

*

[XIX]

La munificence de Leverdier consterna Marchenoir sans le surprendre. Depuis longtemps, il était habitué à ces merveilles de dévouement qui le bourrelaient d'inquiétude. Il ne s'était pas adressé à lui, le sachant fort gêné et capable, néanmoins, de s'écorcher vif et de se tanner sa propre peau, s'il eût fallu, pour lui procurer un peu d'argent. Quoique l'égoïsme affectueux et l'élégante sordidité de Dulaurier lui fussent parfaitement connus, il avait espéré que, pour cette fois du moins, il n'oserait se dérober et que l'exceptionnelle monstruosité d'un tel refus l'épouvanterait par ses conséquences possibles. Il n'avait pas prévu le truc du docteur.

Il mit, un moment, les deux lettres sur le visage du mort, comme pour le faire juge, puis il alla s'occuper des préparatifs funèbres, non sans avoir cacheté avec soin, sous une vierge enveloppe, le billet de cent francs de Dulaurier qu'il lui renvoya, le soir même, sans un seul mot.

Il avait terriblement besoin d'une impression qui le protégeât contre les dévorements de sa pensée, et le message de son ami lui fut, de toutes manières, une délivrance.

Son père était mort sans le reconnaître, ou, ce qui revenait au même, sans témoigner, par aucun signe, qu'il le reconnût. Le silence de plusieurs années de séparation et de mécontentement n'avait pas été interrompu, même à ce suprême instant. Les deux dernières heures de l'agonie, il les avait passées, auprès du moribond, agenouillé, pénitent, plein de prières, portant son cœur, – comme un calice, – dans ses mains tremblantes, pour qu'une parole, un regard ou seulement un geste de pardon y tombât. Le mystère de la mort était entré, sans prendre conseil, et s'était assis entre eux sur son trône d'énigmes...

Cette reine de Saba qui pérambule [1] sans cesse avec ses effrayants trésors de devinailles, Marchenoir la connaissait bien ! Il l'avait appelée en de néfastes heures, et elle était venue frapper à côté de lui, – tellement près qu'il en avait odoré le souffle et bu la sueur. Il lui en était resté comme un goût de pourriture et des crevasses au cœur !...

Mais, cette fois, il lui semblait avoir été mieux atteint. Il se découvrait une palpitation filiale ignorée et cet arrachement nouveau, après tant d'autres, lui parut une lésion énorme, hors de proportion avec le reliquat d'énergie qu'on lui laissait pour le supporter.

Un moment, il oublia tout, les deux êtres dont il était aimé, les vastes projets de son esprit, le cadavre même qui bleuissait sous son regard ; une glaçante rafale d'isolement vint tournoyer dans cette chambre mortuaire embrumée de crainte, il se sentit « unique et pauvre », ainsi qu'il est écrit du Sabaoth terrible [2], et il sanglota sur lui-même, comme un enfant abandonné dans les ténèbres.

Mais, bientôt, l'épine de révolte aux noires fleurs, dont il s'était transpercé de sa propre main, renouvela ses élancements. — Pourquoi une vie si dure ? Pourquoi cette aridité invincible de l'humus social autour d'un malheureux homme ? Pourquoi ces dons de l'esprit, si semblables à d'efficaces malédictions, qui ne semblaient lui avoir été départis que pour le torturer ? Pourquoi, surtout, ce piège à peu près inévitable, de ses facultés rationnelles en conflit perpétuellement inégal avec ses facultés affectives ?...

Tout ce qu'il avait entrepris pour la gloire de la vérité ou le réconfort de ses frères avait tourné à sa confusion et à son malheur. Les entraînements de sa chair, les avait-il assez infernalement expiés ! C'était fini, maintenant, tout cela, c'était très loin, c'était effacé par toutes les canoniques pénitences qui raturent la coulpe du chrétien. Le torrent d'immondices avait passé sans retour, mais le vase de la mémoire avait gardé la lie la plus exquise d'anciennes douleurs, qui avaient été presque sans mesure.

Deux cadavres de femmes, naguère lavés de ses larmes, lui paraissaient étendus à droite et à gauche de celui de son père, et un quatrième, cent fois plus lamentable, — celui d'un enfant, — gisait à leurs pieds.

De ces deux femmes qu'il avait adorées jusqu'à la démence et dont il avait accompli le miracle de se faire aimer exclusivement, la première, arrachée à une étable de prostitution, était morte phtisique, — après deux ans de misère partagée, — dans un lit d'hôpital où le malheureux, n'ayant plus un sou, avait dû la faire transporter [3]. Administrativement avisé du décès et voulant, au moins, donner une sépulture à la pauvre fille, il avait avalé, en l'absence momentanée de son ami, des vagues de boue pour trouver les quelques francs du convoi des pauvres, et il était arrivé une minute à peine avant l'expiration du délai réglementaire.

Ce déplorable corps nu, jeté sur la dalle de l'amphithéâtre, éventré par l'autopsie[4], environné d'irrévélables détritus, suintant déjà les affreuses liqueurs du charnier, avait commencé, pour ce contemplatif dévasté, la dangereuse pédagogie de l'Abyme !

*

[XX]

L'aventure de la seconde morte n'avait pas été moins tragique[1]. Celle-ci, Marchenoir ne l'avait pas épousée sur un grabat de déjections, dans le gueulement d'épithalame d'une porcherie d'ivrognes en rut.

C'était une de ces pauvresses d'esprit de la débauche, – à casser les bras à la Justice ! – une de ces irresponsables chasseresses, ordinairement bredouilles, du Rognon pensant, sommelières sans vocation, inhabiles à soutirer la futaille humaine.

Il l'avait trouvée une nuit, dans la rue, désolée et sans asile. Son histoire, infiniment vulgaire, était la navrante histoire de cent mille autres. Séduite par un drôle sans visage que d'inscrutables espaces avaient presque aussitôt englouti, chassée de sa pudibonde famille et ballottée, comme une épave, elle était tombée sous la domination absolue d'un de ces sinistres voyous naufrageurs, moitié souteneurs et moitié mouchards, qui monopolisent à leur profit la camelote de l'innocence.

Forcée, depuis des mois, de transmuer sa chair en victuaille de luxure, sous la menace quotidienne d'épouvantables volées, la malheureuse, décidément inapte, mourante d'horreur et n'osant plus réintégrer l'horrible caverne, accepta sans hésitation les offres de service de

Marchenoir, exceptionnellement galionné de quelques pièces de cent sous.

Incapable d'abuser d'une pareille détresse et rempli d'évangéliques intentions, celui-ci dormit sur une chaise plusieurs nuits de suite, cachant dans sa chambre et dans son lit cette désirable créature qui tremblait à la seule pensée de sortir. Il fallut devenir amoureux et le devenir passionnément. Le fragile chrétien interrompit, à la fin, ses dormitations cathédrales [2] et une grossesse imprévue récompensa bientôt sa ferveur.

Il gagnait alors un peu d'argent, aux Archives de l'État, comme harponneur de documents onctueux, pour le compte d'un fabricant d'huile de baleine historique de l'Institut. Cette énorme aggravation de sa misère ne l'épouvanta pas. Praticien du concubinage héroïque, la circonstance d'un enfant à naître, loin de le troubler, lui parut un bénissable surcroît providentiel de tribulations.

Un soir, la grossesse étant déjà fort avancée, on rapporta chez lui sa maîtresse à moitié morte et l'enfant naissant. La mère, étant tombée sur son ancien éditeur [3], avait été rouée de coups et sauvagement piétinée, au conspect [4] d'un troupeau de boutiquiers dont pas un seul n'intervint. L'infortunée expira dans la nuit, après avoir accouché avant terme, laissant au seul ami qu'elle eût jamais rencontré le souvenir crucifiant de la plus délicieusement naïve des tendresses.

Fauvement, il se jeta à son fils. Dans cette âme d'ancêtre, altérée de dilection, le sentiment paternel éclata comme un incendie [5].

Ce fut une nouvelle sorte de délire, fait de toutes les agitations précordiales du passé et de toutes les antérieures tempêtes, un épitomé sublime de toutes les procellaires [6] véhémences de la passion enfin clarifiée, spiritualisée, concentrée et dardée uniquement sur le berceau de cet enfantelet débile.

Redoutant les meurtrières abominations des nourriceries lointaines, il voulut le garder auprès de lui et, à force d'amoureuse énergie, parvint à le faire vivre jusqu'à l'âge

LE DÉPART

de cinq ans. Ce que cela lui coûta, lui-même n'aurait pu le dire ! Mais il voulut être heureux de souffrir et se fit une volupté de râler toutes les agonies. Pour son enfant, il aurait accepté de cheminer dans une voie lactée de douleurs !

Lorsque, après [7] avoir fait n'importe lequel des quinze ou vingt métiers humiliants que la nécessité lui suggéra, il venait le reconquérir chez une vieille voisine qui le gardait en son absence, c'étaient un cri et une extase !...

Il prenait ce petit être comme Hercule dut prendre le grand Antée, fils de la terre, avec des bras enveloppeurs que l'écroulement des cieux n'aurait pu desenlacer. Il l'emportait dans sa chambre, comme un ravisseur, et le roulait éperdument dans son sein. C'étaient des baisers de folie, des balbutiements, des cataractes de pleurs.

Il sortait de lui de si pénétrants effluves d'amour que l'enfant ne sentait aucun effroi de toutes ces furies et ne tremblait que du tremblement de douceur de ces bras terribles !

Voyant son père toujours en larmes, il lui essuyait les yeux du bout de ses faibles doigts, trop pâles. – Pauvre petit père, ne pleure pas, tu sais bien que ton petit André ne veut pas mourir sans ta permission, lui disait-il, la *dernière fois* qu'ils se virent, avec une précoce et surprenante lumière de pitié dans les deux lampes sépulcrales de ses vastes yeux d'enfant marqué pour la mort.

Cette frêle créature devait normalement expirer bientôt sur le cœur du malheureux homme qui ne pouvait pas être le thaumaturge qu'il aurait fallu pour l'empêcher de mourir. Même cette redoutable consolation ne lui fut pas accordée ! La destinée, jusqu'alors simplement impitoyable, se manifesta soudain si noirement atroce, si démoniaquement hideuse, que le hurlement identique d'une éternité de damnation put être défié d'exprimer la touffeur de désespoir d'un plus hermétique enfer !

Comment la chose arriva-t-elle exactement ? ce réprouvé ne parvint jamais à le savoir. Après trois jours d'une disparition que personne ne put expliquer, le corps du pauvre petit fut découvert par Leverdier, à la Morgue, entre un noyé et une assommée qui ressemblait vaguement à sa mère. Il fut établi que le *sujet* était mort d'inanition.

Comment et pourquoi ? Questions sans réponse, mystère insoluble que rien ne put éclaircir...

Ce fut le bon Leverdier qui passa de jolis instants ! Marchenoir eut quinze jours de frénésie admirablement caractérisée. Il fallut l'intervention du commissaire de police pour l'enterrement et huit paires de robustes bras pour lui arracher le corps de son fils. Il ne se retrouva lui-même qu'au bout de deux mois d'une sorte de fièvre turbulente, son organisme puissant ayant vaincu, – pour lui seul, hélas ! – la mort jugée presque inévitable, une demi-douzaine de fois.

*

[XXI]

On conçoit maintenant ce que pouvaient être les idées et les sentiments de Marchenoir, veillant le cadavre de son père qu'il s'accusait d'avoir fait mourir. Le retour spectral de ses propres songes de béatitude paternelle éclairait d'une lumière fantastiquement désolée, – à la manière d'une lune déclinante et rasant le niveau des eaux, – la vengeresse coalition de ses remords. Les remontrances expiatrices de son passé lui faisaient, une fois de plus, indéniablement manifeste, l'inoxydable équité des glaives dans les cœurs qui sont à point pour être transpercés.

C'était vrai, cependant, que pour lui les glaives avaient été jugés par trop nobles. Ce qu'il avait enduré, c'était une transfixion de pilotis, enfoncés à coups de marteaux qui pesaient le monde, avec cent mille hommes au cabestan !

Mais, en cet instant de méditative rétrogradation de sa conscience, envahi du grandiose quasi divin de la paternité et mesurant à ses souffrances personnelles les présumables souffrances du mort, il se persuadait qu'une Justice incapable d'erreur s'était exercée, ici et là, comme toujours, dans d'irrépréhensibles arrêts, quoiqu'il se proclamât sans intelligence pour en pénétrer les indéchiffrables considérants. Étant arrivé par cette route à un complet attendrissement, les larmes avaient redoublé dans le silence précaire de l'esprit et le facteur de la poste avait dû présenter son registre ponctuel au plus beau milieu d'une tempête de pleurs.

Dans son actuelle disposition à tout magnifier, la fidélité canine de son ami lui parut immense, surhumaine, et, par un bonheur inouï, il ne se trompait pas. Leverdier était véritablement unique. On pouvait croire qu'il avait été créé spécialement pour cette besogne de se donner à un être d'exception qui, sans lui, eût été tout à fait seul [1].

Sa lettre lui fut donc un dictame, un électuaire [2], un rafraîchissement céleste. Sans hésiter une seconde, il résolut d'accomplir le voyage que lui conseillait un homme dont il avait eu tant d'occasions d'éprouver le pratique discernement. D'ailleurs, cette retraite à la Grande Chartreuse était, depuis longtemps, un de ses vœux et lui souriait étrangement.

Il était, certes, bien éloigné de la vocation cénobitique. Après la mort de son enfant, il y avait deux ans, la pensée lui était venue d'essayer de la Trappe et il avait été se faire tâter à la Maison-Dieu [3]. L'expérience, fort bien faite, avait donné un résultat surabondamment négatif et on ne s'était pas gêné pour lui dire qu'une excessive activité d'imagination s'opposait en lui à l'architecture de cet acéphale rigide et pieux qu'on nomme un trappiste.

Mais quelques semaines de recueillement dans la mouvance plus intellectuelle de saint Bruno lui paraissaient extrêmement désirables. Il pourrait, dans la paix sédative de ce désert, vérifier à l'aise certaines inductions métaphysiques encore insuffisamment élaborées, pour un livre qu'il avait entrepris dans les affres écartelantes de son existence de Paris. Surtout, il appuierait son âme exténuée à ce rouvre monastique du silence et de la prière qui lui communiquerait, sans doute, quelque chose de sa tranquille vigueur.

Du côté de cette femme que Leverdier nommait Véronique et qui n'était pas la maîtresse de Marchenoir quoiqu'elle vécût avec lui et par lui, la sollicitude pélicane de son mamelouck le délivrait de tout rongeur souci, au sujet de la subsistance quotidienne, aussi longtemps que durerait sa départie. Il y avait là une histoire aussi simple que peu vraisemblable.

Véronique Cheminot, célèbre naguère au quartier latin sous le nom expressif de la *Ventouse*[4], était une splendide goujate[5] que dix années, au moins, de prostitution sur vingt-cinq n'avaient pu flétrir. Et Dieu sait pourtant l'effroyable périple de ce paquebot de turpitudes !

Née dans un port breton, d'une ribaude à matelots malencontreusement fruitée par un cosmopolite inconnu, nourrie, on ne savait comment, dans cet égout, polluée dès son enfance, putréfiée à dix ans, vendue par sa mère à quinze, on l'avait vue se débiter dans toutes les halles à poisson de la luxure, se détailler à la main sur tous les comptoirs du stupre, pendre à tous les crocs de la grande triperie du libertinage.

Le boulevard Saint-Michel l'avait assez connue, cette rousse audacieuse qui avait l'air de porter sur sa tête tous les incendies qu'elle allumait dans les reins juvéniles des écoles.

Elle ne passait pas généralement pour une *bonne fille*. Quoiqu'elle eût fait d'étranges coups de tête pour des hommes qu'elle prétendait avoir aimés, cette avide guerrière se livrait à de terrifiques déprédations qui la rendaient infiniment redoutable aux familles. À l'exception de quelques rares et singuliers caprices qui lui faisaient mettre parfois dans son lit des vagabonds sans asile, – et qu'on expliquait inexactement par la fangeuse nostalgie de sujétion particulière à ces réfractaires, – ses caresses les plus authentiques étaient d'une vénalité escaladante, qui montait jusqu'au lyrisme. Elle avait gardé cette ingénuité de croire fermement que les hommes qui la désiraient étaient tous des apoplectiques d'argent qu'aucune saignée ne pouvait jamais anémier.

Sa cupidité fort à craindre n'était pourtant pas hideuse. Elle vidait facilement son porte-monnaie dans la main de ses camarades moins achalandées et, quelquefois même, ne se refusait pas la fantaisie d'inviter brusquement le premier mendiant guenilleux qu'on rencontrait, à l'inexprimable consternation du *type*, horripilé de ce convive et menacé, – s'il aventurait un mot séditieux, – de l'apparition d'Adamastor [6].

*

[XXII]

Marchenoir avait été désigné pour retirer ce Maëlstrom de la circulation. Il n'y pensait guère, pourtant, quand la chose lui arriva. Il commençait à peine à se remettre et à se radouber de l'énorme tourmente de cœur qui vient d'être racontée. Il ne se sentait nullement disposé à recommencer ces sauvetages, ces rédemptions de captives qui lui avaient coûté si cher et qui avaient été si nombreux en une dizaine d'années, quoique les deux plus considérables seulement aient dû être mentionnés, à cause de leur durée et du tragique de leur dénouement.

D'ailleurs, une grande révolution s'était faite en lui, fort antérieure à la récente catastrophe. Il vivait dans la continence la plus ascétique et les sophismes de la chair n'avaient plus aucune part aux déterminations victorieuses de sa volonté. Parvenu enfin à la plénitude de sa force intellectuelle et physiologique, il était, de tous les hommes, le plus tendre et le plus inséductible.

Aucune circonstance dramatique ne signala le commencement de ses relations avec la Ventouse. Ayant cessé, depuis Leverdier, le famélique vagabondage de ses débuts, gagnant à peu près sa vie et, aussi, souvent celle des autres, par diverses industries dont la littérature était la moins lucrative, connu déjà par des scandales de journaux et même un peu célèbre, ce sombre individu, si différent de tout le monde et qui ne parlait jamais à personne, intrigua fortement la bohémienne qui le voyait habituellement déjeuner à quelques pas d'elle, dans un petit restaurant du carrefour de l'Observatoire. Ce fut à un point qu'elle prit des informations et rêva d'exercer sur lui son ascendant.

Le manège de circonvallation fut banal, comme il convenait, et tout à fait indigne de la majesté de l'histoire. Elle obtint ceci que Marchenoir, très doux sous son masque de fanatique, répondit, sans même fixer les yeux sur elle, aux remarques saugrenues qu'elle supposait grosses d'une conversation, par d'inanimés monosyllabes qu'on aurait crus péniblement tirés à la poulie du fond d'un puits de silence.

Exaspérée de ce médiocre résultat, elle lui dit un jour :

– Monsieur Marchenoir, j'ai envie de vous et je vous désire, voulez-vous coucher avec moi ?

– Madame, répondit l'autre avec simplicité, vous tombez fort mal, je ne me couche jamais.

Et c'était vrai. Il travaillait jour et nuit avec furie et ne dormait qu'un petit nombre d'heures dans un fauteuil, ce qui fut laconiquement expliqué.

Cette rousse, très stupéfaite, entreprit alors le seul déballage nouveau pour elle, des sages remontrances. Elle parla comme une mère prudente de la nécessité d'une meilleure hygiène, de la longueur des jours et du nécessaire repos des nuits, faites pour dormir, assurait-elle. Enfin, elle crut discerner le besoin pour *un homme de pensée* d'avoir quelqu'un qui s'occupât de ses petites affaires, etc. Marchenoir paya son déjeuner et ne revint plus.

Un mois après, rentrant chez lui par un minuit très froid, il la trouva accroupie et grelottante sur le seuil de sa porte. Il ne demanda aucune explication, la fit entrer dans sa chambre, alluma du feu, lui montra son lit et se mit au travail. Pas un mot n'avait été prononcé.

Elle vint lui passer ses superbes bras autour du cou.

— Je t'aime, lui souffla-t-elle, je suis folle de toi. Je ne sais pas ce que j'ai. Je ne voulais plus penser à ce caprice que j'avais eu de te tenir dans mes bras, mais ce soir, je me serais traînée sur les genoux pour venir ici. Je vois bien que tu n'es pas comme les autres et que tu dois fièrement me mépriser. Tant pis, dis-moi ce que tu voudras, mais ne me repousse pas.

Et l'impudique vaincue, craignant de déplaire par un baiser, se coula par terre à ses pieds et fondit en larmes.

Marchenoir eut le frisson de la mort. — Ne sera-ce donc jamais fini ? pensa-t-il. Il se pencha et partageant l'épaisse chevelure de cette Salamandre *en abîme* [1], ondée de flammes, — avec une douceur qui était presque de la tendresse, il lui raconta sa pauvreté et son deuil immense ; il lui représenta, sans espoir d'être compris, l'impossibilité de nouer ou de ficeler deux existences telles que les leurs et son horreur, désormais insurmontable, de tout partage, aussi bien dans le passé que dans l'avenir.

À ce mot de *partage*, la belle fille redressa la tête et, sans vouloir se relever, croisant ses mains en suppliante sur les genoux du maître qu'elle s'était choisi :

— Pardonnez-moi de vous aimer, dit-elle, d'une voix singulièrement humble. Je sais que je ne vaux rien et que je ne mérite pas que vous fassiez attention à moi. Mais il ne peut y avoir de partage. Vous m'avez prise et je ne peux plus être qu'à vous, à vous seul. Les infamies de mon passé, je me les reproche comme des infidélités que je vous aurais faites. Vous êtes un homme religieux, vous ne me refuserez pas de sauver une malheureuse qui veut se repentir. Laissez-moi près de vous. Je ne vous demande pas même une caresse. Je vous servirai comme une pauvre domestique, je travaillerai et deviendrai peut-être une bonne chrétienne pour vous ressembler un peu. Je vous en supplie, ayez pitié de moi !

Jamais Marchenoir n'avait été si bien ajusté. Il ne se crut pas le droit de renvoyer au marché cette esclave qui lui paraissait s'offrir encore plus à son Dieu qu'à lui. Tous les dangers qui peuvent résulter pour un catholique exact d'une si prochaine occasion habituelle de manquer de continence, il les accepta, avec la certitude résignée de compromettre et de surcharger abominablement sa vie.

Quelques jours après, il s'installait avec Véronique, rue des Fourneaux[2], au fond de Vaugirard, dans un petit appartement d'ouvrier. Alors, commença cette cohabitation tant calomniée de deux êtres absolument chastes, à la fois si parfaitement unis et si profondément séparés. La formidable machine à vanner les hommes qui s'était appelée la Ventouse devint, par miracle, une fille très pure et un encensoir toujours fumant devant Dieu. Les pratiques religieuses, d'abord commencées en vue de s'identifier avec l'homme qu'elle aimait, devinrent bientôt un besoin de son amour, son amour même, transfiguré, transporté dans l'infini !

*

[XXIII]

Il y eut peu de monde à l'enterrement, les pauvres cercueils n'étant pas, à Périgueux plus qu'ailleurs, convoyés par des multitudes. Il est vrai que Marchenoir, ayant oublié jusqu'aux noms de la plupart de ses concitoyens d'autrefois, s'était borné à faire insérer dans l'*Écho de Vésone* un entrefilet de convocation générale aux obsèques du défunt. D'ailleurs, la Liturgie mortuaire de l'Église, – la plus grande chose terrestre à ses yeux, – agissait sur tout son être, en cette circonstance, avec une force inouïe et l'exiguïté du bétail condolent[1] ne fut inaperçue que de lui.

Pour un pareil désenchanté de la vie, qui n'en connut jamais que les plus atroces rigueurs, et qui semblait avoir été créé eunuque aux joies de ce monde, il y avait dans l'appareil religieux de la mort une force de vertige qui le confisquait tout entier avec un absolu despotisme. C'était la seule majesté à laquelle ce révolté ne résistât pas. On l'avait vu souvent suivre des enterrements d'inconnus et il fallait qu'il fût bien pressé pour ne pas entrer dans une église lorsque le seuil tendu de noir l'avertissait de quelque cérémonie funèbre. Combien d'heures il avait passées dans les cimetières de Paris, à des distances infinies du vacarme social, déchiffrant les vieilles tombes et les surannées épitaphes des adolescents en poussière, dont les contemporains étaient aujourd'hui des ancêtres et dont personne au monde ne se souvenait plus !

Aux yeux de ce contempteur universel, la Mort était vraiment la seule souveraine qui eût le pouvoir d'ennoblir tout de bon la fripouille humaine. Les médiocres, les plus abjects lui devenaient augustes aussitôt qu'ils commençaient à pourrir. La charogne du plus immonde bourgeois se calant et se cantonnant dans sa bière pour une sereine déliquescence lui paraissait un témoignage surprenant de l'originelle dignité de l'homme.

Cette irraisonnée induction, venant à refluer intérieurement sur le plexus syllogistique de son esprit, Marchenoir avait toujours été rempli de conjectures devant tous les signes funèbres. Sans doute, les oracles de la foi touchant les fins dernières et l'ultime rétribution de l'animal responsable suffisaient à ce croyant. Mais le visionnaire qui était au fond du croyant avait de bien autres exigences, que Dieu seul, sans doute, eût été capable de satisfaire.

Précisément, ce mot d'exigence le faisait bondir. Lui qu'il la mort avait tant déchiré, il se raidissait, en des transports de rage, contre la rhétorique de résignation, qui nomme *repos* ou *sommeil* la liquéfaction des yeux et le rongement des mains de l'être aimé, et le grouillement d'helminthes de sa bouche, et tous les viols inexprimables de la matière sur cette argile si vainement spiritualisée ! Il trouvait que l'exigence n'était vraiment pas du côté d'un homme à qui on prenait sa femme ou son enfant, pour en faire il ne savait quoi, et qu'on priait d'attendre jusqu'à la consommation des siècles !

Si ce n'était pas là une dérision à faire crouler les étoiles, c'était terriblement demander en échange de dons si précaires ! Même en sachant tout, ce serait intolérable, et la vérité, c'est qu'on ne sait rien, absolument rien, sinon ce que le christianisme a voulu nous dire.

Mais quoi ! c'est un atome d'espérance pour contrepeser un mont de terreurs ! La religion seule donne la certitude de l'immortalité, mais c'est au prix de l'enfer *possible*, de la défiguration sans retour, du monstre éternel !

Cette pauvre créature qu'il pleure, ce misérable [2], et qu'il appelle en de désolées clameurs du fond de ses nuits, – qui fut son paradis terrestre, son arbre de vie, son rafraîchissement, sa lumière et sa paix dans ses combats, – qu'il n'aille pas s'imaginer, au moins, qu'il lui suffise de l'avoir vu mourir et d'avoir livré le déplorable corps aux dévorants hideux qui sont sous la terre. Si son âme est profonde, tout cela n'est que le commencement des douleurs.

Il y a, – qu'il ne l'oublie pas ! – le ciel et l'enfer, c'est-à-dire une chance de béatitude contre dix-sept cent mille de malédiction et de hurlements sempiternels, ainsi que l'enseigne Monsieur Saint Thomas d'Aquin [3], dont le Bon Pasteur [4] ne paraît pas avoir prévu les doctrines !

Les irrésistibles entraînements de cœur qui jetèrent dans ses bras l'infortunée, les caresses presque chastes, mais non permises, qui lui faisaient oublier, un instant,

LE DÉPART 129

l'abomination de sa misère, – pendant qu'il s'attendrit confortablement sous les marronniers en fleur, – elle est probablement en train de les expier d'une façon qu'on ne pourrait pas, sans crever de rire, le voir entreprendre de conjecturer.

C'est toute la puissance divine qui est en armes pour supplicier cette douce fillette qui buvait les pleurs de ses yeux et qui se mettait à genoux pour laver ses pieds en sang, quand il avait trop marché pour sa rédemption. C'est maintenant contre elle toute une armée de Xerxès d'épouvantements. La plus intime essence du feu sera tirée de l'actif noyau des astres les plus énormes, pour une inconcevable flagrance de tortures qui n'auront *jamais* de fin. Cette affreuseté de la putréfaction sépulcrale qui est à faire se cabrer les cavalcades de l'Apocalypse, – ah ! ce n'est rien, c'est la beauté même, comparée à l'infamation[5] surnaturelle de l'image de Dieu dans ce brûlant pourrissoir !

Le désolé catholique avait eu souvent de ces pensées qui le roulaient par terre, rugissant, épileptique, écumant d'horreur. – Dix mille ans de séparation, criait-il, je le veux bien, mais au moins que je sache où ils sont, ceux que j'ai aimés !

Obsécration insensée d'une âme ardente ! Il aurait tout accepté, le diadème de crapauds, le mouvant collier de reptiles, les yeux de feu luisant au fond des arcades de vermine, les bras visqueux, tuméfiés, pompés par les limaces ou les araignées, et l'épouvantable ventre plein d'antennes et d'ondulements, – enfin des apparitions à le tuer sur place, – s'il eût été possible d'apprendre quelque chose au prix de cette monstrueuse profanation de ses souvenirs !

Et maintenant, au bord de la fosse où, le prêtre étant parti, les pelletées de terre tombaient comme des pelletées de siècles sur le nouveau stagiaire de l'éternité, il ne trouvait, en fin de compte, d'autre refuge que la Prière. Cette âme lassée ne s'épuisait plus en sursauts et en convulsions inutiles. Catholique étonnamment fidèle, il s'arrangeait pour retenir le dogme tridentin de l'enfer interminable [6], en écartant l'*irrévocabilité* de la damnation. Il avait trouvé le moyen de mettre debout et de donner le souffle de vie à cette antinomie parfaite qui ressemblait tant à une contradiction dans les termes, quoiqu'elle devînt une opinion singulièrement plausible quand il l'expliquait. Mais la prière seule lui était vraiment bienfaisante, – l'infinie simplicité de la prière par laquelle une vie puissante et cachée sourdait tout au fond de lui, par-dessous les plus ignorés abîmes de sa pensée...

Il resta longtemps à genoux, si longtemps que les fossoyeurs achevèrent leur besogne et, pleins d'étonnement, l'avertirent qu'on allait fermer la porte du cimetière. Il eut une satisfaction à s'en aller seul, ayant fort redouté les crocodiles du sympathique regret. Son départ de Périgueux était fixé pour le lendemain et il se proposait de ne voir personne. Il rentra donc immédiatement, se fit apporter une nourriture quelconque et passa une partie de la nuit à écrire la lettre suivante à son ami Leverdier.

*

[XXIV]

« J'ai reçu ton argent, mon fidèle, mon unique Georges. Je ferai ce que tu me conseilles de faire, comme si c'était la Troisième Personne divine qui eût parlé, et voilà tout mon remerciement. J'arrive du cimetière et je pars demain pour la Grande Chartreuse.

« Je t'écris afin de me reposer en toi des émotions de ces derniers jours. Elles ont été grandes et terribles. Une virginité de cœur m'a été refaite, je pense, tout exprès pour que je visse expirer mon père que je ne croyais, certes, pas aimer [1] tant que cela. Tu sais combien peu de place il avait voulu garder dans ma vie. Nous nous étions endurcis l'un contre l'autre, depuis longtemps, et je n'attendais rien de plus que cette obscure trépidation que donne à des mortels la vision immédiate et sensible de la mort. Il s'est trouvé qu'il m'a fallu prendre une hache et trancher des câbles pour échapper à ce trépassé qu'on portait en terre...

« Je suis saturé, noyé de tristesse, mon ami, ce qui ne me change guère, tu en conviendras, mais la grande crise est passée et le voyage de demain m'apparaît comme une de ces aubes glacées et apaisantes que je voyais poindre, il y a deux ans, du fond de mon lit de fiévreux après une nuit de fantômes. Ils encombrent désormais ma vie, les fantômes ! ils m'environnent, ils me pressent comme une multitude, et les plus à redouter, hélas ! ce sont encore les innocents et les très pâles qui me regardent avec des yeux de pitié et qui ne me font pas de reproches !

« Je viens de parcourir, en gémissant, cette pauvre maison de mon père où je suis né, où j'ai été élevé et qu'il va falloir vendre pour payer d'anciennes dettes, ainsi qu'on me l'a expliqué. La mélancolique sonorité de ces chambres vides, plafonnées, pour mon imagination, de tant de souvenirs anciens, a retenti profondément en moi. Il m'a semblé que j'errais dans mon âme, déserte à jamais.

« Pardonne-moi, mon bon Georges, ce dernier mot. Je crois que je ne pourrai jamais dire exactement ce que tu es pour le sombre Marchenoir. J'ai eu un frère aîné mort très jeune, dans la même année que ma mère [2]. Tout à l'heure, j'ai retrouvé des objets enfantins qui lui ont appartenu. Je t'en ai déjà parlé. Il s'appelait Abel et c'est, sans doute, ce qui détermina mon père à m'accoutrer de ce nom de Caïn dont je suis si fier. Je l'aurais peut-être aimé beaucoup s'il avait pu vivre, mais je ne me le représente pas comme toi et je ne te nommerais pas volontiers mon frère.

« Tu es autre chose, un peu plus ou un peu moins, je ne sais au juste. Tu es mon gardien et mon toit, mon holocauste et mon équilibre ; tu es le chien sur mon seuil ; je ne sais pas plus ce que tu es que je ne sais ce que je suis moi-même. Mais, quand nous serons morts à notre tour, si Dieu veut faire quelque chose de nos poussières, il faudra qu'il les repétrisse ensemble, cet architecte, et qu'il y regarde à trois fois avant d'employer l'étrange ciment qui lui collera ses mains de lumière !

« Tu as sans doute raison de me reprocher d'avoir écrit à Dulaurier et j'ai raison aussi, très probablement, de l'avoir fait. Il a jugé convenable de me répondre par une lettre qui le déshonore. N'est-ce pas là un beau résultat ? Tout ce que tu m'écris de lui, il a pris la peine de me l'écrire lui-même. Le pauvre garçon ! c'est à peine s'il se cache de la terreur que je lui inspire.

« Franchement, j'avais cru que ce sentiment bien connu de moi, à défaut de magnanimité, vaincrait son avarice et le déterminerait à me rendre le facile service que je lui demandais. Il a eu la bonté de me conseiller la *fosse commune*, en me rappelant à l'humilité chrétienne. Pour être si imprudent, il faut qu'il me croie tout à fait vaincu, autrement ce serait par trop bête d'outrager un homme dont la mémoire est fidèle et qui a une plume pour se venger !

« Quant au docteur, je ne l'avais pas prévu dans cette affaire. Ah ! ils sont dignes de s'estimer et de se chérir, ces négriers de l'amitié qui m'ont jeté par-dessus bord à l'heure de prendre chasse [3], et qui mettraient à mes pieds les trésors de leur dévouement si j'obtenais un succès qui me rendît formidable ! Avec quelle joie je leur ai renvoyé leur argent, tu le devines sans peine.

« Mais laissons cela. J'ai reçu la visite du notaire de la famille. Je lui suppose d'autres clients, car il est gras et luisant comme un lion de mer. Cet authentique personnage m'apportait d'infinies explications auxquelles je n'ai rien compris, sinon que mon père, vivant uniquement d'une pension de retraite, ne laisse absolument que sa maison et le mobilier, l'un et l'autre de peu de valeur, ce que je savais aussi bien que lui. Mais il m'a révélé certaines dettes que j'ignorais. Il faut tout vendre et l'acquéreur est déjà trouvé, paraît-il. J'ai même cru démêler que je pouvais bien n'en être séparé que de l'envergure d'un large soufflet. N'importe, j'ai signé ce qu'il a fallu, le drôle ayant tout préparé d'avance. Les pauvres n'ont pas droit à un foyer, ils n'ont droit à rien, je le sais, et je me suis cerclé le cœur avec le meilleur métal de ma volonté pour signer plus ferme.

« On me fait espérer un reliquat de quelques centaines de francs qui me seront envoyés, le tripotage consommé. Ce sera mon héritage. Si ton général des Chartreux veut me gratifier de son côté, il m'en coûtera peu de recevoir l'aumône de sa main. Nous pourrons, alors, faire l'acquisition d'un nouveau cheval de bataille pour la revanche ou pour la mort. J'ai le pressentiment que ce sera plutôt la mort et je crois vraiment qu'il me faudrait la bénir, car je commence à furieusement me lasser de jouer les Tantales de la justice !

« Dis à ma chère Marie l'Égyptienne [4] qu'elle continue de prier pour moi dans le désert de notre aride logement. Elle ne pourrait rien faire qui me fût plus utile. Tu ne comprends pas trop bien tout cela, toi, mon pauvre séide. Tu ne sais que souffrir et te sacrifier pour mon service, comme si j'étais un Manitou de première grandeur, et la merveille sans rivale de cette fille consumée de l'amour mystique est presque entièrement perdue pour toi. Tous les prodiges de l'Exode d'Égypte se sont accomplis en vain, sous tes yeux, en la personne de cette échappée à l'ergastule [5] des adorateurs de chats et des mangeurs de vomissements à l'oignon de la Luxure.

« Pour moi, je grandis chaque jour dans l'admiration et je m'estime infiniment honoré d'avoir été choisi pour récupérer cette drachme perdue [6], cette perle évangélique flairée et contaminée par le groin de tant de pourceaux [7].

« Il est étrange que je sois précisément l'homme qu'il fallait pour rapprocher deux êtres si exceptionnels et si parfaitement dissemblables. Dans votre émulation à me chérir, c'est toi, l'homme de glace, qui me brûles et c'est elle, l'incendiée, qui me tempère. Tu ne te rassasies jamais de ce que tu nommes mes audaces et elle tremble parfois de ce qu'elle appelle naïvement *mes justices*. En même temps, vous vous reprochez l'un à l'autre de m'exaspérer. Chers et uniques témoins de mes tribulations les plus cachées, vous êtes bien inouïs tous les deux et nous faisons, à nous trois, un assemblage bien surprenant !

« Aujourd'hui, tu m'envoies à la Chartreuse du même air d'oracle dont tu voulus, autrefois, me détourner d'aller à la Trappe. Seulement, cette fois, je t'obéis sans discussion et même avec autant d'allégresse qu'il est possible. Tel est le progrès de ton génie.

« Tu te portes garant de la roborative et intelligente hospitalité des Chartreux. Je le crois volontiers. Cependant il est peu probable que j'écrive beaucoup dans leur maison. Mais je ferai de l'ordre dans le taudion[8] de mes pensées et je ferai passer le fleuve de la méditation la plus encaissée, au travers des écuries d'Augias de mon esprit.

« Quel livre pourrait être le mien, pourtant, si j'enfantais ce que j'ai conçu[9] ! Mais quel accablant, quel formidable sujet ! Le *Symbolisme de l'histoire*, c'est-à-dire l'hiérographie[10] providentielle, enfin déchiffrée dans le plus intérieur arcane des faits et dans la kabale des dates, le sens *absolu* des signes chroniques, tels que Pharsale, Théodoric, Cromwell ou l'insurrection du 18 mars[11], par exemple, et l'orthographe *conditionnelle* de leurs infinies combinaisons ! En d'autres termes, le calque linéaire du plan divin rendu aussi sensible que les délimitations géographiques d'un planisphère, avec tout un système corollaire de conjecturales aperceptions dans l'avenir !! Ah ! ce n'est pas encore ce livre qui me fera populaire, en supposant que je puisse le réaliser !

« Je te quitte, mon ami, la fatigue m'écrase et l'heure galope avec furie. J'ai hâte de fuir cette ville où je n'ai que des souvenirs de douleurs[12] et des perspectives de dégoût. Or, j'ai beaucoup à brûler, avant mon départ, dans cette maison qu'on va vendre. Je ne veux pas de profanations. Mais ça ne va pas être fertile en gaîté, non plus, cette exécution de toutes les reliques de mon enfance !... Bonsoir, mes chers fidèles, et au revoir dans quelques semaines.

« MARIE-JOSEPH-CAÏN MARCHENOIR. »

DEUXIÈME PARTIE

LA GRANDE CHARTREUSE

[XXV]

Le surlendemain, Marchenoir commençait à pied l'ascension du Désert de la Grande Chartreuse [1]. Lorsqu'il eut franchi ce qu'on appelle l'entrée de Fourvoirie, rainure imperceptible entre deux rocs monstrueux, au delà desquels la vie moderne paraît brusquement s'interrompre, une sorte de paix joyeuse fondit sur lui. Il allait enfin savoir à quoi s'en tenir sur cette Maison fameuse dans la Chrétienté, – si bêtement entrevue, de nos jours, à travers les fumées de l'alcoolisme démocratique, – ruche alpestre des plus sublimes ouvriers de la prière [2], de ceux-là qu'un vieil écrivain comparait aux Brûlants des cieux et qu'il appelait, pour cette raison, les « Séraphins de l'Église militante [3] ! ».

Les gens badigeonnés d'une légère couche de christianisme, qui veulent que les pèlerinages soient commodes, affirment sous serment que le monastère est inaccessible dans la saison des neiges. L'effet heureux de ce préjugé est une restitution périodique de l'antique solitude cartusienne tant désirée par saint Bruno pour ses religieux !

L'énorme affluence des voyageurs, dans ce qu'on est convenu d'appeler la belle saison, doit être, pour les solitaires, une bien pesante importunité. La foi du plus grand nombre de ces curieux n'aurait certainement pas la force évangélique qui fait bondir les montagnes [4], et beaucoup viennent et s'en vont qui n'ont pas d'autre bagage spirituel que le très sot journal d'un touriste sans ingénuité. N'importe ! ils sont reçus comme s'ils tombaient du ciel, aérolithes mondains de peu de fulgurance, qui ne déconcertent jamais l'accueillante résignation de ces moines hospitaliers.

La Grande Chartreuse doit donc être visitée en hiver par tous ceux qui veulent se faire une exacte idée de cette merveilleuse combinaison de la vie érémitique et de la vie commune qui caractérise essentiellement l'Ordre cartusien, et dont la triomphante expérience accomplit, tout à l'heure, son huitième siècle.

Fondée en 1084, la famille de saint Bruno, – rouvre glorieux qui couvrit le monde chrétien de sa puissante frondaison, – seule entre toutes les familles religieuses, a mérité ce témoignage de la Papauté : « *Cartusia nunquam reformata, quia nunquam deformata*, l'ordre des Chartreux, ne s'étant point déformé, n'a jamais eu besoin d'être réformé [5]. »

Dans un siècle aussi jeté que le nôtre aux lamproies ou aux murènes de la définitive anarchie qui menace de faire ripaille du monde, il est au moins intéressant de contempler cet unique monument du passé chrétien de l'Europe, resté debout et intact, sans ébranlement et sans macule, dans le milieu du torrent des siècles.

« D'où cela vient-il ? – dit un auteur chartreux contemporain [6]. – De la sagesse qui accompagne nécessairement les résolutions du Définitoire, puisque ses Ordonnances n'obligent qu'après avoir été mises à l'essai ; puisque ses Constitutions doivent être approuvées par ceux qui ne les ont pas faites. Ce qui nous a sauvés, c'est ce Définitoire libre, impartial, toujours indépendant, puisque les religieux qui peuvent et doivent le composer arrivent en Chartreuse ignorants ou incertains de leur nomination ; ils y viennent alors sans idées préconçues, sans parti pris : la brigue et la cabale seraient impossibles.

« Dans les séances annuelles du Chapitre Général, la première occupation de cette assemblée est de former le Définitoire, composé de huit *Définiteurs* nommés au scrutin secret et n'ayant point fait partie du définitoire de l'année précédente. Ce définitoire, sous la présidence du R. P. Général, est chargé du bien de tout l'Ordre et exerce, conjointement avec le chef suprême, la plénitude du pouvoir, en vue d'ordonner, de statuer et de définir.

« Ce qui nous a sauvés, c'est l'énergie de cette espèce de concile, composé de membres de différentes nations qui, pour la plupart, n'ont point vécu et ne doivent point se retrouver avec ceux qu'ils frapperont d'une juste sentence. Parfaitement libre, il n'a jamais reculé, en aucune occasion, devant un coup d'énergie. Jamais, dans l'Ordre entier, jamais, dans une Province, un abus n'a été approuvé, même tacitement, nous pouvons même dire, histoire en main, que jamais un manquement grave aux Règles fondamentales de la vie cartusienne n'a été toléré dans aucune Chartreuse. Le Définitoire a averti, patienté, insisté, menacé ; enfin, il a pris un moyen extrême, mais décisif, en vue du bien commun ; il a rejeté telle maison qui n'observait plus la Règle dans son entier et refusait de s'amender et de se soumettre ; il l'a rejetée, déclarant que ni les personnes ni les biens n'appartenaient plus à l'Ordre, laissant aux réfractaires, édifices, rentes, propriétés, tout, excepté le nom de Chartreux et la Règle de saint Bruno. *Cartusia nunquam deformata*, parce que dès que l'Ordre prit de l'extension, au commencement du douzième siècle, nos ancêtres surent nous donner une Constitution aussi forte qu'elle était large, aussi sage qu'elle était gardienne de la seule vraie liberté qui consiste, non point à pouvoir faire le mal ou le bien, mais, au contraire, à être dans l'heureuse nécessité de ne faire que le bien, tout en choisissant, parmi ce qui est bien, ce qui nous paraît le meilleur. »

Du reste, il suffit de franchir les limites de ce célèbre Désert pour sentir l'absence soudaine du dix-neuvième siècle et pour avoir, autant que cela est possible, l'illusion du douzième. Mais il faut que la route ne soit pas encombrée par les caravanes tapageuses de la Curiosité [7]. Alors, c'est vraiment le Désert sourcilleux et formidable que

Dieu lui-même, dit-on[8], avait désigné à son serviteur Bruno et à ses six compagnons pour que leur postérité spirituelle y chantât, pendant huit cents ans, au moins, dans la paix auguste des hauteurs, la Jubilation de la terre devant la face du Seigneur Roi. *Jubilate Deo omnis terra... Jubilate in conspectu Regis Domini*[9] !

Marchenoir n'avait jamais savouré si profondément la beauté religieuse et pacifiante du silence que dans cette montée de la Grande Chartreuse, entre Saint-Laurent-du-Pont et le monastère. La nuit avait été fort neigeuse et le paysage entier, vêtu de blanc comme un chartreux, éclatait aux yeux sous la mateur grise d'un ciel bas et lourd qui semblait s'accouder sur la montagne. Seul, le torrent qui roule au fond de la gorge sauvage tranchait par son fracas sur l'immobile taciturnité de cette nature sommeillante. Mais, – à la manière d'une voix unique dans un lieu très solitaire, – cette clameur d'en bas, qui montait en se dissolvant dans l'espace, y était dévorée par ce silence dominateur et le faisait paraître plus profond encore et plus solennel.

Il se pencha pour regarder en rêvant cette eau folle et bondissante, qu'on appelle si improprement le *Guiers-Mort*, et dont la couleur, pareille au bleu de l'acier quand elle se précipite, ressemble à une moire verte ondulée d'écume, quand elle se recueille, en frémissant, dans une conque de rochers, pour un élan plus furieux et pour une chute plus irrémédiable.

Il se prit à songer à l'énorme durée de cette existence de torrent qui coule ainsi, pour la gloire de Dieu, depuis des milliers d'années, bien moins inutilement, sans doute, que beaucoup d'hommes qui n'ont certes pas sa beauté et qu'il a l'air de fuir en grondant pour n'avoir pas à refléter leur image. Il se souvint que saint Bernard[10], saint François de Sales[11] et combien d'autres, après saint Bruno, étaient venus en ce lieu ; que des pauvres ou des puissants, évadés du monde, avaient passé par là, pendant une moitié de l'histoire du christianisme[12], et qu'ils avaient dû être sollicités, comme lui-même, par cette figure, perpétuellement fuyante, de toutes les choses du siècle...

Une méditation de cette sorte et dans un tel endroit est singulièrement puissante sur l'âme et recommandable aux ennuyés et aux tâtonnants de la vie. Marchenoir, aussi blessé et aussi saignant que puisse l'être un malheureux homme, sentit une douceur infinie, un calme de bonne mort, insoupçonné jusqu'à cet instant. Il se baigna dans l'oubli de ses douleurs immortelles, hélas ! et qui devaient, un peu plus tard, le ressaisir. À mesure qu'il montait, sa paix grandissait en s'élargissant, tout son être se fondait et s'évaporait dans une suavité presque surhumaine.

Une page adorable de naïveté qu'il avait autrefois apprise par cœur, tant il la trouvait belle, lui revenait à la mémoire et chantait en lui, comme une harpe d'Éole de fils de la Vierge [13] animée par les soupirs des séraphins.

Cette page, il l'avait trouvée dans une ancienne *Vie* de ce célèbre père de Condren [14], dont la doctrine était si sublime, paraît-il, que le cardinal de Bérulle écrivait à genoux tout ce qu'il lui entendait dire [15]. Voici en quels termes cet étonnant personnage s'exprimait sur les Chartreux :

« Ce sont des hommes choisis de Dieu pour exprimer, le plus naïvement et exactement qu'il est possible à des créatures humaines, l'état de ceux que l'Écriture appelle *les enfants de la Résurrection* [16], et pour vivre dans un corps mortel, comme s'ils étaient de purs esprits immortels. Ils sont donc sans cesse élevés hors d'eux-mêmes dans une contemplation des choses divines ; il n'y a point de nuit pour eux, puisque c'est durant les ténèbres de la terre qu'ils font les saintes opérations des enfants de lumière. Ils sont tous honorés du saint caractère de la Prêtrise, comme saint Jean témoigne que tous les saints seront prêtres dans le ciel [17]. Leurs habits sont de la couleur de ceux des Anges, lorsqu'ils apparaissent aux hommes ; leur modestie et leur innocence est un tableau de la sage simplicité et de la droiture des Bienheureux.

« Leur habitation dans les montagnes de la Grande Chartreuse n'est point un séjour pour des personnes du monde ; il faut n'avoir rien que l'esprit pour subsister dans une telle demeure. Aussi, peut-on sortir des tombeaux de toutes sortes de monastères pour aller revivre parmi ces saints ressuscités, mais lorsqu'on est parvenu dans ce Paradis, il n'y a plus rien à espérer sur la terre. On y peut venir de tous les endroits du monde, même des plus sacrés, mais lorsqu'on est arrivé dans cette *Maison de Dieu* et cette *Porte du Ciel*, il faut être saint ou on ne le deviendra jamais [18] ! »

– Être *saint* ! cria Marchenoir, comme en délire, qui peut l'espérer ?... Job, dont on célèbre la patience, a maudit le ventre de sa mère [19], il y a quatre mille ans, et il faut des centaines de millions de désespérés et d'exterminés pour faire la bonne mesure des souffrances que l'enfantement d'un unique élu coûte à la vieille humanité !... Sera-ce donc toujours ainsi, ô Père céleste, qui avez promis de régner sur terre [20] ?...

*

[XXVI]

L'ensemble des constructions de la Grande Chartreuse couvre une étendue de cinq hectares et ses bâtiments sont abrités par quarante mille mètres carrés de toiture. Au seul point de vue topographique, ces chiffres justifient suffisamment l'épithète de *grande* inséparable du nom de Chartreuse, quand on veut désigner ce *caput sacrum* de toutes les chartreuses de la terre. On dit la Grande Chartreuse comme on dit Charlemagne.

Écrasée une première fois par une avalanche, au lendemain de sa fondation [1], et reconstruite presque aussitôt sur l'emplacement actuel moins exposé à la chute des masses neigeuses ; saccagée deux fois de fond en comble par les calvinistes et les révolutionnaires [2], cette admirable Métropole de la Vie contemplative a été incendiée huit fois en huit siècles [3]. Ces huit épreuves par le feu, symbole de l'Amour, rappellent à leur manière les huit Béatitudes évangéliques, qui commencent par la Pauvreté et finissent par la Persécution [4].

Enfin, le 14 octobre 1792, la Grande Chartreuse fut fermée par décret de l'Assemblée nationale [5] et rouverte seulement le 8 juillet 1816 [6]. Pendant vingt-quatre ans, cette solitude redevint muette, de silencieuse qu'elle avait été si longtemps, muette et désolée comme ces cités impies de l'Orient que dépeuplait la colère du Seigneur.

C'est qu'il lui fallait payer pour tout un peuple insolvable que pressait l'aiguillon du châtiment, en accomplissement de cette loi transcendante de l'équilibre surnaturel, qui condamne les innocents à acquitter la rançon des coupables [7]. Nos courtes notions d'équité répugnent à cette distribution de la Miséricorde par la Justice. *Chacun pour soi*, dit notre bassesse de cœur, *et Dieu pour tous*. Si, comme il est écrit, les choses cachées nous doivent être révélées un jour [8], nous saurons, sans doute à la fin, pourquoi tant de faibles furent écrasés, brûlés et persécutés dans tous les siècles ; nous verrons avec quelle exactitude infiniment calculée furent réparties, en leur temps, les prospérités et les douleurs, et quelle miraculeuse équité nécessitait passagèrement les apparences de l'injustice !

Chose digne de remarque, la Grande Chartreuse continua d'être habitée. Un religieux infirme y resta et n'y fut jamais inquiété, bien qu'il portât toujours l'habit. Le 7 avril 1805, – c'était le dimanche des Rameaux, – on le trouva mort dans sa cellule, à genoux à son oratoire : il avait rendu son âme à Dieu, en priant. Peu de jours après, Chateaubriand visitait la Grande Chartreuse [9].

« Je ne puis décrire, dit-il dans ses *Mémoires d'Outre-Tombe*, les sensations que j'éprouvai dans ce lieu ! les bâtiments se lézardaient sous la surveillance d'une espèce de fermier des ruines ; un frère lai était demeuré là pour prendre soin d'un solitaire infirme qui venait de mourir. La religion avait imposé à l'amitié la fidélité et la reconnaissance. Nous vîmes la fosse étroite fraîchement couverte. On nous montra l'enceinte du couvent, les cellules accompagnées chacune d'un jardin et d'un atelier ; on y remarquait des établis de menuisiers et des rouets de tourneurs, la main avait laissé tomber le ciseau ! Une galerie offrait les portraits des Supérieurs de l'Ordre. Le palais ducal de Venise garde la suite des *ritratti* des Doges, lieux et souvenirs divers ! Plus haut, à quelque distance, on nous conduisit à la chapelle du reclus immortel de Lesueur [10]. Après avoir dîné dans une vaste cuisine, nous repartîmes [11]. »

Aujourd'hui, la Grande Chartreuse est aussi prospère que jamais. Les innombrables voyageurs peuvent rendre témoignage de l'étonnante vitalité de cette dernière racine du vieux tronc monastique, que quatre révolutions et quatre républiques n'ont pu arracher du sol de la France.

Il serait puéril d'entreprendre une cent unième description de cette célèbre Cité du renoncement volontaire et de la vraie joie, aujourd'hui connue de tout ce qui lit et pense dans l'univers. D'ailleurs, Marchenoir ne visitait pas la Grande Chartreuse en observateur, mais en malade, et, plus tard, il eût été fort embarrassé de rendre compte des heures de son séjour qui dura près d'un mois.

Simplement, il avait résolu de s'enfoncer, comme il pourrait, dans ce silence, dans cette contemplation, dans ce crépuscule d'argent de l'oraison, qui guérit les colères et qui guérit les tristesses. Il savait d'avance combien la solitude est nécessaire aux hommes qui veulent vivre, plus ou moins, de la vie divine. Dieu est le grand Solitaire qui ne parle qu'aux solitaires et qui ne fait participer à sa puissance, à sa sagesse, à sa félicité, que ceux qui participent, en quelque manière, à son éternelle solitude ! Sans doute, la solitude est réalisable partout et même au milieu des meutes courantes du monde, mais quelles âmes cela suppose, et quel exil pour de telles âmes ! Or, il avait le pied dans la patrie de ces exilées ; la famille chartreuse de saint Bruno, la plus parfaite de toutes les conceptions monastiques, la grande école des imitateurs de la solitude de Dieu [12] !

Marchenoir y trouva précisément ce qu'il était venu chercher, ce qu'il avait déjà commencé à trouver en chemin : la paix et la charité.

– *Levavi oculos meos in montes*, dit-il au père qui le reçut, *unde veniet auxilium mihi* [13]. Je vous apporte mon âme à ressemeler et à décrotter. Je vous prie de souffrir ces expressions de cordonnier. Si j'en employais de moins nobles, j'exprimerais encore mieux l'immense dégoût que m'inspire à moi-même l'indigent artiste qui vient implorer l'hospitalité de la Grande Chartreuse.

L'autre, un long moine pacifique à la tonsure joyeuse, regarda l'hirsute et lui répondit avec douceur.

– Monsieur, si vous êtes malheureux, vous êtes le plus cher de nos amis, les *montagnes* de la Grande Chartreuse ont des oreilles et le secours qu'elles pourront vous donner ne vous manquera pas. Quant à votre chaussure spirituelle, ajouta-t-il en riant, nous travaillons quelquefois dans le vieux, et peut-être arriverons-nous à vous satisfaire.

La jubilante physionomie de ce religieux plein d'intelligence plut immédiatement à Marchenoir. En quelques paroles serrées et rapides de ce préliminaire entretien, il lui exposa toute son aventure terrestre. Il lui dit ses travaux et les ambitieuses pétitions de sa pensée, – Je veux écrire l'histoire de *la Volonté de Dieu*, formula-t-il, avec cette saisissante précision de discobole oratoire qui paraissait le plus étonnant de ses dons.

Pour le dire ici en passant, Marchenoir, aux temps de la République romaine, eût été tribun, comme les Gracques [14], et il eût marché de plain-pied sur la face antique. La maîtresse du monde prenait volontiers ses maîtres parmi ces porte-foudre, ces fracassants de la parole que le genre humain, – muet de stupéfaction depuis sa chute, – a toujours écoutés.

Cette faculté, tout à fait supérieure en lui, avait eu le développement tardif de ses autres facultés. Longtemps il avait eu la bouche cousue et la langue épaisse. Sa timidité naturelle, une compressive éducation, puis l'étouffoir de toutes les misères de sa jeunesse avaient exceptionnellement prolongé pour lui le balbutiement de l'enfance. Il avait fallu la décisive rencontre de Leverdier et la nouvelle existence qui s'ensuivit, pour lui dénouer à la fois le cœur, l'esprit et la langue. Un jour, il se leva tout armé... pour n'avoir jamais à combattre, – l'exutoire unique d'un orateur dans les temps modernes, c'est-à-dire la politique de parlement, lui faisant horreur.

Ce tonitruant dut éteindre ses carreaux [15]. Seulement parfois il éclatait, et c'était superbe. Comme imprécateur surtout il était inouï. On l'avait entendu rugir, comme un lion noir, dans des cabinets de directeurs de journaux qu'il accusait, avec justice, de donner le pain des gens de talent à d'imbéciles voyous de lettres et qu'il saboulait comme la plus vile racaille.

Mais, à la Grande Chartreuse, il n'avait aucun besoin de ce prestige, ni d'aucun autre. Il suffisait, comme le lui avait dit le père Athanase [16], dès le premier instant, qu'on le sût malheureux et souffrant d'esprit. Même les habitudes de cet artiste parisien furent prises en considération, autant qu'il était possible, par l'effet d'une bonté discrète et vigilante qui le pénétra. Ce malade ne fut soumis à la décourageante rigueur d'aucun règlement de retraite. Tout ce qui n'était pas incompatible avec la régularité du monastère lui fut accordé, sans même qu'il le demandât, jusqu'à la permission de fumer dans sa chambre, faveur presque sans exemple. On le laissa songer à son aise. Son âme excédée, vibrante comme un cuivre, se détendit et s'amollit, – délicieusement, – à la flamme pleine de parfums de cette charité...

Chaque jour, le père Athanase, devenu son ami, le venait voir, lui donnant avec joie tout le temps qu'il pouvait. Et c'étaient des conversations infinies, où le religieux, naguère élevé dans les abrutissantes disciplines du monde, s'instruisait, une fois de plus, de leur néant, à l'école de ce massacré, et qui remplissaient celui-ci d'une tranquille douleur de ne pouvoir leur échapper dans la lumineuse Règle de ces élargis.

Ces chartreux si austères, si suppliciés, si torturés par les *rigueurs* de la pénitence, – sur lesquels s'apitoie, légendairement, l'idiote lâcheté des mondains, – il voyait clairement que ce sont les seuls hommes libres et joyeux dans notre société de forçats intellectuels ou de galériens de la Fantaisie [17], les seuls qui fassent vraiment ce qu'ils ont voulu faire, accomplissant leur vocation privilégiée dans cette allégresse sans illusion que Dieu leur donne et qui n'a besoin d'aucune fanfare pour s'attester à elle-même qu'elle est autre chose qu'une secrète désolation.

– Mon père, dit-il un jour, croyez-vous, en conscience, que la vie religieuse régulière me soit décidément et absolument interdite ? Vous savez toute mon histoire, tous mes rêves inhumés, et mon clairvoyant dégoût de toutes les séculières promesses. Les liens qui me tiennent encore peuvent se rompre. Le livre que je porte en moi, s'il est viable, pourrait naître ici, puisque vous êtes un ordre écrivant. Vous voyez combien je suis exposé à périr dans de vaines luttes, où il est presque impossible que je triomphe, combien je suis fatigué et recru de ma douloureuse voie. Mon âme, qui n'en peut plus, s'entr'ouvre comme un vaisseau criblé qui a trop longtemps tenu la mer... Ne pensez-vous pas que cette retraite imprévue est, peut-être, un coup de la Providence qui voulait, dès longtemps, me conduire et me fixer dans le Havre-de Grâce de votre maison ?

– Mon cher ami, repartit le père devenu très grave, depuis l'heure de votre arrivée, j'attendais cette question [18]. Elle vient assez tard pour que j'aie pu, en vous étudiant, me préparer à y répondre. En *conscience* et devant Dieu, dont j'ignore autant que vous les desseins, je ne vous crois pas appelé à partager notre vie, quant à présent, du moins. Vous avez quarante ans et vous êtes *amoureux*. Vous ne le voyez pas, vous ne le savez pas, mais il en est certainement ainsi et cela saute aux yeux. Votre ami pourrait vous le dire, s'il n'est pas aveugle. Je veux croire à la pureté de votre passion, mais cette circonstance est adventice et n'en change pas le caractère. Vous êtes tellement amoureux qu'en ce moment même vous frémissez jusqu'au fond de l'âme.

Or, je le répète, vous avez quarante ans. Vous m'avez parlé de la valeur symbolique des nombres, étudiez un peu celui-là. La quarantième année est l'âge de l'irrévocable pour l'homme non condamné à un enfantillage éternel. Une pente va s'ouvrir sous vos pieds, j'ignore laquelle, mais, à mon jugement, il serait miraculeux qu'elle vous portât dans un cloître. Puis, vous êtes un homme de guerre et de perpétuelle inquiétude. Tout cela est bien peu monastique. C'est encore une sottise romantique dont il faudra vous débarrasser, mon cher poète, de croire que le dégoût de la vie soit un signe de vocation religieuse. Vous n'êtes jusqu'à présent que notre hôte, vous allez et venez comme il vous plaît, vous rêvez sur la montagne et dans notre belle forêt de sapins verts, malgré les cinquante centimètres de neige qui vous paraissent un enchantement de plus, mais, croyez-moi, l'apparition de notre Règle vous remplirait d'effroi. C'est alors que vous sentiriez la force du lien que vous croyez pouvoir rompre à votre volonté, et qui vous paraîtrait aussi peu fragile que l'immense chaîne de bronze qui barrait le port de Carthage. Au bout d'une semaine de cellule, le manteau noir de nos postulants vous brûlerait les reins, comme la fabuleuse tunique [19], et vous deviendriez vous-même un Centaure pour nous fuir... mon pauvre enfant !

Marchenoir baissa la tête et pleura.

*

[XXVII]

Il avait raison, ce père. Le malheureux était terriblement mordu et il le sentait, maintenant. Mais c'était bien étrange qu'il eût fait un si long voyage pour l'apprendre, que sa sécurité eût été, jusque-là, si parfaite et que rien, depuis tant de mois, ne l'eût averti ! Ce traître de Leverdier, pourquoi donc n'avait-il rien dit ? Ah ! C'est qu'apparemment il jugeait le mal sans remède et, dès lors, à quoi bon infliger cette révélation à un ami déjà surchargé de peines ? Peut-être aussi ne l'avait-il envoyé aux Chartreux que pour cela, comptant bien, sans doute, qu'un ulcère qui *sautait aux yeux* n'échapperait pas à leur clairvoyance.

Muni de ce flambeau, Marchenoir descendit dans les cryptes les plus ténébreuses de sa conscience et sa stupéfaction, son épouvante furent sans bornes. Rien ne tenait plus. Les contreforts de sa vertu croulaient de partout, les madriers et les étançons en bois de fer de sa volonté, par lesquels il avait cru narguer toutes les défaillances de la nature, pourris et vermoulus, tombaient littéralement en poussière. Tout sonnait le creux et la ruine. C'était un miracle que l'effondrement ne se produisît pas. Il allait donc falloir vivre sur ce gouffre, au petit bonheur de l'éboulement. Impossible de prévenir le désastre et nul moyen de fuir. L'évidence du danger arrivait trop tard.

Triple imbécile ! il s'était imaginé que l'amitié est une chose espérable entre un homme et une femme qui n'ont pas au moins deux cents ans et qui vivent tous les jours ensemble ! Cette superbe créature, à laquelle il venait de découvrir qu'il pensait sans cesse, il avait cru bêtement qu'elle pourrait être pour lui une sœur, rien que cela, qu'il pourrait lui être un frère et qu'on irait ainsi, dans les chastes sentiers de l'amour divin, – indéfiniment. – Je suis cuit, pensa-t-il, sans rémission, cette fois.

Effectivement, cela devenait effroyable. Le premier goret venu aurait trouvé parfaitement soluble cette situation. Il aurait décidé de coucher ensemble, sans difficulté. Marchenoir ne voyait pas le moyen de s'en tirer à si peu de frais ou, plutôt, cette solution, détestée d'avance, lui paraissait le plus à craindre de tous les naufrages. Impétueusement, il l'écartait...

Depuis quelques années, il avait placé si haut sa vie affective que cette idée, seule, le profanait. Il était fier de sa Véronique, autant que d'un beau livre qu'il eût écrit. Et c'en était un vraiment sublime, en effet, que sa foi religieuse lui garantissait impérissable. Elle n'avait pas un sentiment, une pensée, ou même une parole, qu'elle ne tînt de lui. Seulement, tout cela passé, tamisé, filtré à travers une âme si singulièrement candide, qu'il semblait que sa personne même fût une traduction angélique de ce sombre poème vivant qui s'appelait Marchenoir.

Cette ordure de fille, ensemencée et récoltée dans l'ordure, – qui renouvelait, en pleine décrépitude du plus caduc de tous les siècles, les Thaïs et les Pélagie de l'adolescence du christianisme[1], – s'était transformée, d'un coup, par l'occasion miraculeuse du plus profane amour, en un lys aux pétales de diamants et au pistil d'or bruni des larmes les plus splendides qui eussent été répandues, depuis les siècles d'extase qu'elle recommençait. Madeleine, comme elle voulait qu'on l'appelât, mais Madeleine de la Sépulture, elle avait tellement volatilisé son amour pour Marchenoir que celui-ci n'existait presque plus pour elle à l'état d'individu organique. À force de ne voir en ce déshérité qu'un lacrymable argument de perpétuelle prière, elle avait fini par perdre, quand il s'agissait de lui, le discernement d'une limite exacte entre la nature spirituelle et la nature sensible, entre le corps et l'âme, et, – quoiqu'elle s'occupât, avec un zèle mécanique, des matérialités de leur étonnant ménage, – c'était l'âme surtout, l'âme seule, que cette colombe de proie prétendait ravir.

Depuis l'Évangile, ce mot de colombe invoque précisément l'idée de *simplicité*[2]. Véronique était inexplicable aussi longtemps que cette idée ne venait pas à l'esprit.

Jamais il ne s'était vu un cœur plus simple. Le langage moderne a déshonoré, autant qu'il a pu, la simplicité. C'est au point qu'on ne sait même plus ce que c'est. On se représente vaguement une espèce de corridor ou de tunnel entre la stupidité et l'idiotie.

« La conversation du Seigneur est avec les simples », dit la Bible[3], ce qui suppose, pourtant, une certaine aristocratie. Ici, c'était une absence complète de tout ce qui peut avoir un relief, une bosse quelconque de vanité ou de l'amour-propre le plus instinctif. L'hypothèse d'une humilité très profonde, engendrée par un repentir infini, aurait mal expliqué cette innocence de clair de lune.

Le passé était tellement aboli que, pour s'en souvenir, il fallait imaginer un dédoublement du sujet, un recommencement de nativité, une surcréation[4] du même être, repétri, cette fois, dans une essence un peu plus qu'humaine. Elle-même, la prédestinée, n'y comprenait rien. Elle avait des étonnements enfantins, des agrandissements d'yeux limpides, quand une circonstance la forçait de regarder en arrière. – Est-ce bien moi qui ai pu être ainsi ! Telle était son impression, et, presque aussitôt, cette impression s'effaçait...

Pour faire sa maîtresse de cette ci-devant courtisane dont il était adoré, Marchenoir eût été forcé de la séduire comme une vierge, en passant par toutes les infamies et en buvant toutes les hontes du métier, sans aucun espoir d'être secouru par le spasme entremetteur qui finit, ordinairement, par jeter aux cornes du bouc l'ignorante muqueuse des impolluées.

Le diable savait, cependant, si l'impureté de la repentie avait été ardente, et d'autres, en très grand nombre, le savaient aussi, qui ne le valaient, certes pas, ce Prince à la tête écrasée[5] ! Qu'étaient-elles devenues, les richesses de cette trésorière d'immondices ? On ne savait pas. Il fallait implorer une rhétorique de souffleur de cornues, se dire qu'on était en présence d'un mystérieux creuset, naguère allumé pour fondre un cœur, et dont les inférieures flammes, après la transmutation, s'étaient éteintes. Le fait est qu'il n'en restait rien, absolument rien.

Marchenoir vivant très retiré, au fond d'un quartier désert visité par très peu de juges, put échapper longtemps aux sentences, maximes, apophtegmes, réflexions morales, admonitions ou conseils des sages. Il n'encourageait pas les inquisiteurs de sa vie privée. Mais on avait fini par savoir qu'il vivait avec la Ventouse, dont la disparition était restée inexpliquée, et quelques clients anciens avaient même entrepris de la reconquérir.

Marchenoir, pour avoir la paix, fit une chose que lui seul pouvait faire. Ayant été insulté par trois d'entre eux, en pleine solitude du boulevard de Vaugirard, un soir qu'il rentrait accompagné de sa prétendue maîtresse, il lança le premier dans un terrain vague, par-dessus un mur de clôture, et rossa tellement les deux autres qu'ils demandèrent grâce. On le laissa tranquille, après un tel coup, et les bruits ignobles qui se débitèrent furent sans aucun effet sur cet esprit fier qui se déclarait pachyderme [6] à l'égard de la calomnie.

— Demandez-moi, disait Véronique à Leverdier, comment j'ai pu aimer mon pauvre Joseph, et comment j'ai pu aimer le Sauveur Jésus. Je ne suis pas assez savante pour vous le dire, mais quand j'ai vu notre ami si malheureux, il m'a semblé que je voyais Dieu souffrir sur la terre.

Elle confondait ainsi les deux sentiments, jusqu'à n'en faire qu'un seul, si extraordinaire par ses pratiques et d'un lyrisme d'expression si dévorant, que Marchenoir et Leverdier commencèrent à craindre un éclatement de ce vase de louanges, qui leur semblait trop fragile pour résister longtemps à cette exorbitante pression d'infini.

*

[XXVIII]

Toutes ces pensées assiégeaient à la fois l'hôte désemparé de la Grande Chartreuse. Il se souvenait qu'en un jour d'enthousiasme et sans trop savoir ce qu'il faisait, il avait offert à Véronique de l'épouser. Celle-ci lui avait répondu en propres termes :

— Un homme comme vous ne doit pas épouser une fille comme moi. Je vous aime trop pour jamais y consentir. Si vous avez le malheur de désirer la pourriture qui me sert de corps, je vais demander à Dieu qu'il vous guérisse ou qu'il vous délivre de moi.

Cela avait été dit avec une résolution si nette qu'il n'y avait pas à recommencer. À la réflexion, Marchenoir avait compris la sagesse héroïque de ce refus, et béni intérieurement la sainte fille pour cet acte de vertu qui le sauvait de tourments infinis.

Il ne se sentait pas épris à cette époque. Mais, maintenant, qu'allait-il faire ? Impossible d'épouser la femme qu'il aimait, impossible surtout de vivre sans elle[1]. Aucun expédient, même très lointain, n'apparaissait. Continuer le concubinage postiche, en se condamnant au silence, où en prendrait-il la force ? Même en acceptant cette chape de flammes comme une pénitence, comme une expiation de tant de choses que sa conscience lui reprochait, c'était encore une absurdité de prétendre récolter la palme du martyre chrétien sur la margelle en biseau d'une citerne de désirs.

Il ne lui serait donc jamais accordé une halte, un repos assuré d'une seule heure, un oreiller de granit pour appuyer sa tête et vraiment dormir ! Et le moyen de travailler avec tout cela ? Car il ne pouvait se dispenser de donner son fruit, ce pommier de tristesse qui ne soutirait plus sa sève que du cœur des morts. Il faudrait, bientôt, comme auparavant, inventer d'écrire en retenant des deux mains plusieurs murailles toujours croulantes, reprendre et remâcher tous les vieux culots d'une misère sans issue, retraîner sempiternellement, avec des épaules en sang, la voiture à bras du déménagement de ses vieilles illusions archi-décrépites, crevassées, poussiéreuses, grelottantes, mais cramponnées encore et inarrachables !

La seule abomination qui lui eût manqué jusqu'à cet instant : l'amour sans espérance, ce trésor de supérogatoires[2] avanies, désormais ne lui manquait plus. C'était admirablement complet ! Encore une fois, qu'allait-il devenir ? Il prit un marteau pour enfoncer en lui cette question, jusqu'à se crever le cœur, et la réponse ne vint pas...

La littérature dite amoureuse a beaucoup puisé dans la vieille blague des *délices* du mal d'aimer. Marchenoir n'y trouvait que des suggestions de désespoir. Il avait bien cru, cependant, que c'était fini pour lui, les années de servitude, ayant payé de si royales rançons au Pirate aveugle qui capture indistinctement toutes les variétés d'animaux humains ! Il n'était plus d'humeur à pâturer la glandée d'amour. En fait d'élégies, il n'avait guère à offrir que des beuglements de tapir tombé dans une fosse, et les seuls bouquets à Chloris[3] qu'on pût attendre de lui eussent été moissonnés, d'une affreuse main, parmi les blêmes végétaux d'un chantier d'équarrisseur.

À force de piétiner cette broussaille d'épines, il finit par faire lever une idée trois fois plus noire que les autres, une espèce de crapaud-volant[4] d'idée qui se mit à lui sucer l'âme. *Sa bien-aimée avait appartenu à tout le monde*, non par le désir ou le commencement du désir, comme c'était son cas, mais par la caresse partagée, la possession, l'étreinte bestiale.

Aussitôt que cette fange l'eut touché, le misérable amoureux s'y roula, comme un bison. Il eut une vision immédiate du passé de Véronique, une vision bien actuelle, inexorablement précise. Alors lui furent révélés, du même coup, l'impérial despotisme de ce sentiment nouveau qui le flagellait avec des scorpions, dès le premier jour, et l'enfantillage réel des antérieures captations de sa liberté.

Il vit, dans une clarté terrible, que ce qu'il avait cru, par deux fois, l'extrémité de la passion, n'avait été qu'une surprise des sens, en complicité avec son imagination. Sans doute, il avait souffert de ne jamais recueillir que des épaves, et ses fonctions de releveur lui avaient paru, bien des fois, une destinée fort amère [5] ? Il se rappelait de sinistres heures. Mais, du moins, il pouvait encore parler en maître et commander au monstre de le laisser tranquille.

Aujourd'hui, le monstre revenait sur lui et lui broyait doucement les os dans sa gueule. Ah ! il s'était donné des airs de mépriser la jalousie et il s'était cru amoureux ! Mais l'amour véritable est la plus incompatible des passions inquiètes. C'est un carnassier plein d'insomnie, tacheté d'yeux, avec une paire de télescopes sur son arrière-train.

L'Orgueil et sa bâtarde, la Colère, se laissent brouter par leurs flatteurs ; la pacifique Envie lèche l'intérieur des pieds puants de l'Avarice, qui trouve cela très bon et qui lui donne des bénédictions hypothéquées avec la manière de s'en servir ; l'Ivrognerie est un Sphinx toujours pénétré, qui s'en console en allant se soûler avec ses Œdipes ; la Luxure, au ventre de miel et aux entrailles d'airain, danse, la tête en bas, devant les Hérodes, pour qu'on lui serve les décapités dont elle a besoin, et la Paresse, enfin, qui lui sort du vagin comme une filandre, s'enroule avec une indifférence visqueuse à tous les pilastres de la vieille cité humaine.

Mais l'Amour écume au seul mot de partage et la jalousie est sa maison. C'est un colimaçon sans patrie, qui se repaît, sans convives, dans sa spirale ténébreuse. Il y a des yeux à l'extrémité de ses cornes et, si légèrement qu'on les effleure, il rentre en lui-même pour se dévorer. En même temps, il est ubiquitaire, quant au temps et quant à l'espace, comme le vrai Dieu dont il est la plus effrayante défiguration.

Avec une angoisse sans nom ni mesure, Marchenoir s'aperçut que cette diabolique infortune allait devenir la sienne. Il n'y avait déjà plus de *passé* pour lui. Tout était présent. Tous les instruments de sa torture pleuvaient à la fois, autour de lui, dans l'humble chambre de ce monastère où il avait espéré trouver la paix.

La pauvre fille, il la voyait vierge, tout enfant, sortant du ventre de sa mère. On la salissait, on la dépravait, on la pourrissait devant lui. Cette âme en herbe, cette *fille verte*, comme ils disent dans la pudique Angleterre, était bafouée par un vent de pestilence, piétinée par d'immondes brutes, contaminée avant sa fleur. Toute la basse infamie du monde était déchaînée contre cette pousse tendre de roseau, qui ne *pensait* pas encore[6], qui ne penserait sans doute jamais.

Puis, une sorte d'adolescence venait pour elle, comme pour une infante de gorille ou une archiduchesse du saint Empire, et, de la ruche ouverte de son corsage, se répandait tout un essaim d'alliciantes[7] impudicités. On se faisait passer à la chaîne et de mains en mains, comme un seau d'incendie, ce corps impur, ce vase de plaisir, irréparablement profané. L'existence n'était plus pour elle qu'une interminable nuit de débauche qui avait duré dix ans, et qui supposait la révocation de tous les soleils, l'extinction à jamais de toutes les clartés, célestes ou humaines, capables de la dissiper !

Confident épouvanté de ce cauchemar, Marchenoir percevait distinctement les soupirs, les susurrements, les craquements, les râles, les goulées de la Luxure. Encore, si cette perdue n'avait été qu'une de ces lamentables victimes, – comme il en avait tant connu[8] ! – tombées, en poussant des cris d'horreur, du ventre de la misère dans la gueule d'argent du libertinage !... Mais elle s'était pourléchée dans sa crapule et, gavée d'infamies, elle en avait infatigablement redemandé. Sa robe de honte, elle en avait fait sa robe de gloire et la pourpre réginale de son allégresse de prostituée !

Il n'y avait pas moyen d'en douter, hélas ! et c'était bien ce qui crucifiait le plus le malheureux homme ! Il avait beau se dire que toutes ces choses n'existaient plus, que le repentir les avait effacées, raturées, grattées, anéanties, qu'il se devait à lui-même, comme il devait à Dieu, aux anges pleurants, à tout le Paradis à genoux, d'oublier ce que la Miséricorde infaillible avait pardonné. Il ne le pouvait pas, et son âme, dépouillée d'enthousiasme, mais invinciblement enchaînée, demeurait là, nue et frissonnante devant sa pensée...

C'était à l'école de cette agonie qu'il apprenait décidément ce que vaut la Chair et ce qu'il en coûte de jeter ce pain dans les ordures ! Pour la première fois, son christianisme se dressait en lui pour la défendre, cette misérable chair que nul mysticisme ne peut supprimer, qu'on ne peut troubler sans que l'esprit soit bouleversé et qu'aucun émiettement de la tombe n'empêchera de ressusciter à la fin des fins !

Il la voyait investie d'une mystérieuse dignité, précisément attestée par l'ambition de continence de ses plus ascétiques contempteurs. Évidemment, ce n'était pas des sentiments ou des pensées d'autrefois qu'il pouvait être jaloux. L'irresponsable Néant serait descendu de son trône vide pour déposer sur ce point, en faveur de cette accusée, devant le plus rigoureux tribunal. Elle ne s'était doutée de son âme qu'en ressaisissant son corps. C'était donc uniquement la chair souillée de ce corps qui le faisait tant souffrir ! Un inexplicable lien de destinée, contre lequel il se fût vainement raidi, le faisait époux de cette chair qui s'était débitée comme une denrée et, par conséquent, solidaire de la même balance, dans la parfaite ignominie des mêmes comptoirs...

En ce jour, Marchenoir assuma toutes les affres de la Jalousie[9] *conjugale*, – impératrice des tourments humains, – que les êtres sans amour ont seuls le droit d'ignorer, et qui peut magnifier jusqu'à des passions ordurières, dans des cœurs capables de la ressentir !

*

[XXIX]

Le désespéré passait une partie de ses nuits à la chapelle, dans la tribune des étrangers. L'office de nuit des Chartreux, qu'il suivait avec intelligence, calmait un peu ses élancements. Cet Office célèbre [1], que peu de visiteurs ont le courage d'écouter jusqu'à la fin, et qui dure quelquefois plus de trois heures, ne lui paraissait jamais assez long.

Il lui semblait alors reprendre le fil d'une sorte de vie supérieure que son horrible existence actuelle aurait interrompue pour un temps indéterminé. Autrement, pourquoi et comment ces tressaillements intérieurs, ces ravissements, ces envols de l'âme, ces pleurs brûlants, toutes les fois qu'un éclair de beauté arrivait sur lui de n'importe quel point de l'espace idéal ou de l'espace sensible ? Il fallait bien, après tout, qu'il y eût quelque chose de vrai dans l'éternelle rengaine platonique d'un *exil* terrestre [2]. Cette idée lui revenait, sans cesse, d'une prison atroce dans laquelle on l'eût enfermé pour quelque crime inconnu et le ridicule littéraire d'une image aussi éculée n'en surmontait pas l'obsession. Il laissait flotter cette rêverie sur les vagues de louanges qui montaient du chœur vers lui, comme une marée de résignation. Il s'efforçait d'unir son âme triste à l'âme joyeuse de ces hymnologues [3] perpétuels.

La contemplation est la fin dernière de l'âme humaine, mais elle est très spécialement et, par excellence, la fin de la vie solitaire. Ce mot de contemplation, avili comme tant d'autres choses en ce siècle, n'a plus guère de sens en dehors du cloître. Qui donc, si ce n'est un moine, a lu ou voudrait lire, aujourd'hui, le profond traité *De la Contemplation* de Denys le Chartreux [4], surnommé le Docteur extatique [5] ?

Ce mot, qui a une parenté des plus étroites avec le nom de Dieu, a éprouvé cette destinée bizarre de tomber dans la bouche de panthéistes tels que Victor Hugo, par exemple, – et cela fait un drôle de spectacle pour la pensée, d'assister à l'agenouillement d'un poète devant une pincée d'excréments, que son lyrisme insensé lui fait un commandement d'adorer et de servir pour obtenir, par ce moyen, la vie éternelle !

À une distance infinie des contemplateurs corpusculaires semblables à celui qui vient d'être nommé, et qui ont une notion de Dieu adéquate à la sensation de quelque myriapode fantastique sur la pulpe mollasse de leur cerveau, il existe donc dans l'Église des contemplatifs par *état* ; ce sont les religieux qui font profession de tendre, d'une manière plus exclusive et par des moyens plus spéciaux, à la contemplation, ce qui ne veut pas dire que, dans ces communautés, tous soient élevés à la contemplation. Ils peuvent l'être tous, comme il peut se faire qu'aucun ne le soit. Mais tous y tendent avec fureur et *députent* vers cet unique objet leur vie tout entière.

Marchenoir se disait que ces gens-là font la plus grande chose du monde, et que la loi du silence, chez les religieux voués à la vie contemplative, est surabondamment justifiée par cette vocation inouïe de plénipotentiaires pour toute la spiritualité de la terre.

« À une certaine hauteur, dit Ernest Hello, à propos de *Rusbrock l'Admirable*, dont il fut le traducteur [6], – le contemplateur ne peut plus dire ce qu'il voit, non parce que son objet fait défaut à la parole, mais parce que la parole fait défaut à son objet, et le silence du contemplateur devient *l'ombre substantielle* des choses qu'il ne dit pas... Leur parole, ajoute ce grand écrivain [7], est un voyage qu'ils font par charité chez les autres hommes. Mais le silence est leur patrie. »

Au temps de la Réforme, un grand nombre de chartreuses furent saccagées ou supprimées et beaucoup de religieux souffrirent le martyre, tel que les calvinistes et autres artistes en tortures savaient l'administrer dans ce siècle *renaissant*, d'une si prodigieuse poussée esthétique.

– Pourquoi gardes-tu le silence au milieu des tourments, pourquoi ne pas nous répondre ? disaient les soldats du farouche Chareyre[8] qui, depuis quelques jours, faisaient endurer d'atroces douleurs au vénérable père dom Laurent, vicaire de la Chartreuse de Bonnefoy[9].

— Parce que le silence est une des principales Règles de mon ordre, répondit le martyr.

Les supplices étaient une moindre angoisse que la parole, pour ce contemplateur dont le silence était la *patrie* et qui n'avait pas même besoin de se souvenir de l'obéissance !

La nuit a de singuliers privilèges. Elle ouvre les repaires et les cœurs, elle déchaîne les instincts féroces et les passions basses, en même temps qu'elle dilate les âmes amoureuses de l'éternelle Beauté[10]. C'est pendant la nuit que les cieux peuvent *raconter* la gloire de Dieu[11], et c'est aussi pendant la nuit que les anges de Noël annoncèrent la plus étonnante de ses œuvres. *Deus dedit carmina in nocte*[12]. Ces paroles de Job n'affirment-elles pas à leur manière la mystérieuse symphonie des louanges nocturnes autour de la Bien-Aimée du saint Livre, si *noire* et si *belle*[13], dont la nuit elle-même est un symbole, suivant quelques interprètes.

Mais ce n'est pas seulement pour louer ou pour contempler que les Chartreux veillent et chantent. C'est aussi pour intercéder et pour *satisfaire*[14], en vue de l'immense Coulpe du genre humain et en participation aux souffrances de Celui qui a tout assumé. « Jésus-Christ, disait Pascal, sera en agonie jusqu'à la fin du monde ; il ne faut pas dormir pendant ce temps-là[15]. »

Cette parole du pauvre Janséniste est sublime. Elle revenait à la mémoire de ce ramasseur de ses propres entrailles, isolé dans sa tribune lointaine et glacée, pendant qu'il écoutait chanter ces hommes de prière éperdus d'amour et demandant grâce pour l'univers. Il pensait qu'au même instant, sur tous les points du globe saturés du sang du Christ[16], on égorgeait ou opprimait d'innombrables êtres faits à la ressemblance du Dieu Très-Haut ; que les crimes de la chair et les crimes de la pensée, épouvantables par leur énormité et par leur nombre, faisaient, à la même minute, une ronde de dix mille lieues autour de ce foyer de supplications sous la même coupole constellée de cette longue nuit d'hiver...

L'Esprit-Saint raconte que les sept Enfants Machabées « s'exhortaient l'un l'autre avec leur mère à mourir fortement, en disant : Le Seigneur considérera la vérité et il sera consolé en nous, selon que Moïse le déclare dans son cantique par cette protestation : Et il sera consolé dans ses serviteurs [17] ».

Ces chartreux, morts au monde pour être des serviteurs plus fidèles, veillent et chantent avec l'Église, pour *consoler*, eux aussi, le Seigneur Dieu. Le Seigneur Dieu est triste jusqu'à la mort, parce que ses amis l'ont abandonné, et parce qu'il est nécessaire qu'il meure lui-même et ranime le cœur glacé de ces infidèles. Lui, le Maître de la Colère et le Maître du Pardon [18], la Résurrection de tous les vivants et le Frère aîné de tous les morts [19], lui qu'Isaïe appelle l'Admirable, le Dieu fort, le Père du siècle à venir et le Prince de la paix [20], – il agonise, au milieu de la nuit, dans un jardin planté d'oliviers qui n'ont plus que faire, maintenant, de pousser leurs fruits, puisque la Lampe des mondes va s'éteindre !

La détresse de ce Dieu sans consolation est une chose si terrible que les Anges qui s'appellent les colonnes des cieux [21] tomberaient en grappes innombrables sur la terre, si le traître tardait un peu plus longtemps à venir. La Force des martyrs est un des noms de cet Agonisant divin [22] et, – s'il n'y a plus d'hommes qui commandent à leur propre chair et qui crucifient leur volonté, – où donc est son règne, de quel siècle sera-t-il le Père, de quelle paix sera-t-il le Prince et comment le Consolateur pourrait-il venir ? Tous ces noms redoutables, toute cette majesté qui remplissait les prophètes et leurs prophéties, tout se précipite à la fois sur lui pour l'écraser. La Tristesse et la Peur humaines, amoureusement enlacées, font leur entrée dans le domaine de Dieu et l'antique menace de la Sueur s'accomplit enfin sur le visage du nouvel

Adam[23], dès le début de ce festin de tortures, où il commence par s'enivrer du meilleur vin, suivant le précepte de l'intendant des noces de Cana[24].

L'ange venu du ciel peut, sans doute, le « réconforter[25] », mais il n'appartient qu'à ses serviteurs de la terre de le *consoler*. C'est pour cela que les solitaires enfants de saint Bruno ne veulent rien savoir, sinon Jésus en agonie, et que leur vie est une perpétuelle oraison avec l'Église universelle. La consolation du Seigneur est à ce prix et la Force des martyrs défaillerait, peut-être, tout à fait, sans l'héroïsme de ces vigilants infatigables !

*

[XXX]

Marchenoir essayait de prier avec eux et de recueillir sa pauvre âme. Le surnaturel victorieux déferlait en plein dans son triste cœur, aux battants ouverts. Les yeux de sa foi lui faisaient présentes les terribles choses que les théologiens et les narrateurs mystiques ont expliquées ou racontées, quand ils ont parlé des rapports de l'âme religieuse avec Dieu dans l'oraison.

Un ancien Père du désert, nommé Marcelle, s'étant levé une nuit pour chanter les psaumes à son ordinaire, entendit un bruit comme celui d'une trompette qui sonnait la charge, et, ne comprenant pas d'où pouvait venir ce bruit dans un lieu si solitaire, où il n'y avait point de gens de guerre, le Diable lui apparut et lui dit que cette trompette était le signal qui avertissait les démons de se préparer au combat contre les serviteurs de Dieu ; que, s'il ne voulait pas s'exposer au danger, il allât se recoucher, sinon qu'il s'attendît à soutenir un choc très rude[1].

Marchenoir croyait entendre le bruit immense de cette charge. Il voyait chaque religieux comme une tour de guerre défendue par les anges contre tous les démons que la prière des serviteurs de Dieu est en train de déposséder. En renonçant généreusement à la vie mondaine, chacun d'eux emporte au fond du monastère un immense équipage d'intérêts surnaturels dont il devient en effet, par sa vocation, le comptable devant Dieu et l'intendant contre les exacteurs sans justice. Intérêts d'édification pour le prochain, intérêts de gloire pour Dieu, intérêts de confusion pour l'Ennemi des hommes. Cela sur une échelle qui n'est pas moins vaste que la Rédemption elle-même, qui porte de l'origine à la fin des temps !

Notre liberté est solidaire de l'équilibre du monde et c'est là ce qu'il faut comprendre pour ne pas s'étonner du profond mystère de la Réversibilité qui est le nom philosophique du grand dogme de la Communion des Saints [2]. Tout homme qui produit un acte libre projette sa personnalité dans l'infini. S'il donne de mauvais cœur un sou à un pauvre, ce sou perce la main du pauvre, tombe, perce la terre, troue les soleils, traverse le firmament et compromet l'univers. S'il produit un acte impur, il obscurcit peut-être des milliers de cœurs qu'il ne connaît pas, qui correspondent mystérieusement à lui et qui ont besoin que cet homme soit pur, comme un voyageur mourant de soif a besoin du verre d'eau de l'Évangile [3]. Un acte charitable, un mouvement de vraie pitié chante pour lui les louanges divines, depuis Adam jusqu'à la fin des siècles ; il guérit les malades, console les désespérés, apaise les tempêtes, rachète les captifs, convertit les fidèles et protège le genre humain.

Toute la philosophie chrétienne est dans l'importance inexprimable de l'acte libre et dans la notion d'une enveloppante et indestructible solidarité. Si Dieu, dans une éternelle seconde de sa puissance, voulait faire ce qu'il n'a jamais fait, anéantir un seul homme, il est probable que la création s'en irait en poussière.

Mais ce que Dieu ne *peut* pas faire, dans la rigoureuse plénitude de sa justice, étant volontairement *lié* par sa propre miséricorde, de faibles hommes, en vertu de leur liberté et dans la mesure d'une équitable satisfaction, le peuvent accomplir pour leurs frères. Mourir au monde, mourir à soi, mourir, pour ainsi parler, au Dieu terrible, en s'anéantissant devant lui dans l'effrayante irradiation solaire de sa justice, – voilà ce que peuvent faire des chrétiens, quand la vieille machine de terre craque dans les cieux épouvantés et n'a presque plus la force de supporter les pécheurs. Alors, ce que le souffle de miséricorde balaie comme une poussière, c'est l'horrible création qui n'est pas de Dieu, mais de l'homme seul, c'est sa trahison énorme, c'est le mauvais fruit de sa liberté, c'est tout un arc-en-ciel de couleurs infernales sur le gouffre éclatant de la Beauté divine.

Perdu dans la demi-obscurité de cette chapelle noyée de prières, le dolent ravagé de l'amour terrestre voyait passer devant lui l'apocalypse du grand combat pour la vie éternelle. Le monde des âmes se mouvait devant lui comme l'Océan d'Homère aux bruits sans nombre[4]. Toutes les vagues clamaient vers le ciel ou se rejetaient en écumant sur les écueils, des montagnes de flots roulaient les unes sur les autres, dans un tumulte et dans un chaos inexprimables en la douloureuse langue humaine. Des morts, des agonisants, des blessés de la terre ou des blessés du ciel, les éperdus de la joie et les éperdus de la tristesse, défilaient par troupes infinies en levant des millions de bras, et seule, cette nef paisible où s'agenouillait la conscience introublée de quelques élus naviguait en chantant dans un calme profond qu'on pouvait croire éternel.

– Ô sainte paix du Dieu vivant, disait Marchenoir, entrez en moi, apaisez cette tempête et marchez sur tous ces flots ! Plus que jamais, hélas ! il aurait voulu pouvoir se jeter à cette vie d'extase, que lui interdisaient toutes les bourbes sanglantes de son cœur.

« Je ne crois pas, – écrivait-il à Leverdier vers la fin de la première semaine, – que, parmi toutes nos abortives impressions d'art ou de littérature, on en puisse trouver d'aussi puissantes, à moitié, sur l'intime de l'âme. Visiter la Grande Chartreuse de fond en comble est une chose très simple, très capable assurément de meubler la mémoire de quelques souvenirs et même de fortifier le sens chrétien de quelques notions viriles sur la lettre et sur l'esprit évangéliques, mais on ne la connaît pas dans sa fleur de mystère quand on n'a pas vu l'office de nuit. Là est le vrai parfum qui transfigure cette rigoureuse retraite, d'un si morne séjour pour les cabotins du sentiment religieux. Je ne crains pas d'abréger mon sommeil. Un tel spectacle est pour moi le plus rafraîchissant de tous les repos. Quand on a vu cela, on se dit qu'on ne savait rien de la vie monastique. On s'étonne même d'avoir si peu connu le christianisme, pour ne l'avoir aperçu, jusqu'à cette heure, qu'à travers les exfoliations littéraires de l'arbre de la science d'orgueil. Et le cœur est pris dans la Main du Père céleste [5], comme un glaçon dans le centre de la fournaise. Les dix-huit siècles du christianisme recommencent, tels qu'un poème inouï qu'on aurait ignoré. La Foi, l'Espérance et la Charité pleuvent ensemble comme *les trois rayons tordus* de la foudre du vieux Pindare [6] et, ne fût-ce qu'un instant, une seule minute dans la durée d'une vie répandue ainsi que le sang d'un écorché prodigue sur tous les chemins, c'est assez pour qu'on s'en souvienne et pour qu'on n'oublie plus jamais que, cette nuit-là, c'est Dieu lui-même qui a parlé ! »

*

[XXXI]

Marchenoir, le moins curieux de tous les hommes, n'eut aucune hâte de visiter en détail la Grande Chartreuse. Il trouvait passablement ridicule et basse l'exhibition obligée d'un pareil tabernacle à des touristes imbéciles, dont c'est le programme de passer par là en venant d'ailleurs, pour aller en quelque autre lieu, où leur sottise ne se démentira pas, jusqu'au moment où ils se rassiéront, plus crétins que jamais, dans leurs bureaux ou dans leurs comptoirs. Il ne pouvait se faire à l'idée qu'un avoué de première instance, un fabricant de faux cols, un bandagiste ou un ingénieur de l'État eussent une opinion quelconque, même inexprimée, en promenant leur flatulence dans cet Éden.

Au dix-huitième siècle qui fut, sans comparaison, le plus sot des siècles, on s'était persuadé que tous les moines vivaient dans les délices, que l'hypocrite pénombre des cloîtres cachait de tortueuses conspirations contre le genre humain, et que les murailles épaisses des monastères étouffaient les gémissements des victimes sans nombre de l'arbitraire ecclésiastique.

Au dix-neuvième, la bêtise universelle ayant été canalisée d'une autre sorte, cette facétie lugubre devint insoutenable. L'horreur se changea en pitié et les criminels devinrent de touchants infortunés. C'est ce courant romantique qui dure encore. Rien de plus grotesque, et, au fond, de plus lamentable que les airs de miséricorde hautaine ou de compassion navrée des gavés du monde pour ces pénitents qui les protègent du fond de leur solitude et sans l'intercession desquels, peut-être, ils n'auraient même pas la sécurité d'une digestion !

De tous les Ordres religieux qui ont été la parure de l'Église, lorsque cette reine abaissée n'était nullement une pauvresse, deux seulement, la Chartreuse et la Trappe, ont réussi à se faire pardonner de n'être pas des tripots ou des lupanars. Marchenoir connaissait déjà la Trappe. Maintenant que la Chartreuse, à son tour, n'avait plus de secrets pour lui, il rencontrait l'humiliation inouïe d'être forcé d'accorder à la canaille cette exception fourchue de deux seuls Ordres restés vraiment monastiques, et, quoique la vie cartusienne lui parût plus haute, il confessait l'impossibilité presque absolue de dénicher un véritable moine qui ne fût ni un trappiste ni un chartreux.

Il est vrai que, pour en juger, il avait un autre criterium que les malfaisants gobeurs du boniment anticlérical. Mais il voyait bien que, sur ce point, l'instinct obsidional de la haine avait été aussi discernant que la plus jalouse sollicitude. Il s'agit, en effet, pour les ennemis de la foi, de la bloquer aussi étroitement que possible, et, certes, le théologien le mieux armaturé et le plus savamment fourbi ne verrait pas mieux l'importance vitale pour le christianisme, de ces dernières citadelles de l'esprit évangélique.

L'armée de siège se recrute, d'ailleurs, de la cohue des catholiques modernes, lesquels en ont tout leur soûl, depuis longtemps, de cet esprit-là. Admirable et providentiel renfort ! La sentimentalité religieuse accourant à la rescousse des modernes persécuteurs ! La poésie, le roman, l'histoire, le théâtre même, les *bals de charité* et les sociétés de bienfaisance, les souscriptions pour les inondés et les brûlés, l'immense remuement d'entrailles qui fait la gloire et la fortune des reporters de cour d'assises, enfin les attendrissements lyriques de la presse entière sur tous les genres de catastrophes attestent suffisamment l'imprévu retour de jeunesse de la sensibilité chrétienne.

Ce prodige, plus facilement observable des hauteurs de la Grande Chartreuse, rappelait à Marchenoir un article célèbre qu'on avait pris pour une ironie et qu'il avait intitulé : *La Cour des Miracles des millionnaires* [1], – désignant ainsi l'intéressante multitude des heureux pleins de charité, dont l'indigent dévore la substance et boit la sueur. Il lui semblait, maintenant, n'en avoir pas assez dit et il regrettait amèrement de n'y pouvoir plus rien ajouter.

C'est qu'en effet c'est un peuple, ce troupeau, c'est tout un état au sein de l'État. Jamais il ne s'était vu une telle affluence de pélicans méconnus, ni une persécution plus dioclétienne [2] exercée sur de plus déchirés martyrs.

Le temps est trop précieux pour qu'on le perde à faire remarquer le merveilleux désintéressement, l'indicible générosité, l'étonnante fraîcheur d'âme des patriciens actuels de la richesse ou du pouvoir et, en général, de tout personnage influent, à n'importe quel titre, sur ce mauvais monde indigne de le posséder. Chacun sait que ces intendants de la joie publique s'épuisent à dilater le cœur du pauvre et s'exterminent à désœuvrer le malheur.

Une indiscutable prospérité universelle est leur œuvre, et l'exclusive ambition de la rendre parfaite est leur quotidien souci. Il est presque sans exemple, aujourd'hui, que l'indigence implorante soit inécoutée et que d'heureux individus le veuillent être solitairement. Il ne se voit, pour ainsi dire pas, que des industriels ou des politiques, diligemment parvenus, oublient de tendre une secourable dextre à l'homme de mérite enregistré au passif du sombre destin, ou qu'ils se refusent à l'arrosage opportun de la languissante vertu.

On ne sait à quelle bénigne ingérence sidérale il convient de rapporter cette inespérée disette d'égoïstes calculs humains, cette favorable aridité du vieux cactus de l'avarice, cette inéclosion surprenante de l'œuf crocodilesque des traditionnelles usures. Mais il est certain qu'une émulation inouïe, un vrai délire de charité est en train de ravager les riches, – les riches catholiques surtout, – que l'ingratitude des crevants de misère ose venimeusement qualifier de l'épithète d'horribles *mufles*.

Dans la pratique des choses religieuses, cette exquise sensibilité se manifeste avec les accompagnements variés de la plus suave précaution. On s'attendrit aux pieds des autels, on pleure de douces larmes sur de *chers défunts* qu'on croit au ciel, ce qui dispense de la fatigue de prier pour eux à des messes qu'on aurait payées ; on fait de toutes petites aumônes fraternelles, pour ne pas exposer le pauvre aux tentations de la débauche et pour ne pas contrister son âme par l'ostentation d'un faste excessif ; on s'abstient amoureusement de parler de Dieu et de ses saints, par égard pour l'obstination des incrédules qui pourraient en être horripilés, et on parle encore bien moins de l'héroïsme de la pénitence à une foule de chrétiens tempérés qui répondraient, sans doute, que Dieu *n'en demande pas tant* [3]. La question des pèlerinages lointains ou difficiles, tels que celui de Jérusalem, est délicatement écartée, par le même instinct de bienveillance qui voudrait épargner à ceux qui travaillent dans la piété, l'ombre d'un dérangement ou d'une incommodité. Enfin, le sentiment religieux réalise, aujourd'hui, l'idéal de ce grand penseur catholique, ennemi des exagérations, qu'on appelle Molière, qui voulait que la dévotion fût « humaine, traitable », et qu'on n'assassinât personne avec un *fer sacré* [4].

Opportunément secourus par cette heureuse déliquescence du catholicisme, les puissants moralistes du libre examen et les coryphées littéraires du débraillement, tous les démantibulés corybantes de l'art moderne, et tous les intègres épiciers d'un voltairianisme ennemi de l'art, ont, d'une commune voix, approuvé le cénobitisme des religieux de la Trappe et de la Chartreuse. Ces politiques étant fermement persuadés que le catholicisme doit, dans un temps prochain, être balayé de la civilisation comme une ordure, il leur semble convenable d'en user miséricordieusement avec lui et de ne pas désespérer les imbéciles qui y tiennent encore en ne leur accordant absolument rien. On leur accorde donc ces deux Ordres. Un jeune porte-lyre de récente célébrité, Hamilcar Lécuyer, avait dit un jour à Marchenoir qu'il ne concevait pas qu'avec sa foi il osât rester dans le monde [5], le menaçant d'en douter s'il ne courait à l'instant *s'ensevelir* à la Trappe. L'hirsute lui répondit par le conseil d'éloigner de lui sa personne et de s'en aller à tous les diables.

L'existence de ces lieux de refuge est encore utile, pour d'autres raisons, à ces tacticiens du champ libre. Dans leur ignorance invincible de la profonde solidarité du christianisme, ils pensent qu'un genre de vie d'une austérité proverbiale est à opposer à d'autres Ordres moins rigoureux approuvés par l'Église et, par conséquent, à l'Église elle-même. Les pauvres gens qui ne savent rien du christianisme ni de son histoire bâfrent goulûment cette bourde énorme.

Qu'on ne leur parle plus de ces cauteleux enfants de Loyola, ni de ces Dominicains sanguinaires qui voudraient rétablir l'Inquisition, ni de ces Capucins charnels qui s'amusent tant au fond de leurs capucinières ! Comment leur vie pourrait-elle être comparée à celle de ces religieux admirables, quoique démodés, qui conservent seuls, aujourd'hui, dans son intégrité, l'antique tradition des premiers siècles de la foi ? Et cette fastueuse Église romaine, avec toute sa pompe et ses incalculables richesses, et tous ces prélats si redoutables, et tous ces innombrables curés répandus dans les villes et dans les campagnes, si puissants, si respectés et si pervers ! – qui oserait les comparer à ces honnêtes cénobites qui ne mangent rien, qui ne disent rien et qui gênent si peu l'essor de la civilisation républicaine ?

Marchenoir voyait mieux qu'il ne l'avait jamais vu ce qu'il y a d'amèrement véritable dans ces bas sophismes de voyous dont il avait, depuis longtemps, renoncé à s'indigner. Il entendait, au loin, crouler l'Église, non pierre à pierre, mais par masses énormes de poussière, car il n'y avait même plus de pierres, et cette Chartreuse, elle aussi, ce dernier contrefort de la demeure du Christ, polluée par l'intrusion de la Curiosité, lui semblait vaciller sur la pointe de ses huit siècles.

Il fallut que le père Athanase, confident ému des vibrations de cette cymbale de douleur, l'entraînât, un après-midi, dans l'intérieur du monastère, – cet hôte extraordinaire ayant déclaré sa répugnance pour un pareil acte de tourisme.

– Soit ! avait répondu le père, se prêtant au délire de son malade, nous marcherons en récitant les psaumes de la pénitence, si vous voulez, et je vous assure, mon cher ami, que cela vous distinguera beaucoup de tous nos touristes.

Malgré le tenaillement de ses pensées, Marchenoir ne put se défendre d'une commotion, en parcourant ce cloître immense, éclairé par cent treize fenêtres et mesurant 215 mètres de longueur, un peu plus que Saint-Pierre de Rome. Un tiers seulement, échappé à l'incendie de 1676, a conservé l'antique forme ogivale avec ses symboliques exfoliations de pierre, par lesquelles la piété du Moyen Âge voulut contraindre à l'action de grâces la matière brute et inanimée.

On visita successivement la salle du Chapitre ; la chapelle des morts, – remarquable dès le seuil par un très beau buste de la mort drapée dans un suaire et, de sa main de squelette, faisant un geste de catin à ceux qui passent [6] ; le cimetière ; la curieuse chapelle Saint-Louis ; le réfectoire, – ce fameux réfectoire où les religieux se réunissent pour faire semblant de manger ; enfin, la bibliothèque ruinée tant de fois et, par conséquent, fort dénuée de ces magnifiques vélins manuscrits qui étaient la gloire de tant de monastères avant la Révolution, mais riche, néanmoins, de plus de six mille volumes, anciens pour la plupart.

On sait, d'ailleurs, que les Chartreux ont été de rudes écrivains. Une bibliothèque exclusivement cartusienne donnerait une liste d'au moins *huit cents* auteurs et cette liste resterait encore au-dessous de la vérité. « Il y a de nos Pères, disait avec candeur un ancien chartreux, qui font d'excellents escripts qui pourroyent beaucoup servir au public, et néanmoins, toute la production qu'ils leur procurent, c'est d'en allumer leur feu, quand il fait froid, après matines, eschauffant leurs corps de ce qui a embrâsé leurs esprits [7]. »

Ce qui toucha le plus Marchenoir, ce fut la vue d'une de ces nombreuses cellules, exactement identiques, où le chartreux, encore plus solitaire que cénobite, passe la plus grande partie de sa vie. Il se recueillit quelques instants comme il put, dans cette encoignure de paix, dans cette solitude au milieu de la solitude, et enjoignit, par un geste, à son conducteur, de s'abstenir de toute description, – considérant sans doute l'inanité parfaite de tout langage, en présence de ce dépouillement idéal et *intérieur*, qui ne peut être senti que dans le fond de l'âme, non d'un curieux ou d'un lettré, mais d'un chrétien sans détours que le Seigneur Jésus incline doucement à ses adorables pieds.

Pour les étalons errants d'une Fantaisie toujours attelée, cette uniformité est toute pleine d'ennui et doit paraître une platitude que, par condescendance, ils voudront bien appeler divine. Il n'y a pas lieu d'espérer qu'ils en puissent être autrement édifiés. Mais Marchenoir y découvrait, au contraire, une source clarifiée de poésie, infiniment supérieure à la noire incantation de ses désespoirs. Par-dessous cette Règle si dure en apparence et si froide, par derrière cet *isolateur* infranchissable, éclataient, pour lui, les magnificences de la vie cachée en Dieu. Vie perpétuellement transportée, d'une joie surabondante, d'une ivresse céleste, d'une paix inexprimable, d'une *variété* infinie !

Ces affranchis reçoivent à plein cœur, dans le silence de toutes les affections terrestres, la plénitude de grâces [8] correspondante à la plénitude de leur liberté. Le Père céleste leur rompt lui-même le pain quotidien de la félicité surnaturelle, dans l'exacte proportion de leur détachement de toutes les autres félicités, et c'est de bouche à oreille que l'Esprit leur communique les révélations du grand amour. La Vie [9] mystique est, ici, de plain-pied avec l'autre vie, et ces blanches âmes passent de l'une dans l'autre, tour à tour, comme de fidèles et diligentes ménagères dans les divers appartements d'un maître adoré.

L'esprit de la Chartreuse est contemporain des Catacombes [10], et la Chartreuse est, elle-même, la grande catacombe moderne, plus enfouie et plus cachée que celles des martyrs. Mais c'est une catacombe dans les cieux !... Au loin, roulent les chars des triomphateurs du monde et le tumulte insensé des acclamations populaires ; les nations affolées courent comme des fleuves sous les arches colossales du pont aux ânes de la Désobéissance universelle, et tous ces bruits éclatants de la gloire humaine, toutes ces fanfares de la bagatelle victorieuse, s'évanouissant et s'abolissant à travers les épaisseurs de ce sol qui doit tout engloutir demain, arrivent aux oreilles de ces contemplateurs de la Vie, comme une imperceptible trépidation de la terre dans le silence de ses profondeurs.

– Voyez, disait le père à Marchenoir, en le reconduisant dans sa chambre, voyez ce que fait un marchand qui a des comptes à dresser, où il y va de tout son bien et de toute sa fortune. Il s'enferme dans son cabinet sans consentir à recevoir de visites de personne. Il dit qu'on lui rompt la tête si quelqu'un de sa famille approche pour lui parler de quelque autre affaire... Nous sommes des marchands entre les mains de qui Dieu a mis ses biens pour en faire un bon négoce. Il nous en donne la qualité et l'office quand il dit dans l'Évangile : *Négociez en attendant que je sois de retour*[11]. Et il nous marque, d'une façon terrible, dans la parabole des talents[12], le profit qu'il veut que nous en retirions, le compte que nous lui en devons rendre et la punition qui doit servir de châtiment au serviteur, s'il ne trouve pas ses comptes en bon état. Si donc, ce marchand, pour dresser un compte où il ne s'agit que d'un bien périssable, se rend volontiers solitaire et ne fait point état des conversations, combien devons-nous estimer la solitude qui nous est beaucoup plus nécessaire pour tenir toujours prêts ceux de notre âme où il s'agit de notre salut éternel[13] ?

Marchenoir, silencieux, écoutait cette paraphrase et s'imaginait entendre sous le tiers-point de ce vieux cloître, qui en aurait gardé l'écho, la voix centenaire, infiniment éloignée et presque éteinte, d'un de ces humbles d'autrefois, couchés à deux pas de là, dans le cimetière !

*

[XXXII]

Précisément, le soir même, il fut averti que le lendemain, après la messe, on devait enterrer un frère, mort la veille [1], dont le panégyrique, imperceptiblement murmuré, avait glissé jusqu'à lui, comme un frisson, le long des murs de cette demeure imperturbable, où tout est silence, jusqu'à la joie de mourir. Nul spectacle ne pouvait attirer plus fort un personnage aussi fréquenté de visions funèbres, – sorte de carrefour humain, toujours ténébreux, où se faisaient des conciliabules de fantômes dans le perpétuel minuit tragique du souvenir.

Ce qui l'avait souvent exaspéré, cet acolyte passionné de tous les deuils, c'est l'absence, ordinairement absolue, de prières, sur les cercueils, dans les enterrements soi-disant religieux, les plus somptueusement exécutés. Les fleurs abondent et même les larmes, mais l'effrayant épisode surnaturel de la comparution devant le Juge et l'incertitude plus glaçante encore d'une Sentence inéluctable, – combien peu s'en souviennent ou sont capables d'y penser !

On se groupe avec des airs dolents, on s'informe exactement de l'âge du défunt et on s'assure avec une bienveillance polie, qu'il laisse après lui, en même temps que le parfum de ses vertus, des consolations suffisantes à ceux qui « viennent d'avoir la douleur de le perdre ». Si cet émigrant vers le pourrissoir a tripotaillé avec succès, on voit s'empresser à travers la foule, comme des acarus dans une toison, quelques preneurs de notes envoyés par les grands journaux, – rapides chacals attirés par l'odeur de mort. Si la maladie a été longue et douloureuse, on se montre plus accommodant que la Sacrée Congrégation des Rites et on le *béatifie* volontiers, en déclarant « qu'il est *bien heureux*, maintenant, et qu'il ne souffre plus [2] ».

Pendant ce temps, la terrible Liturgie gronde et pleure sans écho. C'est son affaire de parler au Juge, cela rentre dans les frais qui grèvent, hélas ! toute succession, et le banal convoi s'éloigne bientôt, – Dieu merci ! – avec certitude, dans un brouillard d'immortels regrets.

À la Chartreuse, quelle différence ! De quoi pourraient s'informer ces muets d'amour qui ne parlent que pour louer le Seigneur et qui n'ont jamais eu la pensée de juger leurs frères ? Ils savent que le compagnon de leur solitude est maintenant une âme devant Dieu et ils savent aussi, mieux que personne, ce que c'est qu'une âme et ce que c'est que d'être devant Dieu !

Une simple croix de bois, sans aucune inscription, garde la tombe des chartreux. On donne, par exception, une croix de pierre aux Supérieurs Généraux. C'est une marque de respect usitée dès les premiers temps de l'Ordre. Marchenoir, ignorant encore la prodigieuse longévité des chartreux, s'étonna de voir leur cimetière occuper un espace si peu considérable. Il paraît que les victimes de la Ribote sont mille fois plus nombreuses que celles de la Pénitence, et qu'une Règle austère est la plus sûre des hygiènes. Il en eut la preuve en apprenant qu'un registre des décès de la Grande Chartreuse serait presque une liste de centenaires. On voit de ces interminables religieux qui ont plus de soixante et dix ans de profession et il n'est pas rare qu'un solitaire ne meure qu'après cinquante ans de chartreuse.

En ce moment, d'ailleurs, Marchenoir ne pensait guère à demander l'âge de celui qu'il vit mettre en terre, et personne, peut-être, n'eût été capable de le renseigner avec précision. Pour ces âmes penchées sur l'abîme, la vie représente un certain poids de mérite et voilà tout. Au point de vue absolu, « le Temps ne fait rien à l'affaire » de l'Éternité. L'essentiel, c'est d'être confirmé en grâce, au bout d'un siècle ou au bout d'un jour.

Mais on peut souhaiter de telles funérailles aux plus fiers ilotes de la passion ou de la gloire. Excepté le Pape, aucun chrétien n'a autant de prières à sa mort que le plus ignoré et le dernier des chartreux, et quelles prières ! Marchenoir fut profondément saisi de ce simple fait, assez peu connu, que le chartreux est enterré, comme sur un champ de bataille, sans bière ni linceul. Il est enseveli dans le pauvre habit blanc de son Ordre dont la couleur correspond symboliquement à la Résurrection de Notre Seigneur, comme la couleur noire de l'Ordre bénédictin figure le saint mystère de sa Mort. Il est ainsi restitué à la poussière, pendant que ses frères assemblés pleurent et prient sur sa dépouille.

Une dizaine de mois auparavant, Marchenoir avait vu Paris enterrer un homme fameux qui avait déclaré la guerre à tous les religieux de la France et qui devait exterminer le christianisme en combat singulier. Ce personnage, parti de bas, n'avait presque pas eu besoin de s'élever pour que ses pieds de cyclope révolutionnaire [3] fussent exactement au niveau de la plupart des têtes contemporaines.

Pendant plus de dix ans, Léon Gambetta, continuant les jeux de sa charmante enfance, put se maintenir à califourchon sur les épaules de la Fille aînée de l'Église, qui reçut ainsi le salaire de ses apostasies et qui but la honte des hontes, – en attendant la dernière ivresse qui sera vraisemblablement « ce que l'œil n'a point vu, ce que l'oreille n'a point entendu et ce que le cœur de l'homme ne saurait comprendre », en sens inverse de ce que Dieu réserve à ceux qui l'aiment [4]. C'est pourquoi Paris lui a fait les obsèques d'un roi. Jamais, peut-être, dans aucun pays d'Occident, un faste plus énorme n'avait été déployé sur les restes pitoyables d'aucun homme...

Marchenoir se souvenait des trois cent mille têtes de bétail humain, accompagnant à sa demeure souterraine le Xerxès putrescent de la majorité, pendant que roulaient les chars de parade et les innombrables discours funèbres, et il compara ce mensonge d'enfouisseurs à l'enterrement véridique de ce chartreux inconnu, dans l'humble cimetière comblé de neige où cinquante frères en larmes demandaient à Dieu de le ressusciter pour la vie éternelle.

Ce dernier spectacle lui parut plus grand que l'autre et les canonnades prostituées de l'inhumation du dictateur lui firent l'effet d'un bruit étrangement stupide et mesquin, auprès de l'intelligente et grandiose clameur religieuse de ces âmes voyantes, qui se savent les héritières de la magnificence de Salomon, en face de la misère des sépulcres, et qui portent bien moins le deuil de la mort que le deuil de la vie terrestre !

Il est vrai que les funérailles de Gambetta furent, elles-mêmes, une bien piètre solennité en comparaison de l'apothéose de Victor Hugo, que Marchenoir était appelé à contempler, deux ans plus tard [5].

Cette fois, ce ne fut plus seulement Paris, ni même la France, ce fut le globe entier, semble-t-il, qui se rua sur la piste suprême du Cosmopolite décédé. Le monde moderne, las du Dieu vivant, s'agenouille de plus en plus devant les charognes et nous gravitons vers de telles idolâtries funèbres que, bientôt, les nouveau-nés s'en iront vagir dans le rentrant des sépulcres fameux où blanchira, désormais, le lait de leurs mères. Le patriotisme aura tant d'illustres pourritures à déplorer que ce ne sera presque plus la peine de déménager des nécropoles. Ce sera comme un nouveau culte national, sagement tempéré par le dépotoir final où seront transférés sans pavois, – pour faire place à d'autres, – les carcasses de libérateurs et les résidus d'apôtres, au fur et à mesure de leur successive dépopularisation.

Lorsque Marat eut achevé son ignoble existence, « on le compara, dit Chateaubriand, au divin auteur de l'Évangile. On lui dédia cette prière : Cœur de Jésus, Cœur de Marat ! ô sacré Cœur de Jésus, ô sacré Cœur de Marat ! Ce cœur de Marat eut pour ciboire une pyxide précieuse du garde-meuble. On visitait dans un cénotaphe de gazon, élevé sur la place du Carrousel, le buste, la baignoire, la lampe et l'écritoire de la divinité. Puis, le vent tourna. L'immondice, versée de l'urne d'agate dans *un autre vase*, fut vidée à l'égout [6] ».

La poésie moderne, devenue l'amie de la canaille, devait finir comme l'*Ami du Peuple*. Madame se meurt, Madame est morte, Madame est ensevelie [7], non dans la pourpre ni dans l'azur fleurdelisé des monarchies, mais dans la défroque vermineuse du populo souverain, et voici de bien affreux croque-morts pour la porter en terre. Toute la crapule de l'univers, en personne ou représentée, défilant pendant six heures, de l'Arc de Triomphe au Panthéon !

Il eût été si facile, pourtant, et si simple de faire la levée de ce cadavre à coups de soulier, de le lier par les pieds avec des câbles de trois kilomètres et d'y atteler dix mille hommes, qui l'eussent traîné dans Paris, en chantant la *Marseillaise* ou *Derrière l'Omnibus*[8], jusqu'à ce que chaque pavé, chaque saillie de trottoir, chaque balustre d'urinoir public eût hérité de son lambeau, pour le régal des cochons errants !

L'horreur *matérielle* de cette expiation posthume aurait eu pour effet, du moins, d'émouvoir la pitié du monde. Un immense chœur de sanglots eût brisé, pour quelques jours, la vieille poitrine de l'humanité. Une absolution de vraies larmes fût tombée des yeux des innocentes et des yeux des prostituées, sur l'impénitent Proxénète de l'Idéal, et jusqu'aux âmes les plus courroucées lui eussent fait un *meilleur* Panthéon de leur éternel oubli !

On a préféré traîner cette dépouille dans le cloaque d'une apothéose démocratique. Profanation mille fois plus certaine, parce qu'elle s'est accomplie sur le cadavre *intellectuel*, et qu'elle est sans espérance de repentir !

L'auteur des *Misérables* ayant absurdement promulgué l'égalité du Bras et de la Pensée, le Bras imbécile a voulu tout seul manifester sa reconnaissance et l'âme flottante du poète a dû s'envoler, en gémissant, hors de portée de cet hommage.

Les bataillons scolaires, les amis de l'A. B. C. de Marseille, la chambre syndicale des hôteliers logeurs, les francs-tireurs des Batignolles, la Libre Pensée de Charenton, le Grelot de Bercy, la Fraternité de Vaucresson, le choral des Allobroges et l'Espérance de Javel ; les chefs de rayons du *Printemps*, les contrôleurs de l'Éden-Théâtre, les orphéonistes de Nogent-sur-Vernisson et la corporation des clercs d'huissier ; les cuisiniers, les herboristes, les fleuristes, les fumistes, les dentistes, les emballeurs, les plombiers, les brossiers et « *tout le commerce des os de Paris* » : tels furent, avec deux cents autres groupes non moins abjects, les convoyeurs au *gâteau de Savoie*[9] de ce mendiant trop exaucé de la plus antilittéraire popularité.

Victor Hugo était parvenu à tellement déshonorer la poésie qu'il a fallu que la France inventât de se déshonorer elle-même un peu plus qu'avant, pour se mettre en état de lui conditionner un dernier adieu qui fît éclater, comme il convenait, – en l'indépassable ignominie d'une solennité de dégoûtation, – la complicité de leur avilissement.

Ce monument, dont lui-même dénonça le ridicule il y a cinquante ans, pouvait, sans doute, convenir à Dieu qui s'en contentait en silence, puisque le ridicule des hommes est la pourpre même de l'interminable Passion du Roi conspué ; mais le plus grand poète du monde, – à supposer que Victor Hugo méritât ce titre, – ne peut absolument pas s'accommoder de cette coupole, bien moins respirable pour sa gloire que le tabernacle en sapin du plus humble de tous les tombeaux...

De toute cette exultation du goujatisme contemporain les Chartreux n'ont probablement rien su. Le déluge des journaux n'a pas encore escaladé leur solitude. Ils continuent de prier pour les très humbles et les très glorieux, pour les poètes qui se prostituent et pour les imbéciles qui lancent l'ordure au visage mélancolique de la Poésie et, quand ils meurent à leur tour, c'est assez, pour les inonder de joie, d'espérer que les anges invisibles planeront sur l'étroite fosse où on les enterre sans cercueil !

*

[XXXIII]

Marchenoir sentit bientôt la nécessité de travailler. Il n'était pas homme à rester longtemps vautré sur une pensée de douleur, quelque atrocement exquise qu'elle lui parût. Il méprisait les Sardanapales et leurs bûchers et il se serait défendu, avec des moignons pleuvant le sang, jusque sur l'arête la plus coupante du dernier mur de son palais de cristal. Combinaison surprenante du rêveur et de l'homme d'action, on l'avait toujours vu bondir du fond de ses accablements et il se déracinait lui-même, du fumier de ses dégoûts, aussitôt qu'il commençait à se sentir bon à paître.

Les deux seuls livres qu'il eût encore publiés : une *Vie de sainte Radegonde* et un volume de critique intitulé *Les Impuissants*[1], il les avait écrits sur un pal rougi au feu, en plein milieu du radeau de la *Méduse*, sans espérance de rencontrer un éditeur qui le recueillît, avec la crainte continuelle de devenir enragé.

Le premier et le plus important de ces deux ouvrages avait été, sans comparaison, le plus immense insuccès de l'époque. Pavoisée du catholicisme le plus écarlate, cette éloquente restitution de la société Mérovingienne s'était vue, dès son apparition, envelopper et emmailloter, avec une attention infinie, par les catholiques eux-mêmes, dans les bandelettes multipliées du silence le plus égyptien.

C'était pourtant une chose réellement grande, ce récit hagiographique, tel qu'il l'avait conçu et exécuté ! Un tel livre, si la presse eût daigné seulement l'annoncer, était, peut-être, de force à déterminer un courant historique, – à l'heure favorable où Michelet, le vieil évocateur sans conscience de quelques images du passé, laissait, en mourant, le champ libre aux cultivateurs du chiendent de l'histoire exclusivement documentaire[2]. Car on ne voit plus que cela, depuis la mort de ce sorcier : des idolâtres du document, en histoire aussi bien qu'en littérature et dans tous les genres de spéculation, – même en amour, où le sadisme a entrepris, dernièrement, de documenter le libertinage. C'est la pente moderne attestée par le renflement scientifique de la plus turgescente vanité universelle.

Marchenoir, esprit intuitif et d'aperception lointaine, par conséquent toujours aspiré en deçà ou au delà de son temps, ne pouvait avoir qu'un absolu mépris pour cette sciure d'histoire apportée, chaque jour, par les médiocres ébénistes de l'École des Chartes, au panier de la guillotine historique où sont décapités les grands concepts de la Tradition. Il avait donc entrepris de protester contre cette réduction en poussière de tout le passé par la résurrection intégrale d'une société aussi défunte que les sociétés antiques et dont les débris *physiques*, transformés mille fois depuis dix siècles, ont pu servir à toutes les vérifications géologiques ou potagères du néant de l'homme.

Dans cette Légende d'or de l'histoire de France qu'il s'imaginait toujours entendre chuchoter à son oreille, comme un grand conte plein de prodiges, et qui lui semblait la plus synthétiquement étrange, la plus centralement mystérieuse de toutes les histoires, – rien ne l'avait autant fasciné que cette énorme, terrible et enfantine épopée des temps Mérovingiens. La France préludait, alors, à l'apostolat des monarchies occidentales. Les évêques étaient des saints, dans la main desquels la Gentilité barbare s'assouplissait lentement, comme une cire vierge, pour former, avec la masse hétérogène du monde gallo-romain, les rayons mystiques de la ruche de Jésus-Christ. Du milieu de ce chaos de peuples vagissants, au-dessus desquels planait l'Esprit du Seigneur, on vit s'élever, à travers le brouillard tragique des prolégomènes du Moyen Âge, une candide rangée de cierges humains dont les flammes, dardées au ciel, commencèrent, au sixième siècle, la grande illumination du catholicisme dans l'Occident.

Marchenoir avait choisi sainte Radegonde[3], un de ces luminaires tranquilles et, peut être, le plus suave de tous. À la clarté de cette faible lampe non encore éteinte, il avait cherché les âmes des anciens morts dans les cryptes les moins explorées de ces très vieux âges. À force d'amoureuse volonté et à force d'art, il les avait tirées à la lumière et leur avait donné les couleurs d'une recommençante vie.

Le plus difficile effort que puisse tenter un moderne, la transmutation en *avenir* de tout le passé intermédiaire, il l'avait accompli, autant que de tels miracles soient opérables à l'esprit humain toujours opprimé d'images présentes, et il était arrivé à une sorte de vision hypnotique de son sujet, qui valait presque la vision contemporaine et sensible. Cette œuvre, positivement unique, dégageait une si nette sensation de recul que le houlement océanique de trente générations postérieures devenait une *conjecture*, un thème d'horoscope, une dubitable rêverie de quelque naïf moine gaulois que la rafale de conquête aurait poussé sur une falaise de désespérée vaticination.

Les figures angéliques ou atroces de ce siècle, Chilpéric, le monarque aux finesses de mastodonte, et sa venimeuse femelle, Frédégonde[4], la Jésabel d'abattoir ; le chenil grondant des leudes[5] ; les évêques aux impuissantes mains miraculeuses, Germain de Paris, Grégoire de Tours, Prétextat de Rouen, Médard de Noyon[6] ; quelques pâles troènes poussés, à la grâce de Dieu, dans les cassures, les Galswinthe, les Agnès[7], les Radegonde, types rudimentaires de la toute-puissante *dame* des temps chevaleresques ; enfin l'ultime chalumeau virgilien, l'aphone poète Venantius Fortunatus[8] ; – tous ces trépassés archiséculaires, Marchenoir les avait évoqués si souverainement qu'on croyait les voir et les entendre, dans l'air sonore d'une cristalline matinée d'hiver.

Et ce n'est pas tout encore. Il y avait la fresque des concomitantes aventures de l'univers, peintes dans l'ombre ou dans la pénombre, mais à leur plan rigoureux, pour l'horizonnement de ce vaste drame : Justinien et Bélisaire[9] et toute la gloire de boue du Bas-Empire ; les Goths et les Lombards piétinant le fumier romain en Italie et en Espagne, et la précaire Papauté de ce monde en ruines ; puis, au loin, du côté de l'Asie, l'immense rumeur fauve du réservoir barbare, que chaque oscillation de la planète faisait couler un peu plus du côté de la malheureuse Europe, sans parvenir à l'épuiser, jusqu'à Gengis-Khan, qui retourna, d'un seul coup, sur la civilisation occidentale, cette cuvette de cinquante peuples !

Pour ce livre de trois cents pages, à peine, qui lui avait coûté trois ans, Marchenoir s'était fait savant. Il s'était documenté jusqu'à la racine des cheveux. Mais il pensait que le document est, comme le vin, et, en général, comme toutes les choses qui soûlent, aussi sot maître qu'intelligent serviteur. Il en avait souvent constaté le mutisme et l'infidélité. En conséquence, il l'avait utilisé avec une hauteur pleine de défiance, le rejetant avec dégoût quand il violait, en bégayant, l'intégrité d'une conception générale que l'expérience lui avait démontrée plus sûre ; – méthode de travail qu'un pète-sec à tête vipérine de la *Revue des sciences historiques*[10] avait fort blâmée et qui l'eût fait conspuer de toute la critique contemporaine, si cet attelage châtré du tape-cul de M. Renan[11] était idoine à répercuter un chef-d'œuvre.

D'ailleurs, la nature hagiographique de son sujet ne pouvait guère attirer à son livre que des lecteurs catholiques ou des admirations religieuses. Or, le rédacteur en chef de la plus considérable feuille catholique de Paris ayant lui-même publié autrefois, sur les saintes mérovingiennes, une inerme[12] brochure[13] tombée presque aussitôt dans le plus vertical oubli, il devait à sa propre gloire de ne pas accorder le moindre secours de publicité à ce téméraire nouveau venu qui pouvait devenir un supplantateur. Il est vrai qu'à défaut de cette excellente raison d'État littéraire, le mépris infini des catholiques pour toute œuvre d'art eût abondamment suffi. Bref, ce crevant de misère fut absolument privé de tout moyen d'informer le public de l'existence de son livre et les sages conclurent, comme toujours, du néant de la réclame au néant de l'œuvre.

Le fait est que, pour des haïsseurs aussi résolus de la beauté littéraire, Marchenoir était une occasion peu commune. C'était un lépreux de magnificence. Toutes les maladies dégoûtantes ou monstrueuses qui peuvent justifier, analogiquement, l'horreur des chrétiens actuels pour un malheureux artiste : la gale, la teigne, la syphilis, le lupus, la plique, le pian, l'éléphantiasis, il les accumulait, à leurs yeux, dans sa forme d'écrivain.

Ce fut surtout dans son second livre, *les Impuissants*, que cette flore éclata. Le scandale fut si grand qu'il lui valut un demi-succès. L'auteur commençait à être connu et l'apparition de ce recueil satirique, déjà publié en articles hebdomadaires, dans un petit journal où ils avaient été fort remarqués[14], démasqua, d'un coup, le polémiste formidable, caché jusqu'alors, pour beaucoup de gens, sous le contemplatif dédaigné, et qu'une dévorante soif de justice contraignait enfin à sortir. Il y eut une petite clameur de huit jours et tel fut le quartier de gloire que Paris voulut bien jeter à cet artiste qui s'exterminait depuis des années. Mais ce livre fut une révélation pour Marchenoir lui-même, qui ne se connaissait pas cette sonorité de gong quand l'indignation le faisait vibrer.

Par l'effet d'une loi spirituelle bien déconcertante, il se trouva que la forme littéraire de cet enthousiaste était surtout consanguine de celle de Rabelais. Ce style en débâcle et innavigable[15] qui avait toujours l'air de tomber d'une alpe, roulait n'importe quoi dans sa fureur. C'étaient des bondissements d'épithètes, des cris à l'escalade, des imprécations sauvages, des ordures, des sanglots ou des prières. Quand il tombait dans un gouffre, c'était pour ressauter jusqu'au ciel. Le mot, quel qu'il fût, ignoble ou sublime, il s'en emparait comme d'une proie et en faisait à l'instant un projectile, un brûlot, un engin quelconque pour dévaster ou pour massacrer. Puis, tout à coup, il redevenait, un moment, la nappe tranquille que la douce Radegonde avait azurée de ses regards.

Quelques-uns expliquaient cela par un abject charlatanisme, à la façon du *Père Duchesne*[16]. D'autres, plus venimeux, mais non pas plus bêtes, insinuaient la croyance à une sorte de chantage constipé, furieux de ne jamais aboutir. Personne, parmi les distributeurs de viande pourrie du journalisme, n'avait eu l'équité ou la clairvoyance de discerner l'exceptionnelle sincérité d'une âme ardente, comprimée, jusqu'à l'explosion, par toutes les intolérables rengaines de la médiocrité ou de l'injustice.

*

[XXXIV]

Maintenant, il se retournait décidément vers l'histoire. Elle avait été sa plus grande ambition et son plus fervent amour intellectuel. Depuis son enfance, il avait cette impression d'être beaucoup plus le contemporain des Croisades ou de l'Exode que de la racaille démocratique. Son admirable étude mérovingienne attestait suffisamment l'anachronisme de sa pensée. Mais il n'avait aucun désir de recommencer ce genre d'effort. Une monographie d'homme ou même de peuple, quelque dilatée qu'il l'imaginât, ne lui suffisait plus. Il refusait de se cantonner à nouveau dans un coin de siècle. Il voulait, désormais, envelopper, d'une seule étreinte, l'histoire du monde.

Ainsi qu'il l'avait confié à son ami, il rêvait d'être le Champollion des événements historiques envisagés comme les hiéroglyphes divins d'une révélation par les symboles, corroborative de l'autre Révélation. C'eût été toute une science nouvelle, singulièrement audacieuse et que le génie seul pouvait sauver du ridicule. Le pauvre Leverdier en avait tremblé dans sa peau dès la première ouverture, puis les volutations [1] oratoires de son prophète l'avaient insensiblement enroulé à cette conception qu'il avait fini par juger sublime. Il est, du moins, incontestable que certaines inductions dont cet éblouissant démonstrateur étançonnait son système le faisaient paraître tout à fait probable.

Il en avait pris l'idée première dans ces études exégétiques qui furent, par une singularité peut-être inouïe, le point de départ de sa vie intellectuelle, aussitôt après sa conversion. Appuyé sur l'affirmation souveraine de saint Paul [2] : que nous voyons tout « en énigmes [3] », cet esprit absolu avait fermement conclu du symbolisme de l'Écriture au symbolisme universel, et il était arrivé à se persuader que tous les actes humains, de quelque nature qu'ils soient, concourent à la syntaxe infinie d'un livre insoupçonné et plein de mystères, qu'on pourrait nommer les *Paralipomènes* [4] de l'Évangile. De ce point de vue – fort différent de celui de Bossuet, par exemple, qui pensait, au mépris de saint Paul [5], que tout est éclairci [6], – l'histoire universelle lui apparaissait comme un texte homogène, extrêmement lié, vertébré, ossaturé, dialectiqué, mais parfaitement enveloppé et qu'il s'agissait de transcrire en une grammaire d'un possible accès.

Il en avait conçu l'espérance et ne vivait plus que pour ce projet, devenu le centre d'innervation de ses pensées. Peu lui importait qu'on le jugeât extravagant ou ridicule. Depuis longtemps, il avait pris son parti de ne jamais plaire et ne s'embarrassait guère de l'hostilité même, dont les effets immédiats ne peuvent jamais atteindre, après tout, bien facilement, un homme que sa plume, sa langue et ses muscles rendent également redoutable.

Ah ! sans doute, les ennemis assez nombreux qu'il s'était attirés déjà dans la presse avaient la ressource ordinaire de lui fermer généreusement tous les débouchés et, par conséquent, de priver d'argent un écrivain pauvre que son talent aurait dû nourrir. C'était là le danger médiat et nullement méprisable. Mais, que faire ? Il se sentait traîner par les cheveux dans sa douloureuse voie et, ne le voulût-il pas, il lui fallait courir son destin. Proférer, s'il était possible, une grande parole, et mourir ensuite sous les soufflets et les crachats de l'univers ! – À la grâce de Dieu ! disait-il souvent. C'est le mot de beaucoup de téméraires, mais, dans sa bouche, il avait une signification très haute et quasi sainte.

Retiré dans sa chambre de la Chartreuse [7], il raidissait ses deux bras contre sa propre douleur, ancienne ou récente, pour écarter l'importunité d'une sollicitude étrangère au travail de parturition de son esprit.

– Le Symbolisme de l'histoire [8], pensait-il, vérité certaine, mille fois évidente à mes yeux, mais combien difficile à démontrer acceptable ! S'il s'agissait d'expliquer, pièce à pièce, le symbolisme du corps humain ou le symbolisme végétal, cette besogne, souvent entreprise déjà par des mystiques ou des philosophes, n'étonnerait pas trop encore. Il y aurait des chances pour faire rouler quelques idées sur ce rail connu, à condition, toutefois, qu'elles ne parussent pas trop originalement défrayées. Mais, ici, je vais me cogner, tout de suite, au front de taureau d'une Liberté ombrageuse, impénétrable, totalement incomprise de la multitude qui l'adore et mal définie des docteurs chrétiens qu'elle épouvante. Je suis en partance, comme Colomb, pour l'exploration de la *Mer ténébreuse* [9], avec la certitude de l'existence d'un monde à découvrir et la crainte de révolter, à moitié chemin, cinquante passions imbéciles. L'histoire fragmentaire, telle que je la vois partout, est un miroir pour l'orgueil stupide de cette liberté qui se félicite sans relâche d'avoir fait ce qu'elle a voulu, – jamais autre chose, – et la synthèse absolue, dont j'ai le dessein, confisque, du premier coup, cet objet de toilette, pour contraindre la vieille jouisseuse à se contempler dans le très humble ruisseau d'égout qui est sa patrie. Certes, je me passerais bien d'applaudissements et je n'en ai jamais cherché, mais encore faut-il que je sois intelligible, que je ne terrifie pas tous les éditeurs sans exception, que je sois débitable, au moins autant qu'un *amer* nouvellement importé, sur le zinc en cœur de chêne de leurs comptoirs. La métaphysique religieuse n'est plus admissible, aujourd'hui, qu'à la condition d'être apéritive et de précéder un régal d'ordures. « Vous écrivez pour des hommes et non pas pour des esprits angéliques », me disait ce père. Dois-je essayer de me remplir de la prose de cet avis ? Hélas ! j'y gagnerais peut-être un morceau de pain !

L'irréfréné Marchenoir sentait, néanmoins, qu'il se flattait d'une humilité impossible. Dégager de l'histoire universelle un ensemble symbolique, c'est-à-dire prouver que l'histoire *signifie quelque chose*, qu'elle a son architecture et qu'elle se développe avec docilité sur les antérieures données d'un plan infaillible, c'était une opération qui exigeait l'holocauste préalable du Libre Arbitre, tel, du moins, que la raison moderne peut le concevoir. Il n'y avait pas à sortir de là. Il était condamné à l'incertaine expérience de gifler son siècle pour obtenir d'en être écouté et, justement, l'énormité d'un pareil défi avait pour lui le ragoût d'une tentation de volupté. Sa nature de condottière l'emporta bientôt et il finit par se fixer à la plus imprudente des résolutions, s'interdisant jusqu'à la ressource d'appliquer après coup et sous forme d'introduction, à son futur livre, les lâches émollients d'une apologie. Peut-être, aussi, avait-il raison de compter sur l'exaspération même de sa pensée et de sa forme, sur l'excès inouï d'audace où il prévoyait bien que son sujet allait l'entraîner, pour espérer un succès de scandale ou d'étonnement, qui serait, au moins, un simulacre de cette justice que la vermine contemporaine n'accorde pas à la supériorité de l'esprit.

D'ailleurs, l'apparente sagesse d'aucun conseil ne prévaudra jamais contre ces torrentielles natures que le bâillement soudain de la plus large gueule d'abîme n'arrêterait pas. Ce que les prudents appellent du nom de témérité, ne serait-ce pas plutôt, en elles, une obéissance héroïque à quelque propulsion supérieure dont ces martyrs auraient, d'avance, accepté les agonies ? Quand une grande chose était notifiée, la poitrine de Marchenoir s'ouvrait comme un triptyque, et ce qu'on voyait apparaître, c'était son cœur ruisselant de sang, entre une image de prière et une image d'extermination !

*

[XXXV]

Puisqu'il voulait que l'histoire fût un cryptogramme, il s'agissait de lire les signes et d'en pénétrer les combinaisons. Or, les signes se déroulaient pendant six mille ans, à partir du premier homme, du haut en bas de la pyramide prodigieusement évasée du genre humain. Leurs combinaisons étaient innombrables comme la poussière, compliquées à l'infini, tramées, tressées, imbriquées, repliées les unes dans les autres, entrelacées et embrouillées à toutes les profondeurs.

Toutes les mains de la nuit avaient tissé ce chaos. Les trois Concupiscences[1], comme des fileuses infatigables, avaient fourni l'écheveau, et les sept Péchés l'avaient dévidé, ventre à terre, dans tous les sens, autour de toutes les générations, à travers l'inextricable tourbillon des épisodes. L'Amour, la Mort, la Douleur, l'Oubli avaient mis en commun leurs paraboles pour un éternel négoce d'*errata*, où chacun d'eux tirait à lui toutes les ténèbres.

De temps en temps, un excellent historien se présentait pour contrôler les balances et sa tête gélatineuse se liquéfiait dans les plateaux. L'Hypothèse disait à la Conjecture : Nous allons nous amuser ! et elles se faisaient caresser l'une et l'autre, par un vieux Mensonge tout nu, sur le souple divan de la Critique. L'étonnante route de l'histoire était tout en carrefours, avec des poteaux en girouette, où des dates, peu certaines, indiquaient, dans la direction de quelques événements carrossables, de tout petits sentiers inexistants, pour aboutir à d'impossibles vérifications. L'érudition frétait des bibliothèques alexandrines pour le ravitaillement d'innombrables rongeurs à lunettes, dont l'office était de picorer des fétus dans l'énorme amas de crottin documentaire fienté par de plus grands animaux, en s'interdisant religieusement jusqu'à la velléité d'une conclusion. Si, d'aventure, l'un d'entre eux s'en avisait, c'était sous l'expresse condition d'insulter à quelque grande chose, en chatouillant de sa plume le dessous des pieds de la sainte Canaille, enfin victorieuse et potentate rémunératrice des flagorneurs qu'elle a décrottés. Dieu sait, alors, les jolis travaux qui s'exécutaient et l'abjecte clairvoyance de ces calomniateurs d'ancêtres !

L'esprit de l'homme planant, – comme autrefois celui du Seigneur[2], – sur cet inexprimable désordre avait dit : – Il n'y en a pas encore assez comme cela ! et il avait commandé que les *ténèbres fussent*[3], c'est-à-dire que la suie du passé, délayée dans l'encre de nos imprimeurs, devînt indélébile et croûtonnante sur la mosaïque providentielle. On en était venu à tellement effacer les rudimentaires concepts que les faits les plus énormes, les plus crevant l'œil, désormais orphelins de leurs principes et veufs de leurs conséquences, retranchés de l'orbite, excommuniés de tout ensemble, acéphales et eunuques, n'existaient plus dans les cervelles qu'à l'état fantastique de postérité du hasard. Et cette ignorance de toute loi était particulièrement attestée, en ce siècle, par la grandissante rage de philosopher sur l'histoire. Obscur témoignage d'une conscience irrémédiablement taillée en pièces et tressaillant, une dernière fois, sous le hachoir des charcutiers de l'intelligence !

Pour commencer, Marchenoir demandait le divorce du Hasard et de la Liberté, absurdement unis sous le régime de l'étripement réciproque. Il jugeait monstrueux cet accouplement qui avait paru l'unique ressource de la Raison moderne, affligée du célibat de sa très chère fille universellement décriée pour son incontinence et le malpropre choix de ses concubins. C'était une imposture par trop forte de prétendre que quelque chose de réel fût jamais sorti d'une faculté, déjà si précaire, prostituée à ce bâtard du néant, et il ambitionnait, – alors que les sociétés agonisantes mettent leurs enfants en gage pour obtenir, en payant, qu'on les achève elles-mêmes, – d'affirmer, une bonne fois, avant que tout s'écroulât et pour l'honneur de l'être pensant, l'irrépréhensible solidarité de tout ce qui s'est accompli, dans tous les temps et dans tous les lieux, à la honte des artisans de poussière qui pensent exterminer l'unité de l'homme en raclant de vieux ossements !

À ses yeux, le mot *Hasard* était un intolérable blasphème qu'il s'étonnait toujours, malgré l'expérience de son mépris, de rencontrer dans des bouches soi-disant chrétiennes. – *Rien n'arrive sans Son ordre ou Sa permission*, disait-il aux blasphémateurs ; il vous a créés, votre Hasard, et il s'est incarné pour vous racheter de son sang ! Est-ce bien là votre pensée ? Alors, moi, catholique, je lui crache à la figure, à ce rival de mon Christ, qui n'a pas même l'honneur d'exister, comme une idole, dans un simulacre où, du moins, s'attesterait l'industrie d'un entrepreneur de divinités.

Il était évident pour lui qu'on ne pouvait pas être catholique, ni même se flatter d'une infinitésimale pincée de sentiment religieux, si on ne donnait pas absolument tout à la Providence, et, dès lors, l'idée d'un plan infaillible sautait à l'esprit. À cette hauteur, peu lui importaient les chicanes philosophiques, ou même théologiques, qu'on pouvait lui décocher au sujet du Libre Arbitre, laissé sans ressources, par cette invasion d'*absolu*, dans le pâturage desséché du *conditionnel*.

– Quand la Providence prend tout, c'est pour se donner elle-même. Consultez l'Amour, si vous ne comprenez pas, et allez au diable ! Telle était toute la controverse de ce stylite intellectuel qui ne descendit jamais de sa colonne [4].

Il avait, certes, bien assez du pénitentiel labeur qu'il s'était imposé, puisqu'il s'agissait de réduire à un tel raccourci de formules l'universalité des témoignages, qu'ils pussent tenir dans un rai de la pensée. Puisque c'est toujours Dieu qui opère, *ad nutum* [5], sur toute la terre, il fallait, de toute nécessité, préjuger un acte *unique*, indéfiniment réfracté dans ses créatures. Qu'on employât le mot de Paternité ou celui d'Amour [6], ou tout autre vocable suggestif, la méditation ramenait toujours cette simple vue d'un *seul* GESTE infini [7], produit par un Être absolu, et répercuté dans l'innumérable diversité apparente des symboles.

En quelque point des temps que s'enfonçât la pointe du compas, que ce fût la prise de Jérusalem ou la Défenestration de Prague [8], l'angle avait beau s'ouvrir dans de giratoires investigations, ce point quelconque devenait le centre de l'univers. Le passé et l'avenir irradiaient lumineusement de ce foyer et convergeaient, en frémissant, vers cet ombilic. Une identité surnaturelle éclatait partout à la fois. L'homme se dénonçait pour avoir toujours fait la même chose, dans une circulaire translation de circonstances perpétuellement analogues, et l'imperceptible atrocité d'un Ezzelino ou d'un Halberstadt [9] avait juste autant de force harmonique et salariait aussi sûrement l'esprit de synthèse que les colossales redites du despotisme des Tibère, des Philippe II ou des Napoléon !

L'histoire, telle que la voyait Marchenoir, était d'un tissu si garanti qu'on pouvait mettre au défi n'importe quel faussaire de la démarquer d'une manière plausible. Les caractères altérés, les lignes déviées de leur sens écorchaient l'œil et criaient pour qu'on les réintégrât. Le texte symbolique, mutilé seulement d'un iota, n'avait plus de sens et divulguait, de son mutisme soudain, la profanation. Ce que la Providence avait écrit dans la rédivive tradition des peuples, avec des pâtés de sang et des chaînes de montagnes de morts, elle l'avait écrit pour l'éternité, sans que nul grattoir ou acide sacrilège eût jamais été capable d'oblitérer, d'un solécisme durable, ce palimpseste de douleur !

Car, telle était sa cédule évocatoire [10], à ce magicien d'exégèse, qui voulait que tout comparût à la fois devant le tribunal de son esprit : Toute chose terrestre est ordonnée pour la Douleur. Or, cette Douleur était, à ses yeux, le commencement comme elle était la fin. Elle n'était pas seulement le but, le comminatoire propos ultérieur, elle était la *logique* même de ces Écritures mystérieuses, dans lesquelles il supposait que la Volonté de Dieu devait être lue. La sentence terrible de la Genèse, à la départie de l'Éden[11], il l'appliquait, dans sa rigueur, à l'enfantement toujours *douloureux* des moindres péripéties de l'œcuménique roman de la terre.

Alors, sur cette planète maudite, condamnée à ne *germiner* que des épines[12], s'accomplissait, en soixante siècles, pour la race déchue, l'épouvantable dérision du Progrès, dans le renouveau sempiternel des itératives préfigurations de la Catastrophe[13] qui doit tout expliquer et tout consommer à la fin des fins.

Les anges devaient avoir eu peur et pitié de ce spectacle, sur lequel on avait sujet de redouter que ne tombât jamais le rideau d'une pudeur divine ! Les générations humaines toujours dévorées au banquet des forts, sur tous les continents où les enfants de Nemrod avaient étendu leur nappe, et le Pauvre, dont c'est l'étonnant destin de représenter Dieu même, le pauvre[14] toujours vaincu, bafoué, souffleté, violé, maudit, coupé en morceaux, mais ne mourant pas, – roulé du pied, sous la table, comme une ordure, d'Asie en Afrique et de l'Europe sur le monde entier, – sans qu'une seule heure lui fût accordée pour se désaltérer à ses propres larmes et pour racler les croûtes de son sang ! Cela, pour toute la durée des sociétés antiques, sculptées en formidable raccourci dans la gouliafrée du roi Balthasar.

Puis, l'avènement du parfait Pauvre, en qui se résumèrent les abominations les plus exquises de la misère et qui fut Lui-même le Balthasar d'un festin de tortures, où furent conviées toutes les puissances de souffrir. Rédemption à faire trembler qui transfigura la *poétique* de l'homme sans rénover son cœur, en dérision de ce qui avait été annoncé.

Un second registre de formules fut simplement ouvert, et la grande liesse des boucs et des vautours recommença. Dans les contrées immenses inexplorées par le christianisme, la cuisine des pasteurs de peuples ne changea pas, mais, dans la chrétienté, le pauvre[15] fut quelquefois invité, charitablement, à se repaître des déjections de la puissance, dont il était, lui-même, l'aliment. Le fardeau des faibles, désormais aggravé de spiritualisme, fit craquer les os des neuf dixièmes de l'humanité.

Comme si l'apparition de la Croix avait affolé les nations, l'univers se confondit dans une prodigieuse bousculade. Sur l'Empire romain tordu par la colique, goutteux des pieds, avarié du cœur, et devenu chauve comme son premier César, des millions de brutes à gueule humaine déferlèrent. Les Goths, les Vandales, les Huns et les Francs s'assirent, en ricanant, sur leurs boucliers, et se laissèrent glisser en avalanches, contre toutes les portes de Rome qui creva sous la poussée. Le Danube, gonflé de sauvages, se répandit en inondation sur les latrines du Bas-Empire. Du côté de l'Orient, le Chamelier Prophète, accroupi sur la bouse de son troupeau, couvait déjà, dans son sein pouilleux, les sauterelles affamées dont il allait remplir les deux tiers du monde connu. On se battait, on s'éventrait, on se mangeait les entrailles, pendant huit cents ans, de l'extrémité de la Perse aux rivages de l'Atlantique. Enfin, la grande charpente féodale s'installait dans le gâchis des égorgements.

On crut que c'était l'étançon d'une Jérusalem quasi céleste qu'on allait construire, et il se trouva que c'était encore un échafaud [16]. Même la Chevalerie, la plus noble chose que les hommes aient inventée, ne fut pas souvent miséricordieuse aux membres souffrants du Seigneur, qu'elle avait mission de protéger. Même les Croisades, sans lesquelles le passé de l'Europe serait un peu moins qu'un amas d'immondices, ne furent pas sans l'horrible traînée de toutes les purulences de l'animal responsable. Pourtant c'était l'adolescence au cœur brûlant, c'était le temps de l'amour et de l'enthousiasme pour le christianisme ! Les Saints [17], il y en eut alors, comme aujourd'hui, une demi-douzaine par chaque cent millions d'âmes médiocres ou abjectes, – à peu près, – et l'odieux bétail qui les vénérait, après leur mort, fut quelquefois obligé d'emprunter de la boue et de la salive pour les conspuer à son plaisir, quand il avait l'honneur de les tenir vivants sous ses sales pieds.

Deux choses, à peine, paraissaient à Marchenoir mériter qu'on surmontât la nausée de cette abominable contemplation : l'indéfectible prééminence de la Papauté et l'inaliénable suzeraineté de la France [18]. Rien n'avait pu prévaloir contre ces deux privilèges. Ni l'hostilité des temps, ni le négoce des Judas, ni la surpassante indignité de certains titulaires, ni les révolutions, ni les défaites, ni les reniements, ni les inconscientes profanations de la sacrilège bêtise !... Quand l'une ou l'autre avait menacé de s'éteindre, le monde avait paru en interdit [19]. La Bulle *Unam Sanctam*, de Boniface VIII, la fameuse bulle des *Deux Glaives* [20], n'avait plus de croyants, il est vrai, et la France était gouvernée par des goujats... N'importe ! quelques âmes savaient qu'il existe, en leur faveur, une prescription contre toutes les poursuites revendicatoires du néant, et Marchenoir était une unité dans le petit nombre de ces âmes malheureuses, charriées sur un glaçon fondant, au milieu d'un océan de tiédeur, vers un tropique d'imbécillité !

Mais, avant de sombrer, ce millénaire voulait assigner les Temps modernes, les plus iniques temps et les plus bêtes qui furent jamais, devant un Juge dont il pressentait la prochaine Venue, quoiqu'il ait l'air de dormir profondément depuis tant de siècles, et qu'il espérait, à force de clameurs désespérées, faire, une bonne fois, crouler de son ciel ! Ces clameurs, il les avait ramassées de partout, accumulées, amalgamées, coagulées en lui. Écolier sublime de ses propres tortures, il avait syncrétisé, en une algèbre à faire éclater les intelligences, l'universelle totalité des douleurs.

De cette forêt sortait, en rugissant, une Symbolique inconnue qu'il aurait pu nommer la symbolique des Larmes et qui allait devenir son langage pour parler à Dieu. C'était comme une rumeur infinie de toutes les voix dolentes des écrasés de tous les âges, dans une formule miraculeusement abréviative qui expliquait, – par la nécessité d'une manière de rançon divine, – les interminables ajournements de la Justice et l'apparente inefficacité de la Rédemption.

Voilà ce qu'il prétendait mettre sous les yeux de ses contemporains inattentifs, d'abord ; ensuite, sous le clair regard de Celui dont il appelait l'avènement, comme un témoignage accablant de la fangeuse apostasie d'une génération, qui sera peut-être la dernière avant le déluge, – si sa monstrueuse indifférence l'a faite émissaire pour assumer l'opprobre de ses aînées, moins abominables qu'elle, dont l'histoire écrite a si lâchement balbutié l'inculpation !

*

[XXXVI]

Marchenoir écrivit une seule fois à Véronique, pour lui annoncer son retour. Par crainte ou par vertu, il s'en était abstenu jusqu'alors, quoiqu'il en mourût de désir, se bornant à la mentionner avec une tendresse peu déguisée, dans chacune de ses épîtres au sempiternel Leverdier. Enfin, quelques jours avant son départ, il se décida tout à coup, et voici son inconcevable lettre :

« Ma chère Véronique, je vous prie d'ajouter pour moi, à vos prières accoutumées, les oraisons pour les agonisants que vous trouverez dans votre eucologe. Mon corps se porte bien, mais mon esprit est dans l'angoisse de la mort et je vous suppose particulièrement désignée pour me secourir, puisque c'est à l'occasion de vous que j'endure cette épouvantable tribulation.

« Je suis éperdument amoureux de vous, voilà la vérité, et il a fallu que je m'éloignasse de Paris pour le sentir. Je me suis déterminé à vous l'écrire sur cette simple réflexion, que vous *deviez le savoir*. Les femmes sont clairvoyantes en pareil cas, et ce sentiment, inaperçu de moi jusqu'à ces derniers jours, vous l'avez certainement discerné, depuis longtemps, si j'en juge par certaines prudences que je me rappelle, aujourd'hui, et qui tendaient manifestement à en retarder l'explosion. Mais, quand même vous n'auriez rien compris ni rien deviné, j'ai pensé qu'il fallait encore me déclarer, ne fût-ce que pour écarter de nos relations le danger d'un tel mystère.

« Qu'allons-nous devenir ? Il n'y a que deux issues : vous me sauvez ou je vous perds. Quant à nous séparer, en admettant que ce fût possible, ce serait peut-être le plus funeste des dénouements. Vous avez mis autour de ma vie un surnaturel chrétien si capiteux, que je ne pourrais plus respirer une autre atmosphère.

« Or, je n'ai plus de courage du tout, mon âme est complètement démontée. Il va falloir vous condamner à une réserve inouïe, car je brûle sur moi-même, depuis l'agitation de ce voyage, comme une torche mal éteinte que le vent aurait rallumée. Cette fraternité postiche qui nous unit et nous sépare, jusqu'à maintenant, ne va plus suffire. Il faudrait construire quelque autre[1] muraille mitoyenne qui montât jusqu'au septième ciel et qu'aucune trahison des sens ne pût entamer.

« Ce travail de maçonnerie vous sera, sans doute, possible, à vous, âme spirituelle et dessouillée, qui n'avez plus de corps que pour les yeux trop charnels de votre malheureux ami, dont votre présence va remuer, je le sens bien, toutes les vieilles croupissures et toutes les fanges. Cherchez donc, chère trésorière d'héroïsme, c'est peut-être dans la direction du martyre que vous découvrirez ce qu'il nous faut.

« Vous ne pouvez supporter qu'on vous regarde comme une sainte, et vous savez si j'approuve cette horreur. Mais, dans l'hypothèse qu'il aurait plu à Notre Seigneur de jeter sur vous toute la pourpre de son ciel, vous continueriez encore, néanmoins, d'être une *vraie femme* pour l'éternité – comme on est un prêtre, – car ce que Dieu a fabriqué de son essentielle Main porte *caractère* indélébile, aussi bien que les Sacrements de son Église.

Vous seriez forcée, par conséquent, de voir aussi nettement qu'une autre le mal de ce monde, où la mort fut acclimatée par la première de vous toutes.

« C'est pourquoi je vous ai demandé les prières des agonisants. Je suis en péril de mort pour mon âme, à cause de vous, bien-aimée, et je retourne à Paris, dans une semaine, comme on se fait porter en terre. Si vous n'êtes pas devenue toute forte contre ma faiblesse, je vous entraînerai dans une caverne de désespoir.

« Vous me l'avez fait comprendre vous-même, il y a longtemps. Que vous devinssiez ma femme ou ma maîtresse, l'abomination serait également infinie. Je retrouverais dans votre lit et dans vos bras tout votre *passé*, et ce passé, délié de l'abîme où l'a précipité votre pénitence, m'arracherait de vous, morceau par morceau, avec des tenailles rougies, pour s'installer à ma place. Notre amour serait un opprobre et nos voluptés un vomissement. Nous aurions tout perdu de ce qui nous honore et tout retrouvé de ce qui peut nous avilir davantage. À la place de ce canton lumineux du ciel où nous planons en souffrant, nous serions accroupis au bord d'un chemin public, dans une encoignure infecte, où les plus immondes animaux auraient la permission de nous salir au passage...

« Il faut donc m'exorciser, ma très chère, je ne sais comment, mais il le faut tout de suite, sous peine d'enfer et de mort. Voilà tout, mon esprit est plein de ténèbres et je ne saurais vous offrir l'ombre d'une idée qui ressemblât à une apparence de salutaire expédient. Ah ! mon amie, ma trois fois aimée, ma belle Véronique du chemin de la Croix ! combien je souffre ! mon cœur se brise et je pleure, comme je vous ai vue, tant de fois, pleurer vous-même, agenouillée, des journées entières, devant votre grand crucifix ! Seulement, vos larmes étaient infiniment douces et les miennes sont infiniment amères !

« Votre MARIE-JOSEPH. »

*

[XXXVII]

La retraite à la Grande Chartreuse, quelque suggestive et bienfaisante qu'elle eût été, ne pouvait plus se prolonger pour cette âme tragique, qui se faisait du Paradis même l'idée d'une éternelle montée furibonde vers l'Absolu. La quatrième semaine venait de s'achever et Marchenoir en avait décidément assez. L'apaisement, qu'il était venu chercher, n'avait été qu'extérieur ou intermittent. L'exquise bonté de ses hôtes avait pu détendre ses nerfs et lénifier la partie supérieure de son esprit, mais ne pouvait rien au delà.

Il était singulier, d'ailleurs, et bien conforme à l'irréprochable exactitude de son ironique destin, que le pire malheur qu'il pût redouter lui eût été révélé précisément sur cette montagne, où il s'était cru certain de haleter, quelques jours, en sécurité parfaite. Maintenant il avait le besoin le plus violent de se jeter au-devant de ce malheur, dût-il en crever !

Il alla donc prendre congé du Père Général [1] qui l'avait déjà reçu plusieurs fois avec cette douceur des grands Humbles, qui domptait autrefois les Tarasques et les Empereurs. Marchenoir, qui n'appartenait à aucune de ces deux catégories de monstres, exprima, le mieux qu'il put, sa gratitude, en suppliant l'aimable vieillard de le bénir avant son départ.

– Mon cher enfant, répondit celui-ci, je veux faire quelque chose de plus, si vous le permettez. Je sais de votre vie et de vos souffrances ce que votre ami, M. Leverdier, m'en a écrit et ce que le père Athanase a cru pouvoir m'en confier, et je m'intéresse profondément à vous. Vous avez entrepris un livre pour la gloire de Dieu et vous êtes pauvre,... deux fois pauvre, puisque vous renoncez à la gloire que donnent les hommes... Emportez, je vous prie, de la Chartreuse, ce faible secours que votre âme chrétienne peut accepter sans honte, ajouta-t-il, en lui tendant un billet de mille francs, – et souvenez-vous, dans vos combats, du vieux *serviteur inutile*[2], mais plein de tendresse, qui priera pour vous.

Le malheureux, brisé d'émotion, tomba à genoux et reçut la bénédiction de ce chef des plus grandes âmes qui soient au monde. Le Général le releva et, l'ayant serré dans ses bras, le reconduisit jusqu'à sa porte en l'exhortant aux viriles vertus que la société chrétienne paraît avoir prises en haine, mais dont la tradition persévère, en dépit de tout, dans ces solitudes, – sans lesquelles, à ce qu'il semble, le ciel fatigué de voûter, depuis tant de siècles, sur une si dégoûtante race, tomberait de bon cœur, pour l'anéantir.

Le père Athanase l'attendait avec anxiété. Il avait parlé chaleureusement, mais les intentions de son supérieur ne lui étaient pas connues. Le bon religieux fut transporté de la joie naïve de son ami, que cet argent délivrait d'angoisses hideuses, surajoutées à ses plus intimes tourments.

– Je vous vois partir sans trop d'inquiétude[3], lui dit-il. Du moins, je suis assuré que la misère noire ne vous ressaisira pas tout de suite et je me persuade qu'un peu plus tard Dieu vous enverra quelque autre[4] assistance. Il n'est pas permis de croire que ce bon Maître vous ait comblé des dons les plus rares, uniquement pour vous faire souffrir. D'ailleurs, l'Église militante a besoin d'écrivains de votre sorte et vous surmonterez, à la fin, tous les obstacles, par la seule virtualité du talent, je veux l'espérer.

Mais, j'ai d'autres sujets de trembler et c'est justement l'excès de votre force qui m'épouvante, ajouta-t-il, avec un sourire mélancolique, en lui touchant du doigt le front et la poitrine. C'est ici et là que se trouvent vos plus redoutables persécuteurs. J'ai beaucoup pensé à vous, mon cher ami. C'est un mystère de douleur qu'un homme tel que vous ait pu naître au dix-neuvième siècle. Vous auriez fait un Ligueur, un Croisé, un Martyr. Vous avez l'âme d'un de ces anciens apologistes de la Foi, qui trouvaient le moyen de catéchiser les vierges et les bourreaux jusque sous la dent des bêtes. Aujourd'hui, vous êtes livré à la gencive des lâches et des médiocres, et je comprends que cela vous paraisse un intolérable supplice. Vous avez passé quarante ans et vous n'avez pas encore pu vous acclimater ni même vous orienter dans la société moderne. Ceci est terrible...

Je ne vous accuse, ni ne vous juge, pauvre ami. Je vous plains de toute mon âme. Rendez-moi justice. Je ne vous reproche pas de n'avoir pas su *vous faire une position*. Je ne suis pas un de ces bourgeois dont le nom seul vous noircit la rétine. Je suis un chartreux, simplement, et je crois que la meilleure position est de faire la volonté de Dieu, quelle qu'elle soit. Si c'est votre partage d'écrire de beaux livres, sans consolations et sans salaire, au milieu de continuelles souffrances, votre situation est toute faite et cinquante fois plus brillante, j'imagine, que celle d'un premier ministre qui sera, demain matin ou demain soir, roulé à coups de bottes dans un escalier d'oubli. Seulement, j'ai peur que ce don de force qui ferait de vous, peut-être, un grand homme d'action par l'épée ou par la parole, si vous en aviez l'emploi, ne se retourne à la fin contre vous-même et ne vous jette dans le désespoir.

— Vous avez raison, mon père, et je ne suis pas non plus sans terreur, répondit Marchenoir. L'espérance est la seule des trois vertus théologales contre laquelle je puisse m'accuser, en toute sincérité, d'avoir sciemment et gravement péché. Il y a en moi un instinct de révolte si sauvage que rien n'a pu le dompter. J'ai fini par renoncer à l'expulsion de cette bête féroce et je m'arrange pour n'en être pas dévoré. Que puis-je faire de plus ? Chaque homme est, en naissant, assorti d'un monstre. Les uns lui font la guerre et les autres lui font l'amour. Il paraît que je suis très fort, comme vous le dites, puisque j'ai été honoré de la compagnie habituelle du roi des monstres : le Désespoir. Si Dieu m'aime, qu'il me défende, quand je n'aurai plus le courage de me défendre moi-même ! Ce qu'il y a de rassurant, c'est que je ne peux plus être surpris, puisque je ne crois pas au bonheur. On dit quelquefois que je suis un homme supérieur et je ne le nie pas. Je serais un sot et un ingrat de désavouer cette largesse que je n'ai rien fait pour mériter. Eh bien ! si le bonheur est déjà presque irréalisable pour le plus médiocre des êtres, pour le plus facile à contenter des pachydermes raisonnables, comment ce diapason de douleurs, qu'on appelle un homme de génie, pourrait-il jamais y prétendre ? Le Bonheur [5], mon cher père, est fait pour les bestiaux... ou pour les saints. J'y ai donc renoncé, depuis longtemps. Mais, à défaut de bonheur, je voudrais, au moins, la paix, cette inaccessible paix, que les anges de Noël ont, pourtant, annoncée, *sur terre*, aux hommes de bonne volonté [6] !

Le père hésita un moment. Tout ce qui peut être inspiré par la plus ardente charité sacerdotale, il l'avait déjà dit à ce désolé. Il avait tout tenté pour solidifier un peu d'espérance dans ce vase brisé, d'où se répandait le cordial, aussitôt qu'on l'avait versé. Il ne pouvait pas accuser son pénitent d'être indocile ou de s'acclamer lui-même. Le soupçon d'orgueil, – d'une si commode ressource pour les confesseurs et directeurs sans clairvoyance ou sans zèle ! – il l'avait écarté, dès le premier jour, avec défiance, estimant plus apostolique de pénétrer dans les cœurs que de les sceller, du premier coup, implacablement, sous des formules de séminaire.

Le Non-Amour est un des noms du Père de l'orgueil et, certes, il n'en avait pas connu beaucoup, dans sa vie, des êtres qui aimassent autant que le pauvre Marchenoir ! Il se sentait en présence d'une exceptionnelle infortune et les larmes lui vinrent à la pensée qu'il avait devant lui un homme allant à la mort et que rien ne pouvait sauver, un témoin pour l'Amour et pour la Justice, – holocauste lamentable d'une société frappée de folie qui pense que le génie [7] la souille et que l'aristocratie d'une seule âme est un danger pour le chenil de ses pasteurs.

– Vous demandez la paix au moment même où vous partez en guerre, dit-il enfin. Soit. Vous vous croyez appelé à protester solitairement, au nom de la Justice, contre toute la société contemporaine, avec la certitude préliminaire d'être absolument vaincu et quelles que puissent être pour vous les conséquences, – au mépris de votre sécurité et des jugements de vos semblables, dans un désintéressement complet de tout ce qui détermine, ordinairement, les actions humaines. Vous vous croyez sans liberté pour choisir une autre route que la mort... C'est Dieu qui le sait. Il est plus facile de vous condamner que de vous comprendre. Tout ce qu'on peut, c'est de lever, pour vous, les bras au ciel. Mais votre corsaire est trop chargé... Vous n'êtes pas seul, vous avez pris une âme à votre compte. Qu'allez-vous en faire ? Avez-vous calculé l'effroyable obstacle d'une passion plus forte que vous et distinctement lisible, pour moi, dans les moindres mouvements de votre physionomie ? Et s'il vous est donné d'en triompher, n'hésiterez-vous pas encore à traîner cette pauvre créature dans les inégales querelles, où je prévois trop que vous allez immédiatement vous engager ?...

Marchenoir, devenu très pâle, avait paru chanceler et s'était assis, avec une si poignante expression de douleur, que le père Athanase en fut bouleversé. Il y eut un silence pénible de quelques instants, au bout desquels le malheureux homme commença d'une voix assez basse pour que le père fût obligé de tendre l'oreille.

*

[XXXVIII]

– Que voulez vous que je vous réponde ? Il en sera ce que Dieu voudra et j'espère bénir sa volonté sainte à l'heure de ma dernière agonie. Si j'étais riche, je pourrais arranger mon existence de telle sorte que les dangers qui vous épouvantent pour moi disparussent presque entièrement. J'écrirais mes livres à genoux, dans quelque lieu solitaire où je n'entendrais même pas les clameurs ou les malédictions du monde. Il n'en est pas ainsi, par malheur, et j'ignore où l'infâme combat pour la vie va m'entraîner.

Vous parlez de cette passion... C'est vrai que je suis à peu près sans force pour y résister. Depuis des années, je suis chaste, comme le « désir des collines [1] », – avec une pléthore du cœur. Vous êtes praticien des âmes, vous savez combien cette circonstance aggrave le péril. Mais la noble fille inventera quelque chose pour me sauver d'elle,... je ne sais quoi,... pourtant, je suis assuré qu'elle y parviendra. Quant aux querelles, j'en aurai probablement, et de toutes sortes, je dois m'y attendre.

Mais cela n'est rien, – dit-il d'une voix plus ferme, en se dressant tout à coup. – Si je profane les puants ciboires qui sont les vases sacrés de la religion démocratique, je dois bien compter qu'on les retournera sur ma tête, et les rares esprits qui se réjouiront de mon audace ne s'armeront, assurément pas, pour me défendre. Je combattrai seul, je succomberai seul, et ma belle sainte priera pour le repos de mon âme, voilà tout... Peut-être aussi, ne succomberai-je pas. Les téméraires ont été, quelquefois, les victorieux.

Je quitte votre maison dans une ignorance absolue de ce que je vais faire, mais avec la plus inflexible résolution de ne pas laisser la Vérité [2] sans témoignage. Il est écrit que les affamés et les mourants de soif de justice seront saturés [3]. Je puis donc espérer une ébriété sans mesure. Jamais je ne pourrai m'accommoder ni me consoler de ce que je vois. Je ne prétends point réformer un monde irréformable, ni faire avorter Babylone. Je suis de ceux qui clament dans le désert [4] et qui dévorent les racines du buisson de feu, quand les corbeaux oublient de leur porter leur nourriture. Qu'on m'écoute ou qu'on ne m'écoute pas, qu'on m'applaudisse ou qu'on m'insulte, aussi longtemps qu'on ne me tuera pas, je serai le consignataire de la Vengeance et le domestique très obéissant d'une *étrangère* Fureur qui me commandera de parler. Il n'est pas en mon pouvoir de résigner [5] cet office, et c'est avec la plus amère désolation que je le déclare. Je souffre une violence infinie et les colères qui sortent de moi ne sont que des échos, singulièrement affaiblis, d'une Imprécation supérieure que j'ai l'étonnante disgrâce de répercuter.

C'est pour cela, sans doute, que la misère me fut départie avec tant de munificence. La richesse aurait fait de moi une de ces charognes ambulantes et dûment calées, que les hommes du monde flairent avec sympathie dans leurs salons et dont se pourlèche la friande vanité des femmes. J'aurais fait bombance du pauvre, comme les autres, et, peut-être en exhalant, à la façon d'un glorieux de ma connaissance, quelques gémissantes phrases sur la pitié. Heureusement, une Providence aux mains d'épines a veillé sur moi et m'a préservé de devenir un charmant garçon en me déchiquetant de ses caresses...

Maintenant, qu'elle s'accomplisse, mon épouvantable destinée ! Le mépris, le ridicule, la calomnie, l'exécration universelle, tout m'est égal. Quelque douleur qui m'arrive, elle ne me percera pas plus, sans doute, que l'inexplicable mort de mon enfant... On pourra me faire crever de faim, on ne m'empêchera pas d'aboyer sous les étrivières de l'indignation !

Fils obéissant de l'Église, je suis, néanmoins, en communion d'impatience avec tous les révoltés, tous les déçus, tous les inexaucés, tous les damnés de ce monde. Quand je me souviens de cette multitude, une main me saisit par les cheveux et m'emporte, au delà des relatives exigences d'un ordre social, dans l'absolu d'une vision d'injustice à faire sangloter jusqu'à l'orgueil des philosophies. J'ai lu de Bonald et les autres théoriciens d'équilibre [6]. Je sais toutes les choses raisonnables qu'on peut dire pour se consoler, entre gens vertueux, de la réprobation temporelle des trois quarts de l'humanité...

Saint Paul [7] ne s'en consolait pas, lui qui recommandait d'*attendre*, en gémissant avec *toutes* les créatures, l'adoption [8] et la Rédemption, affirmant que nous n'étions rachetés, qu'« en espérance [9] », et qu'ainsi rien n'était accompli. Moi, le dernier venu, je pense qu'une agonie de six mille ans nous donne peut-être le droit d'être impatients, comme on ne le fut jamais, et, puisqu'il faut que nous *élevions nos cœurs*, de les arracher, une bonne fois, de nos poitrines, ces organes désespérés, pour en lapider le ciel ! C'est le *Sursum corda* et le *Lamma sabacthani*[10] des abandonnés de ce dernier siècle.

Lorsque la Parole incarnée saignait et criait pour cette rédemption *inaccomplie* et que sa Mère, la seule créature qui ait véritablement enfanté, devenait, sous le regard mourant de l'Agneau divin, cette fontaine de pleurs qui fit déborder tous les océans, les créatures inanimées, témoins innocents de cette double agonie, en gardèrent à jamais la compassion et le tremblement. Le dernier souffle du Maître, porté par les vents, s'en alla grossir le trésor caché des tempêtes, et la terre, pénétrée de ces larmes et de ce sang, se remit à germiner[11], plus douloureusement que jamais, des symboles de mortification et de repentir. Un rideau de ténèbres s'étendit sur le voile déjà si sombre de la première malédiction. Les épines du diadème royal de Jésus-Christ s'entrelacèrent autour de tous les cœurs humains et s'attachèrent, pour des dizaines de siècles, comme les pointes d'un cilice déchirant, aux flancs du monde épouvanté !

En ce jour, fut inaugurée la parfaite pénitence des enfants d'Adam. Jusque-là, le véritable Homme n'avait pas souffert et la torture n'avait pas reçu de sanction divine. L'humanité, d'ailleurs, était trop jeune pour la Croix. Quand les bourreaux descendirent du Calvaire, ils rapportèrent à tous les peuples, dans leurs gueules sanglantes, la grande nouvelle de la Majorité du genre humain. La Douleur franchit, d'un bond, l'abîme infini qui sépare l'Accident de la Substance, et devint NÉCESSAIRE.

Alors, les promesses de joie et de triomphe dont l'Écriture est imbibée, inscrites dans la loi nouvelle sous le vocable abréviatif des Béatitudes, parcoururent les générations, en se ruant au travers comme un tourbillon de glaives. Pour tout dire, en un mot, l'humanité se mit à souffrir *dans l'espérance* et c'est ce qu'on appelle l'Ère chrétienne !

Arriverons-nous bientôt à la fin de cet exode ? Le peuple de Dieu ne peut plus faire un pas et va, tout à l'heure, expirer dans le désert. Toutes les grandes âmes, chrétiennes ou non, implorent un dénouement. Ne sommes-nous pas à l'extrémité de tout et le palpable désarroi des temps modernes n'est-il pas le prodrome de quelque immense perturbation surnaturelle qui nous délivrerait enfin ? Les archicentenaires notions d'aristocratie et de souveraineté, qui furent les pilastres du monde, sablent, aujourd'hui, de leur poussière, les allées impures d'un *quinze-vingts* [12] de Races royales en déliquescence, qui les contaminent de leurs émonctoires [13]. À vau-l'eau le respect, la résignation, l'obéissance et le vieil honneur ! Tout est avachi, pollué, diffamé, mutilé, irréparablement destitué et fricassé, de ce qui faisait tabernacle sur l'intelligence. La surdité des riches et la faim du pauvre, voilà les seuls trésors qui n'aient pas été dilapidés !... Ah ! cette parole d'honneur de Dieu, cette sacrée promesse de « ne pas nous laisser orphelins [14] » et de revenir [15] ; cet avènement de l'Esprit rénovateur dont nous n'avons reçu que les prémices, – je l'appelle de toutes les voix violentes qui sont en moi, je le convoite avec des concupiscences de feu, j'en suis affamé, assoiffé, je ne peux plus attendre et mon cœur se brise, à la fin, quelque dur qu'on le suppose, quand l'évidence de la détresse universelle a trop éclaté, par-dessus ma propre détresse !... Ô mon Dieu Sauveur, ayez pitié de moi !

La voix du lamentateur qui sonnait, depuis quelques minutes, comme un buccin, dans cette demeure pacifique inaccoutumée à de tels cris, s'éteignit dans une averse de pleurs. Le père Athanase, beaucoup plus ému qu'il n'aurait voulu le paraître, lui posa la main sur la tête et, le contraignant à s'agenouiller, prononça sur lui cette efficace bénédiction sacerdotale qui tient de l'absolution et de l'exorcisme.

– Allez, mon cher enfant, lui dit-il ensuite, et que la paix de Dieu vous accompagne. Peut-être avez-vous été destiné pour quelque grande chose. Je l'ignore. Vous êtes tellement jeté en dehors des voies communes qu'une extrême réserve s'impose naturellement à moi et paralyse jusqu'à l'expression de mes craintes. Les prières des Chartreux vous sont acquises et vous suivront comme à l'échafaud, considérant, au pis-aller, que vous êtes en danger de mort. C'est tout vous dire. Allez donc en paix, cher malheureux, et souvenez-vous que, toutes les portes de la terre se fermassent-elles contre vous avec des malédictions, il en est une, grande ouverte, au seuil de laquelle vous nous trouverez toujours, les bras tendus, pour vous recevoir.

TROISIÈME PARTIE

LE RETOUR

[XXXIX]

Le voyage du retour parut interminable à Marchenoir. On était en plein février, et le train de nuit qu'il avait choisi dans le dessein d'arriver, le matin, à Paris, lui faisait l'effet de rouler dans une contrée polaire, en harmonie avec la désolation de son âme. Une lune, à son dernier quartier, pendait funèbrement sur de plats paysages, où sa méchante clarté trouvait le moyen de naturaliser des fantômes. Ce restant de face froide, grignotée par les belettes et les chats-huants, eût suffi pour sevrer d'illusions lunaires une imagination grisée du lait de brebis des vieilles élégies romantiques. De petits effluves glacials circulaient à l'entour de l'astre ébréché, dans les rainures capitonnées des nuages, et venaient s'enfoncer en aiguilles dans les oreilles et le long des reins des voyageurs, qui tâchaient en vain de calfeutrer leurs muqueuses. Ces chers tapis de délectation étaient abominablement pénétrés et devenaient des éponges, dans tous les compartiments de ce train *omnibus*, qui n'en finissait pas de ramper d'une station dénuée de génie à une gare sans originalité.

De quart d'heure en quart d'heure, des voix mugissantes ou lamentables proféraient indistinctement des noms de lieux qui faisaient pâlir tous les courages. Alors, dans le conflit des tampons et le hennissement prolongé des freins, éclatait une bourrasque de portières claquant brusquement, de cris de détresse, de hurlements de victoire, comme si ce convoi podagre [1] eût été assailli par un parti de cannibales. De la grisaille nocturne émergeaient d'hybrides mammifères qui s'engouffraient dans les voitures, en vociférant des pronostics ou d'irréfutables constatations, et redescendaient, une heure après, sans que nulle conjecture, même bienveillante, eût pu être capable de justifier suffisamment leur apparition.

Marchenoir, installé dans un coin et demeuré presque seul vers la fin de la nuit, par un bonheur inespéré dont il rendit grâces à Dieu, allongea ses jambes sur la banquette implacable des troisièmes classes, mit son sac sous sa tête et essaya de dormir. Il avait froid aux os et froid au cœur. La lampe du vagon vacillait tristement dans son hublot et lui versait à cru sa morne clarté. À l'autre extrémité de cette cellule ou de ce cabanon roulant, un pauvre être, ayant dû appartenir à l'espèce humaine, un jeune idiot presque chauve, agitait sans relâche, avec des gloussements de bonheur, une espèce de boîte à lait dans laquelle on entendait grelotter des noisettes ou de petits cailloux, pendant qu'une très vieille femme, qui ne grelottait pas moins, s'efforçait, en pleurant, de tempérer son allégresse, aussitôt qu'elle menaçait de devenir trop aiguë.

Le malheureux artiste ferma les yeux pour ne plus voir ce groupe, qui lui paraissait un raccourci de toute misère et qui le poignait d'une tristesse horrible. Mais il mourait de froid et le sommeil n'obéissait pas. Les choses du passé revinrent sur lui, plus lugubres que jamais. Cet affreux innocent lui représenta l'enfant qu'il avait perdu et il se vit, lui-même, par une monstrueuse association d'images et de souvenirs, dans cette aïeule, dont le vieux visage ruisselant lui rappelait tant de larmes, sans lesquelles il y avait fameusement longtemps qu'il serait mort. Le beau malheur, en vérité ! Ses réflexions devinrent si atroces qu'il laissa échapper un gémissement, à l'instant répercuté en éclat de jubilation par l'idiot que sa gardienne eut quelque peine à calmer.

Alors, Marchenoir se jeta au souvenir de sa Véronique comme à un autel de refuge. Il voulut s'hypnotiser sur cette pensée unique. Il commanda à la chère figure de lui apparaître et de le fortifier. Mais il la vit si douloureuse et si pâle que le secours qu'il en attendait ne fut, en réalité, qu'une mutation de son angoisse. Les faits imperceptibles de leur vie commune, immenses pour lui seul, et qui avaient été son pressentiment du ciel ; les causeries très pures de leurs veillées quand il versait dans cette âme simple le meilleur de son esprit, les longues prières qu'on faisait ensemble devant une image éclairée d'un naïf lampion de sanctuaire, et qui se prolongeaient encore, pour elle, bien longtemps après que, retiré dans sa chambre, il s'était endormi saturé de joie ; enfin, les singuliers pèlerinages dans des églises ignorées de la banlieue ; toute cette fleur charmante de son vrai printemps lui semblait, cette nuit-là, décolorée, sans parfum, livide et meurtrie, ayant l'air de flotter sur une vasque de ténèbres...

Il se rappelait surtout un voyage à Saint-Denis, dans l'octobre dernier, par une journée délicieuse. Après une assez longue station devant les reliques de l'apôtre, dont Marchenoir avait raconté l'histoire, on était descendu dans la crypte aux tombeaux vides des princes de France. La majesté leur avait paru sonner fort creux dans cette cave éventée des meilleurs crus de la Mort, et les épitaphes de ces absents *jugés* depuis des siècles, dont les chiens de la Révolution avaient mangé la poussière, ils les avaient lues sans émotion comme le texte inanimé de quelque registre du néant. L'émotion était venue, pourtant, comme un aigle, et les avait griffés, tous deux, ces étranges rêveurs, jusqu'au fond des entrailles.

Au centre de l'hémicycle obituaire, sous le chœur même de la basilique, une espèce de cachot noir et brutalement maçonné se laisse explorer à son intérieur, par d'étroites barbacanes d'où s'exhale un relent de catacombe. Ils aperçurent, dans cet antre éclairé par de sordides luminaires, une rangée de vingt ou trente cercueils, alignés sur des tréteaux, lamés d'argent, guillochés des vers, maquillés de moisissures, éventrés pour la plupart. C'est tout ce qui reste de la sépulture des Rois Très Chrétiens.

Ce tableau avait été pour Marchenoir d'une suggestion infinie et, maintenant, il le retrouvait, avec précision, dans la lucide réminiscence d'un demi-sommeil où s'engourdissait sa douleur. Sa très douce amie était à côté de lui, toute vibrante de son trouble, et il expliquait de façon souveraine la transmutation des mobiliers royaux dont cet exemple était sous leurs yeux. La rouge clarté des lampes luttait en tremblant contre la buée d'abîme qui s'élevait en noires volutes des cassures béantes des bières. Tout ce qu'on voulut appeler l'honneur de la France et du nom chrétien gisait là, sous cette arche fétide. Les sarcophages, il est vrai, avaient été vidés de leurs trésors, que les fossés et les égouts s'étaient battus pour avoir, et il n'eût certes pas été possible de trouver dans leurs fentes de quoi ravitailler une famille de scolopendres, pour un seul jour, – mais les caisses de chêne ou de cèdre, pénétrées et onctueuses des liquides potentats qui les habitèrent, n'appartenaient plus à aucune essence ligneuse et pouvaient très bien prétendre à leur tour, en qualité de royale pourriture, à la vénération des peuples. On aurait même pu les hisser, avec des grappins respectueux, sur le trône du Roi-Soleil, où ils eussent fait tout autant que lui, pour la gloire de Dieu et la protection des pauvres.

À force de regarder dans ce tissu de ténèbres éraillé d'impure lumière, Marchenoir finit par ne plus rien discerner avec certitude. Une lampe infecte, en face de lui, paraissait devenir énorme et s'abaisser, comme pour une onction, vers les cercueils. Il y avait, en bas, un remuement effroyable de formes noires défoncées, pendant qu'une rafale glaçante soufflait en haut, et Véronique se débattait au milieu d'une émeute de spectres, avec des cris stridents, sans qu'il pût comprendre comment cela se faisait, ni la secourir, ni même l'appeler...

Un effort suprême le réveilla. L'idiot, en proie à une violente crise, ayant abaissé la glace de la portière, vociférait avec rage, et la malheureuse vieille, en détresse, implorait du secours. Le songeur avait eu beaucoup d'affaires avec les idiots et il savait comment on les dompte. Il s'approcha donc, prit les deux mains du pauvre être dans une de ses fortes mains et, de l'autre, lui tenant la tête, le contraignit à le regarder. Il n'eut pas même un mot à prononcer, il avait le genre d'yeux qu'il fallait et il eût fait un gardien exquis pour des aliénés. L'exacerbé se détendit comme une loque et s'endormit presque aussitôt sur l'épaule de sa compagne.

Lui-même, hélas ! aurait eu fièrement besoin qu'on le détendît et qu'on l'apaisât. Il lui fallut quelques minutes pour se remettre complètement de l'agitation de son cauchemar. Par bonheur, l'aube naissait et il était sûr d'arriver avant une heure. Vainement, il se proposa d'être tout fort, de pratiquer l'héroïsme le plus sublime, quelque mal qui pût arriver. Rien ne pouvait contre les pressentiments affreux qui le torturaient. Il se dit qu'il aurait peut-être mieux fait de voyager en seconde classe. Il aurait eu moins froid, et le froid lui châtrait le cœur, il l'avait souvent éprouvé... Enfin, il avait fait ce qu'il avait pu, Dieu ferait le reste... Il n'avait pas averti ses deux fidèles de l'heure de son arrivée. Il était trop sûr qu'ils auraient passé la nuit pour venir l'attendre à la gare. Il sentit un soulagement à la pensée qu'il allait avoir Paris à traverser avant de les revoir, et que ce délai, cette prise d'un air nouveau, dissiperait sans doute son irraisonnée inquiétude. C'était sa lettre à Véronique qui le poignardait. Il se jugeait atroce et insensé pour l'avoir écrite. Et, cependant, qu'aurait-il pu faire ou ne pas faire, sans être, à ses propres yeux, un pire insensé ou un véritable traître ?

— Je suis un sot, tout ce qui arrive est pour le mieux, finit par conclure cet étonnant optimiste ; Dieu permet de sa main gauche ou il ordonne de sa main droite et tout s'accomplit dans l'ellipse à deux foyers de sa Providence [2] !

*

[XL]

Marchenoir sortit de la gare de Paris, au point du jour, son léger bagage à la main. Il avait besoin de marcher, de se piétiner lui-même sur les pavés et le bitume de cette ville de damnation, où chaque rue lui rappelait une escale du pèlerinage aux enfers qui avait été sa vie.

Il sentit, avec toute la vigueur renouvelée de ses facultés impressionnelles, le despotisme de cette *patrie*. Il faut avoir vécu par l'âme et par l'esprit dans cet ombilic de l'intellectualité humaine, y avoir écorché vives ses illusions et ses espérances, et ensuite avoir trouvé le moyen de garder un tronçon de cœur, pour comprendre la volupté d'inhalation de cette atmosphère empoisonnée par deux millions de poitrines, après une absence un peu prolongée. L'homme, naturellement esclave, se rebaigne, alors, avec délices, dans le cloaque cent fois maudit et relèche, avec un attendrissement canin, les semelles cloutées qui se posèrent si souvent sur sa figure...

Marchenoir méprisait, haïssait Paris, et cependant il ne concevait habitable aucune autre ville terrestre. C'est que l'indifférence de la multitude est un désert plus sûr que le désert même, pour ces cœurs altiers qu'offense la salissante sympathie des médiocres. Puis, sa double vie affective et intellectuelle avait réellement débuté dans ces amas d'épluchures, où des chiens, – probablement crevés, aujourd'hui, – s'étaient étonnés, naguères, de le voir picorer sa subsistance. Sa genèse morale avait commencé au milieu de ces balayeurs matutinaux et de ces voitures maraîchères qui descendent en furie vers les Halles, pour arriver à l'ouverture de la grande Gueule. Autrefois, quand s'achevait une de ces transperçantes nuits qui paraissaient avoir trois cent soixante heures, au vagabond sans linge et sans asile, il se souvenait, maintenant, d'avoir espéré, quand même, et d'avoir dilaté son rêve imprécis dans le frisson de semblables aurores.

Ici, sur ce banc du boulevard Saint-Germain, devant Cluny, il s'était assis, une fois, au petit jour, il y avait bien vingt ans ! Il n'avait plus la force de marcher et, d'ailleurs, il était *arrivé*, n'allant nulle part. Il assignait le soleil à comparaître, ne fût-ce que par pitié, et faisait semblant de ne pas dormir, pour échapper à la sollicitude des argousins, lorsqu'un être plus triste encore était venu s'asseoir à côté de lui. C'était une fille errante, épuisée d'une recherche vaine et sur le point de rentrer. La physionomie du noctambule avait remué, par quelque endroit, le déplorable cœur sans tige de cette flétrie, qui voulut savoir ce qu'il était [1] et ce qu'il faisait là

— Pauvre monsieur, lui dit-elle, venez chez moi, je ne suis qu'une malheureuse, mais je peux bien vous donner mon lit pour quelques heures ; je couche avec tout le monde pour de l'argent, c'est vrai, mais je ne suis pas une dégoûtante et je ne veux pas vous laisser sur ce banc.

Ces amours de fange et de misère avaient duré une demi-journée et il n'avait jamais pu revoir sa samaritaine. C'était un des souvenirs qui attendrissaient le plus Marchenoir [2].

De Cluny à l'Observatoire, en remontant le boulevard Saint-Michel, il retrouvait ainsi, à chaque pas, d'indélébiles impressions, car c'était ce quartier qu'il avait le plus souvent parcouru dans les sinistres croisières nocturnes de son adolescence. Quand il fut arrivé au carrefour et presque à l'entrée de la rue Denfert-Rochereau, où demeurait Leverdier, qu'il avait, non sans combat, résolu de voir tout d'abord, avant de rentrer chez lui, — une palpitation le secoua en apercevant le restaurant banal, théâtre de sa première rencontre avec la *Ventouse*, devenue, par lui, cette sublime Véronique essuyant la Face du Sauveur. Il fut, à l'instant, ressaisi de tout son trouble et d'une crainte plus grande de l'inconnu. Son ami lui parut un homme infiniment redoutable qui allait prononcer de définitives choses et il monta son escalier avec tremblement.

Après les premiers cris et la première étreinte, ces deux êtres si singuliers, chacun en son genre, s'assirent l'un en face de l'autre, les mains dans les mains, haletants, pantelants, larmoyants, bégayants : – Mon cher ami ! – Mon bon Georges ! – tous deux, déjà ! sentant monter, du fond même de leur joie, l'impossibilité de l'exprimer, – comme si les bourgeois avaient raison et qu'il existât une jalouse prohibition de l'Infini contre tous les sentiments absolus !

– Mais j'y pense, cria Leverdier, en se levant avec précipitation, tu dois avoir besoin de prendre quelque chose. Je viens justement de faire du café et je possède d'excellent genièvre. Tu vas être servi à l'instant.

Marchenoir, silencieux, frémissant, n'osant interroger, remarquait que le nom de Véronique n'avait pas encore été prononcé. Il observait aussi, que l'empressement de son ami était quelque peu fébrile et tumultueux et qu'en somme il aurait fallu dix fois moins de temps pour servir la plus grande tasse du meilleur café de la terre.

Tout à coup, il alla vers lui et, lui posant ses deux mains sur les épaules : – Georges, dit-il, il y a quelque chose, je veux le savoir.

Leverdier avait à peu près son âge. C'était un de ces nègres blonds, lavés au safran des étoiles et frottés d'un pastel sang, qui plaisent aux femmes beaucoup plus qu'aux hommes, ordinairement mieux armés contre les surprises de la face humaine. Le trait dominant de sa vibratile physionomie était les yeux, comme chez Marchenoir. Mais, au contraire de ces clairs miroirs d'extase, allumables seulement au foyer de quelque émotion profonde, les siens étaient perpétuellement dardants et perscrutateurs [3], comme ceux d'une pygargue [4] en chasse ou d'un loup-cervier. Nul éclair de férocité, pourtant. De toute cette figure transsudait, au contraire, une bonté joyeuse et active, dont l'expression valait un miracle, et l'intensité même de son regard était un simple effet de la merveilleuse attention de son cœur. À peine une vague ironie relevait-elle, parfois, la commissure et remontait plisser le coin de l'œil droit. Visiblement, la palette de cette âme était au grand complet, à l'exception d'une seule couleur, le *noir*, dont un déluge de ténèbres n'aurait pu réparer l'absence. Cet homme avait évidemment reçu pour vocation d'être le grand public consolateur, à lui tout seul, et pour l'unique virtuose qui pût se passer d'applaudissements vulgaires.

Le contraste était saisissant quand on les voyait ensemble, chacun d'eux paraissant avoir précisément tout ce qui manquait à l'autre. De taille moyenne tous deux, Marchenoir offrait l'aspect d'un molosse dont l'approche était à faire trembler, mais que le premier élan de sa colère pouvait porter dans un gouffre, s'il manquait sa proie. Leverdier, au contraire, frêle d'apparence, mais légèrement félin sous le cimier de ses cheveux crépus, et trempé, depuis son enfance, dans toutes les pratiques du sport, avait des ressources d'art qui en eussent fait un voltigeur auxiliaire des plus à craindre pour l'ennemi commun, si on se fût avisé de les attaquer. Et on devinait qu'il devait en être ainsi de leur coalition morale.

Le pauvre lynx, se voyant happé, essaya d'abord de baisser les yeux, mais, aussitôt, sa loyale et vaillante âme les lui fit ouvrir et les deux intimes plongèrent ainsi, l'un dans l'autre, quelques secondes.

– Eh bien, oui ! répondit-il nerveusement, il y a une chose... sans nom [5]. Tu as écrit une lettre insensée à Véronique et la pauvre fille s'est *défigurée* pour te dégoûter d'elle.

À cet énoncé inouï, Marchenoir tourna sur lui-même et, s'éloignant obliquement, à la façon d'un aliéné, les deux bras croisés sur sa tête, se mit à exhaler des rauquements horribles qui n'étaient ni des sanglots ni des cris. Il sortit de lui des ondes de douleur, qui s'épandirent par la chambre et vinrent peser comme une montagne sur le tremblant Leverdier. Transpercé de compassion, mais impuissant, cet ami véritable se courba, et s'appuya le visage sur le marbre de la cheminée pour cacher ses pleurs.

Cette scène dura près d'un quart d'heure. Alors, les gémissements énormes s'arrêtèrent. Marchenoir s'approchant de la table et, prenant la bouteille de gin, remplit la moitié d'un verre qu'il vida d'un trait.

— Georges, dit-il ensuite, d'une voix extraordinairement douce, essuie tes yeux et donne-moi du café... Très bien... Assieds-toi ici, maintenant, et raconte par le menu. Désormais, je peux tout entendre.

*

[XLI]

Leverdier chérissait Véronique à sa manière et le plus fraternellement du monde, parce qu'il voyait en elle une chose à Marchenoir. Cet être, si singulièrement organisé pour l'exclusive passion de l'amitié, n'avait jamais eu besoin de combattre pour écarter de lui d'autres sentiments. Celui-là comblait largement sa vie, ayant assez d'ampleur pour s'étendre à des multitudes, si son grand artiste avait pu devenir populaire. Il avait voué une sorte de reconnaissance, exaltée jusqu'au culte, à la simple créature en qui Marchenoir avait trouvé consolation et réconfort. Médiocrement ouvert à cette Mystique sacrée, dont Marie-Joseph avait fait son étude et que Véronique assumait en sa personne, il lui suffisait que ses amis y rencontrassent leur joie ou leur aliment. Il n'en demandait pas davantage, se réjouissant ou s'affligeant sympathiquement, sans toujours comprendre, mais confessant avec candeur l'inaptitude de son esprit.

Depuis deux ans que durait le séraphique concubinage, il s'était fait une compénétration très intime de ces trois âmes, vivant entre elles et séparées du reste du monde. Quoique Leverdier n'habitât pas la rue des Fourneaux, on l'y voyait presque tous les jours. Il avait même résolu

LE RETOUR

de s'y fixer au plus prochain terme. Dans les six dernières semaines, il avait été régulièrement prendre des nouvelles de Véronique, lire avec elle les lettres de l'absent, et il pouvait témoigner de l'uniformité parfaite de sa vie, – jusqu'au jour où cette fille de prière et d'holocauste spontané, ayant reçu le message de la Grande Chartreuse, avait accompli, sans l'avertir, l'acte inouï qu'il lui fallait maintenant raconter à ce malheureux homme, pour lequel il aurait volontiers souffert et qui lui commandait de l'égorger.

Il raconta donc ce qu'il savait, ce qu'il avait vu ou compris. Son émotion était si grande qu'il balbutiait et sanglotait presque, ce dialecticien rapide et précis. Il pâtissait en trois personnes, comme Dieu voudrait pâtir, s'affolant et s'évanouissant de douleur sous la blessure ouverte de ces deux âmes, qui ne pouvaient saigner que sur la sienne !

Quant à Marchenoir, il avait assez à faire de ne pas expirer sous la barre qui le rompait, comme un vulgaire assassin qu'il s'accusait d'être. À chaque détail, il poussait un han ! caverneux, en crispant ses poings, et grinçait des dents comme un tétanique. Seulement, il voyait plus loin que Leverdier et connaissait mieux sa Véronique. Il discernait, à travers la buée de son supplice, à lui, une immense beauté de martyre, que cet homme de *petite foi* ne pouvait apercevoir dans son plan surnaturel, et il rencontrait ainsi un principe de consolation future dans le paroxysme même de son désespoir.

Or, voici ce qui s'était passé. Véronique avait reçu la lettre, il y avait environ huit jours. Leverdier, étant venu la voir presque aussitôt après, l'avait trouvée, suivant son expression, noire et agitée, ayant sur son beau visage en « ciel d'automne » les stigmates d'un récent déluge. Il n'en avait conçu aucun soupçon ni aucune alarme, ayant l'habitude prise de tout rapporter d'elle aux exigences d'une hyperesthésie mystique, et sachant avec quel luxe on pleurait dans cette maison. Véronique, d'ailleurs, ne lui avait pas parlé de la lettre. On s'était, comme toujours, entretenu de Marchenoir, en exprimant pour lui l'ordinaire vœu d'un prochain retour et d'une accalmie dans sa destinée...

Demeurée seule, la sainte se mit en prière. Ce fut une de ces implorations sans fin ni mesure, dont la durée et la ferveur étonnaient jusqu'à Marchenoir, – l'assomption d'une flamme rigide, blanche, affilée comme un glaive, sans vacillations, sans vibration extérieure, dans ce silence aimanté de la contemplation, qui ramasse autour de lui tous les murmures et tous les frissons pour se les assimiler. Prière non formulée et intransposable sur le clavier de n'importe quel langage, dont le désir sexuel est, peut-être, un distant symbole, dégradé, mais intelligible.

La nuit tomba lentement autour de ce pilastre d'extase. Quand Véronique ne distingua plus la face pendante de son crucifix, elle raviva une petite lampe d'oraison, toujours allumée dans une coupe de cristal rose, et s'agenouilla de nouveau. L'objurgation amoureuse recommença, plus enflammée, plus véhémente, plus extorsive... C'eût été un spectacle d'effroi et de pitié déchirante, de voir cette suppliante à genoux par terre, les bras en croix, deux ruisseaux de larmes coulant de ses yeux jusque sur le plancher, absolument immobile, à l'exception de sa gorge superbe, soulevée et palpitante par l'élan de son prodigieux espoir !

Des heures s'écoulèrent ainsi, leur sonnerie lointaine venant expirer en vain dans cette chambre immergée de dilection, où les atomes avaient l'air de se recueillir pour ne pas troubler le grand œuvre de la charité.

Vers le matin, elle se releva enfin, brisée, frissonnante, baisa longuement les pieds de plâtre de l'image, s'enroula dans une couverture de laine, s'étendit sur son lit sans l'ouvrir, suivant son habitude, et s'endormit aussitôt en murmurant : – Doux Sauveur, ayez pitié de mon pauvre Joseph, comme il a eu pitié de moi !...

Lorsqu'un pâle rayon de soleil vint réveiller la pénitente, son premier regard fut, comme toujours, pour son crucifix et sa première pensée se traduisait par un éclat de joie.

– Ah ! monsieur Marchenoir, s'écria-t-elle, en sautant à bas de son lit, vous vous permettez d'être amoureux de Madeleine. Attendez un peu. Je vais me faire belle pour vous recevoir. Vous ne savez pas encore ce qu'une jolie femme peut inventer pour plaire à celui qu'elle aime. Vous allez l'apprendre tout de suite.

Alors, dénouant d'un geste sa magnifique chevelure, couleur de couchant, qui lui descendait jusqu'aux genoux, et dans laquelle quarante amants s'étaient baignés comme dans un fleuve de flamme [1] où renaissaient leurs désirs, elle la ramassa à poignée sur sa tête, d'une seule main et, de l'autre, fit le geste de s'emparer d'une paire de ciseaux. Puis, tout à coup, se ravisant :

– Non, dit-elle, je les couperais mal, le marchand n'en voudrait pas et j'ai besoin d'argent pour *l'autre chose*.

Elle s'habilla rapidement, fit sa prière du matin et sortit.

Quand elle rentra, elle était tondue comme une brebis d'or, et rapportait soixante francs. L'infâme perruquier, qui l'avait volée, d'ailleurs, avait rétabli tant bien que mal, avec des bandeaux et des étoupes, l'harmonie de sa tête, mais le massacre était évident et horrible. Elle avait pu échapper, sous son épaisse fanchon, à l'examen des gens de la maison, mais si Leverdier allait venir !... Il avait de très bons yeux et il serait impossible de se cacher de lui. Il s'opposerait sûrement à ce qu'elle voulait faire encore. Cette crainte la mit en fuite. – Mieux vaut en finir tout de suite, pensait-elle, en redescendant comme une voleuse.

*

[XLII]

Elle se souvenait d'avoir autrefois connu, rue de l'Arbalète, un petit juif besogneux qui vivait de vingt métiers plus ou moins suspects. Le vieux drôle faisait ostensiblement l'immonde commerce des reconnaissances du mont-de-piété et elle s'était laissé rançonner par lui un assez bon nombre de fois. C'était bien l'homme qu'il lui fallait, celui-là ! Il n'était, certes, pas encombré de scrupules ! Pour deux francs, on lui aurait fait nettoyer une dalle de la Morgue, avec sa langue ! D'ailleurs, il la connaissait et savait qu'elle ne le dénoncerait jamais à personne.

— Monsieur Nathan [1], dit-elle, en arrivant chez le personnage, avez-vous besoin d'argent ?

Ce monsieur Nathan était une petite putridité judaïque, comme on en verra, paraît-il, jusqu'à l'abrogation de notre planète. Le Moyen Âge, au moins, avait le bon sens de les cantonner dans des chenils réservés et de leur imposer une défroque spéciale qui permît à chacun de les éviter. Quand on avait absolument affaire à ces puants, on s'en cachait, comme d'une infamie, et on se purifiait ensuite comme on pouvait. La honte et le péril de leur contact était l'antidote chrétien de leur pestilence, puisque Dieu tenait à la perpétuité d'une telle vermine [2].

Aujourd'hui que le christianisme a l'air de râler sous le talon de ses propres croyants et que l'Église a perdu tout crédit, on s'indigne bêtement de voir en eux les maîtres du monde, et les contradicteurs enragés de la Tradition [3] apostolique sont les premiers à s'en étonner. On prohibe le désinfectant et on se plaint d'avoir des punaises. Telle est l'idiotie caractéristique des temps modernes.

M. Nathan avait eu des fortunes diverses. Il avait raté des millions et, quoiqu'il fût très malin, on le considérait, parmi ses frères, comme un peu jobard. Son vrai nom était Judas Nathan, mais il avait voulu qu'on l'appelât

Arthur[4], et tel était son principe de mort. Ce juif était rongé du vice chrétien de vanité. Successivement tailleur, dentiste, marchand de tableaux, vendeur de femmes et capitaliste marron, mais toujours travaillé de *dandysme*, il avait tout sacrifié, tout galvaudé pour cette ambition. Une heure glorieuse avait pourtant sonné dans sa vie. Il s'était vu directeur d'un journal légitimiste[5], vers les dernières années du second empire. Mais, précisément, cette élévation l'avait perdu. La grâce d'Israël s'était retirée de lui et il avait fait de sottes affaires. Sa déconfiture, quoique retentissante, avait été trop ridicule pour qu'il s'en relevât jamais. Maintenant, Dieu seul pouvait savoir ses industries !

En vieillissant[6], ce petit bellâtre, qu'on rencontrait partout où tintait la ruine, était devenu positivement sinistre. Au milieu d'indicibles tripotages, ce grotesque filou n'abdiquait aucune de ses anciennes prétentions, et on retrouvait toujours en lui le désopilant roublard qui fit offrir, un jour, au comte de Chambord, de *se convertir publiquement au catholicisme, si on le faisait marquis*. Il avait toujours la même politesse de garçon de bain ou d'huissier de tripot, et le même geste fameux, de tapoter les deux choux-fleurs latéraux qui faisaient encorbellement à son crâne chauve. Il avait surtout le même empressement auprès des femmes, qu'il enrichissait gracieusement de ses conseils ou de ses prophéties, en les dépouillant de leurs bijoux et de leur argent. Car il était fort considéré parmi les filles de la rive gauche, où il était venu s'établir, étant, à la fois, leur banquier, leur courtier, leur marchande à la toilette, leur consolateur et leur oracle, – parfois, aussi, leur *médecin*, disait-on. Mais cette dernière chose flottait dans un salubre mystère...

Eh ! comment, c'est vous, chère enfant ! Bon Dieu ! qu'il y a longtemps qu'on ne vous a vue ! On vous croyait perdue à jamais. Votre disparition nous avait tous désespérés, et, pour mon propre compte, je vous donne ma parole d'honneur que j'étais inconsolable... Mais vous avez eu pitié de vos victimes et vous nous revenez, sans doute. Pauvre agneau, il t'a lâchée, je l'espère, ce sauvage avec qui tu vivais ?

Ces paroles équivalentes à rien et proférées d'une voix lointaine, *défunte*, paraissant sortir d'un phonographe vert-de-grisé, où elles auraient été inscrites depuis soixante ans, voulaient surtout cacher l'étonnement du vieux malandrin.

Quinze ou dix-huit mois auparavant, il avait eu l'audace de se présenter chez Marchenoir, dont il avait découvert l'adresse, sous prétexte d'offrir une occasion de dentelles, en réalité pour négocier un stupre fastueux, dont les conditions inouïes, chuchotées à l'oreille de son ancienne cliente, lui paraissaient devoir tout emporter. Mais, dès le premier mot, Véronique avait été chercher son ami qui travaillait dans la chambre voisine, et celui-ci avait simplement ouvert la fenêtre, en sourcillant d'une façon si claire que l'ambassadeur, abandonnant, pour quelques instants, sa dignité, avait cru devoir disparaître aussitôt par l'escalier.

– Monsieur Nathan, répondit la visiteuse avec fermeté, mais sans colère, je ne suis pas venue pour vous faire des confidences et je vous prie de me parler convenablement, sans me tutoyer, si c'est possible. Il s'agit d'une affaire des plus simples. Vous savez arracher les dents, n'est-ce pas ? Combien me prendrez-vous pour m'arracher *toutes* les dents [7] ?

Pour le coup, Nathan n'essaya plus de dissimuler sa stupéfaction. Machinalement, il vérifia d'un geste les deux touffes peintes en blond de diarrhée qui lui garnissaient les tempes, resserra, autour de son torse de coléoptère, le cordon à sonnette d'une robe de chambre couleur firmament pisseux, et revenant à marche forcée du fond de la pièce, où l'avait lancé la première commotion :

– Vous arracher les dents ! s'écria-t-il, – subitement animé, jaillissant, presque humain, – tou-tes-les-dents ! Ah ! çà, mademoiselle, ai-je mal entendu, ou suis-je assez comblé de disgrâce pour que vous ayez le dessein de vous moquer de moi ?

Véronique se découvrit la tête :

– Et cela, monsieur, qu'en pensez-vous ? Est-ce une plaisanterie ? Je le répète, je veux me débarrasser de mes dents comme je me suis débarrassée, ce matin, de mes cheveux. Cela est absolument nécessaire, pour des raisons que je n'ai pas à vous dire. Je me suis adressée à vous, parce que je craignais qu'un dentiste ordinaire ne voulût pas. Vous devez me connaître, je suppose. Personne ne saura jamais que je suis venue ici. J'ai trois louis à vous offrir pour une opération qui ne prendra pas deux heures, et je vous ferai cadeau de mes dents par-dessus le marché. Il me semble que vous n'aurez pas fait une trop mauvaise journée. Si cela ne vous va pas, bonsoir, je vais ailleurs. Est-ce oui ou non ?

La dispute fut longue, cependant. Jamais ce misérable Nathan n'avait été secoué d'une si rude sorte. Il voyait bien que Véronique n'était pas folle, mais il ne pouvait concevoir qu'une jolie fille voulût se faire laide. Cela renversait toutes ses idées. Puis, il y avait, dans cette pourriture d'homme, un coin phosphoré qui n'était peut-être pas absolument exécrable. Il reculait à la pensée de détruire ce beau visage, de même qu'il aurait hésité, au moins une minute, fût-ce pour un million, à brûler une toile de Léonard[8] ou de Gustave Moreau[9]. L'anéantissement pur et simple d'une richesse de ce genre le confondait.

Ce scrupule, d'ailleurs, se compliquait de plusieurs craintes. Il avait reçu bien des volées dans sa vie, mais la main de Marchenoir, non encore éprouvée, lui semblait plus redoutable que celle du Seigneur, – sans compter le grappin de la justice humaine qui pouvait intervenir aussi et se fourrer curieusement dans ses petites affaires.

Véronique, discernant à merveille ce qui se passait dans cette âme vaseuse, se décida, malgré sa répugnance, à en finir par l'intimidation. – Vous n'avez pas tant balancé, lui dit-elle, quand il s'est agi de la petite Sarah. Je sais par cœur toute cette histoire, et même plusieurs autres. Faites-y bien attention. Allons, soyez raisonnable et ne me laissez pas languir plus longtemps. Encore une fois, il ne vous arrivera rien de fâcheux à cause de moi, je m'y engage, et trois louis sont toujours bons à gagner.

Elle faisait allusion à une abominable affaire d'avortement, où la mère avait failli périr, et qui avait donné beaucoup d'inquiétudes au bel Arthur. Il se décida sur-le-champ, alla chercher l'outil de torture, disposa toutes choses avec des petits mouvements nerveux [10] et, finalement, installa Véronique dans un profond fauteuil de cuir, en pleine clarté.

Elle renversa la tête et montra une double rangée de dents lumineuses, – des dents à mordre les plus durs métaux humains. Le tortionnaire abject, par une dernière impulsion de vague pitié, lui déclara qu'elle allait atrocement souffrir.

– J'y suis préparée, répondit la sainte. J'espère avoir du courage. Je tâcherai de me souvenir que j'ai mérité des souffrances plus grandes encore.

Alors s'accomplit cette horreur. À chaque dent qui s'en allait, la pauvre Véronique, en dépit de sa volonté, poussait un léger cri et ses yeux se remplissaient de larmes, pendant que des ruisseaux de sang écumeux coulaient sur l'épaisse toile du tablier de cuisine que Nathan lui avait ficelé autour du cou.

Quand la mâchoire supérieure fut complètement dégarnie, l'exécuteur dut s'arrêter. L'infortunée avait perdu connaissance et se tordait spasmodiquement. Il fallut la ranimer, étancher le sang qui partait à flots, arrêter l'hémorragie, calmer les nerfs, toutes besognes familières à cet omniscient des basses pratiques chirurgicales. Il exprima son avis de renvoyer à quelques jours la seconde partie de l'opération, dans le secret espoir de ne la voir jamais revenir et d'échapper ainsi à une corvée qui lui déplaisait, ayant, d'ailleurs, soigneusement empoché l'argent. Mais, au bout d'un quart d'heure, l'étonnante martyre lui signifia énergiquement, sans parler, qu'elle voulait que cela continuât.

Rien ne fut plus horrible. L'opérateur gagna son salaire. Les anesthésiques ordinaires étaient sans effet sur ce paquet de nerfs en déroute, effroyablement ébranlés déjà, malgré l'héroïsme de la patiente. La syncope se renouvela cinq à six fois [11], de plus en plus inquiétante. Une minute, Nathan, terrifié, crut au tétanos.

Enfin, le supplice s'acheva, et, peu à peu, reparut l'équilibre. Véronique but un cordial préparé d'avance et souffrant encore d'atroces douleurs, mais redevenue l'impératrice d'elle-même, elle regarda tristement, sur la table, le gisant trésor de l'écrin de sa bouche, vide à jamais, puis, s'approchant d'un miroir, elle poussa un cri, un seul cri funèbre, sur sa beauté dévastée, gémissement de la nature qu'elle ne put réprimer.

Le sordide Nathan, étonné de son propre trouble, balbutiait quelques phrases vaines, alléguant l'espèce de violence qu'il avait subie. C'est alors que la chrétienne, avec une noblesse d'humilité éternellement inintelligible pour les âmes viles, obéissant à cette furie d'abaissement qui est un des caractères de l'amour mystique, ramassa la main de l'immonde bandit, cette main cireuse, boudinée, dans laquelle avaient tenu toutes les crapules, et la baisa, – comme l'instrument de son martyre ! – de ses lèvres sanglantes et déformées.

– Adieu, monsieur Nathan, dit-elle ensuite, d'une voix qu'elle-même ne reconnut plus. Je vous remercie. N'ayez aucune inquiétude. Vous faites souvent de vilaines choses dans votre métier, mais je prierai mon Sauveur pour vous...

*

[XLIII]

Leverdier n'avait guère à raconter à son ami que le bouleversant émoi qu'il avait éprouvé, le lendemain, en revoyant Véronique. Le pauvre garçon avait reçu un coup terrible dont il restait assommé. Cette figure charmante, qui avivait pour lui les grises couleurs de la vie et qui leur versait à tous deux l'espérance, elle n'existait plus. Elle était affreusement, irrémédiablement changée. Il n'y avait plus de beauté du tout. Telle fut, du moins, son impression. C'était vrai qu'il l'avait vue déformée par la fluxion, battue par la souffrance et que, maintenant, après une semaine, ces accidents avaient disparu. Mais cette bouche complètement édentée, il ne pouvait plus la reconnaître, et le souvenir de ce qu'elle avait été la lui faisait paraître épouvantable.

Le premier jour, il s'était trouvé sans parole, privé d'intelligence, asphyxié de douleur, à moitié fou. Il avait fallu que Véronique elle-même le ranimât, lui disant à peu près : C'est moi seule qui ai voulu cette chose. Avais-je un autre moyen d'obéir à la lettre que voici ? Et elle lui avait donné la lettre de Marchenoir, qu'il n'avait pu lire en sa présence, mais qu'il avait emportée chez lui, en prenant la fuite, abruti par l'étonnement, ivre de chagrin et de remords. Car il s'accusait d'être un dépositaire sans vigilance, odieusement infidèle. Il aurait dû deviner, empêcher. Mais aussi, cette lettre était d'un aliéné. Comment Marchenoir, connaissant cette âme excessive, capable de toutes les résolutions, avait-il pu l'écrire ?

Leverdier était en proie à un mélange de désespoir et de rage qui lui faisait, en parlant, sauter le cœur hors de la poitrine. Quelque expérience qu'il crût avoir de ses deux amis, il y avait, malgré tout, certaines choses qu'il ne pouvait pas arriver à comprendre. Si Marchenoir l'eût consulté, il lui eût certainement répondu par le conseil d'épouser, *quand même*, Véronique, et il eût, de toutes ses forces, travaillé à démontrer à Véronique l'absolue nécessité de devenir la femme de Marchenoir.

Point incroyant, mais boiteux de pratique et nullement organisé pour la vie contemplative, il avait été quelque temps sans croire à la pureté de leurs relations. Il avait fallu les affirmations réitérées de son ami, qu'il savait incapable d'hypocrisie, et l'irrécusable évidence de certains faits, pour le persuader. Dans les derniers mois, il avait bien remarqué l'enthousiasme de Marchenoir pour sa compagne, mais n'ayant pas le diagnostic psychologique du père Athanase, il n'avait pas conclu comme lui à la passion amoureuse, n'y voyant qu'une période nouvelle du commun transport religieux qu'il s'était interdit de juger. La lettre à Véronique avait été pour lui comme un flambeau sans réflecteur dans un de ces souterrains où les ténèbres, accumulées et tassées depuis longtemps, ne font que reculer plus épaisses, à trois pas de l'insuffisante lumière qu'elles menacent d'étouffer.

Que signifiait, par exemple, cette jalousie rétrospective chez un homme que ses actes et ses paroles jetaient en dehors de toutes les voies communes, et que l'opinion du monde ne pouvait atteindre ? L'acte charnel touchait-il donc à l'essence même de la femme, que la souillure en dût être ineffaçable à jamais ? Sans doute, ce passé était un irréparable mal, mais, puisqu'on était si terriblement mordu, fallait-il, après tout, sacrifier sa vie pour des fantômes, et se précipiter en enfer, pour échapper à un purgatoire qui eût été le paradis de beaucoup d'hommes moins malheureux ?

Le repentir, la pénitence, la sainteté même n'avaient-ils plus cette vertu tant célébrée de remettre à neuf les pécheurs ? Qu'y avait-il de commun entre la Véronique d'aujourd'hui et la *Ventouse* d'autrefois ? Ah ! il en avait connu des tas de vierges qui n'étaient pas dignes, certes, de lui décrotter sa chaussure ! Et, en supposant qu'il restât quelque chose à souffrir, ce quelque chose pouvait-il entrer en balance avec les tourments inouïs d'une passion sans issue, qui mangerait la cervelle de ce grand artiste, après lui avoir dévoré le cœur ? Enfin, il avait, en amour, des idées de sapeur-pompier, et pensait, en général, qu'il fallait éteindre les incendies, tout d'abord, à quelque prix que ce fût, et puisque le concubinage révoltait ces deux dévots, il concluait, sans hésiter, au sacrement de mariage.

Leverdier refoulait en lui ces pensées, désormais inutiles à exprimer, n'étant pas de ces amis dont la principale affaire consiste à triompher dans leur propre sagesse, en jetant sur les épaules déjà rompues des naufragés, le trésor de plomb de leurs onéreuses récriminations. D'ailleurs, il s'était dit, plusieurs jours de suite, que, sans doute, cette fois, ce serait bien fini, la rage d'amour ! Marchenoir souffrirait, quelque temps, tout ce qu'on peut souffrir, puis cette passion s'éteindrait, faute d'aliment. Une mélancolie supportable s'installerait à sa place et l'esprit reprendrait son équilibre. Véronique, irréparablement enlaidie, deviendrait cette amie très douce, cette compagne bienfaisante des heures de lassitude intellectuelle et de tristesse, cette quasi sœur qu'on avait rêvée et que la jolie femme ne pouvait être.

Elle se trouverait ainsi avoir eu raison, au bout du compte, d'accomplir cette chose qui les faisait, à l'heure actuelle, si durement pâtir. Il ne resterait plus, à la fin, de toutes ces émotions déchirantes, qu'un souvenir d'héroïsme sur les ruines inoffensives de cette beauté, que le plus étonnant miracle de charité avait sacrifiée...

Les deux amis étaient silencieux depuis quelques instants. Marchenoir se leva comme un centenaire, tremblant, pâle, chenu, harassé de vivre, et, d'une voix suffoquée, déclara que c'était assez de discours, qu'il voyait distinctement tout ce qu'il y avait à voir : la cruauté de son imprudence et l'horrible fruit de remords qu'il en récoltait, mais qu'il était temps d'aller consoler la pauvre fille.

— Elle souffre pour moi, dit-il, et non pour elle. Sa personne, elle n'y tient guère, tu as dû le remarquer. Si la paix m'est rendue, elle jugera que tout est très bien et sa joie sera parfaite. Tu ne sais pas, Georges, la qualité du sublime de cette créature. Ce qu'elle vient de faire pour moi, elle l'aurait fait aussi bien pour toi, j'en suis persuadé, ou pour quelque autre, si elle l'avait cru nécessaire... Mais, le remède sera-t-il efficace ? Voilà la question, c'est ma vie qui en dépend et la réponse n'est pas certaine...

Ils étaient dans la rue. Un fiacre les recueillit et ils descendirent ensemble, sans ajouter une parole, le boulevard Montparnasse. Arrivés à l'avenue du Maine et sur le point d'entrer dans la rue de Vaugirard, où s'embranche la rue des Fourneaux, Leverdier sentit que Marchenoir voulait être seul pour un premier tête-à-tête. Il le quitta donc et, planté sur le trottoir, regarda la voiture s'éloigner, jusqu'au moment où elle disparut. Alors, seulement, il s'en alla, comblé de tristesse, l'âme noyée de pressentiments affreux.

*

[XLIV]

Quand Marchenoir sortit de la voiture arrêtée devant sa maison, on aurait pu le prendre pour un de ces agonisants à échéance calculable, que vomissent les voitures numérotées, à l'heure des consultations, sur le seuil dantesque des hôpitaux. Il tremblait tellement en cherchant sa monnaie que le cocher lui offrit de l'aider à monter chez lui. Cela le ranima. Il se hâta d'entrer, ne vit même pas la concierge, que son aspect semblait avoir déconcertée, et gravit l'escalier.

Devant sa porte, il s'étonna de son courage d'être venu jusque-là et s'aperçut, en même temps, qu'il n'en avait plus du tout, qu'il ne se déciderait jamais à entrer et qu'il n'avait plus qu'à s'asseoir sur une marche, en attendant la consommation des siècles. Il se mit à tourner à pas étouffés, comme un félin, sur l'étroit palier, absolument incapable de s'arrêter à une résolution quelconque, les doigts brûlés par la clef qu'il avait tirée de sa poche, dans la voiture, et qu'il tenait à la main depuis un quart d'heure, déplorant amèrement l'absence de Leverdier, qu'il se maudissait pour avoir laissé partir.

Tout à coup, il entendit monter au-dessous de lui et reconnut, avec certitude, le pas de Véronique. Épouvanté à l'idée d'un rapatriement sur cette voie publique où vingt locataires inconnus pouvaient apparaître, il ouvrit brusquement la porte et se jeta dans l'appartement comme dans une citadelle. La jeune femme revenait, en effet, de la chapelle des Lazaristes de la rue de Sèvres, où elle allait, tous les matins, entendre la messe à sept heures, quelque temps qu'il fît. Marchenoir, qui l'accompagnait pourtant, d'ordinaire, avait oublié cette circonstance.

Quand elle parut, cet homme si fort eut les jambes fauchées. Il s'abattit sur le carreau, et tendit vers elle ses deux mains, en remuant les lèvres, sans pouvoir articuler un mot. Véronique courut à lui, l'enveloppa de ses bras et, le relevant, le contraignit à s'asseoir. Elle-même, s'agenouillant, à ses pieds, – par une impulsion d'humilité et de tendresse qui rappelait leur première entrevue, – le regarda, accoudée sur lui.

– Chère victime, dit-il, avec la douceur d'une commisération infinie, qu'as-tu fait ?

– Pardonne-moi, bien-aimé, répondit-elle, j'ai voulu t'obéir et te sauver. Ah ! j'aurais souffert bien davantage, s'il l'avait fallu !... Pleure à ton aise, pauvre cœur, Dieu te consolera.

Alors, entendant cette voix changée par la torture, qui se faisait amoureuse par charité, il se détendit et se brisa. Il l'attira sur ses genoux et, lui cachant le visage dans ses bras et sur sa poitrine, il sanglota éperdument. Ce fut une de ces rafales de pleurs, comme il en avait eu si souvent, et qui, déjà, tant de fois, l'avaient délivré des suggestions du désespoir. Longtemps, ses larmes, grossies par tous les orages intérieurs qui avaient précédé cet instant, roulèrent en ruisseaux sur la tête mutilée de la martyre qui se fondait elle-même, de compassion, blottie, comme une hirondelle, contre la paroi de ce sein mouvant.

À la fin, voyant que la crise s'affaiblissait et qu'un peu de calme allait revenir, elle se dégagea doucement, alla tremper son mouchoir dans l'eau fraîche et, avec des mouvements maternels, vint baigner et essuyer les yeux de son ami.

— Maintenant, cher malade, lui dit-elle, en le baisant au front, je vais vous conduire dans votre chambre. Vous vous étendrez sur votre lit et vous dormirez quelques heures. Vous devez en avoir besoin... Ne me regardez pas de cet air navré. Vous vous ferez à ma nouvelle figure, et vous finirez par la trouver très convenable. Je vous assure que je me trouve aussi belle qu'avant. C'est une habitude à prendre. Allons, monsieur le saule pleureur, allongez les jambes, voici deux couvertures, un oreiller pour votre tête et je tire les rideaux. Quand vous vous réveillerez, votre servante vous aura fait un bon feu, un bon petit déjeuner et votre ange gardien aura chassé votre gros chagrin.

Marchenoir, complètement épuisé, s'était laissé faire comme un enfant et dormait déjà.

Véronique, retirée dans l'autre chambre, alla se prosterner devant l'immense crucifix qu'il lui avait acheté, sur sa demande, rue Saint-Sulpice, en un jour de richesse, procréation d'un art abject que la piété de la thaumaturge transfigurait en chef-d'œuvre.

— Mon doux Sauveur, murmura-t-elle, ne vous fâchez pas contre moi. Vous voyez bien que j'ai fait ce que j'ai pu. Mon confesseur m'a blâmée très sévèrement de ce qu'il appelle un zèle téméraire et je dois croire que vous lui avez inspiré ce blâme. Il m'a dit que j'avais mal compris votre précepte d'arracher soi-même ses propres membres, quand ils deviennent une occasion de scandale [1], et cela se peut bien, puisque je suis une fille pleine d'ignorance. Mais, mon Jésus, si je me suis trompée, ne jugez que mon intention et prenez pitié de ce malheureux qui a exposé sa vie pour me donner à vous. Si je dois lui être un obstacle, détruisez-moi plutôt, faites-moi mourir, je vous en supplie par votre divine Agonie et les mérites de tous vos saints ! Je n'ai que ma vie à vous offrir, vous le savez, puisque je n'ai pas d'innocence et que je suis la plus grande pauvresse du monde !...

*

[XLV]

C'était l'heure où la pire brute, assouvie de son repos, sort de ses antres et coule à pleines rues dans tout Paris. La besogneuse pécore aux millions de pieds, coureuse d'argent ou de luxure, mugissait aux alentours, dans cet excentrique quartier. Le prolétaire souverain, à la *gueule de bois*, s'élançait de son chenil vers d'hypothétiques ateliers ; l'employé subalterne, moins auguste, mais de gréement plus correct, filait avec exactitude sur d'imbéciles administrations ; les gens d'affaires, l'âme crottée de la veille et de l'avant-veille, couraient, sans ablutions, à de nouveaux tripotages ; l'armée des petites ouvrières déambulait à la conquête du monde, la tête vide, le teint chimique, l'œil poché des douteuses nuits, brimbalant avec fierté de cet arrière-train autoclave, où s'accomplissent, comme dans leur vrai cerveau, les rudimentaires opérations de leur intellect. Toute la vermine parisienne grouillait en puant et déferlait, dans la clameur horrible des bas négoces du trottoir ou de la chaussée. Qui donc se fût avisé de soupçonner là, derrière une de ces murailles de rapport dont s'éloigne en gémissant l'ange à pans coupés de l'architecture, une mystique véritable, une Thaïs repentie [1], une furie de miséricorde et de prière, comme il ne s'en voit plus depuis des siècles ? Et qui donc, l'apprenant, n'aurait pas éclaté de ce rire de graisse qui déculotte les peuples sages, venus à point pour être fustigés ?

L'action qu'elle venait d'accomplir, cette simple chrétienne, était aussi parfaitement inintelligible pour ses contemporains que pourrait l'être la Transfiguration du Seigneur aux yeux d'un hippopotame vaquant à son bourbier. Une si haute température d'enthousiasme répugne invinciblement à la fuyante queue de maquereau de cette fin de siècle. Jamais, sans doute, dans aucune société, l'héroïsme ne fut aussi généralement cocufié par la nature humaine, depuis six mille ans que ce rare pèlerin d'amour est forcé de concubiner avec elle.

Le christianisme, quand il en reste, n'est qu'une surenchère de bêtise ou de lâcheté. On ne vend même plus Jésus-Christ, on le *bazarde*, et les pleutres enfants de l'Église se tiennent humblement à la porte de la Synagogue, pour mendier un petit bout de la corde de Judas qu'on leur décerne, enfin, de guerre lasse, avec accompagnement d'un nombre infini de coups de souliers.

Si la pauvre fille avait dû être jugée, ce n'est, assurément, ni par les hérétiques ni par les athées qu'elle eût été le plus rigoureusement condamnée. Ceux-là se fussent contentés de la gratifier, en passant, de quelques pelletées d'ordures [2]. Mais les catholiques l'eussent dépecée pour en engraisser leurs cochons, – aucune chose, à l'exception du génie, n'étant aussi férocement détestée que l'héroïsme, par les titulaires actuels de la plus héroïque des doctrines.

Ce qu'ils nomment *vie spirituelle*, par un étrange abus du dictionnaire, est un programme d'études fort compliqué et diligemment enchevêtré par de spéciaux marchands de soupe ascétique, en vue de concourir à l'abolition de la nature humaine. La devise culminante des maîtres et répétiteurs paraît être le mot *discrétion*, comme dans les agences matrimoniales. Toute action, toute pensée non prévue par le programme, c'est-à-dire toute impulsion naturelle et spontanée, quelque magnanime qu'elle soit, est regardée comme *indiscrète* et pouvant entraîner une réprobatrice radiation.

Donner son porte-monnaie à un homme expirant d'inanition, par exemple, ou se jeter à l'eau pour sauver un pauvre diable, sans avoir, auparavant, consulté son directeur et fait, au moins, une retraite de neuf jours, telles sont les plus dangereuses indiscrétions que puisse inspirer l'orgueil. Le *scrupule* dévot, à lui seul, exigerait une seconde Rédemption.

Les catholiques modernes, monstrueusement engendrés de Manrèze [3] et de Port-Royal, sont devenus, en France, un groupe si fétide que, par comparaison, la mofette [4] maçonnique ou anticléricale donne presque la sensation d'une paradisiaque buée de parfums, et Dieu sait pourtant que, de ce côté-là, les intelligences et les cœurs n'ont plus grand'chose à recevoir, maintenant, pour leur porcine réintégration, de l'animale Circé matérialiste !

Il est vrai qu'on n'a pas encore abattu toutes les croix, ni remplacé les cérémonies du culte par des spectacles antiques de prostitution. On n'a pas non plus tout à fait installé des latrines et des urinoirs publics dans les cathédrales transformées en tripots ou en salles de café-concert. Évidemment, on ne traîne pas assez de prêtres dans les ruisseaux, on ne confie pas assez de jeunes religieuses à la sollicitude maternelle des *patronnes* de lupanars de barrière. On ne pourrit pas assez tôt l'enfance, on n'assomme pas un assez grand nombre de pauvres, on ne se sert pas encore assez du visage paternel comme d'un crachoir ou d'un décrottoir... Sans doute. Mais toutes ces choses sont sur nous et peuvent déjà être considérées comme venues, puisqu'elles arrivent comme la marée et que rien n'est capable de les endiguer.

Le mal [5] est plus universel et paraît plus grand, à cette heure, qu'il ne fut jamais, parce que, jamais encore, la civilisation n'avait pendu si près de terre, les âmes n'avaient été si aviles, ni le bras des maîtres si débile. Il va devenir plus grand encore. La République des Vaincus n'a pas mis bas toute sa ventrée de malédiction.

Nous descendons spiralement, depuis quinze années, dans un vortex d'infamie, et notre descente s'accélère jusqu'à perdre la respiration [6]. Nous allons maintenant, comme la tempête, sans aucune chance de retour, et chaque heure nous fait un peu plus bêtes, un peu plus lâches, un peu plus abominables devant le Seigneur Dieu, qui nous regarde des enfoncements du ciel !...

Joseph de Maistre disait, il y a plus d'un siècle, que l'homme est trop méchant pour mériter d'être libre [7].

Ce Voyant était un contemporain de la Révolution dont il contemplait, en prophète, la grandiose horreur, et il lui parlait face à face.

Il mourut dans l'épouvante et le mépris de ce colloque, en prononçant l'oraison funèbre de l'Europe civilisée.

Il n'aurait donc rien de plus à dire aujourd'hui, et les finales porcheries de notre dernière enfance n'ajouteraient absolument rien à la terrifiante sécurité de son diagnostic.

Eh bien ! quand toutes les menaces de la crapule antireligieuse auront enfin crevé sur nous, comme les nuées d'un sale déluge, quand la société soi-disant chrétienne, irréparablement désagrégée, s'en ira, comme une flotte d'épaves nidoreuses [8], sur le liquide phosphoré qui aura submergé la terre, que sera-ce auprès du monstre déjà formé, dont la raison s'épouvante, et qui règne en accroupi despote sur le stérile fumier de nos cœurs ?

Il n'y a que deux sortes d'immondices : les immondices des bêtes et les immondices des esprits.

Or, c'est une puanteur bien subalterne que la boue révolutionnaire et anticléricale. Elle est fabuleusement surannée et plus vieille encore que le christianisme. Elle coule des parties basses de l'humanité depuis soixante siècles et a usé des pelles et des balais, à payer la rançon d'un roi de vidangeurs.

C'est un inconvénient de ce triste monde, une simple affaire de voirie et d'assainissement pour les diligentes autorités qui ont à cœur la santé publique. Il faut que la brute suive sa loi et le mal est à peu près nul aussi longtemps que ces autorités ne décampent pas. Et, même alors qu'elles ont décampé, le mal se coule en persécution pour se transformer en gloire.

Les injures bestiales, les goitreux défis, les sacrilèges stupides, les idiotes atrocités de nègres échappés au bâton et tremblants d'y retourner, tout cela est peu de chose et ne contamine essentiellement ni la vérité ni la justice.

Depuis le Calvaire et le Mont des Oliviers, il n'y a rien qui n'ait été tenté par l'interne pourceau du cœur de l'homme, contre cette excessive magnificence de la Douleur.

L'invention n'est plus possible et les Galilée ou les Edison de la fripouillerie démocratique y perdraient leur génie. Rabâchage de séculaires rengaines, recopie sempiternelle de farces immémorialement décrépites, remâchement de salopes facéties dégobillées par d'innumérables générations de gueules identiques, parodies éculées depuis deux mille ans, on n'imagine rien de plus.

Il est probable que les Juifs étaient plus forts, d'abord pour avoir été les initiateurs et, peut-être aussi, parce qu'ayant à faire souffrir l'Homme qui devait assumer toute expiation, ils savaient des choses dont l'épaisse ignorance des blasphémateurs actuels n'a même pas le soupçon.

Ce qui est vraiment épouvantable, c'est l'immondicité des esprits.

Les Pieds du Christ ne peuvent pas être souillés, mais seulement sa Tête, et cette besogne d'iniquité idéale est le choix inconscient ou pervers de la multitude de ses *amis*.

Le Christ, ne pouvant plus donner à ceux qu'il nomma ses frères aucun surcroît de grandeur, leur laisse au moins la majesté terrible du parfait outrage qu'ils exercent sur Lui-même. Il s'abandonne jusque-là et se laisse traîner au dépotoir.

Les catholiques déshonorent leur Dieu, comme jamais les juifs[9] et les plus fanatiques antichrétiens ne furent capables de le déshonorer.

L'imbécile rage des ennemis conscients de l'Église fait pitié. Le boniment légendaire des souterraines conspirations jésuitiques, romantiquement organisées par des cafards nauséeux, mais pleins de génie, peut encore agir sur le populo, mais commence à perdre crédit partout ailleurs, ce qui étonne d'une si énorme sottise. Les calomnies stupides ont ordinairement la vie plus dure. Déjetées, savetées [10], éculées, indécrottables et inépousables, elles subsistent, immortellement juteuses.

Il est vrai que les catholiques ont pris eux-mêmes à forfait leur propre ignominie, et voilà ce qui supplante un nombre infini de venimeuses gueules. C'est l'enfantillage voltairien d'accuser ces pleutres de *scélératesse*. La surpassant horreur, c'est qu'ils sont MÉDIOCRES.

Un homme couvert de crimes est toujours intéressant. C'est une cible pour la Miséricorde. C'est une unité dans l'immense troupeau des boucs pardonnables, pouvant être blanchis pour de salutaires immolations [11].

Il fait partie intégrante de la matière rachetable, pour laquelle il est enseigné que le Fils de Dieu souffrit la mort. Bien loin de rompre le plan divin, il le démontre, au contraire, et le vérifie expérimentalement par l'ostentation de son effroyable misère.

Mais l'innocent *médiocre* renverse tout.

Il avait été *prévu*, sans doute, mais tout juste, comme la pire torture de la Passion, comme la plus insupportable des agonies du Calvaire.

Celui-là soufflette le Christ d'une façon si suprême et rature si absolument la divinité du Sacrifice qu'il est impossible de concevoir une plus belle preuve du Christianisme que le miracle de sa durée, en dépit de la monstrueuse inanité du plus grand nombre de ses fidèles !

Ah ! on comprend l'épouvante, la fuite éperdue du XIXe siècle, devant la Face ridicule du Dieu qu'on lui offre et on comprend aussi sa fureur !

Il est bien bas, pourtant, ce voyou de siècle, et n'a guère le droit de se montrer difficile ! Mais, précisément parce qu'il est ignoble, il faudrait que l'ostensoir de la Foi fût archisublime et fulgurât comme un soleil...

Veut-on savoir comme il fulgure ? Voici.

*

[XLVI]

On s'aperçut un jour, il y a trois cents ans, que la Croix sanglante avait trop longtemps obombré la terre. Le déballage de luxure qu'on a voulu nommer la Renaissance venait de s'inaugurer, quelques pions germaniques ou cisalpins ayant divulgué qu'il ne fallait plus souffrir. Les mille ans d'extase résignée du Moyen Âge reculèrent devant la croupe de Galathée [1].

Le XVIe siècle fut un équinoxe historique, où l'idéal bafoué par les giboulées du sensualisme s'abattit enfin, racines en l'air. Le spirituel christianisme, sabordé dans ses méninges, saigné au tronc des carotides, vidé de sa plus intime substance, ne mourut pas, hélas ! Il devint idiot et déliquescent dans sa gloire percée.

Ce fut une convulsion terrible pendant cent ans, accompagnée d'un infiniment inutile et lamentable rappel des âmes. Notre circulante sphère parut rouler au travers des autres planètes comme un arrosoir de sang. Mais le martyre même ayant perdu sa vertu, la vieille bourbe originelle fut réintégrée triomphalement, toutes les portes des étables furent arrachées de leurs gonds et l'universelle porcherie moderne commença son bréneux exode.

Le christianisme, qui n'avait su ni vaincre ni mourir, fit alors comme tous les conquis. Il reçut la loi et paya l'impôt. Pour subsister, il se fit agréable, huileux et tiède. Silencieusement, il se coula par le trou des serrures, s'infiltra dans les boiseries, obtint d'être utilisé comme essence onctueuse pour donner du jeu aux institutions et devint ainsi un condiment subalterne, que tout cuisinier politique put employer ou rejeter à sa convenance. On eut le spectacle, inattendu et délicieux, d'un christianisme *converti* à l'idolâtrie païenne, esclave respectueux des conculcateurs [2] du Pauvre, et souriant acolyte des phallophores.

Miraculeusement édulcoré, l'ascétisme ancien s'assimila tous les sucres et tous les onguents pour se faire pardonner de ne pas être précisément la volupté, et devint, dans une religion de tolérance, cette chose plausible qu'on pourrait nommer le *catinisme* de la piété[3]. Saint François de Sales apparut, en ces temps-là, juste au bon moment, pour tout enduire. De la tête aux pieds, l'Église fut collée de son miel, aromatisée de ses séraphiques pommades[4]. La Société de Jésus, épuisée de ses trois ou quatre premiers grands hommes et ne donnant déjà plus qu'une vomitive resucée de ses apostoliques débuts, accueillit avec joie cette parfumerie théologique, où la gloire de Dieu, définitivement, s'achalanda. Les *bouquets spirituels*[5] du prince de Genève furent offerts par de caressantes mains sacerdotales aux explorateurs du Tendre, qui dilatèrent aussitôt leur géographie pour y faire entrer un aussi charmant catholicisme... Et l'héroïque Moyen Âge fut enterré à dix mille pieds !...

On est bien forcé d'avouer que c'est tout à fait fini, maintenant, le spiritualisme chrétien, puisque, depuis trois siècles, rien n'a pu restituer un semblant de verdeur à la souche calcinée des vieilles croyances. Quelques formules sentimentales donnent encore l'illusion de la vie, mais on est mort, en réalité, vraiment mort. Le Jansénisme, cet infâme arrière-suint de l'émonctoire[6] calviniste, n'a-t-il pas fini par se pourlécher lui-même, avec une langue de Jésuite[7] sélectivement obtenue, et la racaille philosophique n'a-t-elle pas fait épouser sa progéniture aux plus hautes nichées du gallicanisme ? La Terreur elle-même, qui aurait dû, semble-t-il, avoir la magnifiante efficacité des persécutions antiques, n'a servi qu'à rapetisser encore les chrétiens qu'elle a *raccourcis*.

Pour sa peine d'avoir égorgé la simple Colombe qui planait dans les cieux d'or des légendes, l'Art perdit ses propres ailes et devint le compagnon des reptiles et des quadrupèdes. Les extra-corporelles Transfixions des Primitifs dévalèrent, dans l'ivresse charnelle de la forme et de la couleur, jusqu'aux vierges de pétrin de Raphaël. Arrivée à cette brute de suavité stupide et de fausse foi, l'esthétique religieuse fit un dernier bond prodigieux et disparut dans l'irrévocable liquide que de séniles générations catholiques avaient sécrété.

Aujourd'hui, le Sauveur du monde crucifié appelle à lui tous les peuples à l'étalage des vitriers de la dévotion, entre un Évangéliste coquebin [8] et une Mère douloureuse trop avancée. Il se tord correctement sur de délicates croix, dans une nudité d'hortensia pâle ou de lilas crémeux, décortiqué, aux genoux et aux épaules, d'identiques plaies vineuses exécutées sur le type uniforme d'un panneau crevé. – Genre italien, affirment les marchands de mastic.

Le genre français, c'est un Jésus glorieux, en robe de brocart pourpré, entr'ouvrant, avec une céleste modestie, son sein, et dévoilant, du bout des doigts, à une visitandine enfarinée d'extase, un énorme cœur d'or couronné d'épines et rutilant comme une cuirasse.

C'est encore le même Jésus plastronné, déployant ses bras pour l'hypothétique embrassement de la multitude inattentive ; c'est l'éternelle Vierge sébacée, en proie à la même recette de désolation millénaire [9], tenant sur ses genoux, non seulement la tête, mais le corps entier d'un minable Fils, décloué suivant de cagneuses formules. Puis, les innumérables Immaculées Conceptions de Lourdes, en premières communiantes azurées d'un large ruban, offrant au ciel, à mains jointes, l'indubitable innocence de leur émail et de leur carmin.

Enfin, la tourbe polychrome des élus : les saints Joseph, nourriciers et frisés, généralement vêtus d'un tartan rayé de bavures de limaces, offrant une fleur de pomme de terre à un poupon bénisseur ; les saints Vincent de Paul en réglisse, ramassant, avec une allégresse réfrénée, de petits monstres en stéarine, pleins de gratitude ; les saints Louis de France ingénus, porteurs de couronnes d'épines sur de petits coussins en peluche ; les saints Louis de Gonzague [10], chérubinement agenouillés et cirés avec le plus grand soin, les mains croisées sur le virginal surplis, la bouche en cul de poule et les yeux noyés ; les saints François d'Assise, glauques ou céruléens, à force d'amour et de continence, dans le pain d'épices de leur pauvreté ; saint Pierre avec ses clefs, saint Paul avec son glaive, sainte Marie-Madeleine avec sa tête de mort, saint Jean-Baptiste avec son petit mouton, les martyrs palmés, les confesseurs mitrés, les vierges fleuries, les papes aux doigts spatulés d'infaillibles bénédictions, et l'infinie cohue des pompiers de chemins de croix.

Tout cela conditionné et tarifé sagement, confortablement, commercialement, économiquement. Riches ou pauvres, toutes les paroisses peuvent s'approvisionner de pieux simulacres en ces bazars, où se perpétue, pour le chaste assouvissement de l'œil des fidèles, l'indéracinable tradition raphaélique. Ces purgatives images dérivent, en effet, de la grande infusion détersive des *madonistes*[11] ultramontains. Les avilisseurs italiens du grand Art mystique furent les incontestables ancêtres de ce crépi. Qu'ils eussent ou non le talent divin qu'on a si jobardement exalté sur les lyres de la rengaine, ils n'en furent pas moins les matelassiers du lit de prostitution où le paganisme[12] fornicateur vint dépuceler la Beauté chrétienne. Et voilà leur progéniture !

La Dispute du Saint Sacrement[13] devait inéluctablement aboutir, en moins de trois siècles, à l'émulation fraternelle des plâtriers de Saint-Sulpice, – qui feraient aujourd'hui paraître orthodoxe et sainte la plus sanguinaire iconoclastie !

Et la littérature est à l'avenant. Ah ! la littérature catholique ! C'est en elle, surtout, que se vérifie, jusqu'à l'éblouissement, le stupre inégalable de la décadence ! Son histoire est, d'ailleurs, infiniment simple.

Après un tas de siècles pleins de liberté et de génie, Bossuet apparaît enfin qui confisque et cadenasse à jamais, pour la gloire de son calife, dans une dépendance ergastulaire[14] du sérail de la monarchie, toutes les forces génitales de l'intellectualité française. Ce fut une opération politique assez analogue aux précédents élagages de Louis XI et de Richelieu. Ce qu'on avait fait pour les vassaux redoutés du Roi Très-Chrétien, l'aigle domestiqué du diocèse de Meaux l'accomplit pour la féodalité plus menaçante encore de la pensée [15]. À dater de ce coupeur, silence absolu, infécondité miraculeuse.

Toute philosophie religieuse dut se configurer à la sienne et l'on a vu cet inconcevable sacrilège d'un immense clergé, le cul par terre sur l'Hostie sainte et la tête perdue dans le bas vallon de sa soutane, adorativement prosterné devant une perruque pourrie, en obéissance posthume à la consigne épiscopale d'un valet de cour. Cela pendant deux cents ans, depuis 1682 [16] jusqu'à nos imbéciles jours.

L'abortive culture des séminaires n'atteignit pas cependant, du premier coup, son solstice d'impuissance. Il fallut que l'hostilité grandissante des temps modernes fît comprendre, peu à peu, à cette milice, la nécessité d'être couarde, et la sublime sagesse de décamper en jetant ses armes aux pieds de l'ennemi. À chaque fois que l'impiété se montrait plus insolente ou l'antagonisme philosophique mieux équipé, l'enseignement religieux se rétrécissait d'autant et le sacerdoce rentrait ses cornes. Le télescope théologique se rapetissait en avalant ses tubes, dans l'inexpugnable espérance de n'avoir plus d'étoiles à découvrir.

Alors, dans la pénombre des garennes apostoliques, sous la plafonnante envergure de l'oie gallicane, on pâturait voluptueusement la moisissure du vieux schisme archidécédé. Toute la tradition chrétienne étant réputée tenir dans les tomes appareillés du sublime évêque, et celui-là même résumant l'Église universelle en son ombilic, – puisqu'il avait fallu qu'il en fît un tapis de pieds pour son royal maître – qu'avait-on besoin d'autre autorité et que pouvait tenter, après cela, l'esprit humain démonétisé ?

La rature devint infinie. Tout ce qui s'est accompli depuis le XVIIe siècle y passa. La pédagogie catholique, pour se châtier d'avoir accordé naguère une estime folâtre à la créature de Dieu, décida de se cantonner éperdument et à jamais dans le catafalque du « grand siècle ». Donc, défense absolue d'écrire autre chose que des imitations de ce corbillard, et fulminant anathème contre la plus obscure velléité de s'en affranchir.

La plus inouïe des littératures est résultée de ce blocus. C'est à se demander, vraiment, si Sodome et Gomorrhe que Jésus, dans son Évangile, a déclarées « tolérables [17] », ne furent pas saintes et d'odeur divine, en comparaison de ce cloaque d'innocence.

Le grand jour approche! – La vie n'est pas la vie, – Le Seigneur est mon partage, – Où en sommes-nous? – L'éclair avant la foudre, – L'horloge de la passion, – Le ver rongeur, – Gouttes de rosée, – Pensez-y bien! – Le beau soir de la vie, – L'heureux matin de la vie, – Au ciel on se reconnaît, – L'échelle du ciel, – Suivez-moi et je vous guiderai, – La manne de l'âme, – L'aimable Jésus, – Que la religion est donc aimable! – Plaintes et COMPLAISANCES du Sauveur, – La vertu parée de tous ses charmes, – Marie, je vous aime, – Marie mieux connue, – Le catholique dans toutes les positions de la vie[18], etc. Tels sont les titres qui sautent à l'œil, aussitôt qu'on regarde une boutique de livres dévots.

Et il ne faudrait pas se hâter de croire à d'insignifiantes plaquettes. *L'aimable Jésus*, à lui seul, a trois volumes. La bêtise de ces ouvrages correspond exactement à la bêtise de leurs titres. Bêtise horrible, tuméfiée et *blanche*! C'est la lèpre neigeuse du sentimentalisme religieux, l'éruption cutanée de l'interne purulence accumulée en une douzaine de générations putrides qui nous ont transmis leur farcin [19]!

Une inqualifiable librairie de la rue de Sèvres vend ceci, par exemple : *Indicateur de la ligne du ciel*[20]. Un tout petit papier de la dimension d'un paroissien, pour y être inséré comme une pieuse image. La première page offre précisément la vue consolante d'un train de chemin de fer, sur le point de s'engouffrer dans un tunnel, au travers d'une petite montagne semée de tombes. C'est « le tunnel de la mort » au delà duquel se trouve « le Ciel, l'Éternité bienheureuse, la *Fête* du Paradis ». Ces choses sont expliquées en trois pages minuscules de cette écriture liquoreusement joviale, que le journal *le Pèlerin* a propagée jusqu'aux derniers confins de la planète, et qui paraît être le dernier jus littéraire de la saliveuse caducité du christianisme. On prend son billet d'aller *sans retour*, au guichet de la Pénitence, on paie en bonnes œuvres, qui servent en même temps de bagages, il n'y a pas de wagons-lits, et les trains les plus rapides sont précisément ceux où l'on est le plus mal. Enfin, deux locomotives : l'*amour* en tête, et la *crainte* en queue. « En voiture, *Messieurs*, en voiture ! » Le bienveillant opuscule nous laisse malheureusement ignorer si les dames sont admises, s'il leur est accordé de faire un léger *persil* [21], ou s'il est loisible d'organiser des bonneteaux, comme dans les trains de banlieue. Ce candide blaguoscope n'a l'air de rien, n'est-ce pas [22] ! C'est le hoquet de l'agonie pour la Foi chrétienne, d'abord, ensuite pour toute la spiritualité de ce monde qu'elle a engendré, dont elle est l'unique substrat, et qui ne lui survivra pas un quart d'heure.

Mais que penser d'un clergé qui tolère ou encourage cette pollution du troupeau qu'on lui a confié, qui prend pour de l'humilité l'enfantillage du crétinisme le plus abject, et que la plus timidement conjecturale hypothèse de l'existence d'un art moderne transporte d'indignation ?

Retranché dans les infertiles glaciers du siècle de Louis XIV, les plus hautes têtes contemporaines ont passé devant lui, sans mieux obtenir qu'un outrage ou une dédaigneuse constatation. Des écrivains de la plus curative magnitude se sont offerts pour infuser un peu de sang jeune à la carcasse desséchée de leur aïeule. Ils en ont été reniés, maudits, placardés d'immondices :
– C'est vous qui êtes centenaires et décrépits ! leur crie-t-elle de sa gueule vide, et le seul grand artiste qui ait honoré sa boutique depuis trente ans, Jules Barbey d'Aurevilly, est mis au pilon sur un ordre formel de l'Archevêché de Paris [23].

Il est vrai qu'elle a ses grands écrivains, l'Église gallicane tombée en enfance ! Elle arbore, par exemple, au plus haut de sa corniche, un évêque non moindre que le schismatique Dupanloup, dont les écœurantes grisailles sur l'*Éducation* la font clignoter [24], comme si c'étaient des torrents de pourpre. Ce porte-mitre, qui fut la honte de l'épiscopat le plus médiocre qu'on ait jamais vu, est considéré comme un porte-foudre intellectuel par ceux-la mêmes qui méprisent l'étonnante bassesse de son caractère. *De Pavone Lupus factus*, disait-on à Rome pendant le Concile, en décomposant le nom de Mademoiselle sa mère [25]. On a beau savoir l'insolence tyrannique et l'incurie pleine de faste de ce pasteur aux *douze* vicaires généraux, qui ne put jamais résider dans son diocèse, on a beau connaître la turpitude de ses intrigues politiques et l'immonde hypocrisie du révolté qui trahissait l'Église universelle, en protestant de son désir filial de « ne pas exposer le Pape à l'humiliation d'un vote incertain [26] », n'importe ! on le vénère comme un maître, et la dysenterie littéraire de ce Trissotin violet, dont le plus infime journaliste hésiterait à signer les livres, passe, dans le monde catholique, pour le débordement du génie.

Infiniment au-dessous de ce prélat, resplendissent comme elles peuvent, des améthystes inférieures et de subalternes crosses : les Landriot, les Gerbet, les Ségur, les Mermillod, les La Bouillerie, les Freppel [27], infertiles époux de leurs églises particulières et glaireux amants d'une muse en fraise de veau, qui leur partage ses faveurs.

Puis des soutaniers sans nombre : les Gaume, les Gratry, les Pereyve, les Chocarne, les Martin, les Bautain, les Huguet, les Noirlieu, les Doucet, les Perdrau, les Crampon [28], tout un fourmillement noir sur la rhétorique décomposée des siècles défunts. On peut en empiler cinquante mille de ces cerveaux, et faire l'addition. Le total ne fournira pas l'habillement complet d'une pauvre idée.

Du côté des laïques, on exhibe à l'admiration du bon fidèle un assortiment considérable de cuistres guindés comme des pendus et arides comme les montagnes de la lune, tels que Poujoulat, Montalembert, Ozanam, Falloux, Cochin, Nettement, Nicolas, Aubineau, Léon Gautier[29], historiens ou philosophes, hommes politiques ou simples conférenciers. C'est la voix lactée du firmament littéraire. Ces roussins de l'esthétique religieuse ont confisqué la pensée humaine et l'ont coffrée dans la geôle obscure des petites convenances et des solennelles rengaines du grand siècle. Nul n'est admis à subsister sans leur permission, et le plus grand art qui fut jamais, le Roman moderne, en qui s'est résorbée toute conception[30], est jugé comme rien du tout, quand ils apparaissent.

Mais le phénix d'entre ces volailles, c'est Henri Lasserre[31], le Benjamin du succès. Il devient inutile de regarder les autres, aussitôt que ce virtuose entre en scène, puisqu'il résume, en sa personne, l'onction des pontifes, le pédantisme chenu des hauts critiques et la graisseuse faconde des hagiographes. Il ajoute à ces dons si rares le surcroît tout personnel d'une suffisance de Gascon[32] à décourager toutes les Garonnes. C'est un commis voyageur dans la piété, un Gaudissart du miracle, qui place, mieux que pas un, ses petites guirlandes virginales en papier d'azur. Aussi, la plus incontinente fortune s'est hâtée d'accourir vers cet audacieux accapareur, qui débitait la Vierge Marie dans les boutiques et dans les marchés. Il n'a fallu rien moins que le triomphe presque divin de Louis Veuillot pour contre-balancer un tel crédit, – et le pur contemplatif, Ernest Hello, est mort ignoré, dans le resplendissement de leurs deux gloires.

Il est vrai encore que la même main rémunératrice retient, sur le cœur fossile de cette Église hantée du néant, le vétuste Pontmartin[33], rossignol de catacombe dont l'eunuchat réfrigère opportunément les préhistoriques ardeurs. Il n'est pas moins véritable qu'on ramasse à la bouche du collecteur, où il sophistiquait le guano, un Léo Taxil[34], désormais adjudant de Dieu et tambouriné prophète.

Enfin, les pasteurs des âmes fertilisent de leurs bénédictions *la bonne presse*, instituée par Louis Veuillot pour l'inexorable déconfiture des établissements de bains de la pensée. Après cela, porte close. Haine, malédiction, excommunication et damnation sur tout ce qui s'écartera des paradigmes traditionnels...

« Le clergé saint fait le peuple vertueux, – a dit un homme puissant en formules [35], – le clergé vertueux fait le peuple honnête, *le clergé honnête fait le peuple* IMPIE. » Nous en sommes au clergé honnête et nous avons des prédicateurs tels que le P. Monsabré [36].

On a fait à ce misérable la réputation d'un grand orateur. Or, ce piètre thomiste, cet écolâtre exaspérant, systématiquement hostile à toute spontanée illumination de l'esprit, n'a ni une idée, ni un geste, ni une palpitation cordiale, ni une expression, ni une émotion. C'est un robinet d'eau tiède en sortant, glacée quand elle tombe. Et il lui faut toute une année pour nous préparer ces douches !

Il se trouve des naïfs que cette vacuité stupéfie. Mais c'est comme cela qu'on les fabrique tous, depuis longtemps, les annonciateurs du Verbe de Dieu !

Une glaire sulpicienne qu'on se repasse de bouche en bouche depuis deux cents ans, formée de tous les mucus de la tradition et mélangée de bile gallicane recuite au bois flotté du libéralisme ; une morgue scolastique à défrayer des millions de cuistres ; une certitude infinie d'avoir inhalé tous les souffles de l'Esprit-Saint et d'avoir tellement circonscrit la Parole que Dieu même, après eux, n'a plus rien à dire. Avec cela, l'intention formelle, quoique inavouée, de n'endurer aucun martyre et de n'évangéliser que très peu de pauvres ; mais une condescendante estime pour les biens terrestres, qui réfrène en ces apôtres le zèle chagrin de la remontrance et les retient de contrister l'opulente bourgeoisie qui pavonne [37] au pied de leur chaire. Tout juste la dose congrue, – presque impondérable, – de bave amère, sur les délicates fleurs du Grand Livre [38], pour lesquelles fut inventée la distinction laxative du *précepte* et du *conseil* [39]. Enfin l'éternelle politique régénératrice, l'inamovible gémissement sur les spoliations de la Libre Pensée et l'incommutable anxiété de

péroraison sur l'avenir présumé de la *chère* patrie...
Quand on entend autre chose, c'est qu'on a la joie d'être
sourd ou l'irrévérencieuse consolation de dormir.

Le P. Monsabré est incontestablement le sujet le plus
réussi, et les bonnes maisons où se conditionne l'article
travaillent, présentement, à lui manufacturer d'innombrables émules. Il y a bien aussi un autre courant qu'il
faudrait appeler Didonien [40], où la médiocrité d'âme
paraît plus complète encore et le génie plus absent [41]. Car
ils sont de divers paillons, les bateleurs, dans l'Ordre
dominicain tel que l'a confectionné ce trombone libérâtre
de Lacordaire [42]. Ils ont tous, plus ou moins, la nostalgie
du boniment. Mais le Didon, qui ne se satisfait pas d'être
une bouche du néant, et qui va prostituant sa robe de
moine sur les tréteaux du cabotinisme international, nous
sortirait du clergé *honnête* pour nous mener droit aux
soutaniers apostats ou schismatiques, – ce qui serait évidemment moins décisif, comme sputation [43] à la Face
endurante du Christ !

Quant aux autres serviteurs de l'autel et à la masse
entière des fidèles, c'est inexprimable et confondant.

On se serre, on se tient les coudes, on s'empile en
fumier d'imbécillité et de lâcheté. On se précipite au Rien
de la pensée, pour échapper à la contamination du *libertinage* ou de l'incrédulité.

En même temps, par un repli tout orthodoxe, on met
soigneusement à profit l'impiété du siècle pour allonger
quelque peu la corde des prescriptions ecclésiastiques.
L'Église ayant réduit à presque rien la rigueur de ses
pénitences, dans l'espoir toujours déçu d'un plus prompt
retour des brebis folâtres qu'elle a perdues, les moutons
demeurés fidèles utilisent, en gémissant au fond du bercail, les *regrettables* concessions de leurs pasteurs et [44]
toutes les pratiques suivent la même pente, l'époque
n'étant pas du tout à l'héroïsme des œuvres surérogatoires [45].

Jamais, d'ailleurs, il ne fut autant parlé d'*œuvres*.
S'occuper d'œuvres, être *dans* les œuvres, sont des locu-

tions acclimatées, significatives de tout bien, quoiqu'elles aient l'air, dans leur imprécision, d'impliquer, au moral, un protestantisme limitrophe des plus imminents. Les catholiques, en effet, entendent et pratiquent la charité, l'amour de leurs frères indigents, à la manière protestante, c'est-à-dire avec ce faste usuraire qui exige l'entier abandon préalable de la dignité du Pauvre, en échange des plus dérisoires secours. Il est presque sans exemple qu'un de ces chrétiens gorgés de richesses ait pris dans ses bras son frère ruisselant de pleurs, pour le sauver en une seule fois, en payant sa rançon d'une partie de son superflu.

Cela ressemble même à une politique. « Vous aurez toujours des pauvres parmi vous », dit l'Évangile [46], et cette parole effrayante, qui condamne les détenteurs, est précisément l'occasion du sophisme de cannibales qui procure leur sécurité. Dieu a réglé qu'il y aurait toujours des pauvres, afin que les riches se consolassent pieusement de ne l'être pas, en se résignant à la nécessité *providentielle* de ne pas diminuer leur nombre.

Il leur faut donc des pauvres pour s'attester à euxmêmes, au meilleur marché possible, la sensibilité de leurs tendres cœurs, pour prêter à la petite semaine sur le Paradis, pour s'amuser enfin, pour danser, pour décolleter leurs femelles jusqu'au nombril, pour s'émotionner au champagne sur les agonisants par la faim, pour laver d'un bol de bouillon les fornications parfumées où les plus altissimes vertus peuvent se laisser choir.

On serait forcé d'en faire pour eux s'il n'y en avait pas, car il leur en faut pour toutes les circonstances de la vie, pour la joie et pour la tristesse, pour les fêtes et pour les deuils, pour la ville et pour la campagne, pour toutes les attitudes d'attendrissement que les poètes ont prévues. Il leur en faut absolument, pour qu'ils puissent répondre à la Pauvreté : *Nous avons* NOS *pauvres*, et, d'un geste lassé, se détourner de cette agenouillée lamentable, que le Sauveur des hommes a choisie pour son Épouse et dont l'escorte est de dix mille anges.

Il se peut que le Dieu terrible, *Vomisseur des Tièdes*[47], accomplisse, un jour, le miracle de donner quelque sapidité morale à cet écœurant troupeau qui fait penser, analogiquement, à l'effroyable mélange symbolique d'acidité et d'amertume que le génie tourmenteur des Juifs le força de boire dans son agonie[48].

Mais il faudra, c'est fort à craindre, d'étranges flambées et l'assaisonnement de pas mal de sang pour rendre digérables, en ce jour, ces rebutants chrétiens de boucherie.

Il faudra du désespoir et des larmes, comme l'œil humain n'en versa jamais, et ce seront précisément ces mêmes *impies* tant méprisés par eux, du haut de leurs dégoûtantes vertus, – mais justement désignés pour leur châtiment, saintement élus pour leur confusion parfaite, – qui les forceront à les répandre !...

En attendant, le Christ est indubitablement traîné au dépotoir[49].

Cette Face sanglante de Crucifié qui avait dardé dix-neuf siècles, ils L'ont rebaignée dans une si nauséabonde ignominie, que les âmes les plus fangeuses s'épouvantent de Son contact et sont forcées de s'en détourner en poussant des cris.

Il avait jeté le défi à l'Opprobre humain, ce Fils de l'homme, et l'Opprobre humain L'a vaincu !

Vainement, Il triomphait des abominations du Prétoire et du Golgotha, et du sempiternel recommencement de ces abominations du *Mépris*. Maintenant, Il succombe sous l'abomination du RESPECT !

Ses ministres et Ses croyants, éperdus de zèle pour l'Idole fétide montée de leurs cœurs sur Son autel, L'ont éclaboussé d'un ridicule tellement destructeur, nous ne disons pas de l'adoration, mais de la plus embryonnaire velléité d'attendrissement religieux, que le miracle des miracles serait, à cette heure, de Lui ressusciter un culte.

Le songe tragique de Jean-Paul[50] n'est plus de saison. Ce n'est plus le Christ pleurant qui dirait aux hommes sortis des tombeaux :

– Je vous avais promis un Père dans les cieux et Je ne sais où Il est. Me souvenant de ma promesse [51], Je L'ai cherché deux mille ans par tous les univers, et Je ne L'ai pas trouvé et voici, maintenant, que Je suis orphelin comme vous.

C'est le Père qui répondrait à ces âmes dolentes et sans asile :

– J'avais permis à Mon Verbe, engendré de Moi, de Se rendre semblable à vous, pour vous délivrer en souffrant. Vous autres, Mes adorateurs fidèles, qu'Il a cautionnés par Son Sacrifice, vous venez Me demander ce Rédempteur dont vous avez contemné la fournaise de tortures et que vous avez tellement défiguré de votre *amour* [52], qu'aujourd'hui, Moi-même, Son Consubstantiel et Son Père, Je ne pourrais plus Le reconnaître...

Je suppose qu'Il habite le tabernacle que Lui ont fait ses derniers disciples, mille fois plus lâches et plus atroces que les bourreaux qui L'avaient couvert d'outrages et mis en sang.

SI VOUS AVEZ BESOIN DE MON FILS, CHERCHEZ-LE DANS LES ORDURES.

*

[XLVII]

Véronique avait expérimenté la misère infinie de ce clergé, avec une rigueur proportionnée à la suréminence de sa propre vocation mystique. Elle avait enduré, dès le commencement et toute la première année, un tourment intérieur, continuel, à défier les flammes et les chevalets du martyrologe.

Au début de son installation avec Marchenoir, elle avait été résolument se présenter au guichet d'un confessionnal quelconque et, assoiffée de mépris, ambitieuse d'être foulée aux pieds, elle avait tout d'abord déclaré ceci : – Mon père, *je suis une sale prostituée* [1]. L'effet de cette parole, nullement inouïe pourtant, dans ces vestibules de l'espérance [2] où viennent tomber tant d'épaves d'âmes, avait été immédiat et confondant. On lui avait jeté le guichet au nez, par un geste soudain, d'une incroyable violence.

Elle ne sut jamais quel ecclésiastique avait accompli cet acte de vertu, et ne voulut jamais le savoir. C'était, peut-être, un de ces jeunes prêtres caramélisés dans la blanche confiture des petites puretés « inviolables », qui conçoivent la vie comme une très longue allée d'innocents tilleuls de séminaire, avec une petite statue de Marie sans tache à l'extrémité, au-dessous d'un phylactère édifiant déployé par deux chérubins, pendant que d'immaculées douillettes [3] et d'insexuels surplis vont et viennent, sirupeux de chasteté. Peut-être, aussi, était-elle tombée sur quelque mûr soutanier, admirateur de Fénelon et de Nicole, et farouche ennemi du naturalisme pénitentiel, par conséquent, expulseur impitoyable de tout repentir qui déconcertait les litotes et les hypotyposes de son formulaire. Ces deux variétés de vermine sacerdotale remplacent assez souvent de la manière la plus effective les filets du Prince des apôtres par les filets de la morgue où vont se jeter certains misérables, au désespoir desquels il n'avait manqué, jusqu'alors, que le suggestif dégoût de les rencontrer.

La vaillante fille trouva la chose un peu dure, mais absolument normale, et s'en alla, le cœur gros, à la recherche d'un intendant moins parcimonieux de la provende apostolique. Elle eut le bonheur de trouver presque aussitôt, à Notre-Dame des Victoires, un vieux praticien jésuite, mort aujourd'hui [4], que sa dextérité spéciale comme confesseur de libertins et de prostituées a rendu célèbre. Ce curieux vieillard de quatre-vingts ans, dont la pénétration psychologique tenait du miracle, a guéri des centaines d'âmes abandonnées. – Je ne pêche que le gros poisson, – disait-il, avec sa bonhomie narquoise d'ancien pandour[5] converti lui-même, – que le fretin s'adresse ailleurs. Je suis le vidangeur des consciences et j'enlève les fortes ordures, mais je me déclare inapte aux ouvrages d'embellissement et de parfumerie.

Discernant apôtre et moraliste plein de judiciaire, il pensait que le péché habituel de la chair est surtout une névrose d'enfantillage, à la vérité terrible et mortelle, mais intraitable, dans le plus grand nombre des cas, sans l'attractive bénignité d'une sorte de lactation prophylactique. L'énergie, parfois étonnante, impliquée par l'acte pur et simple de l'aveu pénitentiel, il la décrétait éminemment satisfactoire[6] et, prenant gaillardement tout sur lui, réintégrait sur-le-champ les repentantes brebis, – sans exiger les préalables et décourageantes corvées que le Jansénisme inventa pour les mettre en fuite. Véronique fut donc accueillie par lui comme une fille prodigue, avec une joie sans bornes. Il tua pour elle le veau gras des absolutions...[7].

Mais cette bombance ne pouvait durer. Quand il s'aperçut que sa nouvelle cliente était de propos solide et ne retournerait pas, comme les autres, à ses vomissures, il lui déclara son insuffisance pour la guider utilement sur n'importe quels sommets et l'engagea à chercher un directeur.

Ce fut l'aurore des tribulations. Personne ne comprenait rien à cette brûlée d'amour qui se diaphanéisait en montant dans la lumière. La plus tenace et la plus dure de ses épreuves fut l'inclairvoyante opiniâtreté d'un tas de prêtres, engraissés d'identiques formules, qui s'efforcèrent de la jeter dans le découragement par le conseil, uniformément comminatoire, de se séparer de Marchenoir. La simple créature, prise dans l'étau du dilemme de son obéissance et de l'impossibilité absolue de vivre seule, aurait vingt fois perdu la tête, sans le bienheureux précédent des absolutions données, *quand même*, par le bonhomme qui avait accepté la cote mal taillée de cette inévitable situation, dont elle était bien certaine de n'avoir jamais abusé.

Et puis, elle les exaspérait, tous ces ecclésiastiques à charnières, par son adorable simplicité qui aurait dû les attendrir jusqu'aux larmes. La confession, qui porte ce nom grandiose de Sacrement de Pénitence, est devenue, dans le coulage et le délavage actuel du christianisme, un vulnéraire si parfaitement incolore et neutre que sa force thérapeutique sur les âmes doit, en général, être à peu près nulle. C'est presque toujours une petite mécanique prévue, du fonctionnement le plus enfantin. Le pénitent apporte sa formule de contrition et le confesseur lui passe en échange sa formule d'exhortation. C'est un négoce de rengaines apprises par cœur, où le cœur, précisément, n'a plus rien à faire d'aucun côté, et dont le Seigneur Dieu s'accommode comme il l'entend. Véronique ignorait profondément cette tenue de sottes paroles en partie double. Elle en avait appris une autre, – un peu différente, – et depuis qu'elle l'avait oubliée elle ne savait plus rien au monde, sinon le sublime de l'amour divin et de l'amour humain fondus ensemble dans une seule flamme aussi candide que tous les lys. Mais voilà ce qui ne pouvait être compris.

Tant qu'ils voulurent, ils lui tordirent le cœur de leurs mains salissantes et pataudes, à cette ouaille très soumise qui ne demandait pas mieux que de souffrir. Interprétant les naïvetés de sa tendresse par le zèle indiscret d'un satanique orgueil, ces bestiaux consacrés ne voyaient rien de mieux à faire que de l'accabler sans cesse de son passé, les uns avec véhémence, les autres avec ironie, et ces derniers étaient de beaucoup les plus cruels.

L'ironie est, à coup sûr, l'arme la plus dangereuse qui soit dans les mains[8] de l'homme. Un écrivain, redoutable lui-même par l'ironie, nommait cet instrument de supplice « la gaîté de l'indignation[9] », fort supérieure à l'autre gaîté qu'elle fait ressembler à une gardeuse de dindons. Mais, que penser de l'ironie d'un cuistre niaisement indigné de l'inobservation d'une étiquette ou d'un rudiment, et rendu tout fort par l'humilité d'un repentir que sa sottise lui fait prendre pour de l'abjection ? – car la préséance évangélique de *l'unique* pénitent sur une multitude de justes sans tache [10] n'est, aux yeux de tout vrai sulpicien, qu'une bonne blague sans application pratique. Beaucoup de prêtres utilisent donc avec succès cet heureux moyen de dégoûter de leurs personnes et du sacrement qu'ils avilissent. La pauvre fille, résignée à tout, en fut néanmoins crucifiée dans le fond du cœur. Silencieusement, elle savoura cette avanie, comme une sainte qu'elle était, et Marchenoir n'en connut par elle absolument rien.

À la fin, pourtant, elle avait mis la main sur un brave homme de missionnaire qui l'avait à peu près acceptée telle qu'elle était. L'expérience de la cohabitation fraternelle en était à son dix-huitième mois de la plus concluante innocence. Le rouge grief, qui avait irrité tant de pudiques taureaux, s'éteignait enfin, et la paix venait de commencer, quand arriva la foudroyante lettre de Marchenoir. Pour tout dire, une mystique de telle envergure se trouvait désorientée de n'avoir plus rien à souffrir.

L'étonnante fredaine d'holocauste qui suivit avait paru énorme à son confesseur, qui n'hésita pas à l'inculper énergiquement de zèle excessif, tout en s'avouant, dans l'intime de ses conseils, singulièrement édifié lui-même par cette chrétienne, dont il avait la prétention d'être le remorqueur. Même, il n'avait pu s'empêcher d'exprimer des craintes sur l'efficacité de l'expédient, alléguant, non sans profondeur, l'instinct de résignation mendicitaire particulier à l'amour sensuel, qui fait convoiter aux désirants les plus superbes, jusqu'aux moindres miettes de la ripaille dont ils sont frustrés. Il pensait surtout, mais sans l'exprimer, qu'aux yeux d'un spiritualiste, au transport facile, tel que Marchenoir, la splendeur morale de l'immolation devrait infiniment surpasser en illécébrant [11] vertige la charnelle beauté sacrifiée...

*

[XLVIII]

Au fait, qu'en restait-il, exactement, de cette beauté presque fameuse, qui avait fait délirer des gens austères, chargés de prudence comme des chameaux, et qui, même, assurait-on, avait autrefois coûté la vie à deux hommes ! Les ruines de cette Palmyre étaient-elles décidément répulsives à tout enthousiasme ? Un artiste profond, qui eût contemplé Véronique dans sa prière, n'aurait assurément pas tranché du côté de l'affirmative.

Sans doute, elle était rompue, désormais, l'harmonie du visage de cette épervière d'amour, qui n'avait fait, après tout, lorsqu'elle était devenue dévote, que spiritualiser ses lapins et renoncer, pour la *Colombe*, à ses indigestes ramiers. Hygiénique substitution de proie, qui ne pouvait changer essentiellement la physionomie. Il avait fallu, pour cela, la mutilation, la chute violente de la partie supérieure du rostre aquilin sur son assise démantelée et la dépression labiale d'une bouche dont l'arc terrible, – qui avait vidé tant de carquois, – enfin détendu, s'allongeait, en blême rictus, de l'une à l'autre commissure. Défigurement bizarre et triste, qui faisait conjecturer la fantasmatique [1] juxtaposition d'une moitié de vieux visage à la cassure inférieure de quelque sublime chapiteau humain. Mais les traits, demeurés intacts, semblaient être devenus plus beaux, de même que les membres épargnés sont faits plus robustes, paraît-il, après une amputation.

Il y avait surtout les yeux, des yeux immenses, illimités, dont personne n'avait jamais pu faire le tour. Bleus, sans doute, comme il convenait, mais d'un bleu occulte, extraterrestre, que la convoitise, au télescope d'écailles, avait absurdement réputés gris clair. Or, c'était toute une palette de ciels inconnus, même en Occident, et jusque sous les pattes glacées de l'Ourse polaire où, du moins, ne sévit pas l'ignoble intensité d'azur perruquier [2] des ciels d'Orient.

Suivant les divers états de son âme, les yeux de l'incroyable fille, partant, quelquefois, d'une sorte de bleu consterné d'iris lactescent, éclataient, une minute, du cobalt pur des illusions généreuses, s'injectaient passionnément d'écarlate, de rouge de cuivre, de points d'or, passaient ensuite au réséda de l'espérance, pour s'atténuer aussitôt dans une résignation de gris lavande, et s'éteindre enfin, tout de bon[3], dans l'ardoise de la sécurité.

Mais le plus touchant, c'était, aux heures de l'extase sans frémissement, de l'inagitation absolue familière aux contemplatifs, un crépuscule de lune diamanté de pleurs, inexprimable et divin, qui se levait tout à coup, au fond de ces yeux *étrangers*, et dont nulle chimie de peinturier n'eût été capable de fixer la plus lointaine impression. Un double gouffre pâle et translucide, une insurrection de clartés dans les profondeurs par-dessous les ondes, moirées d'oubli, d'un recueillement inaccessible !...

Un aliéniste, un profanateur de sépultures, une brute humaine quelconque qui, prenant de force à deux mains, la tête de Véronique, en de certains instants, aurait ainsi voulu la contraindre à le regarder, eût été stupéfait, jusqu'à l'effroi, de l'*inattention* infinie de ce paysage simultané de ciel et de mer qu'il aurait découvert en place de regard, et il en eût emporté l'obsession dans son âme épaisse. – Ce sont, disait Marchenoir, les yeux d'une aveugle qui tâtonnerait dans le paradis[4]...

Il avait fallu ces yeux inouïs, faits comme des lacs, et qui paraissaient s'agrandir chaque jour, pour excuser l'absence paradoxale, à peu près complète, du front, admirablement évasé du côté des tempes, mais inondé, presque jusqu'aux sourcils, par le débordement de la chevelure. Autrefois, du temps de la *Ventouse*, cette toison sublime, qui aurait pu, semblait-il, défrayer cinquante couchers de soleil, surplombait immédiatement les yeux, de sa lourde masse, et c'était à rendre fou furieux de voir le conflit de ces éléments. Un incendie sur le Pacifique !...

Quand la *Ventouse* n'exista plus, cette houle flamboyante reflua comme elle put, dans tous les sens, pressée, tassée en bandeaux, en nattes, en rouleaux, en paquets, écartelant les épingles, mettant les peignes sur les dents, tombant onéreusement sur les épaules et quelquefois sur le bas des reins, jusqu'à ce que, tordue en un despotique et monstrueux chignon, elle pût enfin se tenir tranquille pour l'amour de Dieu.

Il y eut, alors, un front précaire, une étroite bande de front, qui parut incommensurable en longueur d'une tempe à l'autre, et ce fut une nouvelle sorte de beauté, presque aussi redoutable que la première. Maintenant, c'était un troisième aspect navrant et inexplicable. Les yeux paraissaient avoir grossi, la tête réduite de moitié fuyait honteusement, le front, dégarni, était terrible et semblait porter la marque de quelque infamante punition...

Le nez, par bonheur, avait échappé à toute injure. Légèrement aquilin et de dimensions plausibles, un peu plus fin, peut-être, à l'extrémité, qu'on n'eût osé l'espérer de cet irresponsable organe de sensualité, il était flanqué de narines étonnamment mobiles, significatives, pour certaines femmes, d'une cupidité sans mesure, – providentiellement instituée en manière de contre-poids à l'héroïsme masculin, dont cette particularité physiologique est également un pronostic.

Quant à la bouche, il n'y avait plus à en parler, hélas ! Elle avait été dangereuse autant que toutes les gueules et tous les suçoirs de l'abîme [5]. Elle avait été cette *fosse profonde* où Salomon affirmait que doivent tomber ceux contre qui le Seigneur est en colère [6]. Le baiser de ces lourdes lèvres, bestialement exquises, cassait les nerfs, fripait les moelles, détraquait les cervelles, dévissait toutes les cuirasses, déboulonnait jusqu'à l'avarice, transformait les aliénés en idiots et les simples imbéciles en énergumènes. Un syndicat de faillite était embusqué sous la langue de cette bouche, et trente-deux bureaux de pompes funèbres ficelaient leurs dossiers à l'ombre caniculaire de ses dents. Quand elle crachait, la terre avait envie de devenir poissonneuse comme la mer et l'Océan lui-même aurait à peine pu répondre, en se tuméfiant d'orgueil : L'écume de mes naufragés n'est pas moins amère !

Le démon du Stupre, depuis longtemps exproprié de cet ancien patrimoine, venait enfin de s'éloigner irrévocablement de ces ruines, au milieu desquelles désormais ne restait plus même un humble chicot [7] où il pût s'asseoir. Les lèvres, rentrées de force, avaient perdu forme et couleur, et c'était bien, réellement, le plus notable déchet de cette cariatide de lupanar, transformée en un pilastre éclatant de la Tour d'ivoire. Cependant, le teint de l'ensemble du visage était demeuré. C'était toujours la même combinaison pigmentaire de chamois, de capucine, de vermillon, de bistre et d'or, imperceptiblement atténuée d'un quarantième de reflet lunaire.

En somme, Véronique avait à peu près manqué son coup et n'était pas devenue moins belle qu'avant, – la dilapidation d'une partie de ses richesses ayant proportionnément accru la valeur du fertile potager d'amour, que l'infortuné Marchenoir avait si malencontreusement ensemencé de l'impartageable concupiscence du ciel [8].

QUATRIÈME PARTIE

L'ÉPREUVE DIABOLIQUE

[XLIX]

Les événements ont ceci de commun avec les oies, qu'ils vont en troupe. Tout être non absolument dénué d'observation a pu le remarquer. Il est vrai que la curiosité s'arrête là, d'ordinaire. Nul n'implore une explication de cette loi, l'inexistante fontaine du Hasard devant suffire à l'étanchement de toutes les soifs du troupeau pensant. Ce proverbe : « Un malheur n'arrive jamais seul », est l'unique monument de l'attention ou de la sagacité des hommes sur l'une des particularités les moins négligeables de leur histoire. Il est pourtant bien assuré que les événements heureux ou malheureux, quelle que soit l'illusion de leur taille, semblent s'appeler les uns les autres, aussitôt qu'ils naissent, par d'irrésistibles clameurs. Ils accourent alors de partout, émergeant des trous de la terre ou tombant des monts de la lune, pour l'éternelle stupéfaction d'une race tirée du néant, qui ne sut jamais rien prévoir et qui ne s'attend jamais à rien.

On a fini par observer, d'une manière à peu près certaine, que l'union physique de deux individus de sexe différent a pour effet probable l'apparition d'un troisième de même nature, à l'état rudimentaire. Cette quasi certitude est l'un des fruits les plus savoureux d'une expérience de soixante siècles. Mais qui donc s'occupe du mystère autrement profond de la sexualité métaphysique des événements de ce monde, de leurs alliances rigoureusement assorties, de leurs lignées au type fidèle, de leur solidarité parfaite ? Toute la famille se précipite au vagissement du nouveau-né, et Dieu sait si elle est innombrable, puisque les événements ne meurent jamais et qu'ils continuent toujours de faire des enfants ! Le premier imbécile venu, à qui quelque chose arrive, est, pour un instant, le puits de vérité où tout un peuple formidable descend boire. Toutes les Normes se penchent vers lui, toutes les Règles, toutes les Lois, toutes les Volontés occultes s'accoudent en Polymnies [1], sur l'inconsciente margelle de bêtise qui ne se doute même pas de leur présence...

Il s'en fallait que Leverdier fût un imbécile et il savait trop qu'il était arrivé quelque chose ! Cependant, il s'étonna de tomber, immédiatement après avoir quitté Marchenoir, sur un personnage qu'il avait eu la douceur de ne pas rencontrer depuis des mois : Alcide Lerat [2], « historien et littérateur français », ainsi qu'il lui plaît de se désigner lui-même. Ce fut, pour l'attristé convive de tant de capiteuses ribotes de douleur, une commotion presque physique, à la manière d'un pressentiment funèbre, de revoir tout à coup, en un tel moment, ce fantoche sordide qui trottait, le nez au vent, comme un putois cherchant à dépister une charogne.

Cet Alcide Lerat, fort connu dans le monde des journaux, est une sorte de Benoît Labre littéraire, sans sainteté [3], dont le panégyrique posthume serait une besogne à faire trembler les décrasseurs d'auréoles les plus audacieux. Vivant exclusivement d'aumônes récoltées chez les gens de lettres qu'il amuse de ses calomnies ou de ses médisances et qui le reçoivent dans des courants d'air, le drôle fétide, heureusement incapable de s'enrhumer, promène infatigablement sa carcasse, de l'un à l'autre crépuscule, – colportant ainsi, dans le pantalon d'un romancier qu'il a diffamé la veille, chez un rédacteur en chef qu'il vient de couvrir d'ordures et qui lui donnera peut-être vingt sous, les basses conjectures de son déshonorant esprit sur la vie privée d'un poète dont il a *fini* tous les chapeaux [4].

Il se venge par là d'être frustré de la première place, qu'il n'a jamais cessé de revendiquer depuis le succès de son fameux pamphlet : *Ménage et Finances de Diderot* [5]. Ce factum sans talent, mais d'une érudition de détail exaspérante comme la vermine sur le pelage des adorateurs du philosophe, produisit, en effet, une vive émeute d'opinions dans les feuilles publiques, il y a trente ans. Les ouvrages postérieurs d'Alcide Lerat ne valent pas, il est vrai, la goutte d'encre qu'on dépenserait pour en écrire le titre. N'importe. Assuré d'être le plus immense génie des siècles, il pense de bonne foi que tout lui est dû et que sa seule présence est un honneur, une occasion de ravissement que rien ne pourrait payer.

– Je parle trop, dit-il, on prend des notes [6]. En conséquence, il rançonne tant qu'il peut ses *disciples*, dont les largesses, quelque démesurées qu'on les supposât, ne pourraient jamais avoir, en raison des cataractes de joie répandues sur eux, que le faux poids de l'ingratitude.

– Tout à vous, *sauf chaussettes*, écrivait-il, un jour, à l'un d'eux qui avait oublié cet unique article dans l'abandon filial d'une complète défroque. Parole admirable et définitive dont le destinataire, espèce de va-nu-pieds intellectuel [7], ne sentit pas l'ironie profonde.

Le nom de ce dangereux cynique est tellement ajusté à sa physionomie qu'il est impossible de présenter l'usufruitier sans s'exposer à l'inconvénient de paraître un farceur de table d'hôte. Le *rat* est évidemment sa bête à moins qu'il ne soit la bête du rat, ce qui pourrait être soutenu comme une opinion probable. Le nez en pointe de betterave très aiguë, tirant à lui toute une mince figure en chiasse d'insecte, plantée d'un aride taillis de poils grisonnants, est chevauché d'une paire de petits yeux brillants et inquiets à conciter [8] la fureur d'un dogue. Ce dernier trait détermine et fixe instantanément l'analogie. Le trottinement perpétuel, l'incurvation sacristine des vertèbres supérieures et le coutumier reploiement des bras sur de plates côtes souvent menacées n'y ajoutent que fort peu de chose.

Leverdier connaissait l'animal depuis longtemps. Il était même inexplicablement honoré par lui d'une sorte de considération ou d'estime. Lerat, qu'il avait à peu près jeté à la porte deux ou trois fois et qui avait renoncé à l'expérience inutile de se présenter de nouveau, ne croyait pas, néanmoins, devoir le priver, quand il le rencontrait, de quelques nutritives minutes d'entretien, dont Leverdier se fût admirablement passé, ce jour-là surtout. Il avait les meilleures raisons du monde pour écarter ce fâcheux, qu'il soupçonnait fort d'avoir soufflé d'immondes calomnies sur le compte de son ami, dans l'indigente main duquel il avait souvent pâturé la glandée d'un petit écu. Une fois même, il lui donna le placide conseil de profiter de son excellente vue de rongeur pour s'écarter soigneusement de tous les chemins de Marchenoir. – Il n'est pas trop patient, voyez-vous, mon cher monsieur Alcide, et il serait très capable de vous régaler de vos propres oreilles. Je vous avertis en frère. *Pensez-y bien!*

Dans la situation actuelle de son esprit, une telle rencontre, si soudaine, lui fit l'effet d'un présage des plus néfastes. Il fut un moment sur la pente de lui décerner une raclée complète dont le souvenir fût extrêmement durable. Mais c'eût été battre une vieille femme et, d'autre part, il craignit le ridicule de prendre la fuite.

Il ne tarda pas à reconnaître qu'en effet la rencontre n'était pas absolument vaine et pouvait avoir d'assez graves conséquences.

*

[L]

– Oh! comme vous avez l'air *sérieux*, ce matin, monsieur le comte de Pylade, est-ce que nous aurions des inquiétudes sur la chère santé de monseigneur le marquis d'Oreste ?

Tels furent les premiers mots d'Alcide Lerat, la plus décevante contrefaçon d'imbécile qu'on ait jamais vue. Il avait gardé de son éducation de séminariste raté tout un stock de ce genre de facéties, insupportablement chantonnées en soprano mineur, avec l'accompagnement ordinaire d'une goguenarde révérence.

– Monsieur Lerat, répondit Leverdier qui se sentait sur le point de n'avoir plus une goutte de patience dans les veines, je suis très pressé et incapable, pour l'instant, de savourer vos délicieuses plaisanteries. Je vous prie de m'excuser et d'aller au diable, s'il vous plaît.

– Nous y sommes tous, au diable, repartit le fâcheux, puisqu'il est le Prince de ce monde, mais vous me recevez si mal que j'ai bonne envie de garder pour moi une communication intéressante dont je voulais vous charger pour votre ami Marchenoir.

À ce nom, Leverdier devint attentif. Certes, il n'attendait, en général, rien de bon de son interlocuteur, mais il le savait une citerne d'informations, souvent étonnantes, et se disait qu'une eau très pure peut sortir quelquefois des gargouilles les plus hideuses, en temps d'orage.

– Vous avez, dit-il, quelque chose d'intéressant pour Marchenoir ?

L'autre, s'appuyant alors à deux mains sur la poignée de sa canne, aussi lamentable que lui, et s'infléchissant vers son auditeur, comme un vieil arbre congratulé, – sans quitter une seconde son sourire à claques sempiternel, – se mit à zézayer à la façon d'un enfant de chœur qu'une circonstance calamiteuse aurait investi de quelque secret important pour la prospérité de la fabrique [1].

– Votre ami aime à se faire désirer autant qu'une jolie femme. Il se cache comme un ours et tout le monde s'en plaint. J'ai rencontré, cette semaine, Beauvivier qui voudrait le voir. Je crois que son intention est de lui confier l'article de tête du *Pilate*, pour tracasser un peu les imbéciles de *l'Univers*. Si votre Caïn ne profite pas de l'occasion, il méritera d'errer, comme son homonyme biblique, « sur la face de la terre [2] », car ils ont besoin de lui au *Pilate*. Vous qui êtes un homme pratique, vous devriez lui conseiller de se limer les ongles et l'empêcher de faire des sottises. Beauvivier a daigné me dire qu'il comptait sur moi pour le lui amener. Il paraît croire que je suis dans les petits papiers de ce riverain du Danube. À propos, est-il revenu, seulement, de son voyage édifiant ?

— Oui, affirma rêveusement Leverdier, mais n'allez pas chez lui, je me charge de votre ambassade.

Cette communication lui donnait fort à penser. Il fallait que le tout-puissant *Pilate*, l'universel journal des gens *bien élevés*, se sentît diablement anémié pour invoquer le réactif d'un tel moxa ! Dans ce cas...

À ce moment, il s'aperçut que le séduisant Alcide avait pris une pose connue. Ayant, au préalable, inspecté, en sifflotant, l'état du ciel et ramené sur ses tempes, du bout des doigts en pincettes de sa main gauche, quelques mèches indisciplinées, il avait finalement abaissé cette main à la hauteur présumée de l'organe des sentiments généreux et la tenait, maintenant, ouverte et dardée contre la poitrine de son adversaire.

— C'est juste, fit celui-ci, j'oubliais ! Et, tirant son porte-monnaie, il laissa tomber une pièce de cinquante centimes dans cette sébile à remontoir, qui déshonore, avec la plus horologique [3] exactitude, la mendicité chrétienne.

Lerat ne voulut pas s'éloigner, pourtant, sans avoir compissé son bienfaiteur d'un dernier avis. En conséquence, il exhala ces prototypiques admonitions [4] :

— Si votre ami veut réussir au *Pilate*, il faudrait lui recommander de ne plus tant faire la bête féroce. S'il sait plaire à Beauvivier, sa fortune est faite. Il ne manque pas de talent, quand il veut se modérer et ne pas employer continuellement ses abominables expressions scatologiques. C'est ce qui a perdu ce butor de Veuillot, qui a toujours rebuté mes réprimandes et qui s'en trouve joliment bien, n'est-ce pas ? aujourd'hui qu'il est crevé de son venin ! Voyez Labruyère et Massillon. Ils en disent plus en une seule phrase décente que tous vos épileptiques en deux cents lignes. Persuadez-lui donc de lire mon livre sur *la Table chez tous les peuples* [5], que vous devez avoir dans votre bibliothèque. Il apprendra ce que c'est que la vraie force unie à la distinction.

L'odieux personnage avait cessé de sourire. Il flottait en dérive sur son propre fleuve, avec la majesté d'un Dieu. Ayant envoyé, du bout de ses doigts exorables, un tout petit geste miséricordieux, il s'éloigna, plein de sa puissance, la canne sous l'aisselle, les deux mains léricalement croisées dans l'intérieur de ses manches et le buste jeté en avant, à la remorque de son museau, ayant l'air, parfois, de soubresauter proditoirement [6], de son lamentable derrière.

— Dans ce cas, poursuivit en lui-même Leverdier, pour qui cette retraite savante avait été une beauté perdue, Marchenoir pourrait, en un instant, reconquérir la grande publicité. Ne parvînt-il à lancer qu'un tout petit nombre d'articles, il ressaisirait bientôt, par le moyen d'un journal si retentissant, le groupe intellectuel ameuté naguère par ses audaces et que son silence, depuis tant de mois, a dispersé. Puis, quelle revanche contre tous les lâches qui le croient vaincu ! Cette vermine de Lerat doit avoir dit la vérité. Il a les plus basses raisons du monde pour désirer de toutes ses forces qu'un brûlot formidable soit lancé, n'importe de quelle main, sur les cuisines de la presse catholique [7]. Il a même dû travailler fortement Beauvivier dans ce sens et lui faire gober la nécessité d'être l'*inventeur* de Marchenoir. Properce, d'ailleurs, en sage roublard, s'est soigneusement préservé d'écrire, et s'est contenté de nous décocher cet éclaireur qui pouvait, à toute fortune, encaisser les rentrées de coups de semelle [8] d'une indignation présumable et qui allait, évidemment, rue des Fourneaux, quand je l'ai rencontré.

Leverdier résolut de voir, le jour même, Properce Beauvivier, le poète-romancier sadique, devenu depuis peu, directeur et rédacteur en chef du *Pilate*. Il le connaissait à peine, mais il voulait, autant que possible, pénétrer son jeu et préparer, avec un extrême soin, la négociation, – Marchenoir ayant plusieurs fois exprimé très haut son mépris pour ce marécagier superbe, lequel devait avoir un fier besoin de pimenter son limon pour s'être déterminé à faire des avances à ce cormoran. Il était à craindre, aussi, qu'on ne tendît l'échelle au désespéré que pour l'induire à se rompre définitivement la barre du cou sur quelque échelon pourri. Sans doute, il eût été fort imprudent de chercher à pressentir cet infâme juif sur la vitale question d'argent. Ses pratiques, à cet égard, devaient ressembler à celles de son prédécesseur, le fameux Magnus Conrart[9], dont le répugnant suicide fit tant de bruit[10], et qui frappait d'une énorme redevance de prélibation[11] les émoluments des rédacteurs de passage, qu'il savait crevants de faim et réduits à se contenter d'un salaire quelconque.

Mais, à défaut d'une sécurité budgétaire immédiate, il était absolument indispensable d'assurer, au moins, l'indépendance de l'écrivain, Marchenoir n'étant plus du tout le petit jeune homme trop heureux d'acheter l'insertion de son vocable patronymique dans un grand journal, au prix de n'importe quelle charcutière émasculation de sa pensée.

*

[LI]

Le lendemain, Marchenoir et Leverdier se retrouvaient, à cinq heures, au café *Caron*, à l'angle de la rue des Saints-Pères et de la rue de l'Université[1], en face de l'une des quarante mille succursales du Mont-de-Piété littéraire de Calmann-Lévy. C'est un café de vieillards vertueux, qui paraît avoir voulu remplacer, dans ce quartier, l'ancien café *Tabouret*[2], inconnu de la génération nouvelle, où s'abreuvèrent, autrefois, tant de pinceaux et de porte-plumes illustres, et dont[3] le nom même, depuis dix ans, est parfaitement oublié. Les deux amis se donnaient, quelquefois, rendez-vous dans ce café qu'ils préféraient à tout autre, à cause du parfait silence observé par les trois ou quatre journalistes centenaires qu'on est toujours assuré d'y rencontrer, et qui forment incompréhensiblement la base essentielle des opérations commerciales de l'établissement.

Leverdier, venu le premier, vit arriver Marchenoir, tel qu'il l'avait quitté quelques heures auparavant, pâle et mélancolique, mais visiblement détendu. La présence *réelle* de Véronique, si changée que fût la sainte fille, avait suffi pour pacifier le malheureux homme.

– Je me fais à ce nouveau visage, dit-il après un moment. Elle est belle encore, *notre* Véronique. Tu la verras bientôt du même œil que moi, cher ami. La première impression a été terrible. J'ai cru que j'allais mourir. Puis, je ne sais quelle vertu est sortie d'elle, mais il m'a semblé qu'un dôme de paix descendait sur nous. En un instant, toute angoisse a disparu et je pense que mes larmes ont emporté d'un seul coup toutes mes douleurs, tandis que je sanglotais sur elle, hier matin, la tenant dans mes bras. Aussitôt après, tu le sais déjà, j'ai dormi vingt heures pour la première fois de ma vie. C'était à croire que je ne me réveillerais jamais... Et quel sommeil du Paradis, rafraîchissant, béatifique, sans rêves précis, sans visions distinctes, lucide pourtant, à la manière d'un crépuscule de vermeil réfracté dans les eaux limpides d'un lac, au fond duquel s'ouvriraient les yeux ravis d'un plongeur ! J'ai eu comme la sensation confuse, délicieusement indicible, à la fois spirituelle et physique, d'être immergé dans une crique lunaire comblée de mes pleurs... À mon réveil, j'ai tout de suite rencontré le magnifique regard de ma chère sacrifiée qui jubilait de me voir dormir ainsi, et son aspect ne m'a causé ni surprise, ni douleur, mais, au contraire, une sorte d'attendrissement très doux, composé, j'imagine, de pitié fraternelle et d'enthousiasme religieux fondus ensemble en un seul transport intérieur, absolument chaste !... Te rappelles-tu, Georges, ces mystérieux oiseaux qui nous firent tant rêver, un jour, au jardin d'acclimatation, et qu'on nomme exactement colombes *poignardées*, à cause de la tache de sang qu'elles portent au milieu de leur gorge blanche ? Nous fûmes très étonnés, tu t'en souviens, de ce pléonasme inouï de symbolisme, en l'exceptionnelle créature qui ne se contente pas de signifier l'Amour, mais qui s'ingère [4], par surcroît, d'en afficher le stigmate. Eh bien ! Véronique sera ma colombe blessée, telle que je l'ai vue ce matin, dans la surnaturelle clarté de mon âme renouvelée par la vertu de son sacrifice... Mais voilà que je fais des phrases et tu as, sans doute, beaucoup à me dire. L'as-tu découvert, enfin, ce trafiquant de laitance humaine ?

– Beauvivier ! oui, je le quitte à l'instant, répondit en riant Leverdier. Ce dernier mot me rassure plus que tout le reste, mon cher Caïn. Si tu retrouves ta verve méchante, nous ne sommes pas près de te perdre. Furieux de l'avoir manqué hier et ne me souciant pas de droguer [5] indéfiniment dans sa boutique, j'avais mentionné sur ma carte, que je venais de ta part. J'ai été reçu immédiatement. Mon ami, l'affaire est sûre. *Le Pilate* a besoin de toi. Beauvivier ne s'est même pas donné la peine de me le cacher. Au fond, j'ai cru démêler que tu étais surtout nécessaire, en ce moment, pour évincer quelqu'un, Loriot [6], peut-être, dont il m'a parlé incidemment, comme d'une ordure des plus encombrantes, mais d'un balayage instantané fort difficile, ayant été fientée par le trop copieux défunt, avec une attention particulière. Mais cela même est d'un bon augure.

Personnellement, je connais très peu Beauvivier, que j'ai vu aujourd'hui pour la troisième fois. Mais j'ai des informations. C'est le plus infâme des hommes et, pour tout dire, sa bienveillance est plus à craindre que son inimitié déclarée. C'est une espèce de Judas-don-Juan, mâtiné d'Alphonse[7] et de Tartufe. Sa vie est un tissu d'abominations et de trahisons. On est forcé de se désinfecter au phénol, comme un cadavre, quand on a été regardé par lui. Eh bien ! il paraît que cet être a, néanmoins, une qualité, la plus rare en ce temps-ci : il aime[8] la littérature, et voilà ce qui le rachète. Peut-être a-t-il réellement le projet d'élever un peu la rédaction du *Pilate* que Magnus avait abaissée jusqu'à lui, c'est-à-dire au-dessous de tout. – J'ai lu tout ce que M. Marchenoir a écrit, m'a-t-il dit, je ne lui connais pas de supérieur, à l'heure actuelle, et je lui vois très peu d'égaux. C'est un grand écrivain, d'une originalité déconcertante. Je vous prie de lui répéter mes paroles. Je considère que *le Pilate* ne peut être qu'honoré de sa collaboration et je la sollicite. J'aurais certainement couru moi-même jusqu'à son domicile, si je l'avais cru de retour. Je sais qu'on s'est mal conduit avec lui dans le journal, quand je n'y commandais pas. Je veux réparer cette injustice en donnant à votre ami carte blanche, etc., etc. – Prenons qu'il n'y ait de vrai que le quart de toutes ces merveilles, ce serait encore excellent et, quels que puissent être les dessous, il a fallu, tout de même, un sacré besoin de tes services pour faire sortir un tel boniment de cette gueule prudente !...

– Quelle a été la fin de cet entretien ? demanda Marchenoir.

– La plus nette possible. Marchenoir, lui ai-je dit, est extrêmement fatigué de son voyage et vous sera très obligé de lui faire crédit de quelques jours. M'autorisez-vous, cependant, pour gagner du temps, à lui dire de préparer, dès aujourd'hui, sans se mettre en peine de vous voir auparavant, un article quelconque ? Dans ce cas, il est nécessaire que je puisse l'assurer de l'insertion, car il a cessé, depuis des années, d'être un débutant et il ne veut plus travailler en vain. D'après ce que je viens d'entendre, le préalable concert[9], entre vous et lui, du choix d'un sujet, me paraît une formalité des plus inutiles. – Et des plus injurieuses pour un écrivain de talent, ajoutez cela, monsieur [10]. – Telle a été sa réponse immédiate. – Que l'auteur des *Impuissants* m'envoie ou m'apporte ce qu'il aura jugé convenable d'écrire. Je donnerai tout de suite son article à la composition et, pour le reste, qu'il veuille bien le croire, nous nous entendrons toujours. Tout ce que je lui demande, c'est de tirer hors du rang et de ne pas mitrailler nos propres troupes.

– Aïe ! fit Marchenoir. Ce dernier mot me gâte le reste. Depuis que tu as commencé de parler, je l'attendais. Cette recommandation surérogatoire [11], qui n'a l'air de rien, ressemble à ces insignifiantes clauses jetés indifféremment au bout d'un contrat, en manière de paraphe destiné à vider la plume, et qui suffisent pour tout annuler. Tu devrais pourtant le savoir, mon vieux Georges. Ces gens-là sont la vermine de tout le monde et il est impossible de tomber sur la peau de n'importe qui, sans les atteindre. Or, je suis incapable, ceci est bien connu, de concevoir le journalisme autrement que sous la forme du pamphlet. Que diable veut-on que je fasse, alors ? Je ne peux pourtant pas me mettre à écrire des pastorales optimistes ou des psychologies de potache inspiré, genre Dulaurier !

– Mais, sacrebleu ! reprit Leverdier, tout le monde sait parfaitement ce que tu peux faire, et Beauvivier l'ignore moins que personne. S'il te sollicite, c'est qu'apparemment il a besoin de ta virilité ou même de tes violences. J'ai trouvé un homme d'une politesse exquise, irréprochable, – une tranche de galantine pourrie supérieurement glacée, – mais crispé, vibrant de je ne sais quoi. Il est clair qu'il veut étonner quelqu'un ou renverser quelque chose et qu'il prend en location ta catapulte, en vue de produire un effet de démolition ou de simple intimidation que nous n'avons aucun moyen de conjecturer. Qu'importe ? Cette canaille a trop d'esprit pour te demander jamais d'être son complice. Mais tes haines connues peuvent le servir à ton insu. Il arrivera, pour la millionième fois, que l'indignation d'un honnête homme aura favorisé les combinaisons d'un scélérat. Qu'importe encore ? La Vérité est toujours bonne à dire, n'y eût-il que Dieu pour l'entendre, puisque alors on l'appellerait Lui-même par un de ses noms [12] !

Le résultat de cette conversation fut ce qu'il devait être. Les deux amis cherchèrent ensemble un sujet d'article. Marchenoir, sans objection dirimante, mais doutant infiniment de ces crises d'énergie qui secouent parfois le stérile figuier du journalisme, – pour l'invariable déception des chevaliers errants qui attendent faméliquement, sous son ombrage, la tombée des fruits, – décida, malgré les représentations de Leverdier qui aurait voulu qu'on allât moins vite, d'offrir, comme début, un article d'une véhémence inouïe.

– S'il passe, dit-il, renvoyant à son ami ses propres paroles, j'aurai l'honneur d'avoir écrit *toute* la vérité sur l'une des plus complètes ignominies de ce temps. On me glorifiera pour mon courage et les esprits lâches qui ne manqueraient jamais de m'accuser de cynisme, en cas d'insuccès, viendront alors pincer une laudative guitare sous mes gargouilles. S'il ne passe pas, ma situation reste exactement ce qu'elle était auparavant et je n'aurai pas même perdu l'occasion de devenir un heureux drôle, car je serais, dans tous les cas, inhabile à me prostituer. Je dégoûterais le client sans lui donner le moindre plaisir. Beauvivier le sait à merveille, comme tu viens de le remarquer, il me veut [13] tel que je suis ou pas du tout.

Ne savons-nous pas qu'il est toujours inutile de faire des concessions ? J'ai quelquefois essayé de m'éteindre un peu, dans l'espoir de récolter quelques misérables sous. Je me déshonorais sans parvenir à me faire accepter davantage. Je n'espère pas réussir le moins du monde au *Pilate*. En supposant, une minute, que Beauvivier voulût réellement s'employer pour moi, il serait bientôt surmonté par toute la racaille coalisée de la maison. Ce serait l'aventure renouvelée de cette vieille charogne de Magnus, qui voulut me lancer, lui aussi, l'année dernière, pour de sales raisons que j'ignore, et qui, tout à coup, venant à découvrir que j'étais décidément « un homme haineux », m'en informa sur-le-champ, par une lettre de congé[14]. Je ne veux point réavaler ces couleuvres. Mon premier et, probablement, dernier article, donnera la mesure, la forme et la couleur de tous les autres. Ce sera à prendre ou à laisser.

Leverdier sentait très bien que Marchenoir avait raison. Il aurait fallu à ce corsaire une presse indépendante et littéraire qui n'existe plus en France, où la basse tyrannie républicaine est sur le point d'avoir tout asphyxié. Mais il importait de saisir l'occasion quand même, fût-ce pour une seule fois et pour l'honneur seul de la justice. D'ailleurs, Marchenoir venait de trouver un sujet pour lequel il s'enflammait déjà. L'artiste et le chrétien, dont il était la toute-puissante combinaison, simultanément exultèrent.

— Pourquoi, s'écria-t-il, ne profiterais-je pas de ce premier article, vraisemblablement unique, pour exécuter une effroyable charge sur la littérature et la publicité pornographiques, à l'occasion, par exemple, des affichages récents de la librairie anticléricale ? Tu as, sans doute, remarqué le monstrueux placard annonçant les *Amours secrètes de Pie IX*[15], avec accompagnement du portrait du pontife et d'une série de médaillons, représentant les héroïnes, nommément supposées, de ce crapuleux libelle. Le salisseur de murs dont je demanderais pardon d'écrire le nom, le punais[16] idiot Taxil, est un sous-abject qui ne vaut pas, je le sais bien, qu'on parle de lui, ni même qu'on y pense. Mais quand l'ordure est à son comble, quand ce qui devrait rester honteusement au pied des murs grimpe et s'étale sur les façades ; quand le guano, naguère immobile, devient un ennemi violent, casqué, cuirassé, empanaché et embusqué, pour l'agression lithographique de l'innocence, à chaque détour de nos rues, on est bien forcé de demander compte à toute autorité répressive de cette intolérable sédition de l'excrément !

Il est vrai que ce n'est qu'un crachat de plus sur la face ruisselante d'une société soi-disant chrétienne, qui en a déjà tant reçus et tant supportés. Les peuples aussi bien

L'ÉPREUVE DIABOLIQUE

que les gouvernements n'ont jamais que les avanies qu'ils méritent, dans l'exacte mesure de leurs lâchetés ou de leurs crimes, et peut-être que c'est trop beau encore, aux yeux d'une rigoureuse justice, de n'être piétinés que par cet avorton.

Ce qui pourrait casser les bras à la colère, – en admettant la métaphore sans génie de ces inefficaces abatis d'airain [17], toujours invisibles, – c'est l'indifférence de la multitude. On passe devant l'obscène exhibition sans révolte, sans murmure, sans étonnement. Les pères n'en éloignent pas leur progéniture et trouvent tout simple que la face auguste du Père des pères soit ainsi conspuée pour la joie de quelques vidangeurs matutinaux que cela met en gaillarde humeur. Il y a deux ou trois générations à peine, le bourgeois se fût passionné pour ou contre ces éruptions de l'égout. Aujourd'hui, le même bourgeois, devenu un peu plus bête et un peu plus ignoble, les contemple avec la stupidité du désintéressement. Demain, sans doute, sa boueuse idiotie n'ayant plus de fond, il en sera tout attendri. Il se dira que l'héroïque indépendance d'un cœur brûlant pour la justice est attestée par le jaillissement de ce pus et qu'il convient d'en arroser les jeunes fleurs écloses de son fertile giron. Nous assisterons, en ce jour, à l'apothéose de Tartufe espérée depuis deux cents ans !

Ah ! que ce sera complet, alors, et que l'hypocrite de Molière fera piètre figure ! Paraître homme de bien en répandant, avec de saints gestes, d'ostensibles actions de grâces au pied des autels, quoi de plus facile, même dans un siècle où la foi religieuse serait presque éteinte ? On aurait toujours pour soi l'inquiétude surnaturelle du cœur de l'homme et son inconsciente vénération pour les porteurs de reliques naïfs ou superbes. Mais obtenir un semblable triomphe en étalant l'ignominie absolue, en contaminant ces mêmes autels, en prostituant les regards de l'enfance, irréparablement déflorée au contact de ces porcheries, c'est un peu plus fort, et le dix-septième siècle est terriblement enfoncé !

Être Léo Taxil ou tout autre voyou de plume, Francisque Sarcey [18], par exemple, – car le Barnum [19] de l'anticléricalisme ne doit être ici qu'un prétexte, – et ne pas crever sous d'adventices raclées toujours imminentes, maintes fois administrées déjà, sans le reculant dégoût de la trique épouvantée d'une telle approche, c'est fièrement beau, sans doute ! Que sera-ce de se faire adorer sous cette forme, d'y paraître un confesseur de la vraie foi et de s'envoler ainsi, avec des squames de maquereau et des ailes d'or, dans le paradis bréneux des élus de l'admiration républicaine ?... Tel est pourtant l'avenir présagé par l'indifférence universelle pour l'indicible attentat de cet affichage, aussi parfaitement délictueux que pourrait l'être un spectacle public de prostitution.

Eh bien ! je veux l'évoquer une bonne fois, cet avenir, et le mettre en regard du troupeau de puants scribes qui nous le préparent et que j'assignerai en confrontation. Mon catholicisme n'apparaîtra que très vaguement dans cette étude où je n'ai que faire de le proclamer. On n'aura ni la consolation ni la ressource de me lancer des sacristies par la figure. La circonstance du Pape outragé ne sera que l'occasion d'avertir, bien vainement, je le sais, de la nécessité de désencombrer la voie publique des immondices qui la pestifèrent. Je les appellerai par leurs noms, ces immondices, – comme le Seigneur appela les étoiles [20], – je les ferai voir dans la plus indiscutable clarté, je dirai qu'un balai sanglant devient nécessaire quand l'administration de la voirie néglige, à ce point, son premier devoir et que tout devient préférable à ce choléra de goujatisme et d'irrémédiable imbécillité, qui menace de précipiter demain ce qui reste de la pauvre France dans le plus sinistre pourrissoir de peuple qu'un pessimisme dantesque pourrait rêver !...

Leverdier eût été, peut-être, un homme *pratique*, sans la rencontre du téméraire qui l'avait orbité, comme un satellite, dès le premier jour. En général, il exhibait tout d'abord quelques objections prudentes, – quelques *rossignols* d'objections, toujours écartées, qu'il réintégrait dans le sous-sol de son esprit, aussitôt que Marchenoir commençait à invectiver contre l'univers[21]. Alors, il s'installait volontiers sur l'arête des gouffres et s'offrait à piloter le délire. En cette occasion, il voyait à merveille que la manœuvre décidée par l'incorrigible casse-cou, allait le couler indubitablement. Il fallait, d'avance, renoncer à cette collaboration nutritive, un instant rêvée pour lui au *Pilate*. Beauvivier publierait, peut-être, le coup de boutoir initial[22] et ce serait fini. Mais le moyen de s'opposer à un forcené si éloquent ? C'était l'orgueil de Marchenoir de se couper lui-même par la racine, quand on voulait l'emporter. En conséquence, Leverdier prit son parti, comme toujours, temporisateur inconstant qui s'achevait en outrancier.

— Le sujet est superbe, en effet, dit-il, après un silence. Puisqu'il est décidément impossible de caser dans la presse un homme de ton caractère, ne ménage rien, assomme, égorge, extermine ce que tu pourras de ces lâches canailles, qui sauront toujours assez se venger, par le silence, des écrivains de talent dont la hauteur solitaire les épouvante et qu'ils peuvent sûrement affamer, en leur fermant toute publicité. Ce n'est, certes, pas moi qui plaidaillerai pour eux. Mais, tout à l'heure, ne viens-tu pas de trouver le titre de ton article ? *La Sédition de l'excrément*[23] ! Hé ! ce n'est pas trop mal, il me semble. Ta réputation de scatologue ne laisse plus rien à désirer depuis longtemps. Tout le monde est parfaitement certain que les ordures seules te plaisent et que tu es incapable de prendre tes images ailleurs que dans les latrines ou les dépotoirs, – où l'on soupçonne généralement que tu as ta serviette et ton rouleau. Ce titre, par conséquent, n'étonnera personne. Quant à moi, j'avoue qu'il me plonge dans le ravissement.

— Tu as peut-être raison, répondit en souriant Marchenoir. Mais il est temps de partir. Véronique s'est donné quelque mal, je crois, pour nous faire à dîner ce soir. Elle tenait à un repas de *famille*, comme elle appelle notre réunion, la chère créature. Vaugirard est loin et l'heure très précise. Gardons-nous de la faire attendre.

Les deux amis se levèrent à l'instant et partirent.

*

[LII]

Dans la rue, ils décidèrent d'aller à pied. On était en février et le froid sec de la nuit commençante leur plaisait. Marcher dans Paris, en compagnie d'un être à qui l'on peut tout dire, est un plaisir assez rare, dévolu à quelques artistes sans gloire, dont les heures ne sont pas aisément monnayables. Ils revinrent à l'éternel objet de leurs pensées intimes, à Véronique, puisqu'on allait précisément la revoir et passer ensemble quelques heures auprès d'elle. Ce fut Marchenoir qui commença d'en parler, Dieu sait avec quelle tranquillité et quel discernement !

Certes, il était miraculeux que l'agonisant de la veille eût été capable d'établir, en moins de trente heures, une si imprenable ligne de défense entre lui-même et son propre mal ! Mais enfin, il expliquait, *à peu près*, le prodige. Il s'analysait maintenant, il se disséquait avec le plus grand soin, faisant admirer à son ami la soudaine cicatrisation des plaies énormes, par lesquelles il avait semblé que la vie de plusieurs hommes eût dû s'enfuir, lui disant [1] : – C'est l'admirable fille qui a fait cela, que ferai-je donc pour elle, mon Dieu ? Le lyrisme ordinaire de son langage allait s'exaspérant à mesure qu'il parlait, et l'entraîné Leverdier bénissait avec transport les angoisses intolérables dont il avait payé, lui aussi, par contre-coup, cette incompréhensible guérison.

– Vois-tu, Georges, disait l'amoureux exorcisé, ce n'est pas le changement de ses traits qui m'a retourné le cœur,

– encore une fois, je ne la trouve pas moins belle qu'avant, – c'est la vertu mystérieuse de l'*acte intérieur* par lequel cette immolation fut déterminée. Le préalable propos du sacrifice a suffi pour établir le courant spirituel qui vient de rapprocher un peu plus nos âmes, en refoulant tous mes sens à cinquante mille lieues de sa chair. C'est sa prière qui me sauve, sa prière seule, – qu'elle a *édentée* et *tondue* pour la rendre pitoyable jusqu'au fond des cieux, – dans l'héroïque illusion de ne mutiler que son propre corps !...

Ils arrivèrent ainsi dans cette lointaine rue des Fourneaux, où des marchands de pavés procurent aux puissants rêveurs le mirage des Pyramides, dans l'aridité mélancolique de leurs incommensurables chantiers.

Marchenoir habitait, non loin de ces lapicides[2], une maison presque isolée et d'aspect assez humble dont il occupait le deuxième étage, n'ayant au-dessus de lui que deux mansardes louées par d'impeccables employés d'omnibus, absents tout le jour et qui n'y dormaient, la nuit, que quelques heures. Il aimait ce quartier et cette maison pour y avoir passé, depuis deux ans, le meilleur de sa vie morale et intellectuelle. Le calme relatif de cette rue le rafraîchissait, au sortir du centre de Paris qui lui faisait l'effet, par comparaison, du plus inhabitable d'entre les puits de l'enfer.

L'appartement, formé de trois pièces et d'une cuisine, était une espèce de gîte d'artiste comme on n'en voit guère. Il eût été fort inutile d'y chercher des faïences, des cuivres, des ferrailles, des tableaux ou des médaillons curieux. Pas un seul bronze japonais, pas une aquarelle impressionniste, pas l'ombre d'un de ces vieux bois écaillés, vermiculés et friables qui représentent de leur mieux, dans des attitudes recueillies, la dévotion craquelée des anciens âges. Le mépris de Marchenoir pour ce bric-à-brac était à peu près sans bornes. En tout, un émail de Limoges du XVIIe siècle, souvenir de famille, offrant la vision d'un saint Pierre en robe d'azur et manteau couleur d'orange, à genoux dans un paysage fraîchement lessivé, sous de grêles frondaisons en vert d'asperge et brocart d'or, flanqué d'un coq de porcelaine blanche qui chantait dans un coin de firmament du plus impénétrable outremer. À ses pieds, un livre rouge, des clefs de gomme-gutte[3] et une gigantesque bardane en chocolat. Cette image, d'une naïveté contestable, suffisait, telle quelle, aux appétits d'antiquaire de son possesseur.

Les meubles, en vitupérable noyer et même en sapin, acquis pièce à pièce et d'occasion dans d'infimes ventes, eussent indigné un concierge du faubourg Saint-Antoine. À cet égard, le misanthrope était absolu. – Il n'y a, disait-il, que deux sortes de tables sur lesquelles un artiste puisse écrire : une table de cinquante mille francs ou une table de cinquante sous. Mais s'il était devenu millionnaire, il aurait probablement gardé la seconde, par peur de se rendre imbécile, aux dépens des pauvres, en achetant la première.

Les livres eux-mêmes étaient en petit nombre ; une gigantesque Bible synoptique, la plus coûteuse de ses folies, quelques tomes dépareillés de la patrologie de l'abbé Migne[4], une dizaine d'elzévirs grecs ou latins, un peu d'histoire, un peu de roman moderne et une cavalerie de dictionnaires en diverses langues, tout au plus une centaine de volumes. Quand il manquait d'un livre, il le prenait chez son ami, mieux approvisionné, ou s'en allait à la Bibliothèque.

Seule, la chambre de Véronique avait un semblant de ce confort de vingtième ordre, dont s'arrangent encore les trois ou quatre douzaines des braves ouvrières favorisées du ciel, qui ont déniché le moyen de concilier les préceptes de la vertu et les exigences de leur estomac. Dans le cas de la repentie, cette modération était d'autant plus extraordinaire qu'il avait fallu renoncer à tout un luxe de dissipation lucrative, dont certains chiffres connus excitèrent autrefois l'envie d'un peuple de prostituées. Aussitôt qu'il eut été décidé qu'on vivrait ensemble au désert, Véronique avait accompli, sans ostentation et sans phrases, l'acte légendaire d'envoyer son mobilier à la salle des ventes, retenant à peine quelques indispensables hardes, et de porter elle-même l'argent à divers établissements de charité que lui désigna Marchenoir, – ne voulant rien *garder*, disait-elle, de ce qu'elle avait mangé dans la main du Diable.

Sa chambre, où les moins minables engins de leur félicité domestique avaient été réunis, en dépit d'elle qui se fût contentée de rien, rappelait assez les intérieurs des pieuses isbas [5], éclairés par de perpétuelles lampes allumées devant les figures propices des iconostases. Une petite veilleuse, à lueur rose, était suspendue au devant du grand crucifix pâle et une autre semblable, mais un peu plus grande, teignait vaguement d'incarnat une haïssable reproduction lithographique de la Sainte Face telle qu'on la vénérait chez M. Dupont, « le saint homme de Tours [6] », qui a propagé en France cette dévotion, – malheureusement assortie de la contradictoire imbécillité d'un art profanant.

Ah ! ce n'était pas bien beau, ces deux images, et Marchenoir en avait plus d'une fois gémi en secret. Mais Véronique portait en elle l'esthétique de toutes les situations imaginables, elle aurait donné le relief de son propre sublime à la platitude même et spiritualisé de son souffle jusqu'à des goitreux. Elle avait passé des journées, des nuits entières, dans le crépuscule de cette chambre aux persiennes toujours closes – comme les persiennes d'un mauvais lieu, – conversant avec Dieu et avec ses saints, ayant l'air de les supposer véritablement présents, investie de joie et de certitude, ruisselante de plus de larmes que l'hydraulique de tous les sentiments ordinaires n'eût été capable d'en obtenir et il semblait, à la fin, que ces indigents simulacres s'imprégnassent de ce double courant de beauté physique et morale qui venait confluer sur eux !

Son ménage, d'ailleurs, en souffrait si peu qu'il eût été difficile de trouver une maison mieux tenue, une plus stricte propreté, une économie plus exacte, une cuisine, enfin, plus ingénieuse à multiplier les patriarcales délices du ragoût de mouton et du pot-au-feu. On aurait dit qu'elle n'avait seulement pas besoin d'agir. Elle passait, comme en rêve, effleurant les choses et les forçant à se nettoyer, à s'accommoder, à se cuire elles-mêmes, par l'irrésistible vertu de son seul regard.

Dominatrice charmante et imperturbable que la seule tristesse de son ami pouvait troubler et que n'eussent déconcertée ni les déluges, ni les incendies, ni les tremblements, ni les dislocations d'univers, puisqu'elle portait en elle une permanente catastrophe d'amour à mettre au défi tous ces accidents ! Marchenoir était tout pour elle. Il planait dans son ciel et s'asseyait sur les circulaires horizons, il piétinait l'océan, la montagne, la nue, les abîmes, la création entière, – seul visible de toutes parts et triomphant ! Son sauveur !... Le pauvre diable était *son Sauveur*, ainsi qu'elle le nommait parfois, avec une simplicité d'enthousiasme que beaucoup de théologiens eussent réprouvée comme un blasphème. Les deux sentiments, naturel et surnaturel, s'étaient, en elle, si parfaitement amalgamés et fondus dans l'unique pensée d'un Sauveur qu'il n'y avait plus moyen de les séparer, pour cette âme naïve, qui ne croyait pas trop payer la récupération de son innocence en déversant toute la gloire des cieux sur la douloureuse *ressemblance* humaine de son Rédempteur !

*

[LIII]

– Allons, messieurs, à table, vint dire Véronique aux deux amis en train de contempler les Pyramides par la fenêtre de la chambre de Marchenoir. C'était pour Leverdier une habitude déjà ancienne de manger à la table de ses amis. On se réunissait ainsi deux ou trois fois par semaine, sans compter l'imprévu des arrivées soudaines de ce brave homme, dont la présence était toujours considérée comme un bienfait.

En cette circonstance, la ménagère avait tenu à se surpasser en offrant à ses convives un menu fort supérieur à l'ordinaire presque frugal de leurs festins. Elle voulait que ce dîner fût une véritable fête de bienvenue pour chacun d'eux que des émotions et des sentiments divers avaient, un instant, paru séparer des deux autres.

Le fait est qu'on les aurait crus tous trois revenus de diablement loin, et le commencement du repas n'alla pas sans une assez forte contrainte. Quelque soin que prît Véronique d'égarer l'attention de ses hôtes, ses nouvelles et gauches façons de manger, par exemple, ne pouvaient leur échapper, et, quelle que fût leur vigilance à ne rien laisser sortir de leurs impressions douloureuses, il ne fut pas possible d'écarter, tout d'abord, une visible gêne que Leverdier se hâta de rompre en annonçant à la simple fille la résolution toute fraîche éclose de Marchenoir.

— Vous savez, dit-il, que notre ami arrive de la Chartreuse en justicier plus redoutable que jamais. Il veut débuter au *Pilate* par un massacre général d'empoisonneurs et par une pendaison en masse d'incendiaires.

— Ah ! mon Dieu ! s'écria-t-elle, toujours des violences ? Et c'est vous, sans doute, monsieur Leverdier, qui l'embarquez dans cette nouvelle aventure ? Savez-vous, mauvais homme, que vous finirez par être un ami des plus funestes ? Certainement, je n'ai rien de ce qu'il faudrait pour vous juger l'un ou l'autre, et je suis persuadée que mon Joseph n'a rien en vue que la justice. Mais comment voulez-vous que je ne tremble pas, quand je le vois seul contre tous ?

Marchenoir, qui avait élu pour contenance de décortiquer laborieusement et silencieusement une patte de homard, intervint alors :

— Ma chère Véronique, épargnez, je vous prie, ce pauvre Georges qui ne mérite, je vous assure, aucun reproche. Il a trouvé l'occasion de me rendre service, une fois de plus, en négociant, à ma place, avec un homme assez méprisable, mais tout-puissant, ma rentrée au *Pilate*, et il s'est donné, comme toujours, beaucoup de mal. J'eusse été, je l'avoue, bien incapable de conditionner moi-même cet arrangement qui peut, en somme, avoir d'heureuses conséquences au point de vue de notre bien-être matériel, mais qui va surtout me donner le moyen tant désiré d'accomplir ce que je regarde comme le strict devoir d'un écrivain : dire la vérité quelle qu'elle soit et quels qu'en puissent être les dangers.

Il était curieux de voir cette belle créature écoutant l'homme qu'elle chérissait à peine moins que son Dieu et infiniment plus que toute chose terrestre. Elle l'écoutait de ses vastes yeux grands ouverts, encore plus que de ses oreilles, comme si les paroles qu'il lui faisait entendre eussent été de la lumière !

– Cher ami, reprit-elle, avec la douceur de l'humilité la plus charmante, je crois que vous avez toujours raison, mais je ne sais pas grand'chose et j'ai souvent besoin qu'on m'instruise. Mon directeur m'a parlé de vous, un jour. Il m'a dit que votre voie était dangereuse au point de vue chrétien, que vous n'aviez pas mission pour juger vos frères, non plus que pour les punir, et qu'ainsi, la sainte charité courait grand risque d'être blessée par vos écrits. Je n'ai pas cru qu'il eût complètement raison lui-même de vous juger aussi sévèrement. Cependant je suis restée sans réponse et, quelquefois, ses paroles me reviennent et m'affligent un peu. Je gardais cela pour moi depuis quelque temps, mais aujourd'hui, je me sens poussée à vous ouvrir ce coin de mon cœur. Ma confiance en vous est sans bornes. Dites-moi, je vous prie, ce que je dois penser exactement.

Marchenoir était, peut-être, de tous ses contemporains, le plus exposé au ridicule. Être admiré et honoré chez soi, quand on ne peut raisonnablement s'attendre, au dehors, qu'à des potées de malédictions, c'est, pour le cerveau d'un malheureux homme, une fumée de revanche assez capiteuse pour l'enivrer du plus sot orgueil. On peut toujours offrir sa vanité, comme une hostie, sous les espèces consacrées d'une injuste proscription dont on est victime. Une femme d'esprit simple et de cœur brûlant gobe dévotieusement cette eucharistie. Mais, dans le cas de Véronique, la psychologie linéamentaire d'une tendresse confiante se compliquait, à l'égard de celui qui avait été son apôtre, d'une sorte de révération mystique assez analogue au sentiment d'une servante de curé pour l'évêque du diocèse en visite pastorale dans le presbytère. Heureusement pour Marchenoir, il avait en horreur d'être *cultivé*, comme un fétiche, et n'agréait aucune formule d'anthropomorphisme. D'ailleurs, il se croyait, sincèrement, inférieur à cette titane d'amour dont les escalades avaient dépassé, depuis si longtemps, son pauvre ciel !

Apparemment, l'interrogation qui venait de lui être adressée n'avait pour lui rien de surprenant, car il répondit sur-le-champ d'une voix tranquille, d'abord, et presque grave, mais qui devint bientôt animée, sonnante et claire comme un cuivre, selon son habitude, quand il faisait, en parlant, l'ascension des mornes et des pitons volcaniques de sa pensée.

— Votre directeur, Véronique, a exprimé la pensée de la foule, la vôtre peut-être, inaperçue de vous-même jusqu'à cet instant. Je voudrais bien le voir à ma place, ce ministre de clémence, qui croit qu'on peut faire la guerre sans offenser ni blesser personne. Vous a-t-il dit aussi qu'il ne fallait jamais combattre ? Au moins, il serait ainsi dans la logique de ses couardes conciliations. On me l'a fait assez souvent, ce reproche de manquer de charité, parce que je rossais quelques chiens hargneux, – sous prétexte que ces animaux appartenaient à la meute humaine !...

Je veux croire que votre père spirituel est un excellent ecclésiastique, pavé et briqueté des plus évangéliques intentions. Mais je doute que sa clairvoyance égale son zèle. Vous pourriez, ma brebis tondue, lui faire observer avec douceur que l'inculpation d'intolérance est une tactique chenue, renouvelée des Pharisiens, par les modernes ennemis de l'Église, contre tous ceux qui veulent s'y exposer pour défendre cette vieille mère. Vous avez été indignée de quelques-uns des nombreux articles lancés contre moi par la presse entière. Athées ou catholiques, libérâtres ou autoritaires, tous m'ont accusé de méchanceté, de haine et d'envie. Un instant unanimes sur ce seul point, les chroniques de toute provenance m'ont désigné comme un reptile d'anormale grandeur, dont la rampante férocité menaçait les villes et les campagnes. Ne sentez-vous pas combien cet accord universel déshonore les tristes chrétiens qui se transforment eux-mêmes en bêtes et fraternisent avec les fauves, dans une arène vilipendée, pour déchirer un de leurs témoins ?...

— Jusqu'au moment, dit Leverdier, où ce témoin, devenu puissant, comme l'était Veuillot, les mêmes chrétiens, sans changer de peau, s'en viendront lui lécher les pieds et même autre chose...

— Louis Veuillot, repartit aussitôt Marchenoir, est arrivé au bon moment. La France, alors, n'avait pas troqué les ailes de l'Empire contre les nageoires de la République et le métier d'homme n'était pas encore devenu tout à fait impossible. Si le personnage avait eu autant de grandeur que de force, le christianisme éclatait peut-être partout, car il y eut une heure d'anxiété suprême où l'âme errante du siècle pouvait aussi bien tomber sur Dieu que « sur elle-même [1] ». Tel fut le pouvoir abandonné à ce condottière dont la vanité goujate et médiocre eût avili jusqu'au martyre. Aucun laïque [2] n'a jamais eu et n'aura, sans doute, jamais, ses ressources et son immense crédit catholique, qui ont été jusqu'au dernier épuisement de la libéralité des fidèles. Quel profit le catholicisme en a-t-il retiré ? Nul autre que le rutilement de cet *animal de gloire* [3] qui voulut toujours être unique et ne souffrit jamais d'égal. C'est donc à lui surtout qu'on est redevable de l'opprobre de ce journalisme catholique, dont l'étroitesse et la contagieuse abjection ont infiniment dépassé les secrets espoirs de la plus utopique impiété.

Nul dépositaire n'a jamais eu l'occasion d'être aussi funestement infidèle et n'en a plus sinistrement abusé. Tu sais, Georges, avec quelle vigilance d'eunuque le rédacteur en chef de *l'Univers* écartait de son sérail les écrivains de talent qui eussent pu se faire admirer à son préjudice [4], et combien paternellement s'ouvraient ses bras aux avortons imposés par son bon plaisir à toute une société soi-disant chrétienne, assez idiote pour les accepter. Il ne suffisait pas au vieux drôle qu'on s'abaissât devant lui et devant sa chienne de sœur, dont Pie IX, lui-même, eut la misère des misères de tolérer l'intrusion *dans le gouvernement de l'Église* [5], il fallait qu'on idolâtrât les plus giflables de ses mameloucks. N'avons-nous pas vu, un jour, de nos yeux dilatés par la terreur, en haut de l'escalier du journal, ce pommadin [6] de sacristie, ce merlan gâteux qu'on nomme Auguste Roussel [7], congédiant, le mufle en l'air, deux rétrogradants évêques pliés devant lui, et se dérobant à reculons dans leur robe violette, cuits et juteux de bonheur pour avoir été reçus par ce plénipotentiaire ?...

Maintenant, c'est bien fini, les dictatures des gens de talent, et la place de Veuillot n'est plus à prendre aujourd'hui par personne. Ce jaloux posthume a laissé sur le seuil de la presse religieuse de telles ordures qu'il n'est plus possible de pénétrer dans la maison. Les chrétiens, qu'il a mis la tête en bas, continueront de paître le sainfoin de la sottise la plus moutonnière, jusqu'à ce qu'ils soient devenus assez gras pour être mangés. Mais le plus immense génie du monde n'obtiendrait pas désormais le crédit de ce singulier pasteur du journalisme, qui changeait ses abonnés en bestiaux pour les mieux garder.

*

[LIV]

— Que Dieu nous soit en aide ! dit Véronique. Pourtant, cher ami, vous savez que l'Église a des promesses et qu'elle ne saurait périr.

– Je le sais comme vous le savez vous-même, c'est-à-dire par la Foi qui est « la substance des choses à espérer[1] ». Mais l'expérience ne m'a rien appris, sinon l'immense misère de tout mécréant que son infidélité condamne à se passer d'espérance. Je suis très assuré que l'Église doit tout surmonter à la fin des fins et que rien ne prévaudra contre elle, pas même la proditoire[2] imbécillité de ses enfants, qui est, à mes yeux, son plus grand péril. J'exposerai, tant qu'on voudra, ma triste vie pour cette croyance, hors de laquelle il n'y a pour moi que ténèbres et putréfaction. Mais Elle peut tomber, demain, dans le mépris absolu, dans l'ignominie la plus excessive. Elle peut être conspuée, fouettée, crucifiée, comme Celui dont elle se nomme l'Épouse[3]. Il se peut que, définitivement, on lui préfère un immonde bandit, que tous ses amis prennent la fuite, qu'Elle crie la soif et que personne ne lui donne à boire. Il se peut enfin qu'Elle expire, pour une configuration parfaite à son Christ, et qu'Elle soit enfermée, deux nuits et un jour, dans le mieux gardé de tous les sépulcres. Il lui resterait, alors, à faire éclater, dans une apothéose de résurrection, les chaînes de montagnes ou les assises de mauvais peuples qui formeraient les parois de son dérisoire tombeau, – car Elle peut, aussi bien que Dieu lui-même, qui lui conféra sa puissance, défier l'extermination jusque dans le filet de la plus effective des morts.

Il me semble même que cette *Pâque* de l'Esprit saint[4] doit paraître singulièrement prochaine à tout individu capable de penser et de voir. Ce qui s'accomplit, en la fin de siècle où nous sommes, n'est point une *persécution* ordinaire, – pour me servir de ce mot dont la rhétorique de nos lâches a tant abusé. Leverdier doit se souvenir de ce que j'ai tenté, au moment des expulsions[5], pour leur inspirer un peu de courage. J'ai couru huit jours dans toutes les maisons religieuses menacées par les décrets et bondées de grotesques pleutres attendant avec constance, – la palme du martyre en main, – l'occasion *légale* de mitrailler, de leurs inoffensives protestations, le commissaire de police, qui les congédiait sans colère, de l'extrémité de sa botte dioclétienne [6]. J'ai tâché stupidement de faire entrer de viriles résolutions dans leurs viscères de crétins. Je leur ai démontré vingt fois l'évidente insolidité de ce gouvernement de fripouilles sans énergie, que la résistance *armée* de quelques audacieux aurait culbuté. Je leur ai dit, – Dieu sait avec quels accents ! – que c'était l'instant ou jamais de se racheter d'avoir été si longtemps, si onéreusement, renégats ou tièdes ; que l'honneur, la raison, la stricte justice, la *charité* même vociféraient d'une seule voix, pour qu'ils courussent aux armes, parce que c'était vraisemblablement la dernière fois qu'ils le pourraient faire !...

J'ai trouvé des âmes de torchons graisseux qui m'ont exhibé la consultation d'un avocat, dont ils avaient été prendre l'avis pendant qu'on violait leur mère. Ils m'ont accusé d'être un fou des plus dangereux. L'un d'eux, même, insinua que je pouvais [7] bien être un provocateur envoyé par la police. – Monsieur, lui ai-je dit, je vous conseille de numéroter vos chicots, car je vous préviens que j'ai la calotte facile. Ce chien de procession eut la présence d'esprit de se rendre invisible instantanément, et tel fut, en totalité, le résultat de mes efforts. Il serait donc au moins ridicule de prononcer le mot de persécution à propos de cette clique de fluents cafards qui s'en vont têter, en sortant de la Sainte Table, les mamelles pourries de la Légalité [8], et qui livreraient aux plus noirs cochons leur propre femme, leur plus jeune sœur et jusqu'au Corps sacré du Dieu vivant pour conserver l'intégrité de leur peau ou de leurs écus !

Néanmoins, on peut dire que l'Église est opprimée de la façon la plus inouïe, puisque les enfants qu'elle allaita la déshonorent, pendant que les étrangers l'assomment, et qu'ainsi elle n'a plus une âme pour la réconforter ou pour la plaindre. C'est l'angoisse de Gethsémani [9], c'est la déréliction suprême ! – « L'assemblée des fidèles », – dit le catéchisme. Je sais, parbleu ! que c'est là l'Église. Mais combien sont ils, les vrais fidèles [10] ? Quelques centaines, tout au plus, de quoi faire à peine un imperceptible groupe de pauvres gens héroïques et humbles éparpillés aux plus distantes encoignures de l'univers, où ils attendent, en pleurant, qu'il plaise au Père, qui est dans les cieux, d'inaugurer enfin son Règne [11] espéré depuis dix-huit siècles.

L'Église est écrouée dans un hôpital de folles [12], chuchota tout à coup l'étrange visionnaire, pour sa peine d'avoir épousé un mendiant en croix qui s'appelait Jésus-Christ. Elle endure d'irrévélables tourments, dans des voisinages à épouvanter les démons. Les docteurs, qui se sont chargés de veiller sur elle et qui déclarent ne prétendre que son plus grand bien, sont pleins de sourires et pleins de pitié, quand on leur parle de sa guérison. « Pauvre fille, disent-ils, que deviendrait-elle sans nous ? » – Et le mendiant qu'elle avait rêvé de faire adorer est, au loin, déchiqueté par les mauvais aigles et les bons corbeaux sur son gibet solitaire !...

En vertu d'une certaine conformité mystérieuse qui unissait ces deux êtres, Véronique était devenue aussi extraordinaire par son attention que Marchenoir par ses paroles. De ses grands yeux en rognure de septième ciel, deux larmes pesantes avaient jailli, roulant avec lenteur sur ses joues pâles ; ses mains, appuyées d'abord sur la table, avaient fini par se joindre et, maintenant, elle avait l'air d'implorer silencieusement l'esprit invisible qui lui semblait, sans aucun doute, inspirer son *maître*.

Sa physionomie était si étonnante que Leverdier, déjà très frappé lui-même des derniers mots qu'il venait d'entendre, ne put s'empêcher de la faire remarquer à Marchenoir. – Regarde, murmura-t-il.

L'interrompu reploya les ailes de son lyrisme et la regarda.

– Qu'avez-vous, ma Véronique ? lui demanda-t-il, assez ému.

– Mais..., je n'ai rien, mon ami, répondit-elle, en tressaillant. Je vous écoute, sans trop vous comprendre. Vos paroles sont vraies, je pense, mais si terribles ! En vérité, j'ai cru, un instant, qu'un autre parlait à votre place. Je ne reconnaissais plus votre voix ni même vos pensées.

— Est-ce donc là ce qui vous faisait pleurer, mon attristée ? Toi-même, Georges, tu sembles troublé. Est-il possible que j'aie dit des choses si étranges ?

— Il est vrai, dit celui-ci, que ta dernière phrase sur l'Église m'a un peu surpris, peut-être par vertu réflexe de l'émotion de notre amie. Mais ta voix, encore plus que tes paroles, était inouïe. C'était à supposer que tu voyais, je ne sais quoi...

— Je vois très clairement, reprit alors Marchenoir, le mal horrible de ce monde exproprié de la foi chrétienne, et je ne me connais pas d'autres pensées, quels que puissent être les mots qui me servent à exprimer celle-ci, que je porte comme un couteau dans la gaine de ma poitrine. C'est une passion si vraie, si poignante, que je finirai par devenir incapable de fixer mon attention sur n'importe quel autre objet. Mais cet incident me remet dans l'esprit que je ne vous ai pas encore complètement répondu, Véronique. Je vous ai fait remarquer la révoltante coalition des chrétiens et de leurs adversaires, toutes les fois qu'il s'agit de combattre l'ennemi commun, c'est-à-dire un homme tel que moi, téméraire à force d'amour et véridique sans peur. Puis, j'ai parlé de Louis Veuillot et de l'infortune de l'Église. Choses connexes. Laissons tout cela.

On vous a dit, n'est-ce pas ? que mes violences écrites offensaient la charité. Je n'ai qu'un mot à répondre à votre théologien. C'est que la Justice et la Miséricorde sont *identiques* et consubstantielles dans leur absolu. Voilà ce que ne veulent entendre ni les sentimentaux ni les fanatiques. Une doctrine qui propose l'Amour de Dieu pour fin suprême, a surtout besoin d'être virile, sous peine de sanctionner toutes les illusions de l'amour-propre ou de l'amour charnel. Il est trop facile d'émasculer les âmes en ne leur enseignant que le précepte de chérir ses frères, au mépris de tous les autres préceptes qu'on leur cacherait. On obtient, de la sorte, une religion mollasse et poisseuse, plus redoutable par ses effets que le nihilisme même.

Or, l'Évangile a des menaces et des conclusions terribles. Jésus, en vingt endroits, lance l'anathème, non sur des choses, mais sur des *hommes* qu'il désigne avec une effrayante précision. Il n'en donne pas moins sa vie pour tous, mais après nous avoir laissé la consigne de parler « sur les toits [13] », comme il a parlé lui-même. C'est l'unique modèle et les chrétiens n'ont pas mieux à faire que de pratiquer ses exemples. Que penseriez-vous de la *charité* d'un homme qui laisserait empoisonner ses frères, de peur de ruiner, en les avertissant, la considération de l'empoisonneur ? Moi, je dis qu'à ce point de vue la charité consiste à vociférer et que le véritable amour doit être implacable. Mais cela suppose une virilité, si défunte aujourd'hui, qu'on ne peut même plus prononcer son nom sans attenter à la pudeur...

Je n'ai pas qualité pour juger, dit-on, ni pour punir. Dois-je inférer de ce bas sophisme, dont je connais la perfidie, que je n'ai pas même qualité pour voir, et qu'il m'est interdit de lever le bras sur cet incendiaire qui, plein de confiance en ma fraternelle inertie, va, sous mes yeux, allumer la mine qui détruira toute une cité ? Si les chrétiens n'avaient pas tant écouté les leçons de leurs ennemis mortels, ils sauraient que rien n'est plus juste que la miséricorde, *parce que* rien n'est plus miséricordieux que la justice, et leurs pensées s'ajusteraient à ces notions élémentaires.

Le Christ a déclaré « bienheureux » ceux qui sont affamés et assoiffés de justice, et le monde, qui veut s'amuser, mais qui déteste la *Béatitude* [14], a rejeté cette affirmation. Qui donc parlera pour les muets, pour les opprimés et les faibles, si ceux-là se taisent, qui furent investis de la Parole ? L'écrivain qui n'a pas en vue la Justice est un détrousseur de pauvres aussi cruel que le riche à qui Dieu ferme son Paradis [15]. Ils dilapident l'un et l'autre leur dépôt et sont comptables, au même titre, des désertions de l'espérance. Je ne veux pas de cette couronne de charbons ardents sur ma tête, et depuis longtemps déjà, j'ai pris mon parti.

Nous mourrons peut-être de faim, ma Véronique, et ce sera bien fait, sans doute, puisque tout le monde, excepté vous et Leverdier, me condamnera. Coûte que coûte, je garderai la virginité de mon témoignage, en me préservant du crime de laisser inactive aucune des énergies que Dieu m'a données. Ironie, injures, défis, imprécations, réprobations, malédictions, lyrisme de fange ou de flammes, tout me sera bon de ce qui pourra rendre offensive ma colère !... Quel moyen me resterait-il autrement de n'être pas le dernier des hommes ? Le juge n'a qu'une manière de tomber au-dessous de son criminel, c'est de devenir prévaricateur, et tout écrivain véritable est certainement un juge.

Quelques-uns m'ont dit : À quoi bon ? le monde est en agonie et rien ne le touche plus. Peut-être. Mais, au fond du désert, il faudrait, quand même, rendre témoignage, ne fût-ce que pour l'honneur de la Vérité et pour l'édification des fauves, comme faisaient, autrefois, les anachorètes solitaires. Est-il croyable, d'ailleurs, qu'une telle opulence de rage m'ait été octroyée pour rien ? Certaines paroles du Livre sacré sont bien étranges... Qui sait, après tout, si la forme la plus active de l'adoration n'est pas le blasphème *par amour* qui serait la prière de l'abandonné ?... Je vivrai donc sur ma vocation jusqu'à ce que j'en meure, dans quelque orgie de misère. Je serai Marchenoir le contempteur, le vociférateur et le désespéré, – joyeux d'écumer et satisfait de déplaire, mais difficilement intimidable et broyant volontiers les doigts qui tenteraient de le bâillonner.

– Pauvre cher ami, pauvre âme douloureuse ! dit la mutilée à demi-voix, comme se parlant à elle même, pourquoi ce fardeau sur vos épaules ? Elle le regarda avec une tendresse si pure, si profonde que ce bourreau sentit qu'il allait pleurer et se mit à parler de diverses choses. Le dîner s'acheva presque joyeusement. Véronique servit un café divin et l'inévitable littérature fit sa rentrée.

Marchenoir, très en verve, éructa de cocasses apophtegmes et d'inexpiables similitudes qui firent éclater de rire le bon Leverdier. Vers minuit enfin, on se sépara dans l'effusion d'une allégresse attendrie que ces trois cœurs souffrants ne connaissaient guère et qu'ils étaient probablement condamnés à ne plus jamais ressentir.

*

[LV]

Properce Beauvivier est juif de naissance et se nomme Abraham. *Abraham*-Properce Beauvivier. Juif cosmopolite, d'origine portugaise, rencontré et baptisé, dit-on, par un moine passant, à l'eau du premier ruisseau, sur une route d'Allemagne ; un peu plus tard, allaité par Deutz [1], le youtre fameux qui *bazarda* [2] la duchesse de Berry, et grandissant à Bordeaux chez ce patriarche. Il se peut que tout le secret de sa destinée morale tienne dans la circonstance de ce conjectural baptême, donné par un inconnu, sur le rebord symboliquement vaseux d'un fossé de grand chemin. On assure que ses parents en conçurent une rage inouïe, dont ses dents grincent encore, et qu'il n'a jamais pu prendre son parti de ce sacrement d'occasion qui paraît agir sur lui comme un maléfice.

Aussi dénué de génie que pourrait l'être, par exemple, un expéditionnaire de l'Assistance publique, mais étonnamment rempli de toutes les facultés d'assimilation et d'imitation, il s'enleva, d'un bond, dans le cerveau déjà crevé du romantisme, avec une vigueur de reins qui lui valut, il y a vingt ans, l'adoption littéraire du vieil Hugo.

À partir de ce bienheureux instant, sa vie fut un rêve. Il devint le réservoir des bénédictions du Père [3]. – Regardez mon fils Properce, disait celui-ci aux débutants avides, et allez en paix ! – Properce, de son côté, puisait à pleines mains dans le tiroir aux rayons et saccageait le coffre-fort aux auréoles, les empilant par douzaines, sur sa propre tête, comme les couronnes d'un lauréat de collège vingt fois élu. Il est ainsi devenu glorieux par la poésie, par le roman, par le conte, par le théâtre et même par la politique profonde, ayant été sagement impétueux contre les communards, quand on fusillait [4], et les dépassant ensuite, quand on ne fusilla plus. Il est surtout devenu le lyrique du proxénétisme et de la trahison, et c'est par là qu'il est entré dans l'hermétique originalité, dont les crochets et les monseigneurs [5] de ses autres lyrismes n'auraient pu forcer la serrure.

Imiter Victor Hugo aussi parfaitement que Beauvivier n'est pas interdit à tous les mortels, mais nul ne peut prétendre à refléter seulement l'ombilic de ce Rétiaire de l'Innocence. Voilà tout ce que l'on en peut dire. Celui qui chantera, d'une juste voix, sur la cithare ou le tympanon, la haine de cet homme pour l'innocence, sera certainement un moraliste à l'aile robuste et un fier lapin [6]. Il ne faut pas rêver mieux que d'en constater certains effets. Il paraît que la vieille crasse juive brûle comme un sédiment calcaire, lorsqu'elle est touchée par l'eau du baptême.

Beauvivier est l'auteur d'un nombre infini de livres de diverses sortes, mosaïque perverse et compliquée, où transparaît, sans relâche, l'intime obsession de déshonorer et de salir. Son dernier roman, *l'Inceste* [7], une des plus effrontées copies d'Hugo qu'on se puisse aviser d'écrire, est un dosage monstrueux de neige, de phosphore et de cantharides [8], calculé pour corroder les entrailles d'un adolescent, vingt-quatre heures, au moins, après l'absorption, – la lâcheté de son cœur étant égale à la timidité de sa pensée. L'objet de ce livre est, en effet, la *glorification* de l'inceste, non par vulgaire manie de sophistiquer, mais pour cette primordiale, souveraine et péremptoire raison que le Seigneur Dieu *l'a défendu* [9]. Car il ne peut s'empêcher de croire en Dieu et sa vocation manifeste est de jouer les « Anciens Serpents [10] ». Seulement, il se dérobe au moment de conclure et finit par un équivoque triomphe de la vertu, en laissant insidieusement planer le désir du mal sur la curiosité qu'il vient d'exciter. Cet empoisonneur a osé mettre en circulation, sous forme de *Contes* pour les jeunes filles [11], de dissolvants et inexorables toxiques. On raconte qu'il en prépare d'autres encore pour les enfants au-dessous de dix ans.

Une hystérie maladive, d'ordre effrayant, est l'insuffisante explication de cette fureur qui n'irait à rien moins qu'à contaminer la lumière. C'est à se demander si l'exécration *physique* de la *blancheur* n'est pas pour quelque chose dans l'inconcevable débordement de son écritoire.

Il passe pour avoir été beau, naguère. Lui-même le déclare en ces termes simples : « J'ai été très beau [12]. » Il a cru devoir comparer son propre visage à celui du Christ [13]. Homme à femmes, par conséquent, il a mis, de bonne heure, sa personne en adjudication et même en *actions*. On a vu des familles payer très cher des *coupons* de son alcôve [14]. – Maquereau deux fois funeste, il ne lui suffit pas de ruiner les femmes pour s'en rendre maître, il se plaît ensuite à les enfermer dans la Tour de la faim du tribadisme, – imprévue par Dante [15], – où les malheureuses, privées du rognon nutritif de l'homme, sont réduites à se dévorer entre elles... Il s'est marié, pourtant, ce vainqueur, et il a épousé la plus belle femme qu'il a pu trouver [16], dans l'espérance, non déçue, de conquérir plus facilement les autres.

Il a ce signe particulier d'être sans défense contre les boutiques de cordonniers, devant lesquelles il s'oublie dans d'incontinentes extases. Il faut l'avoir entendu prononçant le mot « bottines ! » pour bien comprendre l'histoire de l'Angleterre, où le *jarret* d'une femme a prévalu cinq cents ans [17], contre l'épine dorsale de la plus hautaine aristocratie de tous les globes. Il est vrai que le pupille du bon Deutz est réduit à se satisfaire de la seule aristocratie de son fumier d'origine, mais la morgue putanière d'un certain dandysme ne lui manque pas.

Au point de vue de la bassesse d'âme pure et simple, sans complication psychologique d'aucune sorte, l'originalité de Beauvivier ne paraît pas humainement dépassable. À l'exception de Renan, qui décourage le mépris, et dont l'abjection sphérique apparaît comme un mystère de la Foi, l'auteur de *l'Inceste* est, probablement, le seul homme de son siècle en humeur de compatir à la destinée de l'Iscariote. – Jésus l'avait *peut-être* humilié ! – dit-il, et ce n'est point un mot d'auteur [18]. C'est le plus intime de sa substance. Il ne respire que pour tromper, et la trahison est son unique arrière-pensée, sa préoccupation constante. Judas s'est contenté de livrer son Maître, Properce aurait entrepris de le souiller préalablement. Son âme est une condensation de fumée terne et fétide, aussi capable de cacher l'abîme de ténèbres d'où elle est sortie que d'offusquer les gouffres de lumière vers lesquels elle ne permet pas qu'on s'élance.

Jésus pardonne à la femme adultère [19]. Les sacristains eux-mêmes l'en ont absous. Properce le blâme, objectant que ce pardon est attentatoire à l'autorité du mari, qui avait probablement *acheté* sa femme, et par conséquent avait le droit de la punir [20]. Telle est sa conception de la justice. Il est vrai que l'Homme-Dieu, ramassant des pierres pour aider le cocu à lapider cette malheureuse, n'exciterait pas moins son indignation, mais, alors, tempérée par la souterraine joie de prendre en défaut la Miséricorde et de supposer de plausibles tares à la Beauté même. C'est l'antique procédé, – nullement inventé par l'abominable Ernest, – de ne pas nier Dieu avec précision, mais de l'amputer de sa Providence, en ne lui permettant aucune intrusion dans nos sublunaires histoires.

« Tu pleuras, Emmanuel, de *ne pas* être Dieu ! » écrivait-il [21], s'adressant à ce même Christ dont les souveraines Larmes sont un outrage à l'infernale aridité de ses yeux impurs. Ah ! s'il avait pu être à la place de l'ange confortateur [22] ! Comme il aurait savamment, *câlinement* bafoué cette Agonie ! Le Calice terrible, il ne l'aurait pas fait boire, il l'aurait fait *siroter* ! Et la Sueur de sang [23], dont la pourpre vive inonda l'Empereur des pauvres, comme il en aurait diligemment altéré la couleur, en y mélangeant son fiel !...

Ce monstre, dont la seule excuse est d'être *venu avant terme* et d'être, ainsi, un fœtus de monstre, a trouvé, cependant, le moyen de procréer des enfants [24] et souffre, paraît-il, de ne pouvoir s'en faire aimer. Il se console, à sa manière, en donnant des bals d'enfants où sa boulimique rage de tendresse a cent occasions de se satisfaire [25]... Malheur aux parents assez imbéciles ou assez criminels pour jeter dans ce pourrissoir [26] leur progéniture !

Un jour, il s'en venait d'enterrer un de ses propres fruits [27], une petite fille assez heureuse pour avoir été ravie à ce père, avant l'horreur d'en connaître l'infamie ou l'horreur plus grande de n'en être pas dégoûtée. Il avait tamponné ses yeux, pleuré peut-être, on ne sait au juste. Mais tout était fini, et il s'en allait. Tout à coup, n'ayant pas encore franchi le seuil du cimetière : – Il faudra, pourtant, que je lui fasse quelques vers à cette enfant ! dit-il d'une voix éolienne, aux plus proches des accompagnants... Le cabot sacrilège est tout entier dans cette parole.

En voici, maintenant, une autre, d'une atrocité plus surprenante, où se profile, de la tête aux pieds, le Juif réprouvé. Properce est dans la rue, par une nuit très froide, avec un homme qu'il appelle son ami [28]. Une vieille grelottante est rencontrée qui murmure des supplications en tendant la main. Il s'arrête sous un bec de gaz, – le nourrisson du divin Deutz, – il exhibe un porte-monnaie gonflé d'or, et, sous l'œil ébloui de la misérable, il fouille cet or, il le pétrit, le retourne, le fait tinter, fulgurer, l'allume comme un tas de braises, puis fourrant le tout dans sa poche et haussant les épaules d'un air d'impuissance navrée : – Ma bonne, exhale-t-il, j'en suis bien fâché, mais je croyais avoir *de la monnaie*, et je n'en ai pas. L'observateur de cette scène a raconté qu'il aperçut aux pieds du spectre, dans le bitume du trottoir, une petite ouverture lumineuse, par laquelle on aurait pu découvrir l'enfer...

Une obscure nuée d'images religieuses flotte perpétuellement autour de ce poète, qui sent profondément sa réprobation, mais qui se flatte, après tout, de séduire son Juge [29] et de carotter le Paradis, si ce séjour de délices existe véritablement. En attendant, il ne parvient pas à se défendre efficacement de certaines terreurs qu'il paraît s'être donné pour mission de faire mépriser aux autres. C'est la revanche des pauvres et des innocents massacrés qui sont, en ce monde, les ambassadeurs lamentables du patient Dieu. Vienne son heure, l'ignominie du Salisseur d'âmes sera vue dans son plein et ce sera, comme une lune dix fois pâle, au ras du plus fétide marécage sur lequel les mortelles Stymphalides [30] de la Luxure et du Sacrilège aient jamais plané !

*

[LVI]

Tel était le personnage puissant appelé à prononcer, après tant d'autres, sur le sort de Marchenoir. Rédacteur en chef du *Pilate*, depuis trois semaines, sans qu'on pût expliquer son élévation, qui était le secret de quelques femmes et d'un petit groupe de tripotiers, cet israélite, longtemps captif dans les subalternes rôles, régnait enfin sur l'un des journaux les plus influents de notre système planétaire à la place de cet amas de chairs putréfiées qui s'était appelé Magnus Conrart, et dont les exhalaisons suprêmes avaient manqué d'asphyxier ses enfouisseurs.

Celui-ci, du moins, n'avait embarrassé l'esprit de ses contemporains d'aucun mystère. Tout le monde savait par quelles basses manœuvres cet ancien laquais à tout faire avait, autrefois, suborné la seconde enfance du fondateur du *Pilate*[1] qui l'avait institué son héritier pour qu'il abaissât les consciences, comme il avait si longtemps abaissé les marchepieds.

La nullité intellectuelle de l'affreux drôle l'avait servi plus efficacement que le génie même. Devenu l'intendant de la quotidienne pâture des âmes, son choix s'était naturellement porté sur les panetiers et les mitrons littéraires les plus capables de contenter l'ignoble appétit d'une société que la République instruisait à chercher sa vie dans les ordures. La spéculation la plus profonde n'aurait pu mieux faire. Magnus était, par conséquent, devenu un très grand monarque, le monarque des portes ouvertes, offrant la vespasienne hospitalité du *Pilate* à toute puante réclame, à toute caséeuse[2] annonce, à tout lancement ammoniacal de promesses financières, à tout *trafic*[3] rémunérateur.

L'insolente Fortune[4], qui choisit ordinairement de tels concubins, l'avait à ce point comblé, que la bassesse même de son esprit et la surprenante adiposité de son âme écartèrent de lui les inimitiés personnelles ou les rivalités agressives, qu'une pincée de mérite n'aurait pas manqué d'attirer à un caudataire[5] si scandaleusement parvenu. Il fut cet ami de toutes les canailles qu'on appelle un sceptique ou un « bon garçon » et, joyeusement attablé au foin de ses bottes, il descendit le fleuve de la vie dans la barque pavoisée de fleurs et lestée de lard, de l'universelle camaraderie.

Lorsqu'il s'avisa de réprouver Marchenoir dont il avait espéré monnayer les rares facultés de rhinocéros, – oubliant trop que ce pachyderme en liberté pouvait avoir la fantaisie de le piétiner, – il eut encore cette chance inouïe d'en être silencieusement méprisé. Quelle formidable caricature à la Pétrone n'eût pas été, sous une telle plume, un portrait simplement exact de ce Trimalcion[6] du journalisme ! Le satiriste, congédié presque honteusement du *Pilate*, avait dû triompher de tentations terribles et subir de sacrés assauts, car sa vengeance était trop facile.

Mais, bientôt, Magnus lui-même se chargea de venger tout le monde. Atteint d'une blessure au pied, que la putridité de son sang rendit promptement incurable, dévoré par la gangrène et souffrant d'atroces tortures, il termina sa vie par l'ignoble pendaison volontaire dont les détails ont écœuré plusieurs virtuoses du suicide [7].

Properce Beauvivier n'apportait pas, il est vrai, une moralité bien supérieure. Cependant, les deux ou trois demi-douzaines d'artistes que le prédécesseur n'avait pas eu le temps d'étrangler respirèrent. C'est que Beauvivier avait, en raison, sans doute, des paradoxales difformités de son âme, une prédilection infernale pour le talent ! Aussi longtemps que ses propres intérêts ne seraient pas en jeu, on pouvait y compter jusqu'à un certain point. Il était bien certain, par exemple, qu'il faudrait une pression extérieure de tous les diables pour lui faire accepter de la prose du bossu Ohnet, au préjudice d'un *écrivain* de dixième ordre, et même en l'absence de toute compétition.

Canaille pour canaille, c'était bien quelque chose aussi d'avoir affaire à un homme qui ne fût pas exclusivement un goujat, qui n'eût pas uniquement en vue, quoique juif, l'encaissement du numéraire, et qui fût capable de comprendre à peu près, quand on lui ferait l'honneur d'avoir besoin d'en être écouté. On se prit à rêver la chimérique aubaine d'un *Pilate* redevenu littéraire, comme aux jours lointains de sa fondation [8]. On espéra que le seul fait de savoir écrire cesserait enfin d'être regardé comme un irrémissible forfait, et que le nouveau prince allait introduire quelque adoucissement à la loi pénale édictée par le turgide [9] Magnus, qui condamnait au lent supplice de l'inanition les blasphémateurs de la médiocrité [10].

Quels que pussent être les probables cloaques de son arrière-pensée, on ne pouvait douter que le sentiment d'une réelle estime littéraire eût été pour beaucoup dans son désir de réintégrer Marchenoir. Cela paraissait d'autant plus évident qu'il avait deux ou trois fois senti, pour son propre compte, la morsure de ce pamphlétaire[11] que tous ses instincts de voluptueux et d'empoisonneur auraient dû lui faire abhorrer.

Deux jours après le dîner de Vaugirard, Marchenoir porta lui-même son article au directeur du *Pilate*. Beauvivier le reçut avec une cordialité grandissime, commandée spécialement, pour cette entrevue, chez un fournisseur d'archiducs.

Le visiteur exprima d'abord sa surprise d'avoir été favorisé par *le Pilate* d'une recherche en collaboration, après un si motivé bannissement de sa copie par la presse entière. Il ajouta qu'il n'entendait rapporter l'initiative d'une démarche si honorable pour lui qu'à l'indépendance d'esprit du nouveau maître, assez haut pour rompre en visière avec des traditions funestes aux lettres...

– Votre prédécesseur, dit-il, ne gâtait pas les écrivains, quand il s'en trouvait. Il leur faisait amèrement déplorer de n'avoir pas été mis en apprentissage chez quelque diligent savetier, dès leur tendre enfance. On dit que vous avez le dessein de relever la muraille de la Chine et d'endiguer l'horrible muflerie qui menace le céleste Empire du Journalisme. S'il en est ainsi, je suis tout à vous et je vous promets une énergique lieutenance. Je suis très persuadé que, même au point de vue moins élevé de la spéculation, une presse courageuse et, franchement, scandaleusement littéraire, ne serait point une infructueuse tentative. La société contemporaine est hideusement abrutie et dégradée par les pollutions ressassées d'une chronique de trottoir qui n'a plus même l'excuse de lui donner un semblant de palpitation.

Nos journaux, avouons-le, sont crevants d'ennui. Les délectations américaines du reportage et de la réclame ne sont pas infinies. Si vous étiez un homme énergique et profond, – ai-je dit un jour à cette brute de Magnus Conrart, – non seulement vous m'accepteriez tel que je suis, mais vous grouperiez les gens de ma sorte, absurdement écartés par votre système, et, je vous le jure, nous déterminerions un courant nouveau. Le monde a toujours obéi à des volontés qui s'exprimaient, la cravache ou la trique en l'air. Nous formerions une oligarchie intellectuelle, d'autant plus acclamés de la foule que nous serions moins capables de la flagorner. Je ne vous connais pas, personnellement, monsieur Beauvivier. Je ne sais de vous que vos livres, dont j'ai dit beaucoup de mal. Qu'importe ? Si vous aimez le talent, pourquoi ne profiteriez-vous pas de votre quasi-royauté du *Pilate* pour tenter cette magnifique aventure dont l'ancien directeur a repoussé l'idée comme une folie ?

Properce, évidemment préparé à tout entendre, avait pris une attitude de séduction. Il s'était levé et accoudé à la cheminée, faisant face à Marchenoir assis devant lui. Celui de ses deux bras qui soutenait sa désirable personne laissait pendre, au rebord du marbre, une experte main, fuselée par la pratique des nageantes caresses, et qu'on s'étonnait de ne pas voir membraneuse comme le pied d'un albatros. L'autre main complimentait sa barbe en mitre, dont la fourche soyeuse avait l'air de bifurquer sur quelque invisible croupion. L'une de ses jambes fines de Sardanapale accoutumé à languissamment s'ébattre était ramenée sur l'autre, la pointe en bas, comme un serpent qui s'enlacerait à un serpent. Le torse flexible, tabernacle [12] de son cœur pourri, transparaissait au travers de la fluide flanelle, couleur crème et lisérée de vert d'ortie, d'un pet-en-l'air matinal [13].

La lumière de la fenêtre, qui tombait en plein sur son visage et sur les blondeurs fanées de son poil, ne le montrait pourtant pas très beau, ce jour-là. Sa pâleur, habituellement extraordinaire, atteignait presque à la lividité marbrée d'une tranche de roquefort, menacée de la plus imminente fécondité. Des sillons blafards, des raies crayeuses y couraient comme des sutures, et le bleu des yeux, – naguère qualifiés de céruléens, – commençait visiblement à se faïencer sous les cuites sans nombre du libertinage.

N'importe, il avait mis au clair son plus adolescent sourire, et Marchenoir, l'homme le plus aisément friponnable, quand on voulait lui coller la fausse monnaie d'une sympathie sans valeur, y fut trompé, comme toujours, en dépit des cruels avertissements de son expérience.

– Monsieur Marchenoir, répondit le Proxénète, – dilatant assez son sourire pour qu'une rangée de bubes [14] syphilitiques devînt visible au dedans de la lèvre inférieure, – je n'ai pas de peine à deviner que vous m'apportez un article de début d'une rare véhémence. Donnez-le-moi, j'y jetterai simplement les yeux et vous pourrez, à l'instant, me juger sur mes actes.

Marchenoir tendit le manuscrit.

– *La Sédition de l'Excrément* !... Titre superbe !... Léo Taxil... la pornographie murale... très bien ! Il s'assit et, prenant une plume, écrivit en syllabisant à haute voix :

« Nous sommes heureux d'offrir l'hospitalité de nos colonnes à l'article suivant de notre vaillant confrère Caïn Marchenoir, l'un des plus sombres coryphées de la littérature contemporaine, qu'un deuil récent avait éloigné du champ de bataille et qu'un scandale monstrueux y ramène aujourd'hui plus formidable que jamais. Nos lecteurs applaudiront certainement à cette voix énergique s'élevant tout à coup au milieu du lâche silence de l'opinion. Ils accepteront les audaces de forme d'un satiriste génial, dont les indignations généreuses s'expriment en frémissant, et qui pense que toute arme est bonne pour la répression des industriels fangeux qui ont entrepris de souiller nos murs. *Le Pilate*, traditionnellement attentif à détourner, autant que possible, les effets immoraux de ces attentats, met volontiers sa publicité au service de l'écrivain le plus capable d'en montrer les dangers. Caïn Marchenoir est surtout une conscience. Ses nombreux ennemis ont pu l'accuser d'être passionné jusqu'à l'intolérance, mais nul ne s'est jamais avisé de mettre en doute sa sincérité parfaite, alors même que sa polémique semblait excessive. – P. B. »

Properce glissa ce boniment sous enveloppe avec l'article et sonna. Un groom, d'une candeur hypothétique, apparut.

– Portez cela à l'imprimerie, sans perdre une minute, dit-il à ce serviteur. Vous direz, de ma part, qu'on donne à composer tout de suite.

Se levant, alors, et s'adressant à Marchenoir surpris et déjà comblé :

– Êtes-vous content de moi, homme terrible ? Vous voyez si je suis docile et rapide. Je vous prie de m'accorder, en retour, une vraie faveur. Demain soir, je réunis à ma table quelques confrères. Soyez des nôtres. Je sais bien que ces réunions ne sont pas dans vos goûts de solitaire. Mais je pense qu'il est politique de vous montrer un peu à ces bonnes gens, qui vous détestent pour la plupart et qui vous lécheront, le plus civilement du monde, quand ils auront appris que vous rentrez au *Pilate*. Je vous ménage un complet triomphe. Venez sans habit et faites-moi l'honneur désormais de compter sur mon amitié, ajouta-t-il, en lui offrant celle de ses deux mains qui avait le plus servi.

Marchenoir, presque touché, promit de revenir le lendemain et s'en alla, doucement rêveur.

*

[LVII]

Les illusions de Marchenoir, aussi stupides que spontanées, n'avaient pas ordinairement la vie très dure. Il vécut, l'espace d'un jour, sur l'espoir insensé d'une justice littéraire procurée par ce souteneur. Il rêva des polémiques inouïes, des envolées d'imprécations sublimes, toute la lyre vengeresse des ouragans réprobateurs ! Il lui dirait enfin tout ce qu'il avait sur le cœur, à cette immonde société, dont l'inacceptable ignominie le faisait rugir !...

En vain, Leverdier s'efforça de mettre sous les yeux de ce désespéré le danger palpable de trop espérer. Pour tempérer son enthousiasme, il lui rappela tout ce qu'ils savaient, l'un et l'autre, de Beauvivier, ses habitudes de trahison, les verrous, les triples barres, les cadenas, les serrureries compliquées de cette conscience dangereuse, environnée de chausse-trapes et d'oubliettes à engloutir des éléphants, pénétrable seulement par de rares chatières à guillotine où les téméraires les plus altiers ne pouvaient passer qu'en rampant...

– Sans doute, répondait-il, mais qui sait ? Je suis, peut-être, une bonne affaire aux yeux de cet homme. D'ailleurs, j'ai besoin d'espérer. Même en écartant toutes les considérations d'ordre élevé, songe donc, mon ami, que ce serait *du pain* pour ma pauvre compagne et pour moi.

– Hélas ! dit l'autre, en l'accompagnant par les rues, je le désire, mais ce dîner m'inquiète un peu. Une drôle d'idée qu'il a eue, cet animal, de te fourrer le museau, du premier coup, dans l'auge à cochons ! Enfin, sois prudent, endure pour Véronique tout ce qui ne sera pas absolument insupportable, et sauve-toi de bonne heure. Tu me retrouveras au café.

Les deux amis se séparèrent à la porte de Beauvivier.

Dès son entrée dans le vaste salon, où les nombreux convives s'empilaient, Marchenoir fut dégrisé de son rêve, instantanément. Il sentit, comme en une bouffée de dégoût, l'incompatibilité sans remède, infinie, de tout son être avec ces êtres nécessairement hostiles à lui, et dont quelques-uns étaient si bas qu'on pouvait s'étonner de les voir admis, même dans ce lieu de prostitution.

Ils représentaient, cependant, toute la presse dite *littéraire*, et même un peu la littérature, et, certes, il n'y avait pas, dans le nombre, un individu qui eût fait un geste, pour le secourir, s'il avait été en danger, – un seul geste – ou qui, même, eût hésité à l'y enfoncer davantage, en protestant de l'*impartialité* du coup de sabot qu'il lui eût appliqué sur le péricrâne. Pas une femme, d'ailleurs, ce qui donnait à pressentir qu'on allait être un peu goujat. Il se vit épouvantablement seul et détesté.

Beauvivier se précipita. – Mon cher monsieur Marchenoir, dit-il, vous étiez attendu avec la plus dévorante impatience. Messieurs, voici notre nouveau *leader*.

Néanmoins, il n'usa pas son précieux pharynx en présentations superflues. Les bonzes de la publicité s'inclinèrent comme des épis, et l'infortuné dut subir le contact de plusieurs mains sordides qui se tendirent vers lui. Tout à coup, il se trouva flanqué du docteur Des Bois et de Dulaurier, en qui renaissait une estime sans bornes pour ce ressuscité d'entre les morts. Le lycanthrope, déjà énervé, n'entendit qu'à peine les gazouillements du premier, mais le second paya pour tout le monde. Sans même y penser, il lui serra la main d'une telle force que le poète sigisbée ne put retenir ce cri : – Ah ! vous me faites mal ! – Je vous étreins comme je vous aime ! mon cher, lui répondit-il, en le fixant avec des yeux froids et clairs plus inquiétants que la colère. Dulaurier s'éloigna sous l'aile de Chérubin, comme un chien rossé, et Marchenoir, enfin tranquille, prit une cigarette, et, s'enfonçant dans un fauteuil, se mit à considérer silencieusement cette populace de la plume, qui remuait la langue en attendant qu'on annonçât la mangeaille.

*

[LVIII]

Il vit d'abord, non loin de lui, le roi des rois, l'Agamemnon littéraire, l'archi-célèbre, l'européen romancier, Gaston Chaudesaigues[1], recruteur d'argent inégalable et respecté. Seul, le gibbeux[2] Ohnet lui dame le pion et ratisse plus d'argent encore. Mais l'auteur du *Maître de Forges* est un mastroquet heureux qui mélange l'eau crasseuse des bains publics à un semblant de vieille vinasse, pour le rafraîchissement des trois ou quatre millions de bourgeois centre gauche qui vont se soûler à son abreuvoir, et il n'est pas autrement considéré. Il est unanimement exclu du monde des lettres, ce dont il brait, parfois, dans la solitude. Sans son héroïque ami Chérubin Des Bois, qui a naturellement du goût pour les millionnaires et qui lui ouvre ses bras quand on est seul, ce triomphateur serait tout à fait sans consolation.

Chaudesaigues nage, il est vrai, dans une moindre opulence. Cependant, il dépasse encore les plus cupides sommets littéraires de toute la hauteur d'un Himalaya. Il faut se représenter une façon de juif-auvergnat, né dans le midi, et compatriote de Mistral, un troubadour homme d'affaires, un Lampiste des *Mille et une Nuits*, qui n'aurait qu'à frotter pour que le *génie* apparût et l'ÉCLAIRÂT. On se rappelle l'énorme succès de son livre sur le duc de Morny, qui avait protégé ses débuts, auquel il devait tout, et dont il épousseta et retourna les vieilles culottes aux yeux d'un public avide de couvrir d'or le révélateur [3]...

De telles indiscrétions peuvent être le droit absolu d'un véritable artiste, affranchi par sa vocation de toutes les convenances de la vie normale, mais aucun marchand de lorgnettes ne doit prétendre à d'aussi dangereuses immunités, et Chaudesaigues est précisément un des plus bas [4] mercantis de lettres dont le tube [5] classique de cette vieille catin de gloire [6] ait jamais trompeté le nom [7].

Il est ce qu'on appelle, dans une langue peu noble, « une horrible *tapette* ». En 1870, il avait attaqué Gambetta [8], dont il raillait le mieux qu'il pouvait la honteuse dictature. Quand la France républicaine eut décidé de coucher avec ce gros homme, sa nature de porte-chandelle se mit à crier en lui et il fit négocier une réconciliation, s'engageant *provisoirement* à ne plus éditer le volume où le persiflage était consigné [9].

Un peu avant le 16 mai [10], il s'en va trouver le directeur du *Correspondant*, revue tout aristocratique et religieuse, comme chacun sait [11]. Il offre un roman : *Les Rois sans patrie*. Le thème était celui-ci : Montrer la royauté si divine que, même en exil et dans l'indigence, les rois dépossédés ne parviennent pas à devenir de simples particuliers, qu'ils sont encore plus augustes qu'avant et que leur couronne repousse toute seule, comme des cheveux, sur leurs fronts sublimes, par-dessus le diadème de leurs vertus. On devine l'allégresse du *Correspondant*. Mais le 16 mai raté [12], Chaudesaigues change son prospectus, réalise exactement le contraire de ce qu'il avait annoncé [13], et transfère sa copie dans un journal républicain [14].

Toutefois, ce n'est pas un traître pur, un traître par plaisir, à l'instar de Beauvivier. Il lui faut de l'argent, voilà tout, un argent infini, non seulement pour contenter les plus *ataviques* appétits de sa nature de fastueux satrape [15], mais afin d'élever, dans une occidentale innocence, les enfants à profil de chameau et à toison d'astrakan, qui trahissent, par le plus complet retour au type, l'infamante origine de leur père [16].

On n'avait peut-être jamais vu, avant lui, une littérature aussi âprement boutiquière. Son récent livre, *Sancho Pança sur les Pyrénées* [17], conçu commercialement, en forme de guide cocasse, d'un débit universel, avec des réclames pour des auberges et des fictions d'étrangers sympathiques, est, au point de vue de l'art, une honte indicible.

Son talent, d'ailleurs, dont les médiocres ont fait tant de bruit, est, surtout, une incontestable dextérité de copiste et de démarqueur [18]. Ce plagiaire, à la longue chevelure, paraît avoir été formé tout exprès pour démontrer expérimentalement notre profonde ignorance de la littérature étrangère. Armé d'un incroyable et confondant toupet, voilà quinze ans qu'il copie Dickens, outrageusement [19]. Il l'écorche, il le dépèce, il le suce, il le racle, il en fait des jus et des potages, sans que personne y trouve à reprendre, sans qu'on paraisse seulement s'en apercevoir.

Virtuose de conversation à la manière fatigante des méridionaux dont il a l'accent, il se trouble aisément en la présence d'un monsieur froid, qui l'écoute en le regardant, sans rien exprimer. Ce don Juan équivoque manque de tenue devant la statue du Commandeur.

Justement, il pérorait avec deux de ses compatriotes, aussi peu capables l'un que l'autre de l'intimider, Raoul Denisme et Léonidas Rieupeyroux[20]. Le premier, raté fébrile et gluant chroniqueur, est généralement regardé comme un sous-Chaudesaigues, ce qui est une façon lucrative de n'être absolument rien. Mais le crédit du maître est si fort que le vomitif Denisme arrive tout de même à se faire digérer. Incapable d'écrire un livre, il dépose, un peu partout, les sécrétions de sa pensée. On redoute comme un espion ce croquant chauve et barbu, qui a dû, semble-t-il, payer de quelque superlative infamie son ruban rouge[21] et dont la perfidie passe pour surprenante.

Quant à Léonidas Rieupeyroux, c'est un personnage vraiment divin, celui-là, capable de restituer le goût de la vie aux plus atrabilaires disciples de Schopenhauer. Il est grotesque comme on est poète, quand on se nomme Eschyle. Il a la Folie de la Croix[22] du Grotesque. Méridional, autant qu'on peut l'être en enfer, doué d'un accent à faire venir le diable, il rissole, du matin au soir, dans une vanité capable d'incendier le fond d'un puits.

Il est l'inventeur des paysans épiques. La vieille truie, connue sous le nom de George Sand, les faisait idylliques et sentimentaux. Marchenoir, élevé au milieu de ces lâches et cupides brutes, se demanda, en voyant gesticuler Léonidas, quel pouvait être le plus bête de ces deux auteurs. Il conclut, en ce sens, à la supériorité de l'homme.

La fécondité de celui-ci consiste à publier éternellement le même livre sous divers titres. C'est une finesse du Tarn-et-Garonne. Si, du moins, ses paysans se contentaient d'être épiques, mais ils sont *civiques*, bonté du ciel ! Pendant des cent pages, ils gargouillent et dégobillent les rengaines les plus savetées [23], les plus avachies, les plus jetées au coin de la borne [24], sur les Droits de l'homme et les devoirs du citoyen, sans préjudice de la fraternité des peuples.

Un des poètes contemporains les plus démarqués nomma, un jour, Rieupeyroux, le *Tartufe du Danube* [25], mot exact et spirituel dont plusieurs imbéciles ont voulu se faire honneur. C'est, en effet, un hypocrite véhément, espèce très peu rare dans le Midi. Hypocrite de sentiments, hypocrite d'idées et faux pauvre, il appartient à cette catégorie d'odieux cafards, dont la besace est gonflée du pain des indigents qu'ils ont dépouillés, en leur volant la pitié du riche.

Un jour, ce personnage alla trouver Chaudesaigues et quelques autres financiers de lettres, dont il savait l'ascendant chez un éditeur fameux [26]. Lamentateur fastueux et grandiloque, il raconta que sa mère venait d'expirer et qu'il était sans argent pour la mettre en terre. En même temps, d'impayables arriérés tombaient sur lui. Qu'allait-il devenir avec sa femme et ses enfants ? Certes, il ne demandait pas d'argent à ses confrères, mais enfin, on pouvait agir pour lui sur l'éditeur qui ne refuserait pas d'escompter son génie. Bref, on parvint à faire dégorger, sans escompte, deux ou trois mille francs, au capitaliste circonvenu. Jusqu'à présent, l'histoire est banale. Mais voici :

Quelque temps après, Léonidas se présente seul, et dit à son créancier qui s'était flatté doucement d'être un donateur :

– Monsieur, je suis un honnête homme. Vous m'avez avancé de l'argent et je suis ennuyé de ne pouvoir vous le rendre. Je n'en dors plus. Eh bien ! je vous apporte un manuscrit étonnant. Payez-vous de ce que je vous dois en le publiant.

L'éditeur, déjà fourbu de son premier sacrifice, et que la seule idée d'imprimer, par surcroît, du Rieupeyroux, comblait de terreur, essaya vainement de protester et de fuir. Il tenta, sans succès, de se couler par les fentes, de grimper au mur, de s'obnubiler sous le paillasson. Il fallut absolument qu'il y passât. Cet honnête homme, insolvable, allait peut-être se pendre chez lui !

Ainsi fut édité l'étonnant volume où cet enfant du Midi, informant tous les peuples de ses relations amicales avec Baudelaire [27], raconte avec candeur la mystification personnelle dont sa vanité d'autruche fut le prodigieux substrat et qu'il est seul, depuis vingt ans, à ne pas comprendre [28].

La saleté physique de Rieupeyroux est célèbre. C'est un citoyen oléagineux et habité. Il ignore l'eau des fleuves et la virginale rosée des cieux. Il promène sous l'azur une fleur de crasse, immarcescible [29] comme la pureté des anges. Ses cheveux, qu'il porte encore plus longs que Chaudesaigues, et qui flottent sur l'aile des vents, fécondent l'espace à la plus imperceptible nutation [30] de son chef. On ne l'approche qu'en tremblant, et les voleurs, dont il doit avoir tant de crainte, y regarderaient à beaucoup de fois avant de le détrousser.

Un autre trio, curieux et illustre, était celui formé par Hamilcar Lécuyer, Andoche Sylvain [31] et Gilles de Vaudoré [32], trois poètes romanciers.

Marchenoir savait par cœur son Lécuyer, qu'il avait, une fois, sanglé de la plus mémorable sorte [33]. Ils s'étaient rencontrés, il y avait nombre d'années, chez Dulaurier, très humble alors, dont la petite chambre était un cénacle [34].

Cet africain besogneux et hâbleur, mais rongé d'ambition, et qui méditait les rôles classiques de Catilina ou de Coriolan [35], aurait vendu sa mère à la criée, au carreau des Halles, pour attraper un peu de publicité. Cymbale sensuelle et ne vibrant qu'aux pulsations venues d'en bas, il était admirablement pourvu de tous les tréteaux intérieurs, par lesquels une âme élue de saltimbanque prélude, d'abord, au vacarme fracassant de la popularité.

Le moment venu, la cuve s'était débondée. Il en était sorti, comme d'un abcès monstrueux, des flots de sanie écarlate, des purulences recuites et granuleuses, de la bile d'assassin poltron et malchanceux, d'inexprimables moisissures coulantes et des excréments calcinés. Alors on avait crié au prodige. Les redondances clichées et la frénésie piquée des vers de ses *Chants sacrilèges*[36] avaient paru suffisamment eschyliennes à une génération sans littérature, qui n'a pas assez de langue dans sa gueule de bête pour lécher les pieds de ses histrions.

Prostitué publiquement à une comédienne cosmopolite[37], devenu lui-même acteur et jouant ses propres pièces en plein théâtre du boulevard, il avait fini par poser, sur sa tête crépue d'esclave nubien, une couronne fermée de crapule idéale et de transcendant cynisme, dont Marchenoir discerna, dès le premier jour, la fragilité et la basse fraude.

Réalité misérable ! Ce bateleur n'est pas même un bateleur, il n'y a pas[38] en lui la virtualité d'un vrai sauteur, sincèrement épris de son balancier. Il suffit de gratter ce crâne fumant, pour en voir jaillir[39], aussitôt, un romancier-feuilletoniste de vingtième ordre. C'est un bourgeois masqué d'art, très opiniâtre et très laborieux, mais aspirant à se retirer des affaires. La vile prose de son mariage[40] avait éclairé bien des points obscurs, et la langue des vers de ce Capanée[41] de louage – langue piteuse et pudibonde, jusque dans le paroxysme du blasphème, – trahit assez, pour un connaisseur, l'intime *désintéressement* professionnel du blasphémateur, qui n'a choisi le paillon de l'impiété que parce qu'il tire l'œil un peu plus qu'un autre et qu'il fait arriver un peu plus de ce désirable argent que le pur bourgeois recueillerait, avec sa langue, dans les boues vivantes d'un charnier !

Quelque considérable que fût, en réalité, la situation littéraire de ce négociant, l'équitable gloire n'avait pourtant pas frustré de sa mamelle Andoche Sylvain, le plus lu, peut-être, de tous les virtuoses assemblés chez le rédacteur en chef du *Pilate*.

Celui-ci présente l'aspect d'un commissionnaire de gare congestionné, à la barbe épaisse et sale, au teint de viande crue et bleuâtre, à l'œil injecté et idiot, qu'on craindrait, à chaque minute, de voir rouler malproprement au milieu des colis qu'on lui aurait confiés en tremblant.

Le journal fameux où il *renarde*[42] sa prose et même ses vers lui doit, paraît-il, sa prospérité et double son tirage les jours où le nom du Coryphée rutile au sommaire. Il est, en effet, le créateur[43] d'une chronique bicéphale dont la puissance est inouïe sur l'employé de ministère et le voyageur de commerce. Alternativement, il pète et roucoule. D'une heure à l'autre[44], c'est la flûte de Pan ou le mirliton.

Son côté lyrique est fort apprécié des clercs de notaire et des étudiants en pharmacie qui copient, en secret, ses vers, pour en faire hommage à leur blanchisseuse. Mais son autre face est universellement baisée, comme une patène, par les dévots de la vieille tradition gauloise. Andoche Sylvain représente, pour tout dire, *l'esprit gaulois*. Il se recommande sans cesse de Rabelais, dont il croit avoir le génie, et qu'il pense renouveler en ressassant les odyssées du boyau culier et du grand côlon.

Cet écumeur de pots de chambre a trouvé, par là, le moyen de se conditionner une spécialité de patriotisme. De son castel d'Asnières, où ses travaux digestifs s'accomplissent à la satisfaction d'un peuple joyeux d'antiques rouleuses[45] et de cabotins retraités, il sonne, à sa façon, la *revanche* de la vieille gaieté française et lâche de sonores défis au visage de l'étranger.

L'intelligente oligarchie républicaine a rémunéré ce champion d'une lucrative sinécure dans un ministère[46]. Elle a même fini par le décorer, maladroitement, il est vrai[47]. Il a été promu chevalier, comme bureaucrate et non comme poète, ce dont les journaux unanimes ont clamé toute une semaine, – offrant ainsi le spectacle inespérément ignoble d'un gouvernement de pirates réprimandés par une presse de coupeurs de bourses, pour n'avoir pas assez avili la littérature, en la personne incongrûment récompensée d'un accapareur de salaires, que tous les deux ont la prétention d'honorer.

Pour ce qui est de Vaudoré, c'est le plus heureux des hommes. Tout ce que la médiocrité de l'esprit, la parfaite absence du cœur et l'absolu scepticisme peuvent donner de félicité à un mortel [48] lui fut octroyé.

On l'appelle, volontiers, l'un des maîtres du roman contemporain, par opposition à Ohnet, toujours envisagé comme point extrême des plus dégradantes comparaisons. Toutefois, il serait assez difficile de préciser la différence de leurs niveaux. Leur public est autre, sans doute. Mais ils disent les mêmes choses, dans la même langue, et sont équitablement payés d'un succès égal.

Seulement, Vaudoré l'emporte infiniment par les supériorités inaccessibles de son impudeur. Ce médiocre devina, du premier coup, son destin. Sans tâtonner une minute, il choisit la bâtardise et l'*étalonnat* [49]. Telles sont les deux clefs par lesquelles il est entré dans son paradis actuel.

Aimé d'un aveugle maître qui crut, sans doute [50], à l'aurore d'un génie naissant, non seulement il lui soutira une *nouvelle* fameuse, écrite presque entièrement [51] de la main du vieil artiste et qui, signée du nom de Vaudoré, commença la réputation du jeune plagiaire [52], – mais après la mort du patron [53], il répandit par le monde que ce défunt l'avait engendré [54], n'hésitant pas à déshonorer sa propre mère, que le progéniteur supposé ne connut peut-être jamais [55]. Au moyen de ces industries, il parvint à se remplir d'un atome vivifiant de la gloire d'un des romanciers les plus puissants [56] sur les générations nouvelles, et il hérita de tout son crédit.

Un aussi démesuré triomphe ne suffisant pas encore à ce pédicule de grand homme, il inaugura le sport fructueux de l'étalonnat [57]. Jusqu'à ce novateur, on s'était contenté de faire l'amour vertueusement ou paillardement, mais dans l'obscurité convenable aux salauderies préliminaires de la putréfaction. Quand on sortait de cette ombre, comme fit le marquis de Sade, c'était pour attenter délibérément à quelque loi d'équilibre primordial, en risquant sa vie ou sa liberté. Le bâtard volontaire [58] ignore ce genre de grandeur, comme il ignore tous les autres. Il a simplement imaginé de forniquer, de temps en temps, par-devant experts [59], pour obtenir un renom d'écrivain viril et subjuguer la curiosité des femmes. Remarquablement doué, paraît-il, ce romancier ithyphallique [60] a colligé les suffrages des arbitres les plus rigides et les princesses russes les plus retroussées sont accourues, déferlantes et pâmées, du fond des steppes, jusqu'à ses pieds, pour lui apporter la saumure de tout l'Orient...

Les confrères, quoique pénétrés de respect pour l'énormité du succès, le nomment entre eux, volontiers, le *tringlot* [61] de la littérature. Telle est, en vérité, la physionomie précise du personnage et tel son degré de distinction. C'est un sous-officier du train et même un *sous-off*[62]. Petit, trapu, teint rouge et poil châtain, il porte la moustache et la mouche et a des diamants à sa chemise. C'est le traditionnel bellâtre de garnison qui affole les caboulotières et qui ne parvient pas à se remettre de son effronté bonheur. Un désir infini d'être cru Parisien [63] jusqu'au bout des ongles est la soif cachée de cet indécrottable provincial.

Étonnamment dénué d'esprit et de toute compréhension de l'esprit des autres, il est impossible de rencontrer un être plus incapable d'exprimer un semblant d'idée, ou d'articuler un seul traître mot sur quoi que ce soit, en dehors de son éternelle préoccupation bordelière. La parfaite stupidité de ce jouisseur est surtout manifestée par des yeux de vache ahurie ou de chien qui pisse, à demi noyés sous la paupière supérieure et qui vous regardent avec cette impertinence idiote que ne paierait pas un million de claques.

Ce n'est pas lui qui s'exténuera jamais pour tenter de faire un beau livre, ou pour écrire seulement une bonne page ! – Je ne tiens qu'à l'argent, dit-il, sans se gêner, parce que l'argent me permet de m'amuser. Les artistes consciencieux sont des imbéciles.

En conséquence, il est admiré de la juiverie parisienne qui le reçoit avec honneur, ce dont il crève de jubilation [64]. Quand il est invité chez Rothschild, le tringlot en informe, quinze jours, la terre entière. C'est à cette école, sans aucun doute, qu'il a puisé la science des affaires. On l'a vu, à Étretat, vendant des terrains à des confrères qu'il savait gênés, pour les racheter ensuite, à vil prix [65].

Sa vanité, d'ailleurs, est à son image. Son hôtel de l'avenue de Villiers est d'une esthétique mobilière de dentiste suédois ou de concierge d'hippodrome. Que penser, par exemple, de portières de soie bleu-ciel, rehaussées de broderies d'or orientales, d'un divan de même style, d'un traîneau hollandais en bois sculpté, faisant l'office de chaise longue et capitonné de bleu clair, enfin, d'une immense peau d'ours blanc sur des tapis de Caramanie, probablement achetés au *Louvre* [66] ?

– C'est l'appartement d'un souteneur Caraïbe, disait un observateur exact [67]. On aime à croire que c'est en ce lieu qu'il a écrit cette fameuse autobiographie d'un cynisme si inconscient [68], – que Falstaff n'aurait pas osé signer, – où il s'offre en exemple à tous les maquereaux inexpérimentés qui pourraient avoir besoin de lisières.

Dulaurier, apparemment consolé de la poignée de main de Marchenoir, s'était approché de ces trois glorieux. Cela faisait en tout quatre glorieux dont trois « jeunes maîtres », car Sylvain commence à se décatir. La sympathie de cette flûte devait naturellement aller à ces tambours.

Il est vrai que Dulaurier a, en commun avec Gilles de Vaudoré, l'inestimable faveur de tous les ghettos et de toutes les judengasses [69]. Cet enfant de pion, dont la principale affaire en ce monde est d'avoir une « âme de goéland », – ainsi qu'il le déclare lui-même [70], – se tuméfie de bonheur à la seule pensée qu'on le reçoit au salon chez les bons youtres, qu'il prend sincèrement pour la plus haute aristocratie, puisqu'ils ont l'argent [71].

Il venait justement de publier, sous le titre amorphe de *Péché d'amour*, un recueil de centons moraux et psychologiques ramassés partout, qu'il avait dédié à une renarde juive [72], dont Samson lui-même aurait renoncé à incendier l'arrière-train et dont il portait les bagages par toute l'Europe, – quémandeur dolent d'une infatigable cruelle qui lui faisait expier l'atroce *méconium* de ses déprécations [73] amoureuses par le plus géographique des châtiments éternels !

*

[LIX]

Marchenoir aurait bien voulu pouvoir s'en aller. Il prévoyait trop les abominables heures qu'il allait passer.
– Quel amas de voyous ! se disait-il, consterné. Il va falloir pourtant que je me mêle à tout ça, que je parle, que je mange aussi, que je fasse une trouée dans le dégoût dont ma bouche est pleine, pour y enfourner les aliments qu'on va m'offrir.

Il vit avec désespoir qu'il n'y avait pas devant lui un seul être avec lequel il pût échanger trois paroles sans laisser éclater son mépris.

Un tel merle blanc n'était, certes, pas ce normalien blondasse et barbu, l'homme à l'œil qui verse, l'augural vicomte Nestor de Tinville [1], le doctrinaire épicurien de la grande presse qui s'étalait là. On peut défier de mettre la main sur un cuistre plus exaspérant. Il est, à l'heure actuelle, un des types les plus accomplis de cette intolérable ventrée de journalistes oraculaires dont Prévost-Paradol [2] fut le prototype.

Rien ne saurait s'accomplir dans le monde sans la volonté de Dieu, mais sous la réserve des considérants préalables du noble vicomte. Il est le vrai sage, affermi sur une expérience de granit ; par conséquent, dispensé de toute invention, de tout style, et même de toute écriture. Il a pour lui la sagesse, rien que la sagesse. Il est celui qu'on ne trompe pas. La sagesse est son grand ressort. Si vous lui refusez la sagesse, vous l'assassinez. Quand les filandiers vulgaires ont pâli longtemps sur un écheveau, il laisse tomber, sereinement, une lourde sentence et tout se débrouille. Il ne reste plus qu'à débobiner la lumière.

Il a, – comme tous les sages, d'ailleurs, – un respect infini pour la richesse et pour les riches, sans exception. La richesse est, à ses yeux, un critérium de justice, de vertu, d'aristocratie, – peut-être aussi de *virginité,* car il parle souvent de virginité, sans qu'on sache pourquoi ce vocable lui est si cher.

Il prononce que le premier devoir du riche est « d'aimer le luxe », et que les crevants de misère, au lieu d'envier les gens qui s'amusent, les devraient *bénir.* « Que m'importe ? – écrivait-il, à propos d'un roman naturaliste racontant les angoisses d'un malheureux expirant de faim, – j'ai une si bonne cuisinière [3] ! »

La solennité stérile, la morgue constipée, la dureté basse de ce mulet de la chronique, avaient le don d'irriter au plus haut degré Marchenoir. Puis, il savait l'effarante ignominie de sa vie privée et la honte, à faire beugler, de son mariage [4] !...

– Ne pourriez-vous, dit-il à Beauvivier qui vint à passer, me faire dîner sur une petite table séparée, ou m'envoyer simplement à la cuisine ? Je vous assure que je ferais de bon cœur la connaissance de vos domestiques.

– Mes convives vous dégoûtent donc terriblement ? Vous êtes un fauve bien délicat ! C'est pourtant le dessus du panier qu'on vous offre ! Mais, voyons, vous m'y faites penser. À côté de qui voulez-vous que je vous place, ou plutôt, à côté de qui tenez-vous absolument à n'être pas ? Vous m'aurez déjà à votre gauche. Mon voisinage vous répugne-t-il ? Non. Qui mettrai-je maintenant à votre droite ? Parlez, il est encore temps.

D'un regard circulaire, Marchenoir tria la chambrée.

– Placez-moi donc à côté de ce loucheur, répondit-il en désignant Octave Loriot[5] dans la profondeur d'un groupe. Celui-là, du moins, n'est qu'un imbécile.

Octave Loriot n'est, en effet, qu'un imbécile. Les analyses de la critique la plus attentive n'ont pu dégager un autre élément de la pulpe cérébrale de ce romancier pour dames. Il cuisine loyalement son petit navet au macaroni, selon les inusables formules d'Octave Feuillet, de Jules Sandeau, de Pontmartin ou de Charles de Bernard[6]. Quelques-uns prétendent abusivement qu'il procède du *Maître de Forges*. Il est bien trop anémique et frêle, pour qu'on le compare à ce Crotoniate[7], à cet Hercule Farnèse, à ce Colosse Rhodien de l'imbécillité française. Il en est à peine le Narcisse, et n'aurait pas même l'énergie de se noyer dans son image.

Mais voilà justement ce qui le rend si précieux aux sentimentales âmes dont il encourage les transports, – sans obérer son propre cœur. Car il ne se risque pas au hasardeux négoce des grandes passions. Il borne ses vœux à l'humble trafic des émollients et des préservatifs[8]. C'est un modeste bandagiste pour les hernies inguinales ou scrotales de l'amour.

Il continue donc la série des romanciers de confiance de la société correcte, pour laquelle Chaudesaigues a trop d'originalité, Vaudoré trop de sentiment, et le bélître Ohnet trop de profondeur. Dulaurier, seul, pourrait lui porter ombrage. Mais l'auteur de *Péché d'amour* est un poulain de trop peu de manège, dont on n'est pas encore assez sûr. Demain, peut-être, il va tout casser, tandis qu'on est bien tranquille avec cette honnête rosse, qui n'a jamais renâclé, et qu'un strabisme, heureusement convergent, permet de gouverner sans œillères.

En conséquence, les personnes vertueuses qu'il a pudiquement lubrifiées de son imagination, pendant leur vie, se souviennent de lui à l'heure de la mort et le consignent dans leur testament. L'heureux Loriot est le seul romancier qui couche dans des châteaux légués par l'admiration.

Le groupe, dont ce propriétaire faisait partie, se massait respectueusement autour de Valérien Denizot [9], l'officier à monocle de la cavalerie légère du journalisme. Sacré homme de lettres par Dumas fils, le grand archonte, et vraisemblablement né pour autre chose, Denizot est le plus universel raté de son siècle. Raté de la poésie, raté du roman, raté du théâtre, raté de la politique, raté même de l'amour, ayant été cocufié à Lesbos [10], – ce qui est un cocuage sans espérance.

On ne connaît, à Paris, que le seul Bergerat [11] qui puisse lui être comparé comme manant de l'écritoire. Encore, Bergerat fut-il rageusement vernissé de littérature par son beau-père, Théophile Gautier, dont la voluptueuse bedaine avait, dit-on, des entrailles répulsives pour ce *théâtrier* et ce fils de prêtre [12].

Denizot, lui, se passe très bien de littérature. Il est un manant sans mélange, un goujat complet, – à table surtout, quand il boit du vin du Rhin pour se donner l'air d'un burgrave. Les femmes sont obligées, alors, de prendre la fuite. Ce vieux gavroche n'a jamais soupçonné qu'il pût exister autre chose que des filles ou des brelandiers, car il est prince du tripot [13], comme il est roi de la basse blague, ayant été rétribué de ses services de spadassin de plume et de ses fonctions de torcheur privé de Waldeck-Rousseau [14], – dont il eut le génie de déshonorer un peu plus le ministère, – par un diplôme de chevalerie [15] et le juteux octroi d'une cagnotte.

L'esprit de mots tant vanté de Valérien Denizot est puisé à une source difficilement tarissable. Il possède une bibliothèque Alexandrine de calembredaines, d'ana, de recueils grivois, de compilations burlesques. C'est à n'en jamais voir la fin. Il ne tient qu'à lui d'être, cent ans encore, « le plus spirituel de nos chroniqueurs ».

Par malheur, il se doute un peu de son néant et cela l'enrage contre l'univers. Personne n'est absous de son impuissance. S'il avait un sou de talent au service de sa désespérée fureur de raté, nul n'échapperait au venin de ses abominables crocs, – à l'exception, peut-être, de quelques turfistes à poigne, accoutumés à rosser des bêtes plus nobles, mais fort capables, après le champagne, de déroger jusqu'à son calottable visage.

Probablement fatigué de se porter lui-même, il s'appuyait sur son digne confrère, Adolphe Busard [16], connu dans tous les théâtres sous le sobriquet significatif de *Mimi-Vieux-Chien*. Ce vieux chien a les allures et la physionomie d'un officier de cavalerie, supérieur en grade à Denizot, mais d'une arme plus lourde.

C'est un bonapartiste obséquieux et rêche, à physionomie quelque peu chinoise, plagiaire plein d'impudence, très puissant au *Pilate* et baryton des plus influents [17]. Une vieille *pratique*, s'il en fut, et du meilleur temps ! On assure que Napoléon III a payé plusieurs fois ses dettes. Hélas ! le pauvre sire aurait mieux fait de venir en aide à quelques nobles artistes dédaignés, qui l'eussent efficacement protégé de leur encre ou de leur sang contre la hideuse vermine qui le dévora.

Le sang de Busard, si cette matière coulante existe en lui, est un trésor dont il paraît singulièrement avare. Quant à son encre, il l'utilise exclusivement à faire, en littérature, des travaux d'expéditionnaire. Son zèle de copiste est infatigable. Une de ses prétentions les plus chères est de passer pour un historien littéraire, pour un bibliophile savant et documenté. Naturellement, il est *moliériste* [18], comme il convient à tout esprit bas. Jules Vallès est probablement le seul gredin qui ait méprisé Molière [19]. Il est vrai que Vallès était un gredin de talent.

Busard se contente de démarquer le talent des autres ou, plus simplement, de les dépouiller en bloc, sans discernement et sans choix, car il est incapable même d'apercevoir le talent. On se rappelle cet important, ce définitif travail, tant annoncé, sur Villon, sur sa vie et son temps [20], renforcé de pièces inédites et de toutes les herbes de la Saint-Jean [21] de l'érudition. À l'examen, il se trouva que la chose avait été copiée, intégralement, dans le *Journal des Chartes*. Le véritable auteur détroussé[22], qui avait encore sa montre, par grand bonheur, jugea enfin que l'heure était venue de se montrer et de protester. Il fit donc paraître ses notes, et Busard, démoli, s'immergea dans un silence malheureusement bien court.

Ce qui le tire de pair, absolument, c'est le génie commercial[23]. Les statistiques les plus exactes ont établi l'énorme supériorité numérique de sa clientèle d'écorchés. Wolff excepté[24], aucun journaliste ne peut se flatter d'une aussi grande puissance d'attraction sur les écus. Ces deux aruspices distribuent la justice comme Danaé décernait l'amour[25]. Ils sont virginaux et incorruptibles, juste aussi longtemps que cette éventrée de Jupiter. Il est vrai qu'Albert Wolff rançonne la terre et que Busard, moins équipé, opère surtout au théâtre, où il impose jusqu'à ses maîtresses. Mais sur ce marché, il est sans égal.

Et Dieu sait, pourtant, si Germain Gâteau[26], l'ancêtre du groupe Denizot, est un novice en cet art fructueux de s'engraisser du labeur d'autrui ! Ce Géronte visqueux et blanchâtre, au teint de mastic couperosé, est un sous-Wolff et s'en félicite. Hebdomadairement, il foire au *Pilate* le tapioca d'une bibliographie gélatineuse et moléculaire[27], dont se pourlèche l'abonné sérieux. C'est lui qui est chargé d'informer deux cent mille lecteurs du mouvement intellectuel de la France contemporaine !

À ce titre, il est une des grosses influences du Paris actuel, et d'interminables théories de débutants implorateurs viennent déposer à ses pieds les fruits imprimés de leurs veilles. Mais une longue pratique du négoce a blindé son cœur contre les sollicitations éplorées des Malfilâtres[28], et les larmes d'argent sont seules admises à rouler sur le drap funèbre de son impartialité. Ce thaumaturge a découvert des filons d'or dans les poches percées de la littérature. Il est le Péruvien du compte rendu sympathique et le carrier philosophal des transmutations de la Réclame.

Marchenoir, voué, par nature, à l'observation des hideurs sociales, n'avait jamais pu se remettre de l'ahurissement que lui avait causé le premier aspect de cet individu, qu'il avait pu rêver dégoûtant, mais non pas de ce genre ni de ce degré de dégoûtation. Il avait beau se pincer, se crier à ses propres oreilles, se traiter de triple niais, il n'en revenait pas qu'un intendant de la renommée, un être qui tient sous clef, pour le distribuer comme bon lui semble, le pain des artistes dont il serait indigne de décrotter la chaussure, – en lui supposant même la beauté d'un Dieu, – eût précisément l'ignoble physionomie de Germain Gâteau !

C'est la forme sensible que prendrait nécessairement la Vulgarité, si elle venait à s'incarner pour la rédemption des captifs de la Poésie, c'est une Méduse de vulgarité ! Il y a du notaire de campagne usurier et du vieux garçon de tripot, du marchand de soupe de vingtième ordre et du concierge de la place Pigalle, qui a vendu sa fille au capitaine retraité de l'entresol. Il y a, surtout, du laquais insolent et voleur, toléré par des maîtres à peine moins vils, dont il aurait surpris les secrets fangeux. La savate, – déjà levée ! – retombe aussitôt devant cette face décourageante où l'abjection sans mesure s'amalgame visiblement à une imbécillité qu'on est forcé de conjecturer insondable.

À droite et à gauche de ces chefs, Marchenoir apercevait quelques jeunes thuriféraires en travail d'extase : Hilaire Dupoignet [29], Jules Dutrou [30], Chlodomir Desneux [31], Félix Champignolle [32] et Hippolyte Maubec [33], – têtards de journalistes-pirates et de romanciers sans génie, fleurs écloses du crottin des vieux, dans les balayures saliveuses du boulevard, et qu'il faut craindre de grandir, en se donnant la peine de les mépriser.

Hilaire Dupoignet est un héros flûtencul [34] de la guerre du Tonkin, où il se signala comme infirmier. Les troupiers l'avaient surnommé *Cinq contre un*, à cause d'une habitude honteuse qu'il se hâta de révéler à ses contemporains dans un roman autobiographique d'une invraisemblable fétidité[35]. Il l'écrivit à son retour, de cette même main qui avait rendu de si grands services, et se couvrit ainsi d'une gloire nouvelle, que les qualités de son esprit n'avaient pas promise, mais que la vilenie de son âme lui fit obtenir d'emblée.

Ce masturbateur a pour spécialité d'attaquer les gens qui ne peuvent pas se défendre. Il fit cette prouesse d'envoyer au frère Philippe[36] le premier exemplaire de son punais[37] roman, où le public est informé que les frères de la Doctrine chrétienne furent institués à l'unique fin de pourrir l'enfance.

Lâche évident, chourineur[38] probable, empoisonneur par principes, mais incendiaire frigide, il offre à l'observateur la lividité sébacée d'un homme sur le visage duquel on aurait pris l'habitude de pisser...

Jules Dutrou, le moins jeune de ces têtards, donne l'idée d'une vipère qui serait devenue renard, tout exprès pour succomber aux atteintes d'une inexorable alopécie. Ce croûte-levé[39] s'est fait journaliste pour avoir des femmes, malgré sa pelade et sa calvitie. Il chroniquaille dans une feuille de boulevard renommée pour le néant exceptionnel de ses virtuoses[40], et distribue sur l'asphalte des sourires à ressort et de dangereuses pressions de sa main suspecte.

Sa voix est celle d'un châtré de naissance, qui n'a jamais eu besoin d'aucune chirurgie pour devenir chanteur et qui porte ses cisailles dans son cerveau.

Dutrou se juge écrivain et parle quelquefois avec un équitable mépris des « voyous de lettres ».

Un jour, quelqu'un nomma Chlodomir Desneux à un romancier célèbre. Il s'agissait d'obtenir de ce pontife tout-puissant[41] alors au *Voltaire*[42], qu'il y poussât le débutant rongé de misère, disait-on, et intéressant à tous les points de vue.

Le maître se laissa toucher et parvint à imposer au directeur du *Voltaire*[43] un roman de Chlodomir. Celui-ci soutire aussitôt une somme, décampe avec son manuscrit, le publie ailleurs[44], devient l'ami d'Arthur Meyer[45] qui lui confie une magistrature, et, à la première occasion, il traîne son protecteur dans les ruisseaux.

Ce Mérovingien est une créature de Dulaurier, qui ne parla jamais de lui donner d'argent, mais qui le pilota de son expérience et l'instruisit à devenir le semblant de quelque chose [46].

La force de Chlodomir Desneux est, peut-être, dans son sourire. Un sourire affreux qui lui déchausse les gencives et fait apparaître les dents d'un loup. Mais c'est un brave loup, très éduqué, qui rentre ses crocs, au surgissement le plus lointain d'une trique possible.

Il est aisément reconnaissable à ses redingotes de clergyman, boutonnées de pastilles de réglisse, et à ses faux gilets lacés dans le dos, en velours olive de vieux fauteuil, – ces derniers servilement copiés de Lécuyer, dont le dandysme de haut souteneur l'a fortement imprégné.

Il a ceci de commun avec Denizot, qu'il ferait, en temps de terreur, un délicieux proconsul de la guillotine. Tant qu'ils pourraient, l'un et l'autre de ces deux envieux couperaient des têtes pour se venger d'avoir été d'heureux impuissants.

Marchenoir n'avait pas à craindre que Félix Champignolle s'approchât de lui. Ce jeune bandit, à figure d'équivoque larbin, était trop prudent pour se mettre à portée d'une main dont il savait la vigueur. Il n'ignorait pas que Marchenoir avait été l'ami d'un pauvre diable d'homme de lettres dont lui, Champignolle, avait procuré la mort tragique, en le faisant tomber dans le guet-apens d'un duel [47], et, même, il avait été sur le point de prendre congé, sous un prétexte quelconque, en voyant entrer le désespéré. Mais on eût trop compris le vrai motif de cette départie, et la politique le contraignit à rester. Quant à Marchenoir, il n'eut pas trop de toute son énergie pour se tenir tranquille, en attendant une occasion meilleure. Quelle danse, alors !

Champignolle est un personnage des plus remarquables, en ce sens qu'il a l'air d'un parfait scélérat, au milieu d'une bande de coupe-jarrets que sa présence fait ressembler à d'inoffensifs bourgeois. À l'exception d'un acte courageux ou spirituel, on peut dire qu'il est absolument capable de tout. Son effronterie est sans exemple et sans précédent. Il est le seul homme de lettres ayant osé publier un livre plagié de tout le monde, à peu près sans exception, et fabriqué de coupures dérobées aux livres les plus connus, sans autre changement que l'indispensable soudure d'adaptation à son sujet[48]. On s'étonne même que cette audace ait eu des bornes et qu'il n'ait pas donné, comme de lui, le *Lac* de Lamartine ou l'une des *Diaboliques* de Barbey d'Aurevilly. Mais il est facile de concevoir les résultats esthétiques d'une telle méthode.

La personne d'un chenapan de cet acabit ne serait pas tolérée, un quart de minute, dans une société de voleurs de grand chemin, où subsisterait quelque regain de virile solidarité. La société des lettres l'accepte, néanmoins, avec honneur et se serre volontiers pour le mettre à l'aise. Il est offert en exemple à l'émulation des *jeunes*, qui convoitent sa dextérité et naviguent en cohue dans son sillage.

Sa force est, d'ailleurs, attestée par les précautions qu'on est obligé de prendre pour le recevoir. Non seulement, il est conseillé de cacher soigneusement tous les papiers de quelque importance, mais il faut encore surveiller les mains agiles du visiteur, aussi longtemps qu'il stationne dans un endroit où quelque chose est à prendre.

Chamfort recommandait aux ambitieux d'avaler un crapaud tous les matins, avant de sortir, pour se faire la bouche[49]. Champignolle a trouvé mieux. Il a passé le matin de sa vie à solliciter les coups de pieds au derrière de tous les passants dont la botte pouvait utilement retentir, et quand il ne les obtenait pas, il inventait le moyen de les carotter.

On peut donc tout prédire à un aventurier d'un tel caractère. Les journaux ont raconté la touchante cérémonie de son mariage avec une jeune amie de *Madame* Valtesse[50]... Où n'ira-t-il pas, désormais, ce jeune vainqueur, qui commençait hier, à peine, en se glissant, comme une punaise, par les fentes des parquets, et pour qui, bientôt, aucun portail, aucun arc de triomphe ne s'élèvera suffisamment au-dessus du sol ?

Enfin, Hippolyte Maubec, *premier reporter* de Paris, ainsi qu'il se qualifie lui-même. Il passe, du moins, pour l'un des meilleurs flairs et des plus tenaces à la piste, parmi tous ces chiens du journalisme dont l'héroïque emploi consiste à réaliser, dans la vie privée des contemporains illustres, les manœuvres décriées que la loi martiale rétribue d'une demi-douzaine de balles aux alentours présumés du cœur. Ce métier demande, avant tout, du front et de l'estomac. Quant à l'esprit, il en faut tout juste assez pour voir, à temps, monter la moutarde dans le nez d'autrui, ou pour accueillir les coups de bottes des exaspérés, avec le sourire d'un gladiateur de l'information.

Cependant, cette place enviée n'arrivant pas à combler ses vœux, Hippolyte Maubec s'improvisa moraliste consultant au journal fameux dont s'imprègnent les républicains *honnêtes* [51], où il s'arrange, – malgré le voisinage de Sarcey, – pour être la plus laide chenille de cette feuille de mauvais figuier qui rend un peu plus visibles les parties honteuses de notre histoire contemporaine.

Il est doué d'une espèce de figure syphilitique et foraminée [52], aux glandes cutanées perpétuellement juteuses. C'est précisément le contraire de son croûteux et *feuilleté* confrère [53], Jules Dutrou, dont la lèpre est sèche. Quand l'humeur liquide menace de s'indurer, il presse délicatement les pustules réfractaires au suintement et fait jaillir son ordure. Malheur à qui se trouve, alors, devant son abominable gueule !

N'importe. Les boutiquiers et les commis-voyageurs, qui lisent assidûment son journal, lui adressent force épîtres anxieuses auxquelles il répond, publiquement, avec un zèle patriotique à peine surpassé par le ridicule inouï de son ton d'augure, car ce vénéneux est pour la vertu et ce hanteur de tripots pour la probité.

Redouté comme une mouche de pestilence et rempli de *charbonneuses* notions sur la conjecturale moralité des uns et des autres, on lui abandonne sans discussion toute l'autorité qu'il veut prendre, et le drôle immonde en profite pour organiser, à son usage, une sorte de royauté de l'espionnage et de l'intimidation. Il donne ainsi des mots d'ordre à la presse entière, organise le scandale, décrète le bruit, promulgue le silence [54] et, aussi savant délateur que redouté complice, fait tout trembler de son omnipotente ignobilité.

Et c'est une juste royauté, une trois fois légitime primatie, nul, – pas même Albert Wolff et Valérien Denizot ! – n'étant plus bas, plus fangeusement coté, plus dénué de talent, plus invulnérable à un sentiment d'ordre élevé, plus impossible à calomnier.

*

[LX]

– Est-ce bien tout ? se dit Marchenoir, en achevant ce dénombrement. Les quelques comparses que j'entrevois encore ne me paraissent pas être du bâtiment. Ils ne sont là que pour faire nombre et pour l'exultation de la vanité parvenue de Beauvivier. Quand je pense que voilà pourtant les nourriciers de l'intelligence ? Ils sont presque tous décorés, Dieu me soit en aide [1] ! Nous allons avoir la Table ronde ! Que vais-je devenir au milieu de ces chevaliers ?

Sur cette réflexion, une tristesse immense lui vint et un découragement sans bornes. Il éprouva, plus atrocement que jamais, son impuissance. Privé du ressort de la richesse, amoureux de toutes les grandeurs conspuées et seul contre tous ! Quel destin !

Ah ! s'il se fût simplement agi d'un combat physique, en pleine caverne, il se sentait une vaillance à les défier et à les massacrer tous. Au moins, il aurait la consolation de leur faire acheter sa peau terriblement cher ! Cette idée vaine le transportait. Il se fût présenté en chevalier errant, sans bannière et sans écu, devant ces hauts barons patentés de la ripaille et du brigandage. Il les eût affrontés au nom de la Vierge et des saints Anges, pour l'honneur de la Beauté qu'ils ont reniée et pour la vengeance du faible dont ils sont les massacreurs. Expirer sous la multitude des canailles, il le faudrait bien, mais il expirerait dans la pourpre d'un tapis de sang !

Au lieu de cette mort superbe, il fallait compter sur l'ignoble et interminable agonie moderne de l'artiste pauvre qui ne veut pas se déshonorer. La Misère, l'Aristocratie de l'esprit et l'Indépendance du cœur, – ces trois fées épouvantables qui l'avaient baisé dans son berceau, – avaient marqué, pour lui, la prédilection de leurs entrailles de bronze, par un luxe peu ordinaire de tous les dons de naissance qu'elles prodiguent à leurs favoris. Le pauvre Marchenoir était de ces hommes dont toute la politique est d'offrir leur vie, et que leur fringale d'Absolu [2], dans une société sans héroïsme, condamne, d'avance, à être perpétuellement vaincus. Le courage le plus divin n'y peut rien faire. Le sublime Gauthier *Sans Avoir* [3] serait aujourd'hui prestement coffré, et c'était déjà fièrement beau que l'inséductible pamphlétaire n'eût pas été, jusqu'alors, incarcéré dans un cabanon !

Il vit, dans une clarté désolante, l'insuffisance inouïe de son effort, et la terrifiante inutilité de sa parole dans un monde si réfractaire à toute vérité. Il lui sembla qu'il était sur une planète défunte et sans atmosphère, semblable à la silencieuse lune, où les plus tonitruantes clameurs ne feraient pas le bruit d'un atome et ne pourraient être devinées que par l'inaudible remuement des lèvres...

Sa collaboration au *Pilate* était décidément une chimère, un rêve insensé, qui ne tiendrait pas trois jours devant le préjugé commercial de ne rien changer à l'ordinaire des gargotes intellectuelles où le public moderne est accoutumé à s'empiffrer. D'ailleurs, sa solitude introublée au fond du salon, où tout le monde l'avait laissé fort tranquille, immédiatement après l'effusion postiche du premier instant, lui montrait assez les abîmes séparateurs qu'aucune considération n'aurait pu le déterminer à franchir, pour descendre confraternellement jusqu'à ces asticots de l'intelligence.

Il remarquait, depuis un instant, l'impatience hautement exprimée de quelques-uns et l'inquiétude manifeste de tous. On attendait un dernier convive pour se mettre à table et il fallait que celui-là fût considérable, à en juger par l'anxieuse perplexité de l'amphitryon.

La porte s'ouvrit enfin et Marchenoir vit apparaître celui devant qui tout journaliste s'efface, le folliculaire infini, le très haut Minos de l'enfer des lettres, le sultan sublime de la critique théâtrale, l'indéfectible Manitou du Sens Commun, Mérovée Beauclerc[4] !

– Rien ne me sera donc épargné ! gémit en lui-même le solitaire accablé. Je l'avais oublié, celui-là. Si j'avais pu prévoir sa venue, Beauvivier ne m'aurait pas facilement embauché pour sa gamelle. Maintenant, me voilà pris au traquenard de cet infernal dîner et je suis bien forcé de prendre patience. Mais, tonnerre de Dieu, qu'on ne m'embête pas !...

Mérovée Beauclerc est un normalien comme Tinville, comme Prévost-Paradol, comme Taine, comme About[5], dont il fut l'intime. Il appartient à l'illustre fournée de ces pédants universitaires à qui la France est redevable de la seule turpitude que les doctrinaires et les républicains lui eussent laissé à désirer : l'optimisme suprême du pion de fortune. Seulement, Mérovée Beauclerc les surpasse tous. Il est le pion sérénissime, inaltérable, absolu.

On ne voit à lui comparer qu'Ernest Renan. C'est l'unique parangon que le destin lui ait suscité. L'auteur de la *Vie de Jésus* est, en effet, une outre de félicité parfaite. Gonflé des dons de la fortune qui ne s'interrompt jamais de le remplir, il offre à l'observation le cas exceptionnel d'une hydropisie de bonheur. Réputé grand écrivain sans avoir jamais écrit autrement que le premier cuistre venu, renommé philosophe pour avoir ressassé de centenaires dubitations et critique vanté dans tous les conciles du mensonge, – on l'adore dans les salons et on le sert à genoux dans les antichambres. Il est le Dieu des esprits lâches, le souverain Seigneur des âmes naturellement esclaves, et le psychologue Dulaurier se liquéfie devant ce soleil du *dilettantisme*, dont il raconte la « sensibilité [6] ». Si l'histoire du XIXe siècle est jamais écrite, ce mot inouï sera recueilli comme une gemme documentaire d'un inestimable prix. On s'en contentera pour nous juger tous, hélas ! Mais, qu'importe cet avenir à l'heureux Bouddha du Collège de France dont le ventre plein de délices est caressé par de tels Éliacins [7] ?

Mérovée Beauclerc est à peine un peu moins léché que cette idole. Immédiatement au-dessous d'elle, il est le plus démesuré parmi nos pontifes. Ce serait le méconnaître, néanmoins, de s'informer d'une œuvre quelconque sortie de lui. Beauclerc n'est ni poète, ni romancier, ni même critique. Il n'est pas davantage historien ou philosophe, et n'a jamais fait un livre ou quoi que ce fût qui y ressemblât. Il est le Pion, sans épithète, le Pion du siècle, le moniteur et le répétiteur de la conquérante médiocrité.

Quelques-uns l'ont inexactement dénommé « le Bon Sens fait homme », ce qui impliquerait une altitude de raison outrageante pour ses contemporains et démentie par l'universelle popularité dont il pâture, depuis vingt ans, le trèfle magique, aux plus bas endroits de toutes les plaines. C'est le *Sens Commun* [8] qu'il faut dire, si l'on tient à supposer une incarnation.

À la réserve d'Albert Wolff, – qui manquait inexplicablement à ce patibulaire congrès, – il est le seul exemple d'un homme ayant réussi à confisquer une influence à peu près illimitée, sans avoir jamais *rien* fait qui pût servir de prétexte à l'usurpation de son trépied. Les oracles subalternes, mentionnés plus haut, sont beaucoup moins étonnants. D'abord, leur crédit est moindre et presque nul, en comparaison du sien. Puis, ils ont l'air d'avoir tiré quelque chose de leurs intestins. Les Dulaurier, les Sylvain, les Chaudesaigues, les Vaudoré, les Tinville même ont au moins la configuration extérieure de probables individus. Ils paraissent avoir écrit, et le public abruti qui les adore pourrait justifier la bave de son culte, en désignant les fantômes de livres signés de leurs noms.

Beauclerc ne possède absolument rien que le sens commun, où il passe pour n'avoir jamais eu d'égal, et il ne serait rien du tout, s'il n'était le premier des pions. Mais c'est assez, paraît-il, pour la dictature des intelligences. Nestor de Tinville, avec toute sa sagesse, en est écrasé. C'est que Mérovée n'a besoin d'aucune morgue, ni d'aucune solennité pour accréditer sa parole. Il est tellement *arrivé*, qu'il lui suffit de se montrer et d'annoncer n'importe quoi, pour que l'allégresse éclate.

Dans les conférences publiques, qui ont si démesurément agrandi sa gloire, c'est une espèce de prodige, non constaté jusqu'à lui, que le néant du rabâchage qu'on vient applaudir ! Ce fait paradoxal et confondant pour des étrangers inavertis de notre effroyable dégradation est tellement inouï qu'on ne peut le mentionner exactement sans avoir l'air d'un calomniateur. Le sens commun[9], dont la nature est d'étendre des tapis sous les pieds des foules, a ce privilège mythologique de devenir toujours plus fort en s'abaissant et de ramasser par terre ses victoires. Depuis qu'il existe, Beauclerc s'est rapetissé et abaissé, avec une constance de volonté qui eût suffi à un autre homme pour s'envoler par-dessus les astres, et il est parvenu si *bas* qu'il a l'air de s'y perdre comme au fond des cieux. Il plane à rebours, du rez-de-chaussée de l'abîme, et sa force attractive est identique à la loi de gravitation. C'est sa proie qui fond sur lui. Il n'a qu'à s'entr'ouvrir pour recevoir les matières pesantes et les déjections.

Il en est à n'avoir plus besoin de connaître le moins du monde ce dont il parle, et à ne plus lire du tout les livres qu'il a la prétention de juger dans ses harangues. Deux ou trois bas-bleus sacristains, voués à son tabernacle, lisent à sa place, et leurs suggestives notules suffisent à cet intuitif. Alors, quelle joie de déshonorer une belle œuvre, quand il s'en trouve, de la vautrer dans la boue de son analyse, de la descendre au niveau du groin de son auditoire !

Et le journaliste est à l'image du conférencier. Il apparaît, ici aussi bien que là, comme le châtiment, la flétrissure infinie, la tare vivante d'une société assez avachie pour ne plus avoir conscience des attitudes qu'on la force à prendre et des vomissures qu'on lui fait manger. Ce Beauclerc n'a-t-il pas eu l'impudence de se vanter, dans le plus incroyable des feuilletons, d'être le Minotaure de la critique de théâtre [10] et de percevoir d'exacts octrois de fornication sur les débutantes, forcées de lui passer par les mains, sous peine d'insuccès fatal ?... Il semble qu'une telle déclaration aurait dû attirer à son auteur, en n'importe quel lieu du globe, une tempête de huées, une clameur de réprobation à décrocher tous les luminaires du firmament. On l'a généralement applaudi, au contraire, et secrètement envié. Ce faquin nage avec sérénité dans l'ordure liquide, en laquelle il a le pouvoir de transmuer tout ce qui l'approche. C'est le Midas [11] de la fange.

Son hideux mufle, qu'on pourrait croire façonné pour inspirer le dégoût, ajoute probablement au vertige de sa fascinante crapule. On l'a souvent comparé à un sanglier, par un impardonnable oubli de la grandeur sculpturale de ce sauvage pourchassé des Dieux. C'est une charcuterie et non pas une venaison. La bucolique dénomination de goret est déjà presque honorable pour ce locataire de l'ignominie. Mais les bourgeois se complaisent en cette figure symbolique de toutes les bestialités dont leur âme est pleine, et qu'ils présument assez épiscopale d'illustration, pour les absoudre valablement de leur trichinose [12].

Évidemment, le dîner de Beauvivier eût été raté sans ce dernier convive, que Wolff seul eût pu remplacer. Toutes les catégories d'influences par la plume étaient maintenant représentées à l'auge du nouveau satrape, depuis les mastodontes jusqu'aux acarus. Il ne restait plus qu'à se mettre à table.

*

[LXI]

La victuaille fut copieuse et d'une culinarité sublime. Pendant quelque temps, on n'entendit que le bruit des mandibules et de la vaisselle, accompagné, en dessous, du gargouillement hoqueté de la commençante déglutition des vieux. Une parole susurrée ondulait vaguement autour de la table immense, préliminaire d'une conversation générale qui cherchait à se préciser. Des interjections brèves, des exclamations suspendues, de timides interrogats, de préhistoriques facéties et des calembours tertiaires faufilaient peu à peu la rumeur joyeuse, en attendant qu'elle éclatât comme une fanfare, sous l'excitation des puissants vins.

Beauvivier, flanqué à sa droite de Marchenoir et tamponné à sa gauche de Chaudesaigues, s'efforçait, assez vainement, d'établir, à travers sa propre personne, un courant d'électricité cordiale entre ses deux voisins immédiats. Marchenoir, impraticable autant qu'un créneau couvert de givre, répondait, en mangeant, avec une concision boréale qui faisait tousser Chaudesaigues.

Néanmoins, Properce, aussi sagace que patient, calculait que l'anachorète finirait par s'allumer, comme un pyrophore [1], à l'oxygène ambiant de la sottise générale et qu'alors il éructerait un de ces *paradoxes* véhéments, dont on le savait coutumier, et dont la promesse, glissée sournoisement à quelques oreilles, faisait partie du menu de cet étonnant festin. Il avait même donné de machiavéliques instructions pour qu'on fût très attentif à ne pas le laisser expirer de soif...

Après pas mal de bourdonnements et d'incohérence de propos, la conversation finit par se fixer, à l'autre bout de la table, sur l'événement de la veille dont tous les journaux avaient retenti. Il s'agissait du duel, aussi malheureux que ridicule, d'un confrère catholique assez indépendant, par miracle, et assez courageux pour avoir écrit un livre contre la société juive, mais assez inconséquent pour avoir accepté de *croiser le fer* avec l'un des plus décriés représentants de cette vermine[2]. Or, ce duel avait été des plus funestes. Le juif avait simplement assassiné le chrétien, aux applaudissements unanimes de la fripouille sémitique, et la justice criminelle, pénétrée de respect pour cette potentate, n'avait pas informé contre l'assassin.

Il va sans dire que nul, parmi les convives, ne gémissait amèrement sur la victime. La plupart, subventionnés par la Synagogue ou valets de cœur de la haute société juive, auraient estimé de fort mauvais goût de s'attendrir sur le juste châtiment d'un énergumène qui avait poussé l'insolence jusqu'à compisser le Veau d'or. On ne pouvait pas exiger, par exemple, que des romanciers aussi domestiqués que Vaudoré ou Dulaurier s'indignassent de ce qui faisait la joie de leurs maîtres.

On discutait donc uniquement l'*incorrection* de cette rencontre au point de vue du sport, sans qu'une pensée ou un sentiment quelconques eussent la moindre occasion de se donner carrière dans le bavardage. Beauvivier espéra prématurément que son sauvage allait s'allumer.

— Que pensez-vous de cette affaire ? lui demanda-t-il.

La question, venant de ce juif, parut singulière à Marchenoir, qui comprit qu'on voulait le faire *poser*, et qui décida, sur-le-champ, de déconcerter de son calme le plus inquiétant le scepticisme malicieux de son questionneur.

— Je pense, dit-il, que c'est une sotte affaire. Que voulez-vous que je dise d'un malheureux homme qui démontre jusqu'à l'évidence, en plusieurs centaines de pages, que les juifs sont des voleurs, des traîtres et des assassins, une race de pourceaux illégitimes engendrés par des chiens bâtards, et qui se hâte, aussitôt après, d'accepter un duel avec le plus vil d'entre eux. Car ce pauvre diable a choisi, – tout le monde en conviendra, – l'adversaire le plus capable de l'égorger de ridicule, en supposant que l'autre manière n'eût pas réussi. Le courage de cette absurde victime est, d'ailleurs, incontestable. Son livre, quoique mal bâti et plus faiblement écrit, lui faisait assez d'honneur. Il a été mal payé d'en désirer davantage. Quant aux circonstances mêmes du duel, elles me sont indifférentes. Le caractère connu du meurtrier autorise le moins informé des Parisiens à préjuger hardiment l'assassinat. Seulement, il est heureux pour lui que je ne sois pas le frère du défunt...

Cela fut débité d'un ton exquis dont Marchenoir s'étonna lui-même. – Ils veulent me faire bramer comme un jeune daim, pensait-il [3], je vais leur dire tout ce qu'ils voudront, du même air que je commanderais une portion de tripes dans un restaurant.

– Que feriez-vous donc ? interrogea, à son tour, Denizot, qui passe généralement pour un oracle en matière de point d'*honneur* [4].

– Je l'assommerais sans phrases et sans colère... rien qu'avec un bâton, répondit suavement Marchenoir, en regardant son assiette, pour ne pas voir le monocle du plus spirituel de nos chroniqueurs.

L'attention devint générale. Le réfractaire excitait visiblement la curiosité. Il se souvint, par bonheur, du « complet triomphe » dont Beauvivier l'avait assuré, la veille, en le congédiant, et ce fut avec une vigueur extraordinaire qu'il serra ses freins.

– Si je vous entends bien, dit alors le vicomte de Tinville, non sans quelque hauteur, vous rejetez absolument la coutume du duel ?

– Absolument. Voudriez-vous m'apprendre, monsieur, comment je pourrais ne pas la rejeter ? Sans parler d'une certaine consigne religieuse qui serait peu comprise, et que je n'aurais probablement pas le courage de vous expliquer, il y a ceci qu'on oublie trop : Le duel est une prouesse de gentilshommes et nous sommes des *goujats.* Des goujats sublimes, peut-être, mais enfin, d'irrémédiables goujats. À l'exception de quelques rares personnages, semblables à vous, – dont les ancêtres escaladèrent autrefois les murs de Jérusalem ou d'Antioche, – on ne voit pas que nous différions sensiblement de ces croquants, à qui l'on donnait deux triques énormes et le champ clos d'un large fossé, pour vider leurs querelles. Je vous avoue que le ridicule d'une épée dans la main de gens de notre sorte a toujours été terrassant pour moi. Il serait donc parfaitement inutile de me proposer un duel. Si c'est là votre pensée, elle est admirablement judicieuse et fait le plus grand honneur à votre pénétration. Je veux même vous déclarer qu'à mes yeux le véritable outrage commencerait précisément à cet instant-là. J'estimerais qu'on me regarde comme un farceur de catholique ou comme un imbécile, et mon courroux éclaterait, à la minute, d'une manière tout à fait surprenante.

– Mais, cependant, monsieur le réactionnaire, brailla aussitôt Rieupeyroux, dans une hilarante tonique de pur gascon, qui faillit déchirer en deux le velarium de la gravité générale, vous êtes assez violent, il me semble, quand vous attaquez vos confrères, et il serait peut-être juste que vous ne leur refusassiez pas les réparations qu'ils sont en droit de vous réclamer, quand vous les traînez dans la boue. C'est trop commode, vraiment, de se retrancher derrière le catholicisme pour échapper à toutes les conséquences de ses actes et de ses paroles !

Marchenoir, qui sirotait, en souriant, un verre du plus délicieux de tous les Châteaux [5] et que la claironnante cocasserie de ce marquis des marches de la Pouille intéressait, lui répondit en douceur parfaite :

– Si j'étais réactionnaire, comme vous dites inexactement, mon très doux maître, vous me verriez aussi ardent que vous-même à toutes les passes d'armes et à tous les genres de tournois. C'est, au contraire, parce que je suis le plus dépassant des progressistes, le pionnier de l'extrême avenir, que je contemne ces pratiques surannées. Vous affirmez que je suis violent. Dieu sait pourtant si je me refrène, car je pourrais l'être bien davantage...

Quant aux belles âmes que mes écritures affligent, qui les empêche de m'affliger, à leur tour, de la même sorte ? Je serais le plus inique des éreinteurs si je me fâchais d'une riposte, même imbécile. Je taille mes projectiles avec le plus d'art que je puis et je me ruine à choisir, pour cet usage, les plus dispendieuses matières. L'un de mes rêves est d'être un joaillier de malédictions. Mais je n'exige pas que mes plastrons[6] soient eux-mêmes des lapidaires et qu'ils se mettent en boutique. On fait ce qu'on peut et j'aurais mauvaise grâce à contester le choix d'une arme défensive à n'importe quel chenapan dont je serais l'agresseur. Si je poursuis un putois, le glaive de feu à la main[7], et qu'il me combatte avec le jus de son derrière, c'est absolument son droit et je n'ai rien à dire. Il est loisible à chacun de publier que je suis un bandit, un faussaire, un va-nu-pieds, un proxénète, et même un idiot. J'accueille ces vocables avec une indifférence dont vous ne sauriez avoir une juste idée. Par exemple, il ne faut pas m'en demander davantage, car j'oppose aux voies de fait la plus insolite humeur.

Je mourrai certainement sans avoir compris ce que signifie le mot de *réparation*, au sens où les duellistes veulent qu'on l'entende. Je ne défends pas, d'ailleurs, aux mécontents de m'apporter leurs museaux, s'il leur paraît expédient d'opérer ce transit. Mon domicile est connu de tout le monde et nullement pourvu de *retranchements* catholiques ou autres. Ma porte s'ouvre facilement, aussi bien que ma fenêtre, mais je ne conseille à aucun brave de choisir ses plus chers amis pour me les expédier comme témoins. Je leur accorderais environ trois minutes de courtoisie, à l'expiration desquelles il se pourrait que je les renvoyasse assez détériorés pour les guérir, quelque temps, du besoin d'embêter les solitaires dans leurs ermitages.

Léonidas, anciennement maltraité par le pamphlétaire[8], et que plusieurs mots de ce persiflage sérieux avaient clairement cinglé, ouvrait la bouche pour parler encore, quand Beauvivier l'arrêta d'un geste.

– Pardon, mon cher Rieupeyroux, le débat est clos. Vous avez forcé M. Marchenoir à renouveler des déclarations déjà anciennes et que nous avons tous entendues depuis longtemps. Vous n'espérez pas, sans doute, l'amener, pour vous complaire, à modifier ses vues ou ses sentiments. Notre convive est un homme exotique et d'un autre siècle. Il a d'autres idées que nous sur l'honneur, mais cette divergence est sans portée, puisque son intrépidité personnelle est hors de cause.

À ce dernier point de vue, même, je crois que ses chroniques seront d'un utile scandale en tête du *Pilate*. Si personne[9] n'y voit d'inconvénient, et que l'auteur veuille bien y consentir, ajouta-t-il, en se tournant vers son voisin, je serais d'avis qu'il nous lût, tout à l'heure, l'article de début que je fais paraître après-demain, et dont les épreuves sont justement sur mon bureau. Je crois, messieurs[10], que votre surprise ne sera pas médiocre. Avez-vous quelque répugnance à nous donner ce plaisir intellectuel, monsieur Marchenoir ?

Celui-ci hésita une minute, puis se décida. Il sentait vaguement que, déjà, Beauvivier cherchait une occasion de le compromettre et de lui casser les reins, en le rendant impossible, puisqu'il le poussait à lire cette philippique, où les deux tiers des convives étaient plastronnés[11]. Mais la seule pensée d'un tel risque le détermina, – étant de ces fiers chevaux, qui s'éventrent sur les baïonnettes, en hennissant de la volupté de souffrir !

*

[LXII]

Marchenoir avait la réprobation scatologique. Le bégueulisme cafard des contemporains d'Ernest Renan l'avait rigoureusement blâmé pour l'énergie stercorale de ses anathèmes. Mais, avec lui, c'était une chose dont il fallait qu'on prît son parti. Il voyait le monde moderne, avec toutes ses institutions et toutes ses idées, dans un océan de boue. C'était, à ses yeux, une Atlantide submergée dans un dépotoir. Impossible d'arriver à une autre conception. D'un autre côté, sa poétique d'écrivain exigeait que l'expression d'une réalité quelconque fût toujours adéquate à la vision de l'esprit. En conséquence, il se trouvait, habituellement, dans la nécessité la plus inévitable de se détourner de la vie contemporaine, ou de l'exprimer en de répulsives images, que l'incandescence du sentiment pouvait, seule, faire applaudir. L'article qu'il avait donné à Beauvivier sur le scandale de la publicité pornographique, était, en ce genre, un tour de force inouï. C'était un Vésuve d'immondices embrasés.

Lorsqu'il fut mis en demeure d'exécuter le saut périlleux de sa lecture, le malheureux homme, un peu surchauffé par la chère exorbitante qu'on lui avait imposée, commençait à perdre cette cautèle d'occasion qui l'avait préservé, jusqu'alors, de la salissante familiarité du troupeau dont il subissait l'entourage. Il constatait, avec une joie pleine d'épouvante, que son armure de glace fondait sensiblement sous la température anormale de cette ribote. Ce qui arriverait ensuite, il le savait trop. Le fauve sortirait de lui sans qu'il pût l'en empêcher, et l'exhibition qu'il avait à faire, – de quelque manière qu'il s'y prît, apparaîtrait d'autant plus comme un défi qu'il s'échaufferait encore en mettant sa voix et son geste au diapason de ses agressives périodes. Il avait, malgré tout, fini par la désirer, cette lecture, comme un exutoire. L'énormité des sottises ou des infamies qu'il entendait depuis une heure appelait une éruption.

Il se leva donc, aussitôt que Beauvivier lui eut donné le paquet d'épreuves, et il se fit un profond silence, la curiosité malveillante des auditeurs étant à son comble.

– *La Sédition de l'Excrément*... articula lentement le lanceur de foudre.

À cet énoncé, le pion Mérovée, en train de tamponner, avec son mouchoir, l'impure viscosité de ses yeux malades, fit un haut-le-corps.

– Le titre promet, fit-il. M. Marchenoir[1] n'a pas changé. Il tient toujours pour l'éloquence fécale.

– Messieurs, je vous en prie, intervint aussitôt Beauvivier, pas de commentaires.

Marchenoir, nullement déconcerté, lut alors, sans interruption, les trois cents lignes de son article. Il avait une espèce de voix de buccin, assez semblable à son style monstrueusement oratoire et calculé, semblait-il, pour la vocifération. Il lisait *mal*, comme il convient à tout prophète. Houleux et tumultuaire, ce vaticinateur déchaîné était plein de sanglots, de catafalques[2] et de huées. Il faisait rouler sur les têtes des quadriges de Mardi-Gras et des tombereaux de tonnerres. Il avait l'attendrissement sarcastique et l'engueulement solennel. Le mot abject, dont l'usage lui fut reproché si souvent, il avait une manière de le clamer, comme s'il eût été, à lui seul, une multitude et ce mot devenait sublime, autant que l'imprécation désespérée de tout un peuple.

Il arriva ce que Marchenoir avait vu d'autres fois déjà. L'immobilité silencieuse de ceux qui l'écoutaient devint une stupeur. Aucune plainte ne s'éleva de ce tas d'hommes bafoués, houspillés, piétinés, rossés avec une férocité inouïe et une autorité tortionnaire de vendeur[3] d'esclaves. À la réserve de deux ou trois, qui l'avaient entendu déjà, les assistants ne s'étaient jamais avisés de soupçonner une chose semblable et ne pensèrent pas à s'en indigner. Beauvivier, lui-même, qui avait pourtant lu l'article, mais qui ne le reconnaissait plus, débité de cette façon, eut quelque peine à revenir de son ahurissement.

– Ma foi, messieurs [4], dit-il, parfaitement sincère, avouez que ce que nous venons d'entendre est confondant. Nous nous devons à nous-mêmes de faire tout crouler ici, et il battit des mains. Les autres, décollés de leur étonnement et entraînés par l'exemple du patron, applaudirent à provoquer une émeute.

– Mais..., monsieur Marchenoir, continua le colonel du *Pilate*, – s'adressant à son invité qui venait de se rasseoir après une inclination de tête imperceptible, – je ne vous connaissais pas cette force tragique, qui m'étonne encore plus, je vous assure, que votre talent d'écrivain, dont je fais, cependant, vous ne l'ignorez pas, la plus haute estime. C'est à se demander pourquoi vous n'êtes pas au théâtre. Vous en deviendriez le maître et le Dieu... N'est-ce pas votre avis, Beauclerc ?

Le grand Sentencier n'eut pas le temps de rédiger son dispositif. Ces dernières paroles venaient de procurer à Marchenoir la sensation d'un formidable soufflet. La bonne foi évidente, en ce moment, de Beauvivier faisait enfin ce que son insidieuse malice n'avait pu faire. Le lycanthrope était vraiment en fureur. Il devint pâle et ses yeux noircirent.

– Pardon, dit-il, en étendant la main, comme pour imposer silence au tas de viande poilue qu'on venait de consulter et qui se préparait à répondre, l'avis de M. Beauclerc est sans intérêt pour moi. Je tiens même à l'ignorer absolument, et je m'étonne, monsieur Beauvivier, que vous ayez eu l'idée de me faire asseoir à votre table pour mettre la dignité de ma personne en expertise. J'étais loin de supposer que la lecture que vous venez d'applaudir, et que je n'ai faite que pour vous complaire, dût être, sitôt, l'occasion du mortifiant éloge dont vous m'accablez, et de l'arbitrage plus outrageant qu'il vous plaît d'invoquer.

Beauvivier, surpris, se récria :

– Comment est-il possible, cher monsieur, que vous dénaturiez à ce point mes paroles et mes intentions ? En vérité, je ne devine pas en quoi j'ai pu vous offenser...

Plusieurs parlèrent à la fois. – Il est bien mal élevé, ce catholique ! disait Beauclerc. – Il a été mordu par Veuillot, ajoutait Tinville. D'autres exclamations du même genre coururent d'un bout de la table à l'autre. Le chenil, un instant maté, retrouvait sa gueule.

– Si vous avez besoin que je vous explique en quoi vos paroles m'ont révolté, reprit Marchenoir, il est douteux que mes explications vous éclairent et vous satisfassent. Néanmoins, les voici, en aussi peu de mots que possible. Je regarde l'état de comédien comme la honte des hontes. J'ai là-dessus les idées les plus centenaires et les plus absolues [5]. La vocation du théâtre est, à mes yeux, la plus basse des misères de ce monde abject et la sodomie passive est, je crois, un peu moins infâme. Le bardache [6], même vénal, est, du moins, forcé de restreindre, chaque fois, son stupre à la cohabitation d'un seul et peut garder encore, – au fond de son ignominie effroyable, – la liberté d'un certain choix. Le comédien s'abandonne, *sans choix* [7], à la multitude, et son industrie n'est pas moins ignoble, puisque c'est son *corps* qui est l'instrument du plaisir donné par son art. L'opprobre de la scène est, pour la femme, infiniment moindre, puisqu'il est, pour elle, en harmonie avec le mystère de la Prostitution, qui ne courbe la misérable que dans le sens de sa nature et l'avilit sans pouvoir la défigurer.

Il a fallu le dénûment métaphysique particulier au XIXᵉ siècle et l'énergie surprenante de sa déraison, pour réhabiliter cet art que dix-sept cents ans de raison chrétienne avaient condamné. Il paraît tout simple, aujourd'hui, de recevoir avec honneur et de pavoiser de décorations d'abominables cabots, que les bonnes gens d'autrefois auraient refusé de faire coucher à l'écurie, par crainte qu'ils ne communiquassent aux chevaux la morve de leur profession. Mais, vous l'avez dit tout à l'heure, je ne suis pas de ce siècle, j'ai d'autres idées que les siennes, et, parmi les choses répugnantes qu'il idolâtre, le prostibule [8] de la rampe est surtout blasphémé par moi... Il vous était facile de conclure, ainsi que tant d'autres l'ont déjà fait, de l'intensité de mon coup de boutoir à une vocation d'assassin, par exemple, – ce qui n'aurait nullement altéré mon humeur. Vous pouviez inférer de ma prose et de ma diction la folie furieuse ou, tout au moins, quelques scrofules honteuses, quelques bas ulcères [9] dont la purulence cachée me sortirait jusque par les yeux... Sans hésiter, vous expliquez tout de moi par des facultés de saltimbanque et vous m'offrez un avenir de bouffon de la canaille. Voilà, je vous l'avoue, ce qui dépasse complètement mes capacités de résignation.

Pendant que parlait l'étrange rebelle, un murmure plus qu'hostile s'élevait autour de lui et montait jusqu'au grondement. Aussitôt qu'il eut fini, les aboiements éclatèrent. Il fallait qu'on en eût gros sur le cœur, et depuis longtemps. Un inconnu, proférant les mêmes impiétés, n'aurait obtenu que des interjections de rappel à l'ordre ou de silencieux et compatissants sourires, – car le monde de la plume est, en général, fort attentif aux pratiques extérieures de la plus urbaine indulgence, surtout en la présence des bêtes féroces.

Mais, ici, on avait affaire à l'ennemi commun, à celui dont personne ne pouvait être l'ami et qui ne pouvait être l'ami de personne. Marchenoir était un hérétique, négateur du Saint Sacrement de la crapule [10], au milieu d'un ripaillant concile de théologiens et de hauts prélats du maquerellage. Le vomissement sur les comédiens éclaboussait à peu près tous ces courtiers de luxure ou de vanité, qui prospéraient en exploitant les plus viles passions de leur temps. Puis, il fallait bien qu'on se vengeât de la surprise qu'on venait d'avoir et des applaudissements qu'on avait donnés, par l'effet d'un ascendant inexplicable.

Il y eut, alors, un concert de trépidations, un crépitement d'injures, une bourrasque de mauvais souffles, une clameur composée de toutes les formules d'excommunication et d'interdit, usitées dans les séances les plus orageuses des parlements de la racaille. Les têtes, chauffées à l'esprit de vin et fumantes sous la girandole, n'étaient plus en état de garder aucune mesure, et la vérité de leur goujatisme transsudait de leur congestion. Il n'était pas jusqu'au docteur Des Bois, l'intime de tout le monde et, en particulier, du glorieux Cadet[11], qui n'eût quelque chose à dire, et qui n'exprimât, – en un style vérifié par l'auteur du *Maître de Forges*, – que Marchenoir avait le malheur de « ne pas savoir se tenir en société ».

Beauvivier, excessivement inquiet, se prenait à craindre, tout de bon, que son complot n'eût un dénouement fâcheux, et que l'amusante exhibition du monstre qu'il avait rêvée ne devînt, – par la malchance d'une considérable addition de calottes, – une tragédie sans gaieté. Vainement, il essaya, par gestes et conjurations impuissantes de sa frêle voix, de rétablir l'ordre.

Au fait, l'aspect du monstre n'était pas pour inspirer précisément la sécurité. Il était demeuré assis, il est vrai, et très calme en apparence, mais ses yeux, dilatés à l'intérieur, réverbéraient, en noir profond, la colère générale. On devinait qu'il était plus à son aise, de se voir en butte à tous les carreaux[12], et qu'il jouissait de sentir monter son courage. Il attendit que la première furie s'apaisât d'elle-même, naturellement, par l'exhalation pure et simple de l'injure ou du démenti que chacun de ses adversaires pouvait avoir à lui décerner.

Quand le moment lui sembla venu, il se leva, et ce diable d'homme se mit à parler, en commençant, d'un ton si particulièrement sonore et grave qu'il obtint le silence.

– Il me serait extrêmement facile, messieurs, de prendre ici un objet quelconque, – ne fût-ce que M. Champignolle, – et de m'en servir pour vous rosser tous. Quelques-uns d'entre vous qui me connaissent, – appuya-t-il en regardant Dulaurier que son dandysme clouait au rivage, – savent que j'en suis capable, et je n'essaierai pas de vous dissimuler que j'en suis fort tenté, depuis un instant. Cet exercice me soulagerait et rendrait ma digestion plus active. Mais,... à quoi bon ? je vais partir simplement et vous pourrez, alors, entrelacer vos esprits fraternels dans la paix parfaite. Je ne suis pas des vôtres et je l'ai senti dès mon entrée. Je suis une façon d'insensé, rêvant la Beauté et d'impossibles justices. Vous rêvez de jouir, vous autres, et voilà pourquoi il n'y a pas moyen de s'entendre.

Seulement, prenez garde. La salauderie n'est pas un refuge éternel, et je vois une gueule énorme qui monte à votre horizon. On souffre beaucoup, je vous assure, dans le monde cultivé par vous. On est sur le point d'en avoir diablement assez, et vous pourriez récolter de sacrées surprises... Dieu me préserve d'être tenté de vous expliquer la sueur de prostitution qui vous rend fétides ! La force des choses vous a remplis d'un pouvoir qu'aucun monarque, avant ce siècle, n'avait exercé, puisque vous gouvernez les intelligences et que vous possédez le secret de faire avaler des pierres aux infortunés qui sanglotent pour avoir du pain.

Vous avez prostitué le Verbe, en exaltant l'égoïsme le plus fangeux. Eh bien ! c'est l'épouvantable muflerie moderne, déchaînée par vous, qui vous jettera par terre et qui prendra la place de vos derrières notés d'infamie, pour régner sur une société à jamais déchue. Alors, par une dérision inouïe, capable de précipiter la fin des temps, vous serez, à votre tour, les représentants faméliques de la Parole universellement conspuée. Je vois, en vous, les Malfilâtres sans fraîcheur et les minables Gilberts [13] du plus prochain avenir. Jamais on n'aura vu un déshonneur si prodigieux de l'esprit humain. Ce sera votre châtiment réservé, d'apprendre, à vos dépens, par cette ironie monstrueuse, les infernales douleurs des amoureux de la Vérité, que votre justice de réprouvés condamne à se désespérer tout nus, comme la Vérité même. Mon plus beau rêve, désormais, c'est que vous *apparaissiez* manifestement abominables, car vous ne pouvez pas, en conscience, l'être davantage. Au nom des lettres qui vous renient avec horreur, vous vivez exclusivement de mensonge, de pillage, de bassesse et de lâcheté. Vous dévorez l'innocence des faibles et vous vous rafraîchissez en léchant les pieds putrides des forts. Il n'y a pas, en vous tous, de quoi fréter un esclave assez généreux pour ne vouloir endurer que sa part congrue d'avilissement, et disposé à regimber sous une courroie trop flétrissante. J'espère donc vous voir, dans peu, sans aucun argent et tondus jusqu'à la chair vive, puisqu'il n'existe pas d'autre expiation pour des âmes de pourceaux telles que sont les vôtres.

J'espère aussi que ce sera la fin des fins, – continua Marchenoir, s'exaspérant de plus en plus, – car il n'est pas possible de supposer le proconsulat d'une vidange humaine qui vous surpasserait en infection, sans conjecturer, du même coup, l'apoplexie de l'humanité. En ce jour, peut-être, le Seigneur Dieu se repentira, – comme pour Sodome [14], – et redescendra, sans doute, enfin ! du fond de son ciel, dans la suffocante buée de notre planète, pour incendier, une bonne fois, tous nos pourrissoirs. Les anges exterminateurs s'enfuiront au fond des soleils, pour ne pas s'exterminer eux-mêmes du dégoût de nous voir finir, et les chevaux de l'Apocalypse, à l'apparition de notre dernière ordure, se renverseront dans les espaces, en hennissant de la terreur d'y contaminer leurs paturons !...

Ayant vociféré ces derniers mots d'une voix qui parut presque surhumaine, l'imprécateur s'en alla frémissant, la tête haute et les yeux en flammes. Les auditeurs comprirent probablement qu'il ne ferait bon pour personne lui barrer le chemin, en lui présentant un manuel de civilité, car ceux au milieu desquels il dut passer s'écartèrent avec un empressement visible.

Une demi-heure après, il disait, en se laissant tomber sur une banquette du café où l'attendait Leverdier :

– Cher ami, mon journalisme est fricassé, mais, c'est égal, je n'ai pas payé trop cher la volupté de leur sabouler la gueule !

CINQUIÈME PARTIE

LA FIN

[LXIII]

À partir de ce jour, le révolté s'enferma dans la plus haute citadelle de son esprit. Il se remit courageusement à son livre sur le Symbolisme. Il se représenta que c'était la dernière ressource qui lui restait, et calcula qu'avec l'argent du bon général des Chartreux il irait quelques mois encore, et pourrait, sans doute, le terminer. Alors, il arriverait ce que Dieu voudrait, mais, du moins, cette œuvre, dont il se sentait la vocation et qui criait en lui pour être enfantée, se trouverait accomplie.

Aucune porte, d'ailleurs, ne paraissait devoir s'entr'ouvrir. Son premier article au *Pilate* avait été le dernier. Il avait paru, effectivement, le surlendemain du fameux dîner, mais tellement défiguré par des atténuations et des retranchements sans nombre qu'il ne le reconnaissait plus, et que le premier chroniqueur venu l'aurait pu signer. Il s'y attendait un peu et n'en eut point de colère. Il déplora seulement que son nom même n'eût pas été raturé, comme ses épithètes, et il ressentit, de cette lâche sottise, une amertume poignante qui le paralysa, intellectuellement, tout un jour. Puis, ce fut fini.

Du côté des catholiques, il avait éprouvé, depuis longtemps, de telles aversions, qu'il ne fallait pas même[1] y songer. L'hostilité cafarde de ce groupe était, peut-être, encore plus enragée que la haine déclarée des mécréants. Il l'avait bien vu pour sa *Vie de sainte Radegonde*, livre exclusivement religieux, s'il y en eut jamais, dont les catholiques eussent dû faire le succès, et qu'ils avaient éteint, du premier coup, sous un implacable silence. Pour ces nyctalopes, la pourpre vive du talent de Marchenoir était un scandale d'optique, pouvant mettre en danger la santé de leurs méchants yeux, et qu'ils se firent un devoir d'étouffer comme une tentation du Diable. Le nouveau livre qu'il préparait ne les indignerait pas moins. En supposant qu'il trouvât un éditeur, – ce qui paraissait peu probable, – quel moyen aurait son œuvre d'arriver jusqu'au public et d'obtenir ce demi-succès de vente si nécessaire à la subsistance de l'auteur ? Décidément l'avenir était horrible.

Marchenoir travaillait à corps perdu, écartant, comme il pouvait, cette vision de désespoir. Mais elle revenait, quand même, s'imposant despotiquement au malheureux homme. Alors, la plume tombait de sa main et, quoi qu'il pût faire, il lui fallait repasser toute sa vie et reboire tous les souvenirs amers. C'était une mélancolie de damné. Dans ces moments, Véronique s'approchait et, s'inclinant sur l'épaule de ce porte-croix chargé d'un si dur fardeau, s'efforçait de le ranimer. – Pauvre chère âme, disait-elle, que ne puis-je prendre sur moi toute votre peine ! et, souvent, ces deux êtres s'attendrissaient l'un sur l'autre et pleuraient ensemble.

Or, cela même était un autre danger et une source de douleurs nouvelles, – incomparables. Marchenoir se sentait plus amoureux que jamais. Avec une terreur immense, il se voyait de plus en plus captif et chargé de chaînes. Il avait beau regarder la mutilée, dans l'espérance de recueillir l'horreur dont elle avait prétendu masquer son visage, cette impression salutaire ne venait pas. Il ne trouvait en elle qu'un objet de pitiés amollissantes, qui s'achevaient en de suggestives incitations. Ce rêveur, chaste autant qu'un moine, brûlait comme un sarment...

Tel était le résultat définitif, l'aboutissement suprême de tant d'efforts, de si complètes victoires antérieures sur sa chair et sur son esprit. À quarante ans, il revenait aux troubles de l'adolescence. Il lui fallait, déjà brisé tant de fois, résister encore à cet effrayant retour de jeunesse qui déracine les âmes les moins entamées et les plus robustes. Et il ne voyait pas d'issue pour fuir. Le travail, la prière même, ne le calmaient pas. Tout le trahissait. Les eucharistiques tendresses de sa foi ne servaient qu'à pencher un peu plus son cœur sur cet abîme du *corps* de la femme, où vont se perdre, en grondant, les torrents humains dévalés des plus hautes cimes. Le Christ saignant sur sa Croix, la Vierge aux Sept Glaives, les Anges et les Saints lui tendaient l'identique traquenard de liquéfier son âme à leurs fournaises...

La situation morale de Marchenoir était épouvantable. Aucun être humain ne saurait s'arranger de la privation perpétuelle de tout bonheur. Les plus misérables n'acceptent pas cet inacceptable dénûment. On peut toujours se donner un vice, une manie, ou se précipiter au suicide. Ces trois solutions révoltaient également l'amoureux mystique, sans qu'il fût plus capable que le dernier vagabond d'en dénicher une quatrième. Le bonheur ! il en avait été affamé toute sa vie, sans espoir de rassasiement. Personne ne l'avait jamais cherché avec une telle furie... et une si parfaite incrédulité. Et encore, il l'avait cherché trop haut, dans un éther trop subtil, même pour l'illusion.

Maintenant, par une dérision satanique, cet éternel désir d'être heureux, – cette inapaisable soif d'une fontaine qui n'existe pas pour les êtres supérieurs, – se précisait, à deux pas de lui, sous la forme d'un objet palpable, dont la possession l'eût comblé d'horreur. Il se tordait de rage, il se souffletait lui-même, à la pensée que cette sainte, – qui était sa gloire et sa rançon, – il la convoitait charnellement comme une maîtresse vulgaire ! Ah ! c'était bien la peine d'endurer quarante martyres, de s'exténuer par tant de labeurs, de se consumer au pied des autels et de laver les pieds de Jésus d'un million de larmes, pour aboutir finalement à la saleté de cette obsession...

Il s'enfuyait loin de la maison, forcé d'abandonner son travail, et marchait hors de Paris, sur les routes et par les chemins déserts, en criant vers Dieu dans d'interminables perambulations [2] solitaires. Mais la Tentation ne le lâchait pas et souvent, même, en devenait plus active. Elle se perchait comme un aigle sur ce marcheur, les ongles plantés dans son cou, l'aveuglant des ailes, le déchiquetant du bec, lui dévorant la cervelle, et dominant de ses cris de victoire la clameur de détresse du Désespéré.

Des frénésies soudaines le saisissaient, le rendaient vraiment énergumène. Il se jetait, en mugissant comme un buffle pourchassé, dans les taillis, au risque de se déchirer le visage ou de se crever les yeux, insensible aux écorchures et aux meurtrissures, – quelquefois aussi se roulait sur l'herbe en écumant à la façon des épileptiques, appelant à son secours, indistinctement, les puissances de tous les abîmes. Un soir, il se réveilla dans un fourré du bois de Verrières, glacé jusqu'à la moelle des os, ayant dormi de ce perfide et profond sommeil des épuisés de chagrin, qui les réconforte pour qu'ils puissent un peu plus souffrir.

Dans l'accalmie nerveuse qui suivait ces crises, son imagination, toujours inquiète, lui représentait, pour varier son supplice, Véronique telle qu'elle avait été, hier encore, avant de se massacrer elle-même, pour l'amour de lui. Alors, il se laissait aller à des calculs de marchands d'esclaves, se disant qu'après tout le mal n'était pas irréparable, que les cheveux et les dents peuvent *s'acheter* [3] et qu'il ne tenait qu'à lui de restaurer l'idole de sa perdition. Puis, le sentiment revenait, aussitôt, de son éternelle indigence, – ramenant cette âme malheureuse au centre le plus désolé de ses infernales douleurs !

*

[LXIV]

Une des pratiques religieuses auxquelles il tenait le plus était la grand'messe de paroisse, celle-là qu'on a nommée dans un style abject, l'« opéra du peuple », probablement par antiphrase, puisqu'il est interdit au peuple d'y assister.

Il est sûr que les *fabriques* [1] ne badinent pas avec le pauvre monde, et Jésus lui-même, suivi du Sacré Collège de ses douze Apôtres, serait promptement balayé par le bedeau, – si cette compagnie s'en venait, guenilleuse, et n'ayant pas de monnaie pour payer les chaises. Les dévotes riches et notables, qui font graver leurs noms sur leurs prie-Dieu capitonnés, ne souffriraient pas le voisinage d'un Sauveur lamentablement vêtu, qui voudrait assister en personne au Sacrifice de son propre Corps. Les toutous de ces dames seraient certainement expulsés avec plus d'égards que ce Va-nu-pieds divin.

Cette simonie inspirait à Marchenoir une horreur sans bornes. Aussi, ne le voyait-on jamais parmi la foule des paroissiens endimanchés. Il déposait Véronique au premier rang, devant l'autel qu'elle aimait à voir en face et allait s'installer, à l'abri de tous les yeux, dans une chapelle latérale et presque toujours solitaire, où son âme douloureuse risquait moins d'être coudoyée par les âmes d'argent ou de boue qui polluent de leurs toilettes la maison du Pauvre.

Il tâchait aussi de ne pas voir l'architecture de cette église moderne, – sous-imitation mal venue d'un art décadent, exécutée par quelque maçon dénué de pulchritude [2] géométrique.

Toute son attention était pour cette Liturgie profonde qui a traversé les siècles, à l'encontre des apostasies du tire-ligne et des reniements du compas. La compréhension qu'il avait de cette merveille du Symbolisme [3] chrétien lui procurait un apaisement surnaturel. Son âme religieuse, aux trois quarts submergée par le diabolisme de la passion, prenait pied, quelques instants, sur ces formes saintes, au delà desquelles il pressentait la gloire des pitiés divines. Il retombait, aussitôt après, dans les vagues folles de son délire. N'importe! il avait une heure de réconciliation sublime, traversée d'éblouissements.

Une hypertrophie de joie lui gonflait le cœur, jusqu'à l'éclatement de sa poitrine.

La grand'messe est une agonie d'holocauste accompagnée par des chants nuptiaux. Elle résume l'incommensurable des douleurs et l'infini des allégresses. Elle renouvelle, sans lassitude, en des cérémonies toujours identiques, l'énorme confabulation du Seigneur avec les hommes :

– Je vous ai créés, vermine très chère, à ma ressemblance trois fois sainte, et vous m'avez payé en me trahissant. Alors, au lieu de vous châtier, je me suis puni moi-même. Il ne m'a plus suffi que vous me ressemblassiez ; j'ai senti moi, l'Impassible, une soif divine de me rendre semblable à vous, pour que vous devinssiez mes égaux [4], et je me suis fait vermine à votre image.

Vous croupissez, comme il vous plaît, dans la fange rougie de mon sang, au pied de la croix où vous m'avez fixé par les quatre membres pour que je ne m'éloignasse pas. Nous voilà donc ainsi, vous et moi, depuis deux mille ans bientôt. Or, ce bois est affreusement dur et vous ne sentez pas bon, mes enfants chéris...

Je ne vois guère [5] que mon serviteur Élie qui pourrait venir me délivrer, pour qu'il me fût possible, enfin, de vous baptiser et de vous lessiver dans le feu, comme je l'ai tant annoncé. Mais ce prophète est endormi, sans doute, d'un puissant sommeil, depuis si longtemps que je l'appelle dans l'angoisse du *Sabacthani* [6] !...

Il viendra, pourtant, je vous prie de le croire, et vous apprendrez alors, imbéciles ingrats, ce que je suis capable d'accomplir.

En ce jour, les épouvantes de Dieu militeront contre les hommes [7], parce qu'on verra la chose inouïe et parfaitement inattendue, qui doit déraciner jusque dans ses fondements l'habitacle humain, c'est-à-dire la translation des figures en réalité [8]... Je vous aveuglerai, parce que je suis l'auteur de la Foi, je vous désespérerai, parce que je suis le premier-né de l'Espérance, je vous brûlerai parce que je suis la Charité même. Je serai sans pitié, au nom de la Miséricorde, et ma Paternité n'aura plus d'entrailles, sinon pour vous dévorer.

Ma Croix méprisée éclatera de splendeur, comme un incendie dans la nuit noire, et une terreur inconnue recrutera, dans cette clarté, la multitude tremblante des mauvais troupeaux et des mauvais pasteurs. Ah ! vous m'avez dit d'en descendre et que vous croiriez en moi. Vous m'avez crié de me sauver moi-même, puisque je sauvais les autres [9]. Eh bien ! je vais combler tous vos vœux. Je vais descendre effectivement de ma Croix lorsque cette épouse d'ignominie sera tout en feu, – à cause de l'arrivée d'Élie, – et qu'il ne sera plus possible d'ignorer ce qu'était, sous son apparence d'abjection et de cruauté, cet instrument d'un supplice de tant de siècles !...

Toute la terre apprendra, pour en agoniser d'épouvante, que ce Signe était mon Amour lui-même, c'est-à-dire l'ESPRIT-SAINT, caché sous un travestissement inimaginable.

Cette Croix *qui me dépasse de tous les côtés*, pour exprimer, dans sa Folie, les adorables exagérations de votre Rachat, Elle va dilater sur toute la terre ses Bras torréfiants. Les montagnes et les vallées se liquéfieront comme la cire [10], et votre Dieu, décloué de son lit sanglant, posera de nouveau, sur le sol d'Adam, ses deux pieds percés, pour savoir si vous tiendrez parole en croyant en lui.

Il vous regardera avec la Face de sa Passion, mais ruisselante, cette fois, de la lumière de tous les symboles préfigurateurs que ce prodige allumera, devant lui, comme des flambeaux, et, – pour avoir fait, dans le temps des ténèbres, l'usage qu'il vous aura plu de votre liberté de pourriture, – vous connaîtrez, à votre tour, ce que c'est que d'être abandonné de mon Père, la Soif vous sera enseignée et toute justice sera consommée en vous dans les épouvantables Mains ardentes que vous aurez blasphémées !

Tel était en Marchenoir l'étrange écho de la liturgie sacrée. La ferveur de ce millénaire tendait sans cesse aux accomplissements de la fin des fins. Tous les desiderata des âmes les plus sublimes accouraient à cette âme, comme une invasion de fleuves, et sa prière intérieure mugissait comme l'impatience des cataractes.

Ce chrétien inouï ne pensait même plus à son triste temps. Les colères immenses que soulevait en lui la promiscuité des ambiantes turpitudes étaient oubliées. Involontairement, il assumait, en de surhumains transports, la déréliction de tous les âges.

– Vous avez promis de revenir, criait-il à Dieu, pourquoi donc ne revenez-vous pas ? Des centaines de millions d'hommes ont compté sur votre Parole, et sont morts dans les affres de l'incertitude. La terre est gonflée des cadavres de soixante générations d'orphelins qui vous ont attendu. Vous qui parlez du sommeil des autres, de quel sommeil ne dormez-vous pas, puisqu'on peut vociférer dix-neuf siècles sans parvenir à vous réveiller [11] ?... Lorsque vos premiers disciples vous appelèrent dans la tempête, vous vous levâtes pour commander le silence au vent [12]. Nous ne périssons pas moins qu'eux, je suppose, et nous sommes un milliard de fois plus infortunés, nous autres, les déshérités de votre Présence, qui n'avons pas même [13] le décevant réconfort de savoir en quel lieu de votre univers vous dormez votre interminable sommeil !

Ces objurgations, que les docteurs de la loi [14] eussent condamnées, il ne pouvait s'empêcher de les renouveler sans relâche. C'était la respiration de son âme, quand il s'exhalait vers le ciel, et, – depuis la mort du prêtre qui lui avait autrefois ouvert l'entendement, – il n'avait pu rencontrer que Véronique dont le simple esprit ne se scandalisât pas de cette impétueuse façon de parler à Dieu.

Le souvenir de la chère créature se mêlait, par conséquent, à sa prière et traversait en flèches de flamme ses exaltations prophétiques. Il s'enroulait à ses pensées les plus hautes et participait de leur enthousiasme. Il trouvait, analogiquement, sa place dans les péripéties et les phases liturgiques du vaste drame de propitiation qui s'accomplissait sous les yeux du contemplatif obsédé.

Lorsque, après [15] l'*instruction* dominicale du curé ou de son vicaire, – que Marchenoir, au fond de sa chapelle, se félicitait de ne pas entendre, – l'orgue, venant à tonner à la parole de l'officiant, promulguait, une fois de plus, en accompagnant les voix des chantres, cet antique Symbole de Nicée [16] dont quinze siècles n'ont pas encore épuisé l'adolescence, le solitaire était, malgré tout, avec Véronique, dans le houlement grégorien des Douze Articles [17] incommutables. La chair se taisait, sans doute, et la bien-aimée se transfigurait à la lumière des aperceptions extra-terrestres. L'obsession se faisait divine pour n'être pas exorcisée, mais elle ne s'éloignait pas un instant.

Peut-être fallait-il qu'il en fût ainsi. Les prières canoniques de l'Église romaine ont un tel caractère d'universalité, une si essentielle vertu de ramener à l'absolu tout réductible sentiment humain, que Marchenoir, momentanément allégé de tortures, se prenait à considérer cette violence exercée sur lui comme une nécessaire épreuve.

À ce point de vue, l'oblation de l'Hostie et l'oblation du Calice suggéraient à cet exégète enflammé d'immédiates applications que les grondements de l'orgue, aux versets incitateurs du commencement de la Préface, avaient l'air de paraphraser. *Sursum corda* [18] ! – Hélas ! je le veux bien, répondait le misérable, mais ma force est abattue et mon triste cœur pèse autant qu'un monde...

À l'immense éclat du *Sanctus*, il se redressait, il se brandissait lui-même jusqu'aux cieux, dans l'ivresse rédemptrice de cette louange œcuménique. Il lui semblait, alors, présenter devant le trône de Dieu cette sainte de la terre qu'il avait formée à la ressemblance des saintes du Paradis.

Retirez-la de moi, disait-il, cachez-la de moi dans vos gouffres de lumière, gardez-moi ce pécule de rémission que j'ai si laborieusement conquis !

Un peu plus loin, à l'hymne séraphique de l'*O salutaris* [19], il se liquéfiait de mélancolique douceur, et c'était la minute exacte où il se croyait ordinairement devenu tout fort.

Toutes les cérémonies, tous les actes particuliers de ce Sacrifice, que les théologiens regardent comme le plus grand acte qui puisse être accompli sur terre, pénétraient Marchenoir jusqu'aux intestins et jusqu'aux moelles. Il se saturait de la Dilection supérieure et n'en devenait ensuite que plus abordable aux inférieures sollicitations de son animalité...

C'est un lamentable mystère de notre nature, que les plus hautes appétences des êtres libres soient précisément ce qui les précipite à leur perdition, – afin qu'ils tombent sans espérance, comme Lucifer. Le malheureux le savait. C'est pourquoi il aurait voulu que cette messe n'eût jamais de fin, et que les chants amoureux ou comminatoires continuassent ainsi, jusqu'à ce que les tièdes fidèles, venus pour faire semblant de les écouter, fussent réduits [20] en poussière avec lui-même et sa Véronique!...

Il sortait enfin, les nerfs rompus, la tête sonnante, excédé jusqu'à défaillir.

*

[LXV]

Véronique n'eût pas été femme si l'état effroyable de Marchenoir avait pu lui échapper. Il s'en fallait, d'ailleurs, qu'il fût habile à dissimuler. Tout ce qu'il pouvait était de donner le change à Leverdier, en laissant croire à cet ignorant de l'amour que son œuvre seule le désorbitait de la vie normale. Véronique, plus clairvoyante, avait discerné, du premier coup, la désespérante vérité. Elle garda le silence, n'ayant pas autre chose à faire, mais dans une désolation et un tremblement inexprimables.

L'apparente inutilité de son martyre l'écrasa. Elle vit que tout était perdu, cette fois, et eut le pressentiment d'une catastrophe prochaine.

Seulement, elle désira d'un désir tout-puissant d'en être la seule victime, pour que sa disparition délivrât celui qui l'avait elle-même délivrée. Elle se mit à convoiter le fruit savoureux de sa propre mort, comme la grande Ève convoita le fruit de la mort universelle.

Ses continuelles oraisons acquirent une intensité inouïe et s'emportèrent jusqu'au délire. Elle se tordit le cœur à deux mains pour en exprimer sa vie. À l'exemple de sainte Thérèse, elle se construisit « un château de sept étages [1] », non plus, comme la réformatrice du Carmel, pour monter de l'initial détachement de ce monde à la parfaite consommation de la paix divine, mais pour transférer son âme navrée dans quelque définitive prison lumineuse ou sombre, qui ne fût pas, du moins, ce tabernacle charnel si vainement défiguré, en passant par les successives geôles du renoncement suprême, – et tel fut le donjon de sa silencieuse agonie.

Ce fut un de ces drames noirs et profonds, cachés sous le *petit manteau bleu* [2] des sourires de la charité, – comme l'ébène horrible de l'espace est masqué de cet azur qui est l'aliment de la vie des hommes. Ces deux singulières victimes d'un Idéal prorogé au delà des temps évitaient soigneusement toute parole qui pût éclairer l'un ou l'autre, et cette prudence n'était vaine qu'à l'égard de Véronique, – car Marchenoir, bien assuré que son amie ne partageait pas son trouble, à lui, était loin, cependant, de conjecturer le trouble sublime dont la physionomie imperturbée de la trépassante gardait le secret. Ils ne se parlaient donc presque plus, s'épouvantant eux-mêmes du despotisme de ce silence qui s'asseyait dans leur maison.

Bientôt, ils ne se virent qu'aux heures des repas, rapidement expédiés et plus tristes encore que les autres événements quotidiens de leur vie commune, – excepté les jours où Leverdier venait interrompre de sa présence les suffocations insoupçonnées de ce tête-à-tête. Le brave homme, à cent lieues de deviner les tortures infinies qu'on lui cachait avec le plus grand soin, parlait du Symbolisme à Marchenoir heureux de s'ensevelir sous cette couverture intellectuelle qui lui servait à tout abriter. Puisque, de part et d'autre, on jugeait le mal sans remède, pourquoi contrister à l'avance un si tendre ami ? Il souffrirait toujours assez tôt, le pauvre diable, quand viendrait le dénouement, nécessairement funeste, que les deux infortunés apercevaient plus ou moins distinct, mais inévitable.

Une nuit, le damné, seul dans sa chambre, ayant passé plusieurs heures à compulser des *similitudes* historiques dans l'abominable épopée du Bas-Empire[3], s'aperçut tout à coup qu'il peinait en vain. La torche fumeuse de son esprit, inutilement agitée, ne donnait plus de lumière. Il posa sa plume et se mit à songer.

On était au mois de juin et le jour naissait. De sa fenêtre ouverte sur le quartier endormi, un souffle suave arrivait sur lui, rafraîchissant et capiteux comme le parfum des fruits... C'est l'heure des énervements dangereux et des languides instigations de l'esprit charnel. Un homme, habituellement chaste et fatigué d'une longue veille, est, alors, sans énergie pour y résister. Dans le cas de Marchenoir, ce très simple phénomène se compliquait de prédispositions passionnelles à faire sombrer quarante volontés du plus haut bord. Tout à coup, une furie de concupiscence sauta sur lui, comme eût fait un tigre.

Abattu, roulé, dilacéré, dévoré dans le même instant, son libre arbitre, atténué depuis tant de jours, disparut enfin. Étranglé par le spasme de l'hystérie, agité de frissons et claquant des dents, il se leva, mit sa tête hors de la fenêtre, exhala, dans l'air du matin, le hennissement affreux des érotomanes et, – silencieusement, – avec la circonspection miraculeuse d'un aliéné, il ouvrit sa porte sans le plus léger grincement, glissa comme un fantôme à travers la salle à manger, et parvint à la porte de Véronique.

Une ligne de clarté jaune passait au-dessous et un rayon plus lumineux filait par le trou de la serrure. La pénitente veillait encore. Il s'arrêta et prit à deux mains sa tête en feu, se demandant ce qu'il voulait, ce qu'il venait faire... lorsqu'il entendit un gémissement et n'hésita plus.

Abandonnant toute précaution, il entra et vit celle qu'il convoitait d'un si flagellant désir, le très « dur fléau de son âme[4] », à genoux, les yeux fixés sur le crucifix, les bras croisés sur son sein, le visage gonflé, ruisselant et, chose navrante, le parquet, devant elle, mouillé de ses larmes. Elle avait dû pleurer ainsi toute la nuit[5].

L'effet de cette vision fut de transformer immédiatement la fureur de Marchenoir en une compassion déchirante. – Je suis son bourreau ! pensa t-il. Il allait se précipiter vers elle pour la relever, quand la pauvre sainte, qui n'avait pas remarqué son intrusion, se mit à parler.

– Mon bien-aimé, disait-elle, d'une voix entrecoupée, que vous êtes dur pour ceux qui vous aiment[6] ! Ils ne sont pas trop nombreux, cependant ! Que n'a-t-il pas fait pour vous, ce malheureux homme qui ne respire que pour votre gloire[7] ?... Il n'est pas pur devant vous[8], c'est bien possible... Hé ! qui donc est pur ? Mais il a toujours donné tout ce qu'il avait, il a pleuré avec tous ceux qui étaient en travail de douleurs et il a eu pitié de vous-même[9] dans la personne de ceux que votre Église appelle les membres souffrants de votre Majesté sacrée[10]... Est-il juste, dites-moi, qu'il soit mis dans le feu pour avoir voulu sauver Madeleine ?...

Puis, dans une sorte de transport, et sa raison se déréglant, elle se mit à invectiver contre son Dieu. Marchenoir, au comble de l'épouvante, voyait ses plus procellaires emportements de blasphémateur par amour, dépassés par cette ingénue qu'il avait tirée de l'extrême ordure, comme un diamant du limon, et dont il thésaurisait, depuis deux ans, les paradoxales innocences.

— Tout ce que vous voudrez, criait presque la délirante, excepté cette iniquité qui vous déshonore[11] ! Replongez-moi, s'il le faut, dans la fosse horrible où il m'a prise, et ensuite, jetez-moi, comme un haillon dégoûtant, dans votre enfer sempiternel[12]. Si vous me damnez[13], je suis bien sûre, au moins, que *je ne grincerai pas des dents!*

Soudain, comme si la présence de son pantelant ami, immobile et debout à l'extrémité de son oratoire, l'eût impressionnée, elle se retourna et venant vers lui, lentement, ses magnifiques yeux dilatés par toutes les stupéfactions de la démence, elle prononça distinctement, mais d'une voix désormais douce et plaintive, ces inconcevables mots :

— *Quid feci tibi aut in quo contristavi te*[14]*?*

Cette interrogation de victime, qu'on chante le Vendredi Saint, dans les églises dénudées, à l'antienne de l'Adoration[15] de la Croix, et que Véronique, dans son égarement, appliquait, par une confusion poignante, à celui même dont elle venait d'étaler à Dieu la détresse, acheva de briser le désespéré Marchenoir. Des larmes jaillirent de ses yeux et brillèrent à la lueur rosée des deux lampes.

À cet aspect, l'affolée revint à elle, accomplissant le geste inconscient de tous les êtres qui souffrent en haut de leur âme, et qui consiste à se balayer le front du bout des doigts, des sourcils aux tempes, pour en écarter le souci. Ensuite, elle poussa un cri et, par un mouvement d'irrésistible féminéité, jeta ses deux bras autour du cou de son compagnon d'exil.

— Ô mon Joseph ! lui dit-elle, en roulant sa tête sur ce cœur dévasté, cher malheureux à cause de moi, ne pleurez pas, je vous en supplie, vos peines vont bientôt finir... Vous étiez peut-être là, tout à l'heure, quand je disais des injures à mon très doux Maître, et vous avez dû penser que j'étais folle ou fameusement ingrate. Je me les reproche, maintenant, comme si je vous les avais adressées à vous-même, ces cruelles paroles !... C'est vrai, pourtant, que j'avais la tête perdue ! Quand je vous ai vu si triste, au fond de ma chambre, j'ai cru, un moment, que je voyais ce même Jésus que je venais d'accuser de méchanceté et d'injustice, – car c'est à peine si je parviens à vous séparer, même dans la prière, mes deux Sauveurs, tous deux agonisants pour l'amour de moi et tous deux si pauvres !... Ces mots latins, que vous m'aviez expliqués à l'adoration de la croix [16] et que vous avez dû être bien étonné d'entendre – n'est-ce pas ? – il m'a semblé que c'était Jésus lui-même qui me les appliquait, en manière de reproche, sous votre apparence douloureuse, et ma bouche les a répétés comme un écho... Ne cherchez point à expliquer cela, mon cher savant. Vous avez assez de vos pensées, sans vous mettre en peine de mes folies... Vous êtes captif, comme le premier Joseph [17], dans une très rigoureuse prison, et je prie, sans cesse, pour que Dieu vous en délivre. Croyez-vous qu'il puisse résister longtemps à une fille aussi importune ?...

Ah ! çà, mais, – ajouta-t-elle, se redressant tout à coup et posant ses mains sur les épaules de Marchenoir, – vous ne savez donc pas *qui vous êtes*, mon ami, vous ne voyez donc rien, vous ne devinez rien. Cette vocation de sauver les autres, malgré votre misère, cette soif de justice qui vous dévore, cette haine que vous inspirez à tout le monde et qui fait de vous un proscrit, tout cela ne vous dit-il rien, à vous qui lisez dans les songes de l'histoire et dans les figures de la vie ?...

Cette question, peu ordinaire, ce n'était pas la première fois que Véronique l'adressait à son ami lamentable. Elle n'était pas plus inouïe pour lui que tant d'autres choses insolubles ou hétéroclites qui avaient fait de sa vie un paradoxe. Cette habitante « de l'autre rive », – eût dit Herzen [18], – à laquelle aucune dévote ne ressemblait, paraissait avoir reçu, en même temps que le don de la perpétuelle prière, la faculté surhumaine de tout ramener à une vision objective si parfaitement simple que le synthétique Marchenoir en était confondu. Souvent, elle le suggérait, à son insu, et le remplissait de lumière, sans se douter du prodige de son inconsciente pédagogie.

Un jour, que le symboliste scripturaire lisait en sa présence, en les interprétant, les premiers chapitres de la Genèse, elle l'interrompit à l'endroit de la fameuse justification d'Ève déchue : « Le serpent m'a trompée [19] », et lui dit : – Retournez cela, mon ami, vous aurez la consommation de toute justice. De manière ou d'autre il *faudra* que le serpent réponde, à son tour : *C'est la Femme qui m'a trompé...!*

Marchenoir avait été sur le point de se prosterner d'admiration devant cette ingénuité divine qui raturait la sagesse de quarante docteurs plus ou moins subtils, en forçant, d'un seul mot naïf, toutes les énergies de l'intelligence à se résorber dans le rudimentaire concept du Talion.

La merveille s'était renouvelée un assez grand nombre de fois, pour qu'il regardât cette fille à peu près comme une prophétesse, – d'autant plus incontestable qu'elle s'ignorait elle-même, s'estimant trop honorée de recevoir les leçons de certains apôtres qui eussent dû l'écouter avec tremblement.

Toutefois, en ce qui le concernait personnellement, le confident ébloui gardait une réserve austère, qui le rendait sourd-muet aux ouvertures amphibologiques semblables à celle qui venait de lui être faite sous la forme captieuse d'une interrogation pleine d'innocence, mais pouvant, après tout, émaner indifféremment de n'importe quel abîme...

Que cette étonnante fille eût l'intuition d'une *solidarité* si absolue que toutes les attingentes [20] idées d'espace, de temps et de nombre en fussent dissipées comme la buée des songes, et qu'elle accumulât, sur la tête du malheureux homme qui l'avait rachetée, toutes les identités éparses des Sauveurs immolés et des héroïques Nourriciers défunts, dont il lui avait raconté l'histoire ; que, par l'effet d'un amour de femme exorbitamment sublimé, il lui apparût, en une façon substantielle, comme son Adam, son Joseph d'Égypte, son Christ et son Roi, il ne jugeait pas expédient d'y contrevenir, – ses propres pensées empruntant souvent leur accroissement et leur être définitif aux extra-logiques formules, dont la voyante illettrée s'efforçait d'algébriser, pour lui, ses indéterminables aperceptions.

Mais, ce jour-là, vibrant encore du trouble charnel qui avait précédé cette mise en demeure de se manifester comme un Dieu, il se sentit écrasé d'humiliation et de repentir. L'exaltation inouïe de Véronique l'effrayant aussi, il se reprocha amèrement d'avoir, sans doute, encouragé, par son silence, une illusion pleine de dangers et résolut de protester, à l'avenir, avec une autorité souveraine.

– Hélas ! répondit-il, pour commencer, je ne vois rien. Je sais, ma douce visionnaire, que vous me croyez appelé à de grandes choses, mais comment pourrais-je vous croire ? Il me faudrait un autre *signe* que cette perpétuelle agonie... Ce que je vois de plus clair, c'est que vous vous exterminez. Voyez, le jour commence déjà, et vous êtes sans repos depuis longtemps. Il faut vous coucher tout de suite, je l'exige, et puisque je suis un important personnage, vous m'obéirez sans discussion. Je vais me jeter moi-même sur mon lit, car je suis rompu. Au revoir, chère sacrifiée, dormez en paix et que Notre Seigneur veuille mettre à votre porte une demi-douzaine de ses plus grands anges.

*

[LXVI]

Quelques jours après, Marchenoir reçut de Périgueux la lettre suivante du notaire de sa famille, en réponse à une réclamation sans espoir, déjà vieille de plusieurs semaines :

« Monsieur, j'ai l'honneur de répondre à votre lettre du 25 mai, relative au règlement définitif de la succession de feu monsieur votre père, règlement que je n'ai pu mener plus tôt à bonne fin, malgré mon désir de vous être agréable, à cause des formalités à remplir et des difficultés que nous avons eues à réaliser la vente de l'immeuble.

« Tout étant enfin terminé dans les meilleures conditions possibles, je vous adresse, sous ce pli, le compte détaillé de la succession, duquel il résulte qu'il vous revient *Deux mille cinq cents francs.* Comme vous m'avez laissé procuration et quittance en blanc, je vous envoie cette somme par lettre chargée.

« Veuillez agréer, Monsieur et cher client, mes salutations empressées.

« CHARLEMAGNE VOBIDON. »

Ce message inattendu produisit sur Marchenoir l'effet admirable de lui restituer aussitôt toute son énergie. Il y avait en ce Périgourdin un tel ressort qu'on pouvait toujours s'attendre à quelque surprenante manifestation de sa force, au moment même où il paraissait le plus renversé sur lui-même et le plus irrémédiablement déconfit. Dans la même heure, il se releva de toutes ses poussières et prit une résolution formidable, qu'il commença, sur-le-champ, d'exécuter.

Puisque tous les journaux lui étaient fermés et que son livre futur était une opération financière très lointaine, d'un insuccès à peu près certain, il allait risquer cette somme qui lui tombait du ciel dans une entreprise des plus hasardeuses, mais capable, après tout, – en supposant un sourire de la Fortune, – de rémunérer le téméraire. Car les ressources allaient lui manquer et cette angoisse trop connue s'ajoutait à toutes les autres.

Il décida de publier, à ses frais, un pamphlet périodique dont il serait l'unique rédacteur [1], qu'il remplirait de toutes les indignations de sa pensée et qu'il lancerait chaque semaine, sur Paris, comme un tison. Qui sait ! Paris s'allumerait peut-être par quelque endroit.

Approximativement, il calcula qu'avec son argent seul, sans la balance d'aucune recette fructueuse, il pourrait tenir environ deux mois. Il faudrait vraiment que tous les démons s'en mêlassent pour que l'inouïe vocifération dont il méditait d'assaillir ses contemporains ne produisît aucun résultat. Une circonstance favorable, assurément, sortirait de l'ombre, jusqu'alors implacable, de sa destinée. Une commandite, une adhésion efficace quelconque lui permettrait de pousser plus avant et de se rendre aussi redoutable par la durée que par la vigueur sauvage de ses revendications et de ses anathèmes.

Et puis, il fallait surtout qu'il changeât d'hygiène morale, s'il tenait à ne pas périr, et l'activité endiablée d'une lutte si terrible découragerait infailliblement l'obsession mortelle qui l'assassinait.

Il s'estima sauvé et courut chez Leverdier, qui trembla de crainte, en voyant un semblant de joie sur le visage habituellement désolé de son ami. Ce fut bien autre chose quand il connut son dessein.

– Mais, insensé ! lui dit-il, tu veux donc tenter Dieu ? Ton pamphlet sera étouffé par la presse entière. Tu perdras, sans aucun profit, l'argent que tu viens de recevoir, lequel vous ferait vivre toute une année, Véronique et toi, en te permettant d'achever ton livre. Il faudrait cinquante mille francs de réclames et la complicité de tous les journaux pour lancer une pareille machine. Le marchand le plus habile et commissionné de la façon la plus onéreuse ne t'en vendra pas dix exemplaires sur cent.

L'honnête séide, qui ne savait pas la détresse d'âme du désespéré, épuisa vainement les trésors de sa sagesse. Marchenoir avait pris son parti. Il fallut, en gémissant, préparer encore ce naufrage.

Ils dépensèrent l'un et l'autre une activité si fiévreuse qu'au bout de huit jours, en pleine semaine de la fête nationale, parut le premier numéro du CARCAN *hebdomadaire*, dans le format de l'ancienne *Lanterne*[2], à couverture couleur de feu, offrant cet étrange dessin, dicté par l'auteur à Félicien Rops [3] que Leverdier lui avait fait connaître : Un chèvre-pieds [4] riant aux larmes, fixé par le cou à un immense pilori noir [5], allant de la terre au ciel, et ses immondes sabots sur un tas de morts.

Ce pamphlet, qui eut le sort annoncé par Leverdier et que le silence des journaux éteignit sans peine, fut néanmoins remarqué de tous les artistes, et son insuccès postiche est encore regardé, par quelques indépendants, comme l'une des iniquités les plus remarquables [6] de ce temps maudit.

Il suffira d'en citer deux articles pour donner l'idée de cette œuvre de haute justice et de magnifique fureur qui n'allait à rien moins qu'à faire dérailler le train des opinions contemporaines, – si n'importe quel effort [7] du Verbe simplement humain pouvait accomplir ce désirable prodige !

Voici donc le premier, par lequel [8] Marchenoir ouvrit sa trop courte campagne :

LE PÉCHÉ IRRÉMISSIBLE [9]

Ce soir, 14 juillet, s'achève enfin, dans les moites clartés lunaires de la plus délicieuse des nuits, la grande fête nationale de la République des Vaincus. Ah! c'est peu de chose, maintenant, cette allégresse de calendrier, et nous voilà terriblement loin des anachroniques frénésies de la première année [10] *! Ce début, – légendaire déjà! – de la plus crapuleuse des solennités républicaines, je m'en suis, aujourd'hui, trop facilement souvenu devant l'universel effort constipé d'un patriotisme, évidemment indéfécable, et d'un enthousiasme qui se déclarait lui-même désormais incombustible.*

La nuit avait eu beau se faire désirable comme une prostituée, et l'entremetteuse municipalité parisienne avait eu beau multiplier ses incitations murales à la joie parfaite, on s'embêtait manifestement. Les pisseux drapeaux des précédentes commémorations flottaient lamentablement sur de rares et fuligineux lampions, dont l'afflictive lueur offensait le masque poncif des Républiques en plâtre que la goujate piété de quelques fidèles avait clairsemées sous des frondaisons postiches. Comme toujours, de nobles arbres avaient été mutilés ou détruits, pour abriter, de leurs expirants feuillages, les soûlographies sans conviction ou les sauteries en plein air achalandées par les putanats ambiants. Nulle invention, nulle fantaisie, nulle tentative de nouveauté, nulle infusion d'inédite jocrisserie dans cette imbécile apothéose de la Canaille.

On avait été trop sublime, la première fois! Chaque acéphale avait tenu, alors, à se faire une tête pour honorer l'épouvantable salope dont la France moderne fut engendrée. La nation entière s'était ruée au pillage du trésor commun de la stupidité universelle. Mais, à présent, c'est bien fini, tout cela. On continue de célébrer l'anniversaire de la victoire de trois cent mille hommes sur quatre-vingts invalides, parce qu'on a de l'honneur et qu'on est fidèle aux grands souvenirs, et aussi, parce que c'est une occasion de débiter de la litharge[11] *et du pissat d'âne. On y tient, surtout, pour affirmer la royauté du Voyou qui peut, au moins ce jour-là, vautrer sa croupe sur les gazons, contaminer la Ville*[12] *de ses excréments et terrifier les femmes de ses insolents pétards. Mais la foi est partie avec l'espérance de ne pas crever de faim sous une République*[13] *dont l'affamante ignominie décourage jusqu'aux souteneurs austères qui lui ont livré le plus bel empire du monde.*

*

Ce mensonge de fête idiote, ce puant remous de honte nationale dans le sillage de la banqueroute, me fit venir, une fois de plus, la pensée peu folâtre que cette misérable nation française est bien décidément vaincue de toutes les manières imaginables, puisqu'elle est vaincue même comme cela, dans l'opprobre de ses infertiles réjouissances.

Cette vomie de Dieu n'a même plus la force de s'amuser ignoblement. De toutes ses anciennes supériorités qui faisaient d'elle la régulatrice des peuples, une seule, en vérité, lui est demeurée, mais tellement méconnue d'elle-même, tellement méprisée, décriée, déshonorée, jetée à l'égout, qu'il se trouve que c'est précisément comme une autre façon d'être vaincue qu'elle a inventée, ayant trouvé le moyen de faire tourner à son irréparable déconfiture l'unique richesse qui pouvait encore payer sa rançon!

La France est vaincue militairement et politiquement, en Orient comme en Occident; elle est vaincue dans ses finances, dans son industrie et dans son commerce; vaincue encore scientifiquement par un tas d'étrangers, dont elle ne sait pas même utiliser les découvertes; elle est vaincue partout et toujours, à ce point de ne pouvoir jamais, semble-t-il, se relever.

Elle n'a pas même su conserver la supériorité du Vice. Les plus irréfragables documents attestent que des villes protestantes, telles que Londres, Berlin ou Genève[14]*, ont le droit de considérer comme rien la juvénile débauche de Paris, où le voluptueux repli d'une savante cafardise est à peine soupçonné.*

Ah! nous sommes fièrement vaincus, archivaincus de cœur et d'esprit! Nous jouissons comme des vaincus et nous travaillons comme des vaincus. Nous rions, nous pleurons, nous aimons, nous spéculons, nous écrivons et nous chantons comme des vaincus. Toute notre vie intellectuelle et morale s'explique par ce seul fait que nous sommes de lâches et déshonorés vaincus. Nous sommes devenus tributaires de tout ce qui a quelque ressort d'énergie dans ce monde en chute, épouvanté de notre inexprimable dégradation.

Nous sommes comme une cité de honte assise sur un grand fleuve de stupre, descendu pour nous des montagnes conspuées de l'antique histoire des nations que le genre humain a maudites!...

*

Mais enfin, une supériorité nous reste, une seule, incontestable, il est vrai, et absolue : la supériorité littéraire. Ascendant tellement victorieux que personne au monde ne prend plus la peine de l'affirmer et que tout ce qui est capable d'une vibration intellectuelle, en quelque lieu que ce soit, sollicite humblement une niche à chiens sous le gras évier de la cuisine où se condimente la littérature française.

On pourrait croire que la France, éperdue de gratitude, ne sait plus de quel duvet de phénix renaissant capitonner le lit de la demi-douzaine d'enfants merveilleux qui lui font cette suprême gloire. On devrait supposer, au moins, qu'elle les comble de richesses et d'honneurs et qu'ensuite elle se déclare tout à fait indigne de lécher la trace de leurs pas... Elle les fait simplement crever de misère dans l'obscurité.

Elle n'a pas assez de mépris[15] *et d'avanies assez énormes pour les abreuver. Depuis Baudelaire jusqu'à Verlaine*[16]*, toutes les abominations et toutes les ordures ont été versées en cataractes de déluge sur tous les fronts de lumière. Les journaux, pleins de terreur, se sont barricadés avec furie contre ces pestiférés d'idéal dont le contact épouvantait la muflerie contemporaine. Cette horreur est si grande et la répression qu'elle exige est si attentive qu'on a pu voir d'infortunés imbéciles condamnés à périr de désespoir sur une mensongère inculpation de talent ou d'originalité.*

Mais cette guerre serait mal faite si elle se contentait d'être défensive. On a donc suscité des catins de lettres pour la supplantation du génie. Trois cents journaux vont en avant pour leur balayer le haut du pavé, d'une diligente nageoire, et le suffrage universel est leur dispensaire. Vieilles ou jeunes, croûtonnantes ou chauves, liquides ou pulvérulentes, il suffit que leur bêtise ou leur ignobilité soit irréprochable. On ira même jusqu'à leur passer un semblant de fraîcheur, si c'est un ragoût de plus pour les séniles concupiscences dont l'éréthisme est ambitionné.

À Baudelaire agonisant dans l'indigence et quasi fou, on oppose, par exemple, un Jean Richepin rutilant de gloire et gorgé d'or. Celui-là, d'ailleurs, parfaitement assuré d'être le premier d'entre les fils de la femme, juge sa part insuffisante et vocifère sous sa casquette contre le client détroussé. Le délectable Paul Bourget, préfacier *chéri des baronnes, se dresse en sifflotant sur sa petite queue contre l'immense artiste Barbey d'Aurevilly qui se couche, formidable, dans le fond des cieux, et... il l'efface. Flaubert, à son tour, est dépecé et grignoté par l'acarus Maupassant engendré de ses testicules magnanimes, lequel, devenu poulain, promulgue littérairement le maquerellage et l'étalonnat.*

Nul, parmi les grands, n'est excepté. Le boueur passe dans la rue et réclame les gens de talent. La reine du monde n'en veut plus. Elle a mal au cœur de ces tubéreuses. Il lui faut, à l'heure présente, exclusivement, l'huile de bêtise et le triple extrait de pourrissoir qui lui sont offerts par les tripotantes mains des vendeurs de jus que sa propre déliquescence est en train de saturer.

*

Il serait long, le défilé des médiocres et des abjects que le fromage de notre décadence a spontanément enfantés pour l'inexorable dévoration du sens esthétique!

Et d'abord, le plus glorieux de tous ces élus, – le Jupiter tonnant de l'imbécillité française, – Georges Ohnet, le squalide [17] *bossu millionnaire, dont la prose soumise opère une succion de cent mille écus par an sur l'obscène pulpe du bourgeois contempteur de l'art. Immédiatement après, son illustre fils, Albert Delpit* [18]*, le virtuose du foyer correct et le peseur vanté de fécule psychologique, Lovelace châtré, au strabisme innocemment déprédateur.*

Puis, une sale tourbe : Bonnetain, le Paganini des solitudes dont la main frénétique a su faire écumer l'archet; – Armand Silvestre, l'éternel rapsode du pet, que ses latrinières idylles ont fait adorer des multitudes; – le virginal Fouquier, moraliste hautain, héritier du bois de lit de feu Feydeau, ferré aux quatre pieds sur toutes les disciplines conjugales et juge rigide en matière de dignité littéraire; – l'aquatique Mendès, aux squames d'azur, ami de Judas par charité et lapidateur de l'adultère par esprit de justice, espèce de bifront sémite à double sexe, l'un pour empoisonner, l'autre pour trahir; – Dumas fils, le législateur du divorce et du relevage[19], *qui inventa de remplacer la Croix par le speculum pour la rédemption des sociétés; – Alphonse Daudet, le Tartarin sur les Alpes du succès, pour avoir pris la peine de naître copiste de Dickens, eunuque trop fécond qu'il trouve le moyen de tronçonner encore depuis quinze ans; – les deux batraciens oraculaires, Wolff et Sarcey, de qui relèvent tous les jugements humains et dont la disparition calamiteuse, en la supposant conjecturable, produirait immédiatement l'universelle cécité; – enfin, pour n'en pas nommer cinquante autres, Ernest Renan, le sage entripaillé, la fine tinette scientifique, d'où s'exhale vers le ciel, en volutes redoutées des aigles, l'onctueuse odeur d'une âme exilée des commodités qui l'ont vu naître, et regrettant sa patrie au sein des papiers qu'il en rapporta, comme des reliques à jamais précieuses, pour l'éducation critique des siècles futurs!...*

*

Après cela, que voulez-vous qu'il fasse, le petit troupeau des vrais artistes, qui ne savent rien du tout que frémir dans la lumière et qui ne furent jamais capables de cuisiner les gros ragoûts de la populace? Ils ne sont pas nombreux, aujourd'hui, cinq ou six, à grand'peine, et l'immonde avalanche a peu de mérite à les engloutir.

Ce serait assez, pourtant, si la France avait un reste de cœur, pour lui restituer, intellectuellement, la première place. L'Europe n'a aucun écrivain vivant, parmi les jeunes, à mettre en balance avec deux ou trois romanciers de génie qui périssent actuellement de misère[20], *dans le cachot volontaire de leur probité d'artistes. La mort de Dostoïewsky a fait l'universel silence autour de Paris*[21], *et Paris, à genoux devant les cabotins qui le déshonorent, n'a pas même un morceau de pain à donner à ceux-là qui empêchent encore son vieux bateau symbolique de chavirer dans les étrons!*

Si ce n'est pas là le Péché irrémissible dont il est parlé dans l'Évangile [22], *je demande ce qu'il peut être, ce fameux péché, ce blasphème contre l'Esprit que rien ne pourra, dit-on, faire pardonner...*

Il n'est pas croyable que la Providence ait fait des hommes de génie tout exprès pour être vomis. L'aventure, je le sais bien, est arrivée à un fameux prophète. Mais cette Vomissure s'est ramassée d'elle-même et s'en est allée parler à la plus terrible ville de tout l'Orient qui l'a écoutée avec respect. Paris n'aurait écouté Jonas d'aucune manière et cet infortuné serviteur de Dieu eût été peut-être forcé de supplier son requin de le réavaler.

Les hommes assez malheureux, aujourd'hui, pour être de grands écrivains doivent attendre la mort et la désirer diligente et sûre, car leur vie est désormais sans saveur comme sans objet. Tout ce qu'ils pourraient faire, en les supposant des saints, serait de supplier le Dieu terrible – et trop longanime [23] *! – de les considérer, à son tour, comme moins que rien et de ne pas ouvrir, pour leur vengeance, les stercorales écluses qui menacent évidemment Paris du seul déluge qu'il ait mérité, et qu'on s'étonne de voir si obstinément fermées !*

*

L'autre article qui parut dans le sixième et dernier numéro du *Carcan*, fut, pour Marchenoir, la plus atroce de toutes les dérisions de son enragé destin. Cet article eut un succès retentissant, énorme, et ce succès lui fut inutile. La recette du numéro, le seul qui se soit vendu, ne couvrit qu'à peine ses derniers frais, sans lui donner aucun moyen de continuer. L'imprimeur, plein de défiance, et peut-être menacé, refusa obstinément tout crédit.

Le pamphlétaire vit ainsi la fortune se dérober en riant, au moment même où elle paraissait s'offrir, et dut renoncer, définitivement, à toute espérance, avec l'aggravation de cette cuisante certitude que son triomphe aurait été assuré, s'il avait eu la pensée de débuter par ce grand coup.

L'HERMAPHRODITE PRUSSIEN ALBERT WOLFF [24]

Mercredi dernier, je m'excusais de parler d'un subalterne chenapan du nom de Maubec, alléguant que nul, dans le monde des journaux, ne le surpassait en ignominie. Je l'appelais, pour cette raison : Roi de la Presse [25].

Quelques-uns ont trouvé cela excessif. On m'a reproché de m'être laissé emporter par mon sujet, d'avoir donné trop d'importance à ce drôle chétif, au préjudice d'Albert Wolff et de quelques autres, d'une bien plus aveuglante splendeur de salauderie morale.

Je confesse que le reproche peut paraître fondé. Il est incontestable qu'à ce point de vue le courriériste du Figaro, *— pour ne parler, aujourd'hui, que de celui-là, — a plus de crédit et plus d'envergure.*

C'est sur le globe qu'il plane, ce condor d'abomination. Il soutire si puissamment, à lui seul, l'universelle pourriture contemporaine qu'il en devient positivement volatile *et qu'il a l'air de s'enlever dans les nues.*

Mais, sans prétendre l'égaler, on peut encore être diablement prodigieux, et c'est le cas du petit Maubec.

D'ailleurs, tous ces monstres engendrés d'un même suintement verdâtre de notre charogne de société en copulation immédiate avec le néant sont tellement identiques par leur origine qu'on croit toujours contempler le plus horrible quand on les regarde successivement.

*

Albert Wolff a eu son Plutarque en M. Toudouze [26], *romancier cynocéphale* [27] *qui aurait pu se contenter d'être un impuissant de lettres, mais qui a choisi de faire bonne garde aux alentours du « grand chroniqueur », comme si la pestilence ne suffisait pas.*

Le livre de ce chien est, en effet, un essai d'apothéose d'Albert Wolff.

Certes, je peux me flatter d'avoir lu terriblement dans mon existence de quarante ans! Mais, jamais, je n'avais lu une chose semblable.

Ici, la bassesse de la flatterie tient du surnaturel, puisqu'on a trouvé le secret d'admirer un être, soi-disant humain, dont le nom seul est une formule évocatoire de tout ce qu'il y a de plus déshonorant et de plus hideux dans l'humanité.

Il paraît que M. Toudouze est un riche qui n'a pas besoin de faire ce sale métier que la plus déchirante misère n'excuserait pas. Mais la vanité d'un pou de lettres est inscrutable et profonde comme la nuit de l'espace, c'est une épouvantable contre-partie de la miraculeuse puissance de Dieu... et celui-là, qui s'en va chercher sa pâture aux génitoires absents d'Albert Wolff, – dans l'inexprimable espérance d'une familiarité à épouvanter des léproseries, – est cent fois plus confondant qu'un thaumaturge qui ranimerait de vieux ossements.

*

Feu Bastien Lepage, que de lointaines ressemblances physiques et morales rendaient sympathique à Wolff, le peignit, un jour, dans l'ignoble débraillé de son intérieur [28].

Ce portrait, aussi ressemblant que pourrait l'être celui d'un gorille, eut un succès de terreur au salon de 1880.

La brutale autant que précieuse médiocrité du peinturier avait trouvé là sa formule.

Il fut démontré que Bastien Lepage avait été engendré pour peindre Wolff, et Wolff lui-même pour être étonné du génie de Bastien Lepage, dont la destinée fut dès lors accomplie et qui, promptement, s'alla recoucher le premier, dans les puantes ténèbres de leur commune esthétique.

Ce portrait devrait être acquis par l'État et conservé avec grand soin dans notre Musée national. Il raconterait plus éloquemment notre histoire que ne le ferait un Tacite, à supposer qu'un Tacite français fût possible et que la dés-

LA FIN

espérante platitude de notre canaillerie républicaine ne le décourageât pas!

*

Il est assez connu des gens du boulevard, ce grand bossu à la tête rentrée dans les épaules, comme une tumeur entre deux excroissances; au déhanchement de balourd allemand, qu'aucune fréquentation parisienne n'a pu dégrossir depuis vingt-cinq ans, – dégaine goujate qui semble appeler les coups de souliers plus impérieusement que l'abîme n'invoque l'abîme.

Quand il daigne parler à quelque voisin, l'oscillation dextrale de son horrible chef ouvre un angle pénible de quarante-cinq degrés sur la vertèbre et force l'épaule à remonter un peu plus, ce qui donne l'impression quasi fantastique d'une gueule de raie émergeant derrière un écueil.

Alors, on croirait que toute la carcasse va se désassembler comme un mauvais meuble vendu à crédit par la maison Crépin [29]*, et la douce crainte devient une espérance, quand le monstre est secoué de cette hystérique combinaison du hennissement et du gloussement qui remplace pour lui la virilité du franc rire.*

Planté sur d'immenses jambes qu'on dirait avoir appartenu à un autre personnage et qui ont l'air de vouloir se débarrasser à chaque pas de la dégoûtante boîte à ordures qu'elles ne supportent qu'à regret, maintenu en équilibre par de simiesques appendices latéraux qui semblent implorer la terre du Seigneur, – on s'interroge sur son passage pour arriver à comprendre le sot amour-propre qui l'empêche encore, à son âge, de se mettre franchement à quatre pattes sur le macadam [30].

*

Quant au visage, ou, du moins, ce qui en tient lieu, je ne sais quelles épithètes pourraient en exprimer la paradoxale, la ravageante dégoûtation.

J'ai dit un peu inconsidérément que Maubec faisait repoussoir à Wolff et le rendait, par là, presque beau.

Je n'avais, alors, que le punais[31] *Maubec devant les yeux, et je ne démêlais pas très bien mes sensations.*

En réalité, ce vomitif gredin est surtout lépreux. Il porte sur sa figure, – où tant de claques retentirent, – la purulence infinie d'une âme récoltée pour lui dans l'égout, et il tient beaucoup plus de la charogne que du monstre.

Wolff est le monstre pur, le monstre essentiel, *et il n'a besoin d'aucune sanie pour inspirer l'horreur. Il lui pousserait des champignons bleus sur le visage que cela ne le rendrait pas plus épouvantable. Peut-être même qu'il y gagnerait...*

L'aspect général rappelle immédiatement, mais d'une manière invincible, le fameux homme à la tête de veau, *qu'on exhiba l'an passé, et dont l'affreuse image a souillé si longtemps nos murs*[32].

Je connais un poète qui avait entendu : l'homme à la tête de Wolff, *et qui n'en voulut jamais démordre. Il trouvait, peut-être, un peu moins de vivacité spirituelle dans l'œil du chroniqueur. À cela près, il les aurait crus jumeaux.*

*

La face entièrement glabre, comme celle d'un Annamite ou d'un singe papion, est de la couleur d'un énorme fromage blanc, dans lequel on aurait longuement battu le solide excrément d'un travailleur.

Le nez, passablement osseux, comme il convient aux gibbosiaques[33], *sans finesse ni courbure aquiline, un peu groïnant à l'extrémité, solidement planté d'ailleurs, mais sans précision plastique, éveille confusément l'idée d'une ébauche de monument religieux que des sauvages découragés auraient abandonné dans une infertile plaine.*

En haut, des sourcils en forme de cirrus s'envolent dans un front de Tartare, au-dessus d'une paire d'yeux cupides, bridés et pochetés de vieille catin, devenue entremetteuse et patronne achalandée d'un bas tripot.

La bouche est inénarrable de bestialité, de gouaillerie populacière, de monstrueuse perversité supposable.

C'est un rictus, c'est un vagin, c'est une gueule, c'est un suçoir, c'est un hiatus immonde. On ne peut dire ce que c'est...

Les images les plus infâmes se présentent seules à l'esprit.

On ne peut s'empêcher de croire que cette bouche de mauvais esclave, ou d'espion décrié, fut exclusivement faite pour engloutir des ordures et pour lécher les semelles du premier maître venu qui ne craindra pas de décrotter sa chaussure à ce mascaron vivant.

Et c'est tout. Il n'y a pas de menton. La lippe pendante de ce gâteux de demain ne recouvre rien que le fuyant dessous d'entonnoir de son museau de poisson, qui disparaît ainsi, pour notre subite consternation, dans le plus ridicule accoutrement de cuistre sordide qu'on ait jamais rencontré sur nos boulevards.

*

Le moral du sire est en harmonie parfaite avec le physique. Sa vie dénuée de toute péripétie juponnière, – pour l'excellente raison d'un hermaphrodisme des plus frigides, – est aussi plate que celle du premier cabotin venu dont la carrière aurait été sans orages.

Albert Wolff est né Juif et Prussien, à Cologne, dans les bras de la « grand'mère » de Béranger [34].

Parvenu à l'âge viril, – pour lui dérisoire, – on le trouve copiste d'actes chez un notaire, à Bonn, mêlé aux étudiants de l'Université, dont il partage les études de physiologie.

Il s'amuse même, dit son biographe, à décapiter des grenouilles, – en attendant celles qu'en des jours meilleurs il devra manger.

Puis, la vocation littéraire s'allumant tout à coup en lui, comme une torche, il écrit Guillaume le Tisserand, *conte moral qui fit pleurer des familles, assure-t-on* [35].

Seulement, ces choses se passaient en Prusse et son ambition ne pouvait se satisfaire à si peu de frais.

Il lui fallait Paris et le Café de Mulhouse [36], *où se réunissait alors, vers 1857, la rédaction du* Figaro hebdomadaire, *fœtus plein de santé du puissant journal qui règne aujourd'hui sur les cinq parties du monde.*

*

Il ne s'agissait pas précisément d'avoir du génie pour être admis à partager la fortune de ce perruquier.

Il s'agissait, surtout, de faire rire Villemessant [37] *et le balourd y parvint.*

Dès ce jour, il fut jugé digne d'entrer dans le groupe des farceurs, par qui la France est devenue, intellectuellement, ce que vous savez, et il ne s'arrêta plus de monter lentement, sans doute, à cause de la pesanteur de son gros esprit, mais avec l'infaillible sécurité du cloporte.

L'héroïque Toudouze raconte, sans aucun agrément, cette plate Odyssée de journaliste, jugée par lui cent fois plus épique que l'Odyssée du vieil Ulysse.

Il s'arrête çà et là, – comme un âne gratté, – pour exhaler d'idiotes réflexions admiratives, à propos d'Aurélien Scholl, de Jules Noriac [38]*, d'Alexandre Dumas, père et fils, ou de tout autre décrocheur de timbale de l'arrivage parisien.*

Au fond, toute cette histoire n'est rien de plus qu'un livre de caisse, où le comptable inscrit exactement les recettes et dépenses de son héros.

On voit bien que c'est là l'essentiel pour le narré et le narrateur.

Aussi, quelle exultation pour celui-ci, quand il relate le succès d'argent de cette honorable brochure : les Mémoires de Thérésa, *écrits par elle-même, mémoires inventés par Wolff, en collaboration avec Blum et Peragallo* [39]*, et quels lyriques accents désolés, quand sa conscience implacable le force à mentionner une perte de jeu de* cent quatre-vingt-quinze mille francs [40].

Cette catastrophe, arrivée en 1877, fut, sans doute, pour beaucoup dans la vocation de Salonnier, de l'hermaphrodite du Figaro.

Il avait, une minute, pensé au suicide, mais il se tint ce raisonnement lucide, qu'après tout il serait bien imbécile de se faire périr [41], *comme un vulgaire décavé, quand il avait sous la main la riche mamelle de la vache à lait d'un Salon sincère* [42].

La Fortune recommença donc à rouler vers lui, à dater de cette réflexion salvatrice.

Il devint très puissant, sa sincérité *prussienne n'ayant plus de bornes et, du même coup, le malheur ayant fait tomber les squames qui enténébraient son génie, le simple pitre qu'il avait été jusque-là fit enfin place au grand moraliste que consultent, avec respect, les magistrats les plus sévères et qui tient l'humanité contemporaine sous son arbitrage.*

*

Telle est sa dernière et, probablement, définitive incarnation. Albert Wolff crèvera dans la peau d'un moraliste révéré.

Nous en sommes venus à ce point.

Ce semblant d'homme, raté même comme eunuque, ce bas-bleu germanique, *– suivant l'expression de Glatigny* [43], *– dispose d'une autorité si grande que le plus sublime artiste du monde relèverait de son bon plaisir, et qu'il a le pouvoir de faire tomber des têtes ou de déterminer des verdicts d'acquittement.*

Ce vermineux juif de Prusse est le roi que nous avons élu dans notre inexprimable avilissement, roi respecté de l'opinion, comme Louis XIV ne le fut pas, et devant qui bave de peur toute la rampante crapule des journaux.

Bismarck peut dormir tranquille.

Son bon lieutenant est le maître en France.

Il se charge de nous émasculer, comme il est émasculé lui-même, et de tellement nous mettre par terre qu'il ne reste plus qu'à nous piétiner comme un fumier de peuple, bon à engraisser le sol de l'universelle Allemagne de l'avenir.

*

Lorsque la guerre de 1870 éclata, la situation de l'horrible drôle, non assise comme elle l'est aujourd'hui, ne fut plus tenable.
Il se vit forcé de disparaître, ainsi que la plupart de ses compatriotes. Il erra, dit-on, par toute l'Europe, comme un chacal inassouvi, attendant que le Belluaire de Prusse eût achevé sa besogne et que le vieux lion[44] français, épuisé de vieillesse, fût abattu pour venir l'achever de sa lâche gueule.
Il n'osa pas immédiatement reparaître après la Commune. Il y avait encore, pour lui, trop de bouillonnement et trop de calottes dans l'air parisien.
Il se fit imperceptible, il s'aplatit sous les meubles comme une punaise, il se coula dans la boiserie.
Avec la ténacité d'acarus de sa double race, il se cramponna au bitume, essuyant les crachats et l'ordure dont l'inondait le passant stupéfait de son impudence, voulant, quand même, s'imposer à Paris, qu'un atome de fierté lui eût conseillé de fuir.
Humble, mais inarrachable d'abord, victorieux et superbe, à la fin des fins.

*

Il ne lui suffisait pas d'être implanté parmi nous. Il lui fallait régner par le Figaro, et Villemessant fut assez infâme pour le lui abandonner.
On sait, d'ailleurs, la reconnaissance du légataire et le mot, révélateur de la beauté de son âme, qu'il laissa tomber, en manière d'oraison funèbre, sur la montagneuse charogne de son bienfaiteur.

LA FIN

Il venait de rembourser quatorze cent cinquante francs à la caisse du journal pour dette de jeu contractée envers le patron.

Presque aussitôt, le télégraphe apporte la nouvelle de la mort de Villemessant.

Après la première émotion, Wolff dit à ses camarades :
– Je n'ai jamais eu de chance avec notre rédacteur en chef. Si la nouvelle était arrivée quelques heures plus tôt, je ne payais pas les quatorze cent cinquante francs et la famille ne les aurait jamais réclamés[45].

Il ne reste plus qu'à rapprocher de cette anecdote le cantique d'allégresse des journaux allemands, apprenant la sinistre farce de naturalisation du chroniqueur, et félicitant l'Allemagne d'être débarrassée d'une fière canaille aux dépens de cette imbécile France[46] *qui s'empressait de la recueillir.*

*

J'ai parlé de pertes au jeu. Une étude sur Albert Wolff ne serait pas complète si on oubliait de mentionner ce trait essentiel.

Fort tranquille du côté des femmes, il se rattrape au tripot.

Paris ne connaît pas de plus forcené joueur.

Cette passion est telle qu'il fuit d'instinct tout cercle honorable, – s'il en existe, – et ne fréquente que d'infâmes tripots où il lui est plus aisé de la satisfaire.

Détesté des autres joueurs, redouté des directeurs et prêteurs, à cause de sa formidable situation au Figaro, *il règne en despote, là comme ailleurs, abhorré, mais inexpulsable.*

Profitant de la terreur qu'il inspire, il se fait ouvrir de démesurés crédits. Quand il a pris sa culotte, ainsi qu'il s'exprime, le prêteur est obligé, neuf fois sur dix, d'attendre qu'il ait regagné, pour rattraper son pauvre argent, sans aucun espoir de retour du même service, – Wolff ayant affiché son principe d'emprunter toujours et de ne prêter jamais.

L'argent gagné, d'ailleurs, s'éloigne très promptement de nos rivages.

Le bon Prussien envoie fidèlement son numéraire chez un banquier Berlinois, et s'empresse de brûler les reçus, – ou de faire croire qu'il les brûle, – pour se mettre hors d'état de retirer les sommes ou d'en négocier les titres, avant l'échéance, complexe turpitude que je livre à de compétentes méditations.

Rien n'égale la morgue insolente de ce dégoûtant[47]*, vis-à-vis des misérables qu'il peut se flatter de terrifier par sa plume, et rien, non plus, ne saurait être comparé à son humble réserve, quand il est en présence d'un véritable homme que ses vils potins ne sauraient atteindre.*

On raconte qu'il a eu des duels. Je n'y étais pas, hélas! mais je doute fort qu'il en accepte désormais.

Le temps n'est plus où il avait besoin de réclame.

Puis, l'âge descend sur ce monstre, comme il descendrait sur le front auguste d'un patriarche, certaine chose qu'il sait bien va, peut-être, s'aggravant de jour en jour, et, plus que personne, le VIRGINAL *Albert Wolff doit craindre d'être enfilé.*

*

On sait que je n'ai pas l'âme ouverte à de bien enivrants espoirs et que je n'attends aucune propre chose d'un avenir même éloigné.

Pourtant, s'il nous venait une seule minute d'énergie et de généreuse révolte contre l'effroyable vermine qui nous dévore, il me semble qu'on la devrait employer, cette bienheureuse minute, à l'expulsion immédiate de ce Prussien de malheur, qui nous empoisonne, qui nous souille, qui nous conchie à son plaisir; qui ose se permettre de nous moraliser et de nous juger; – comme si ce n'était pas assez de la rage d'avoir été vaincu et piétiné par un million d'hommes, et qu'il nous fallût encore avaler la suprême honte d'être opprimé, par cette vieille SALOPE, *sans esprit, ni cœur, ni sexe, ni conscience, plus pestilentielle, en sa personne, que les croupissants détritus de tout un peuple en putréfaction !*

S'il arrive enfin, le trois fois désirable hoquet du dégoût sauveur, il faudra se jeter sur les balais, sur les pelles, sur les chenets, sur les fouets et les fléaux, sur tout objet propre à l'extirpation d'un vénéneux malfaiteur, et rejeter par-dessus la frontière, – avec d'irrémédiables malédictions, – cette vomissure allemande, cette ordure de l'ennemi, cette ineffable monstruosité physiologique et morale, qu'un siècle de gloire ne nous absoudrait pas d'avoir supportée !

*

[LXVII]

Une misère plus noire que jamais s'abattit, alors, rue des Fourneaux et, pour que rien ne manquât aux affres d'agonie mortelle qui allaient commencer, Leverdier disparut brusquement de la vie de Marchenoir.

Cet être sublime, voyant l'imminence et l'énormité du péril, se détermina, sans avertir, à vendre le mobilier peu considérable et la collection de livres qu'il possédait et, – après avoir donné l'argent à son ami, – à s'en aller vivre à la campagne, au fond de la Bourgogne, chez une vieille tante qui le réclamait depuis des années.

Cette parente lui gardait une petite fortune dont il était l'unique héritier, et Leverdier serait à son aise, un jour. Mais elle n'entendait pas lui envoyer d'argent pour le faire subsister à Paris, lui déclarant, sans cesse, qu'elle tenait à l'avoir auprès d'elle pour lui *fermer les yeux*, et, qu'en Bourgogne, il vivrait plantureusement, dans la maison qui devrait lui appartenir après sa mort, comme s'il en était déjà le maître absolu.

Leverdier calcula qu'il serait ainsi plus utile à Marchenoir et qu'il pourrait aisément lui envoyer, tous les mois, un secours d'argent qui l'empêcherait toujours bien de crever de faim.

Lorsque ce dernier apprit l'héroïque décision de son mamelouck, elle était irrévocable. Leverdier avait tout vendu et déposait sur la table du malheureux les quelques centaines de francs qu'il avait recueillis.

Il n'y eut pas d'explosion. Marchenoir baissa la tête à la vue de cet argent et deux larmes lentes, – issues du puits le plus intime de ses douleurs, – coulèrent sur ses joues blêmes et déjà creusées.

Leverdier, ému, s'approcha et le serrant dans ses bras avec tendresse :

– Mon cher pauvre, lui dit-il, ne t'afflige pas, si tu veux que je m'éloigne en paix. C'est tout juste si j'ai la force de me séparer de Véronique et de toi... Je ne me suis défait d'aucun objet qui me fût réellement précieux et quand cela serait, qu'importe ? Ignores-tu que ta vie m'est plus chère que n'importe quel bibelot qui soit au monde ? D'ailleurs, n'avons-nous pas, depuis longtemps, une destinée commune ? Je veux te sauver, afin de me sauver moi-même, entends-tu ? Il faut que tu vives et c'était le seul moyen... Nous serons séparés quelque temps. Qu'importe encore ?... Je souhaite du fond du cœur à ma bonne vieille tante, qui va, certainement, m'assommer beaucoup, toutes les prospérités imaginables, mais il m'est impossible, avec le meilleur naturel du monde, d'oublier que je suis son héritier et que sa fortune, un jour ou l'autre, *nous* appartiendra... Alors, Marchenoir, quelle existence avec Véronique, dans cette campagne délicieuse où nous aurons notre maison ! Quelle paix ! Quelle sécurité parfaite !... Mais encore, il faut vivre jusqu'à cette époque ignorée. Relève ton cœur ! La délivrance est proche, peut-être, et quand l'univers te rejetterait, tu as un fier ami, je t'en réponds !

Marchenoir, toujours sombre, au fond de son attendrissement, répondit au consolateur :

– Il vaudrait mieux pour toi, mon dévoué Georges, que tu n'eusses jamais connu un homme si funeste à tous ceux qui l'ont aimé. Le malheur de certains individus est contagieux autant qu'incurable, et j'espère peu cette existence paisible que tu me montres dans l'avenir... Cependant, je ne veux pas te contrister de mes pressentiments noirs qui peuvent, après tout, me tromper. Il y aurait une cruauté lâche et bête à te payer ainsi du service inouï que tu viens de me rendre... Véronique va rentrer dans quelques instants. Nous ferons un déjeuner d'adieu et je t'accompagnerai à la gare... Ah ! mon vieux camarade, j'avais rêvé mieux que tout cela !... On m'a souvent accusé d'ingratitude, parce que je refusais de vautrer ma conscience dans certaines mains qui s'étaient entr'ouvertes pour moi, mais il est heureux, tout de même, que je sois né croquant, car je n'eusse pas encore été assez ingrat pour faire un bon prince. – *Beatius est magis dare quam accipere*[1]. Telle eût été, je crois, ma devise, et ce texte aurait fait ma majesté méprisable et mes pieds d'argile...

– Tu es, au moins, le roi de l'impertinence, indécrottable gueux, repartit l'autre, et tu aurais pu me priver de ta sacrée devise qui n'a rien à faire ici. On ne sait jamais qui donne ni qui reçoit, ajouta-t-il profondément. Voilà ce que je pourrais t'apprendre si tu ne le savais encore mieux que moi. Tu as sauvé ma peau dans un temps, je m'efforce, aujourd'hui, de sauver ton esprit, parce que ton esprit m'est nécessaire pour ne pas me casser le cou dans les chemins noirs où nous pataugeons *per multam merdam*, comme disait Luther[2]. Qu'as-tu à répondre à ça ?

Les deux amis reprirent tant bien que mal un peu d'entrain et concertèrent de laisser croire à Véronique que Leverdier s'absentait pour une affaire de famille et reviendrait, sans doute, bientôt, – la vérité vraie pouvant occasionner une crise de désolation que ni l'un ni l'autre ne se sentait capable de supporter.

Leverdier partit donc le soir même, laissant à son compagnon, désormais solitaire, cette accablante impression qu'ils venaient de s'embrasser pour la dernière fois et qu'ils ne se reverraient plus !

*

[LXVIII]

La loi salique ne fut jamais écrite, parce que c'était la loi vitale, essentielle, de la monarchie française, et que tout essai de rédaction l'eût délimitée. L'Absolu[1] est intranscriptible.

Pour cette raison, le Crime d'être pauvre n'est mentionné clairement dans aucun code, ni dans aucun recueil de jurisprudence pénale. Tout au plus, est-il classé parmi les simples délits relevant des tribunaux correctionnels et assimilé au vagabondage, qui n'est, lui-même, qu'une conséquence de la pauvreté.

Mais ce silence est une sanction péremptoire de la terreur universelle qui refuse de préciser son objet.

Indiscutablement, la Pauvreté est le plus énorme des crimes, et le seul qu'aucune circonstance ne saurait atténuer aux yeux d'un juge équitable. C'est un crime tel que la trahison, l'inceste, le parricide ou le sacrilège paraissent peu de chose, en comparaison, et sollicitent l'attendrissement social.

Aussi, le genre humain ne s'y est jamais trompé, et l'infaillible instinct de tous les peuples, en n'importe quel lieu de la terre, a toujours frappé d'une identique réprobation les titulaires de la guenille ou du ventre creux.

Puisqu'on ne pouvait édicter aucun châtiment déterminé, pour un genre d'attentat que les législations épouvantées ne consentaient pas à définir, on accumula sur le Pauvre toutes les formes infamantes ou afflictives de la vindicte unanime. Pour être assuré de tomber juste, on empila sur sa tête la multitude des expiations, au milieu desquelles il était impossible de faire un choix, sans danger de caractériser le forfait.

Les indigents ne furent condamnés formellement ni au feu, ni à l'écartèlement, ni à l'estrapade, ni à l'écorchement, ni au pal, ni même à la guillotine. Nulle disposition légale ne précisa jamais qu'on dût les pendre, les émasculer, leur arracher les ongles, leur crever les yeux, leur entonner du plomb fondu, les exposer, enduits de mélasse, au soleil de la canicule, ou simplement les traîner, dépouillés de leur peau, dans un champ de luzerne fraîchement fauché... Aucun de ces charmants supplices ne leur fut littéralement appliqué, en vertu d'aucune explicite loi.

Seulement, le génie tourmenteur qui s'est appelé la Force sociale, a su rassembler pour eux, en une gerbe unique de tribulation souveraine, toute cette flore éparse des pénalités criminelles. On les a sereinement, tacitement, excommuniés de la vie et on en a fait des réprouvés. Tout *homme du monde*, – qu'il le sache ou qu'il l'ignore, – porte en soi le mépris absolu de la Pauvreté, et tel est le profond secret de l'HONNEUR, qui est la pierre d'angle des oligarchies.

Recevoir à sa table un voleur, un meurtrier ou un cabotin, est chose plausible et recommandée, – si leurs industries prospèrent. Les muqueuses de la considération la plus délicate n'en sauraient souffrir. Il est même démontré qu'une certaine virginité se récupère au contact des empoisonneurs d'enfants, – aussitôt qu'ils sont gorgés d'or.

Les plus liliales innocences offrent, en secret, la rosée de leurs jeunes vœux au rutilant Minotaure, et les mères les plus vertueuses pleurent de douces larmes à la pensée qu'un jour, peut-être, cet accapareur millionnaire qui a ruiné cent familles aura la bonté de s'employer à l'éventrement conjugal de leur « chère enfant ».

Mais l'opprobre de la misère est absolument indicible, parce qu'elle est, au fond, l'unique souillure et le seul péché. C'est une coulpe si démesurée que le Seigneur

Dieu l'a choisie pour sienne, quand il s'est fait homme pour tout assumer.

Il a voulu qu'on le nommât, par excellence, le Pauvre et le Dieu des pauvres. Ce goulu Sauveur, – *homo devorator et potator* [2], comme le désignaient les juifs, – qui n'était venu que pour se soûler et pour s'empiffrer de tortures, a judicieusement élu la Pauvreté pour cabaretière. Aussi, les gens honorables ont réprouvé, d'une commune voix, le scandale d'une telle orgie, et prohibé, dans tous les temps, la fréquentation de cette hôtesse divinement achalandée.

Voilà bientôt deux mille ans que l'Église préconise la pauvreté. D'innombrables saints l'ont épousée, pour ressembler à Jésus-Christ, et la vermineuse proscrite n'a pas monté d'un millionième de cran dans l'estime des personnes décentes et bien élevées.

C'est qu'en effet la pauvreté *volontaire* est encore un luxe, et, par conséquent, n'est pas la vraie pauvreté, que tout homme abhorre. On peut, assurément, *devenir* pauvre, mais à condition que la volonté n'y soit pour rien. Saint François d'Assise était un amoureux et non pas un pauvre. Il n'était *indigent* de rien, puisqu'il possédait son Dieu et vivait, par son extase, hors du monde sensible. Il se baignait dans l'or de ses lumineuses guenilles...

La pauvreté véritable est involontaire, et son essence est de ne pouvoir jamais être désirée. Le christianisme a réalisé le plus grand miracle [3] en aidant les hommes à la supporter, par la promesse d'ultérieures compensations. S'il n'y a pas de compensations, au diable tout ! Il est insensé d'espérer mieux de notre nature.

Un plantigrade, doué de raison et contradictoirement privé d'espérance religieuse, est dans l'impossibilité la plus étroite d'accepter cette geôle d'immondices et de consentir qu'on le traite plus durement qu'un parricide pour avoir perdu sa fortune ou pour être né sans argent. S'il se résigne sans décalogue et sans eucharistie, on ne peut rien dire de lui, sinon qu'il est un lâche ou un imbécile. À ce point de vue, les nihilistes ont cent fois raison. Que tout tombe, que tout périsse, que tout s'en aille au tonnerre de Dieu, s'il faut endurer indéfiniment cette abominable farce de souffrir *pour rien!*

Hier soir, un millionnaire crétin, qui ne secourut jamais personne, a perdu mille louis au cercle, au moment même où quarante pauvres filles que cet argent eût sauvées tombaient de faim dans l'irréméable [4] vortex du putanat ; et la délicieuse vicomtesse que tout Paris connaît si bien a exhibé ses tétons les plus authentiques dans une robe couleur de la quatrième lune de Jupiter, dont le prix aurait nourri, pendant un mois, quatre-vingts vieillards et cent vingt enfants !

Tant que ces choses seront vues sous la coupole des impassibles constellations, et racontées avec attendrissement par la gueusaille des journaux, il y aura, – en dépit de tous les bavardages ressassés et de toutes les exhortations salopes, – une gifle absolue sur la face de la Justice, et, dans les âmes dépossédées de l'espérance d'une vie future, – un besoin toujours grandissant d'écrabouiller le genre humain.

– Ah ! vous enseignez qu'on est sur la terre pour s'amuser. Eh bien ! nous allons nous amuser, nous autres, les crevants de faim et les porte-loques. Vous ne regardez jamais ceux qui pleurent et ne pensez qu'à vous divertir. Mais ceux qui pleurent en vous regardant, depuis des milliers d'années, vont enfin se divertir à leur tour et, – puisque la Justice est décidément absente, – ils vont, du moins, en inaugurer le simulacre, en vous faisant servir à leurs divertissements.

Puisque nous sommes des criminels et des damnés, nous allons nous promouvoir nous-mêmes à la dignité de parfaits démons, pour vous exterminer ineffablement.

Désormais, il n'y aura plus de prières marmonnées au coin des rues, par des grelotteux affamés, sur votre passage. Il n'y aura plus de revendications ni de récriminations amères. C'est fini, tout cela. Nous allons devenir silencieux...

Vous garderez l'argent, le pain, le vin, les arbres et les fleurs. Vous garderez toutes les joies de la vie et l'inaltérable sérénité de vos consciences. Nous ne réclamerons plus rien, nous ne désirerons plus rien [5] de toutes ces choses que nous avons désirées et réclamées en vain, pendant tant de siècles. Notre désespoir complet promulgue, dès maintenant, *contre nous-mêmes*, la définitive prescription qui vous les adjuge.

Seulement, défiez-vous !... Nous gardons le *feu*, en vous suppliant de n'être pas trop surpris d'une fricassée prochaine. Vos palais et vos hôtels flamberont très bien, quand il nous plaira, car nous avons attentivement écouté les leçons de vos professeurs de chimie et nous avons inventé de petits engins qui vous émerveilleront.

Quant à vos personnes, elles s'arrangeront pour acclimater leur dernier soupir sous la semelle sans talon de nos savates éculées, à quelques centaines de pas de vos intestins fumants ; et nous trouverons, peut-être, un assez grand nombre de cochons ou de chiens errants, pour consoler d'un peu d'amour vos chastes compagnes et les vierges très innocentes que vous avez engendrées de vos reins précieux...

Après cela, si l'existence de Dieu n'est pas la parfaite blague que l'exemple de vos *vertus* nous prédispose à conjecturer, qu'il nous extermine à son tour, qu'il nous damne sans remède, et que tout finisse ! L'enfer ne sera pas, sans doute, plus atroce que la vie que vous nous avez faite.

Mais, dans ce cas, il sera forcé de confesser devant tous ses anges, que nous aurons été ses instruments pour vous consumer, car il doit en avoir assez de vos visages ! Il doit être, au moins, aussi dégoûté que nous, cet hypothétique Seigneur ; il vous a, sans doute, vomi cent fois, et si vous subsistez, c'est qu'apparemment il a l'habitude de retourner à ses vomissements !

Tel est le cantique des modernes pauvres, à qui les heureux de la terre, – non satisfaits de tout posséder, – ont imprudemment arraché la croyance en Dieu. C'est le *Stabat* des désespérés !

Ils se sont tenus debout, au pied de la Croix, depuis la sanglante Messe du grand Vendredi, – au milieu des ténèbres, des puanteurs, des dérélictions, des épines, des clous, des larmes et des agonies. Pendant des générations, ils ont chuchoté d'éperdues prières à l'oreille de l'Hostie divine, et – tout à coup –, on leur dévoile, d'un jet de science électrique, ce gibet poudreux où la dent des bêtes a dévoré leur Rédempteur... Zut ! alors, ils vont s'amuser !

Manger de l'argent. Qui donc a remarqué l'énormité symbolique de cette locution familière[6] ? L'argent ne représente-t-il pas la vie des pauvres qui meurent de n'en pas avoir ? La parole humaine est plus profonde qu'on ne l'imagine. Ce mot est étrangement suggestif de l'idée d'anthropophagie, et il n'est pas tout à fait impossible, en suivant cette contingente idée, de se représenter un lieu de plaisir, comme un étal de boucherie ou un simple restaurant-bouillon où se débiterait, par portions, la chair succulente des gueux. Les gourmets, par exemple, choisiraient dans la culotte et les ménagères économes utiliseraient jusqu'aux abatis, tandis que des viveurs délabrés d'une noce récente se contenteraient d'un modeste consommé de leurs frères déshérités. On est étonné du tangible corps que prend un tel rêve, quand on interroge ce propos banal.

*Tout riche qui ne se considère pas comme l'*INTENDANT *et le* DOMESTIQUE *du Pauvre est le plus infâme des voleurs et le plus lâche des fratricides.* Tel est l'esprit du christianisme et la lettre même de l'Évangile. Évidence naturelle qui peut, à la rigueur, se passer de la sanction du surnaturel chrétien.

C'est heureux pour les détrousseurs et les assassins, que l'animal soi-disant pensant soit si réfractaire au syllogisme parfait. Il y a diablement longtemps qu'il aurait conclu à l'étripement et à la grillade, car la pestilence, bien sentie, du riche sans cœur[7] n'est pas humainement supportable. Mais la conclusion viendra, tout de même, et probablement bientôt, – étant annoncée de tous côtés par d'indéniables prodromes...

Les riches comprendront trop tard que l'argent dont ils étaient les usufruitiers pleins d'orgueil *ne leur appartenait* ABSOLUMENT *pas* ; que c'est une horreur à faire crier les montagnes, de voir une chienne de femme, à la vulve inféconde, porter sur sa tête le pain de deux cent familles d'ouvriers attirées par des journalistes et des tripotiers dans le guet-apens d'une grève ; ou de songer qu'il y a, quelque part, un noble artiste qui meurt de faim, à la même heure qu'un banqueroutier crève d'indigestion !...

Ils se tordront de terreur, les Richards-cœur-de-porcs et leurs impitoyables femelles, ils beugleront en ouvrant des gueules où le sang des misérables apparaîtra en caillots pourris ! Ils oublieront, d'un inexprimable oubli, la tenue décente et les airs charmants des salons, quand on les déshabillera de leur chair et qu'on leur brûlera la tête avec des charbons ardents, – et il n'y aura plus l'ombre d'un chroniqueur nauséeux, pour en informer un public de bourgeois en capilotade ! Car il faut, indispensablement, que cela finisse, toute cette ordure de l'avarice et de l'égoïsme humains !

Les dynamiteurs allemands ou russes ne sont que des précurseurs ou, si l'on veut, des sous-accessoires de la Tragédie sans pareille, où le plus pauvre[8] et, par conséquent, le plus *Criminel* des hommes que la férocité des lâches ait jamais châtiés, – s'en viendra juger toute la terre dans le *Feu* des cieux !

*

[LXIX]

Huit mois environ après son départ de Paris, où il n'avait pu remettre les pieds, Leverdier reçut en Bourgogne cette lettre de Marchenoir :

« Mon Georges bien-aimé,

« Je suis mourant et je n'ai peut-être pas deux jours à vivre. Je commence par là, pour que tu aies moins à souffrir. Quant à Véronique, elle est à *Sainte-Anne*, depuis deux semaines. C'est en revenant de l'y conduire qu'un camion m'a renversé et m'a écrasé la poitrine[1]. On a trouvé sur moi, par bonheur, une lettre de toi qui a révélé mon adresse, et on m'a rapporté mourant, rue des Fourneaux.

« J'ai râlé pendant plusieurs jours. En ce moment, je t'écris de mon lit, fort péniblement, mais d'un esprit désormais apaisé, comme il convient aux récipiendaires à l'éternité. Je ne suis pas troublé, même par la pensée que cette lettre *nécessaire* va t'assassiner de douleur. Je suis déjà dans la sérénité des morts...

« Dieu a voulu que ma vie s'achevât ainsi, donc c'est très bien et aucune chose ne pouvait m'arriver qui me fût meilleure. Je ne suis plus le *Désespéré*... J'ai dit, tout à l'heure, à ma vieille concierge, d'aller me chercher un prêtre.

« Cependant, mon ami, je ne veux pas m'en aller sans te revoir une dernière fois. Accours, je t'en supplie, si tu le peux, sans perdre une seconde. Ces jours derniers, quand on croyait, à chaque instant, me voir expirer, ma pire souffrance était une soif épouvantable, la soif de Jésus dans son Agonie[2]. Je voyais partout des fleuves et des cataractes que mes lèvres desséchées ne pouvaient atteindre, et – je ne sais comment, ton souvenir était mêlé à ces visions de mon délire. Ton visage m'apparaissait souriant, au fond des sources, et ma soif de toi se confondait inexplicablement avec ma soif de l'eau des fontaines...

« Tu prieras pour moi, n'est-ce pas ? mon unique ami, pauvre cœur joyeux que j'ai fait si triste ! Tu n'es pas un homme de grande foi. N'importe, prie tout de même... Je serai près de toi. Les âmes des morts, vois-tu, nous environnent invisiblement. Elles ne peuvent pas s'éloigner, puisqu'elles n'ont plus de corps et que la notion de distance est inapplicable aux purs esprits. Je me souviens de t'avoir expliqué cela... Dans quelques heures, je vais être l'âme silencieuse d'un mort, d'un défunt, d'un trépassé. Je souffrirai peut-être beaucoup dans ce nouvel état et j'aurai besoin de tes prières. Je t'en supplie, ne me les refuse pas, car je n'aurais plus de voix, alors, pour te les demander !...

« En aussi peu de mots que possible, je vais t'apprendre ce qui s'est passé depuis ton départ. J'étais enragé de passion pour Véronique, au point de croire que j'étais possédé par quelque démon. Tu ne le remarquas pas et je ne voulus pas t'accabler de cette confidence. Mais la malheureuse fille s'en apercevait trop bien. Elle voyait le mal sans remède, et l'exorbitante douleur qu'elle en ressentait a simplement éteint sa raison.

« Il faudrait n'être pas un moribond pour te raconter cette histoire. Jour par jour, heure par heure, j'ai vu se dissoudre et se déformer, d'une manière horrible, cette belle raison, cette perle exalumineuse[3] du manteau du Christ, cette étincelle d'Orient de la simplicité la plus divine !

« Elle en vint à ne plus me reconnaître... Son Joseph nourricier, son Sauveur, – comme elle m'appelait, – était captif dans une contrée lointaine, et je lui paraissais un bourreau venu à sa place pour la tourmenter.

« J'ai dû subir, dans d'inexprimables affres, la peine sans nom de l'entendre me maudire, en me regardant de ses sublimes yeux égarés, où se peignaient je ne sais quelles images inconnues. Il m'a fallu voir cette infortunée à genoux, pendant des heures, se tordant au pied de son crucifix, et criant à Dieu de me délivrer de ma prison, de lui rendre le pauvre homme qui lui avait donné du pain et qui languissait dans un lieu de ténèbres, pour sa récompense de l'avoir aimée...

« En ce moment, je ne souffre plus de ces choses. Tout ce qu'une âme comprimée et retordue par la plus mortelle angoisse peut exsuder de douleur est sorti de la mienne. C'est fini. Je convole maintenant aux angoisses nuptiales de ma définitive agonie.

« Il faut me pardonner, mon frère Georges, de t'avoir laissé ignorer tout cela. Tu m'avais écrit les difficultés imprévues de ton existence nouvelle, acceptée pour l'amour de moi, et l'étroite servitude où te réduisait ton avare tante. J'ai reçu régulièrement les soixante francs que tu m'envoyais tous les mois, et que Dieu te bénisse pour cette charité, mais tu ne pouvais faire davantage, quand il se fût agi de me sauver de la mort. Pourquoi t'eussé-je désolé ?... D'ailleurs, j'espérais vaguement que Véronique reviendrait à elle et je ne pouvais me persuader qu'elle fût vraiment aliénée.

« Ton argent ne suffisant pas, je m'arrangeais pour en gagner d'autres, en faisant n'importe quoi. Je me suis fait homme de peine. J'ai servi des marchands de grains et des déménageurs. Je laissais ma blouse aux magasins où on m'employait, pour qu'on ne connût pas ma détresse, rue des Fourneaux... Quand il devint trop imprudent de laisser Véronique seule à la maison, des journées entières, j'obtins d'un entrepreneur d'écritures du travail chez moi. Je copiais des pièces de procédure et je faisais la cuisine, en surveillant la malade, sous la triple menace du feu, de l'étranglement et du couteau.

« Enfin, cette ressource vint à manquer. Alors, me prêtant au délire de cette agitée, j'imaginais un prétexte quelconque pour sortir, et je courais éperdument dans Paris, me jeter aux pieds des uns ou des autres, pour en obtenir un secours immédiat.

« Ce qu'il m'a fallu manger d'humiliations, engloutir de dégoûts, les Anges pâles de la Misère en furent témoins ! Je me suis livré, tête coupée, à mes ennemis. J'ai demandé l'aumône à des êtres abjects qui se sont réjouis de me piétiner au meilleur marché possible. J'ai tendu la main d'un mendiant à des drôles que j'avais conspués avec justice, et que la plus effroyable nécessité me contraignait à implorer de préférence à d'autres, parce que je comprenais que le besoin d'un ignoble triomphe les porterait à me satisfaire... Quelques-uns me refusaient, et, alors, mon ami, quel puits de honte !

« Je n'ai rien pu tirer, par exemple, de ce répugnant industriel que j'avais jobardement appelé naguère le *gentilhomme cabaretier*[4], lequel a fait sa fortune aux dépens des artistes pauvres dont il achalandait sa maison, et à qui j'ai dédié, – en me submergeant d'opprobre, – l'un de mes livres – dans un accès de gratitude imbécile pour cet éditeur *providentiel*, dont je ne voyais pas la hideuse exploitation. Il m'en coûta cher, tu le sais trop, de me laisser engluer par ce Mascarille[5], par ce bas laquais, que je vis, un jour, cracher rageusement dans un *bock* que l'absence de son garçon le condamnait à servir lui-même, – sans que je fusse éclairé par cet incident. Il me devait pourtant bien quelque chose, celui-là, pour avoir fait, gratuitement, pendant dix-huit mois, le journal annexé à sa pompe à bière !

« Dulaurier, devant qui je me suis humilié autant que se puisse humilier un homme, m'a congédié en me déclarant, les larmes aux yeux, qu'à la vérité il avait sur lui quelques milliers de francs, mais que cette somme étant, par grand malheur, en billets à une échéance lointaine, il ne pouvait en monnayer la moindre partie sans subir un onéreux escompte, dont il ne doutait pas que la seule pensée dût me paraître insupportable.

« Le docteur Des Bois trouva le moyen d'être plus atroce encore. Depuis quatre ou cinq heures, je courais en vain par les rues comblées de neige, dans un état moral à faire pleurer, – ayant laissé Véronique brisée d'une récente crise, sans feu et sans nourriture, exténué moi-même par la faim, la nuit étant sur le point de tomber, et ne sachant plus que devenir. Je rencontrai Des Bois dans l'escalier de sa maison, accompagnant une dame qui allait sortir et dont la voiture stationnait précisément devant la porte. Je priai le docteur de m'accorder une seule minute et je lui glissai dans l'oreille quelques-unes de ces paroles qui doivent atteindre l'âme où qu'elle soit, fût-ce sous un Himalaya d'immondices ! Il avait déjà commencé à balbutier perplexement, lorsque la dame, qui avait fait quelques pas sous le vestibule, se retournant : – Eh bien ? docteur, eh bien ? lui dit-elle en une injonction musicale qui me supprimait. – Pardon ! répondit-il aussitôt, mon cher ami, vous m'excuserez, n'est-ce pas ? et il disparut.

« Cette nuit-là, je marchai[6] dans la neige, de la place de l'Europe jusqu'à Fontenay-aux-Roses, où je connaissais, par bonheur, un homme excellent[7] qui me secourut.

« La seule, parmi les personnes dites *du monde*, qui m'ait effectivement aidé, c'est la baronne de Poissy, la fameuse *Mécène* qui affcha, quelque temps, pour mes livres et pour mes articles, un si brûlant enthousiasme. Celle-ci, en réponse à un billet de désespoir que j'avais porté chez elle, me fit remettre, sur le seuil de la porte, une pièce de vingt francs par son domestique[8].

« Georges, cette existence a duré CINQ *mois*. On dit la folie contagieuse. Il faut croire que ce n'est pas bien vrai, puisque j'ai pu conserver ma raison[9] dans cette effroyable tourmente. Le croiras-tu ? N'ayant plus le moyen de dormir, j'ai achevé mon œuvre sur le *Symbolisme* ! Ce sera ton héritage[10].

« Ah ! les heureux de la vie, qui jouissent en paix d'un beau livre, ne songent pas assez aux souffrances, quelquefois sans nom ni mesure, qu'un pauvre artiste sans salaire a pu endurer pour leur verser cette ivresse. Les chrétiens riches, qui admirent ma *Sainte Radegonde*, par exemple, ne se doutent pas[11] que ce livre fut écrit au chevet d'une mourante, dans une chambre sans feu, par un mendiant famélique et désolé qui n'a pas touché un sou de droits d'auteur !... Seigneur Jésus, ayez pitié des lampes misérables qui se consument devant votre douloureuse FACE !

« Mais l'horreur qui a dépassé toutes les autres, c'est la dernière scène du drame. L'enlèvement de notre Véronique, le voyage en fiacre et l'internement à *Sainte-Anne*. La malheureuse, que toute ma force ne suffisait pas à contenir, poussait des cris dont mes os se souviendront, je crois, au fond de la tombe.

« Laissons cela. Les forces, d'ailleurs, m'abandonnent...

« J'ai passé ma vie à demander deux choses : la [12] Gloire de Dieu ou la Mort. C'est la mort qui vient. Bénie soit-elle. Il se peut que la gloire marche derrière et que mon dilemme ait été insensé... Je vais être *jugé* tout à l'heure et non par les hommes. Mes violences écrites qu'on m'a tant reprochées seront pesées dans une équitable balance avec mes facultés naturelles et les profonds désirs de mon cœur. J'ai du moins ceci, d'avoir éperdument convoité la Justice et j'espère obtenir le *rassasiement* qui nous est assuré par la Parole sainte.

« Toi, mon bien-aimé, veille sur la malheureuse Véronique après que tu m'auras mis en terre... Pauvre fille !... Chers êtres dévoués, si compatissants et si doux à mon âme triste ! je vous ai chéris l'un et l'autre par-dessus toutes les créatures, et j'eusse désiré avoir mieux à offrir pour vous que le sacrifice d'une vie saturée d'angoisses [13], que le miracle de vos deux tendresses a seul empêché d'être insupportable.

« Hâte-toi, mon Georges, hâte-toi, je crains que tu n'arrives trop tard.

« MARIE-JOSEPH-CAÏN MARCHENOIR. »

*

[LXX]

« Comme il ne me reste plus que quelques instants à vivre, mon très cher ami, venez vous asseoir sur mon lit, posez ma tête, cette tête qui vous est si chère, sur vos genoux et mettez vos mains sur mes yeux. Je m'imagine que cette position m'épargnera une partie des peines que l'âme éprouve, lorsqu'elle sort de sa demeure. Quoique la mienne doive souffrir un double tourment, l'un en quittant ce corps qu'elle habite et l'autre en me séparant de vous, soyez persuadé qu'elle ne vous oubliera jamais, s'il reste quelque souvenir à ceux qui descendent chez les morts. »

Ainsi parlait à son fidèle Cantacuzène l'empereur Andronic mourant[1].

Marchenoir, à son lit de mort, était obsédé de ce souvenir, en attendant son ami, dont l'arrivée venait de lui être annoncée par un télégramme.

Puisqu'il fallait considérer Véronique comme n'existant plus, Leverdier résumait pour lui, désormais, toutes les dilections de la terre. Il aurait voulu réellement, comme cet empereur de l'extrême décadence, poser sa tête, ainsi qu'un enfant, sur les genoux de l'homme qui lui avait valu presque autant qu'un père et sentir sur son visage cette main fidèle, qui l'eût protégé contre les visions possibles de la dernière heure...

Il attendait aussi le prêtre. Il l'attendait vainement depuis la veille. Certes ! il pouvait l'attendre, sa portière, qu'il avait chargée de l'aller chercher, ayant jugé à propos de n'en rien faire.

Ce n'était pourtant pas une méchante femme[2]. Elle l'avait même soigné avec une évidente sollicitude, et avait passé une partie des nuits dans la chambre de ce malade que le médecin avait condamné, dès le premier jour, – comptant un peu, à la vérité, sur l'arrivée de Leverdier bien connu d'elle, pour être payée de sa peine, mais capable, néanmoins, d'une certaine réalité de désintéressement affectueux.

Elle appartenait à ce peuple de Paris que la sottise bourgeoise a plus profondément pénétré qu'aucun autre, et qui la reproduit en relief, comme l'empreinte du cachet reproduit le creux de l'intaille. Il n'était pas nécessaire de la faire bavarder longtemps pour voir défiler tous les lieux communs et toutes les rengaines qui constituent, depuis cent ans au moins, le trésor public de l'intelligence française : « Dieu n'en demande pas tant. – La religion, c'est de ne faire de tort à personne. – Quand on est *honnête*, on n'a pas besoin de se confesser. – Quand on est mort, on n'a plus besoin de rien. » Etc. Elle allait très régulièrement au cimetière, le Jour des Morts, avec cent mille autres qui ne connaissent pas d'autre pratique pieuse et qui vont, une fois l'an, porter des couronnes à leurs défunts, pour lesquels ils n'auraient jamais la pensée de réciter une prière, dans l'inébranlable conviction que les *chers absents* sont tous « au ciel ».

– Plus souvent, avait-elle dit, en s'en allant, que j'irais chercher un *curé* pour lui donner le coup de la mort, à ce pauvre monsieur !

En conséquence, elle n'avait pas bougé de la maison, répondant d'heure en heure à Marchenoir que ces messieurs de la paroisse étaient fort occupés, mais qu'elle avait fait la commission, et qu'on allait, pour sûr, en voir *abouler* quelqu'un, d'une minute à l'autre...

La matinée avait été d'un tragique formidable. N'ayant pu rien avaler le jour précédent et tourmenté d'une fièvre étrange, il avait demandé à boire.

La vieille, qui somnolait au coin du feu, lui tendit une tasse de tisane, en glissant un oreiller sous sa tête, et, gémissant d'une douleur inaccoutumée qui le mordait à la gorge, il essaya de boire.

Ce ne fut pas long. Dès la première gorgée, il rejeta le liquide, la tasse fut lancée à l'extrémité de la chambre et le moribond, poussant une espèce de rugissement, se dressa, terrible. Il prit sa tête à deux mains, comme s'il eût voulu se l'arracher, par un geste de détresse si effrayant que la portière, déjà pétrifiée, tomba sur ses genoux.

Puis, il sortit complètement de ses draps, et, se précipitant de l'une à l'autre extrémité du lit, se roula, se tordit, se débattit en râlant comme un démoniaque, faisant éclater ses bandages, se déchirant à nouveau, se rebroyant lui-même, dans des convulsions omnipotentes qu'aucun bras d'homme n'eût été capable de réprimer !

Cette agitation ayant duré près d'une demi-heure, il retomba enfin, comme une masse de chair souffrante écrasée, et la vieille goujate n'entendit plus rien qu'un sifflement.

Elle ralluma, en tremblant, la bougie éteinte qui avait roulé par terre à côté d'elle, et trembla bien plus, quand elle vit, dans sa réginale horreur, l'épouvantable simagrée du *Trismus*[3] des tétaniques.

Rapidement, elle rejeta les couvertures sur le corps rompu de l'agonisant et courut chez le médecin. Ce personnage, ami ancien de Leverdier, et qui, pour cette raison, faisait crédit à Marchenoir de sa science et de ses pansements, trouva son client dans l'état où la garde l'avait laissé. À cet aspect, il haussa les épaules en souriant, rajusta précairement les bandages, parut donner une ordonnance, fit entendre quelques paroles vaines tendant à démontrer au mourant qu'il méprisait les signes manifestes de sa fin prochaine, comme de nuls symptômes, et, se retirant, dit à la commère qui le reconduisait :

– Ma chère dame, il n'y a plus rien à faire. Notre malade n'ira pas jusqu'à demain. Il était déjà perdu. La moitié des côtes fracturées, un poumon en charpie et, maintenant, le tétanos traumatique, c'est complet. Il a dû prendre froid hier ou avant-hier...

C'était vrai. Le malade était resté à peu près sans feu, comme il convient aux agonisants privés de monnaie.

Mais il s'était passé une chose affreuse pendant la visite. Marchenoir avait regardé le guérisseur avec des yeux fous dont celui-ci se souvint plus tard. Le malheureux, dont les dents noyées d'écume étaient serrées, à faire éclater l'émail, par le cabestan de la *contracture*, faisait des efforts désespérés pour parler. Ses lèvres retroussées et violettes essayaient en vain de configurer les deux syllabes qu'il aurait voulu faire entendre[4]. Comprenant que sa portière avait été infidèle, il désirait, – d'un désir suprême,   que le docteur se chargeât lui-même d'envoyer un prêtre. Dans son impuissance, il montra le crucifix, désigna une feuille de papier, fit à moitié le geste d'écrire. Tout fut inutile.

Il fallut boire cette dernière amertume qu'il n'aurait jamais prévue. Lentement, il sombra dans le plus bas gouffre des douleurs. Tous les vieux supplices de sa vie resurgirent [5]...

— Mourir ainsi ! criait-il au fond de son âme, moi chrétien ! Est-il possible, après tant de maux, que je sois privé de cette consolation ?

Il ne pouvait, il ne voulait pas le croire et il attendait, quand même, un prêtre, se disant qu'à défaut de message humain la pitié du ciel en aurait, sans doute, suscité quelque autre... Un prêtre quelconque pour l'absoudre et le visage aimé de son Leverdier pour le fortifier !

À huit heures du matin [6], la vieille femme mit devant ses yeux une dépêche annonçant l'arrivée de son ami dans quelques heures.

— Il arrivera trop tard ! pensa-t-il. Mon Dieu ! exigerez-vous cela encore de ma pauvre âme !... Les heures sonnèrent, — toutes les heures de cette journée de trépassement... Ni prêtre, ni ami, personne ne venait.

Marchenoir, un peu détendu par l'approche visible de Celle qui allait décidément l'élargir, put enfin articuler quelques mots. Le premier usage qu'il fit de sa voix revenue fut de commander positivement à la créature imbécile qui tricotait en le regardant mourir, d'aller lui chercher ce récalcitrant ecclésiastique qui s'obstinait à ne pas venir.

— Si vous n'obéissez pas, fit-il, je le dirai à Leverdier qui vous le fera payer cher.

Elle avait donc obéi, mais en vain. Le bedeau de la paroisse lui répondit avec majesté que M. le vicaire de service, seul présent, irait probablement voir le mourant quand il aurait fini les confessions qui l'occupaient en cet instant, mais qu'il ne fallait pas songer à le déranger. L'ambassadrice ne poussa pas plus avant et revint avec cette réponse.

Marchenoir jeta un regard de désolation infinie sur l'image de son Christ et deux larmes, les dernières, sortirent de ses yeux et roulèrent avec lenteur sur ses joues déjà froides, comme si elles eussent craint de s'y glacer.

Que se passa-t-il dans cette âme abandonnée ? Entendit-elle, comme il est raconté de tant d'autres, ces Voix cruelles de l'agonie, qui parlent aux mourants du mal qu'ils ont fait et du bien qu'ils auraient pu faire ? Dut-elle subir le spectacle, illustré par les vieilles estampes, du combat des mauvais et des bons esprits acharnés à sa déplorable conquête ? Les morts qui l'avaient précédée dans ce passage lui apparurent-ils plus sensiblement que dans les rêves de sa forte vie, pour la désoler de leurs annonces d'une sentence effroyablement incertaine ? Ou bien, de paniques images, lancées, autrefois, par le pamphlétaire, sur un monde détesté, revinrent-elles, pour l'obscurcir, à ce lit de mort où se tarissait leur source ?... Enfin le Christ Jésus, resplendissant de lumière et environné de Sa multitude céleste, voulut-Il descendre à la place d'un de Ses prêtres, vers cet être exceptionnel qui avait tant désiré Sa gloire et qui L'avait cherché Lui-même [7], toute sa vie, parmi les pauvres et les lamentables ?...

– Tiens ! il a passé, ce pauvre monsieur, dit la concierge en entrant, un seau de charbon à la main. Ce n'est pas trop tôt, tout de même, quand on souffre tant !...

L'église voisine sonnait l'angélus de la fin du jour.

Leverdier arriva à onze heures du soir.

NOTES

1. « Avec des larmes. » Cette épigraphe est, selon Bloy lui-même, « comme une petite colline douloureuse d'où le regard [peut] plonger à l'avance dans la vallée des larmes » (*Au seuil de l'Apocalypse*, 19 septembre 1913. *Journal*, t. II, *op. cit.*, p. 362). Elle ne figure pas dans l'édition Crès. Le brouillon du *Désespéré* indique que la première épigraphe envisagée par Bloy était « Spem contra spem ».

2. « À mes frères en solitude. »

3. Var. éd. Stock : « *À mon frère d'adoption* / LOUIS MONTCHAL / *hommage* / *D'un homme à un homme* / L.B. ». Dédicace reproduite avec une variante dans l'édition Soirat : « À mon frère d'< élection > ». – Petit-fils de Jules Favre, le philosophe Jacques Maritain (1882-1973) se convertit au catholicisme en janvier 1906 après avoir découvert Bloy, qui fut son parrain de baptême. – Élevé en Hollande dans un milieu aristocratique et libre-penseur, Pierre-Matthias Van der Meer de Walcheren (1880-1970) se fit baptiser en février 1911 à Paris, sous l'influence de Bloy, qui accepta également d'être son parrain. – Sur ces « grandes amitiés » et leur retentissement spirituel, voir Léon Bloy, *Lettres à ses filleuls* (Stock, 1928), Raïssa Maritain, *Les Grandes Amitiés* (Desclée de Brouwer, 1941), Pierre Van der Meer de Walcheren, *Journal d'un converti* (Crès, 1917) et *Rencontres* (Desclée de Brouwer, 1961).

[I]

1. Cette subdivision, qui apparaît dans l'édition Crès, est curieusement omise dans l'édition du Mercure de France.

2. Le père de Bloy est mort le 24 mai 1877, alors que le père de Marchenoir disparaît à une date que l'on peut situer en 1883, si l'on se fie aux indications données plus loin dans le récit (voir notes 2 [VI], p. 411 et 4 [XVIII], p. 418).

3. Terme d'argot désignant un assassin. Il est dérivé du verbe « chouriner », « tuer à coups de couteau ».

4. Xénophon (v. 430/425-v. 355/352 av. J.-C.) conduisit la retraite de dix mille mercenaires grecs jusqu'aux côtes du Pont-Euxin, après leur défaite de Counaxa (401 av. J.-C.), dans la guerre qui opposait Cyrus le Jeune à son frère Artaxerxès II. Xénophon fit le récit de cette célèbre action militaire dans l'*Anabase*.

5. Var. éd. Stock et éd. Soirat : « de marmites < inattingibles > et pénombrales < la symbolique croûte de pain récoltée dans un urinoir > ».

6. Franc-maçon, partisan des Lumières, l'un des pères fondateurs de la démocratie américaine, Benjamin Franklin (1706-1790) est selon Bloy un « faux grand homme, aimé des imbéciles et des démons, qui partage avec Rousseau et Voltaire l'effrayant honneur d'avoir, au XVIIIe siècle, incomparablement travaillé à l'avilissement de la pensée et du cœur humains » (*L'Invendable*, *op. cit.*, 30 septembre 1905).

7. Aux yeux du romancier, Alexandre Dumas père (1802-1870) est le type du littérateur écrivant pour « des commis-voyageurs, des ouvrières à la journée et des garçons boulangers » : « Il les inonde de ses feuilletons, il les entasse dans ses théâtres, il leur enseigne la mythologie, la numismatique, le fer forgé et les belles façons du grand siècle. » Voir « La Revanche de Cham », *Le Chat noir*, 1er décembre 1883, repris dans *Propos d'un entrepreneur de démolitions* (*Œuvres*, t. III, *op. cit.*, p. 63). – Quant à Béranger (1780-1857), le célèbre chansonnier est « le Pindare et le Tyrtée de la bourgeoisie voltairienne » (« La Rhétorique du suicide », article refusé par *Le Figaro* en mai 1884 ; *Œuvres*, t. XV, *op. cit.*, p. 170).

8. Le nom de ce double romanesque, retenu pour son pouvoir de suggestion, est celui d'une localité du Loir-et-Cher où Bloy séjourna en 1870 avec le corps Cathelineau. Voir la Clé du *Désespéré*, p. 522.

[II]

1. Paul Bourget (1852-1935). Voir la Clé du *Désespéré*, p. 516. Le premier nom du personnage, dans le brouillon du *Désespéré*, était Paul Journet. – *Douloureux Mystère* est la transposition de *Cruelle Énigme*, roman de Bourget paru chez Lemerre en 1885.

2. Allusion à *La Vie inquiète* (Lemerre, 1875).

3. Jean Richepin (1849-1926). Voir la Clé du *Désespéré*, p. 519. Le premier nom du personnage, dans le brouillon du *Désespéré*, était Hamilcar Bamboula.

4. Allusions bibliques : selon le Livre de Josué, les murailles de Jéricho assiégée par les Juifs s'écroulèrent devant eux lorsque eurent retenti leurs trompettes et leurs clameurs guerrières (Jos. VI, 20) ; selon le premier Livre des Macchabées, Antiochus V Eupator (173-162 av. J.-C.), de la dynastie des Séleucides, employa cent vingt éléphants armés pour combattre les Romains (I Mach. VIII, 6).

5. Bourget vient à Stendhal vers 1872 sous l'influence de son ami Saint-René Taillandier, de Taine et de son confrère au *Parlement* Léon Chapron, tous trois beylistes convaincus. Il lui consacre un important article dans la *Nouvelle Revue*, le 15 août 1882 (t. XVII, p. 890-925), qui est repris dans les *Essais de psychologie contemporaine* (1883). Bourget y présente Stendhal comme le romancier de la « dissection intime », dont les personnages, à son image, ont « comme maîtresse pièce de [leur] machine intérieure l'esprit d'analyse » (éd. André Guyaux, Gallimard, « Tel », 1993, p. 188).

6. Bourget est le premier à attirer l'attention sur le dilettantisme de Renan, auquel il consacre de nombreuses études entre 1879 et 1883, dont un chapitre des *Essais de psychologie contemporaine* : le scepticisme épicurien de Renan, qu'ont illustré ses *Drames philosophiques*, est à ses yeux la disposition d'esprit caractéristique de l'époque de décadence dont il se fait l'analyste.

7. Admiration du jeune Bourget qui lit en particulier *Manfred* dans le texte anglais avec enthousiasme, Byron fait partie des écrivains qu'il place « dans les tout premiers rangs, juste après Homère et Shakespeare » (cité par Michel Mansuy, *Paul Bourget*, Les Belles Lettres, 1968, p. 54).

8. Le mot, dans un emploi vieilli, désigne un éleveur qui entretient des vaches pour leur lait ou qui engraisse du bétail pour la boucherie.

9. Georges Ohnet (1848-1918), auteur de romans sentimentaux et idéalistes réunis dans la série des *Batailles de la vie*, dont les plus connus sont *Serge Panine* (1881), *Le Maître de forges* (1882) et *La Grande Marnière* (1885).

10. Nom du conducteur du char d'Achille dans l'*Iliade*. Ce nom, dans un sens plaisant, désigne un cocher. Bloy joue ici sur le sens étymologique du terme, « qui pense par lui-même ».

11. Bloy reprendra les quatre paragraphes qui s'achèvent ici dans « L'Eunuque », article publié dans le *Gil Blas*, le 21 octobre 1892, puis repris dans *Belluaires et Porchers*, chap. XVI.

12. Bloy transpose vraisemblablement le titre des *Aveux* (Lemerre, 1882), recueil de poèmes d'inspiration baudelairienne composés par Bourget entre 1877 et 1882.

[III]

1. Var. éd. Stock et éd. Soirat : « au < *Basile* > ». – *Le Figaro*, où Bloy fit paraître six articles, entre le 27 février et le 2 mai 1884, avant d'être remercié.

2. Bloy, en 1886, a déjà publié deux ouvrages : *Le Révélateur du Globe* (Sauton, 1884) et les *Propos d'un entrepreneur de démolitions* (Stock, 1884).

3. Allusion à la célèbre recommandation de Jésus au jeune homme riche : « Tu aimeras ton prochain comme toi-même » (Matth. XIX, 19). On peut aussi penser au non moins célèbre « Aimez-vous les uns les autres, comme je vous ai aimés » (Joan. XIII, 34).

[IV]

1. La baronne de Poilly (1831-1905). Voir la Clé du *Désespéré*, p. 523.
2. Journal boulevardier et mondain, fondé en 1879 par Auguste Dumont, dont la devise était : « Amuser les gens qui passent, leur plaire aujourd'hui, recommencer demain. »
3. Latinisme : le mot est forgé sur *ignavia*, « apathie, mollesse, paresse ».
4. La métaphore prend tout son sens quand on met cette « heureuse rive du monde » en relation avec l'*autre rive* sur laquelle se tiennent, selon Alexandre Herzen, ceux que la misère désespère (voir notes 2 et 4 [IX], p. 412-413).
5. Var. éd. Soirat : « ni servitude de bureau, < sans la trépidation des coliques de l'échéance et le dissolvant effroi du créancier >, sans tout le cauchemar ».
6. Synonyme de « ténébreux ». On parle de « ténèbres cimmériennes » pour désigner cette nuit permanente qui régnait, selon Homère, sur le territoire occupé par ce peuple mythologique (*Odyssée*, chant XI). Chateaubriand y voit une préfiguration de l'enfer chrétien (*Génie du christianisme*, deuxième partie, livre quatrième, chap. XIII, éd. Maurice Regard, Gallimard, « Bibliothèque de la Pléiade », 1978, p. 750).
7. Favori d'Alexandre le Grand. À sa mort en 324 avant J.-C., le roi de Macédoine lui fit de splendides funérailles. Élien raconte qu'en signe de deuil Alexandre « jeta des armes dans son bûcher, fit fondre de l'or et de l'argent avec le mort et mit dans le feu ce célèbre habit [du Grand Roi] considéré comme très précieux chez les Perses » (*Histoire variée*, livre VII, 8).
8. Allusion à l'article de Bloy sur *Les Blasphèmes*, « Un bâtard de Lucrèce », refusé par *Le Figaro*, mais publié par *Le Chat noir* le 7 juin 1884.
9. Un louis valant 20 francs, c'est donc 200 à 300 francs de l'époque que sollicite Marchenoir.
10. Le docteur Albert Robin (1847-1928). Voir la Clé du *Désespéré*, p. 514. Dans le manuscrit du *Désespéré*, le personnage se nomme d'abord Corbin.

[V]

1. Surnom grec de Vénus.
2. Var. éd. Stock : « tels que < Paulus > » [de son vrai nom Jean-Paul Habans (1845-1908), il fut la première vedette du café-concert]. – Coquelin Cadet (1848-1908), l'un des comédiens les plus célèbres de son temps, auteur de livres « spirituels » – *Fariboles* (1882), *La Vie humoristique* (1883), *Le Rire* (1886)... –, est la cible de Bloy dans « Le Père des convalescents », article publié dans *Le Chat noir* le 2 février 1884, et repris dans les *Propos d'un entrepreneur de démolitions*.

[VI]

1. Variation sur la formule proverbiale : « La femme de César ne doit pas être soupçonnée. » C'est par cette célèbre formule que César justifia la répudiation de Pompeia son épouse, après que le jeune Clodius se fut introduit dans ses appartements, déguisé en femme. Voir Plutarque, *Vie de César*, 10, 9.
2. Allusion à la « décadence » française, dont le déclin du second Empire, la défaite de 1870 et la Commune furent pour beaucoup les révélateurs – ce qui permet de situer la fiction dans les années qui précèdent immédiatement la parution du roman.

[VII]

1. L'anecdote fait écho à l'épigraphe de « L'Eunuque » (*loc. cit.*) : « Paul BOURGET. – Enfin, Bloy, vous me détestez donc bien ? / Léon BLOY. – Non, mon ami, je vous méprise. / *Chez Barbey d'Aurevilly*, en 1882 ».
2. Paul Bourget fut promu à la Légion d'honneur en juillet 1885.
3. Substantif usité en ancien français au sens de « raillerie ». Il appartient au vocabulaire de la Vulgate, où le verbe *subsannare* désigne la dérision de Dieu à l'égard de ceux qui le défient, à la fin des temps (Ps. II, 4).
4. Villiers de L'Isle-Adam (1838-1889), avec lequel Bloy avait noué des relations amicales en 1884.
5. Victor Philippe Auguste, dit Totor (1881-1901). Villiers avait eu ce fils avec Marie Dantine, une servante illettrée.

[VIII]

1. Adjectif ironique signifiant ici « qui fait sa cour au public féminin ». Il est forgé sur « sigisbée », terme vieilli qui désigne un homme entourant une femme de soins assidus (de l'italien *cicisbeo*, « chevalier servant »).

2. Terme vieilli signifiant « écoulement ». Il est employé en particulier dans le vocabulaire médical (flueurs blanches, par exemple, était jadis synonyme de leucorrhée).

3. Vers tirés de *Edel*, VIII, 4 : « Je suis un homme né sur le tard d'une race,/ Et mon âme, à la fois exaspérée et lasse,/ Sur qui tous les aïeux pèsent étrangement/ Mêle le scepticisme à l'attendrissement » (*Poésies. 1876-1882*, Lemerre, 1887, p. 34). Le poète, qui aime Edel, prononce ces vers après avoir suivi la jeune femme dans une église et n'avoir pu s'unir à elle dans la prière.

4. Bloy transpose ici des souvenirs liés à la mort de Berthe Dumont. Voir la lettre du 7 juin 1885 aux Montchal : « Pour l'amour de ma pauvre Berthe, j'ai enduré des humiliations plus amères que la mort et des refus appuyés sur ceci que, quand on n'est pas riche, il est excessif et ridicule de ne pas se contenter de la *fosse commune*. Cela m'a été dit avec forces protestations d'amitié par deux hommes gorgés d'or, et j'ai failli devenir un assassin » (*Lettres aux Montchal, op. cit.*, p. 59).

5. Voir la même lettre : « Paul Bourget, qui pouvait, par un seul mouvement généreux, mettre fin à mon supplice, n'a pas voulu que je pusse lui reprocher de ne m'avoir rien donné, et il m'a donné des... conseils. Selon lui, je devrais, si j'avais du cœur et si j'étais juste, changer dès maintenant ma vie, faire le contraire de ce que j'ai toujours fait, devenir l'ami de tout le monde et surtout renoncer à l'*orgueilleuse* manie d'écrire avec originalité » (*ibid.*).

6. Var. éd. Stock et éd. Soirat : « en faisant < un livre > ».

[IX]

1. Le morceau qui commence ici est tiré d'un article intitulé « La Littérature du désespoir » composé en octobre 1885. Il était destiné à l'origine à *La Journée* où Bloy ne parvint à publier qu'un article, « Les Assommoirs héraldiques », le 1er décembre 1885.

2. Après avoir parcouru l'Europe en 1789, Nicolas Karamsine (1765-1826) publie les impressions nées de ce voyage dans ses *Lettres d'un voyageur russe*, ouvrage qui connaît un immense succès. En 1791, il fonde le *Journal de Moscou* puis, en 1802, le *Messager de l'Europe* où paraissent des nouvelles et des traductions. Entre 1806 et 1826, il compose une *Histoire de Russie* qui sera traduite dans toutes les langues. – Bloy a trouvé la citation de Karamsine dans l'avis au lecteur de *L'Autre Rive* [1850], essai révolutionnaire d'Alexandre Herzen édité, dans sa traduction française, à Genève en 1870 (Genève, Slatkine, 1980, p. 17). Cette citation est tirée d'une épître historico-politique de Karamsine composée en 1793 : *Mélodore à Philalète*. Herzen y a pratiqué plusieurs coupures. C'est vraisemblablement Huysmans qui a fait connaître ce texte à Bloy : il est cité dans une variante du manuscrit d'*À vau-l'eau* (fonds Lambert, ms. 15360, fol. 56). On sait par ailleurs que Huysmans avait lu *L'Autre Rive* en 1880, alors qu'il songeait à créer une revue hebdomadaire et naturaliste, destinée à faire, dans les lettres comme dans la politique, « un joli boucan » : « Et vive Herzen le Russe, père du nihilisme à qui nous tressons des couronnes ! – je suis en train de potasser ses ouvrages », écrit-il le 27 septembre à Théodore Hannon (*Lettres à Théodore Hannon*, édition présentée par Pierre Cogny et Christian Berg, Christian Pirot, 1985, 225).

3. Bloy exploite la vogue de la littérature russe déterminée par la publication des études d'Eugène Melchior de Vogüé dans la *Revue des Deux Mondes*, du 15 octobre 1883 au 15 mai 1886. Ces études furent réunies dans *Le Roman russe* qui parut chez Plon en 1886.

4. Alexandre Herzen, *L'Autre Rive*, chap. II « Après l'orage », *op. cit.*, p. 64. Ces lignes ont été composées au lendemain de la révolution de 1848.

5. En fondant un système religieux sur les progrès de l'esprit humain, le nouveau christianisme de Saint-Simon (1760-1825) prétend réaliser « la grande opération morale, poétique et scientifique qui doit déplacer le paradis terrestre et le transporter du passé dans l'avenir » (*Quelques opinions philosophiques à l'usage du XIXe siècle* [1817], in *Œuvres complètes*, t. V, Anthropos, 1966, p. 82).

6. Alexandre Herzen (1812-1870), écrivain et publiciste russe, d'inspiration socialiste et libertaire. Exilé en Sibérie pendant quatre ans, il quitta la Russie en 1846, se réfugia d'abord en France où il vécut la révolution de 1848, puis à Londres, où il publia régulièrement une revue, *La Cloche*, par laquelle il exerça une influence sur les milieux intellectuels européens.

7. Entendons « l'Évangile » : le mot grec *euangelion* signifie « bonne nouvelle ».

8. *L'Autre Rive*, chap. IV « Vinxerunt ! », *op. cit.*, p. 109.

9. Il s'agit peut-être d'une variation sur le thème pascalien des « pensées de derrière la tête ». Voir *Pensées*, éd. Brunschvicg, 310.

10. Ps. XXXIX, 2.

11. Fréquenté par le monde parisien, le *Café américain* était situé boulevard des Capucines, non loin du théâtre du Vaudeville. – *Tortoni*, autre café réputé, était situé à l'angle de la rue Taitbout et du boulevard des Italiens.

12. *Génie du christianisme*, deuxième partie, livre troisième, chap. IX, « Du vague des passions » (*op. cit.*, p. 714).

13. Type du réprouvé romantique sombre et solitaire, comme le fut René en France, le Manfred de Byron est torturé par le remords d'un crime inexpiable : son amour destructeur et fatal pour sa sœur Astarté.

14. Var. éd. Stock et éd. Soirat : « tels que Baudelaire, < Ackerman, Ernest Hello, Villiers de l'Isle-Adam, Verlaine, Huysmans ou Dostoïewski ?... > ».

15. Allusion au célèbre vers de Lamartine : « L'homme est un dieu tombé qui se souvient des cieux » (*Méditations poétiques*, « L'Homme »).

16. À cette époque, Lautréamont est encore très peu connu : publiés à Bruxelles en 1869, *Les Chants de Maldoror* parviennent à Bloy en 1884 par l'intermédiaire de Max Waller, directeur de *La Jeune Belgique*. Immédiatement séduit par l'œuvre, Bloy est l'un des premiers à le tirer de l'anonymat dans *Le Désespéré*, puis dans son article « Le Cabanon de Prométhée » (*La Plume*, 1er septembre 1890), repris dans *Belluaires et Porchers*, chap. I.

17. Bloy, en accréditant la folie de Lautréamont (1846-1870), s'attirera les foudres de Léon Genonceaux, dans la préface de son édition des *Chants de Maldoror* de 1890 : « M. Léon Bloy, dont la mission ici-bas consiste décidément à démolir tout le monde, les morts comme les vivants, [...] a sciemment fait de très mauvaise besogne : en effet, il résulte de l'enquête très approfondie que nous avons faite [...] que l'auteur des *Chants de Maldoror* n'est pas mort fou » (*op. cit.*, p. 336).

18. Déjà inusité à l'époque de Bloy, le mot est forgé sur le latin *conspectus*, « action de voir, vue, regard ».

[X]

1. Nous avons suivi les éditions antérieures à celle du Mercure de France en retenant la *lexio difficilior* : l'édition du Mercure porte « anormale ». – Anomal est un terme médical signifiant « qui présente des irrégularités ». On l'emploie, par exemple, pour parler des monstres.

2. Devenue un lieu commun, la célèbre formule de Pascal désignant l'homme (*Pensées*, éd. Brunschvicg, 347 et 348) fera l'objet de variations burlesques au cours du récit : « Rognon pensant » (p. 117) « roseau qui ne *pensait* pas encore » (p. 154)... Dans une lettre du 31 décembre 1885, Bloy écrit à Montchal : « Tu verras ce que j'ai mis à la place du Roseau pensant de Pascal qui commence à m'embêter depuis quelque temps » (*Lettres aux Montchal, op. cit.*, p. 123).

3. Dans son traité sur l'éducation des enfants, Plutarque affirme : « J'ai déjà vu des pères chez qui trop d'amour revient à n'en avoir pas » (*De l'éducation des enfants*, 13, in *Œuvres morales*, t. I, éd. Jean Sirinelli, Les Belles Lettres, 2003, p. 51).

4. Dans une lettre d'août 1874 à Dom Guéranger, Bloy écrit : « J'ai fait de très pauvres études. Mon malheureux père a été obligé de me retirer du collège de bonne heure, parce que je donnais des coups de couteau à mes petits camarades, – indice d'un naturel charmant » (cité par Joseph Bollery, *Léon Bloy*, t. I, *op. cit.*, p. 49-50).

[XI]

1. Néologisme dérivé de « pollicitation », « engagement contracté par quelqu'un, sans qu'il soit accepté par un autre ».
2. Bloy détourne ironiquement l'expression « terre de promission », qui désigne Chanaan, la terre promise par Yahvé aux Hébreux et, plus largement, un lieu où l'on désire vivre. Un ergastule, en effet, est un cachot.

[XII]

1. Engrais résultant du traitement d'excréments humains.
2. Chez les mystiques, le « don des larmes » ne relève pas seulement de l'*habitus*, il est, depuis le Moyen Âge où il a fait l'objet d'une réflexion théologique, le signe d'un charisme, d'une élection divine, d'une union avec le Christ dans sa Passion, avec Marie dans sa douleur. *Le Symbolisme de l'Apparition* (première partie, VI) évoque en particulier les larmes de Marie dont la dévotion « est comptée par les théologiens comme un des signes les plus assurés de prédestination » (*Œuvres*, t. X, *op. cit.*, p. 45). Une note de Bloy renvoie à l'ouvrage du père Faber, *Le Pied de la Croix ou les Douleurs de Marie* (Bray, 1858, p. 66 et suiv.), où celui-ci, s'appuyant sur le témoignage de saint Jean, assure que tous ceux qui ont la dévotion des larmes ont reçu des grâces particulières, comme le montrent, dit-il, les révélations de sainte Brigitte (livre VII), les visions de sainte Catherine de Bologne et, d'après les bollandistes, les vies de nombreux saints (*Œuvres*, t. X, *op. cit.*, p. 293).
3. Boa constricteur (vénéré par certaines tribus, à l'image des devins de l'Antiquité).
4. Gouffre de l'Attique où les Athéniens jetaient les criminels, dans l'Antiquité.
5. Dans sa lettre du 8 août 1882 à Maurice Rollinat, Bloy se présente ainsi : « Moi, le mélancolique de naissance, le mélancolique au berceau qui, au témoignage de ma mère, n'ai jamais poussé un de ces cris dont les petits enfants remplissent la maison et qu'on retrouvait après de longues heures, dans un coin sombre, noyé de grandes larmes silencieuses dont on ne savait pas la cause, moi qui ai traversé toute l'enfance dans une brume de ces mêmes larmes [...] » (cité par Joseph Bollery, *Léon Bloy*, t. II, *op. cit.*, p. 21).
6. Sainte Madeleine (ou Marie-Madeleine) de Pazzi (1566-1607), carmélite italienne, s'assujettit à une extrême austérité, vivant d'extases mystiques et de mortifications permanentes.
7. Allusion à Gen. XXIV, 11-15 : Éliézer, le serviteur qu'Abraham a envoyé chercher en Mésopotamie une épouse pour son fils Isaac, rencontre Rebecca près de la fontaine où il donne à boire à ses chameaux.

[XIII]

1. Vieilli pour « assimilation spontanée, intuitive ». Le mot est un composé savant de *intus*, « dedans », et de *susceptio* qui, dans le latin ecclésiastique, désigne l'admission aux sacrements. Jacques Maritain, dans *Les Degrés du savoir*, évoquera cet ordre de l'amour divin qu'il faut considérer « dans la réalité absolument propre de l'immatérielle intussusception par laquelle l'autre en moi devient plus moi que moi-même » (Desclée de Brouwer, 1932, p. 734).

2. Voir la vision de l'enfer dans *Rusbrock l'Admirable. Œuvres choisies*, trad. d'Ernest Hello, chap. IV, ou dans *Les Révélations célestes de Sainte Brigitte de Suède*, livre IV, chap. VII.

3. Les quatre consonnes hébraïques qui forment le nom de Dieu.

4. Luc. XXI, 28.

5. Allusion au *Pater Noster* : « Adveniat regnum tuum/ fiat voluntas tua/ sicut in caelo et in terrâ », « Que votre règne vienne/ que votre volonté soit faite/ sur la terre comme au ciel ».

6. Le plus haut massif pyrénéen.

7. Le mot désigne ici le Christ en tant que Personne divine considérée, dans le dogme chrétien, comme substantiellement distincte du Père et du Saint-Esprit.

[XIV]

1. Prière de la vie chrétienne contenant les principaux articles de la foi. Selon une antique tradition, ce symbole (*i.e.* « signe de reconnaissance ») a été composé par les Apôtres avant leur dispersion, puis modifié au concile de Nicée (325). C'est la profession de foi qu'on récite à l'office.

2. Claude Bernard, dit « le Pauvre Prêtre » (1588-1641), se consacra au service des pauvres, des malades et des condamnés, comme Vincent de Paul, son ami. Exerçant à l'Hôtel-Dieu et à la Charité, il se livra à une active prédication. Il fonda en 1638 le séminaire des Trente-Trois sur la montagne Sainte-Geneviève.

3. L'abbé René Tardif de Moidrey (1828-1879), prédicateur assomptionniste, auteur d'une introduction au Livre de Ruth (Bruxelles, Haenen, 1872), que Claudel estimera assez pour la rééditer en 1937. En 1877, Tardif de Moidrey initia Bloy à l'exégèse symbolique et lui fit partager sa ferveur pour La Salette, où ils se rendirent en pèlerinage en 1879. Tardif de Moidrey y mourut trois semaines plus tard. Il fut le principal inspirateur du *Symbolisme de l'Apparition* (1925, posth.). Dans sa lettre du 27 septembre 1884 à Louis Montchal, Bloy présente l'assomptionniste comme « le seul prêtre vraiment supérieur par l'âme et par l'esprit, qu'il [lui] ait été donné de rencontrer, homme admirable

dont l'extraordinaire mort a été une des plus grandes douleurs de [sa] vie » (*Lettres aux Montchal, op. cit.*, p. 22).
4. Formule empruntée à Matth. V, 13, reprise par la liturgie, lors de la lecture de l'Évangile, dans cet office qu'on nomme le Commun des Docteurs, « commun » désignant ici un office particulier, dédié à certaines personnalités de l'Église.
5. C'est ainsi que Jésus désigne ses disciples. Voir Joan. VIII, 12.
6. Néologisme calqué sur le latin *obduratio*, « endurcissement ».
7. Luc. XXIII, 34.
8. Var. éd. Stock et éd. Soirat : « haine sans merci, haine punique < à > l'imagination, < à > l'invention, < à > la fantaisie, < à > l'originalité, < à > toutes les indépendances du talent ».

[XV]

1. Néologisme dérivé d'« épiphonème », terme de rhétorique qui désigne une exclamation d'un tour vif, par laquelle on achève un récit pour en tirer une leçon.
2. Balzac, *Les Chouans*, chap. II : « Les hommes, voyez-vous, sont comme les nèfles, ils mûrissent sur la paille » (*La Comédie humaine*, t. VIII, Gallimard, « Bibliothèque de la Pléiade », 1977, p. 1023). *Le Dernier Chouan ou la Bretagne en 1800* est une œuvre de jeunesse de Balzac, parue en 1829. Celui-ci en donnera cependant deux nouvelles éditions remaniées en 1834, puis en 1845, à la fin de sa vie, l'ouvrage s'intitulant désormais *Les Chouans ou la Bretagne en 1799* (*La Comédie humaine*, t. XIII, éd. Furne, 1846).
3. Eccli. VI, 16 : « Un ami fidèle est un élixir de vie ».

[XVI]

1. Adjectif formé sur le nom de Cupidon, dieu de l'amour physique.
2. Familier et vieux pour « niais ».
3. Tendance à se comporter en adolescent naïf et sentimental (terme inspiré par le personnage de Chérubin dans *Le Mariage de Figaro* de Beaumarchais).
4. Odeur forte et âcre que dégagent certaines substances organiques sous l'action du feu.
5. Var. éd. Stock et éd. Soirat : « fleur < détonnante > du cactus ».
6. Voir Prov. XXVI, 11 : « Comme le chien retourne à son vomissement, l'insensé revient à sa folie. »
7. Gen. II, 18.
8. Var. éd. Stock et éd. Soirat : « de < M. > Zola ».
9. Vieux, pour « mépriser » (du latin *contemnere*).

[XVII]

1. Marchenoir, on l'apprendra un peu plus tard, a entrepris un ouvrage intitulé *Le Symbolisme de l'histoire*. Voir note 9 [XXIV], p. 421.
2. Var. éd. Soirat : « l'aumône < à Des Bois > ».
3. En 1885, après la publication de *Cruelle Énigme*, Bourget se vit décerner le prix Vitet par l'Académie française. Il reçut alors une substantielle gratification financière.

[XVIII]

1. Personnage inspiré principalement de Louis Montchal (1853-1927). Voir la Clé du *Désespéré*, p. 521. Le premier nom du personnage, dans le brouillon du *Désespéré*, était Georges Bouchard.
2. Le festin de Trimalcion est un des épisodes les plus célèbres du *Satiricon* de Pétrone, où sont décrites les mœurs des riches Romains de la décadence.
3. Bloy ne rencontre Louis Montchal qu'en 1884. Il utilise ici des souvenirs de son amitié plus ancienne pour Georges Landry (*cf.* le prénom du personnage). Sur cet autre ami de l'écrivain, voir ses *Lettres de jeunesse* (Édouard Joseph, 1920).
4. Nouvel indice temporel qui situe le roman, de façon plus précise, en 1883.
5. Voir note 2 [III], p. 409.
6. L'adjectif, qui appartient au vocabulaire de la pathologie, signifie « qui dégage une odeur de pourri » (Littré).

[XIX]

1. Voyager (du latin *perambulare* formé de *per*, « à travers », et *ambulare*, « aller et venir »).
2. Ps. XXIV, 16. L'Ancien Testament donne souvent à Dieu le nom de « Yahvé Sabaoth », qui signifie « Seigneur des Armées ».
3. Bloy puise dans de douloureux souvenirs : il songe ici à Henriette Vilmont, qui fut sa maîtresse de l'automne 1882 jusqu'à ce qu'elle meure de la tuberculose le 3 juin 1883. Voir la Chronologie, p. 527.
4. Ces détails terribles sont exacts. Voir la lettre de Bloy à Firmin Boissin datée du 16 mai 1886 : « J'ai disputé aux carabins de l'amphithéâtre le cadavre déjà éventré d'une pauvre fille qui m'avait aimé et que je n'avais pu sauver de la sollicitude de M. Quentin » (voir *Bulletin de la société des études bloyennes*, n° 9, juillet 1990, p. 31).

[XX]

1. Bloy transpose ici des souvenirs de Berthe Dumont (1857-1885), ouvrière doreuse rencontrée en janvier 1884, avec laquelle il s'était installé à Asnières, puis à Fontenay-aux-Roses, et qui était morte subitement le 11 mai 1885 dans une crise de tétanos. L'écrivain modifie les circonstances de sa mort, dont il s'inspirera pour décrire l'agonie de Marchenoir.

2. Dormitation est calqué sur le latin de la Vulgate où *dormitatio* signifie « action de dormir, somme ». L'adjectif « cathédrale » est à prendre au sens étymologique de « qui se rapporte à un siège » (du latin *cathedra*, « chaise à dossier »).

3. Emploi métaphorique teinté d'ironie : l'éditeur, comme le souteneur, propose au public une marchandise. L'image prend tout son sens si l'on considère que Marchenoir, après avoir sauvé Véronique de la prostitution, sera fier d'elle « autant que d'un beau livre qu'il eût écrit » (voir p. 148).

4. Voir note 18 [IX], p. 414.

5. La naissance de cet enfant est une pure fiction. Elle révèle cependant un désir profond de Bloy. Voir par exemple sa lettre du 15 mars 1886 à Montchal : « Je suis affligé d'une maladie extrêmement douloureuse : le désir de *paternité*. C'est une véritable famine. Quand je vais chez mon bon ami Villiers je passe des heures à dévorer son petit garçon... » (*Lettres aux Montchal, op. cit.*, p. 155). Du reste, cet épisode a quelque chose de prémonitoire : le 4 juillet 1888, un an et demi après la parution du *Désespéré*, Bloy aura un fils, Maurice Léon, de sa maîtresse de l'époque, Eugénie Pasdeloup, rencontrée en 1885, après la mort de Berthe Dumont.

6. Adjectif forgé sur le latin *procella* : « tempête, orage ».

7. Var. éd. Stock, éd. Soirat et éd. Crès : « < Lorsqu'après > ».

[XXI]

1. Var. éd. Stock et éd. Soirat (phrase supprimée dans les éditions postérieures) : « Pour employer une image extravagante et monstrueuse, ce dévouement était comme l'appendice génital de la supériorité virile de Marchenoir, probablement inféconde, sans ce testicule providentiel ! »

2. Le dictame est une plante aromatique servant à guérir des blessures ; l'électuaire, une préparation médicinale à base de poudres, d'extraits végétaux et de miel. Ces termes sont employés métaphoriquement pour désigner ce qui apaise la douleur morale.

3. Bloy, qui avait séjourné à la Grande Trappe de Soligny à l'automne 1877, puis au cours de l'été 1878, lui avait consacré à son retour un article intitulé « La Maison-Dieu ». Cet article avait paru en deux parties dans *Le Foyer illustré*, les 4 et 25 janvier 1879.

4. Voir la Clé du *Désespéré*, p. 513 et la Chronologie, p. 534. Le personnage change plusieurs fois de nom dans le brouillon du *Désespéré*, où il s'appelle d'abord Henriette Pichard, puis Henriette Brulalique ou Brulelique, les ratures du manuscrit rendant cette leçon incertaine. Ce dernier prénom est celui de l'une des maîtresses de Bloy, Henriette Vilmont (voir note 3 [XIX], p. 418).

5. Bloy emploie ce mot au sens, attesté en ancien français, de « fille non mariée » (avec l'idée de fille facile, débauchée).

6. Le Géant des tempêtes, personnage de l'épopée de Camoëns *Les Lusiades* (1572), qui empêche Vasco de Gama de franchir le cap dont il est le gardien.

[XXII]

1. Faut-il voir dans cette image une réminiscence hugolienne ? Dans *Notre-Dame de Paris* (livre II, chap. III, « Besos para golpes »), Hugo évoque « la chevelure de la "salamandre" » qu'est Esméralda, « surnaturelle créature » aux « yeux de flamme » (*Œuvres complètes*, t. IV, éd. Jean Massin, Club français du livre, 1967, p. 61). – La salamandre est par ailleurs un motif héraldique souvent représenté dans les blasons. Elle est dite « en abîme » lorsqu'elle occupe le point central de l'écu, c'est-à-dire, en l'occurrence, le cœur du brasier dans lequel vit l'animal fabuleux, figure de l'esprit du feu que l'on peut mettre ici en rapport avec le Saint-Esprit.

2. À la fin du XIXe siècle, cette rue a été partagée entre la rue Falguière et la rue de Castagnary, dans le XVe arrondissement. Ce quartier, dans les années 1880, était encore peu bâti.

[XXIII]

1. « Qui prend part à la douleur d'autrui. » On dirait normalement « condoléant ». Bloy a forgé directement cet adjectif à partir du latin liturgique *condolens* (que l'on trouve par exemple dans l'hymne du premier dimanche de l'Avent : « Christe [...] qui condolens interitu mortis perire saeculum », « Christ [...] voyant le monde empli de morts, dans ton Amour tu prends pitié »).

2. Var. éd. Soirat : « < le > misérable ».

3. Il semble que Bloy, selon son habitude, dramatise et intensifie – au point de lui donner de curieux accents augustiniens – le commentaire lapidaire de saint Thomas d'Aquin à propos de I Cor. IX, 24 (« Ne savez-vous pas que, quand on court, tous courent, mais un seul remporte le prix ») : « In primo notatur conditio viatorum, in secundo multitudo vocatorum, in tertio paucitas electorum », « En premier lieu, nous trouvons notée ici notre condition de voyageurs pour faire notre salut, en second lieu, la multitude de ceux qui sont appelés, en troisième lieu, le petit nombre des élus. » (*Commentaire de la première épître de saint Paul aux Corinthiens*, chap. IX, 5ᵉ leçon, trad. de l'abbé Bralé, Vivès, 1870, p. 328).

4. Joan. X, 11.

5. Terme d'ancienne jurisprudence criminelle : « déshonneur, note d'infamie ».

6. Allusion probable au catéchisme rédigé dès 1566 à la suite du concile de Trente, qui décrit la géhenne comme « une prison affreuse et obscure, où les âmes des damnés sont tourmentées avec les esprits immondes par un feu perpétuel » (première partie, chap. VI, § 1). Ce catéchisme précise en outre : « Si, de tous les tourments, le plus sensible et le plus douloureux est celui du feu, et si, d'autre part, on ajoute à cela que ces tourments n'auront jamais de fin, on demeurera convaincu que la punition des damnés est le comble de tous les châtiments » (première partie, chap. VIII, § 6).

[XXIV]

1. Var. éd. Stock, éd. Soirat et éd. Crès : « que je ne croyais, < certes pas, > aimer ».

2. Bloy a effectivement perdu son frère Albert, né en 1856, à l'âge de trois ans. Mais sa mère mourra beaucoup plus tard, le 18 novembre 1877.

3. Locution de marine, signifiant « fuir à pleines voiles, pour éviter un combat ».

4. *Les Pères du désert* rapportent la vie de cette sainte des premiers siècles du christianisme, qui fut d'abord une courtisane d'Alexandrie avant de mener une vie ascétique et solitaire pour expier ses fautes.

5. Voir note 2 [XI], p. 415.

6. Allusion à l'une des trois paraboles de la miséricorde (Luc. XV, 8-10).

7. Allusion aux paroles de Jésus à ses disciples : « Ne jetez point vos perles devant les pourceaux » (Matth. VII, 6).

8. Synonyme vieilli de taudis.

9. Ce livre, que Marchenoir achèvera avant de mourir, est la transposition fictionnelle de l'ouvrage apologétique entrepris par Bloy en 1879 lors de son pèlerinage à La Salette : *Le Symbolisme de l'Apparition* (voir note 3 [XIV], p. 416).

10. Néologisme constitué du grec *hieros*, « sacré, saint », et de « graphie », substantif dérivé du verbe *graphein*, « écrire ».

11. Insurrection des Parisiens, le 18 mars 1871, à la suite de la décision du gouvernement Thiers de leur retirer leurs armes et leurs canons. Ce fut le début de la Commune de Paris.

12. Var. éd. Stock et éd. Soirat : « de < douleur > ».

[XXV]

1. Après avoir séjourné à la Grande Chartreuse du 20 novembre au 9 décembre 1882, Bloy écrivit sur le monastère un article inédit – destiné à l'origine à la *Revue du monde catholique* – dont il utilise ici la matière. Cependant, l'écrivain ne tire pas seulement son information de ses souvenirs. Il puise aussi dans l'ouvrage du père Cyprien Marie Boutrais, *La Grande Chartreuse par un chartreux* (Grenoble, Auguste Côte, 1881).

2. Var. éd. Soirat : « de la < Prière > ».

3. *Exhortation à la pratique des vertus* [manuscrit attribué à un chartreux de la fin du XVIe siècle, dom Jérôme Marchand]. Cité dans *La Grande Chartreuse par un chartreux*, *op. cit.*, p. 380.

4. Allusion à Matth. XVII, 20 et I Cor. XIII, 2.

5. La formule figure dans les bulles d'Alexandre IV et de Pie II (*Bullarium Cartusiense*, fol. 9 et 43). Cité dans *La Grande Chartreuse par un chartreux*, *op. cit.*, p. 250.

6. Le père Cyprien Marie Boutrais. Ce passage n'est pas une citation littérale mais une recomposition d'un extrait de *La Grande Chartreuse par un chartreux*, *op. cit.*, p. 246-252. Voir Documents, p. 485-488.

7. Var. éd. Stock : « de la < curiosité > ».

8. Anecdote rapportée dans *La Grande Chartreuse par un chartreux*, *op. cit.*, p. 51 : Dieu serait apparu en songe à saint Hugues, évêque de Grenoble, et lui aurait désigné l'emplacement du monastère, au moment même où saint Bruno et ses compagnons arrivaient en Dauphiné pour s'y établir.

9. Ps. XCVII, 4 et 6 : « Chantez avec joie les louanges de Dieu, vous tous habitants de la terre [...]. Faites retentir de saints transports de joie, en présence du Seigneur votre Roi ! »

10. Saint Bernard rendit visite au vénérable Guigues, cinquième prieur de la Grande Chartreuse, en 1126. *La Grande Chartreuse par un chartreux*, *op. cit.*, p. 50.

11. Saint François de Sales, évêque de Genève, rendit visite au père général Bruno d'Affringues, après avoir prêché à Grenoble l'Avent et le Carême, en 1618. *Ibid.*, p. 131.

12. Var. éd. Stock, éd. Soirat et éd. Crès : « du < Christianisme > ».

13. Nous suivons la leçon des trois éditions antérieures à celle du Mercure de France dans laquelle l'article défini qui précède « Vierge » a été omis, vraisemblablement par erreur.

14. Le père Charles de Condren (1588-1641) succéda en 1627 au cardinal de Bérulle comme général de la congrégation de l'Oratoire.

15. Anecdote tirée de l'*Histoire de sainte Chantal*, par l'abbé Louis Émile Bougaud (Lecoffre, 1861, t. II, p. 63). Cité dans *La Grande Chartreuse par un chartreux*, *op. cit.*, p. 374.

16. Luc. XX, 36.

17. Apoc. XX, 6.

18. *Vie du père Charles de Condren, second supérieur général de la congrégation de l'Oratoire de Jésus*, composée par un prêtre [l'abbé Denis Amelote], S. Huré, 1657, p. 362. Cité dans *La Grande Chartreuse par un chartreux*, *op. cit.*, p. 376-377.
19. Job III, 1.
20. Luc. XX, 32-33.

[XXVI]

1. Le 30 janvier 1132. *La Grande Chartreuse par un chartreux*, *op. cit.*, p. 52.
2. La Grande Chartreuse fut saccagée par les soldats du baron des Adrets, chef des huguenots dauphinois, le 5 juin 1562 (*ibid.*, p. 108-109). Le monastère fut à nouveau vandalisé à la suite de l'occupation des troupes révolutionnaires qui commença le 21 mai 1792 (*ibid.*, p. 172-173).
3. Tous ces incendies sont mentionnés dans *La Grande Chartreuse par un chartreux* : le premier a lieu en mai 1320 (*ibid.*, p. 63) ; le deuxième, pendant l'été 1371 (*ibid.*, p. 77) ; le troisième, fin octobre 1473 (*ibid.*, p. 99) ; le quatrième, en 1509 (*ibid.*, p. 143) ; le cinquième, le 5 juin 1562 (*ibid.*, p. 109) ; le sixième, vers la fin de 1588 (*ibid.*, p. 124) ; le septième, le 31 octobre 1592 (*ibid.*, p. 124) ; le huitième, le 9 avril 1676 (*ibid.*, p. 141).
4. Matth. V, 3-10.
5. Le décret de fermeture fut adopté le 16 août 1792 et fut appliqué « le lendemain de l'octave de la fête de [...] saint Bruno (14 oct.) ». *La Grande Chartreuse par un chartreux*, *op. cit.*, p. 176.
6. Par le père général Romuald Moissonier, quelques semaines après l'ordonnance du 27 avril 1816 permettant la réouverture (*ibid.*, p. 198-199).
7. La formulation de cette « loi transcendante » a contribué à la notoriété de Joseph de Maistre au XIXe siècle. Voir les *Considérations sur la France* (chap. III) et *Les Soirées de Saint-Pétersbourg* (neuvième entretien), où le penseur savoisien expose ce « dogme universel et aussi ancien que le monde, *de la réversibilité des douleurs de l'innocence au profit des coupables* » (*Œuvres complètes*, t. I, Lyon, Vitte, 1884-1886., p. 38).
8. Matth X, 26.
9. Paragraphe démarqué de *La Grande Chartreuse par un chartreux*, *op. cit.*, p. 190.
10. Eustache Lesueur (1616-1655) a peint, en vingt-deux tableaux, la vie de saint Bruno. Ces tableaux sont aujourd'hui au Louvre.
11. *Mémoires d'outre-tombe*, livre dix-septième, chap. V, éd. Jean-Claude Berchet, Bordas, « Classiques Garnier », 1989-1998, t. II, p. 197-198.

12. Paragraphe inspiré par les réflexions du père Cyprien Marie Boutrais sur la vie des solitaires, au chapitre V de *La Grande Chartreuse par un chartreux*, *op. cit.*, p. 366-369.

13. Ps. CXX, 1 : « J'ai levé les yeux vers les montagnes,/ d'où me doit venir du secours ».

14. Les deux frères Tiberius et Caius Sempronius Gracchus, célèbres tribuns de la plèbe à Rome, le premier en 133 avant J.-C., le second en 123-121.

15. Le mot, dans un emploi vieilli, désigne des « traits d'arbalète » et, par métaphore, dans la langue littéraire, des « traits de foudre ».

16. Bloy s'inspire du père Cyprien Marie Boutrais (1837-1900), qui l'a accueilli à la Grande Chartreuse en novembre 1882, mais il se souvient aussi du père Roger, qui a accompagné sa retraite lors de son second séjour à la Trappe en 1878. Voir la Clé du *Désespéré*, p. 508.

17. Var. éd. Stock et éd. Soirat : « la < fantaisie > ».

18. Bloy transpose ici les propos que lui a tenus le père Roger lors de son second séjour à la Grande Trappe de Soligny. Voir la lettre du 14 juin 1878 à Anne-Marie Roulé : « Hier soir, j'ai vu le père Roger qui m'a parlé très sérieusement de ma situation. Il m'a dit : J'ai toujours désiré que vous vous déterminassiez à rester pour votre vie à la Trappe. Tel que je vous connais, c'est encore le plus sûr moyen de faire votre salut. Vous êtes *si orgueilleux* et *si libertin* que vous aurez toutes les peines du monde à vivre chrétiennement hors d'ici. Cependant, je ne veux pas vous retenir. Je vois très bien que votre cœur vous entraîne d'un autre côté. Vous êtes amoureux, mon pauvre enfant, cela se voit dans tout ce que vous dites et j'en suis très effrayé pour vous, car je ne sais pas comment vous pourrez ne pas retomber dans le mal aussitôt que vous serez rapproché de cette personne. Il y aurait bien un remède à tout. Ce serait le mariage. Je ne vous le conseille pas, mais cependant cela vaudrait mieux que de vivre dans une perpétuelle occasion de péché mortel, puisque vous aimez cette personne de tout votre cœur et qu'il vous est impossible de vous en séparer. J'ai la ferme confiance que vos affaires s'arrangeront. Dieu ne vous abandonnera pas, si vous mettez votre confiance en lui. Priez et priez sans cesse » (*Lettres à Véronique*, Desclée de Brouwer, 1933, p. 69-70).

19. La tunique empoisonnée trempé du sang du centaure Nessus. Blessé à mort par Hercule, celui-ci en fit don à Déjanire, l'épouse du héros dont il était amoureux. Trompée par ce présent, Déjanire en revêtit Hercule qui fut alors dévoré d'un feu inextinguible. Voir les *Métamorphoses* d'Ovide, livre XII.

[XXVII]

1. Comme Marie l'Égyptienne (voir note 4 [XXIV], p. 421), sainte Thaïs et sainte Pélagie, qui vécurent au IVe siècle, sont deux courtisanes converties, dont la vie de pénitence est racontée dans *Les Pères du désert*.

2. Voir Matth. X, 16 : « Soyez donc prudents comme des serpents et simples comme des colombes. »

3. Prov. III, 32 : « [...] tous les trompeurs sont en abomination au Seigneur, et [...] il communique ses secrets aux simples. »

4. Création nouvelle quasi miraculeuse, où semble intervenir une grâce sanctifiante. C'est dans un sens voisin que Teilhard de Chardin emploiera ce terme.

5. Var. éd. Stock, éd. Soirat et éd. Crès : « à la < Tête > écrasée ». – Voir Gen. III, 15, où Dieu s'adresse au serpent en ces termes : « Je mettrai une intimité entre toi et la femme, entre sa race et la tienne. Elle te brisera la tête, et tu tâcheras de la mordre par le talon. »

6. Dans cet emploi adjectival aujourd'hui abandonné, le terme garde son sens étymologique : « qui a le cuir épais »

[XXVIII]

1. Var. éd. Stock et éd. Soirat : « Impossible d'épouser la femme qu'il aimait, < impossible et hideux d'en faire sa maîtresse >, impossible surtout de vivre sans elle. »

2. Qui n'est pas d'obligation et, par extension, qui est ajouté sans nécessité (du latin chrétien *supererogatorius*, caractérisant des œuvres non commandées, en matière de dévotion).

3. Nymphe des îles Fortunées, dans la mythologie grecque. Elle fut enlevée par Zéphir, qui l'épousa, la conserva dans l'éclat de la jeunesse et lui donna l'empire des fleurs. Ce personnage est lié au *topos* élégiaque du *locus amoenus*.

4. Autre nom de l'engoulevent, oiseau nocturne qui attrape et avale les insectes au vol.

5. Var. éd. Stock, éd. Soirat et éd. Crès : « fort amère < ! > ».

6. Voir note 2 [X], p. 414.

7. Séduisantes. Adjectif formé sur le verbe de l'ancien français *alicier*, « attirer, séduire ».

8. Var. éd. Stock, éd. Soirat et éd. Crès : « comme il en avait tant < connues > ! ».

9. Var. éd. Stock : « les attres de la < jalousie > ».

[XXIX]

1. Var. éd. Stock, éd. Soirat et éd. Crès : « cet < office > célèbre ».

2. Var. éd. Stock, éd. Soirat et éd. Crès : « d'un < exil > terrestre »

3. Ceux qui récitent, chantent et étudient les hymnes.

4. Denys le Chartreux (1402-1471), théologien et mystique belge. Il entra chez les chartreux de Ruremonde en 1423 et composa son traité *De contemplatione* entre 1440 et 1445.

5. Bloy reprend dans ce paragraphe certaines formules du père Cyprien Marie Boutrais consacrées à la contemplation, au chapitre V de *La Grande Chartreuse par un chartreux*, *op. cit.*, p. 361-362.

6. Ami de Bloy qui l'a placé aux côtés de Barbey d'Aurevilly et de Verlaine dans *Un brelan d'excommuniés* (1888), Ernest Hello (1828-1885) est l'auteur d'ouvrages polémiques et apologétiques : *M. Renan, l'Allemagne et l'athéisme au XIXe siècle* (1858), *L'Homme* (1872), *Les Plateaux de la balance* (1880), ainsi que de traductions des mystiques (*Le Livre des visions de la bienheureuse Angèle de Foligno* [1868], *Rusbrock l'Admirable. Œuvres choisies* [1869]). Bloy, qui cite l'Introduction de ce dernier ouvrage, prend quelques libertés avec le texte original : « L'attendrissement – écrit Hello – grandit avec la hauteur, et quand le contemplateur ne peut plus dire ce qu'il voit, parce que la parole manque, son enseignement est plus profond ce jour-là qu'à l'ordinaire. / L'auditeur sent que ce n'est pas son objet qui a fait défaut à la parole, mais la parole qui a fait défaut à son objet, et le silence du contemplateur devient l'ombre substantielle des choses qu'il ne dit pas » (Poussielgue, 1869, p. XIII).

7. *Ibid.*, p. X.

8. Ce capitaine huguenot pilla la chartreuse de Bonnefoy en Ardèche et massacra trois religieux, dont le prieur, le 23 août 1569.

9. Anecdote reprise textuellement de *La Grande Chartreuse par un chartreux*, *op. cit.*, p. 107.

10. Var. éd. Stock, éd. Soirat et éd. Crès : « de l'éternelle < beauté > ».

11. Ps. XVIII, 2.

12. Job XXXV, 10 : « [...] Dieu qui fait éclater dans la nuit les chants d'allégresse. »

13. Cant. I, 4.

14. Employé en un sens religieux dans cette construction intransitive, le verbe signifie « réparer l'offense que constitue le péché ». Selon le Catéchisme du concile de Trente, c'est « le paiement intégral d'une dette », définition dont se souviendra Joseph de Maistre dans sa conception de la réversibilité (voir note 7 [XXVI], p. 423).

15. *Pensées*, « Le Mystère de Jésus », éd. Brunschvicg, 553.

16. Var. éd. Stock, éd. Soirat et éd. Crès : « du < Sang > du Christ ».

17. II Mach. VII, 6. Le « cantique » de Moïse est le Deutéronome (voir Deut. XXXII, 36).

18. Var. éd. Stock, éd. Soirat et éd. Crès : « le < maître > de la Colère, le < maître > du Pardon ». – Job. XXVI, 11, et II Mach. VII, 6.

19. I Cor. XV, 21 (« per hominem ressurectio mortuorum »), et Col. I, 18 (« primogenitus ex mortuis »).

20. Is. IX, 6.

21. Cette désignation des anges, extrapolée à partir d'une expression du Livre de Job (Job XXVI, 11), se trouve dans les *Moralia in Job* de Grégoire le Grand, livre 17, n° XXIX, 42.

22. On trouve ce nom dans les *Litanies du Saint Nom de Jésus*. C'est sans doute saint Bernardin de Sienne et saint Jean de Capistran, tous deux franciscains, qui composèrent ces litanies, lesquelles ne furent approuvées qu'en 1862 par Pie IX. Elles figurèrent alors dans le missel parmi les prières du matin.

23. Luc. XXII, 44 (« Et factus est sudor ejus, sicut guttae sanguinis decurrentis in terram »).

24. Joan. II, 10.

25. Luc. XXII, 43.

[XXX]

1. Voir Jean Moschus, *Le Pré spirituel* (chap. CLII), où est relaté cet épisode de la vie de Marcel de Scété : « Le même abbé Marcel nous raconta comme s'il s'était agi d'un autre moine établi à Scété (mais c'était lui), qu'une nuit il se leva pour faire l'office. Comme il commençait l'office, il entendit la voix comme d'une trompette guerrière ; le moine en fut troublé et il se dit en lui-même : D'où vient cette voix ? Il n'y a pas ici de soldats, et pas non plus de guerre. Et comme il réfléchissait aussi, voilà que le démon s'approche de lui et lui dit : "Si, il y a la guerre. Si tu ne veux pas faire la guerre et qu'on te la fasse, va-t-en dormir, et tu ne seras pas attaqué". » (éd. Marie-Joseph Rouët de Journel, Cerf, « Sources chrétiennes », n° 12, 1946, p. 205).

2. Voir note 7 [XXVI], p. 423.

3. Marc. V, 41.

4. *Iliade*, chant I, 34. Leconte de Lisle, dans sa traduction (1866), restitue ainsi ce vers : « Et il allait, silencieux, le long du rivage de la mer aux bruits sans nombre ». Les éditeurs modernes traduisent plus exactement : « au bord de la mer tumultueuse ».

5. Var. éd. Stock, éd. Soirat et éd. Crès : « la < main > du Père céleste ».

6. On ne trouve rien de tel chez Pindare, même si celui-ci évoque, en célébrant Thétis, son « trait plus redoutable que la foudre ou que le trident monstrueux » (*Isthmiques*, VIII, v. 74-75, éd. Aimé Puech, Les Belles Lettres, 1923, p. 78). Bloy confond peut-être avec la description virgilienne de la fabrication de la foudre par les Cyclopes : « Tres imbris torti radios, tres nubis aquosae/ addiderant », « ils y avaient lié trois rayons de cette pluie qu'il brandit comme une arme, trois d'une nuée chargée d'eau » (*Énéide*, chant VIII, 429-430, éd. Jacques Perret, Les Belles Lettres, 1978, p. 135).

[XXXI]

1. Bloy ne semble pas faire allusion à un article déjà publié, mais il traitera ce thème, à propos du testament de la duchesse de Galliera, dans « Les Fanfares de la Charité » (*Gil Blas*, 24 décembre 1888 ; repris dans *Belluaires et Porchers*, chap. XXII), puis dans *Le Sang du Pauvre* (1909).

2. Féroce, par allusion à la persécution déclenchée par l'empereur Dioclétien contre les chrétiens en 303 : ce fut la plus dure que l'Église primitive eut à supporter.

3. Ce sera le poncif auquel Bloy fera un sort dans l'*Exégèse des lieux communs*, première série (Mercure de France, 1902).

4. Voir *Le Tartuffe*, acte I, scène 5.

5. Allusion à la lettre que Bloy reçut, en août 1877, après l'échec de sa tentative de conversion de Richepin. Celui-ci y écrivait : « Jusqu'au jour où vous serez assez sincère pour entrer dans les ordres ou aux Chartreux, je ne verrai en vous qu'un fanfaron de catholicisme, et je vous déclare que je ne prendrai jamais au sérieux les gens qui font les pitres devant l'Évangile » (cité par Joseph Bollery, *Léon Bloy*, t. II, *op. cit.*, p. 249).

6. Ce buste, don du comte de Châteauvillard en 1839, est décrit dans *La Grande Chartreuse par un chartreux*, *op. cit.*, p. 263. Bloy demandera au père Cyprien Marie Boutrais de lui envoyer une photographie de ce buste de la Mort.

7. Tiré de la Préface de la *Vie de dom L. de Lauzeray*, prieur de la chartreuse de Villeneuve-lez-Avignon, par dom S. Salvani (manuscrit de la chartreuse de Valbonne, cité dans *La Grande Chartreuse par un chartreux*, *op. cit.* p. 287). Le texte original porte « excellents escrits ».

8. Var. éd. Stock, éd. Soirat et éd. Crès : « la plénitude de < grâce > ».

9. Var. éd. Stock, éd. Soirat et éd. Crès : « la < vie > ».

10. Var. éd. Stock, éd. Soirat et éd. Crès : « des < catacombes > ».

11. Luc. XIX, 13.

12. Matth. XXV, 14-30.

13. Ce paragraphe reproduit presque littéralement une citation des *Sujets de méditations pour la retraite des religieuses chartreuses*, par dom Le Masson (Correrie, 1691, p. 72), que l'on trouve dans *La Grande Chartreuse par un chartreux*, *op. cit.*, p. 353-354.

[XXXII]

1. Var. éd. Stock, éd. Soirat et éd. Crès : « un < frère mort de la veille > ».

2. Ce poncif figurera dans l'*Exégèse des lieux communs*, première série, LXL, où l'on peut lire : « La Sacrée Congrégation des Rites, un des ulcères les plus noirs au flanc de la Papauté, exige coutumièrement des sommes immenses. Un procès en béatification coûte dans les deux cent mille francs. / Le Bourgeois est béatifié pour rien. Aussitôt qu'il commence à puer, les parents et amis déclarent qu'il est bienheureux tout simplement, c'est-à-dire de ne plus souffrir dans sa viande, car pour ce qui est de l'âme, il ne l'a jamais sentie » (*Œuvres*, t. VIII, *op. cit.*, p. 81).

3. Léon Gambetta (1838-1882), qui joua un rôle de première importance dans l'établissement de la IIIe République, était borgne. Ses funérailles avaient eu lieu le 7 janvier 1883.

4. Allusion à I Cor. II, 9.

5. Le 1er juin 1885, Victor Hugo fut inhumé en grande pompe au Panthéon.

6. *Mémoires d'outre-tombe*, livre neuvième, chap. III (*op. cit.*, t. I, p. 487).

7. Parodie d'un célèbre morceau de l'oraison funèbre d'Henriette-Anne d'Angleterre : « Madame se meurt ! Madame est morte ! Qui de nous ne se sentit frappé à ce coup [...] » (Bossuet, *Oraisons funèbres. Panégyriques*, éd. abbé Velat et Yvonne Champailler, Gallimard, « Bibliothèque de la Pléiade », 1961, p. 91).

8. Chanson de Jules Jouy, sur une musique de Louis Raynal, créée par Paulus en 1883.

9. Désignation ironique du Panthéon. En 1831, Hugo écrit dans *Notre-Dame de Paris*, livre III, chap. II, « Paris à vol d'oiseau » : « La Sainte-Geneviève de M. Soufflot est certainement le plus beau gâteau de Savoie qu'on ait jamais fait en pierre » (*op. cit.*, p. 109).

[XXXIII]

1. Voir note 2 [III], p. 409.

2. Michelet, figure de l'historiographie romantique, meurt le 9 février 1874. À la même époque, Fustel de Coulanges, Gabriel Monod, Taine promeuvent une histoire objective, aux techniques rigoureuses, qui inventorie, classe, compare et analyse des documents, avant d'établir synthétiquement les faits, sans recourir à des postulats métaphysiques.

3. Sainte Radegonde (v. 520-587), princesse de Thuringe, fut enlevée en 531 par Clotaire Ier qui l'épousa en 538. Après que son mari eut fait assassiner le frère qui partageait sa captivité, elle chercha refuge auprès de saint Médard, évêque de Noyon, qu'elle persuada de la consacrer à Dieu en 544. Elle fonda près de Poitiers le monastère de Sainte-Croix.

4. Chilpéric Ier (539-584), roi de Neustrie, fils de Clotaire Ier. – Frédegonde (v. 545-597), concubine de Chilpéric, qu'elle épousa après l'avoir poussé à assassiner sa femme Galswinthe en 568. La vengeance que Brunehaut, sœur de Galswinthe, exigea de son mari, le roi d'Austrasie Sigebert Ier, frère de Chilpéric, entraîna pendant près d'un demi-siècle un conflit entre les deux royaumes.

5. À l'époque mérovingienne, détenteurs d'un fief, attachés à la personne d'un roi ou d'un chef par un serment de fidélité.

6. Saint Germain (v. 496-576), évêque de Paris. – Saint Grégoire (v. 538-v. 594), évêque de Tours, auteur d'une *Histoire des Francs*. – Saint Prétextat (mort en 586), évêque de Rouen, exilé pour avoir béni le mariage de Brunehaut et Mérovée, puis rétabli et assassiné à l'instigation de Frédegonde. – Saint Médard (v. 456-v. 545), évêque de Noyon.

7. Galswinthe (v. 540-568), fille du roi des Wisigoths, épousa Chilpéric Ier en 566. – Sainte Agnès fut la première abbesse de Sainte-Croix, sainte Radegonde ayant refusé cette charge par humilité.

8. Venantius Fortunatus, plus connu sous le nom de saint Venance Fortunat (v. 530-600), fut évêque de Poitiers. Il est l'auteur de poèmes latins et d'une vie de sainte Radegonde.

9. Justinien Ier (482-565), empereur romain d'Orient en 527. – Bélisaire (v. 500-565), général byzantin, soutien de la politique de Justinien, dont les éclatants succès militaires et la popularité finirent par provoquer la disgrâce auprès de l'empereur.

10. Ce titre fictif fait songer à la *Revue historique* fondée en 1876 par Gabriel Monod, l'un des promoteurs de l'histoire positiviste. Toutefois, *Le Révélateur du Globe* ne fit l'objet d'aucune recension dans cette revue. L'ouvrage, qui ne retint guère l'attention de la critique, passa quasiment inaperçu. Le livre de presse de Bloy conservé aux archives et musée de la Littérature de Bruxelles mentionne moins d'une dizaine de comptes rendus dans des périodiques de second plan.

11. Ernest Renan (1823-1892), auteur d'une *Vie de Jésus* (1863) condamnée par l'Église, a déjà été la cible de Bloy dans un article consacré à ses « Souvenirs d'enfance et de jeunesse » (*Gil Blas*, 1er septembre 1883 ; repris dans les *Propos d'un entrepreneur de démolitions* sous le titre « Configuration du savantasse »). On peut y lire, à propos de la méthode de Renan : « C'est toujours un texte faible ou douteux, quelquefois moins encore, une imperceptible déviation paléographique, sur lesquels il construit, par la pointe, une pyramide d'objections capitales contre le christianisme [...]. Enfin, c'est toujours le même argument conjectural dans un néant supposé de toute certitude accompagné de miséricordieuse pitié pour les petites gens sans philologie qui s'en tiennent au bon sens et à la tradition » (*Œuvres*, t. II, *op. cit.*, p. 45).

12. Adjectif d'emploi littéraire, signifiant « dépourvu de vigueur, de piquant » (emprunté au latin *inermis*, « sans arme »).

13. L'allusion vise à l'évidence Louis Veuillot (1813-1883), rédacteur en chef de *L'Univers* de 1848 à sa mort, qui fit de ce journal l'organe du « parti catholique ». En 1874, Bloy fut l'éphémère collaborateur de *L'Univers*, où il publia quatre articles, avant d'être congédié par Veuillot, auquel il consacra, quelques années plus tard, une nécrologie vengeresse dans la *Nouvelle Revue* le 1er mai 1883 (article repris dans les *Propos d'un entrepreneur de démolitions* sous le titre « Les Obsèques de Caliban »). – L'« inerme brochure » sur les saintes mérovingiennes est peut-être une transposition fictionnelle de la Notice composée par Veuillot pour son édition revue et augmentée des *Vies des premières religieuses de la Visitation Sainte-Marie*, par la révérende Mère Madeleine-Françoise de Chaugy (Julien Lanier et Cie, 1852). Le père Cyprien Marie Boutrais, après avoir lu l'article de Bloy sur la Grande Chartreuse (voir note 1 [XXV], p. 422), lui avait en effet donné cet ouvrage en exemple – « Vous verrez quel genre doux, simple, aimable, *flore cum flentibus*. C'est là un grand talent » (lettre du 3 avril 1883, citée par Joseph Bollery, *Léon Bloy*, t. II, *op. cit.*, p. 47) –, provoquant la colère de l'écrivain, furieux de se voir proposer pour modèle une telle « platitude » (*ibid.*).

14. La plupart des articles réunis dans les *Propos d'un entrepreneur de démolitions* avaient été préalablement publiés dans *Le Chat noir* entre le 5 août 1882 et le 1er novembre 1884. Les réactions de la presse, sous la plume de journalistes qui figurent pour la plupart dans *Le Désespéré*, furent invariablement hostiles.

15. Var. éd. Soirat : « en débâcle et < *innavigable* > ».

16. Journal révolutionnaire au langage grossier et aux opinions radicales publié par Jacques René Hébert, de septembre 1790 à son exécution en mars 1794.

[XXXIV]

1. Mot forgé sur le latin *volutatio*, « action de rouler » (en parlant notamment des flots).

2. Var. éd. Stock : « < Saint > Paul ».

3. I Cor. XIII, 12. Le texte de saint Paul est cité et commenté dans le chapitre de *La Grande Chartreuse par un chartreux* consacré à la contemplation : « La contemplation, ici-bas, est aussi une imitation de la vie de Dieu ; faible imitation, dit l'Apôtre, *puisque nous ne voyons Dieu que dans un miroir et à travers les énigmes*. "Les essences et les images créées ne reproduisent et ne reflètent que bien imparfaitement et au milieu de beaucoup d'obscurités la nature divine, parce qu'elles ne montrent point ce que Dieu est, mais ce qu'il n'est pas ; elles ne disent point ce qu'il est, mais seulement qu'il est. Nous n'avons donc sur la terre qu'une ressemblance et une image de Dieu fort incomplètes et très obscures ; au milieu de ces ténèbres, cependant, resplendit quelque petit rayon de la lumière divine, tout comme on entrevoit un peu de vérité au milieu des secrets d'une énigme" [*Dionysius Cartusianus, in Epistolas Commentaria*, fol. 51] » (*op. cit.*, p. 358-359).

4. Ce titre désigne dans la Bible des textes venant en supplément aux Livres des Rois.

5. Voir I Cor. X, 11 : « Or, toutes ces choses qui leur arrivaient étaient des figures, et elles ont été écrites pour nous servir d'instruction à nous autres, qui touchons à la fin des temps. »

6. Sans doute Bossuet ne va-t-il pas jusqu'à dire que « tout est éclairci » – il reconnaît à plusieurs reprises l'existence de mystères –, mais son providentialisme ne fait pas de place à l'idée d'une « réserve eschatologique », ou d'une histoire du salut qui se développerait avec les épisodes du christianisme. Même dans le *Discours sur l'histoire universelle*, la providence ne prend jamais la forme d'un plan ou d'un développement d'ensemble. Dieu ne vise qu'à démontrer sa puissance dans la gloire de l'Église et dans l'humiliation des princes incroyants. Il donne des leçons à travers l'histoire, dont l'« ordre secret » n'est pas le tissu d'un sens en devenir, mais l'agencement d'un pouvoir qui « tient les rênes », même quand l'homme ne s'en aperçoit pas.

7. Var. éd. Stock : « de la < chartreuse > ».

8. Ce développement, qui se poursuit jusqu'à la fin de la section suivante, est tiré d'un article – « Du symbolisme en histoire » – publié grâce à Louis Montchal dans la *Revue de Genève*, le 25 mai 1886.

9. *Mare tenebrosum* : nom médiéval de l'océan Atlantique, vaste et sans limites, dans lequel les navires n'osent pas s'aventurer. – Ce passage fait écho au *Révélateur du Globe* où Bloy peint un Christophe Colomb incompris de ses contemporains, mais suscité providentiellement « en vue de préparer et de rendre tout à fait prochaine cette sainte et merveilleuse Unité que l'Écriture appelle "le désir des collines éternelles" » (*Œuvres*, t. I, *op. cit.*, p. 54).

[XXXV]

1. I Joan. II, 16.
2. Gen. I, 2.
3. Retournement ironique du « Fiat lux ! » de la Genèse (Gen. I, 3).
4. Allusion à saint Siméon le Stylite (v. 390-459). Cet ascète chrétien de la région d'Antioche s'installa au sommet d'une haute colonne où il resta perché pendant plusieurs années, menant une vie austère et évangélisant les foules de pèlerins, qui se mirent à affluer de diverses contrées du monde byzantin.
5. « Au moindre signe. » L'expression appartient au vocabulaire juridique, notamment pour désigner une décision instantanée et irrévocable.
6. Var. éd. Stock : « ou celui d' < amour > ».
7. Var. éd. Stock, éd. Soirat et éd. Crès : « un < seul geste > infini ».
8. Jérusalem fut prise par les croisés le 15 juillet 1099. – Le 23 mai 1618, des nobles protestants de Bohême se rendirent au château royal de Prague pour protester contre la fermeture d'un temple et jetèrent par la fenêtre

deux gouverneurs représentant le roi Matthias, ainsi qu'un secrétaire. Cette défenestration marqua le début de la guerre de Trente Ans.

9. Ezzelino III da Romano (1194-1259), dit « le Féroce » et « le petit Attila », est un *condottiere* italien, partisan des Gibelins, qui plia à son pouvoir cruel et meurtrier les villes dont il fut le tyran. – Christian de Brunswick ou Christian d'Halberstadt (1599-1626), évêque luthérien d'Halberstadt, se rendit célèbre, pendant la guerre de Trente Ans, par ses rapines et ses massacres.

10. Ancienne expression juridique désignant une forme de recours.

11. Gen. III, 16 : « Dieu dit aussi à la femme : [...] vous enfanterez dans la douleur. »

12. Gen. III, 18. – Le verbe « germiner » est habituellement intransitif. Bloy l'utilise à la manière latine de la Vulgate, à laquelle il l'a emprunté (« spinas et tribulos germinabit tibi »).

13. Var. éd. Stock, éd. Soirat et éd. Crès : « de la < catastrophe > ».

14. Var. éd. Soirat : « le < Pauvre > ».

15. Var. éd. Soirat : « le < Pauvre > ».

16. Ce tableau fait écho aux pages consacrées par Joseph de Maistre à « la destruction violente de l'espèce humaine » dans les *Considérations sur la France* (chap. III) et *Les Soirées de Saint-Pétersbourg* (septième entretien).

17. Var. éd. Stock, éd. Soirat et éd. Crès : « Les < saints > ».

18. Nouvel écho maistrien. Ces thèmes sont développés dans *Du pape*, « Discours préliminaire », § 2 : la France y est décrite comme « une nation extraordinaire, destinée à jouer un rôle étonnant parmi les autres, et surtout à se retrouver à la tête du système religieux en Europe » ; c'est elle en particulier qui a « l'honneur unique d'avoir constitué (humainement) l'Église catholique, en élevant son auguste Chef au rang indispensablement dû à ses fonctions divines » (*Œuvres complètes*, t. II, *op. cit.*, p. XXVII).

19. Var. éd. Stock, éd. Soirat et éd. Crès : « en < Interdit > ».

20. Par cette bulle sur l'unité de l'Église, Boniface VIII, qui fut pape de 1294 à 1303, tenta de faire pièce à la politique séculière de Philippe IV le Bel. Publiée le 18 novembre 1302, elle établissait que, dans l'Église, la suprématie de l'autorité spirituelle du souverain pontife l'emporte sur le pouvoir temporel des autres souverains.

[XXXVI]

1. Var. éd. Stock, éd. Soirat et éd. Crès : « construire < quelqu'autre > ».

[XXXVII]

1. Dom Anselme-Marie Bruniaux (1830-1892) avait été nommé père général des Chartreux en mars 1879. Bloy l'a rencontré lors de son séjour à la Grande Chartreuse, à l'automne 1882, et, par la suite, il a reçu de lui plusieurs secours d'argent. Dans sa lettre du 7 juin 1885 à Montchal, il le décrit comme le « seul ami puissant » qu'il ait, « un bon vieillard très doux et très humble qui [lui] a donné plusieurs fois des marques d'une affection toute paternelle » (*Lettres aux Montchal*, *op. cit.*, p. 60).

2. Allusion à Luc. XXVII, 10 : « Quand vous aurez fait tout ce qui vous a été prescrit, dites : Nous sommes des serviteurs inutiles ; nous n'avons fait que ce que nous devions. »

3. Var. éd. Stock, éd. Soirat et éd. Crès : « sans trop d' < inquiétudes > ». – Bloy, recommandant la lecture de ce chapitre à l'un de ses correspondants, écrira au sujet des pages contenant la conversation qui commence ici : « Ce sont, je crois, les plus centrales de ce livre, celles qui expliquent tout [...] » (*Mon Journal*, 16 juillet 1897, *Journal*, t. I, *op. cit.*, p. 207).

4. Var. éd. Stock, éd. Soirat et éd. Crès : « enverra < quelqu'autre > ».

5. Var. éd. Stock, éd. Soirat et éd. Crès : « Le < bonheur > ».

6. Luc. II, 14.

7. Var. éd. Stock, éd. Soirat et éd. Crès : « que le < Génie > ».

[XXXVIII]

1. Gen. XLIX, 26.

2. Var. éd. Stock, éd. Soirat et éd. Crès : « la < vérité > ».

3. Matth. V, 6.

4. À l'image de saint Jean-Baptiste préparant « le chemin du Seigneur » (voir Matth. III, 3, et Joan. I, 23).

5. Emploi intransitif vieilli, au sens d'« abandonner ».

6. Louis de Bonald (1754-1840), penseur contre-révolutionnaire. – Bloy appelle « théorie d'équilibre » cette théologie qui ne voit pas la pauvreté comme la figure même de la souffrance divine, mais comme l'un des termes – l'autre terme étant la propriété – de cette balance sociale voulue par Dieu, qu'il s'agit d'équilibrer dans son inégalité. Ainsi, la différence de condition entre riches et pauvres serait un équilibre socialement nécessaire, moralement bienfaisant et théologiquement fondé. Voir Bonald, *Théorie du Pouvoir*, troisième partie, chap. VIII : « Il faut en revenir à la maxime du grand Maître : *Vous aurez toujours des pauvres au milieu de vous* ; et il est plus important qu'on ne pense de laisser sous les yeux de l'homme heureux, le spectacle de l'humanité souffrante, et sous les yeux du pauvre, le spectacle de la richesse bienfaisante. L'administration aura beau faire, elle ne soulagera jamais toutes les misères individuelles [...]. Bien plus, quand l'administration pourrait soulager toutes les misères, elle devrait bien se garder d'ôter à la charité particulière un aliment nécessaire, un puissant moyen de rapprochement entre les diverses conditions. Dans une société où il n'y aurait personne à soulager, il n'y aurait que des égoïstes, dont le cœur insensible aux malheurs des autres, ne serait dilaté que par la vue de l'or, ne palpiterait jamais que de la crainte de le dépenser » (*Œuvres complètes*, t. XV, Le Clère, 1843, p. 197-198).

7. À compter de ces mots et jusqu'à la fin du discours de Marchenoir, Bloy remploie le chapitre XVI du *Symbolisme de l'Apparition* qui resta partiellement inédit jusqu'à sa publication dans le cahier de l'Herne consacré à l'écrivain (Éditions de l'Herne, 1988, p. 172-173). Voir Documents, p. 501-503.

8. Sur « l'adoption filiale » des hommes par Dieu dans sa miséricorde, voir Rom. VIII, 15-17.

9. Rom. VIII, 22-24.

10. *Sursum corda*, « Élevons notre cœur » : extrait de la préface de la prière eucharistique dans l'ancienne liturgie. *Lamma sabacthani*, « Pourquoi m'avez-vous abandonné ? » : cri de Jésus en croix s'adressant à Dieu (Luc. XV, 34). – Var. éd. Stock, éd. Soirat et éd. Crès ; « c'est le < *sursum* > *corda* et le < *lamma* > *sabacthani* ».

11. Voir note 12 [XXXV], p. 433.

12. Un hôpital : les Quinze-Vingts est un établissement hospitalier créé à Paris au XIIIe siècle par Saint Louis pour recueillir trois cents aveugles réduits à une vie misérable.

13. Dans le vocabulaire anatomique, le mot désigne un canal servant à l'évacuation des déchets organiques.

14. Joan. XIV, 18.

15. Var. éd. Soirat : « et de < *revenir* > ».

[XXXIX]

1. Cet adjectif, dont on se sert pour caractériser une personne atteinte de goutte, est employé ici au sens métaphorique de « qui avance avec difficulté ».

2. Image maistrienne. Voir *Du pape*, « Discours préliminaire », § 2 (*Œuvres complètes*, t. II, *op. cit.*, p. XXXI), et la lettre de Joseph de Maistre au comte de Blacas du 22 mai 1814 (t. XII, *ibid.*, p. 434). Dans les deux cas, cette ellipse à deux foyers est l'Église fondée sur le pouvoir spirituel de la papauté et le pouvoir temporel des monarchies européennes. En déplaçant l'image sur le terrain providentiel, Bloy glisse de la théologie politique à une lecture de l'histoire mystérieusement fondée sur le jeu de la Miséricorde et de la Justice divines.

[XL]

1. Var. éd. Soirat : « savoir < qui il était > ».
2. Bloy transpose-t-il le souvenir de sa première rencontre avec Berthe Dumont ? « Cette rencontre, écrit-il à Montchal le 9 juillet 1885, s'est faite dans la rue, par une glaciale soirée d'hiver. La pauvre fille, vêtue de guenilles fort légères que je conserve comme des reliques, mendiait en pleurant pour sa mère et pour elle. Ah ! qu'elle était touchante ainsi ! » (*Lettres aux Montchal, op. cit.*, p. 76).
3. Terme vieilli pour « qui scrute profondément » (dérivé du verbe latin *perscrutor*, « fouiller du regard avec attention »).
4. Normalement, le mot est masculin ; il désigne une variété de rapace.
5. La formule a des résonances aurevilliennes. C'est par cette expression que Ryno désigne ce qui le lie à Vellini dans *Une vieille maîtresse* et que le narrateur de *L'Ensorcelée* suggère l'horrible défiguration de l'abbé de la Croix-Jugan. Voir aussi l'épigraphe d'*Une histoire sans nom* : « Ni diabolique, ni céleste, mais... sans nom. »

[XLI]

1. Var. éd. Stock et éd. Soirat : « un fleuve de < flammes > ».

[XLII]

1. Arthur Meyer (1844-1924). Voir la Clé du *Désespéré*, p. 523.
2. Bloy, faisant écho à l'actualité, montre une complaisance certaine à l'égard de Drumont qu'il considère, à cette époque, comme « un confrère catholique assez indépendant » (voir p. 336) : en avril 1886, celui-ci a publié *La France juive*, qui lui a aussitôt valu un succès de scandale, accompagné d'une condamnation pénale et de deux duels (dont un précisément contre Arthur Meyer). En 1892, Bloy reprendra sa diatribe dans *Le Salut par les Juifs* (chap. IV) et affirmera ne pas voir « le moyen de changer un quart de ligne à cette page gracieuse » (*Œuvres*, t. IX, *op. cit.*, p. 25). Mais, se situant dans une perspective eschatologique et rappelant la célèbre parole de saint Jean à la Samaritaine, *Salus ex Judæis est* (Joan. IV, 22), il prendra ses distances par rapport aux « élucubrations antijuives de M. Drumont », ce « journaliste copieux » qui a considéré que « le caillou philosophal de l'entregent consist[ait] à donner précisément aux ventres humains la glandée dont ils raffolent », en inventant « contre les Juifs la volcanique et pertinace revendication des pièces de cent sous » (*ibid.*, p. 21-23).
3. Var. éd. Stock et éd. Crès : « de la < tradition > ».
4. Var. éd. Soirat : « qu'on l'appelât < *Arthur* > ».

5. Transposition d'un épisode de la vie d'Arthur Meyer : ayant racheté *Le Gaulois* en 1879, il l'avait rallié à la cause légitimiste après la mort du prince impérial et le déclin du mouvement bonapartiste. Mais ses bailleurs de fonds, favorables à la république, l'avaient écarté de la direction en 1881. Il lui avait fallu un an de lutte pour reprendre le contrôle du journal.

6. Var. éd. Stock et éd. Soirat : « < Mais, en > vieillissant ».

7. Une analogie existe entre la démarche de Véronique et celle de Fantine vendant ses cheveux et se faisant arracher deux dents, même si les motivations de l'héroïne du *Désespéré* ne sont pas dictées par des raisons matérielles, mais spirituelles. Voir *Les Misérables*, première partie, livre V, chap. X (*Œuvres complètes*, t. XI, *op. cit.*, p. 177-178). Bloy confiera à Georges Khnopff, dans une lettre du 3 mars 1887 : « L'arrachement des dents de Véronique [...] n'est qu'un enfantillage en comparaison du *fait véritable* dont personne, je crois, n'eût été capable de supporter le récit exact » (*Lettres à Georges Khnopff*, Liège, Les Editions du Balancier, 1929, p. 14). On ignore quelle fut exactement la nature du sacrifice consenti par Anne-Marie.

8. Var. éd. Soirat : « Léonard < de Vinci > ».

9. En citant ce peintre en même temps que Léonard de Vinci, Bloy laisse paraître l'influence qu'exerce Huysmans sur lui à cette époque. Dans *À rebours*, Gustave Moreau est en effet l'un des peintres préférés de Des Esseintes, qui ne tarit pas d'éloges à son égard.

10. Var. éd. Stock, éd. Soirat et éd. Crès : « avec < de > petits mouvements nerveux ».

11. Var. éd. Soirat : « cinq < ou > six fois ».

[XLIV]

1. Matth. v, 29.

[XLV]

1. Voir note 1 [XXVII], p. 424.

2. Var. éd. Soirat : « pelletées d'< ordure > ».

3. Ou Manresa : ville de Catalogne où saint Ignace de Loyola mena pendant plusieurs mois une vie de pénitence et de méditation dont il tira ses *Exercices spirituels*, fondement de la spiritualité jésuite.

4. Terme appartenant au vocabulaire de la chimie, et qui désigne une « exhalaison pestilentielle et toxique ».

5. Ce paragraphe et ceux qui suivent, jusqu'à la fin de cette section, sont empruntés à un article du quatrième numéro du *Pal*, « Le Christ au dépotoir », avec quelques variantes. Voir Documents, p. 489.

6. Var. éd. Stock : « jusqu'à < en > perdre la respiration ».

7. *Du pape*, livre III, chap. II : « [...] *l'homme en général*, s'il est réduit à lui-même, *est trop méchant pour être libre* » (*Œuvres complètes*, t. II, *op. cit.*, p. 339).

8. Terme médical emprunté au latin *nidorosus*, « qui dégage une odeur de chair brûlée ».

9. Var. éd. Stock : « les < Juifs > ».

10. Usées (comme de vieilles savates).

11. Bloy reprend une idée aurevillienne que résume la célèbre formule du *Dessous de cartes d'une partie de whist* : « L'enfer, c'est le ciel en creux » (*Œuvres romanesques complètes*, t. II, Gallimard, « Bibliothèque de la Pléiade », 1966, p. 155). Comme Barbey, Bloy préfère au bégueulisme hypocrite des catholiques modernes des âmes fortes, même criminelles, chez qui il y a « quelque chose, ne fût-ce qu'un atome » (*ibid.*, p. 200) qui préserve en eux, toujours prête à se rallumer, l'étincelle de la vie spirituelle.

[XLVI]

1. Nymphe souvent représentée par les peintres et les sculpteurs de la Renaissance : aimée du cyclope Polyphème, elle le dédaigna pour l'amour du beau berger Atis.

2. Terme vieux et rare synonyme d'oppresseur (du latin *conculcare*, « fouler aux pieds »).

3. Var. éd. Stock : « le < catinisme > de la piété ».

4. Ce développement fait écho à l'opinion de Barbey d'Aurevilly. Voir la lettre du 15 mai 1854 à Trebutien : « Il y a dans François de Sales une mignardise qui m'a toujours écœuré. C'est de la compote de roses, gardée dans un buffet d'ursulines, bonne pour des abbés douillets et des chattes de parloir, mais j'aime que la charité soit moins *sucrotée* et l'amour de Dieu moins petite fleur » (*Lettres à Trebutien*, Blaizot, 1908, t. II, p. 129 ; une annotation marginale de l'exemplaire de Bloy renvoie à ce passage du *Désespéré*).

5. Compilation de pensées pieuses destinées à favoriser la méditation. – Saint François de Sales en fut le promoteur dans son *Introduction à la vie dévote*, livre II, chap. VII : « À tout cela, j'ai ajouté qu'il fallait cueillir un petit bouquet de dévotion ; et voici ce que je veux dire. Ceux qui se sont promenés en un beau jardin n'en sortent pas volontiers sans prendre en leur main quatre ou cinq fleurs pour les odorer et tenir le long de la journée : ainsi notre esprit ayant discouru sur quelque mystère par la méditation, nous devons choisir un ou deux ou trois points que nous aurons trouvés plus à notre goût, et plus propres à notre avancement, pour nous en ressouvenir le reste de la journée et les odorer spirituellement » (*Œuvres*, éd. André Ravier, avec la collaboration de Roger Devos, Gallimard, « Bibliothèque de la Pléiade », 1969, p. 89).

6. Voir *supra*, note 13 [XXXVIII], p. 435.
7. Var. éd. Stock et éd. Soirat : « une langue de < jésuite > ».
8. Voir note 2 [XVI], p. 417.
9. Var. éd. Stock et éd. Crès : « de désolation < séculaire > ».
10. Jésuite italien (1568-1591), fils aîné du marquis de Castiglione. Il abdiqua sa principauté de Mantoue en faveur de son frère pour entrer dans la Compagnie de Jésus, et mourut en se dévouant au service des malades atteints de la peste.
11. Néologisme signifiant « fabricants d'images de la Madone ».
12. Var. éd. Soirat : « où le < Paganisme > ».
13. Célèbre fresque de la salle de la Signature, au Vatican. Elle fut peinte par Raphaël entre 1509 et 1510.
14. Voir note 2 [XI], p. 415.
15. Var. éd. Soirat : « de la < Pensée > ».
16. Date de la Déclaration des quatre articles définissant les libertés gallicanes. Rédigés par Bossuet, ces quatre articles furent adoptés par l'assemblée du clergé de France, le 19 mars 1682.
17. Matth. X, 15.
18. Tous ces titres existent : *Le Grand Jour approche ! ou Lettres sur la première communion*, par un ancien missionnaire d'Amérique [l'abbé Jean Joseph Gaume] (Gaume frères, 1836). – *La Vie n'est pas la vie, ou la Grande Erreur du XIXe siècle*, par Mgr Gaume (Gaume frères et J. Duprey, 1869). – *Le Seigneur est mon partage ! ou Lettres sur la persévérance après la première communion*, par l'abbé Gaume (Gaume frères, 1836). – *Où en sommes-nous ? Étude sur les événements actuels : 1870 et 1871*, par Mgr Gaume (Gaume frères et J. Duprey, 1871). – *Un éclair avant la foudre, ou le Communisme et ses causes*, par l'Auteur du *Monopole universitaire destructeur de la religion et des lois* [le père Nicolas Deschamps], Avignon, Seguin aîné, 1848. – *Horloge de la passion, ou Réflexions et affections sur les souffrances de Jésus-Christ*, par saint Alphonse de Liguori, traduit de l'italien par l'abbé Gaume (Gaume frères, 1832). – *Le Ver rongeur des sociétés modernes ou le Paganisme dans l'éducation*, par l'abbé Gaume (Gaume frères, 1851). – *Gouttes de rosée, ou les Perles de l'enfance*, par l'abbé Charles Alexandre Pornin (C. Douniol, 1860). – *Pensez-y bien ! ou Réflexions sur les quatre fins dernières* [attribué aux jésuites Paul de Barry et Paul Le Clerc] (Rennes, Audran, 1736). – *Le Beau Soir de la vie, ou Petit Traité de l'amour divin*, par l'abbé Carron (Londres, 1807 ; 2e éd. H. Nicolle, 1817). – *L'Heureux Matin de la vie, ou Petit Traité sur l'humilité*, par l'abbé Carron (Londres, 1807 ; 2e éd. H. Nicolle, 1817). – *Au ciel on se reconnaît. Lettres de consolation*, par l'abbé François René Blot (Lyon, Périsse, 1863). – *L'Échelle du ciel, dialogues et soliloques extraits mot-à-mot de l'Imitation de Jésus-Christ*, par M. Lacas (Avignon, L. Aubanel, 1845). – « *Suivez-moi et je vous guiderai* », *ou Traité des dispositions à la confession, avec des traits historiques*, par l'abbé Marius Aubert (Lyon, Périsse, 1858). – *La Manne de l'âme, ou Méditations sur les passages choisis de*

l'Écriture sainte pour tous les jours de l'année, par le père Segneri (Venise, 1693 ; trad. par le père L'Eau, Avignon, 1713). – *L'Aimable Jésus*, par le père Juan Eusebio de Nieremberg de la Compagnie de Jésus (Madrid, 1630 ; nouvelle édition revue par un père de la même compagnie [Henri Pottier], Nantes, Mazeau, 1871). – *Que la religion est aimable! ou Récréations de la jeunesse catholique*, par l'abbé Gossin (Gaume frères, 1836). – *Plaintes et complaisances du Sauveur, ou Il y a pour chaque jour de l'année une méditation, avec une sentence tirée du saint du jour*, par l'abbé Jean-Baptiste Lasausse, prêtre de la Congrégation de Saint-Sulpice (Mathiot, 1830, 3ᵉ éd.). – *La Vertu parée de tous ses charmes, ou Traité sur la douceur*, par l'abbé Carron (Londres, 1810 ; 2ᵉ éd. H. Nicolle, 1817). – *Marie, je vous aime*, par Hubert Lebon (Saint-Étienne, F. Constantin, 1845). – *Marie mieux connue, trente nouvelles conférences pour un jour ou pour plusieurs mois de Marie*, par l'abbé Demange, curé de Vincey (V. Sarlit, 1859, 2 vol.). – *Le Catholique dans toutes les positions de la vie, ou Méditations et prières sur les devoirs essentiels du chrétien*, par l'abbé Léger Marie Pioger (Périsse frères, 1857).

19. Mot appartenant au vocabulaire vétérinaire. Synonyme de morve, il désigne une maladie microbienne des animaux, transmissible à l'homme. Employé au figuré, il signifie « corruption morale ».

20. *Indicateur de la ligne du ciel*, brochure comprenant quinze images pieuses, éditée par A. Josse (31, rue de Sèvres, Paris).

21. En argot, racolage des clients par les prostituées.

22. Var. éd. Stock, éd. Soirat et éd. Crès : « n'est-ce pas < ? > ».

23. En 1879, la réédition d'*Un prêtre marié* fut mise au pilon par l'éditeur Victor Palmé à la demande de l'archevêché de Paris.

24. Félix Dupanloup (1802-1878), évêque d'Orléans, figure du catholicisme libéral, est l'auteur d'un volumineux traité : *De l'éducation* (Orléans, Gatineau, 1850-1851, 3 vol.).

25. Enfant naturel, Dupanloup fut élevé par sa mère, Anne Dechosal, à Paris. C'est le nom de son père, Jean-François Dupanloup, qui motiva le calembour malicieux de ses adversaires lors du concile de Vatican. Voir la lettre du père d'Alzon aux élèves du collège de l'Assomption de Nîmes, en date du 4 décembre 1869 : « Les hommes, dès qu'ils ne sont plus frères en Jésus-Christ, sont des loups entre eux : *homo homini lupus*, et, comme on l'a dit, la vanité < fait d'un paon un loup > : *de pavone lupus*, Dupanloup » (*Lettres*, t. VIII, Rome, Maison généralice [des Assomptionnistes], 1994, p. 44).

26. Justification de Mgr Dupanloup pour expliquer son départ de Rome en compagnie d'une cinquantaine d'évêques, français pour la plupart, lors du concile de Vatican, la veille de l'adoption de la constitution *Pastor aeternus* définissant le dogme de l'infaillibilité pontificale (13 juillet 1870).

27. Jean-François Landriot (1816-1874), évêque de La Rochelle (1856), puis archevêque de Reims (1867), d'esprit libéral, auteur de nombreux ouvrages parmi lesquels *La Femme forte* (1862), *La Femme pieuse* (1863), *Le Symbolisme* (1866). – Philippe Gerbet (1798-1864), évêque de Perpignan, longtemps proche de Lamennais, figure du courant ultramontain et auteur d'une *Esquisse de Rome chrétienne* (1844-1850). – Louis Gaston de Ségur (1820-1881), fondateur de l'Œuvre de Saint-François-de-Sales, d'inspiration ultramontaine, auteur de célèbres *Réponses aux objections les plus répandues contre la religion* (1851). – Gaspard Mermillod (1824-1891), évêque de Lausanne et de Genève, créé cardinal en 1890, l'un des principaux inspirateurs de la doctrine sociale de l'Église sous Léon XIII. – François de La Bouillerie (1810-1882), évêque de Carcassonne (1855), puis archevêque coadjuteur de Bordeaux (1873), auteur de livres de piété comme ses *Méditations sur l'eucharistie* (1851) et d'ouvrages de théologie, parmi lesquels *L'Homme, sa nature, son âme, ses facultés et sa fin, d'après la doctrine de saint Thomas* (1879). Charles Émile Freppel (1827-1891), évêque d'Angers (1870), où il créa un Institut catholique, député conservateur du Finistère à partir de juin 1880, auteur des *Pères apostoliques* (1859), des *Apologistes chrétiens au deuxième siècle* (1860) et de l'*Examen critique de la « Vie de Jésus » de M. Renan* (1863),

28. L'abbé Jean Joseph Gaume (1802-1879), auteur de nombreux ouvrages, parmi lesquels le célèbre *Catéchisme de persévérance* (1854, 8 vol.). – Auguste Joseph Gratry (1805-1872), oratorien, connu comme prédicateur et théologien, auteur des *Sources. Conseils pour conduire l'esprit* (1862). – L'abbé Henri Perreyve (1830-1865), proche d'Ozanam et de Lacordaire qui lui légua l'ensemble de ses papiers. – Le père Bernard Chocarne (1826-1895), dominicain, disciple de Lacordaire, dont il a écrit une biographie (1866). – L'abbé Jean-Pierre Hippolyte Martin (1840-1890), premier professeur d'hébreu, de syriaque et d'Écriture sainte à l'Institut catholique de Paris. – L'abbé Louis Bautain (1796-1867), professeur de philosophie à la faculté des lettres de Strasbourg (1817), puis de théologie morale à la Sorbonne (1853), adversaire du matérialisme et de l'athéisme dans sa *Philosophie du christianisme* (1835). – L'abbé Jean Joseph Huguet (1812-1884), en religion le père Marie-Joseph, mariste, éditeur de Fénelon et de saint François de Sales, également auteur de *La Dévotion à Marie en exemples* (1858) et des *Célèbres Conversions contemporaines* (1869). – L'abbé François Martin de Noirlieu (1792-1870), sous-précepteur du comte de Chambord, auteur d'une histoire abrégée de l'Ancien et du Nouveau Testament intitulée *La Bible de l'enfance* (1839). – L'abbé Frédéric Auguste Doucet (1806-1838), desservant à Saint-Thomas-d'Aquin, orateur sacré dont les *Œuvres choisies* furent éditées par Casimir Gaillardin après sa mort (1843). – L'abbé Joseph Perdrau (1820-1906), curé de Saint-Étienne-du-Mont (1872-1889), auteur d'ouvrages de piété dont *Du retour à Dieu* (1854). – L'abbé Augustin Crampon (1826-1894), chanoine de la cathédrale d'Amiens, traducteur et exégète de la Bible.

29. Jean Joseph Poujoulat (1808-1880), journaliste et historien légitimiste. – Charles Forbes, comte de Montalembert (1810-1870), chef de file du catholicisme libéral. – Frédéric Ozanam (1813-1853), autre catholique libéral, et l'un des fondateurs de la Société de Saint-Vincent-de-Paul. – Frédéric Albert, comte de Falloux (1811-1886), catholique libéral, auteur de la loi sur l'enseignement de 1850, favorable à l'enseignement confessionnel. – Augustin Cochin (1823-1872), autre figure du catholicisme libéral, ami de Montalembert, de Falloux et de Lacordaire, auteur d'ouvrages sur la question sociale. – Alfred Nettement (1805-1896), journaliste et historien légitimiste, directeur de *La Semaine des familles* (1858). – Jean Jacques Auguste Nicolas (1807-1888), proche collaborateur de Falloux au ministère de l'Instruction publique, auteur d'*Études philosophiques sur le christianisme* (1842-1845) qui connurent un grand succès. – Léon Aubineau (1815-1891), archiviste paléographe, puis journaliste à *L'Univers*, auteur d'une vie de Benoît Labre (1873) et d'un ouvrage sur *La Révocation de l'édit de Nantes* (1879). – Léon Gautier (1832-1897), professeur de paléographie à l'École nationale des chartes (1871), spécialiste de la chanson de geste, auteur du *Voyage d'un catholique autour de sa chambre* (1862).

30. Bloy fait sienne une idée chère à Barbey d'Aurevilly qui affirme que le roman, de toutes les œuvres modernes, est « la plus généralement intéressante, la plus actuelle, l'œuvre qu'on pourra spécialement appeler un jour l'œuvre même du XIXe siècle » : « [...] le Roman, production toute moderne, a pris en ces dernières années une importance et un développement extraordinaires, qu'aucune forme littéraire n'a plus à un égal degré » (Préface des *Romanciers, Œuvres critique*, t. I, Les Belles Lettres, p. 985).

31. Henri Lasserre (1828-1900), auteur de *Notre-Dame de Lourdes* (1863) et d'une traduction des *Saints Évangiles* (1887). Hello l'avait présenté à Bloy qui l'avait sollicité en 1877 pour financer son premier séjour à la Grande Trappe de Soligny.

32. Var. éd. Stock et éd. Soirat : « de < gascon > ».

33. Armand de Pontmartin (1811-1890), journaliste légitimiste et catholique, auteur des *Contes et rêveries d'un planteur de choux* (1845), des *Causeries du samedi* (1857-1860), des *Nouveaux Samedis* (1865-1881) et des *Jeudis de madame Charbonneau* (1862), satire des milieux journalistiques et littéraires. Bloy a déjà éreinté cet ennemi de Barbey d'Aurevilly dans *Le Révélateur du Globe* (chap. VIII) et dans un article intitulé « Le Roseau critique » (*Le Chat noir*, 14 octobre 1882). Il récidivera dans « Rossignol de catacombes » (*La Plume*, 15 avril 1890 ; repris dans *Belluaires et Porchers*, chap. XXI).

34. Auteur de pamphlets anticléricaux comme *À bas la calotte!* (1879), Léo Taxil (1854-1907) s'est « converti » en 1885 : il a fait le pèlerinage à Rome, a reçu l'absolution de Léon XIII et s'est lancé aussitôt après dans une retentissante campagne contre la franc-maçonnerie. En 1897, il dénoncera cette conversion comme une supercherie.

35. Antoine Blanc de Saint-Bonnet, philosophe légitimiste et catholique, auteur de *La Douleur* (1849), *La Restauration française* (1851), *L'Affaiblissement de la raison* (1853) et *La Légitimité* (1874), ouvrage auquel Bloy a consacré l'un de ses premiers articles (*L'Univers*, 17 janvier 1874). Tirée de *La Restauration française*, livre III, chap. XXVII, la citation exacte est : « Le Clergé simplement honnête ne laissera que des impies ; le Clergé vertueux produira des gens honnêtes ; et le saint, des cœurs vertueux » (Louis Hervé, 1851, p. 301).

36. Le père Jacques Monsabré (1827-1907), prédicateur dominicain, acquit une notoriété considérable à l'occasion d'une série de sermons de l'Avent qu'il prêcha à Notre-Dame, en 1869, en tant que successeur de Hyacinthe Loyson. Le succès de ces conférences fut tel qu'il fut régulièrement invité à assurer les conférences de Carême dans la cathédrale de Paris de 1872 à 1890.

37. Qui se met en valeur avec ostentation, comme un paon (*pavo* en latin).

38. Var. éd. Soirat : « du < grand > Livre ».

39. Allusion à la casuistique, partie de la théologie morale servant à résoudre les cas de conscience. Cette technique d'argumentation a souvent été dénoncée – par exemple par Pascal dans *Les Provinciales* – comme une forme de laxisme moral.

40. Var. éd. Soirat : « appeler < didonen > ». – Le père Henri Didon (1840-1900), autre prédicateur dominicain, rappelé à l'ordre par les autorités ecclésiastiques en 1879-1880 pour des positions théologiques et morales jugées trop modernes. Bloy l'a déjà attaqué, lors de la parution de son livre *Les Allemands*, dans un article intitulé « Un Savonarole de Nuremberg » (*Le Figaro*, 27 février 1884), repris dans les *Propos d'un entrepreneur de démolitions*.

41. Var. éd. Stock, éd. Soirat et éd. Crès : « où la médiocrité d'âme < n'est pas moindre ni > le génie < moins > absent ».

42. Henri Lacordaire (1802-1861) est le restaurateur en France de l'ordre des Frères prêcheurs (Dominicains). Bloy, dans *Les Dernières Colonnes de l'Église* (1903), dira qu'il « pleure sur la Maison de saint Dominique devenue si facilement un mauvais lieu, aussitôt après Lacordaire et en suivant sa doctrine » (*Œuvres*, t. IV, *op. cit.*, p. 291).

43. Action de cracher sans interruption (dérivé du latin *sputare*, cracher).

44. Var. éd. Stock et éd. Soirat : « de leurs < pasteurs. Et > toutes les pratiques ».

45. Voir note 2 [XXVIII], p. 425.

46. Matth. XXVI, 11.

47. Apoc. III, 16.

48. Joan. XIX, 29. En réalité, ce sont des soldats romains qui tendirent au Christ une éponge imbibée de vinaigre au bout d'une branche d'hysope (plante extrêmement amère).

49. À partir de ce paragraphe et jusqu'à la fin de la section, nouvel emprunt à l'article du *Pal*, « Le Christ au dépotoir » (voir note 5 [XLV], p. 437 et Documents, p. 489).
50. Célèbre morceau de *Siebenkäs*, roman de Jean-Paul Richter paru en 1796. C'est Mme de Staël qui a fait connaître en France ce « Songe du Christ mort », en le traduisant dans *De l'Allemagne* (deuxième partie, chap. XXVIII) : après sa mort, le Christ cherche Dieu en vain, et découvre qu'il n'existe pas.
51. Var. éd. Soirat : « de < Ma > promesse ».
52. Var. éd. Stock : « de votre < amour > ».

[XLVII]

1. Var. éd. Stock : « – Mon père, < je suis une sale prostituée > ».
2. Var. éd. Soirat : « de l'< Espérance > ».
3. Vêtements ouatés ou fourrés, portés sur les autres vêtements, notamment par les ecclésiastiques.
4. Pour ce personnage de prêtre, Bloy s'inspire du père Louis Milleriot (1800-1881), ancien sous-officier de cavalerie, entré dans la Compagnie de Jésus, qui fut son confesseur en 1873, date à laquelle il s'efforça de convaincre Barbey d'Aurevilly de recourir aussi à ses services. Bloy, qui évoque le souvenir de ce religieux dans *Quatre Ans de captivité à Cochons-sur-Marne* (19 mars 1902) et *Le Pèlerin de l'Absolu* (18 octobre 1910), le choisit encore en 1877 pour tenter de pousser Bourget et Richepin dans la voie de la conversion. Voir, dans *Les Dernières Colonnes de l'Église*, le portrait de ce « confesseur, par vocation spéciale, des plus dangereux malfaiteurs » (*Œuvres*, t.IV, *op. cit.*, p. 279).
5. Synonyme de soudard (du nom donné, dans l'empire autrichien, à des soldats hongrois appartenant à des corps francs connus pour leur brutalité).
6. Adjectif appartenant au vocabulaire théologique et signifiant « propre à expier la faute que l'on a commise envers Dieu ».
7. Variation sur le motif du fils prodigue (Luc. XV, 11-32).
8. Var. éd. Stock, éd. Soirat et éd. Crès : « dans < la main > ».
9. Ernest Hello, *Physionomies de saints*, chapitre IV (« Saint François de Sales »), Palmé, 1875, p. 64. Hello écrit précisément ceci : « L'ironie est due au mal, à l'erreur, au péché. L'ironie est la gaieté de l'indignation, qui ne trouvant plus de parole directe à la hauteur de sa colère, se réfugie, pour éclater, au-dessous du silence, dans la parole détournée ».
10. Luc. XV, 7.
11. Adjectif tiré du verbe latin *illecebro*, « charmer, captiver ».

[XLVIII]

1. Vieilli pour « qui présente un caractère irréel ». Le mot est dérivé du latin impérial *phantasma*, « fantôme, spectre », lui-même transcrit du grec.

2. Au XIXe siècle, on appelle « bleu de perruquier » un bleu d'une intensité excessive (certains perruquiers, sous la Restauration, ayant cru opportun de badigeonner leurs boutiques en bleu ciel étoilé de fleurs de lys d'or).

3. Var. éd. Stock et éd. Soirat : « et s'éteindre, < pour > de bon ».

4. Var. éd. Stock et éd. Soirat : « dans le < Paradis > ».

5. Var. éd. Soirat : « de < l'Abyme > ».

6. Prov. XXII, 14.

7. Var. éd. Soirat : « même < un chicot > ».

8. Var. éd. Soirat : « du < Ciel > ».

[XLIX]

1. Polymnie est l'une des neuf Muses dont le nom, par son étymologie, suggère, dans un sens chrétien, une multitude de chants en l'honneur de Dieu.

2. Louis Nicolardot (1822-1888). Voir la Clé du *Désespéré*, p. 520.

3. Saint Benoît Labre (1748-1793), fils d'un cultivateur français, parcourut l'Europe, allant de monastère en sanctuaire en mendiant, avant de s'établir à Rome où il vécut d'aumônes, dans un extrême dénuement.

4. Le penchant de Nicolardot pour les anecdotes désobligeantes s'est illustré en particulier dans sa *Confession de Sainte-Beuve* (Rouveyre et Blond, 1882), où il saisit surtout les petits côtés du critique, expliquant toute son œuvre par son impuissance. Bloy a éreinté cet ouvrage dans « Le Tonneau du cynique » (*Le Foyer illustré*, 10 septembre 1882 ; *Le Chat noir*, 29 décembre 1883), article repris dans les *Propos d'un entrepreneur de démolitions*.

5. Nicolardot est l'auteur de *Ménage et Finances de Voltaire* (Dentu, 1854), où il s'efforce de montrer en sept cents pages l'avarice et la friponnerie du patriarche de Ferney.

6. Dans « Le Tonneau du cynique », Bloy a déjà cité cette formule tirée d'une conversation avec Nicolardot ; « Je parle trop, – me disait-il un jour, – on prend des notes » (*Œuvres*, t. II, *op. cit.*, p. 84).

7. Ces propos, adressés à Bourget, sont aussi rapportés par Henry de Cardonne : « Parfois aussi, pendant que nous échangions des contres de sixte, arrivait un chétif écrivain, réduit à la misère, mais qui avait gardé de l'unique succès de sa vie littéraire un tel orgueil qu'avec le produit de son livre il avait acheté une bague d'évêque. Il éprouvait le besoin d'être hargneux et même insolent avec Bourget et Barbey d'Aurevilly qui secouraient sa détresse. Entre autres, en guise de remer-

ciement à Bourget qui venait de l'habiller de pied en cap, il écrivit : "Tout à vous... sauf les chaussettes." » (« La Jeunesse de Paul Bourget », *Revue hebdomadaire*, 32ᵉ année, n° 5, 15 décembre 1923, p. 275-276).
   8. Tiré du latin *concitare*, « exciter ».

[L]

   1. Ensemble de personnes chargées d'administrer une paroisse.
   2. Gen. IV, 14. Bloy traduit littéralement l'expression de la Vulgate : « a facie terrae ».
   3. Du latin tardif *horologicus*, « d'horloge ».
   4. Avertissement solennel.
   5. Nicolardot est l'auteur d'une *Histoire de la table* (Dentu, 1868).
   6. À la façon d'un traître. Adverbe dérivé de « proditoire » (de l'adjectif latin *proditorius*, formé à partir du supin du verbe *prodere*, « trahir »).
   7. Nicolardot est un « ecclésiastique raté », précise Bloy dans « Le Tonneau du cynique » (*Œuvres*, II, *op. cit.*, p. 86) : dans sa jeunesse, il était passé par le séminaire, mais il en avait été exclu « pour péché d'orgueil » (voir Pierre Leguay, « Un forban de lettres », *Les Marges*, octobre 1912, p. 133).
   8. Var. éd. Stock, éd. Soirat et éd. Crès : « coups de < semelles > ».
   9. Francis Magnard (1837-1894). Voir la Clé du *Désespéré*, p. 513. Le premier nom du personnage, dans le brouillon du *Désespéré*, était Magnus Frangin.
   10. Pure invention de Bloy, chez qui ce suicide prend une valeur symbolique : Francis Magnard vit encore à l'époque du *Désespéré*. Il mourra en 1894.
   11. Droit de jouir d'avance ou le premier de quelque chose.

[LI]

   1. Le café Caron était apprécié des écrivains pour son calme. Huysmans en a décrit l'atmosphère dans *Les Habitués de café* (1889), et Remy de Gourmont dans ses *Souvenirs sur Huysmans* : « C'était un établissement singulier, tout à fait à l'ancienne mode, un salon plutôt qu'un café. On y défendait les jeux bruyants, tels que dominos ou jacquet. La pipe en était prohibée sous peine d'exclusion et les conversations à trop haute voix, mal tolérées » (*Promenades littéraires*, 3ᵉ série [1909], Mercure de France, 1963, p. 61).
   2. Situé à l'angle de la rue Rotrou et de la rue de Vaugirard, tout près de l'Odéon, le café Tabourey (et non Tabouret), où de nombreux journaux et revues étaient mis à la disposition de la clientèle, fut le

rendez-vous des journalistes et des écrivains entre les années 1840 et le début des années 1870.

3. Var. éd. Stock, éd. Soirat et éd. Crès : « tant de porte-plumes < illustres dont > ».

4. Var. éd. Stock, éd. Soirat et éd. Crès : « l'Amour < et > qui s'ingère ». – Le verbe « s'ingérer » signifie « se mêler de ».

5. Ce verbe familier et vieilli signifie « attendre longtemps, en perdant son temps » (dérivé du nom donné jadis à un jeu de cartes en usage parmi les matelots et les soldats, où le perdant devait garder sur le nez une fourche, la « drogue », jusqu'à ce qu'il parvienne à gagner).

6. Albert Delpit (1849-1893). Voir la Clé du *Désespéré*, p. 521.

7. En argot, le mot désigne un proxénète.

8. Var. éd. Stock, éd. Soirat et éd. Crès : « en ce < temps-ci. Il > aime ».

9. Accord.

10. Var. éd. Stock : « ajoutez cela, < Monsieur > ».

11. Voir note 2 [XXVIII], p. 425.

12. Var. éd. Stock, éd. Soirat et éd. Crès : « < puisqu'alors > on l'appellerait. » – Allusion à Joan. XIV, 6 : « Ego sum [...] veritas », dit le Christ.

13. Var. éd. Stock et éd. Soirat : « comme tu viens de le < remarquer. Il > me veut ».

14. Voir la lettre de Francis Magnard à Léon Bloy du 10 mai 1884 : « Votre article [sur Richepin] est le comble du grossier dans l'ennuyeux, [...] je vous croyais un satirique, non un haineux. » (Cité par Michel Arveiller, « Léon Bloy et Jules Vallès, deux frères ennemis ? », *Cahiers Léon Bloy*, n° 1, Nouvelle série, 1989-1990, p. 226).

15. Ouvrage de Léo Taxil publié en 1881 à la Librairie anticléricale, avant sa « conversion » (voir note 34 [XLVI], p. 442).

16. Adjectif vieilli signifiant « qui exhale par la bouche une mauvaise odeur ».

17. Allusion à « La Colère du bronze », poème de *La Légende des siècles*, XXI, VII. Bloy a déjà fait un sort à la métaphore hugolienne dans un article consacré à Charles Buet, « Le Désir du simulacre » : « Vous rappelez-vous *la Colère du Bronze* de Victor Hugo, la très légitime fureur de ce pauvre bronze que l'on prostitue aux contemporaines apothéoses et qui s'anime, à la fin, dans la *Légende des siècles*, pour maudire, en langue métallique, les révoltantes effigies auxquelles le condamne notre crétinisme ? » (*Le Chat noir*, 15 mars 1884, repris dans les *Propos d'un entrepreneur de démolitions*, sous le titre « L'Obsession du simulacre » ; *Œuvres*, t. II, *op. cit.*, p. 123).

18. Sur ce critique dramatique, dont Bloy introduira le double fictif (Mérovée Beauclerc), un peu plus loin dans cette partie, lors du dîner chez Beauvivier, voir la Clé du *Désespéré*, p. 510.

19. Célèbre cirque américain, fondé en 1871.

20. Ps. CXLVI, 4.

21. Var. éd. Stock et éd. Soirat : « < invectiver l'univers > ».

22. Var. éd. Stock : « le coup de boutoir < circulaire > ».
23. Var. éd. Stock, éd. Soirat et éd. Crès : « *La Sédition de l'< Excrément >* ».

[LII]

1. Var. éd. Stock et éd. Soirat : « s'enfuir, < et lui disant > ».
2. Tailleurs de pierre (emprunté au latin *lapicida*).
3. Résine jaune.
4. L'abbé Jacques Paul Migne (1800-1875), éditeur infatigable d'une *Encyclopédie théologique* (1844-1866), d'œuvres complètes des Pères de l'Église – saint Augustin (1842, 15 vol.), saint Jean Chrysostome (1842, 9 vol.)... – et des célèbres *Patrologie grecque* (1857-1866, 161 vol.) et *Patrologie latine* (1844-1855, 221 vol.).
5. Var. éd. Stock, éd. Soirat et éd. Crès : « des < pieux > isbas ».
6. Léon Dupont (1797-1876), surnommé « le saint homme de Tours », joua un rôle décisif dans l'invention du tombeau perdu de saint Martin et dans le renouveau de ce culte. Ayant reçu l'image de la Sainte Face, il en fit l'objet de sa prière pour le monde, la France et les pécheurs.

[LIII]

1. La formule de Bloy semble faire écho à une citation de Bossuet : « [...] l'âme tombe de Dieu sur elle-même, se précipitant vers ce qu'il y a de plus bas » (*Traité de la concupiscence*, chap. XV).
2. Bloy reprend ici, avec de légères modifications, trois phrases de l'article qu'il a consacré à Veuillot dans la *Nouvelle Revue*, le 1er mai 1883 (voir note 13 [XXXIII], p. 430).
3. *Animal gloriae* : expression employée par Tertullien pour désigner Socrate dans son *De anima*, chap. I.
4. Accusation déjà formulée en termes voisins dans l'article de la *Nouvelle Revue* (voir *Œuvres*, t. II, *op. cit.*, p. 37). C'est pour ce motif que Bloy pensait avoir été lui-même chassé de *L'Univers* en 1874 (voir note 13 [XXXIII], p. 430).
5. Élise Veuillot joua un rôle important dans l'organisation en France du Denier de Saint-Pierre, collecte de fonds destinés à la papauté, que Pie IX avait institutionnalisée en 1871 alors que les finances du Saint-Siège étaient gravement affectées par le *Risorgimento*.
6. Vieilli et dépréciatif, le mot désigne un jeune fat ridicule.
7. Auguste Roussel (1845-1910), journaliste à *L'Univers*, proche collaborateur de Veuillot. Hostile à la politique du Ralliement, il quittera *L'Univers* en 1893 pour fonder avec Albert Loth *La Vérité française*, organe des « catholiques réfractaires ». Bloy, en réponse à une lettre de Jean Rictus lui proposant d'entrer à la rédaction de ce journal, décli-

nera cette offre, le 2 octobre 1904, en déclarant : « Le fondateur ou rédacteur en chef de cette feuille bondieusarde est un crétin nommé Auguste Roussel dans le derrière de qui j'ai usé plusieurs paires de bottes » (cité par Joseph Bollery, *Léon Bloy*, t. III, *op. cit.*, p. 353).

[LIV]

1. Hébr. XI, 1.
2. Voir note 5 [L], p. 446.
3. Dans l'Apocalypse de Jean, la Jérusalem nouvelle est appelée l'épouse de Dieu (Apoc. XXI, 2), laquelle est traditionnellement identifiée à l'Église.
4. Var. éd. Soirat : « l'Esprit < Saint > ».
5. Les expulsions des religieux, qui eurent lieu après le vote des décrets d'application de la loi de Jules Ferry sur l'enseignement (29 mars 1880). Par ces décrets, les jésuites furent expulsés hors du territoire français et les congrégations, sous peine de dissolution, furent obligées de demander l'autorisation de l'État pour enseigner.
6. Voir note 2 [XXXI], p. 428.
7. Var. éd. Stock et éd. Soirat : « que je < pourrais > ».
8. Var. éd. Stock et éd. Soirat : « < le bubon véroleux > de la Légalité ».
9. Marc. XIV, 33.
10. Var. éd. Stock et éd. Soirat : « Mais combien sont-ils, < à cette heure, > les vrais fidèles ».
11. Var. éd. Stock, éd. Soirat et éd. Crès : « son < règne > ».
12. Var. éd. Stock et éd. Soirat : « < L'Église est écrouée dans un hôpital de folles > ».
13. Matth. X, 27 : « ce que vous entendez dans le creux de l'oreille, proclamez-le sur les toits ».
14. Var. éd. Stock : « qui déteste la < béatitude > ». Var. éd. Soirat : « qui déteste la < *béatitude* > ».
15. Var. éd. Stock et éd. Soirat : « que le < mauvais riche > à qui Dieu ferme son Paradis ». – Luc. XVI, 19-31.

[LV]

1. Simon Deutz (1802-1844), fils du grand rabbin de Paris, chercha, sous la Restauration, un moyen de promotion dans sa conversion au catholicisme. Devenu l'agent de liaison de la duchesse de Berry après la révolution de Juillet, il la livra à la police en 1832 contre une somme de cinq cent mille francs, considérable pour l'époque.
2. Familier pour « vendre ».

3. Dans sa lettre du 19 janvier 1887 à Louis Montchal, Bloy indique que cette phrase éclaire la motivation du nom de Beauvivier (*Lettres aux Montchal, op. cit.*, p. 278).

4. Catulle Mendès avait attaqué les insurgés, peu après la semaine sanglante, en publiant *73 jours de la Commune* (Lachaud, 1871).

5. En argot, pinces dont se servent les voleurs pour forcer les portes.

6. En langage familier, un homme brave, vigoureux.

7. *Zo'har* (Charpentier, 1886), roman où il est effectivement question d'un inceste.

8. Aphrodisiaque fabriqué à base d'une variété de coléoptères, les cantharides, que l'on dessèche et réduit en poudre.

9. Voir l'ultime cri lancé par Léopold, « le jeune roi incestueux des peuples qui défient le seigneur Iavhé », à l'approche de l'ange du Seigneur « ouvrant ses quatre ailes d'incendie » : « Que nous importe ! nous triomphons, parce que nous nous aimâmes ! L'orgueil que ton dieu lui-même ne peut ravir au crime, c'est d'avoir précédé le châtiment. Toute peine vient trop tard. Rien ne saurait empêcher, puisqu'elles furent, les joies de l'hymen fraternel, et tu ne désaccoupleras pas notre enlacement d'hier ! » (*Zo'har, op. cit.*, p. 304-305).

10. Apoc. XII, 9.

11. Sous le titre de *Jeunes Filles*, Mendès avait publié, en 1884, un recueil de contes licencieux chez Havard.

12. « L'Éphèbe », sonnet de *Philoméla* (Hetzel, 1863), se termine par ces deux vers dont on a souvent reproché la crânerie à Mendès : « Toi seul, posthume enfant des époques sereines,/ Tu portes fièrement la honte d'être beau ! » (*Poésies*, t. I, Charpentier et Fasquelle, 1892, p. 95).

13. Dans *Hespérus*, le narrateur, que l'on peut identifier à Mendès lui-même, s'entend dire par son initiateur : « Aimez avec l'ardeur des feux invétérés/ L'homme que fut Jésus, Jésus que vous serez » (*Poésies*, t. II, *op. cit.*, p. 125). Maints témoignages d'époque soulignent par ailleurs que Mendès avait une « tête de Christ ». Voir, par exemple, le portrait de Vitellius Piédez – c'est-à-dire Mendès lui-même – dans « Une soirée chez Mécène », récit à clé figurant dans les *Souvenirs d'un vieux libraire* de Louis Leriche : « Le beau blond à la tête de Christ, c'est le poète au doux langage, c'est l'enfant chéri des dames ! » (Dentu, 1885, p. 94). Voir également l'article de Maupassant sur « Gustave Flaubert » dans la *Revue bleue* du 26 janvier 1884 (p. 120) : « Voici le charmant poète Catulle Mendès, avec sa figure de Christ sensuel et séduisant, dont la barbe soyeuse et les cheveux légers entourent d'un nuage blond une face pâle et fine. »

14. Bloy réutilisera ce passage à propos du marquis de la Tour de Pise, dans « La Fin de don Juan », l'une des *Histoires désobligeantes* (*Œuvres*, t. VI, *op. cit.*, p. 266).

15. Accusé de trahison par les gibelins, Ugolin est enfermé dans cette tour avec ses enfants pour y mourir de faim. L'histoire de ce podestat pisan est relatée dans *La Divine Comédie* (*L'Enfer*, XXXIII, 1-78). – Le tribadisme désigne l'homosexualité féminine dans la langue littéraire. – Bloy fait ici allusion à Augusta Holmès (1847-1903), dont Mendès fit sa maîtresse alors qu'il était encore marié. Devenue sa compagne et la mère de ses enfants, Augusta Holmès, après la fin de cette longue liaison vers 1886, entretint des relations avec Sarah Bernhardt et Louise Abbéma, qui alimentèrent la rumeur sur ses penchants saphiques.

16. Mendès avait épousé Judith Gautier en 1866. La séparation des époux, effective depuis 1873, fut officialisée en 1878 par un divorce.

17. Allusion à l'ordre de la Jarretière, créé en 1348 par le roi d'Angleterre Édouard III, après avoir ramassé, dit-on, la jarretière perdue par la comtesse de Salisbury et prononcé le célèbre : « Honni soit qui mal y pense ! »

18. Allusion au roman de Mendès *Les Mères ennemies*, où l'on peut lire : « Jésus peut être avait humilié Judas » (deuxième partie, livre Ier, chap. VIII, Dentu, 1880, p. 165).

19. Joan. VIII, 11.

20. Allusion à « La Femme adultère », poème des *Contes épiques* (1872-1885). Le mari outragé s'indigne du pardon accordé par le Christ aux épouses infidèles : « Moi seul, à qui justice était due en effet,/ J'aurais pu pardonner. Mais lui, d'où vient qu'il l'ose ?/ De quel droit se fait-il arbitre dans ma cause,/ Puisqu'il n'a pas souffert du mal que tu m'as fait ? » Et il poursuit : « Mais ils sont moins cléments, ceux à qui l'on fit tort ;/ Le voleur subira la prison et l'amende./ Donc, plus dépouillé qu'eux, j'approuve et je demande/ Que, pesant le dommage, on m'accorde ta mort. » (*Poésies*, t. II, *op. cit.*, p. 40 et 42).

21. Vers tiré d'une pièce des *Soirs moroses* (1876), intitulée « Adoration », dont voici la fin : « Ni toi-même qui fus doux comme la tendresse/ Des femmes, et, voyant l'homme errer en détresse/ Du Baal Ammonite au Sabaoth hébreu, /Pleuras, Emmanuel, de ne pas être Dieu !/ Ni tous les immortels, Dévas, Démons, Génies,/ Que tu bénis ou crains, que tu crois ou renies,/ Esprit humain, chercheur de l'éternelle loi,/ N'ont pu combler les vœux éperdus de la foi,/ Et la splendeur du vide emplit les cieux terribles ! » (*Poésies*, t. I, *op. cit.*, p. 190).

22. Consolateur (du latin *confortator*, « celui qui réconforte »).

23. Voir note 23 [XXIX], p. 427.

24. Mendès, à l'époque où écrit Bloy, a eu cinq enfants d'Augusta Holmès : Raphaël, Huguette, Claudine, Hélyonne et Marthian.

25. Var. éd. Stock : « des bals d'enfants où < des coins obscurs sont aménagés pour les petites leçons paternelles qu'il se plait a leur inculquer. > ».

26. Var. éd. Stock : « dans ce < Barâthre > ». – Sur ce mot, voir note 3 [XII], p. 415.

27. Var. éd. Stock : « de ses propres < enfants > ». Allusion à la disparition de Marthian, enfant mort en bas âge.

28. Il s'agit vraisemblablement de Villiers de L'Isle-Adam. Celui-ci a renseigné Bloy sur le compte de Catulle Mendès qu'il avait rencontré au temps de la *Revue fantaisiste* (1861) et avec lequel il avait noué une amitié orageuse, émaillée de nombreuses brouilles.

29. Var. éd. Soirat : « son < juge > ».

30. Oiseaux du lac Stymphale, en Arcadie. Ils se nourrissaient de chair humaine. Hercule, au cours de ses travaux, les tua de ses flèches.

[LVI]

1. L'allusion vise Hippolyte de Villemessant (1810-1879), qui avait repris *Le Figaro* en avril 1854 et avait fait un quotidien de ce journal parisien et littéraire en novembre 1866. Avant de se retirer dans sa propriété de Monte-Carlo, en 1875, il avait confié la direction du journal à Francis Magnard.

2. Qui sent le fromage fait (l'adjectif est fabriqué à partir du latin *caseus*, « fromage »).

3. Var. éd. Stock : « à tout < chantage > ».

4. Ici commence le long passage visant Francis Magnard qui fut supprimé par Stock, par crainte de poursuites pour diffamation, lors de la mise en vente de son édition en mars 1893 (voir *supra*, la Notice, p. 54) : « L'insolente fortune, qui choisit ordinairement de tels concubins, l'avait à ce point comblé qu'il lui fut donné d'assassiner sa femme sans inconvénient. Il n'est pas inutile, pour l'histoire des mœurs contemporaines, de rétablir la vérité de cette anecdote que une servile chronique a pris soin de dénaturer./ Le balourd avait épousé naguère, en des jours sans gloire, une femme timide et frêle, qu'il opprimait de toutes les adiposités morales et physiques de sa personne. En même temps, il avait élu, pour la joie de son cœur, une ancillaire amante qui partageait avec lui la domination du foyer, jusqu'au point de se fourrer, aux yeux épouvantés de sa maîtresse, dans le lit conjugal de ces époux divisés. Un jour enfin, n'y tenant plus, folle de rage, soûle de honte, l'idole légitime se dressa contre son seigneur, le menaçant, s'il fallait endurer encore ces abominations, de se jeter à l'instant même sur le pavé./ – Ah ! Madame, répondit-il sans hésiter et ouvrant la fenêtre toute grande, qu'à cela ne tienne, c'est la plus vive satisfaction que vous puissiez me donner. La pauvre diablesse, complètement éperdue, se précipita de la hauteur d'un troisième étage et fut ramassée, sur le trottoir, en plusieurs morceaux./ Magnus était, d'ailleurs, au pinacle sublime de son journal, un réprobateur assidu de nos désordres et l'infatigable champion de la vertu./ Lorsqu'il s'avisa d'embaucher Marchenoir, dont il espérait monnayer les rares facultés de rhinocéros, il ignorait que ce pachyderme eût précisément dans ses fanons de quoi l'écraser d'un ridicule exterminateur. Magnus avait, autrefois, écrit une série de lettres inouïes à un artiste bon enfant qu'il suppliait de le marier, et celui-ci avait régalé plusieurs fois Marchenoir de leur désopilante lecture. Or, c'était une fière chance, pour le vieux faquin, que cette cocasse histoire n'eût pas été divulguée à tout autre confident. »

5. Le mot désigne celui qui porte la queue du manteau d'un grand personnage – il est forgé à partir du latin *cauda*, « queue » – et, métaphoriquement, selon la définition qu'en donnent les Goncourt dans *Charles Demailly* (1860), un « cireur de bottes ».

6. Voir note 2 [XVIII], p. 418.

7. Voir note 9 [L], p. 446.

8. Fondé en janvier 1826 par Maurice Alhoy et Le Poitevin de Saint-Alme, *Le Figaro* fut vendu six mois plus tard à Victor Bohain, qui s'entoura de l'élite des gens d'esprit. Henri de Latouche, Alphonse Karr, Léon Gozlan, Nestor Roqueplan, Félix Davin, George Sand, Félix Pyat et Jules Sandeau, ses principaux rédacteurs, publièrent un hebdomadaire satirique d'un format de quatre pages, dépensant beaucoup d'esprit pour traiter de critique, d'art, de morale, de mode, de bibliographie... Affaibli par la multiplication des procès, ce premier *Figaro* parut avec quelques éclipses jusqu'en 1834.

9. Enflé, boursouflé, bouffi (du latin *turgidus*, « gonflé »).

10. Var. éd. Stock et éd. Soirat : « de la < Médiocrité > ».

11. Voir en particulier « Réflexions sur un patriarche » (*Le Chat noir*, 8 mars 1884), article sur Mendès figurant dans les *Propos d'un entrepreneur de démolitions*.

12. Var. éd. Stock, éd. Soirat et éd. Crès : « le < torse, flexible > tabernacle ».

13. Var. éd. Soirat : « un pet-en-l'air < matutinal > ». – Dans un langage familier aujourd'hui vieilli, un pet-en-l'air est une veste qui s'arrête au bas des reins.

14. Terme archaïque désignant des pustules.

[LVIII]

1. Alphonse Daudet (1840-1897). Voir la Clé du *Désespéré*, p. 513. Le personnage change plusieurs fois de nom dans le brouillon du *Désespéré*, où il se nomme d'abord Jacques Petit-David (ce nom fait écho aux gloses étymologiques de Robert de Bonnières, reprises notamment par Mirbeau dans *Les Grimaces*, n° 21, le 8 décembre 1883 : « Daudet vient de Davidet, qui, en langue provençale, veut dire petit David : d'où il résulte que M. Daudet est d'origine juive »). Puis le personnage reçoit le nom de Jacques Roumestan (par allusion au roman de Daudet, *Numa Roumestan*, paru en 1881).

2. Qui est bossu (du latin *gibbosus*).

3. En 1860, Daudet, grâce à l'intervention d'Ernest Lépine, alors chef du cabinet du duc de Morny, obtint un poste de secrétaire auprès du frère utérin de Napoléon III. L'écrivain représenta son puissant protecteur dans son roman *Le Nabab* (1877).

4. Var. éd. Soirat : « < le plus > bas ».

5. Trompette (du latin *tuba*).

6. Var. éd. Soirat : « de < Gloire > ».

7. Var. éd. Stock : ce paragraphe tout entier est absent de cette édition.

8. Daudet, dans plusieurs récits des *Lettres à un absent* (1871) – en particulier « La Défense de Tarascon » (d'abord publié dans *Le Soir*, le 5 mars 1871) –, brocarde le chef républicain, ministre de la Guerre dans le gouvernement de la Défense nationale en 1870-1871.

9. Dans ses *Souvenirs d'un homme de lettres* (1888), Daudet a justifié son revirement d'opinion : « Paris à peine débloqué, tout tremblant encore de la fièvre obsidionale, j'avais écrit sur Gambetta et la défense en province un article sincère mais très injuste, que j'ai eu grand plaisir, une fois mieux informé, à retrancher de mes livres. Tout Parisien était un peu fou à ce moment, moi comme les autres. [...] Et tandis qu'on disait à la province : "Paris ne s'est pas battu !" on soufflait à Paris : "Tu as été lâchement abandonné par la province." Si bien que furieux, honteux, impuissants à rien distinguer dans ce brouillard de haine et de mensonge, soupçonnant partout la trahison, la lâcheté et la sottise, on avait fini par tout mettre, Paris et Province, dans le même sac. L'accord s'est fait depuis quand on a vu clair. La province a appris ce que, cinq mois durant, Paris a déployé d'héroïsme inutile ; et moi, Parisien du siège, j'ai reconnu pour mon humble part combien furent admirables l'action de Gambetta dans les départements, et ce grand mouvement de la Défense où nous n'avions tous vu d'abord qu'une série de fanfaronnes tarasconnades » (*Œuvres complètes*, t. XII, Librairie de France, 1930, p. 13-14).

10. Le 16 mai 1877, le président de la République Mac-Mahon poussa à la démission le président du Conseil, le républicain Jules Simon, et nomma peu après un gouvernement dirigé par le duc de Broglie, défenseur des droits dynastiques de la maison d'Orléans. Devant l'opposition des députés républicains, l'Assemblée nationale fut dissoute le 25 juin.

11. Fondé en 1843, *Le Correspondant* regroupa les catholiques libéraux sous le second Empire et la IIIe République. Montalembert, Lacordaire, Falloux, Cochin furent au nombre de ses collaborateurs. Depuis 1875, son directeur était Léon Lavedan (1826-1904).

12. Les élections qui suivirent la crise du 16 mai apportèrent une nouvelle majorité républicaine, consacrant l'échec de cette tentative de restauration monarchique.

13. Bloy reprend des accusations lancées par Robert de Bonnières, chroniqueur au *Figaro* (où il signait Janus), dans ses *Mémoires d'aujourd'hui* (t. II, Ollendorff, 1885, p. 232).

14. *Les Rois en exil*, avant de paraître chez Dentu en octobre 1879, fut publié en feuilleton dans *Le Temps*, du 15 août au 10 octobre. Sous la direction d'Adrien Hébrard, le journal combattait énergiquement depuis 1873 la politique d'« ordre moral » et était favorable aux défenseurs de la République.

15. Var. éd. Stock : « pour < satisfaire ses goûts orientaux de rôdeur nocturne > ».

16. Var. éd. Stock : « l'infamante origine < juive > de leur père ».

17. *Tartarin sur les Alpes*, paru en décembre 1885.

18. L'accusation de plagiat poursuit Daudet depuis la parution, en 1869, des *Lettres de mon moulin*. Elle a été reprise en 1875 par Brunetière dans son article sur « Le Roman réaliste » (*Revue des Deux Mondes*, 1er avril 1875), où il regrette le travers d'une imitation excessive chez l'écrivain. Mirbeau l'a relayée à son tour dans « Coquelin, Daudet et Cie », article paru dans *Les Grimaces*, le 8 décembre 1883.

19. Bloy se montrera plus précis dans « Un voleur de gloire » (*Gil Blas*, 31 décembre 1888), repris dans *Belluaires et Porchers*, chap. IV : « Dans *Fromont jeune*, par exemple, cette Désirée Delobelle, apprêteuse d'oiseaux-mouches, qui lui a valu tant d'éloges, est identiquement décalquée sur l'habilleuse de poupées de l'*Ami commun*, et dans *Jack*, imité presque tout entier de *David Copperfield*, on rencontre des morceaux énormes qui font penser à la besogne de quelque malheureux expéditionnaire » (*Œuvres*, t. II, *op. cit.*, p. 210).

20. Paul Arène (1843-1896) et Léon Cladel (1834-1892). Voir la Clé du *Désespéré*, p. 514 et 524. Un employé travaillant sous les ordres du père de Bloy à Périgueux s'appelait Rieupeyroux. Pour créer son personnage, Bloy s'est sans doute souvenu de son nom aux consonances méridionales.

21. Paul Arène avait été fait chevalier de la Légion d'honneur en janvier 1885.

22. Var. éd. Stock : « la < folie > de la Croix ». Voir I Cor. I, 18.

23. Voir note 10 [XLV], p. 438.

24. Rue, en langage familier.

25. Dans *Leconte de Lisle et ses amis*, Fernand Calmettes écrit à propos de Cladel : « La malice paysanne qu'il alliait à des façons de fougueux sans gêne, les palliait mal, parce qu'elle manquait de tact. Catulle Mendès l'appelait "un tartufe du Danube" » (Librairies-imprimeries réunies, 1902, p. 278). Parmi les *Figurines de poètes* publiées par Mendès, celle de Cladel, qui date du 2 octobre 1868, comporte en effet cette déclaration : « Peu courtisan, il considère le paysan du Danube comme un vil flatteur. » Dans une note de sa réédition des *Figurines* (Du Lérot, 2007, p. 120, note 3), Michael Pakenham rappelle l'allusion à la fable de La Fontaine (XI, 7) et ajoute : « Il paraît que, vers 1879, Mendès avait pris Cladel en grippe car il le traitait de "Tartuffe du Danube" ; ledit Tartuffe se vengea en surnommant Mendès "le Christ qui a trahi Judas" (voir Maurice Talmeyr, *Souvenirs d'avant le déluge*, [Perrin], 1927, p. 115-116) ».

26. Georges Charpentier (1846-1905), éditeur de Zola et des naturalistes.

27. Il s'agit de *Bonshommes* (Charpentier, 1879), où est recueilli, sous le titre *Dux*, le récit de la journée que Cladel, en 1861, aurait passée avec Baudelaire à récrire *Les Martyrs ridicules*. Ce récit, d'abord intitulé *Chez feu mon maître,* était paru le 1er septembre 1876 dans le *Musée des deux mondes.*

28. Bloy exagère certainement en faisant de Cladel la victime d'une duperie de Baudelaire. Mais il cherche à corriger l'image du pédagogue bienveillant à l'égard d'un jeune écrivain prometteur, que tente d'accréditer l'auteur des *Martyrs ridicules*. Baudelaire ne fut pas le maître de Cladel et, s'il lui prêta brièvement attention, sa première leçon de littérature fut sans lendemain.

29. Terme d'emploi littéraire signifiant « impérissable » (emprunté au latin chrétien *immarcescibilis*, « qui ne se flétrit pas »).

30. Oscillation (emprunté au latin *nutatio*, « balancement »).

31. Armand Silvestre (1837-1901). Voir la Clé du *Désespéré*, p. 524.

32. Guy de Maupassant (1850-1893). Voir la Clé du *Désespéré*, p. 525. Le premier nom du personnage, dans le brouillon du *Désespéré*, était Victor Bellamy.

33. Allusion à « Un bâtard de Lucrèce », article refusé par *Le Figaro* en raison de sa violence, mais publié finalement dans *Le Chat noir* (voir note 8 [IV], p. 410).

34. En 1876, Bloy, qui fréquentait le Sherry-Cobbler, rendez-vous de la bohème littéraire, rencontra Richepin, alors qu'il « partageait le petit appartement » de Bourget, rue Guy-de-la-Brosse, dans le Ve arrondissement. Voir *Le Vieux de la Montagne*, 20 avril 1910, « Histoire d'un cochon qui voulait mourir de vieillesse » (*Journal*, t. II, *op. cit.*, p. 142).

35. Ces deux séditieux, d'après ceux qui écrivirent leur histoire, de Salluste à Shakespeare, furent les victimes de leurs passions, de leur nature corrompue ou de leur fol orgueil. Au Ier siècle av. J.-C., Catilina fut l'âme d'une conjuration visant à renverser la République romaine : ses projets découverts, il mourut au combat. – Le général romain Coriolan, exilé au Ve siècle av. J.-C. pour avoir atteint aux droits de la plèbe, se retourna contre Rome, sa patrie, qu'il assiégea à la tête des Volsques.

36. *Les Blasphèmes*, recueil publié chez Maurice Dreyfous en 1884.

37. Sarah Bernhardt (1844-1923).

38. Var. éd. Stock, éd. Soirat et éd. Crès : « un < bateleur. Il > n'y a pas ».

39. Var. éd. Stock et éd. Soirat : « < pour voir > jaillir ».

40. Richepin s'était marié à Marseille le 14 juin 1879 avec Eugénie Adèle Constant, née à Manosque le 12 avril 1856.

41. L'un des sept chefs qui menèrent la guerre contre Thèbes dans la mythologie grecque. Lors du siège de cette ville, il fut foudroyé par Zeus irrité de son mépris pour les dieux. Il représente l'orgueil impie.
42. Mot populaire et vieilli signifiant « vomir ».
43. Var. éd. Stock : « < On lui doit >, en effet, < la création > ».
44. Var. éd. Soirat : « D' < un jour > à l'autre ».
45. Populaire pour « prostituées ».
46. Ancien élève de l'École polytechnique, Armand Silvestre était entré en 1867 au ministère des Finances. D'abord inspecteur, puis sous-chef de bureau, il avait suivi régulièrement la carrière administrative.
47. Armand Silvestre fut fait chevalier de la Légion d'honneur par un décret du président de la République Jules Grévy daté du 7 juillet 1886 et publié le 8 juillet 1886 dans le *Journal officiel* (p. 3103). Son nom figure dans une liste de fonctionnaires émérites du ministère des Finances, et non dans une liste d'écrivains.
48. Var. éd. Stock et éd. Soirat : « à un < homme > ».
49. Bloy n'est pas le premier, tant s'en faut, à épingler les prouesses sexuelles, bien connues dans les milieux littéraires, du jeune Maupassant. En 1886, Jean Lorrain, dans *Très russe*, vient de peindre l'auteur de *Bel-Ami* sous les traits de Beaufrilan, « l'étalon modèle, littéraire et plastique, du grand haras Flaubert, Zola et Cie, vainqueur à toutes les courses de Cythère » (chap. VI, Giraud, 1886, p. 100).
50. Var. éd. Stock : « Aimé < de ce grand aveugle de Flaubert > qui crut < peut-être > ».
51. Var. éd. Stock : « < écrite entièrement > ».
52. Bloy amplifie des insinuations qui étaient apparues dans les journaux, à la sortie des *Soirées de Médan* où figure *Boule de suif* : « Cela est du Flaubert tout pur, et quel talent ne faut-il pas pour pasticher cet excellent prosateur ! » avait écrit par exemple Frédéric Plessis dans *La Presse*, le 5 septembre 1880. En fait, Flaubert n'est pas l'auteur de la nouvelle : il n'a connu *Boule de suif* que sur épreuves, et lui-même a été surpris, comme en témoignent plusieurs de ses lettres de début février 1880, du grand talent qu'il venait de découvrir à son « disciple ».
53. Var. éd. Stock : « la mort de < Flaubert > ».
54. Interprétation tendancieuse de Bloy, alimentée par les bruits qui coururent, tard encore après la mort de Maupassant, sur la paternité de Flaubert. Ni Maupassant, qui vouait à Flaubert une affection quasi filiale, ni sa mère n'ont jamais pris la peine de réfuter ces bruits, pour éviter sans doute de leur donner de l'importance.
55. Var. éd. Stock : « que < Flaubert ne connut jamais > ». – Bloy semble ignorer les liens d'amitié qui unissaient Flaubert à la famille de Maupassant : Laure, la mère de ce dernier, était la sœur du grand ami de Flaubert Alfred Le Poittevin. Celui-ci avait épousé Louise, la sœur de Gustave de Maupassant, père de l'écrivain.
56. Var. éd. Stock : « la gloire < du romancier le plus puissant > ».
57. Var. éd. Soirat : « de l' < Étalonnat > ».

58. Var. éd. Stock : « le < pseudo-bâtard de Flaubert > ».
59. Var. éd. Stock et éd. Soirat : « par-devant < expert > ».
60. Qui présente un phallus en érection.
61. En argot militaire, soldat d'un corps chargé du transport de troupes.
62. Georges Duroy, le héros de *Bel-Ami* dont Bloy fait le double de Maupassant (voir note 68 ci-dessous), est un ancien sous-officier rendu à la vie civile.
63. Var. éd. Stock et éd. Soirat : « cru < parisien > ».
64. Maupassant était un familier du salon de Mme Straus, fille de Fromental Halevy et veuve de Georges Bizet, laquelle venait d'épouser l'avocat Émile Straus en secondes noces. Pendant l'été 1886, il avait séjourné en Angleterre, au château de Waddesdon, à l'invitation du baron Ferdinand de Rothschild.
65. En 1882, Maupassant et Maizeroy avaient acheté du terrain à Étretat : Maupassant, une parcelle attenante au jardin potager de sa mère, où fut ensuite édifiée La Guillette ; Maizeroy, un lopin contigu, assez grand pour faire construire une maison. Mais, en 1883, Maizeroy se trouvant à court d'argent, Maupassant lui racheta son terrain, au prix acquitté un an plus tôt, lors de son acquisition.
66. La Caramanie est une région de la Turquie, située en Asie Mineure, à l'est de l'Anatolie. – Installés place du Palais-Royal et bordant la rue de Rivoli, les Grands Magasins du Louvre, propriété d'Alfred Chauchard et d'Auguste Hériot, comptaient depuis les années 1870 parmi les plus vastes et les plus fameuses galeries marchandes de l'époque.
67. L'observateur auquel Bloy fait allusion est vraisemblablement Edmond de Goncourt qui connaissait l'intérieur de l'appartement de la rue Montchanin (aujourd'hui Jacques-Bingen), dans le XVIIe arrondissement, où Maupassant s'était installé en 1884. On peut penser que Bloy a obtenu le renseignement par l'intermédiaire de Huysmans.
68. *Bel-Ami*, publié en 1885 chez Havard, après être paru en feuilleton dans le *Gil Bas* du 6 avril au 30 mai. Pour Bloy, qui se situe au plan symbolique, Georges Duroy est le double de Maupassant comme Marchenoir est le sien. Reprenant ce passage dans *Les Funérailles du naturalisme* (1891), il écrira au sujet du romancier normand : « rien ne doit étonner d'un homme capable d'écrire un roman tel que *Bel-Ami*, cette fameuse autobiographie de son âme » (Les Belles Lettres, 2001, p. 240).
69. Bourget était proche de familles de la finance et des affaires : les Cahen d'Anvers, les Ephrussi, les Stern. Maupassant fréquentait lui aussi ces milieux, étant lié en particulier à Marie Kann et à Lulia Cahen d'Anvers.
70. Var. éd. Soirat : « ainsi qu'il le < déclare, > ». – Bloy songe certainement à deux vers d'« Au bord de la mer », sixième pièce de « Souvenir du Nord », série de poèmes recueillis dans *Les Aveux* (1882) :

« J'entends crier le goëland./ Comme lui mon cœur est sauvage » (*Poésies [1876-1882]*, Lemerre, s.d., p. 217).

71. Var. éd. Stock : cette longue phrase ne figure pas dans l'édition.

72. Bourget a publié *Un crime d'amour* chez Lemerre en février 1886. L'ouvrage est dédié à Gaston Créhange, un ami juif originaire de Besançon, qu'il avait connu dans sa jeunesse, alors qu'il était pensionnaire à Sainte-Barbe. – En changeant le sexe du dédicataire, Bloy introduit une nouvelle allusion désobligeante pour Bourget, visant sa liaison avec Marie Kann, qui fut sa maîtresse, avant de devenir celle de Maupassant.

73. Prière insistante pour obtenir le pardon d'une faute (du latin *deprecatio*, désignant une demande de pardon que l'on fait après avoir avoué sa culpabilité).

[LIX]

1. Henri Fouquier (1838-1901). Voir la Clé du *Désespéré*, p. 525.

2. Lucien Anatole Prévost-Paradol (1829-1870), ancien normalien, journaliste au *Journal des débats* et au *Courrier du dimanche*, auteur de *La France nouvelle* (1868). Il fut l'un des principaux représentants de l'opposition libérale au second Empire.

3. Allusion au compte rendu d'*À vau-l'eau* publié par Henri Fouquier sous le pseudonyme de Nestor dans le *Gil Blas* du 11 mars 1882, à la rubrique « Romans nouveaux » : « Comme j'ai, grâce au ciel, une bonne cuisinière, les angoisses de M. Folantin ne m'intéressent pas du tout. » Huysmans avait été piqué de cette remarque. Voir sa lettre inédite de fin mars 1882 à Maupassant : « Vous avez certainement lu l'article signé Nestor, au *Gil Blas*. [...] Il y a là-dedans une phrase de critique littéraire bien étrange : Moi qui ai une bonne cuisine, je ne m'intéresse pas etc. Une perle quoi ! – Mon pauvre ami, j'ai grand peur que l'universelle connerie ne s'aggrave de jour en jour » (Fonds Lambert, ms 50, fol. 174-175).

4. Var. éd. Stock : « de son mariage < avec la veuve défoncée d'un homme de lettres ultra-débonnaire, qui l'avait admis en *troisième* dans son propre lit conjugal > ». – Henri Fouquier avait épousé la veuve d'Ernest Feydeau, née Léocadia Zelewska, ancienne maîtresse du duc de Morny.

5. Voir note 6 [LI], p. 447.

6. Octave Feuillet (1821-1890), auteur de romans édifiants : *Roman d'un jeune homme pauvre* (1858), *Histoire de Sibylle* (1862), *Histoire d'une Parisienne* (1881)... – Jules Sandeau (1811-1883), auteur de romans sans éclat – *Marianna* (1839), *Mademoiselle de La Seiglière* (1846), *La Roche aux mouettes* (1871)... –, qui opposent la morale bourgeoise aux excès de la passion romantique. – Pontmartin (voir note 33 [XLVI], p. 442) a publié plusieurs romans et nouvelles de tonalité bien-

pesante dans *La Mode*. – Le journaliste légitimiste Charles de Bernard (1804-1850), auteur de *Gerfaut* (1838), a dénoncé dans ses récits la corruption et la misère morale de son époque.

7. Milon de Crotone, athlète grec du VIe siècle avant J.-C., réputé pour son invincibilité à la lutte. Il fut couronné plusieurs fois aux jeux Olympiques.

8. Vocabulaire médical : un émollient est un remède qui calme une inflammation musculaire ; « préservatif » est à entendre ici dans le sens vieilli d'« antidote ».

9. Aurélien Scholl (1833-1902). Voir la Clé du *Désespéré*, p. 513.

10. En mai 1868, Aurélien Scholl épousa Irène Perkins, fille d'un des associés de la brasserie Barclay et Perkins (Londres). « Miss Perkins ayant emmené avec elle une famille malheureuse, composée d'une femme séparée et de ses quatre enfants, le jeune mari refusa ce tête-à-tête à sept » (Bitard, *Dictionnaire de biographie contemporaine*, 3e éd., 1887). Un procès en séparation s'ensuivit en 1869, que Scholl gagna devant le tribunal civil.

11. Émile Bergerat (1845-1923) figure ici sous son vrai nom. Ce célèbre journaliste, qui avait longtemps tenu la critique dramatique au *Voltaire*, donnait aussi au *Figaro* des chroniques sous le pseudonyme de Caliban. Il avait épousé Estelle, la seconde fille de Théophile Gautier.

12. Var. éd. Stock : « Encore Bergerat < fut-il vernissé > de littérature par son beau-père, Théophile Gautier, dont la voluptueuse bedaine < avait des entrailles pour > ce fils de prêtre ».

13. Dans sa lettre à Montchal du 10 avril 1885, Bloy évoque la « guerre meurtrière aux cercles et aux maisons de jeu de Paris » menée par Aurélien Scholl et « quelques autres tripotiers », « guerre dont l'issue malpropre fut la fermeture de presque tous les tripots à l'exception de *trois*, ostensiblement patronnés par ces honorables compères » (*Lettres aux Montchal, op. cit.*, p. 48).

14. Aurélien Scholl fut le premier rédacteur en chef de *L'Écho de Paris*, journal concurrent du *Gil Blas* fondé en mars 1884 par Valentin Simond, après que les publications de ce patron de presse – *Le Peuple*, *La Marseillaise*, *Le Mot d'ordre*, *Le Réveil*, qui étaient au bord de la faillite en 1883 – eurent été renflouées par Waldeck-Rousseau, alors ministre de l'Intérieur, avec des fonds secrets.

15. Aurélien Scholl, qui avait été fait chevalier de la Légion d'honneur en février 1878, fut promu officier le 12 juillet 1884.

16. Auguste Vitu (1823-1891). Voir la Clé du *Désespéré*, p. 511.

17. Var. éd. Stock : « C'est un bonapartiste obséquieux et < rêche, plagiaire > plein d'impudence, très puissant au < *Basile* et maître-chanteur > ».

18. Auguste Vitu est l'auteur de plusieurs ouvrages érudits sur Molière : *La Maison mortuaire de Molière d'après des documents inédits, avec plans et dessins* (Lemerre, 1882) et *Archéologie moliéresque. Le jeu* *de paume des Mestayers ou l'Illustre Théâtre, 1595-1883* (Lemerre, 1883).

19. L'hostilité de Vallès à l'égard des classiques comme Molière conduisit le fondateur de *La Rue* à lancer, le 13 juillet 1867, une collecte de protestations publiques contre la reprise du *Misanthrope* au Théâtre-Français : « Au temps de ma verte jeunesse – se souviendra Bloy en 1902 –, il n'y a pas loin de trente-cinq ans, Jules Vallès ouvrit une sorte de plébiscite contre Molière. Il y eut au journal hebdomadaire, *la Rue*, que dirigeait le futur agitateur, un registre où chacun était invité à protester avec énergie contre le *Misanthrope* » (*Exégèse des lieux communs*, première série, LXXV, « Il est avec le ciel des accommodements », *Œuvres*, t. VIII, *op.cit.*, p. 95).

20. Vitu avait publié en 1873, à la Librairie des bibliophiles, une *Notice sur François Villon d'après des documents nouveaux et inédits tirés des dépôts publics*.

21. Expression signifiant « tous les moyens ».

22. Allusion aux travaux érudits d'Auguste Longnon (1844-1911), archiviste aux Archives nationales. Après de longues et patientes recherches documentaires, il avait publié la même année que Vitu une étude sur « François Villon et ses légataires » dans *Romania* (avril-juin 1873, p. 203-236). Gaston Paris, rendant compte de ces travaux concurrents dans la *Revue critique d'histoire et de littérature* (juillet-décembre 1873, p. 190-199), marqua nettement sa préférence pour Longnon contre Vitu.

23. Var. éd. Stock : « c'est le < chantage > ».

24. Né à Cologne, Albert Wolff (1835-1891) fit ses études à l'université de Bonn avant de s'installer à Paris où il débuta dans la presse, sous le second Empire, grâce au soutien de Villemessant, le directeur du *Figaro*. Il se fit ainsi une place de premier plan dans le monde du journalisme : ses « Courriers de Paris » publiés par *Le Figaro* avaient une large audience dans les années 1880.

25. Sous forme de pluie d'or : c'est sous cet aspect que Danaé, princesse d'Argos, enfermée par son père dans une tour, se laissa séduire par Zeus métamorphosé.

26. Philippe Gille (1831-1901). Voir la Clé du *Désespéré*, p. 519.

27. Dans sa lettre du 19 janvier 1887 à Louis Montchal, Bloy lui indique que ce passage « aurait dû [l']éclairer » (*Lettres aux Montchal, op. cit.*, p. 279) sur l'identité du personnage : Philippe Gille était chargé au *Figaro* d'une chronique hebdomadaire, « Nouvelles à la main », bien connue des lecteurs.

28. Malfilâtre (1733-1767), poète inhabile dans l'art de parvenir, mort prématurément dans la pauvreté. La postérité a fait de lui la figure du génie méconnu, disparu en pleine jeunesse, de détresse matérielle et d'épuisement moral.

29. Paul Bonnetain (1858-1899). Voir la Clé du *Désespéré*, p. 518.

30. Edmond Deschaumes (1856-1916). Voir la Clé du *Désespéré*, p. 518.

31. Élémir Bourges (1852-1925). Voir la Clé du *Désespéré*, p. 516.

32. Félicien Champsaur (1859-1934). Voir la Clé du *Désespéré*, p. 511.

33. Mermeix (1859-1930). Voir la Clé du *Désespéré*, p. 522.

34. Pharmacien, dans la langue familière, en un sens péjoratif.

35. *Charlot s'amuse* (Bruxelles, Kistemaeckers, 1883), roman traitant de l'onanisme, qui fit scandale à sa parution.

36. Frère Philippe, de son vrai nom Matthieu Bransiet (1792-1874), supérieur général de la Congrégation des Frères des écoles chrétiennes. Bonnetain ne put guère lui envoyer *Charlot s'amuse*, puisque ce religieux mourut près de dix ans avant la parution du roman. Mais, au chap. V de l'ouvrage, il est question du supérieur général à propos d'un frère vertueux qui menace de dénoncer les masturbateurs et autres sodomites : « Le frère Philippe aurait eu trop à faire s'il avait voulu expurger son ordre de tous les frères coupables de pareils péchés ! » (*op. cit.*, p. 117).

37. Voir note 16 [LI], p. 447.

38. Voir note 3 [I], p. 407.

39. Galeux.

40. *L'Événement*, quotidien de centre gauche créé le 7 avril 1872 par Auguste Dumont et Edmond Magnier. C'est dans ses colonnes qu'Edmond Deschaumes publia, le 22 septembre 1886, sa célèbre chronique intitulée « Symbolistes et cymbalistes », attaquant la jeune génération littéraire ainsi que ses maîtres, Verlaine et Mallarmé.

41. Var. éd. Stock : « de ce < chef d'école > ».

42. Ce célèbre romancier est Zola, qui intervint auprès de la direction du *Voltaire* pour qu'elle publie *Le Crépuscule des dieux* en feuilleton, après que *Le Bien public*, où le roman devait être publié initialement, eut cessé de paraître.

43. Var. éd. Soirat : « au directeur < dudit > *Voltaire* ». – Fondé en 1878 par Émile Ménier, le *Voltaire*, quotidien radical, était dirigé à cette époque par Jules Laffitte.

44. *Le Crépuscule des dieux* parut en mars 1884, chez Giraud.

45. Comme d'autres personnages, Arthur Meyer figure ici sous son nom réel, alors qu'il a aussi un double symbolique : Judas Nathan (voir note 1 [XLII], p. 436). – En 1881, Élémir Bourges entra au *Gaulois* où il publia régulièrement des chroniques.

46. Élémir Bourges et Paul Bourget s'étaient rencontrés vers 1874 alors qu'ils fréquentaient ensemble les cours de Taine et les cénacles littéraires. Ils étaient devenus des intimes, et Bourget avait introduit son ami au *Parlement*, puis au *Gaulois*.

47. Bloy tenait Champsaur pour responsable de la mort de son ami le journaliste et romancier Robert Caze (1853-1886). S'étant jugé diffamé par un article de Champsaur, Caze avait eu une altercation publique avec lui, mais avait refusé le duel, préférant porter l'affaire

devant les tribunaux. Accusé de faiblesse par Charles Vignier, dans *La Revue moderniste* du 1er février 1886, Caze se battit avec ce dernier le 15 février et, après avoir reçu un coup d'épée, mourut de ses blessures le 23 mars.

48. Bloy vise sans doute moins un ouvrage particulier de Champsaur que sa réputation de plagiaire en général. On connaît le mot d'Émile Goudeau – le cousin de Bloy et son complice au *Chat noir* – qui « avait l'habitude de crier de sa voix puissante en voyant pénétrer Félicien dans les brasseries de Montmartre : "Rentrons nos idées ! Voilà Champsaur" » (*Petit Bottin des lettres et des arts*, Giraud, 1886, p. 24).

49. Dans *Caractères et anecdotes* (1794), Chamfort ne se présente pas comme l'auteur de cette recommandation, mais l'attribue au marquis de Lassay : « M. de Lassay, homme très doux, mais qui avait une grande connaissance de la société, disait qu'il faudrait avaler un crapaud tous les matins, pour ne trouver plus rien de dégoûtant le reste de la journée, quand on devrait la passer dans le monde » (*Maximes, pensées, caractères*, Garnier-Flammarion, 1968, p. 245).

50. Le 16 juin 1886, Félicien Champsaur avait épousé Jeanne Marie Chazotte, à Neuilly-sur-Seine. Le couple divorça dans les années 1890. – Lucie Émilie Delabigne, dite Valtesse de la Bigne (1848-1910), célèbre demi-mondaine, auteur d'un roman autobiographique : *Isola* (Dentu, 1876) et modèle du personnage de Nana.

51. *La France*, journal dirigé depuis 1874 par Émile de Girardin, qui s'était signalé, après le 16 mai 1877 (voir note 10 [LVIII], p. 454), par son hostilité au cabinet de Broglie. Il avait été racheté par Charles Lalou en 1881.

52. Percée de petits trous (du latin *foramen*, « trou »).

53. Var. éd. Stock : « et < feuilleté > confrère ».

54. Allusion à l'article intitulé « Le Fou » (*La France*, 10 mars 1885), dans lequel Mermeix, réagissant à la parution du *Pal*, avait proposé à ses confrères d'anéantir Bloy par leur silence.

[LX]

1. Var. éd. Stock, éd. Soirat et éd. Crès : « Ils sont presque tous < décorés. Dieu > me soit en aide ! »

2. Var. éd. Stock et éd. Soirat : « d' < absolu > ».

3. Gauthier Sans Avoir, seigneur de Poissy, fut un des chefs des bandes populaires qui suivirent Pierre l'Ermite, lors de la première croisade. Après sa mort dans une embuscade tendue par les Turcs près de Nicée en 1096, on fit de lui un modèle de courage, d'humilité et d'honneur.

4. Francisque Sarcey (1827-1899). Voir la Clé du *Désespéré*, p. 509.

5. Edmond About (1828-1885), normalien en 1848, fut reçu premier à l'agrégation de lettres de 1851. Il fit une carrière de journaliste, d'écrivain et de critique d'art. Franc-maçon, il était connu pour ses opinions anticléricales.

6. Voir note 6 [II], p. 409. Dans ses *Essais de psychologie contemporaine*, « De la sensibilité de Renan » et « Du dilettantisme » sont les titres des deux premiers chapitres de l'étude consacrée par Bourget à l'auteur des *Dialogues philosophiques* (*op. cit.*, p. 26).

7. Autre nom de Joas, petit-fils d'Athalie dans la pièce de Racine. Cet enfant est élevé par le grand prêtre Joad comme « l'unique espérance de sa nation » (préface d'*Athalie*).

8. Var. éd. Stock, éd. Soirat et éd. Crès : « le *Sens* < *commun* > ».

9. Var. éd. Soirat : « Le < Sens > commun ».

10. Allusions à des propos tenus par Sarcey en 1886 dans un article de la *Revue des arts*. Ces confidences n'échappèrent pas à la presse : Albert Millaud fit paraître, dans *Le Figaro* du 10 août 1886, une chronique moqueuse intitulée « Sarcey le Minotaure », où l'on peut lire : « Il paraît que, depuis une trentaine d'années, Sarcey avait exigé que les directeurs de théâtre lui envoyassent le même tribut qui était envoyé au Minotaure : Sept jeunes vierges, tous les trois ans. Le tribut ne fut payé que la première année, faute de matière première. »

11. Selon la légende, ce roi de Phrygie obtint de Dionysos de changer en or tout ce qu'il toucherait. Selon une autre légende, Apollon, offensé par lui, le condamna à porter des oreilles d'âne.

12. Maladie parasitaire, liée à la consommation de viande de porc mal cuite.

[LXI]

1. Corps ayant la propriété de s'enflammer au contact de l'air ou sous l'action d'un léger frottement.

2. Allusion au fameux duel qui opposa Drumont et Arthur Meyer en 1886, peu après la parution de *La France juive* (voir note 2 [XLII], p. 436). Le directeur du *Gaulois* reprochait à Drumont d'avoir reproduit dans son pamphlet un ancien article du *Nain jaune* paru le 15 avril 1869, dans lequel il était présenté comme un tricheur qu'on avait expulsé du casino de Deauville. Drumont ne fut pas tué par Meyer, mais sérieusement touché à la suite d'une botte de la main gauche proscrite par les règles, que le blessé exploita comme une nouvelle preuve de la « félonie » juive.

3. Var. éd. Stock : « me faire < beugler, > pensait-il ».

4. Var. éd. Soirat : « point d'< honneur > ». – Aurélien Scholl, qui s'était rendu célèbre en se battant maintes fois contre des mécontents offensés par son esprit acerbe, avait préfacé un ouvrage d'Adolphe Tavernier *L'Art du duel* (Marpon et Flammarion, 1885).

5. Var. éd. Soirat : « de tous les < *Châteaux* > ».

6. Personnes prises comme objet de railleries, d'attaques plaisantes.

7. Var. éd. Stock et éd. Soirat : « < l'épée > à la main ». – Le « glaive de feu » est un attribut des Chérubins (Gen. III, 24).
8. Allusion à « Chrétien et mystagogue sans le savoir » (*Le Chat noir*, 20 octobre 1883), article repris dans les *Propos d'un entrepreneur de démolitions*.
9. Var. éd. Soirat : « < Tenez ! si > personne ».
10. Var. éd. Soirat : « Je crois, < Messieurs > ».
11. Var. éd. Stock : « étaient < sabordés > ».

[LXII]

1. Var. éd. Soirat : « < Monsieur > Marchenoir ».
2. Le mot, désignant une estrade dressée pour une cérémonie funèbre, est issu du latin populaire *catafalicum*, qui a aussi donné en français « échafaud ».
3. Var. éd. Stock et éd. Soirat : « de < vendeurs > ».
4. Var. éd. Stock : « Ma foi, < Messieurs > ».
5. Bloy se place dans la tradition chrétienne de la polémique antithéâtrale qui, depuis Tertullien, condamne les spectacles. Barbey d'Aurevilly le rappelle dans la préface de son *Théâtre contemporain* : « Tous les moralistes un peu profonds, et, en particulier, les Pères de l'Église, se sont inscrits en faux contre les spectacles au point de vue de la moralité humaine et des symptômes de décadence que l'amour effréné du Théâtre accuse toujours chez les nations » (Frinzine, 1887, p. 2).
6. Homosexuel (de l'italien *bardascia*, « jeune garçon »).
7. Var. éd. Stock : « s'abandonne, < sans choix > ».
8. Mot d'emploi littéraire, fabriqué sur le latin *prostibulum*, qui désigne un « lieu de prostitution ».
9. Var. éd. Stock, éd. Soirat et éd. Crès : « < quelque bas ulcère > ».
10. Var. éd. Soirat : « de la < Crapule > ».
11. Var. éd. Stock : « Paulus > ». Voir note 2 [V], p. 411.
12. Voir note 15 [XXVI], p. 424.
13. Deux figures du poète pauvre, mourant de faim. – Sur Malfilâtre, voir note 28 [LIX], p. 461. – Nicolas Gilbert (1750-1780), poète satirique, est l'auteur d'une satire en vers, *Le Dix-huitième Siècle* (1775), vision féroce de son temps. L'œuvre fut mal reçue. En 1780, il composa une *Ode imitée de plusieurs psaumes*, plus connue sous le titre *Adieux à la vie* (1780). Peu après, il mourut à l'Hôtel-Dieu, à seulement vingt-neuf ans, après une chute de cheval et une trépanation qui le plongèrent dans le délire. Il devint alors une incarnation du poète malheureux, aux portes de la folie, rejeté par son siècle.
14. Après avoir cédé à la prière d'Abraham en faveur de Sodome, Yahvé, comme pris de remords, décide de détruire la ville (Gen. XIX, 13).

[LXIII]

1. Var. éd. Stock, éd. Soirat et éd. Crès : « il ne fallait < même pas > ».
2. Littéraire, pour « courses, promenades ».
3. Var. éd. Soirat : « que < les dents > peuvent *s'acheter* ».

[LXIV]

1. Voir note 1 [L], p. 446.
2. Néologisme forgé à partir du latin *pulchritudo*, « beauté ».
3. Var. éd. Soirat : « du < symbolisme > ».
4. Var. éd. Soirat : « pour que vous < me devinssiez égaux > ».
5. Le passage qui commence ici et qui court sur six paragraphes (jusqu'à « en croyant en lui ») est tiré, avec d'importantes variantes, de la prosopopée de Marie s'adressant aux bourreaux de son Fils, dans *Le Symbolisme de l'Apparition*, deuxième partie, chap. XII. Voir Documents, p. 497.
6. Voir note 9 [XXXVIII], p. 435.
7. Job VI, 4 : « Je sens que le Seigneur m'a mis en butte à ses flèches. L'indignation qu'il répand sur moi épuise mes esprits, et les terreurs qu'il me donne M'ASSIÈGENT de tous côtés. »
8. Var. éd. Soirat : « en < réalités > ».
9. Matth. XXVII, 42.
10. Mich. I, 4.
11. Var. éd. Stock, éd. Soirat et éd. Crès : « à vous < éveiller > ».
12. Matth. VIII, 25-26.
13. Var. éd. Stock, éd. Soirat et éd. Crès : « de votre < présence >, qui n'avons < même pas > ».
14. Var. éd. Soirat : « de la < Loi > ».
15. Var. éd. Stock, éd. Soirat et éd. Crès : « < Lorsqu'après > ».
16. Voir note 1 [XIV], p. 416.
17. Var. éd. Stock, éd. Soirat et éd. Crès : « de < douze articles > ».
18. Voir note 9 [XXXVIII], p. 435.
19. *O salutaris hostia*, partie de l'hymne *Verbum supernum* composé par saint Thomas d'Aquin pour les Laudes de l'office de la Fête-Dieu.
20. Var. éd. Stock, éd. Soirat et éd. Crès : « fussent < tombés > ».

[LXV]

1. Allusion au *Château de l'âme* de sainte Thérèse d'Ávila (1515-1582), ouvrage mystique dans lequel la célèbre carmélite décrit les « sept demeures » par lesquelles l'âme doit passer pour se perfectionner graduellement, avant de s'unir à Dieu.

2. Dans la première moitié du XIXe siècle, le philanthrope Edme Champion, dit « le Petit Manteau Bleu » (1766-1852), se rendit célèbre en se vouant au soulagement des pauvres, auxquels il distribuait des vivres et des vêtements. L'expression « petit manteau bleu » passa alors dans le langage populaire pour désigner une personne charitable. Bloy l'utilise ici de manière allégorique.

3. L'intérêt ancien de Bloy pour l'*Histoire du Bas-Empire* de Lebeau, l'une de ses lectures favorites, le conduira à écrire, en 1906, *L'Épopée byzantine et Gustave Schlumberger*.

4. La formule fait écho à un vers de Baudelaire. Voir « Causerie », dans *Les Fleurs du mal* : « Ô Beauté, dur fléau des âmes, tu le veux !/ Avec tes yeux de feu, brillants comme des fêtes,/ Calcine ces lambeaux qu'ont épargnés les bêtes ! »

5. Bloy réutilise dans cette scène des souvenirs précis de son existence avec Anne-Marie Roulé. Voir sa lettre du 19 avril 1881 à Ernest Hello, citée par Joseph Bollery, *Léon Bloy*, t. I, *op. cit.*, p. 429.

6. Var. éd. Soirat : « que < Vous > êtes dur pour ceux qui < Vous > aiment ! ».

7. Var. éd. Soirat : « Que n'a-t-il pas fait pour < Vous >, ce malheureux homme qui ne respire que pour < Votre > gloire ?... »

8. Var. éd. Soirat : « devant < Vous > ».

9. Var. éd. Soirat : « de < Vous-même > ».

10. Var. éd. Soirat : « de < Votre > Majesté sacrée ».

11. Var. éd. Soirat : « Tout ce que < Vous > voudrez, criait presque la délirante, excepté cette iniquité qui < Vous > déshonore ! »

12. Var. éd. Soirat : « dans < Votre > enfer sempiternel ».

13. Var. éd. Soirat : « si < Vous > me damnez ».

14. Refrain chanté des « Impropères » dans la liturgie du vendredi saint : « Que t'ai-je fait ou en quoi t'ai-je contristé ? » Les « Impropères » sont les reproches attristés adressés par le Christ à son peuple qui l'a rejeté.

15. Var. éd. Stock, éd. Soirat et éd. Crès : « de l' < adoration > ».

16. Var. éd. Stock, éd. Soirat et éd. Crès : « de la < Croix > ».

17. Gen. XXXIX, 20.

18. Voir note 4 [IV], p. 410.

19. Gen. III, 13.

20. Néologisme signifiant « qui se rapporte à » (du latin *attingens*, participe présent de *attingere*, « toucher à, être proche de »).

[LXVI]

1. Bloy, entre le 4 mars et le 2 avril 1885, publia quatre numéros du *Pal*. Le cinquième numéro, dont la parution fut ajournée faute de fonds, fut publié par Joseph Bollery en 1935, avec la reproduction exacte des autres numéros du pamphlet. Cette édition porte la mention Masson Fils & Cie, imprimeurs, La Rochelle. Penin et Soirat, Paris 1885 & 1935.

2. Pamphlet hebdomadaire dans lequel Henri Rochefort, du 31 mai 1868 au 20 novembre 1869, manifesta son opposition au gouvernement de Napoléon III. Une nouvelle série de *La Lanterne* parut, après le second Empire, du 4 juillet 1874 au 19 février 1876.

3. Félicien Rops (1833-1898) fut le remarquable illustrateur des œuvres de Baudelaire, Barbey d'Aurevilly et Mallarmé.

4. Un satyre, par allusion aux pieds de chèvre de cette créature mythologique réputée pour sa lubricité. Le chèvre-pieds, figure païenne à l'origine, a été assimilé au diable dans la tradition chrétienne.

5. Var. éd. Stock, éd. Soirat et éd. Crès : « < poteau > noir ».

6. Var. éd. Stock : « les plus < déplorables > ».

7. Var. éd. Stock : « n'importe quel < effet > ».

8. Var. éd. Stock et éd. Soirat : « < celui > par lequel ».

9. Le péché contre l'esprit. Voir Matth. XII, 31. – Var. éd. Stock et éd. Soirat : l'article tout entier est composé en romain. – Écrit en 1886, il était destiné à la *Revue de Genève* où il ne fut jamais publié. Il y eut cependant un tiré à part dont les exemplaires furent distribués par Stock dans sa boutique, en guise de publicité au *Désespéré* qui était alors sous presse (voir lettre du 11 novembre 1886 à Louis Montchal, *Lettres aux Montchal, op. cit.*, p. 254).

10. C'est en 1880 que la commémoration du 14 juillet 1789 fut décrétée fête nationale par le gouvernement républicain.

11. Protoxyde de plomb, produit toxique utilisé autrefois pour la falsification des vins.

12. Var. éd. Soirat : « la < ville > ».

13. Var. éd. Stock et éd. Soirat : « une < république > ».

14. Var. éd. Stock et éd. Soirat : « ou < Lausanne > ».

15. Var. éd. Stock et éd. Soirat : « elle n'a < pas de > mépris ».

16. C'est Huysmans qui a fait partager à Bloy son admiration pour Baudelaire, en l'aidant à se défaire des réserves de Barbey d'Aurevilly à l'égard du poète (voir la lettre du 15 janvier 1886 à Louis Montchal ; *Lettres aux Montchal, op. cit.*, p. 140-141). – Verlaine fera partie des écrivains auxquels Bloy rendra hommage dans *Un brelan d'excommuniés.*

17. Mot rare et d'emploi littéraire, ayant le sens d'abject, ignoble (du latin *squalidus*, « rugueux, sale »).

18. Cet écrivain apparaît ici sous son nom, alors qu'il a un double fictif (Octave Loriot). Au paragraphe suivant, Bloy étendra le procédé, mentionnant Bonnetain, Silvestre, Fouquier, Mendès, Daudet, Sarcey. Voir la Clé du *Désespéré*, p. 521.

19. Alexandre Dumas fils (1824-1895) est l'auteur d'une brochure sur *La Question du divorce* (1880) où il soutient que « l'amour légitime » asservit l'homme car celui-ci, par nature, « éprouve le besoin d'aller, de venir, de connaître, de changer de lieux, d'impressions » (Calmann-

Lévy, 1880, p. 132). Le relevage des filles séduites est le sujet de sa pièce *Les Idées de Mme Aubray* (1867). Il est aussi l'auteur des *Madeleines repenties* (1869), « manière de plaidoyer pour les pauvres diablesses de filles qui se fatiguent de la *joie* » (« Le Miracle des larmes » [*Le Chat noir*, 5 avril 1884 ; repris dans les *Propos d'un entrepreneur de démolitions*], *Œuvres*, t. II, *op. cit.*, p. 130).

20. Var. éd. Stock : « de < faim > ».

21. Dostoïevski, mort à Saint-Pétersbourg le 9 février 1881, ne retint l'attention du public en France qu'après qu'Eugène Melchior de Vogüé lui eut consacré, dans la *Revue des Deux Mondes*, le 15 janvier 1885, une étude qui fut reprise en 1886 dans *Le Roman russe* (voir note 3 [IX], p. 413).

22. Voir note 9 [LXVI], p. 468.

23. Adjectif d'emploi littéraire : « qui se montre patient, malgré l'autorité qu'il aurait de faire cesser ce qui lui déplaît » (du latin chrétien *longanimis*, « patient »).

24. Cet article composé en 1885 était d'abord destiné au n° 5 du *Pal* qui ne put être édité, faute de moyens financiers. – Sur Wolff, voir note 24 [LIX], p. 461.

25. Allusion à l'article « Mermeix roi de la presse », publié dans le n° 4 du *Pal*, le 2 avril 1885.

26. Gustave Toudouze (1847-1904), journaliste, romancier et dramaturge. Il est l'auteur d'*Albert Wolff : histoire d'un chroniqueur parisien* (Victor Havard, 1883).

27. « À tête de chien ».

28. Jules Bastien-Lepage (1848-1884), peintre lorrain, élève de Cabanel, connu pour ses scènes de la vie populaire, fit aussi une carrière de portraitiste : le prince de Galles, Mme Godillot, Sarah Bernhardt furent ses clients. Son portrait d'Albert Wolff fut présenté au Salon de 1880. Gustave Toudouze précise : « Le peintre a montré le chroniqueur parisien chez lui devant son bureau en désordre, le pantalon rentré dans des bottes de chambre, l'éternelle cigarette fumante entre les doigts de la main droite » (*Albert Wolff : histoire d'un chroniqueur parisien*, *op. cit.*, chap. XXII, p. 244).

29. Magasin de meubles, la Maison Crépin proposa pour la première fois, en 1865, d'acheter du mobilier en payant un quart de sa valeur comptant, puis le reste par mensualités. Associé à Georges Dufayel, son propriétaire développa par la suite la vente à crédit.

30. Ce portrait est à mettre en relation avec celui que brosse Gustave Toudouze : « Si Albert Wolff n'est pas complètement bossu comme Triboulet, son dos voûté, sa tête rentrée dans les hautes épaules, lui donnent, cependant, un faux air de bossu. Il est très grand ; son torse s'étant alourdi avec l'âge, semble jeté par hasard sur de longues jambes. Le visage imberbe tient du Chinois plutôt que de l'Allemand ; le teint est jaunâtre et les sourcils se dressent vers les oreilles, comme ceux de Méphistophélès. Les lèvres sont épaisses, la lèvre inférieure souvent pendante, les pommettes saillantes, le menton fuyant : seul, le front est régulier et bien coupé sous des cheveux plats, partagés par une raie » (*Albert Wolff : histoire d'un chroniqueur parisien, op. cit.*, chap. XXII, p. 243-244).

31. Voir note 16 [LI], p. 447.

32. Affiche anonyme annonçant un spectacle qui fut présenté en 1884 aux Folies-Rambuteau, café-concert parisien ouvert de 1879 à 1886.

33. Rare, le substantif, de la même famille que l'adjectif gibbeux (voir note 2 [LVIII], p. 420), désigne un bossu.

34. La grand-mère de Wolff avait assisté à l'entrée de Napoléon à Cologne et entretenait son petit-fils dans le souvenir de l'événement glorieux. Le rapprochement avec la célèbre chanson de Béranger, « Les Souvenirs du peuple », composée en 1828 sur le même thème, se trouve dans l'ouvrage de Gustave Toudouze : « Je l'ai vu moi ! » dit la grand-mère en montrant un portrait de Napoléon d'après Vernet, et l'enfant répète alors « comme dans la chanson de Béranger : "Vous l'avez-vu grand-mère !" » (*Albert Wolff : histoire d'un chroniqueur parisien, op. cit.*, chap. II, p. 26).

35. Conte de Noël destiné à l'album d'une dame de la bonne société : il s'agit d'« un jeune ouvrier vendant son âme au diable pour s'enrichir et revenant couvert d'habits de soie, de velours et d'or » ; le père indigné refuse de reconnaître son enfant dans cet accoutrement dont il suspecte l'origine et le renvoie ; l'enfant déchire alors « ses habits de fête » et se revêt de « l'humble souquenille d'artisan qu'il portait avant son départ » ; le père, au retour de la messe de Minuit, lui accorde son pardon (*ibid.*, chap. VI, p. 69-70).

36. Var. éd. Stock, éd. Soirat et éd. Crès : « le < café de > *Mulhouse* ». – Ce café se trouvait à proximité du boulevard de Montmartre, non loin de la rédaction du *Figaro* située 26, rue Drouot, dans le IXe arrondissement.

37. Voir note 1 [LVI], p. 452.

38. Claude Antoine Jules Cairon, dit Jules Noriac (1827-1882), journaliste et écrivain à la réputation d'humoriste pour des livres comme *Le 101e régiment* (1858), *La Bêtise humaine* (1860), *Le Grain de sable* (1861), *La Dame à la plume noire* (1862). Auteur de vaudevilles, il fut l'associé du directeur des Variétés (1864), puis il dirigea les Bouffes-Parisiens (1867).

39. Écrits par Wolff en collaboration avec le journaliste et vaudevilliste Ernest Blum (1836-1907) et avec Léonce Peragallo (mort en 1882), agent général de la Société des auteurs dramatiques, les *Mémoires de Thérésa* furent publiés par Dentu en 1865. Thérésa était une chanteuse de l'Alcazar qui, selon Gustave Toudouze, « était en train de devenir une véritable artiste » (*Albert Wolff : histoire d'un chroniqueur parisien, op. cit.*, chap. XIII, p. 147).

40. *Ibid.*, chap. XXV, p. 285. Gustave Toudouze indique ailleurs : « Quand on parle d'Albert Wolff, la réputation du joueur n'est pas moins solidement établie que celle du chroniqueur » (chap. XXIV, p. 265). Et il précise : « Il y eut un moment où on peut dire qu'il connaissait tous les huissiers de Paris, tellement il était criblé de dettes » (*ibid.*, chap. XIV, p. 148).

41. L'épisode est relaté au chap. XXVI de l'*Histoire d'un chroniqueur parisien* (*ibid.*, p. 289-299).

42. Gustave Toudouze, qui reproche à Wolff les condamnations sommaires de sa critique d'art (*ibid.*, chap. XXIX, p. 319), revient à plusieurs reprises, pour les réfuter, sur les rumeurs de corruption qui entourent ses comptes rendus des Salons, le journaliste ayant accumulé avec le temps une impressionnante collection d'œuvres d'art (*ibid.*, chap. XXXII, p. 354-355).

43. L'expression se trouve dans un poème satirique intitulé « Wolff », qui est recueilli dans les *Joyeusetés galantes* (1866) : « Quand sur le boulevard, ce bas-bleu germanique/ Passe avec l'éclat d'un souci,/ Léonide Leblanc s'écrie : " Oh c'est unique/ Que l'on puisse être fait ainsi !" [...] Car Wolff a cela de commun avec les anges :/ Son sexe passe incognito,/ Jamais on ne l'a vu dans ces bornes étranges/ Que nous devons à Rambuteau » (« Wolff », *Joyeusetés galantes et autres du vidame Bonaventure de la Braguette*, Luxuriopolis [Bruxelles], À l'enseigne du Beau Triorchis, 1866, p. 100-102).

44. Var. éd. Soirat : « le vieux < Lion > ».

45. Ce mot est rapporté par Gustave Toudouze, dans *Albert Wolff : histoire d'un chroniqueur parisien, op. cit.*, chap. XXIV, p. 273.

46. Var. éd. Stock, éd. Soirat et éd. Crès : « cette imbécile < de > France ».

47. Var. éd. Stock, éd. Soirat et éd. Crès : « ce < Dégoûtant > ».

[LXVII]

1. Var. éd. Stock et éd. Soirat : « *Beatius < est dare > quam accipere* ». – Act. XX, 35 : « Il y a plus de bonheur à donner qu'à recevoir ».

2. L'expression se trouve en réalité dans les *Epistolæ obscurorum virorum* (1515-1517), recueil de lettres parodiques publié par Ulrich von Hutten, humaniste allemand, partisan de Luther. Voir *Guilhelmus Lamp ad Ortuinum Gratium*, in *Operum supplementum*, t. I, Lipsiae, 1864, p. 207.

[LXVIII]

1. Var. éd. Stock et éd. Soirat : « L'< absolu > ».

2. « Un mangeur et un buveur », c'est-à-dire un « ami des gens de mauvaise vie » (Luc. VII, 34).

3. Var. éd. Stock, éd. Soirat et éd. Crès : « Le plus grand miracle < possible > ».

4. De l'adjectif latin *irreamibilis*, « d'où l'on ne peut revenir ».

5. Var. éd. Soirat : « Nous ne < réclamons > plus rien, nous ne < désirons > plus rien. »

6. Bloy lui fera un sort dans l'*Exégèse des lieux communs*, première série, X (« On ne peut vivre sans argent ») : « *Manger de l'argent!* hurlent en chœur les pères de famille. Quel trait de lumière que cette locution métonymique! [...] N'est-il pas clair comme le jour que l'Argent est précisément ce même Dieu qui veut qu'on le dévore et qui seul fait vivre, le Pain vivant, le Pain qui sauve, le Froment des élus, la Nourriture des Anges, mais, en même temps, la Manne cachée que les pauvres cherchent en vain ? » (*Œuvres*, t. VIII, *op. cit.*, p. 32).

7. Var. éd. Stock et éd. Soirat : « du < mauvais riche > ». Voir note 16 [LIV], p. 449.

8. Var. éd. Stock et éd. Soirat : « où le plus < Pauvre > ».

[LXIX]

1. Un commentaire de Bloy, dans la lettre du 23 juillet 1887 à Henriette L'Huillier, donne une signification morale et spirituelle à cette mort accidentelle : « Je me sens peu de chose [...] avec tout mon passé douloureux mais souvent coupable, avec mes lassitudes, mes mélancolies affreuses, mes crises de découragement. Il est vrai que tels sont les inévitables maux d'un artiste en cette fin de siècle ravagée par toutes les névroses. Mais, si j'étais plus religieux par mes pratiques, je serais sans doute plus fort et je l'avoue avec une tristesse profonde, mon équilibre moral est fort ébranlé depuis la très véridique catastrophe arrivée en 82 et racontée dans la grande lettre finale du *Désespéré*. Jamais je n'ai pu me remettre complètement de cet horrible malheur./ L'histoire du camion et de la poitrine écrasée est cruellement vraie au sens symbolique » (*Lettres aux Montchal, op. cit.*, p. 337-338).

2. Var. éd. Stock, éd. Soirat et éd. Crès : « dans son < agonie > ». – Sur la soif de Jésus en croix, voir Joan. XIX, 28.

3. Qualité de la perle, quand elle est plus riche en couleur et plus claire que la moyenne.

4. Rodolphe Salis (1851-1897), fondateur du cabaret du *Chat noir* (1881), auquel fut bientôt attaché le journal du même nom. Bloy fut un collaborateur régulier de cette feuille où il publia d'abord un article amical pour son propriétaire (« Le Gentilhomme cabaretier », 24 novembre 1883). Salis fut également le dédicataire des *Propos d'un entrepreneur de démolitions*. Mais, les deux hommes s'étant brouillés en novembre 1884, Bloy se montra beaucoup plus sévère pour cette figure montmartroise. Voir « Les Assommoirs héraldiques » (*La Journée*,

1er décembre 1885, repris dans l'Introduction de *Belluaires et Porchers*, VIII-IX).

5. Personnage de valet fripon emprunté à la comédie italienne.

6. Var. éd. Stock et éd. Soirat : « je marchai < à pied > ».

7. Bloy adresse-t-il ainsi un signe de connivence à Huysmans ? Ce dernier, à l'époque où mourut Berthe Dumont, fournit avec Landry la somme nécessaire à l'enterrement. En 1881, il avait séjourné à Fontenay-aux-Roses, où se trouve, par ailleurs, la thébaïde de Des Esseintes dans *À rebours*.

8. Var. éd. Stock et éd. Soirat : « une pièce de vingt francs <. > ». Dans la lettre du 20 mai 1885 à Montchal, où il raconte la mort de Berthe Dumont, Bloy écrit : « Or, il n'y avait pas un sou à la maison. [...] je courus à Paris. Mes démarches de désespéré furent infructueuses jusqu'à 3 heures de l'après-midi. Encore me fallut-il aller tendre la main chez une vieille catin dix fois millionnaire [la baronne de Poilly] qui me fit remettre 20 francs par un domestique insolent » (*Lettres aux Montchal, op. cit.*, p. 57).

9. Var. éd. Stock : « ma raison < auprès d'elle > ».

10. Var. éd. Stock : la phrase ne figure pas dans cette édition.

11. Var. éd. Stock : « qui admirent ma *Sainte < Radegonde*, ne > se doutent pas ».

12. Var. éd. Stock, éd. Soirat et éd. Crès : « deux < choses. La > ».

13. Var. éd. Stock et éd. Crès : « saturée d'< angoisse > ».

[LXX]

1. Andronic III Paléologue (1296-1341), empereur byzantin de 1328 à 1341. – Cousin et principal collaborateur d'Andronic, qu'il avait aidé à destituer son grand-père, Cantacuzène (v. 1292-1383) dirigea la politique de l'empire de 1328 à 1341. À la mort d'Andronic, il fut d'abord régent de Jean V puis se fit lui-même reconnaître comme empereur, en 1347, sous le nom de Jean VI. – La citation se trouve dans l'*Histoire du Bas-Empire* de Lebeau : « Comme il ne me reste plus que quelques instants à vivre, venez vous asseoir sur mon lit ; prenez ma tête, cette tête qui vous est si chère, sur vos genoux et mettez vos mains sur mes yeux. Je m'imagine que cette position m'épargnera une partie des peines que l'âme éprouve, lorsqu'elle sort de sa demeure. Quoique la mienne doive souffrir un double tourment, l'un en quittant ce corps qu'elle habite, et l'autre en me séparant de vous, soyez persuadé qu'elle ne vous oubliera jamais, s'il reste encore quelque souvenir à ceux qui descendent chez les Morts » (t. XXIV, Desaint, 1786, livre CIX, XI, p. 411). La scène se situe en 1330. Malade après un bain pris « imprudemment » – nous dit Lebeau –, l'empereur est à l'article de la mort. Après deux jours d'agonie, il sera miraculeusement guéri par l'eau d'une source consacrée à la Vierge et mourra onze ans plus tard.

2. Bloy, pour composer ce portrait, se souvient de Mme Dumont, la mère de Berthe qu'il hébergea jusqu'en avril 1886, ne pouvant se résoudre à l'abandonner sans ressources.

3. Terme médical forgé sur le grec *trismos*, « grincement » : il désigne la constriction des maxillaires qui est l'un des symptômes du tétanos. — Le romancier, pour peindre l'agonie de Marchenoir, se souvient de la crise tétanique qui a emporté Berthe Dumont. Voir la Chronologie, p. 530.

4. Var. éd. Stock et éd. Soirat : « aurait voulu < pouvoir > faire entendre ».

5. Var. éd. Stock, éd. Soirat et éd. Crès : « < résurgèrent > ».

6. Var. éd. Stock, éd. Soirat et éd. Crès : « À huit < heures, > ».

7. Var. éd. Stock : « Enfin le Christ Jésus, resplendissant de lumière et environné de < sa > multitude céleste, voulut-< il > descendre à la place d'un de < ses > prêtres, vers cet être exceptionnel qui avait tant désiré < sa > gloire et qui < l' >avait cherché Lui-même toute sa vie ».

DOCUMENTS

I. ÉBAUCHES DU *DÉSESPÉRÉ*

Lorsque Bloy compose son premier roman, il aborde un genre littéraire auquel il ne s'est pas encore essayé et pour lequel il doute d'avoir des dispositions. Pour atténuer la difficulté de ce début, l'écrivain emprunte à la forme épistolaire, qui lui est beaucoup plus familière. Depuis longtemps il est accoutumé à écrire de longues lettres dans lesquelles il peut effectuer un retour sur lui-même et se confier. Son roman s'ouvrira donc sur une confession à un ami dont il existe trois ébauches successives [1].

La première, dont le manuscrit est conservé à la Bibliothèque nationale de France (Naf 16436), date vraisemblablement de septembre 1884. Voici ce texte qui, dans le manuscrit, est raturé d'une grande croix de Saint-André :

UN DÉSESPÉRÉ
CHAPITRE PREMIER

Grenoble février 79.

Mon cher ami, quand tu recevras cette lettre, j'aurai achevé de tuer mon père. Le pauvre homme agonise et Dieu m'est témoin que cette agonie est vraiment mon œuvre. Il semble même que je n'aie vécu vingt-six ans que pour cela,

---

1. Pour l'analyse détaillée de ces ébauches, on se reportera à l'article de Joseph Royer, « Un parricide laborieux. Étude génétique de l'*incipit* dans *Le Désespéré* », in *Léon Bloy*, n° 7 : *Sur « Le Désespéré ». Dossier 1, op. cit.*, p. 13-46.

tant c'est irréprochablement exécuté. C'est bien ma parfaite ingratitude qui a congestionné cette effroyable face de mourant et c'est ma perpétuelle résistance qui a fait ces yeux fous et ces maudissantes mains que je verrai maintenant jusqu'à ce que je crève à mon tour. Parricide, oui mon cher je suis cela, un parricide. Sans couteau ni tache de sang, il est vrai, mais d'une façon non moins certaine et, au fond, beaucoup plus tragique. Le couteau d'ailleurs est un instrument de miséricorde qui tue d'un seul coup, en une minute, et voilà dix ans que je massacre ma victime avec des dilemmes contondants et des refus monosyllabiques.

Tu sais de moi tout ce que j'ai pu t'en laisser voir, tu m'as rencontré il y a 10 ans dans ce carrefour dolent d'espérance et de douleur où la jeunesse pauvre se grille les pieds sur son propre cœur à l'orée des trente-six chemins de la vie moderne, ouverts à son désir et généralement barrés à son choix. Ce qu'alors nous avons souffert ensemble, il faudra que Dieu s'en souvienne pour la gloire de sa justice, car nous ne pourrions nous en souvenir nous-mêmes. Tu m'as vu dévoré d'ambition et de vermine, incapable de gagner un salaire quelconque, recueillant des épaves de nourriture dans de dégoûtants endroits et néanmoins persuadé d'avoir un jour le derrière sur l'olympien carreau d'une tonitruante célébrité. Toi-même, frère très fidèle, presque aussi besogneux mais heureusement inexpugnable à tous les rêves, qui pourrait dire l'éculement général, la guenillerie, le déjeté sans nom de ta personne physiologique et de tes facultés ? Combien de fois pourtant ne m'as-tu pas sauvé de la mort par la famine ou de l'écroulement final de tout mon être dans le désespoir ? Depuis que tu as réussi à t'élancer hors du gouffre nauséeux où j'ai continué de croupir, depuis que renonçant aux aventures imbéciles de la Bohème, tu t'es résigné au monotone grelin nourricier d'un emploi de ministère, ton amitié n'a pas une minute défailli. C'était facile pourtant. Tu avais ta mère à nourrir et le vertige de mon enfer à redouter. Mais, quand même, tu croyais en moi et tu n'as pas cessé d'y croire. Tu t'es dit qu'à la fin sans doute, il viendrait une heure où je serais reconnu pour l'homme de génie que tu voulais absolument discerner à travers l'écume et la bave de mes fureurs de misanthrope. Pauvre cher dévoué, cette heure n'est pas venue et ne viendra pas et me voici à 150 lieues de Paris en présence du spectacle terrifiant qu'une dépêche comminatoire m'a ordonné avant-hier de venir contempler.

Je suis seul, le médecin m'ayant fait entendre qu'il valait mieux que les yeux du moribond ne me recontrassent pas et qu'on m'avertirait *quand il en serait temps*. Je t'écris donc pour échapper à la dévoration d'une pensée fixe et poussé par l'étrange besoin de confession qui est, je crois, le fond de boutique et le laissé pour compte de toute âme humaine en désarroi. Voici donc mon triste passé dans sa nudité et dans sa misère.

J'ai reçu, dès l'enfance, avec le don redoutable d'une imagination de poète, un cœur vastement ouvert à toutes les émotions, à toutes les tendresses de la vie ; un cœur incapable de pulsations médiocres où s'agrandissaient anormalement, comme dans un miroir concave, toutes les sensations et tous les spectacles extérieurs de ce monde contingent. Élevé par une mère chrétienne que je perdis de bonne heure, je fus confié en venant au jour à la Vierge Douloureuse que cette pauvre femme voulut faire responsable de mon *salut* en me donnant entièrement à elle. L'enseignement chrétien descendit en moi à des profondeurs infinies où je devais le retrouver un jour, après d'énormes obscurcissements, complet, intégral, dominateur de ma pensée et miraculeusement accru de toutes les expériences du péché et de la douleur.

Le grand éclat physique de la puberté ruina ma foi en un instant. Je ne me souviens pas d'avoir combattu. Mon père n'étant pas chrétien ne regardait pas dans mon âme, mon imagination s'alluma comme un incendie et tout mon être se mit à hennir au plaisir et à l'ambition comme le cheval d'Alexandre[1] au soleil levant du Granique[2]. Au fond, c'est une sale et vulgaire histoire d'adolescent, s'il pouvait y avoir de la vulgarité en des choses qui courbent le roseau pensant et qui font couler le Sang de Dieu. À dix-huit ans, je vins à Paris. Mon père, trop pauvre pour continuer à nourrir un aussi grand fils m'avait obtenu une place d'expéditionnaire qui me donnait à peine du pain, à moi qui rêvais des ribotes

---

1. Bucéphale, qu'Alexandre le Grand dompta en le dressant face au soleil, après avoir constaté que l'animal avait peur de son ombre.

2. Fleuve d'Asie Mineure se jetant dans la Propontide : sur ses rives, Alexandre vainquit Darius III en 334 av. J.-C.

et des splendeurs. L'écurie sociale est aménagée de telle sorte que les jeunes ne peuvent atteindre au râtelier et doivent s'estimer heureux de pâturer la litière des rosses antiques attelées au char d'une civilisation qui dédaigne leur vigueur. L'uniformité d'un travail que je méprisais, l'atroce fouaillement pédagogique de mes désirs par mes privations, l'ambition effrénée et sans but précis, le perpétuel reflux d'une de ces volontés puissantes mais sans mesure et sans critérium que la société moderne est incapable d'utiliser, enfin l'absence absolue de toute formule religieuse pour amortir tant de choses, me conduisirent bientôt à une sorte de sommeil psychologique à la fin duquel m'attendait le suicide où je faillis me précipiter. Je perdis mon auge administrative. J'avais vingt ans. Je n'étais attelable à aucun tape-cul commercial, la paresse, la mélancolie, – une mélancolie monstrueuse – et un orgueil de calife me tenaient. Je ne cherchai nul expédient pour subsister et je roulai dans une misère sans nom qui n'eut d'égale que l'indigence épouvantable de mon cœur. Je me suis vu sans ressources d'aucune sorte, sans vêtements, sans chapeau, sans souliers, sans gîte, allant le matin à la conquête du monde, lisant des livres incendiaires, pour moi seul peut-être, sur le parapet des quais et grimpant aux buttes pour voir Paris à mes pieds[1]. Ce fut vers ce temps-là que nous nous rencontrâmes mais tu me supposais un domicile conjectural, un semblant de subsides intermittents, une mamelle quelconque au flanc d'airain de ma chienne de destinée et tu ne connus pas l'irréprochable perfection de ma concubine très fidèle : la MISÈRE, « la sainte Misère, a dit B. d'A., qui nous lave le cœur avec nos larmes et qui nous le parfume pour toujours lorsque nous l'avons une fois respirée[2] ». Je fus un de ces Dix-mille retraitants sempiternels de la famine parisienne à qui manquera toujours un Xénophon, qui prélèvent l'impôt de leur fringale sur les déjections de la richesse et qui assaisonnent à la fumée de *marmites* inattingibles et

---

1. Souvenir du *Père Goriot* où Rastignac, sur les hauteurs du Père-Lachaise, lance à Paris, à la fin du roman, son fameux « À nous deux maintenant ! ». La troisième ébauche explicitera la référence.
2. « *Mémoires complets et authentiques de Saint-Simon*, publiés par Chéruel, avec une notice de Sainte-Beuve », *Le Pays*, 16 juillet 1857. Repris dans *Les Historiens politiques et littéraires*, chap. IX. Voir *Œuvre critique*, t. I, Les Belles Lettres, 2004, p. 491.

pénombrales la symbolique croûte de pain récoltée dans un urinoir.

Je crois avoir épuisé dans les deux ou trois ans qui s'écoulèrent ainsi toutes les tortures et toutes les agonies de l'âme et du corps. Un jour, il fallut absolument mourir ou m'emparer à quelque prix que ce fût d'une mécanique à espérance. Je devins chrétien. L'histoire nouvelle pour toi de cette *conversion* mérite d'être racontée.

Il m'arriva, un humide et sombre soir, dans une de ces insensées perambulations nocturnes qui firent de moi si longtemps le péripatéticien de l'insomnie involontaire, d'inspirer un mouvement de pitié à une infortunée chasseresse bredouille du rognon humain. Elle m'emmena chez elle. Vers la fin de la nuit, je m'éveillai dans les ténèbres, au bruit des battements de mon cœur, à ce qu'il me semble, muscles rompus, nerfs vibrants, trempé de sueur, surmené et saboulé par le roulis d'une ininterprétable angoisse. Je sortais d'un de ces songes aux contours fluides et indiscernables qui feraient croire à quelque inconcevable vision sensible de l'âme, réflexement manifestée dans la translucide intuition des dormants. J'avais cru m'apparaître à moi-même dans je ne sais quel état métaphysique inconjecturable, inimaginablement transmuté *pour me ressembler davantage*, mais fastueusement horrible, ruisselant d'ignominie et triste par-delà toute hyperbole. Cette impression s'ajustait assez aux épouvantables sensations inspirées de certains mystiques sur l'enfer et sur la tragique affreuseté de l'Irrévocable, dont la lecture déjà ancienne avait laissé sur mon esprit comme des brûlures d'enthousiasme et des ecchymoses de poésie.

Ah ! sur cette monstrueuse image de moi-même qui me regardait souffrir, comme je l'avais vu sinistrement passer ce démoniaque scarabée noir de la désespérance si reconnaissable à ses deux antennes magnétiques et dangereuses, la Luxure et la Cruauté ! De même qu'il arrive, dit-on, aux noyés mourants, tout mon passé avait soudainement reflué sur moi le noyé de la vie et j'avais senti l'amertume immense de ce sentiment ignoré des infortunés vulgaires : la compassion pour moi-même.

Moi, le mélancolique de naissance, le mélancolique au berceau qui, au témoignage de ma mère, n'ai jamais poussé un seul de ces cris dont les petits enfants remplissent la maison et qu'on retrouvait après de longues heures dans un coin sombre noyé de grandes larmes silencieuses dont on ne savait pas la cause ; moi qui ai traversé toute l'enfance dans une brume de ces mêmes larmes, fuyant les jeux de mes condisciples dont le tumulte me donnait les affres de l'agonie ; affamé de solitude et de silence, indifférent à toute émulation, assommé de coups, appelant, déjà ! la mort comme un emmuré appelle un flot de lumière bleue et rêvant dans le chaos de ma petite intelligence la possession de tous les univers ; moi enfin dont l'adolescence a été si épouvantablement douloureuse que

La deuxième ébauche, écrite à la suite de la précédente dans le même manuscrit, a été composée peu de temps après, entre la deuxième quinzaine de septembre et la fin d'octobre 1884. Beaucoup plus courte, elle renouvelle le thème de la confession, en donnant au « parricide » du héros une signification historique, liée au malaise de sa génération :

I

Mon cher ami, quand tu recevras cette lettre j'aurai achevé de tuer mon père. Le pauvre homme agonise et Dieu m'est témoin que cette agonie est vraiment mon œuvre. Il semble même que je n'aie vécu trente ans que pour cela, tant c'est irréprochablement exécuté ! C'est bien ma parfaite ingratitude qui a congestionné cette effroyable face de mourant et c'est ma perpétuelle résistance qui a fait ces yeux fous et ces maudissantes mains que je verrai désormais jusqu'à ce que je crève à mon tour.

Parricide, oui mon cher, je suis cela, un parricide ! Involontaire, sans doute, inconscient peut-être, mais certainement atroce. Tu connais cette affreuse et banale *Orestie* moderne [1]. La génération romantique de 1830 qui nous engendra nous trouvait généralement assez mal venus et aurait voulu nous faire rentrer dans ses génitoires. La réaction psychologique déterminée sous le second Empire par le coup de refouloir d'une littérature qui semblait [en] naissant devoir faire éclater

---

1. La référence laisse perplexe : dans la célèbre trilogie d'Eschyle, Oreste et Électre n'assassinent pas leur père Agamemnon, mais leur mère Clytemnestre, coupable du meurtre de son époux.

toute tradition, l'étrange délire d'inquiétude qui s'est emparé de la jeunesse d'élite en ces vingt dernières années ; enfin le grandissant décri des rengaines politiques si prodigieusement éculées par d'ambitieux saltimbanques, toutes ces causes avaient entaillé le milieu du siècle à une telle profondeur que les pères et les fils avaient l'air de se promener intellectuellement de chaque côté d'un infranchissable abîme. Conséquence certaine : oppression absurde d'une part, révolte complète de l'autre. Révolte et égorgement. Telle est l'histoire d'un grand nombre.

Mon anachronique père nourri comme tous ses contemporains de la moelle de cochon de Voltaire et de Jean-Jacques, littérairement fumé de la poudrette poétique de Béranger et du pénible crottin de M. Guizot [1], savait de la façon la plus exacte, bien avant ma naissance, ce que je ferais, ce que je penserais, ce que j'aimerais ; et il avait arrêté dans un décret aussi absolu que le destin que ce serait précisément ce qu'il voulait que je fisse, que je pensasse et que j'aimasse.

La dernière ébauche, dont le manuscrit se trouve dans le fonds Bollery de la Bibliothèque municipale de La Rochelle (Bo 2805), porte la date de novembre 1884. Elle est très proche de la première ébauche : l'écrivain reprend son texte initial, comme s'il le mettait au propre, tout en lui apportant de rares corrections. Cette nouvelle version s'interrompt au milieu d'une phrase, ce qui suggère le découragement ou l'insatisfaction de l'écrivain. Les indications ajoutées ultérieurement par Bloy sur son manuscrit le confirment. Un chapeau, qui intitule ce texte « premier essai de début du *Désespéré* [2] », manifeste en effet le « dégoût » de l'écrivain pour cet exercice. La formule finale renchérit sur ce thème : « Coetera non desiderantur ». De fait, il faudra près d'un an pour que Bloy reprenne la rédaction de son récit.

---

1. Cette allusion à François Guizot (1787-1857), homme politique libéral, auteur du fameux « Enrichissez-vous ! » lancé aux milieux d'affaires sous la monarchie de Juillet, disparaîtra dans la version définitive.

2. La formule laisse à penser que les ébauches antérieures sont considérées par l'écrivain comme de simples brouillons.

PREMIER ESSAI DE DÉBUT DU *DÉSESPÉRÉ*. NOV. 1884.

Ces quelques pages me dégoûtèrent si fort qu'il se passa près d'un an avant que j'eusse le courage de me remettre à mon infortuné livre. Encore fallut-il les continuelles exhortations de Huysmans. Je ne me croyais pas et je ne me crois pas encore romancier.

Mon cher ami, Quand tu recevras cette lettre, j'aurai achevé de tuer mon père. Le pauvre homme agonise et Dieu m'est témoin que cette agonie est vraiment mon œuvre. Il semble même que je n'aie vécu trente ans que pour cela, tant c'est irréprochablement exécuté. C'est bien ma parfaite ingratitude qui a congestionné cette effroyable face de mourant et c'est ma perpétuelle résistance qui a fait ces yeux fous et ces maudissantes mains que je verrai désormais jusqu'à ce que je crève à mon tour.

Parricide, oui, mon cher, je suis cela, un parricide ! Sans couteau ni tache de sang, il est vrai, mais d'une façon non moins certaine et, au fond, beaucoup plus tragique. Le couteau, d'ailleurs, est un instrument de miséricorde qui tue d'un seul coup, en une minute, et voilà dix ans que je massacre ma victime avec des dilemmes contondants et des refus monosyllabiques.

Tu sais de moi tout ce que j'ai pu t'en laisser voir. Tu m'as rencontré, il y a dix ans, dans ce dolent carrefour où la jeunesse pauvre se grille les pieds sur son propre cœur à l'orée des trente-six chemins de la vie moderne ouverts à son désir et généralement barrés à son choix. Ce qu'alors, nous avons souffert ensemble, il faudra que Dieu s'en souvienne pour la gloire de sa Justice, car nous ne pourrions nous en souvenir nous-mêmes.

Tu m'as vu dévoré d'ambition et de vermine, incapable de gagner un salaire quelconque, recueillant des épaves de nourriture dans de dégoûtants endroits et néanmoins persuadé d'avoir un jour le derrière sur l'olympien carreau d'une tonitruante célébrité. Toi-même, frère très fidèle, presque aussi besogneux, mais heureusement inexpugnable à tous les rêves, qui pourrait dire l'éculement général, la définitive guenillerie, le déjeté sans nom de ta personne physiologique et de tes facultés ?

Combien de fois pourtant ne m'as-tu pas sauvé de la mort par la famine ou de l'écroulement final de tout mon être dans le désespoir ? Depuis que tu as réussi à t'élancer hors du gouffre nauséeux où j'ai continué de croupir, depuis que, renonçant aux aventures imbéciles de la bohème, tu t'es résigné au monotone grelin nourricier d'un emploi de ministère, ton amitié n'a pas une minute défailli. C'était facile pourtant. Tu avais ta vieille mère à nourrir et le vertige de mon enfer à redouter. Mais, quand même, tu croyais en moi et tu n'as pas cessé d'y croire. Tu t'es dit qu'à la fin, sans doute, il viendrait une heure où je serais reconnu pour l'homme de génie que tu voulais absolument discerner à travers l'écume et la bave de mes fureurs de misanthrope famélique.

Pauvre cher dévoué, cette heure n'est pas venue et ne viendra pas et me voici à cent cinquante lieues de Paris, en présence du spectacle terrifiant qu'une dépêche comminatoire m'a ordonné avant-hier de venir contempler.

Je suis seul, le médecin m'ayant fait entendre qu'il valait mieux que les yeux du moribond ne me rencontrassent pas et qu'on m'avertirait *quand il en serait temps*. Je t'écris donc pour échapper à la dévoration d'une pensée fixe et poussé par l'étrange besoin de confession qui est, je crois, le fond de boutique et le *laissé pour compte* de toute âme humaine en désarroi.

Voici donc mon triste passé dans sa nudité et dans sa misère.

J'ai reçu, dès l'enfance, avec le don redoutable d'une imagination de poète, un cœur vastement ouvert à toutes les émotions, à toutes les tendresses de la vie, un cœur incapable de pulsations médiocres où s'agrandissaient anormalement, comme dans un miroir concave, toutes les sensations et tous les spectacles extérieurs de ce monde contingent.

Élevé par une mère chrétienne que je perdis de bonne heure, je fus confié, en venant au jour, à la Vierge Douloureuse que cette pauvre femme voulut faire responsable de mon *salut* en me donnant entièrement à elle. L'enseignement chrétien descendit en moi à des profondeurs infinies où je devais le retrouver un jour, après d'énormes obscurcissements, complet, intégral, dominateur de ma pensée et miraculeusement accru de toutes les expériences du Péché et de la Douleur.

Le grand éclat physique de la puberté ruina ma foi en un instant. Je ne me souviens pas d'avoir combattu. Mon père n'étant pas chrétien ne regardait pas dans mon âme, mon imagination s'alluma comme un incendie et tout mon être se mit à hennir au plaisir et à l'ambition comme le cheval d'Alexandre au soleil levant du Granique.

Au fond, c'est une sale et vulgaire histoire d'adolescent, s'il pouvait y avoir de la vulgarité en des choses qui courbent le roseau pensant et qui font couler le Sang de Dieu.

À dix-huit ans je vins à Paris. Mon père, trop pauvre pour continuer à nourrir un aussi grand fils, m'avait obtenu une place d'expéditionnaire qui me donnait à peine du pain, à moi qui rêvais des ribotes et des splendeurs. L'écurie sociale est aménagée de telle sorte que les jeunes ne peuvent atteindre au râtelier et doivent s'estimer heureux de pâturer la litière des rosses antiques attelées au char d'une civilisation qui dédaigne leur vigueur.

L'uniformité d'un travail que je méprisais, l'atroce fouaillement pédagogique de mes désirs par mes privations, l'ambition effrénée et sans but précis, le perpétuel reflux d'une de ces volontés puissantes, mais sans mesure et sans critérium que la société moderne est incapable d'utiliser, enfin, l'absence absolue de toute formule religieuse pour amortir tant de chocs me conduisirent bientôt à une sorte de sommeil psychologique à l'extrémité duquel m'attendait le suicide où je faillis me précipiter.

Je perdis mon auge administrative. J'avais vingt ans. Je n'étais attelable à aucun tape-cul commercial. La paresse, la mélancolie, une mélancolie congénitale et monstrueuse et un orgueil de calife me tenaient. Je ne cherchai nul expédient pour subsister et je roulai dans une misère sans nom qui n'eut d'égale que l'indigence épouvantable de mon cœur.

Je me suis vu sans ressources d'aucune sorte, sans vêtements, sans chapeau, sans souliers, sans gîte, allant le matin à la conquête du monde, lisant des livres incendiaires, pour moi seul peut-être, sur le parapet des quais et grimpant aux buttes pour voir, comme Rastignac, Paris à mes pieds.

Ce fut vers ce temps-là que nous nous rencontrâmes. Mais tu me supposais un domicile conjecturable, un semblant de subsides intermittents, une mamelle quelconque aux flancs d'airain de ma chienne de destinée et tu ne connus pas l'irréprochable perfection de ma concubine très fidèle : la Misère, « la sainte Misère, a dit Barbey d'Aurevilly, qui nous lave le cœur avec nos larmes et qui nous le parfume pour toujours lorsque nous l'avons une fois respirée ».

Je fus un des Dix-mille retraitants sempiternels de la famine parisienne, à qui manquera toujours un Xénophon, qui prélèvent l'impôt de leur fringale sur les déjections de la Richesse et qui assaisonnent à la fumée de *marmites* inattingibles et pénombrales la symbolique croûte de pain récoltée dans un urinoir.

Je crois avoir épuisé dans les deux ou trois ans qui s'écoulèrent ainsi toutes les tortures et toutes les agonies de l'âme et du corps. Un jour, il fallut absolument mourir ou m'emparer à quelque prix que ce fût d'une mécanique à espérance. Je devins chrétien. L'histoire, nouvelle pour toi, de cette *conversion*, mérite d'être racontée.

Il m'arriva, un humide et sombre soir, – dans une de ces insensées pérambulations nocturnes qui firent de moi, si longtemps, le péripatéticien de l'insomnie involontaire, – d'inspirer un mouvement de pitié à une infortunée chasseresse bredouille du rognon humain. Elle m'emmena chez

Coetera non desiderantur.

II. SOURCES DU *DÉSESPÉRÉ*

Pour composer certains passages du *Désespéré*, Bloy a eu recours à des documents. Sa charge contre Albert Wolff (« L'Hermaphrodite prussien ») s'appuie sur une lecture attentive de la biographie de Gustave Toudouze, *Albert Wolff : histoire d'un chroniqueur parisien* (Victor Havard, 1883). De même, la deuxième partie du roman est souvent inspirée de l'ouvrage du père Cyprien Marie Boutrais, *La Grande Chartreuse par un chartreux* (Grenoble, Auguste Côte, 1881). Les emprunts de Bloy sont rarement un simple démarquage de sa source. L'écrivain a tendance à recomposer le texte original, comme le montre cet extrait du livre du père Cyprien Marie sur la règle des chartreux, cité lors de la description de la règle de l'ordre (p. 136-137) :

C'est dans la première de ces deux salles [1] que se tiennent chaque année les séances du Chapitre Général.

« Le Chapitre Général a été établi d'après le conseil, la volonté et le consentement unanime de nos Pères, pour maintenir fermement et constamment l'Ordre dans la pratique des anciennes Règles, écrites ou traditionnelles, que les premiers Chartreux observèrent avec un religieux respect. Afin d'obtenir ce résultat, le Chapitre, qui est chargé de nos âmes, s'occupe avec le plus grand soin de tout ce qui a trait à l'utilité et conservation de l'Ordre. Toutes les maisons, tous les Prieurs, sont soumis au Chapitre ; il est pour nous le représentant de Dieu même [2]. »

La première occupation du Chapitre est de former le Définitoire. « Pour cela, le R. Père Général, de droit et toujours, nomme Électeur qui il lui plaît ; ensuite cinq Prieurs, venant à tour de rôle par rang d'ancienneté de leur maison, nomment chacun, en public, un Électeur qu'ils prennent à leur gré parmi les Prieurs ou les religieux de la Grande Chartreuse présents au Chapitre. Les six Électeurs, conduits par le R. Père Général, – qui toujours et de droit est Électeur, – se retirent dans la chapelle de Saint-Pierre, pour nommer, au scrutin secret, huit *Définiteurs*, choisis encore parmi les Prieurs ou les religieux profès de la communauté de la Grande Chartreuse : à condition néanmoins que l'élu n'ait point fait partie du Définitoire de l'année précédente [3]. »

Ces huit Définiteurs, ayant toujours et de droit pour président le R. Père Général, forment le Définitoire « lequel, par l'autorité du Chapitre, jouit, conjointement avec le Révérend Père, de la plénitude du pouvoir pour ordonner, statuer et définir [4] » : chargé du bien général il exerce une surveillance

---

1. Pendant plusieurs siècles, il n'y eut point de local affecté spécialement aux réunions du Chapitre ; les Prieurs se rassemblaient dans le *dortoir des convers* (*dormitorium fratrum*), grande pièce où se trouvaient des lits pour les frères lorsqu'ils montaient à la maison-haute : – *Antiqua Statuata* ; II Pars, XXIX, 14. – Une note marginale des *Statuts* de 1509 nous apprend qu'il y avait, à cette date, une salle destinée aux réunions du Chapitre Général [cette note et les suivantes sont de l'auteur].
2. *Nova Collectio* ; cap. XXII, 1, 2.
3. *Ibid.* ; cap. XXII, 21, 22.
4. *Ibid.* ; cap. XXII, 28.

sur toutes les personnes et les maisons de l'Ordre ; confirme, institue ou destitue les Supérieurs ; opère les mutations ; décide les points du Statut difficiles à entendre ; donne des admonitions, rédige les Ordonnances ou les lois, etc. etc. Toute Ordonnance votée par scrutin secret à la majorité du Définitoire, a force de loi ; « et nous l'observons pendant l'année. Au Chapitre suivant, si le Définitoire dit en toutes lettres : Nous approuvons telle et telle Ordonnance de l'an passé, alors elle devient une véritable Constitution ; mais si les Définiteurs ne veulent pas l'approuver, ils n'ont qu'à n'en point parler et elle tombe d'elle-même [1] ». « Si le Définitoire jugeait opportun de diminuer, ne serait-ce qu'en un seul point, l'ancienne rigueur et l'austérité de la Règle, il faudrait alors l'assentiment de tous les Définiteurs sans exception et le consentement de la majorité des religieux de la Grande Chartreuse ; il serait en outre nécessaire que cet adoucissement apporté au Statut fût accepté par deux autres Chapitres consécutifs [2]. »

« Le Révérend Père conserve, pendant toute l'année, l'autorité et la puissance dont il jouit au moment du Chapitre Général et l'exerce au nom du Chapitre [3]. »

En résumé : Tout Prieur, et même tout simple moine de la Grande Chartreuse, présent au Chapitre, peut devenir Définiteur, s'il est élu au scrutin secret, par des Électeurs choisis eux-mêmes par des Nominateurs qui ont ce droit d'une manière presque fortuite. Les Définiteurs sont investis de l'autorité suprême : pouvoir législatif, exécutif, judiciaire, coercitif... tout est remis entre leurs mains. Le Révérend Père jouit à lui seul du pouvoir du Chapitre Général, pendant le reste de l'année.

Nous avons eu l'occasion d'exposer notre système de gouvernement à des hommes d'État, d'opinions et de pays bien divers, tous l'ont admiré et ont manifesté leur profonde surprise de voir réunies tant de sagesse, d'impartialité, de vraie liberté. La Constitution cartusienne n'est cependant pas moderne : elle est née en plein Moyen Âge ; elle nous a été donnée en 1140, et depuis plus de sept siècles, elle a fonc-

---

1. *Ibid* ; cap. XXII, 31.
2. *Ibid.* ; cap. XXII, 28.
3. *Ibid.* ; cap. XXII, 55.

tionné parfaitement : Chartreux français, italiens, espagnols, suisses, allemands du Nord ou du Sud, hongrois, polonais, suédois, danois, hollandais, belges, anglais, ont été régis à la fois par ce gouvernement qui ne ressemblait en rien à celui de leurs patries respectives ; mais il y avait tant de garanties pour chacun, la brigue était si impossible, la prudence et la sagesse si grandes, que tous l'acceptèrent avec reconnaissance. C'est à ce système de gouvernement que les Chartreux doivent d'avoir vécu tant de siècles, et d'être restés fidèles à leurs Règles [1].

On l'a dit et c'est vrai : « *Cartusia nunquam reformata quia nunquam deformata* ; l'Ordre des Chartreux ne s'étant jamais déformé, n'a jamais eu besoin d'être réformé [2] » ; mais d'où cela vient-il ? De la sagesse qui accompagne nécessairement les résolutions du Définitoire, puisque ses Ordonnances n'obligent qu'après avoir été mises à l'essai ; puisque ses Constitutions doivent être approuvées par ceux qui ne les ont point faites. Ce qui nous a sauvés, c'est ce Définitoire libre, impartial, toujours indépendant, puisque les religieux qui peuvent et doivent le composer arrivent en Chartreuse incertains ou ignorants de leur nomination ; ils y viennent alors sans idées préconçues, sans parti pris : la brigue et la cabale seraient impossibles. Ce qui nous a sauvés, c'est l'énergie du Définitoire : composé de membres de différentes nations, qui pour la plupart n'ont point vécu et ne doivent point se retrouver avec ceux qu'ils frapperont d'une juste sentence ; le Définitoire, parfaitement libre, n'a reculé en aucune occasion devant un coup d'énergie. Jamais, dans l'ordre entier ; jamais, dans une Province, un abus n'a été approuvé, au moins tacitement ; nous pouvons même dire, histoire en mains, que jamais un manquement grave aux Règles fondamentales de la vie cartusienne n'a été toléré dans aucune Chartreuse. Le Définitoire a averti, patienté, insisté, menacé ; enfin, il a pris un moyen extrême mais décisif en vue du bien commun : il a rejeté telle maison qui n'observait plus la Règle dans son entier et refusait de s'amender et de se soumettre ; il l'a reje-

---

1. Victor Le Clerc, dans un savant mémoire lu à l'Académie des Inscriptions (17 septembre 1846), a montré comment les Chapitres Généraux des Ordres religieux donnèrent l'exemple des principaux usages adoptés par les Parlements modernes.
2. Bulles d'Alexandre IV et de Pie II. *Bull. Cartus.* fol. 9 et 43.

tée, déclarant que ni les personnes ni les biens n'appartenaient plus à l'Ordre, laissant aux réfractaires, édifices, rentes, propriétés, tout, excepté le nom de Chartreux et la Règle de saint Bruno. *Cartusia nunquam deformata*, parce que dès que l'Ordre prit de l'extension, au commencement du douzième siècle, nos ancêtres surent nous donner une Constitution aussi forte qu'elle était large, aussi sage qu'elle était gardienne de la seule vraie liberté qui consiste, non point à pouvoir faire le mal ou le bien, mais, au contraire, à être dans l'heureuse nécessité de ne faire que le bien, tout en choisissant, parmi ce qui est bien, ce qui nous paraît le meilleur.

La Grande Chartreuse par un chartreux, op. cit., p. 246-252.

Bloy, lors de la rédaction du *Désespéré*, a également puisé dans son œuvre antérieure, notamment dans ses textes inédits. Les emprunts les plus manifestes sont les deux articles que Marchenoir publie dans *Le Carcan* : le premier devait paraître à l'origine dans la *Revue de Genève* (« Le Péché irrémissible »), le second était destiné au n° 5 du *Pal* (« L'Hermaphrodite prussien »). D'autres emprunts sont plus diffus. Ainsi, les pages où Bloy s'insurge contre la lâcheté de ses coreligionnaires et leur complaisance à l'égard de « la République des Vaincus » reprennent de larges extraits d'un article paru dans le n° 4 du *Pal*, « Le Christ au dépotoir » :

LE CHRIST AU DÉPOTOIR

« La Ligue anticléricale a décidé de remplacer cette année le banquet gras habituel du Vendredi-Saint par un bal auquel sont conviés tous les membres des Sociétés de Libre-Pensée. Le "Groupe Garibaldi" s'est chargé de l'organisation. Ce bal anticlérical aura donc lieu le Vendredi-Saint, 3 avril, de neuf heures du soir à quatre heures du matin, à la salle Rivoli, rue Saint-Antoine, 104. Il y aura "BUFFET GRAS". Un orchestre, spécialement composé, jouera des polkas, valses, mazurkas, schotischs et quadrilles inédits, dont plusieurs avec *cantiques*.

À minuit vingt-cinq minutes, disent les lettres d'invitation, un miracle authentique donnera le signal de la polka du Sacré-Cœur. » (*Intransigeant* du vendredi 27 mars.)

« Voilà un bal qui, pour un jour triste, promet d'être gai », conclut le rédacteur imbécile.

Et partout, c'est la même chose.

Le Christ ne pouvant plus donner à ceux qu'il nomma ses frères aucune sorte de grandeur, leur laisse au moins la majesté terrible du parfait outrage qu'ils exercent sur Lui-même.

Il s'abandonne jusque-là et se laisse traîner au dépotoir.

Il y a six mille ans de bonnes raisons pour qu'il *faille* qu'il en soit ainsi et toute la bassesse originelle de l'homme est dans ces raisons.

Les immondes brutes soi-disant pensantes, par qui la beauté morale a toujours été méprisée, n'ont point aujourd'hui d'attentat nouveau et ne feront rien de plus, cette semaine, que ce qu'elles ont toujours fait, quand un répressif pouvoir suffisant n'existait pas pour les refréner.

Le mal est plus universel et paraît plus grand à cette heure qu'il ne fut jamais, parce que, jamais encore, la civilisation n'avait pendu si près de terre, les âmes n'avaient été si avilies, ni le bras du maître si débile.

Il peut devenir plus grand encore. La République des Vaincus n'a pas mis bas toute sa ventrée de malédiction.

Nous descendons spiralement depuis quinze années dans un vortex d'infamie et notre descente s'accélère jusqu'à perdre la respiration. Nous allons maintenant comme la tempête, sans aucune chance de retour, et chaque heure nous fait un peu plus bêtes, un peu plus lâches, un peu plus abominables devant le Seigneur Dieu qui nous regarde des enfoncements du ciel !

Joseph de Maistre disait, il y a près d'un siècle, que l'homme est trop méchant pour mériter d'être libre.

Ce Voyant était un contemporain de la Révolution dont il contemplait en prophète la grandiose horreur et il lui parlait face à face.

Il mourut dans l'épouvante et le mépris de ce colloque en prononçant l'oraison funèbre de l'Europe civilisée.

Il n'aurait donc rien de plus à dire aujourd'hui et les finales porcheries de notre dernière enfance n'ajouteraient absolument rien à la terrifiante sécurité de son diagnostic.

Le banquet gras et le *buffet gras*, et la polka du Sacré-Cœur, et toutes les idiotes saloperies qu'on devine bien ne sont pas encore tout à fait la fin, sans doute, mais il s'en faut d'infiniment peu, les intelligences et les cœurs n'ayant plus rien à recevoir, dans un instant, de l'animale Circé révolutionnaire.

Il reste à parachever la destruction de tout vestige religieux, et nous sommes assez loin de compte.

Je n'ai pas encore entendu dire qu'on ait abattu toutes les croix et remplacé les cérémonies du culte par des spectacles antiques de prostitution, mais il faudra bien qu'on y vienne.

Je ne remarque pas non plus qu'on ait installé des latrines et des urinoirs publics dans les églises paroissiales, ni qu'une joyeuse retape ait encore tempéré l'austère majesté de la nef métropolitaine, devenue par décret une babélique salle de café-concert.

Évidemment, on ne traîne pas assez de prêtres dans les ruisseaux, on ne confie pas assez de jeunes religieuses à la sollicitude maternelle des patronnes de lupanars de barrière.

On ne pourrit pas assez tôt l'enfance, on n'assomme pas assez de pauvres, on ne se sert pas encore assez du visage paternel comme d'un crachoir ou d'un décrottoir.

Mais, le régime actuel va nous donner toutes ces choses qu'on entend déjà galoper vers nous.

Eh bien, quand toutes ces choses seront arrivées enfin, ce sera comme rien auprès du monstre déjà formé que j'aperçois pour l'épouvante de ma raison, siégeant en maître absolu dans les ruines du christianisme, au milieu de nos tessons de cœur.

Il n'y a que deux sortes d'immondices, les immondices des bêtes et les immondices des esprits.

On la connaît, la boue révolutionnaire et anticléricale !

Elle est fabuleusement surannée et plus vieille encore que le christianisme.

Elle coule des parties basses de l'humanité depuis soixante siècles et a usé des pelles et des balais à payer la rançon d'un roi de vidangeurs.

C'est un inconvénient de ce triste monde, une simple affaire de voirie et d'assainissement pour les diligentes autorités qui ont à cœur la santé publique.

Il faut que la brute suive sa loi et le mal est à peu près nul aussi longtemps que ces autorités ne décampent pas.

Les injures bestiales, les crapuleux défis, les sacrilèges stupides, les idiotes atrocités de nègres échappés au bâton et tremblant d'y retourner, tout cela est peu de chose et ne contamine essentiellement ni la vérité ni la justice.

Depuis le Calvaire et le Mont des Oliviers, il n'y a rien qui n'ait été tenté par l'interne pourceau du cœur de l'homme contre cette excessive magnificence de la Douleur.

L'invention n'est plus possible et les Galilée ou les Eddison de la fripouillerie anticléricale y perdraient leur génie.

Rabâchage de séculaires rengaines, recopie sempiternelle de farces immémorialement décrépites, remâchement de salopes facéties dégobillées par d'innumérables générations de gueules identiques, parodies éculées depuis deux mille ans, on n'imagine rien de plus.

Il est probable que les Juifs étaient plus forts, d'abord pour avoir été les initiateurs et, peut-être aussi, parce qu'ayant à faire souffrir l'Homme qui devait assumer toute expiation, ils savaient des choses dont l'épaisse ignorance des blasphémateurs actuels n'a même pas le soupçon.

Ce qui est vraiment épouvantable, c'est l'immondicité des esprits.

Les Pieds du Christ ne peuvent pas être souillés, mais seulement sa Tête, et cette besogne d'iniquité idéale est le choix inconscient ou pervers de la multitude de ses *amis*.

Les catholiques déshonorent Jésus-Christ comme jamais les Juifs et les plus fanatiques anti-chrétiens ne furent capables de le déshonorer.

Catholique moi-même, quoique d'une étrange espèce, je n'ai pas à recommencer l'écœurante besogne des anti-cléricaux, en accusant mes frères de scélératesse. Plût à Dieu qu'il n'y eût que cela !

Je les accuse de médiocrité.

Un homme couvert de crimes est toujours intéressant. C'est une cible pour la Miséricorde. C'est une unité dans l'immense troupeau des boucs pardonnables, blanchis pour de salutaires immolations.

Il fait partie intégrante de la matière rachetable pour laquelle il est enseigné que le Fils de Dieu souffrit la mort.

Bien loin de rompre le plan divin, il le démontre, au contraire, et le vérifie expérimentalement par l'ostentation de son effroyable misère.

Mais l'innocent *médiocre* renverse tout.

Il avait été *prévu* sans doute, mais tout juste, comme la pire torture de la Passion, comme la plus insupportable des agonies du Calvaire.

Celui-là déshonore le Christ d'une façon si parfaite et rature si absolument la divinité du Sacrifice qu'il est impossible de concevoir une plus belle preuve du Catholicisme que le miracle de sa durée, en dépit de la monstrueuse inanité du plus grand nombre de ses fidèles !

Ah ! je comprends l'épouvante, la fuite éperdue du XIXe siècle devant la Face ridicule du Dieu qu'on lui offre et je comprends aussi sa fureur !

Il est bien bas, pourtant le XIXe siècle et n'a guère le droit de se montrer difficile !

Mais, précisément, parce qu'il est ignoble, il faudrait que l'ostensoir de la Foi fût archi-sublime et fulgurât comme un soleil.

« Le clergé saint fait le peuple vertueux, a dit un homme puissant en formules, le clergé vertueux fait le peuple honnête, *le clergé honnête fait le peuple impie.* »

Nous en sommes au clergé honnête, et nous avons des prédicateurs tels que le P. Monsabré.

On a fait à ce misérable la réputation d'un grand orateur.

Or, ce piètre thomiste, cet écolâtre exaspérant, systématiquement hostile à toute spontanée illumination de l'esprit, n'a ni une idée, ni un geste, ni une palpitation cordiale, ni une expression, ni une émotion.

C'est un robinet d'eau tiède en sortant, glacée quand elle tombe.

Et il lui faut toute une année pour nous préparer ces douches.

Je sais des naïfs que cette vacuité stupéfie.

Mais c'est comme cela qu'on les fabrique tous, depuis longtemps, les annonciateurs du Verbe de Dieu.

Le P. Monsabré est incontestablement le sujet le plus réussi et les bonnes maisons où se conditionne l'article, travaillent, présentement, à lui manufacturer d'innombrables imitateurs.

Il y a bien aussi un autre courant que j'appellerais Didonien. Mais celui-là nous mènerait droit aux prêtres charlatans ou aux sacrilèges et je sortirais de mon sujet.

Il est vrai que, de ce côté, la médiocrité n'est pas moindre, ni le talent plus absent, mais, du moins, le P. Monsabré se satisfait d'être une bouche du néant et ne galvaude pas sa robe de moine sur les tréteaux prostitués du cabotinisme international.

Quant aux autres serviteurs de l'autel et à la masse entière des fidèles, c'est inexprimable et confondant.

On se serre, on se tient les coudes, on s'empile en phalange d'imbécillité et de lâcheté.

On se précipite au Rien de la Pensée pour échapper à la contamination du libertinage ou de l'incrédulité.

En même temps, par un repli tout orthodoxe, on met à profit l'impiété du siècle pour allonger quelque peu la corde des prescriptions ecclésiastiques.

L'Église ayant réduit à presque rien la rigueur de ses pénitences, dans l'espoir toujours déçu d'un plus prompt retour des moutons folâtres qu'elle a perdus, les fidèles brebis utilisent en gémissant au fond du bercail, les *regrettables* concessions de leurs pasteurs.

Et toutes les pratiques suivent la même pente, l'époque n'étant pas du tout à l'héroïsme des œuvres surérogatoires.

Il se peut que le Dieu terrible, *Vomisseur des Tièdes*, accomplisse un jour le miracle de donner quelque sapidité morale à cet écœurant troupeau qui fait penser, analogiquement, à l'effroyable mélange symbolique d'acidité et d'amertume que le génie tourmenteur des Juifs le força de boire dans son agonie.

Mais il faudra, je le crains, d'étranges flambées et l'assaisonnement de pas mal de sang pour rendre digérables, un jour, ces rebutants chrétiens de boucherie.

Il faudra du désespoir et des larmes comme l'œil humain n'en versa jamais et ce sont précisément ces mêmes impies méprisés par eux, du haut de leurs dégoûtantes vertus, qui les forceront à les répandre !

« Le trait le plus saillant et le plus caractéristique des chrétiens modernes, écrivais-je au lendemain de la mort de Louis Veuillot, c'est la haine de l'Art, une haine carthaginoise auprès de laquelle les haines ordinaires ressemblent à de l'amour.

« C'est la gemme la plus éclatante de cette couronne de vainqueur que Louis Veuillot vient de laisser tomber sur les têtes pointues de ses lieutenants. Ceux-là, sans doute, suivent leur nature et font leur métier en détestant toute noble chose, mais lui, l'*Écrivain*, capable de sentir et d'admirer, il est sans excuse et disparaît déshonoré. Dureté de cœur, bassesse et envie, telles sont les trois pelletées d'inéluctable ignominie qui opprimeront son cercueil...

« Ce mépris absolu de sa vraie mission doit être regardé par tout catholique de quelque fierté comme le grand crime et la *grande trahison* de Louis Veuillot. C'est sur cette banqueroute frauduleuse que l'histoire le jugera, si son encombrante personnalité n'échappe pas à la myopie de l'histoire.

« "Il laisse une école", disent en chœur les lavandières optimistes du parti. Elle est bien charmante son école et lui fait, en vérité, grand honneur.

« Cette école n'est rien moins que la rédaction de l'*Univers*, troupe ineffable qu'il a mis vingt ans à former, Dieu sait avec quelle vigilance et quelle étude !

« Il s'agissait de réaliser un bataillon de médiocrités idéales, si compactes et si sereines qu'elles fussent éternellement imperméables à toute générosité, à toute grandeur. Il voulait resplendir comme un phare au milieu de ces imbéciles concaves.

« Cette rédaction procure l'exemple et donne le branle à toute la pieuse mécanique, par la librairie, par l'enseignement, par la chaire et même par la table d'hôte.

« Tout cela reste dans l'impulsion donnée par le maître à qui les catholiques français sont redevables de leur goût pour l'*engueulement* et de leur inaccessible esprit d'exclusion...

« Exprimer l'étroitesse, la dureté imbécile, la dirimante opiniâtreté et la sécheresse hautaine de ce bétail serait une triste besogne déjà faite par les ennemis déclarés de l'Église, pour laquelle ils prennent une progéniture bâtarde qui lui fait horreur...

« Étrange société chrétienne qui, se voyant menacée de toutes parts et en guerre avec le genre humain n'imagine rien de mieux que la proscription absolue du beau et du vivant sous quelque forme qu'ils lui apparaissent.

« Il faut être écrivain catholique pour savoir de quels effroyables dégoûts cette société régale les quelques hommes supérieurs que l'incrédulité du siècle n'a pu lui ravir.

« Aux expulsions variées dont la gratifient les gouvernements modernes, elle répond par l'ablation immédiate de tout ce qui peut rester en elle de généreux et d'intellectuel. Cette étonnante armée envoie ses meilleurs grenadiers à l'ennemi et, placidement, se réfugie dans la forteresse chinoise de la plus dédaigneuse sécurité [1]. »

Et voilà comment le Christ est véritablement traîné au dépotoir.

Cette Face sanglante de Crucifié qui avait dardé dix-neuf siècles, ils l'ont rebaignée dans une si nauséabonde ignominie que les âmes les plus fangeuses s'épouvantent de son contact et sont forcées de s'en détourner en poussant des cris.

Il avait jeté le défi à l'opprobre humain, ce Fils de l'homme, et l'opprobre humain l'a vaincu !

Vainement il triomphait des abominations du Prétoire et du Golgotha et du sempiternel recommencement de ces abominations du mépris.

Maintenant, il succombe sous l'abomination du respect.

Ses ministres et ses fidèles, éperdus de zèle pour l'Idole abjecte sortie de leurs cœurs et les yeux fixés sur sa fausse image, l'ont investi d'un ridicule tellement destructeur, je ne dis pas de l'adoration, mais de la plus embryonnaire velléité d'attendrissement, que le miracle des miracles serait aujourd'hui de lui ressusciter un culte.

Le songe de Jean-Paul n'est plus de saison.

Ce n'est plus le Christ pleurant qui dirait aux hommes sortis du tombeau :

---

[1]. *Propos d'un Entrepreneur de Démolitions, Les Obsèques de Caliban.* – Tresse, 1884 [note de Léon Bloy].

– Je vous avais promis un Père dans les cieux et je ne sais où il est. Me souvenant de ma promesse, je l'ai cherché deux mille ans par tous les univers, et je ne l'ai pas trouvé et voici, maintenant, que je suis orphelin comme vous.

C'est le Père qui répondrait à ces âmes dolentes et sans asile :

– Si vous avez besoin de mon Fils, cherchez-le dans les ordures. C'est le tabernacle que lui ont fait ses derniers adorateurs, mille fois plus lâches et plus atroces que les bourreaux qui l'avaient couvert d'outrages et mis en sang.

Moi-même, aujourd'hui, je ne pourrais plus le reconnaître.

Arrangez-vous de ce Rédempteur souillé dont vous avez contemné la fournaise de douleurs et qui ne peut plus que vous restituer en désespoir la fécale défiguration de son Sacrifice !

Le Pal, n° 4, 2 avril 1885 : « Le Christ au dépotoir » (Œuvres, t. IV, op. cit., p. 82-89).

Autre emprunt de Bloy à son œuvre, la « confabulation du Seigneur avec les hommes » que l'on trouve dans la dernière partie du roman est en partie tirée de la prosopopée de Marie s'adressant aux bourreaux de son Fils, dans Le Symbolisme de l'Apparition :

Marie recueille en silence le testament de la Sagesse éternelle. Cette épouse de l'Esprit Saint trouve tout simple que l'abîme donne sa voix puisque la hauteur a levé les deux mains, car l'Église nomme son Fils l'Ange du grand conseil, et il est écrit que le conseil de Dieu sortira avec abondance du grand abîme [1].

Et dans quel moment cette voix divine pourrait-elle se faire le mieux entendre sinon lorsque la terre est en deuil, lorsque la hauteur du peuple de la terre est défaillante, et que la Vigne mystique est frappée de langueur [2] ?

Encore une fois Marie peut bien dire aux bourreaux de Jésus :

« Vous faites ce que vous voulez parce que vous avez reçu la puissance, mais en tant que bourreaux corruptibles vous

---

1. Eccli. XXIV, 36 [cette note et les suivantes sont de Léon Bloy].
2. Isaïe XXIV, 4, 7.

ne savez pas ce que vous faites. Pour moi qui suis la Mère de tout le genre humain, je vous avertis que vous verrez une autre puissance qui vous désespérera. Vous saurez alors pour votre épouvante et pour votre tourment ce que c'est que d'être réellement abandonné de Dieu et ce que signifient ces trois clous et cette croix démesurée par le moyen desquels vous avez prétendu fixer de telle sorte le vrai Roi d'Israël qu'il ne pût pas se sauver lui-même après avoir sauvé les autres. Vous comprendrez aussi pourquoi vous l'avez invité par une dérision sacrilège à descendre de sa croix, disant que vous croiriez en lui, s'il accomplissait ce nouveau prodige. Or, voici que les ténèbres ont été faites sur toute la terre depuis la sixième heure jusqu'à la neuvième qui est l'heure suprême de la Déréliction, de la Soif, de la Consommation et de l'Émission du Souffle divin. Mais attendez en patience, et vous verrez la majesté terrible du Dieu des abandonnés, du Dieu des mourants de soif, du Dieu qui consomme et du Dieu qui brûle. Quand mon Fils a crié vers son Père, vous avez dit en vous arrêtant dans l'ombre au pied de sa croix : "Voyons si Élie viendra le délivrer et le mettre à terre." Et lorsque vous parliez ainsi vous ne saviez guère de quel esprit vous étiez [1]. Un jour viendra dont tous les Saints Livres ont parlé, le jour terrible de mon Époux de feu dont ce grand jour de mon Époux sanglant n'est qu'une image et ça ne sera pas encore le dernier des jours parce qu'il est selon la justice que ce dragon que Dieu forma pour se jouer de lui devienne la risée des hommes au lieu même où il s'était si indignement joué de leur Mère et d'eux tous. Il est tout à fait convenable que le Rire formidable du véritable Isaac qui est mon enfant crucifié éclate enfin sur la terre à la face de cet imposteur par-devant tous les peuples assemblés.

Lorsque Josué, le sauveur des élus de Dieu [2], parla au Seigneur dans la vallée de Gabaon, n'est-il pas écrit au livre des justes que le soleil et la lune s'arrêtèrent dans le milieu du ciel jusqu'à ce que les enfants d'Israël se fussent vengés de leurs ennemis [3] ?

---

1. Luc IX, 55.
2. Eccli. XLVI, 2.
3. Jos. X, 13.

Or, sachez-le, mon Fils crucifié et moi sa Mère debout au pied de sa croix nous resterons ainsi dans l'obscurcissement de notre station d'ignominie et de douleur jusqu'à ce que vienne cet Élie que votre Victime appelait dans son angoisse et qui sera le précurseur du Dieu des étonnements et des vengeances de l'Esprit nouveau par qui le monde doit être incendié. Car le Seigneur obéira encore une fois à la voix de l'Homme, et en vérité il n'y aura jamais eu un jour aussi long que le jour ténébreux de notre attente [1].

Beaucoup se mêlent d'enseigner mon peuple qui ne savent même pas ce que c'est que la Croix de mon Fils, cette Croix qui est réellement son Épouse magnifique dans un sens divin inaccessible encore aux pensers de l'homme et dans les bras démesurés de laquelle il enfante sa gloire depuis deux mille ans. Ne voit-on pas que le bois appelle le feu, et ne devine-t-on pas qu'au jour des étonnements, l'Épouse du Maître s'allumera sur la montagne pour consumer les blasphémateurs ?

Moïse en Égypte avait changé en sang, figure de l'immolation du Fils, les eaux, symbole des repentirs du Père, mais il n'appartenait qu'au vrai Moïse, Jésus, véritablement sauvé des eaux effrayantes, de changer ce sang en feu, expression réelle et terrible de l'indignation de la Colombe [2].

En ce jour, les épouvantes de Dieu militeront contre les hommes [3] parce qu'on verra la chose inouïe et parfaitement inattendue qui doit déraciner dans ses fondements l'habitacle humain, c'est-à-dire la malédiction de la Mère annoncée par mon prophète [4]. Je vous aveuglerai parce que je suis la Fille de la Foi, je vous désespérerai parce que je suis la Mère de l'Espérance, je vous dévorerai parce que je suis l'Épouse de la Charité. Je serai sans pitié au nom de la miséricorde et ma Maternité n'aura plus d'entrailles.

La Croix méprisée éclatera de splendeur, comme un vaste incendie dans la nuit noire et une terreur inconnue recrutera dans cette clarté la multitude tremblante des mauvais troupeaux et des mauvais pasteurs. Ah ! vous avez dit à Mon Fils de

---

1. Josué X, 14.
2. Jerem. XXV, 38.
3. Job VI, 4.
4. Eccli. III, 11.

descendre de sa croix et que vous croiriez en lui, vous lui avez dit de se sauver lui-même puisqu'il sauvait les autres, sans prendre garde que vous répétiez dans l'heure la plus solennelle du monde la prière du Saint Roi David [1] alors que votre malice venait d'accomplir si étrangement sur son propre fils les inspirations les plus douloureuses de sa symbolique pénitence. Eh bien, le Seigneur va combler tous vos vœux et maintenant vous allez connaître comment il s'y prendra pour sauver son Christ et son Roi [2]. Le voici qui vient dans le feu pour vous juger dans le feu et pour que toute chair adore sa Face [3]. Il descendra de sa Croix lorsque cette épouse d'ignominie sera toute en feu à cause de l'arrivée d'Élie et qu'il ne sera plus possible d'ignorer ce qu'était sous son apparence d'abjection et de cruautés cet instrument d'un supplice de tant de siècles.

Toute la terre apprendra pour en agoniser d'épouvante que cette Croix était son Amour lui-même, c'est-à-dire l'Esprit Saint caché sous un travestissement inimaginable. Cette Croix qui le dépasse de tous les côtés pour exprimer dans la folie de cet amour, toutes les adorables exagérations de votre Rachat, cette Croix va dilater sur toute la terre ses bras terrifiants, les montagnes et les vallées se liquéfieront comme la cire [4], et mon Fils véritablement délivré et descendu de son lit nuptial posera de nouveau sur le sol d'Adam ses deux pieds percés pour savoir si vous tiendrez parole en croyant en lui. Pour moi, je serai dans ce feu qui doit le précéder et consumer tout ce qu'il a d'ennemis [5]. Je vous regarderai en ce jour avec le visage de ma cinquième douleur, je serai plus que jamais la Mère des larmes, et pour avoir fait dans le temps des ténèbres l'usage qu'il vous aura plu de votre puissance de pourriture, vous connaîtrez vous et votre race ce que c'est que d'être abandonné de la Mère de Dieu, la Soif vous sera enseignée et toute justice sera consommée en vous par la droite du Père dans les épouvantables mains ardentes de mon Époux. »

Le Symbolisme de l'Apparition, IIe partie, chap. XII (*Œuvres*, t. X, *op. cit.*, p. 95-98).

---

1. « *Domine salvum fac regem, etc.* »
2. Psaume XIX, 7.
3. Isaïe LXVI, 15, 16, 23.
4. Judith XVI, 18 ; Psaume XCVI, 5 ; Mich. I, 4.
5. Psaume XCVI, 3.

Toujours emprunté à un chapitre du *Symbolisme de l'Apparition* resté en grande partie inédit après la publication posthume de l'ouvrage en 1925, voici le « cri terrible » que l'exégète du mystère salettin, dans son impatience, pousse vers son Dieu. Ces propos seront transposés dans la bouche de Marchenoir, au chap. XXXVIII du roman, lorsque celui-ci justifiera son impatience pamphlétaire auprès du père Athanase, qu'inquiètent les « inégales querelles » où il ne va pas manquer de se lancer :

> Nous autres qui savons aussi bien que saint Paul que la terre a été maudite à cause du péché de l'homme et qui pouvons ajouter l'expérience d'une agonie de dix-neuf siècles de christianisme à ses douloureuses exhortations, nous avons peut-être le droit d'être impatients à notre tour comme on ne le fut jamais et puisqu'il faut que nous élevions nos cœurs, d'arracher une bonne fois de nos poitrines ces organes désespérés pour en lapider le ciel. Eh quoi ! le Maître de la patience suppliait son Père d'écarter de lui le calice de sa Passion, il criait à toute la terre l'angoisse épouvantable de son abandon dans sa dernière agonie et nous autres, les spéculateurs découragés d'une espérance si lente à venir, nous n'aurions absolument rien à vociférer dans notre abandon. Nous accepterions en silence l'affreux calice de nos vomissements sempiternels ! Il est un homme étrangement prédestiné dont l'Évangile a soin de nous dire qu'il attendait le règne de Dieu, et c'est précisément celui-là qui donne la sépulture à la Vérité et qui enferme le Prince de la Paix dans son propre sépulcre.
>
> Ce mystérieux Joseph d'Arimathie dont le nom hébreu signifie quelque chose comme l'accroissement de la sublimité doit-il être considéré comme le Patriarche de tous les ensevelisseurs de leur propre espérance crucifiée et devons-nous solliciter de ce Pharisien converti la force divine qui ressuscite le Verbe créateur et le fait sortir glorieux de tous les tombeaux ? Nous sommes à cette heure une multitude de tombeaux errants dans lesquels repose le cadavre lamentable de la vérité décédée et nous attendons le grand jour pascal de

la résurrection. Tel est le véritable et symbolique aspect de cet épouvantable monde. Pour moi, je n'attendrai pas ce jour avec patience et je ne veux pas être un sépulcre silencieux.

Lorsque Jésus, Père des Pauvres, s'en est allé vers son Père, il a promis qu'il ne nous laisserait pas orphelins et qu'il viendrait à nous [1]. Or, voici bientôt deux mille ans qu'il est parti et que les pauvres attendent leur Père. Des milliers de saints ont pleuré, des milliers de bras désespérés se sont tendus vers le ciel, le nom de Père céleste est sorti tant de fois de la bouche des abandonnés et des opprimés, que la terre, grande maudite elle-même, la ténébreuse et stupide terre a fini par en apprendre les syllabes...

Ce nom de prière et de douleur lancé par tout ce qui crie, tout ce qui chante, tout ce qui a un parfum ou une couleur, par tout ce qui respire et tout ce qui est inanimé s'exhale sans trêve à travers les espaces mélancoliques de la création et déroule incessamment ses ondes lugubres sous la foudroyante tristesse du soleil.

Saint Paul a bien raison. Toute la création est dans la douleur de l'enfantement et elle s'agite dans cette douleur sans jamais pouvoir enfanter parce que l'Esprit du Très-Haut ne descend, n'est pas en elle, et qu'étant comme morte sous les espèces de la vie, elle ne possède qu'un horrible simulacre du divin pouvoir d'enfanter. Malheur à qui ne voit pas cela, malheur à qui se trouve bien sur cette terre maudite où des orphelins sans asile et frappés de démence osent parler de la nature en fête et, charognes orgueilleuses de leur propre déliquescence, ont l'audace de s'appeler elles-mêmes des esprits et des créateurs. Quand viendra la plénitude, cet Esprit rénovateur dont nous n'avons reçu que les prémisses [2], ce sera l'éternel honneur de quelques poètes sans gaîté d'avoir senti l'immense tristesse des choses et d'avoir eu pitié de l'œuvre de Dieu. Ceux-là se trouveront avoir plus fait pour l'Amour que beaucoup de pénitents superbes qui se seront percé le cœur aux pieds des autels et ce ne sera pas là le moins inattendu des coups de Justice par lesquels la folie divine étonnera la sagesse humaine.

---

1. Joan. XIV, 18.
2. Rom. VIII, 23.

Lorsque la Parole incarnée pleurait et saignait de tendresse pour la Rédemption et que sa Mère, la seule créature qui ait vraiment enfanté, devenait sous le regard de l'Agneau divin, cette fontaine de larmes qui fait déborder tous les océans de la pitié, les créatures inanimées, témoins innocents de cette double agonie, en gardèrent à jamais la compassion et l'épouvante, le dernier souffle du Maître porté par les vents s'en alla grossir le trésor caché des tempêtes, et la terre, saturée de ces larmes et de ce sang, se mit à germiner plus douloureusement que jamais des symboles de mortification et de pénitence. Un voile plus sombre s'étendit sur le voile déjà si noir de la première malédiction. Les épines du diadème royal de Jésus-Christ s'entrelacèrent autour de tous les cœurs humains et s'attachèrent pour des siècles comme les pointes d'un silice déchirant aux flancs du monde épouvanté. En ce jour fut inaugurée la parfaite pénitence des enfants d'Adam. Jusque là le véritable Homme n'avait pas souffert et la torture n'avait pas reçu la sanction divine. L'Humanité d'ailleurs était trop jeune pour porter la Croix. Quand les bourreaux descendirent du calvaire, ils rapportèrent à tous les peuples dans leurs bouches sanglantes, la grande nouvelle de la Majorité du genre humain. La Douleur franchit d'un bond l'abîme idéal qui sépare l'accident de la substance et devint *nécessaire*. Alors, les promesses de gloire et de triomphe, dont l'Écriture est saturée, inscrites dans la nouvelle loi sous le vocable abréviatif des Béatitudes, parcoururent les générations et se ruèrent à travers les nations comme un tourbillon de glaives.

Pour tout dire en un mot, le genre humain se mit à souffrir dans l'*Espérance*, et c'est ce que l'on appelle l'Ère chrétienne. Arriverons-nous bientôt à la fin de cet Exode ? L'âme humaine ne peut plus faire un pas et va tout à l'heure crever dans le désert. Tous les grands cœurs, chrétiens ou non, appellent le dénouement. Pour moi, je l'appelle plus que personne, je l'attends, je le désire, j'en suis affamé et altéré, je ne peux plus attendre et maudite soit l'espérance elle-même si ce dénouement tarde trop longtemps à venir.

Le Symbolisme de l'Apparition, IIe partie, chap. XVI : « Le Gémissement des créatures » (partiellement inédit). Voir *Léon Bloy*, Cahier de l'Herne, n° 55, *op. cit.*, p. 172-173.

III. PRÉFACE [1]

Je suis l'auteur du *Désespéré*, c'est incontestable, mais seulement du *Désespéré*, et il en sera toujours ainsi, eussé-je écrit cent autres livres. Cela est parmi les choses qu'aucun homme n'a le pouvoir de changer. Il fallait cela pour que ma réputation de pamphlétaire fût indéracinable à jamais. J'écrirais l'*Imitation de Jésus-Christ* ou la *Somme* de saint Thomas que je serais toujours le pamphlétaire du *Désespéré*.

Faut-il tout de même que ce soit un livre important ! Faut-il du moins que la vanité de quelques littérateurs corpusculaires soit vulnérable, même après leur mort – car je les ai enterrés presque tous en vingt-cinq ans – pour que des blessures si vieilles ne soient pas encore cicatrisées ! Elles ne le seront jamais sans doute, cette vanité leur étant *impersonnelle*. En même temps que je giflais d'une main valide quelques fantoches tels que Paul Bourget, Catulle Mendès, Alphonse Daudet, Maupassant et une douzaine d'autres encore de qui les pauvres noms n'existent déjà plus dans aucune mémoire, il se trouva que, sans même le vouloir ni le savoir, mes claques tombaient sur la multitude.

Ce seul fait suffirait, je pense, à démontrer que le *Désespéré* n'est pas un pamphlet d'occasion ou d'actualité, mais véritablement une satire sociale. Les personnages ci-dessus, quel que puisse être leur *signalement*, n'y sont pas nommés. Ils sont, d'ailleurs, tellement précaires et périssables, qu'à une faible distance, leurs noms mêmes, en petites capitales, ne seraient rien de plus que ces étiquettes collectives imaginées par les romanciers ou les caricaturistes pour la délimitation des espèces ou des sous-genres...

Lorsque j'écrivis le *Désespéré*, il y a plus d'un quart de siècle, j'avais l'intention de fixer, en une parabole durable, l'ignominie, merveilleuse alors et maintenant dépassée, de la république des lettres. Nouveau venu, quoique tard venu, dans ce monde étrange, les individus m'étaient inconnus pour la plupart. Huysmans, que je croyais mon ami et que je préparais assidûment au baccalauréat du catholicisme, se chargea de me documenter et il le fit avec un grand zèle. Il avait,

---

[1]. Cette préface, qui fut composée pour l'édition Crès de 1913, fut également publiée dans *Le Pèlerin de l'Absolu*, à la date du 13 janvier 1912.

je l'ai su plus tard, des injures à venger et, n'étant pas de sa personne un homme de guerre, mon intrépidité naïve lui parut bonne à exploiter. Il m'avait rendu quelques menus services d'argent, j'avais sur les yeux un bandeau de pièces de cent sous et, plein du désir de faire un chrétien de ce bienfaiteur, je lui supposais un désintéressement sublime. Jamais un lâche ne fut aussi bien servi.

Mon livre paru, il me renia, comme il convenait, se disant étranger à mes fureurs, cessa de me connaître et, presque aussitôt, devint une des « Dernières Colonnes de l'Église [1] ».

Un égoïste ordinaire aurait pu se contenter de quelques victimes de son choix et m'aurait dit : « Cela va bien ainsi. Quatre ou cinq têtes suffisent pour votre exposé de l'infamie contemporaine. Craignez de vous rendre impossible en attaquant, dès votre premier livre, tous les dispensateurs de la renommée. » Huysmans fit exactement le contraire, comprenant très bien que j'étais un de ces compagnons qu'il faut égorger quand ils deviennent inutiles ou compromettants.

Il fut ainsi le premier organisateur de la conspiration du silence dont j'ai souffert plus de vingt ans et qui a coûté la vie à deux petits enfants morts de ma misère [2]. J'ignore ce que Dieu a pu faire de ce malheureux que j'avais donné à son Église et que tant de catholiques ont admiré, en m'ignorant ou me maudissant, le jugeant une recrue précieuse. Mais je sais bien qu'un peu avant sa mort qui fut atroce, j'ai attendu vainement jusqu'à la dernière heure, espérant toujours qu'il m'enverrait quelqu'un et ne croyant pas possible qu'il voulût mourir sans mon pardon...

Je suis donc resté juste au point où m'a laissé ce sépulcre blanchi [3] devenu l'habitant noir d'une tombe où nul ne pleure ; c'est-à-dire que je suis toujours l'auteur du *Désespéré*, exclusivement. Plus de vingt autres livres, dont quelques-uns supérieurs, ont été publiés en vain depuis ce

---

1. Titre d'un pamphlet de Bloy, publié au Mercure de France en 1903. Huysmans, mais aussi Coppée, le père Didon, Brunetière et Bourget y sont attaqués.

2. Bloy perdit deux fils en bas âge, au cours de l'année 1895.

3. Expression biblique qui désigne les scribes et les pharisiens (Matth. XXII, 27). Bloy l'a déjà utilisée comme titre d'un article dirigé contre Edmond de Goncourt (*L'Événement*, 23 décembre 1890 ; repris dans *Belluaires et Porchers*, chap. VIII).

début et celui-là même, devenu introuvable, périrait sans cette édition nouvelle que j'avais cessé d'espérer.

Qu'importe, après tout, quand la sotte vie de ce monde est désormais sans saveur et quand on se prépare tranquillement à paraître devant Dieu ?

L'histoire du *Désespéré* n'intéresserait personne. Imprimé en 1886 par un canotier devenu éditeur à voiles [1], mis au rebut, la veille de la mise en vente, par cet éditeur soudainement figé que plusieurs polissons de lettres menaçaient de la trique ou tout au moins de la police correctionnelle, il me fallut chercher une autre lanière de transmission. La pitié divine me fit rencontrer un très pauvre homme, un humble marchand de papiers imprimés sur le point de faire faillite [2] qui espéra le retour de la fortune en me publiant.

Il y eut alors, par le froid noir de la commençante année 87, une bataille sombre, un Eylau de composition et de corrections dans l'officine puerpérale d'un imprimeur famélique où ne pleuvait qu'un argent rare. Plusieurs fois il me fallut exécuter des charges à la Murat sur un typographe épileptique et vagissant [3] qui n'admettait pas que je méprisasse les contemporains. Je me souviens d'un jour où, relisant des épreuves gluantes à grand'peine obtenues et mourant de faim littéralement, j'entendais le patriarche de cette caverne se réjouir tout près de moi, en dévorant avec sa famille un quartier d'âne dont je n'osais pas demander ma part.

Mon livre parut enfin, très dénué de splendeur et trois mois plus tard. La curiosité s'était détournée sur d'autres objets. Mon pauvre vendeur de papiers ne put échapper à la ruine et mourut, dix ans après, dans la misère. Il y eut, il est vrai, quelques chroniques astucieuses calculées pour me nuire dans le présent et dans l'avenir, sans aucune compensation de notoriété.

Barbey d'Aurevilly, que j'aimais et qui m'aimait à sa manière depuis longtemps, aurait pu parler utilement. Il ne le voulut pas et ce fut pour moi la surprise la plus étrange, la plus amère. La veille, il avait fait plusieurs kilomètres dans

---

1. Paul-Victor Stock. On lira sa version de l'affaire dans son *Memorandum d'un éditeur* (Stock, 1935, t. I, p. 15-43).

2. Alphonse Soirat.

3. Narcisse Blanpain, imprimeur républicain et libre penseur (voir Joseph Bollery, *Léon Bloy, op. cit.*, t. II, p. 222-223).

sa chambre en me parlant de mon livre qu'il venait de lire avec transports et qu'il proclamait un chef-d'œuvre. Le lendemain, le vent avait tourné, une ou plusieurs dames lui ayant dit que ce livre était au-dessous de tout. Il faut avoir connu d'Aurevilly pour savoir l'incroyable versatilité de cet écrivain, si haut et si noble pourtant, qu'une légèreté inouïe faisait capable de flotter également sur les eaux basses ou les eaux profondes et qui donna souvent l'illusion de la plus monstrueuse inconstance.

Il me fallut avaler cela comme tant d'autres choses, ayant ce destin d'avaler, ma vie durant, tout ce qu'un homme peut avaler. Aucune voix écoutée ne s'élevant pour moi, on eut le loisir de me fabriquer une petite légende que le court dialogue suivant peut offrir en raccourci : – Ah ! oui, Léon Bloy, une fameuse canaille ! – Une canaille ! dites-vous. Que savez-vous donc de lui ? – Oh ! rien du tout, mais *tout le monde sait*, etc. Oui, j'ai l'honneur de posséder une légende, la légende du *Désespéré* ! Il y en a, parmi les illustres, qui paieraient cela bien cher !

Puisque, par un effet imprévu, ce livre qui n'a pu me faire vivre s'obstine à ne pas mourir, je le présente donc aujourd'hui à la génération nouvelle sortie du fumier de la génération qui le vit éclore. Quelques-uns, peut-être, parmi les jeunes, y trouveront le réconfort que j'avais voulu donner à leurs aînés et pourront, si Dieu le veut, sentir quelque frisson généreux, en voyant un homme accepter une vie dont les galériens ne voudraient pas, et subir cette vie trente ans pour avoir le droit de dire quelque chose.

« Je suis entré dans la vie littéraire très tard », écrivais-je en 1897, « après une jeunesse effrayante et à la suite d'une catastrophe indicible qui m'avait précipité d'une existence *exclusivement contemplative*. J'y suis entré comme un élu disgracié entrerait dans un enfer de boue et de ténèbres, flagellé par le Chérubin d'une nécessité implacable. *Angelus Domini coarctans eum*[1]. À la vue de mes hideux compagnons nouveaux, l'horreur m'est sortie par tous les pores. Comment se

---

1. Réminiscence du psaume XXXIV : « Fiant tamquam pulvis ante faciem venti, et Angelus Domini coarctans eos », « Qu'ils deviennent comme la poussière qui est emportée par le vent, et que l'ange du Seigneur les pousse en les serrant de fort près » (Ps. XXXIV, 5). Le psalmiste, parlant de ses ennemis, presse Dieu de venir à son secours et de les confondre.

pourrait-il que mes tentatives *littéraires* eussent été autre chose que des sanglots ou des hurlements ? » (*Mon Journal*) [1].

Je le répète, quelques-uns trouveront peut-être qu'un tel spectacle est assez unique et, s'ils sont capables de l'Absolu, ils auront, j'imagine, un peu plus que de l'estime intellectuelle pour le vieil auteur de ce *Désespéré* qui est à peu près une autobiographie.

Léon Bloy
Janvier MCMXII

IV. CLÉ DU *DÉSESPÉRÉ*

Le Désespéré est un roman où l'on trouve plusieurs personnages à clé. Bloy en a lui-même dressé la liste, en donnant parfois des éclaircissements sur ses créations onomastiques (voir lettres du 19 et du 25 janvier 1887 à Louis Montchal, *op. cit.*, p. 278-279 et 284). Ces éclaircissements seront ici donnés entre guillemets, à la suite du nom du personnage. Ils ont été complétés par des notices biographiques, de façon à permettre au lecteur de décrypter les allusions qui fourmillent dans le récit. Le titre des œuvres fictives citées dans le roman sera précisé entre crochets après le titre réel.

*

Père Athanase : personnage composite, créé d'après le souvenir du père Roger et du père Cyprien Marie Boutrais.

Le père Roger est le moine bénédictin qui dirige les retraites de Bloy lors de ses deux séjours à la Grande Trappe de Soligny,

---

[1]. Dans une lettre à Octave Mirbeau reproduite dans *Mon Journal*, à la date du 13 juin 1897. Le texte de cette lettre, que Bloy cite librement, indique qu'il est « entré dans la vie littéraire à trente-huit ans ».

à l'automne 1877 et pendant l'été 1878. Ce religieux fait comprendre à l'écrivain qu'il n'est pas prêt pour la vie monastique, sa passion pour Anne-Marie Roulé ne lui permettant pas de se donner à Dieu.

Le père Cyprien Marie Boutrais, coadjuteur de la Grande Chartreuse, se lie avec Bloy lorsque celui-ci séjourne dans le monastère en novembre 1882. C'est lui qui obtient du père général le secours d'argent qui permet à l'écrivain de composer *Le Révélateur du Globe*. Il est l'auteur de *La Grande Chartreuse par un chartreux* (1881) dont Bloy s'est servi pour rédiger la deuxième partie du *Désespéré*. Les deux hommes resteront en contact épistolaire jusqu'en février 1890, date à laquelle leurs relations s'interrompront, le père Cyprien s'étant déclaré « impuissant à secourir désormais [son ami] » (voir lettre du 7 février 1890, *Lettres aux Montchal, op. cit.*, p. 473).

Mérovée Beauclerc : Francisque Sarcey.

Ce normalien, agrégé de lettres (1854), quitte l'enseignement en 1858 après avoir été introduit au *Figaro* par son ami et condisciple Edmond About. Collaborateur de *L'Opinion nationale* (1860) et du *Nain jaune* (1863), il devient en 1867 critique dramatique au *Temps*. Il y acquiert une réputation de premier plan, confortée par ses activités de conférencier à Paris, comme en province et à l'étranger. À partir de cette époque, il devient une figure de la grande presse, en signant aussi des chroniques au *Gaulois* et au *XIXe siècle*. Il s'y fait l'interprète de la *vox populi* et le défenseur du « bon sens » bourgeois, ce qui lui attire les sarcasmes des avant-gardes littéraires.

Bloy a déjà malmené Sarcey dans « L'Oracle des mufles », article composé à la suite d'une conférence au cours de laquelle celui-ci avait éreinté *À rebours* (*Le Chat noir*, 1er novembre 1884). C'est « l'un des hommes de lettres que je méprise le plus », déclare Bloy à Montchal à la même époque : « Excepté son indicible bassesse d'esprit, je *nie* tout de lui et je *méconnais* absolument la "compétence dramatique" d'un homme qui n'a jamais aperçu que la charpente matérielle d'un drame ou d'une comédie, alors qu'il est nécessaire d'apporter un critérium de morale ou d'esthétique dans l'examen de cet art d'ordre inférieur » (lettre du 4 novembre 1884, *op. cit.*, p. 28).

Abrahamn Properce Beauvivier : Abraham Catulle Mendès (« il fut le réservoir des bénédictions du Père »).

Ce Bordelais venu à Paris à dix-huit ans connaît une ascension fulgurante dans le journalisme et le monde des lettres où il se réclame de Gautier et de Hugo (le « père » dont il recueille les « bénédictions »). En 1861, il fonde *La Revue fantaisiste*, qui n'a que quelques mois d'existence (15 février-15 novembre), mais qui fait connaître les futurs parnassiens. En 1866, il est la cheville ouvrière du *Parnasse contemporain* et il épouse Judith Gautier, la fille du poète, dont il se sépare quelques années après, alors qu'il entretient déjà une liaison avec Augusta Holmès. En 1875, il lance *La République des lettres* (décembre 1875-juin 1877) et, à partir de 1879, contribue au succès du *Gil Blas* qu'Auguste Dumont vient de créer. Après avoir dirigé *La Vie populaire* (supplément hebdomadaire du *Petit Parisien*) et être passé par la rédaction de *L'Écho de Paris* (1888), il fait partie des collaborateurs réguliers du *Journal* à partir de 1892 : au fil des années, il s'est imposé par son entregent comme l'une des personnalités de la presse.

Extrêmement abondante, son œuvre littéraire touche à tous les genres. En 1863, Mendès publie un premier recueil poétique, *Philoméla*, que suivent *Odelettes guerrières* (1871), *Hespérus* (1872), *Contes épiques* (1872-1876), *Soirs moroses* (1876). En 1872, il tente sa chance au théâtre avec *La Part du roi*, première pièce d'une longue série comprenant *Les Frères d'armes* (1873), *Justice* (1877), *La Reine Fiammette* (1889), *Médée* (1898), *Scarron* (1905), *Glatigny* (1906). Librettiste d'opéra, il compose le livret de *Gwendoline* pour Chabrier (1886) et, pour Messager, celui d'*Isoline* (1888). On lui doit aussi des essais historiques et critiques : *Les 73 journées de la Commune* (1871), *La Légende du Parnasse contemporain* (1884), *Wagner* (1886). Il est enfin l'auteur de nombreux contes et de romans légers, spirituels et souvent fort lestes : *La Vie et la mort d'un clown* (1879), *Folies amoureuses* (1877), *Les Mères ennemies* (1880), *Le Roi vierge* (1881), *La Messe rose* (1884), *Zo'har [L'Inceste]* (1886), *Lesbia* (1886), *L'Homme tout nu* (1887), *Les Oiseaux bleus* (1888), *Méphistophéla* (1890), *La Femme-enfant* (1891), *La Maison de la vieille* (1894), *Le Chercheur de tares* (1898)...

Dans *Le Vieux de la Montagne* (5 mai 1909), Bloy affirme que « le "Properce Beauvivier" du *Désespéré* publié, *ante porcos*, en 87, [lui] fut donné en partie par Villiers, documentateur intarissable sur Catulle qu'il vomissait ». De fait, Villiers de L'Isle-Adam, qui était lié avec Mendès depuis de longues années – les deux hommes s'étaient rencontrés en 1860 et avaient voyagé ensemble en Allemagne, communiant dans le même culte pour Wagner –, entretenait avec lui une relation amicale orageuse, émaillée de nombreuses brouilles. Renseigné par Villiers, Bloy amplifie dans *Le Désespéré* des attaques qui ne sont pas nouvelles sous sa plume. Mendès a déjà fait les frais de sa verve pamphlétaire dans un article – « Réflexions sur un patriarche » (*Le Chat noir*, 8 mars 1884) – publié dans les *Propos d'un entrepreneur de démolitions*. À son tour, Mendès représentera Bloy sous les traits de Jean Morvieux dans un roman à clé, *La Maison de la vieille* (1894), et dans un drame, *Glatigny* (1906).

Adolphe Busard : « Auguste Vitu (journaliste de proie) ».

Après des débuts d'employé de bureau, il se lance dans le journalisme, rejoint la presse bonapartiste et fait carrière sous le second Empire : collaborateur du *Pouvoir*, du *Pays*, du *Constitutionnel*, il fonde *L'Étendard* en 1867 et devient en 1870 le rédacteur en chef du *Peuple français*, où il mène une opposition farouche au gouvernement de défense nationale et à Trochu. Par la suite, il rejoint la rédaction du *Figaro*, où on lui confie la critique dramatique. Il est l'auteur d'ouvrages historiques sur l'Empire et de divers travaux érudits, notamment sur Villon et Molière : *Notice sur Villon, d'après des documents nouveaux et inédits* (1873), *La Maison mortuaire de Molière* (1882), *Archéologies moliéresque : le Jeu de Paume* (1883), *Le Jargon et jobelin comprenant cinq ballades inédites* (1889).

Félix Champignolle : « Félicien Champsaur (assassin de mon ami Robert Caze) ».

Ce familier du *Chat noir* s'est d'abord illustré par de débordantes activités de journaliste dans la petite presse d'avant-garde : collaborateur de *La Lune rousse*, du *Gavroche*, de

L'Hydropathe, rédacteur des *Écoles, journal des étudiants* (1877-1878), secrétaire de rédaction de la *Revue moderne et naturaliste*, il a participé à la fondation de diverses publications plus ou moins éphémères comme *Les Hommes d'aujourd'hui*, *Les Contemporains* et le *Panurge* (1882-1883). Son entrée au *Figaro*, en 1879, est considérée comme une trahison par ses amis fumistes. En 1882, il inaugure avec *Dinah Samuel* une carrière littéraire illustrée par de nombreuses publications, parmi lesquelles *Miss America* (1885), *Parisiennes* (1887), *L'Amant des danseuses* (1888), *Masques modernes* (1890), *La Glaneuse* (1897), *Sa fleur* (1898), *Lulu, roman clownesque* (1901) et *L'Orgie latine* (1903).

Bloy et Champsaur, qui se sont rencontrés au *Chat noir*, ne s'apprécient guère (voir *Quatre Ans de captivité à Cochons-sur-Marne*, 21 avril 1903). Champsaur, dans un article paru le 17 octobre 1885 dans le *Supplément littéraire* du *Figaro*, a rangé Bloy, aux côtés de Barbey d'Aurevilly, Hello, Péladan et Charles Buet, parmi les « écrivains sacrilèges » : « sacrilèges, parce qu'ils sont catholiques et parce qu'ils font du péché le piment de leurs vices ». Parmi ces écrivains, poursuit Champsaur, « M. Léon Bloy est le réprobateur, le contempteur juré de toute idylle, de toute chanson, de toute joie française et humaine ; d'aucuns lui trouvent une allure ; pour les impartiaux son noir n'a pas de brillant. [...] Comme entrepreneur de démolitions, dans ses propos, il bave d'une salive âcre qui voudrait bien faire l'effet de l'acide phtorique dont une seule goutte suffit à dissoudre le cuir de l'hippopotame jusqu'à l'épiderme tendre des dames à chaussettes bleues ». Bloy, envoyant cet article à Henriette L'Huillier, lui indique qu'il a été écrit par « un tel misérable qu'il est décrié, *même parmi les journalistes* » (lettre du 18 octobre 1885, *op. cit.*, p. 111). Champsaur, dit-il ailleurs, fait partie de ces « fluent[s] crétin[s] de la chroniquaillerie parisienne, [...] toujours en état de bavoter quelques lignes sur toutes choses et sur toutes gens » (« Le Fond des cœurs », *Le Chat noir*, 4 octobre 1884). C'est le « plus fétide de tous les maquereaux de lettres » (lettre du 2 octobre 1885 aux Montchal, *op. cit.*, p. 105). Bloy le tient surtout pour responsable de la mort de son ami Robert Caze, lui aussi visé par l'article du *Supplément littéraire* du *Figaro*. Quelque temps après la parution de cet article, Caze a une altercation avec Champsaur au café Américain, dont Charles Vignier, rédacteur de la *Revue moderniste*, se fait l'écho le 1ᵉʳ février 1886, en soutenant que Caze a été rossé par le journaliste. Un duel s'ensuit entre Vignier et Caze, qui meurt le 28 mars 1886, des suites des blessures reçues lors de cet engagement.

Gaston Chaudesaigues : « Alphonse Daudet ».

Ami d'Edmond de Goncourt et de Zola, Daudet est une figure de premier plan de la littérature des années 1880. Souvent adaptés à la scène, ses romans de mœurs et ses contes ont assis sa notoriété : *Lettres de mon moulin* (1869), *Tartarin de Tarascon* (1872), *Contes du lundi* (1873), *Fromont jeune et Risler aîné* (1874), *Jack* (1876), *Le Nabab* (1877), *Les Rois en exil* (1879), *Numa Roumestan* (1881), *L'Immortel* (1883), *Tartarin sur les Alpes* [*Sancho Pança sur les Pyrénées*] (1885).

Aux yeux de Bloy, Daudet n'est qu'un habile négociant en littérature qui a su conquérir une haute situation, parfaitement usurpée. Reprenant une accusation lancée par d'autres avant lui, il met en garde Montchal, dès le début de leur correspondance, contre ce « plagiaire boutiquier de lettres dont l'impudence est si prodigieuse qu'il ne prend même pas la peine de démarquer les draps de lit de Dickens dans lesquels il dorlote depuis dix ou douze ans les personnages de ses romans » (lettre du 2 octobre 1884, *op. cit.*, p. 24). Bloy attaquera à nouveau la réputation de Daudet dans « Un voleur de gloire » (*Gil Blas*, 31 décembre 1888), article repris dans *Belluaires et Porchers*, chap. IV.

Véronique Cheminot : Anne-Marie Roulé.

Maîtresse de Bloy de 1877 à 1882, date où elle sombre dans la folie. Voir la Chronologie, p. 534.

Magnus Conrart : « Francis Magnard ».

D'abord employé des contributions directes, il fait ses débuts en 1859 dans le journalisme et entre en 1863 au *Figaro* et à *L'Événement*. Il s'y fait remarquer par sa rubrique « Paris au jour le jour ». Principal collaborateur de Villemessant qui lui cède la direction du *Figaro* en 1875, il devient l'un des trois gérants du journal après la disparition de son fondateur en 1879. Écrivain occasionnel, il est l'auteur d'un roman anticlérical, *L'Abbé Gérôme* (1869), et d'une « histoire paradoxale », *Vie et aventures d'un positiviste* (1875).

Bloy a eu affaire à lui en février 1884 : après avoir sollicité la collaboration du pamphlétaire et fait bon accueil à son premier article, Magnard est rapidement effrayé par le scandale provoqué par ses violences verbales. Craignant de heurter le public du journal, il congédie Bloy à son sixième article.

Raoul Denisme : « Paul Arène (arènes de Nîmes) ».

Natif de Sisteron, cet ami de Mistral, d'Aubanel et de Daudet, qu'il secondera dans la rédaction des *Lettres de mon moulin*, vient à Paris en 1863. Après avoir quitté l'enseignement, il commence sa carrière littéraire par une pièce en un acte, *Pierrot héritier*, jouée en 1865 à l'Odéon. Il composera encore pour le théâtre *Les Comédiens errants* (1873), *L'Hôte* (1875) et *Le Char* (1877). En 1879, il fonde la Société des félibres de Paris, dont il devient le majoral en 1884. Mais il est surtout connu pour les récits provençaux et les chroniques qu'il donne régulièrement dans la presse du temps – il collabore à *L'Éclair*, au *Figaro*, à *L'Événement*, au *Gil Blas*, au *Journal*... – avant de les publier en recueil : *Jean des Figues* (1868), *Au bon soleil* (1881), *Paris ingénu* (1882), *Des Alpes aux Pyrénées* (1884), *La Chèvre d'or* (1889).

Bloy a sans doute rencontré Arène, qui fut un temps proche des Hydropathes, dans l'entourage de Goudeau, parmi les habitués du *Chat noir* et des brasseries du Quartier latin. Est-ce à cette époque qu'il s'est forgé une opinion sur ce confrère à qui l'on prête ce mot cruel sur Barbey d'Aurevilly : « un Saint-Simon qui n'a rien vu » ? L'écrivain provençal est en tout cas marqué, aux yeux du pamphlétaire, d'un signe d'abjection et de nullité (voir « Les Larmes de Ferry », *Le Pal*, n° 4, 2 avril 1885 [*Œuvres*, t. II, *op. cit.*, p. 90]).

Valérien Denizot : « Aurélien Scholl
(auteur de *Denise*) ».

Après avoir achevé ses études à Bordeaux, sa ville natale, ce fils de notaire se tourne vers la littérature et vient à Paris où il se lance sans réserve dans le journalisme. Il débute en 1850 au *Corsaire*, puis collabore à la rédaction de divers journaux comme *Paris*, *Le Mousquetaire*, *L'Éclair*, *L'Illustration*. En 1857, il rejoint *Le Figaro* pour lequel il rédige pendant quatre ans « Les Coulisses », nouvelles à la main, pleines de verve et de mordant. En 1863, il quitte ce journal pour créer une feuille concurrente, *Le Nain jaune*. Il a déjà fondé ou ressuscité plusieurs journaux, et continuera de le faire tout au long de sa carrière, qui est remplie de polémiques, de scandales, de duels. En mai 1868, il épouse Irène Perkins, la fille d'un riche brasseur londonien, mais son mariage tourne court et débouche sur un retentissant procès. À partir de 1872, il collabore à *L'Événement* ; il est un moment le rédacteur en chef du *Voltaire* et devient, en 1884, celui de *L'Écho de Paris*. Écrivain facile, il est l'auteur de nombreux ouvrages : *Denise* (1857), *La Foire aux artistes* (1858), *L'Art de rendre les femmes fidèles* (1860), *Aventures romanesques* (1862), *Scènes et mensonges parisiens* (1863), *Les Dames de Risquenville* (1865), *Les Cris de paon* (1866), *L'Outrage* (1866), *Les Amours de cinq minutes* (1875), *Fleurs d'adultère* (1880), *L'Orgie parisienne* (1882), *Les Nuits sanglantes* (1883), *L'Esprit de boulevard* (1888), *Peines de cœur* (1890), *L'Amour appris sans maître* (1891), *Une Chinoise* (1894), *Tableaux vivants* (1896), etc. Il s'est aussi essayé au théâtre, en faisant jouer, entre autres, *Rosalinde* (1859), *Jaloux du passé* (1861), *La Question d'amour* (1864), *Le Repentir* (1876), *Le Nid des autres* (1878).

En le prenant pour cible, Bloy n'a sans doute pas oublié que Scholl a été de ceux qui se sont indignés de la publication de son premier article dans *Le Figaro*, le 27 février 1884, en blâmant les « révoltantes injustices » et les « bouffonnes exagérations » de ce « soi-disant *entrepreneur de démolitions* » dont les « pétards [...] font plus de mal que de bien à la religion qu'il est censé défendre » (« Courrier de Paris », *L'Événement*, 29 février 1884).

Docteur Chérubin Des Bois : « Le docteur Albert Robin, Robin des Bois, médecin de journalistes et de femmes du monde ».

D'origine dijonnaise, ce médecin bibliophile et collectionneur, spécialiste des voies digestives, agrégé de médecine en

1883, est aussi un personnage mondain qui fréquente la société parisienne, notamment le salon de la baronne de Poilly. Familier de nombreux écrivains – Barbey, Bourget, Maupassant, Mirbeau, Villiers sont ses patients –, il est élu à l'Académie de médecine en 1887.

Bloy a été reçu un temps par ce « médecin de gens riches et pourvu des plus élégantes relations » (lettre du 21 novembre 1884 à Louis Montchal, *op. cit.*, p. 31). Mais celui-ci a pris rapidement ses distances avec l'écrivain, qui se souvient d'avoir vainement sollicité son aide pour enterrer Berthe Dumont : il le fera figurer, comme Bourget, à l'année 1885, dans la liste de ses « lâcheurs » (voir Joseph Bollery, *Léon Bloy*, t. II, *op. cit.*, p. 457).

Chlodomir Desneux : « Élémir Bourges (du *Gaulois*) »

Né à Manosque, il s'installe à Paris en 1874 et tente de se faire une place dans le journalisme : il tient après Bourget le feuilleton dramatique au *Parlement*, entre comme chroniqueur au *Gaulois* et collabore à la *Revue des chefs-d'œuvre* (1881-1886). Féru d'ésotérisme et de musique, il se passionne pour Wagner, se lie avec Mallarmé, fréquente les mardis de la rue de Rome. Ses débuts en littérature – un roman historique, *Sous la hache* (1883), puis *Le Crépuscule des dieux*, sous-titré *Mœurs contemporaines* (1884) – font de lui l'une des figures de la littérature « fin de siècle ». Il publiera encore *Les oiseaux s'envolent et les fleurs tombent* (1893) et *La Nef* (1904-1922). Il fera partie de l'académie Goncourt à sa création en 1900.

En campant le personnage de Chlodomir Desneux, Bloy se souvient sans doute qu'Élémir Bourges, dans un article dédaigneux, a jugé sévèrement les *Propos d'un entrepreneur de démolitions* : « Mais tout cela n'est que de l'air, du vide et de la vanité. Jusqu'aux gros yeux saillants de M. Léon Bloy, ses joues tendues, son air violent rappellent ces Éoles enflés que l'on voit souffler des tempêtes aux frontons des anciens buffets d'eau » (« Un peu de critique », *Le Gaulois*, 31 mai 1884).

Alexis Dulaurier : « Paul Bourget ».

Après avoir publié des recueils poétiques marqués par la lecture de Byron et de Baudelaire – *La Vie inquiète* (1874), *Edel*

(1878), *Les Aveux* [*L'Irrévocable*] (1882) –, ce dandy épris de dilettantisme, qui a noué de solides relations dans la république des lettres, fait carrière comme essayiste. Chroniqueur au *Parlement* de 1880 à 1883, il collabore à de nombreux périodiques – *La Nouvelle Revue*, *La Vie littéraire*, *L'Illustration*, *Le Journal des débats*... – et se fait connaître en 1883 par ses *Essais de psychologie contemporaine*, suivis en 1885 de *Nouveaux Essais*. Familier des salons de la haute finance, il se spécialise peu à peu dans les romans d'analyse teintés de beylisme et situés dans des milieux élégants, en publiant coup sur coup *Cruelle Énigme* [*Douloureux Mystère*] (1885), *Un crime d'amour* (1886), *André Cornélis* (1887), *Mensonges* (1887), *Le Disciple* (1889). Élu à l'Académie française en 1894, cet amateur de voyages, qui en tirera la matière de plusieurs livres – *Sensations d'Italie* (1891), *Outre-mer* (1895), *Voyageuses* (1897) –, se convertira au catholicisme en 1901 et mettra ses romans, comme ses *Pages de critique et de doctrine* (1912), au service de ses convictions conservatrices. Il publiera ainsi *L'Étape* (1902), *Un divorce* (1904), *L'Émigré* (1907), *Le Démon de midi* (1914). Dramaturge d'occasion, il est notamment l'auteur de *La Barricade* (1910).

C'est en fréquentant le Sherry-Cobbler que Bloy s'est lié avec Bourget en 1876. À cette époque, il l'a introduit parmi les familiers de Barbey d'Aurevilly. Après avoir vainement tenté de le convertir, Bloy s'éloigne de cet ami auquel il écrit le 12 avril 1877 : « J'ai vu très clairement que les racines de votre talent sont plantées de telle manière que si le christianisme continue à vous manquer, elles périront faute d'aliment. Non seulement vous ne grandirez plus, mais vous serez frappé de médiocrité, vous tomberez dans la rengaine » (Joseph Bollery, *Léon Bloy*, t. II, *op. cit.*, p. 235). La rupture est consommée en 1885, quand Bourget montre quelque répugnance à secourir son ami qui vient de perdre Berthe Dumont. Lorsqu'il compose *Le Désespéré*, Bloy a déjà éreinté Bourget dans un article intitulé « Raclure de tiroir » (*Le Chat noir*, 12 juillet 1884). Celui-ci restera l'une des cibles privilégiées du pamphlétaire (voir, en particulier, « L'Eunuque », *Belluaires et Porchers*, chap. XVI, et *Les Dernières Colonnes de l'Église*, chap. V).

Hilaire Dupoignet : « Paul Bonnetain ».

Après des débuts dans l'Infanterie de Marine, au cours desquels il fait quelques expériences militaires teintées d'exotisme, il se consacre au journalisme et à la littérature. Il publie d'abord *Le Tour du monde d'un troupier* (1882), puis *Charlot s'amuse* (1883), roman à scandale sur l'onanisme. En 1884, il s'embarque pour l'Indochine en tant que correspondant du *Figaro* et suit les troupes françaises pendant l'expédition du Tonkin. À son retour en France, il réunit ses articles sur cette guerre en un volume intitulé *Au Tonkin* (1885), puis il publie un nouveau roman : *L'Opium* (1886). Il est l'un des signataires du *Manifeste des cinq* paru dans *Le Figaro* le 18 août 1887 à la suite de la publication du roman d'Émile Zola, *La Terre*.

Bloy, qui a vraisemblablement côtoyé Bonnetain au *Chat noir*, n'estime guère cet écrivain qu'il range parmi les derniers avortons du naturalisme : en 1884, il a fait grief à son cousin Goudeau de « penser que c'est une très bonne politique que de vautrer sa main dans la main de tout le monde et qu'il faut être extrêmement tendre pour les individus les plus dégoûtants, tels que M. Bonnetain, par exemple, le ramasseur des bouts de cigare de l'amour » (« L'Homme aux tripes », *Le Chat noir*, 5 janvier 1884, *Œuvres*, t. II, *op. cit.*, p. 90).

Jules Dutrou : « Edmond Deschaumes, de *L'Événement*, abject et venimeux. (Transposer les deux syllabes et ajouter trois points) ».

Ce journaliste, qui a fait ses débuts à la *Revue littéraire et artistique*, est d'abord proche des Hydropathes : secrétaire de rédaction de *La Plume* de Jean de Leude, il signe ses articles du pseudonyme d'Ennius, qu'il utilise aussi dans la *Revue moderne et naturaliste*. Au *Chat noir*, où il signe Despailles, il est un collaborateur irrégulier d'Émile Goudeau. De la butte Montmartre, il descend bientôt au boulevard pour donner des chroniques au *Soir*, au *Réveil*, au *Voltaire*, à *L'Écho de Paris*, à *L'Événement*, à *La Chronique parisienne*, etc. Il est l'auteur d'études historiques : *Le Grand Patriote* (1887), une biographie de Gambetta ; *La Retraite infernale* (1888), un récit de la campagne de l'armée de la Loire ; *Le Journal d'un lycéen pendant le siège de Paris* (1889). Comme romancier, ses œuvres principales sont *L'Amour en boutique* (1883), *Les Monstres roses* (1885), *Le Pays des nègres blancs* (1893), *La Kreutzer* (1899), *L'Auteur mondain* (1901), *La Femme à la tête coupée* (1910).

Bloy, qui l'a sans doute croisé au Sherry-Cobbler ou au *Chat noir*, n'a guère été ménagé par cet ancien camarade lors de la parution des *Propos d'un entrepreneur de démolitions*. Deschaumes, en effet, a éreinté l'ouvrage : « Ce n'est pas de la critique : c'est purement de la bastonnade et paraît vouloir faire crier. Si aigre, et si violente, la critique semble être de parti pris. Elle amuse quand elle est heureuse, mais elle ne porte pas sérieusement. Des amis du Démolisseur farouche m'affirment qu'il est sincère. Je veux bien le croire. Toujours est-il que je n'aime pas beaucoup cette méthode d'attendre les gens au coin d'un *Bloy*! » (*La Chronique parisienne*, 1er juin 1884).

Germain Gâteau : « Philippe Gille ».

Dramaturge prolixe, critique d'art, librettiste d'opéra – il est l'auteur des livrets de *Lakmé* (1883) et de *Manon* (1884) –, il devient à partir de 1869 un collaborateur régulier du *Figaro*. Sous le pseudonyme du « Masque de Fer », il y tient une chronique paraissant le mercredi, intitulée « Nouvelles à la main ».

Bloy a déjà égratigné ce « comateux Sigisbée du Succès » dans *Le Pal* (« La Grande Vermine », *Le Pal*, n° 1, *Œuvres*, t. IV, *op. cit.*, p. 41). Dans sa lettre du 19 janvier 1887, il indique à Montchal que « la ligne 5 de la page 328 [de l'éd. Soirat] » aurait dû l'éclairer sur l'identité du journaliste : « Il foire au *Basile* le tapioca... » (*op. cit.*, p. 279).

Hamilcar Lécuyer : « Jean Richepin ».

Né à Médéa, en Algérie, ce fils de médecin militaire fait de brillantes études en France. Après avoir été admis à l'École normale supérieure, il participe à la guerre franco-allemande en tant que franc-tireur dans l'armée de Bourbaki. À son retour à Paris, il fréquente la bohème du Quartier latin et fonde le groupe des Vivants avec Maurice Bouchor et Raoul Ponchon. *La Chanson des gueux*, publiée en 1876, lui assure un succès de scandale et lui vaut un mois de prison. Il donne ensuite *Les Caresses* en 1877 et *Les Blasphèmes* [*Chants sacrilèges*] en 1884. Sa faconde trouve aussi un terrain d'expression dans le roman populaire : il publie ainsi *La Glu* (1881), *Miarka, la fille à l'ourse* (1883), *Les Braves Gens* (1886), *Truandaine* (1890). Amant de Sarah Bernhardt, il joue avec elle, en 1883, le rôle principal dans *Nana-Sahib*, drame dont il est l'auteur. Il composera encore pour le théâtre *Les Flibustiers* (1887), *Le Chien de garde* (1889), *Le Chemineau* (1897), *La Gitane* (1900), *Don Quichotte* (1905). En 1908, il entrera à l'Académie française.

Bloy, qui se lie avec lui en 1876, est vite déçu par cet ami qu'il a vainement tenté de convertir (juin 1877). Pour choisir le nom de son personnage, il se souvient de deux vers des *Blasphèmes* : « J'ai les os fins, la peau jaune, des yeux de cuivre,/ Un torse d'écuyer et le mépris des lois ». Le prénom, qui rappelle la naissance de Richepin en Afrique du Nord, se comprend à la lumière de ce passage de « L'Homme aux tripes » (*Le Chat noir*, 5 janvier 1884), article repris dans les *Propos d'un entrepreneur de démolitions* : « Qu'on se représente un Carthaginois du bon temps des Mercenaires, devenu citoyen romain après les massacres et convoitant le patriarcat pour banqueter avec le vertueux Caton. Physionomie à la fois ardente et impassible, bronzée et recuite au four de toutes les crapules [...] » (*Œuvres*, t. II, *op. cit.*, p. 89). Bloy, avant de représenter Richepin dans *Le Désespéré*, l'a malmené dans un autre article : « Un bâtard de Lucrèce » (*Le Chat noir*, 7 juin 1884).

Alcide Lerat : « Louis Nicolardot ».

Ce chroniqueur conservateur, collaborateur du *Nain jaune*, de *Paris-Journal*, de la *Revue du monde catholique*, s'est fait connaître, comme essayiste, en 1854 par son *Ménage et Finances de Voltaire* [*Ménage et Finances de Diderot*] publié chez Dentu. Il est aussi l'auteur d'une *Histoire de la table* [*La Table chez tous les peuples*] (Dentu, 1868) et d'une *Confession de Sainte-Beuve* (Rouveyre, 1882).

Bloy a rencontré dans l'entourage de Barbey d'Aurevilly ce rat de bibliothèque à la réputation de parasite cancanier. Avant de le représenter dans *Le Désespéré*, il lui a consacré un article intitulé « Le Tonneau du cynique » (*Le Foyer illustré*, 10 septembre 1882, et *Le Chat noir*, 29 décembre 1883), qui est repris dans les *Propos d'un entrepreneur de démolitions*.

Georges Leverdier : personnage composite, créé d'après le souvenir de Georges Landry, auquel il emprunte son prénom, et surtout de Louis Montchal.

Né au Mans, Georges Landry, qui est venu à Paris avec son père, employé de l'éditeur Victor Palmé, rencontre Bloy en 1866 par l'intermédiaire de Victor Lalotte. Bloy le présente alors à Barbey d'Aurevilly. Fait prisonnier au cours de la guerre franco-allemande, puis envoyé en garnison à Bordeaux à son retour de captivité, Landry échange à cette époque avec Bloy une correspondance douloureuse qui témoigne de leur proximité (voir *Lettres de jeunesse*, Édouard-Joseph, 1920). En 1873, les deux hommes s'installent 22, rue Rousselet, pour se rapprocher du Connétable des lettres qui les charge de travaux de secrétariat : correction d'épreuves, copie d'articles, etc. Soucieux d'aider Landry à s'établir, Barbey le présente alors au chemisier Charles Hayem, qui l'engage comme comptable. Bloy conservera des liens étroits avec cet ami de jeunesse jusqu'à la mort de Barbey : le différend opposant l'écrivain à Louise Read finira par rompre leur amitié (voir *Le Mendiant ingrat*, 14 février 1892).

Bibliothécaire à Genève, Louis Montchal, bien qu'il soit éloigné du christianisme, entre en relation avec Bloy en juin 1884 après avoir lu avec enthousiasme les *Propos d'un entrepreneur de démolitions*. Une profonde amitié commence, entretenue par une riche correspondance et, à partir de juillet 1885, par des rencontres régulières des deux hommes à Paris. Montchal est alors le confident des souffrances de Bloy et accompagne la genèse de son œuvre, en lui apportant régulièrement un secours matériel et moral. Vers 1890, sa situation à Genève étant devenue intenable, Montchal ira s'installer à Dresde où il donnera des leçons de français. L'amitié des deux hommes, très vive jusqu'à la fin des années 1880, s'affaiblira alors insensiblement.

Octave Loriot : « Albert Delpit ».

Fils d'un riche négociant en tabac installé aux États-Unis, il vient en 1868 à Paris, où il fait ses débuts comme secrétaire de Dumas père et son collaborateur dans deux journaux, *Le Mousquetaire* et *Le d'Artagnan*. Il participe en tant que volontaire à la guerre franco-allemande et échappe de peu au peloton d'exécution des communards. Décoré de la Légion d'honneur, il publie un recueil de vers, *L'Invasion* (1872), pour lequel il reçoit le prix Montyon. Les chroniques et les romans qu'il donne en feuilleton le conduisent alors à collaborer à de nombreux journaux, comme *Le Gaulois*, *L'Éclair*, *L'Événement*, la *Revue des Deux Mondes*, *Le Figaro*. Romancier populaire, il puise son inspiration dans une veine facile. Ses principaux romans sont *Les Compagnons du roi* (1873), *La Vengeresse* (1874), *Jean-Nu-pieds* (1874), *Le Mystère du Bas-Meudon* (1877), *La Famille Cavalié* (1878), *Le Fils de Coralie* (1878), *Le Mariage d'Odette* (1880), *Le Père de Martial* (1881), *La Marquise* (1882), *Les Amours cruelles* (1884), *Solange de Croix-Saint-Luc* (1885), *Mademoiselle de Bressier* (1886), *Thérésine* (1888), *Disparu* (1888), *Un monde qui s'en va* (1889), *Belle Madame* (1892). Plusieurs de ces romans sont ensuite adaptés au théâtre où Delpit fait également jouer, entre autres pièces, *Robert Pradel* (1873), *Les Chevaliers de la patrie* (1876), *Les Maucroix* (1883). En 1880, le prix Vitet lui est décerné pour l'ensemble de son œuvre. C'est donc un écrivain consacré par les honneurs que Bloy vise dans *Le Désespéré*.

Marie Joseph Caïn Marchenoir : Léon Bloy lui-même.

Bloy a emprunté le nom de son double littéraire à une localité du Loir-et-Cher où il était passé avec les Mobiles de la Dordogne, au cours de la guerre de 1870 ; il l'a choisi pour ses résonances désespérées.

Hippolyte Maubec : « Mermeix (de *La France*.
Voir 4e numéro du *Pal*) ».

De son vrai nom Gabriel Terrail, ce journaliste, qui débute à la fin des années 1870 en faisant du reportage pour divers journaux – *Le Gaulois*, *Le Clairon*, *Paris-Journal*, *Le Matin* –, écrit à partir de 1884 des chroniques pour *La Presse*, *Le Courrier français*, *La France*. En 1886, il évolue vers le boulangisme : il fondera *La Cocarde* en 1888 et sera élu député de la Seine en 1889. Il est l'auteur de nombreux écrits de circonstance, dont *La France socialiste* (1886) et *Coulisses du boulangisme* (1890).

Bloy l'a déjà éreinté dans « Mermeix roi de la presse », article publié dans le n° 4 du *Pal* (2 avril 1885). Cet éreintement faisait suite à un article intitulé « Le Fou » (*La France*, 10 mars 1885), où Mermeix proposait d'anéantir Bloy par le silence : « Silence aux calomniés et à leurs amis, c'est le seul châtiment qu'on puisse infliger au calomniateur ; le silence l'empêchera de vendre sa marchandise, il le frappera dans son porte-monnaie – au cœur. » Après la publication du *Désespéré*, Mermeix renouvellera l'appel à une « conspiration du silence » contre Bloy (« Courrier de la semaine », *Le Courrier français*, 5 et 12 décembre 1886).

Judas Nathan : « Arthur Meyer ».

D'origine modeste, ce petit-fils de rabbin qui a fait fortune à la Bourse rachète en 1879 *Le Gaulois*, fondé en juillet 1868 par Edmond Tarbé des Sablons et Henry de Pène. En 1882, il en fait le grand quotidien conservateur et légitimiste de la fin de siècle. Il se convertira au catholicisme en 1901 et sera un antidreyfusard convaincu.

Il est l'une des victimes du pamphlétaire dans le n° 2 du *Pal* (11 mars 1885), où un article, « Les Argousins de la pensée », lui est consacré. Pour Bloy, Arthur Meyer est, avec Villemessant, « le protagoniste victorieux » de l'« abrutissement sublunaire » de ses contemporains : sous l'influence délétère de ces deux patrons de presse, constate-t-il, les grands journaux sont devenus, dans les années 1880, « les véhicules du scandale et de la réclame » (« Le Reportage littéraire », *La Plume*, 15 mai 1890, *Œuvres*, t. XV, *op. cit.*, p. 227).

Baronne de Poissy : baronne de Poilly.

Née Agathe Éléonore Anne Élisabeth du Hallay-Coëtquen, cette femme du monde, d'abord mariée au comte de Brigode, épouse en secondes noces un diplomate, le baron Poilly. Propriétaire d'un hôtel particulier, avenue des Champs-Élysées, elle y reçoit le monde parisien et les hommes de lettres : le docteur Robin, Coppée, Bourget, Barbey d'Aurevilly, Lorrain font partie des habitués.

Bloy se souvient qu'au moment de la mort de Berthe Dumont, en 1885, la baronne de Poilly lui a fait chichement l'aumône de 20 francs pour pourvoir à l'enterrement de sa compagne. Ses attaques contre cette dame, comme celles qu'il lancera contre le docteur Robin, dissuaderont Barbey, ami de ces personnages, de manifester publiquement son estime pour l'auteur, à l'occasion de la parution du *Désespéré*.

Léonidas Rieupeyroux : « Léon Cladel (Rieupeyroux, ruisseau pierreux en provençal, nom vulgaire) ».

Fils d'un bourrelier quercynois, il vient en 1854 à Paris ; il y fréquente les milieux parnassiens et les cabarets où se réunit la bohème littéraire. Son premier roman, *Les Martyrs ridicules*, publié en 1862 par Poulet-Malassis, est préfacé par Baudelaire. Ce républicain enflammé, que Barbey d'Aurevilly surnomme le « rural écarlate », écrit une série de romans populaires et paysans, ainsi que des récits portant sur la Commune : *Le Bouscassié* (1869), *La Fête votive de Saint-Bartholomée Porte-Glaive* (1872), *L'Homme de la Croix-aux-Bœufs* (1878), *Ompdrailles. Le Tombeau des lutteurs* (1879), *N'a-qu'un-œil* (1882). *Les Va-nu-pieds* (1883), *Pierre Patient* (1883), *Urbains et ruraux* (1884), *I.N.R.I* (1887).

Bloy, qui a pu le rencontrer au *Chat noir*, lui a consacré un article – « Chrétien et mystagogue sans le savoir » (*Le Chat noir*, 20 octobre 1883) – qui figure dans les *Propos d'un entrepreneur de démolitions*.

Andoche Sylvain : « Armand Silvestre ».

Élève de l'École polytechnique, il débute dans les lettres comme poète parnassien – *Rimes neuves et vieilles* (1862), *Renaissances* (1869), *Gloire des souvenirs* (1872), *Les Ailes d'or* (1880)... – tout en poursuivant une carrière administrative au ministère des Finances. Au début des années 1880, il se fait une spécialité dans la gauloiserie facétieuse en donnant régulièrement dans la presse des contes humoristiques et graveleux dont il tire des recueils : *Le Péché d'Ève* (1882), *Contes pantagruéliques et galants* (1884), *Contes de derrière les fagots* (1886), *Histoires inconvenantes* (1887)...

Nestor de Tinville : « Henri Fouquier (-Tinville. Signe Nestor au *Gil Blas*) ».

Ancien normalien, directeur de la presse au ministère de l'Intérieur jusqu'en mai 1873, il entre alors dans le journalisme, devient directeur du *XIXe siècle* (1884) et, soit sous son nom, soit sous divers pseudonymes (Philinte, Spectator, Caribert, Colombine, Nestor...), collabore à un nombre considérable de journaux, dont le *Gil Bas*. On lui doit notamment : *Au siècle dernier*, série de seize monographies féminines du XVIIIe siècle (1884), *La Sagesse parisienne* (1885), *Paradoxes féminins* (1886) et *Le Salon illustré* (1888).

Bloy a quelque raison de poursuivre de ses sarcasmes son confrère qu'il a déjà brocardé dans plusieurs articles du *Pal* (voir notamment « Les Larmes de Ferry », *loc. cit.*, p. 90, où il fait une allusion désobligeante au mariage du journaliste avec la veuve de Feydeau). Le 1er mars 1884, Fouquier a vivement protesté, dans *Le XIXe siècle*, contre les vociférations de ce « Vallès catholique », quelques jours après la publication du premier article de Bloy dans *Le Figaro*. Deux mois plus tard, dans son compte rendu des *Propos d'un entrepreneur de démolitions*, il a mis en garde l'Église contre le danger d'un « irrégulier », et les journalistes du *Chat noir* contre un confrère compromettant (« Un entrepreneur de démolitions », *Gil Blas*, 28 mai 1884).

Gilles de Vaudoré : « Guy de Maupassant ».

Encouragé par Flaubert qui a guidé ses débuts dans le journalisme et la littérature, ce Normand, au milieu des années 1880, est une figure montante de la République des lettres. Il n'a pas tardé à collaborer à plusieurs journaux importants comme *Le Figaro*, *Gil Blas*, *Le Gaulois* et *L'Écho de Paris*. Il a participé en 1880 aux *Soirées de Médan* avec *Boule de suif*. Il est surtout l'auteur à succès de romans et de nouvelles : publié en 1881, *La Maison Tellier* a atteint sa douzième édition en 1883 ; la même année *Une vie*, son premier roman, s'est vendu à vingt-cinq mille exemplaires ; enfin, en 1885, *Bel-Ami* a connu trente-sept tirages en quatre mois. Familier du monde de la finance et des salons parisiens, il multiplie les conquêtes féminines et incarne, aux yeux de ses contemporains, une forme insolente de réussite.

Renseigné par Huysmans et sans doute inspiré par Beaufrilan, personnage à clé de *Très russe*, le roman de Jean Lorrain paru en 1886, Bloy dispose d'une ample matière pour caricaturer Maupassant. Il a déjà éreinté *Bel-Ami* dans le n° 3 du *Pal*, le 23 mai 1885, et, dans sa lettre du 17 septembre 1884 à Louis Montchal, il décrit cet écrivain en vue comme « le Grand Veneur de la pornographie contemporaine, [...] l'exhibitionniste phallophore qui édifie son budget sur le gain périodique de certains steeple-chases de lupanar dont il est généralement le vainqueur, au conspect d'une élite de pourceaux du reportage » (*Lettre aux Montchal, op. cit.*, p. 15).

CHRONOLOGIE

I. Léon Bloy

1846 : Naissance à Périgueux (11 juillet). Il est le deuxième des sept garçons de Jean-Baptiste Bloy (1814-1877), fonctionnaire des Ponts et Chaussées, et d'Anne-Marie Carreau (1818-1877). Son père est franc-maçon et sa mère « une chrétienne des anciens jours » (lettre du 21 novembre 1875).

1854-1860 : Médiocres études au lycée de Périgueux. Il est retiré de l'établissement en classe de 4e à la suite d'une rixe avec d'autres élèves et poursuit sa formation sous la direction de son père, qui tente de tirer parti de son goût pour le dessin en le poussant vers l'architecture.

1861-1862 : Il commence à rédiger un journal (en partie publié sous le titre *Journal d'enfance* dans les *Cahiers Léon Bloy*, de janvier 1925 à avril 1926) et s'essaie à la littérature avec une tragédie, *Lucrèce*. La crise de la puberté l'éloigne de la religion.

1864 : Son père l'envoie à Paris où il lui a procuré un emploi : il entre comme commis au bureau de l'architecte principal de la Compagnie d'Orléans.

1865 : Bloy néglige son travail de commis architecte et rêve d'être peintre : il s'inscrit à l'École des beaux-arts, dans l'atelier de Pils. Il se lie avec Georges Landry qu'il a rencontré chez son ami Victor Lalotte.

1867 : Premiers articles qu'il ne parvient pas à faire publier dans *La Rue*, le journal de Jules Vallès : ceux d'un révolté, séduit par le socialisme révolutionnaire et l'anticléricalisme. Il rencontre Barbey d'Aurevilly qui habite en face de chez lui, rue Rousselet (décembre).

1868-1869 : Cette rencontre provoque en lui une profonde crise intellectuelle. Il se rapproche du courant de pensée traditionaliste. Il lit Bonald, Maistre, Donoso Cortés. Pour échapper à la misère qui le menace, il entre comme expéditionnaire chez un avoué (décembre 1868). Sa conversion se poursuit sur le plan religieux : elle s'accomplit sacramentellement à l'église Sainte-Geneviève de Paris, où la sœur de Victor Lalotte l'a conduit (29 juin 1869).

1870 : Il est incorporé dans les « Mobiles de la Dordogne », régiment qui prend part aux opérations de l'armée de la Loire dans le corps franc de Cathelineau.

1871 : Il se fait remarquer pour sa bravoure à la bataille de Vibraye (janvier). Démobilisé, il rentre à Périgueux (avril). Début de sa correspondance avec Blanc de Saint-Bonnet (novembre).

1873 : Retour à Paris (mai). Il est recruté quelques semaines comme secrétaire aux Comités catholiques de France de Léon Pagès. Sur la recommandation de Blanc de Saint-Bonnet et de Barbey d'Aurevilly, il entre à *L'Univers* (décembre).

1874 : Brouille avec Louis Veuillot et départ de *L'Univers* où il n'aura publié que cinq articles (juin). Bloy est engagé comme copiste à la Direction de l'Enregistrement. Rencontre de Charles Buet.

1875 : Bloy sert de secrétaire bénévole à Barbey d'Aurevilly en compagnie de Landry et Lalotte. Publication de *La Méduse Astruc*, hommage à l'auteur des *Diaboliques*. Début de l'amitié avec Ernest Hello.

1876 : Bloy fréquente les milieux littéraires. Il se lie avec Bourget et Richepin, qu'il tentera en vain de convertir l'année suivante (juin 1877). Il obtient un emploi d'auxiliaire à la Compagnie du chemin de fer du Nord (mai). Il est titularisé comme dessinateur au bureau du contentieux de la Compagnie (décembre).

1877 : Rencontre d'Anne-Marie Roulé et début de leur liaison (février). Mort du père de Bloy à Périgueux (18 mai), à un moment où l'écrivain, comme il le découvrira, était dans les bras de sa maîtresse, ce qui sera pour lui la source d'un fort sentiment de culpabilité (lettre à Anne-Marie Roulé,

28 juillet). Bloy paie les dettes de la jeune femme et la persuade de renoncer à sa vie de fille entretenue pour vivre avec lui (juin). Il apprend la mort de sa mère (18 novembre). Retraite à la Grande Trappe de Soligny (septembre-octobre), où il est accueilli par le père Roger. Alors qu'il s'interroge sur sa vocation religieuse, ce bénédictin l'aide à prendre la mesure de sa passion pour Anne-Marie : « Il m'a fallu cet étrange voyage avec l'épouvante de la main de Dieu dans les cheveux lorsqu'il me fut parlé de rester à la Trappe du premier coup, pour me révéler à moi-même l'intensité et la violence de mes affections naturelles » (lettre à Barbey d'Aurevilly, 8 octobre). De retour à Paris, Bloy envisage de se marier avec la jeune femme, mais les obstacles matériels le conduisent à renoncer à cette idée.

1878 : Rencontre de Henry de Puyjalon et vague projet d'installation au Canada pour participer à la fondation d'un journal catholique (avril-mai). Après la conversion d'Anne-Marie (septembre), Bloy s'engage avec elle dans une aventure mystique, accompagnée de spéculations scripturaires, de « révélations » et de pressentiments apocalyptiques, dont Hello et l'abbé Tardif de Moidrey (rencontré l'année précédente à Notre-Dame-des-Victoires) sont les seuls témoins. Misère parfaite : Bloy a démissionné de son emploi à la Compagnie des chemins de fer du Nord. Nouvelle retraite à la Grande Trappe de Soligny pendant l'été. Le père Roger est, pour la seconde fois, son directeur spirituel. Nouvel échec : l'appel de la vie religieuse ne résiste pas à la passion qui entraîne son cœur « d'un autre côté » (lettre à Anne-Marie Roulé, 14 juin).

1879 : Premier séjour à La Salette en compagnie de l'abbé Tardif de Moidrey qui initie Bloy à l'exégèse symbolique et meurt brutalement sur la « Sainte Montagne » (28 septembre). Bloy commence *Le Symbolisme de l'Apparition* qui restera inachevé.

1880 : Paroxysme de l'aventure mystique de Bloy et d'Anne-Marie qui lui confie un « secret » relatif à la Parousie dont ils attendent l'un et l'autre « un signe » : « Je ne retrouve plus mes idées à la même place, écrit Bloy à Hello (14 mars). [...] J'ai une faim et une soif si furieuses de la gloire de Dieu sur la terre que je compte les jours comme un insensé. Tout ce qui n'est pas cette revanche de la justice divine ou du moins l'espoir de cette revanche très prochaine m'exaspère jusqu'au délire. » Deuxième séjour à La Salette, en compagnie de la jeune femme (septembre-octobre). Toujours la misère.

1881 : Gabriel Hanotaux, que Bloy a connu en 1874 dans le petit groupe de jeunes catholiques formé autour de Louis Ménard, lui procure des travaux de copie dans l'administration. Ceux-ci lui assurent une maigre subsistance.

1882 : Premiers signes de la folie d'Anne-Marie qui est finalement internée à Sainte-Anne (juin). Bloy est profondément atteint par cette épreuve dont il parlera comme de « la grande catastrophe de [sa] vie » (lettre à Henriette L'Huillier, 21 mai 1887). Il collabore au *Chat noir* où il est introduit par son cousin Émile Goudeau, rédacteur en chef de la revue (août). Camaraderies littéraires dans les milieux fumistes : Alphonse Allais, Edmond Haraucourt, Maurice Rollinat. Début de sa liaison avec Henriette Vilmont (automne). Retraite à la Grande Chartreuse (novembre-décembre), où il sympathise avec le père Cyprien-Marie.

1883 : Mort d'Henriette Vilmont, de la tuberculose, à l'hôpital de la Pitié (3 juin).

1884 : Début de la liaison de Bloy avec Berthe Dumont, ouvrière doreuse (janvier). Collaboration éphémère au *Figaro* où il publie six articles (février-mai). Publication chez Sauton du *Révélateur du Globe* avec une préface de Barbey d'Aurevilly (février) et, chez Stock, des *Propos d'un entrepreneur de démolitions* (mai). Début de l'amitié avec Huysmans et Villiers de L'Isle-Adam : ils forment à eux trois le « Concile des Gueux ». Premières ébauches du *Désespéré*. Brouille avec Goudeau et Rodolphe Salis, départ du *Chat noir* (novembre).

1885 : Publication d'un pamphlet hebdomadaire, *Le Pal*, dont quatre des cinq numéros peuvent paraître (avril). Amitié et secours de Louis Montchal. Mort brutale de Berthe Dumont, dans une crise de tétanos (11 mai). Disparition d'Ernest Hello (14 juillet).

1886 : Installation au 127, rue Blomet. Bloy achève *Le Désespéré*, mais Stock, par crainte de poursuites, refuse finalement de le faire paraître. Liaison avec Henriette Maillat.

1887 : Publication du *Désespéré* par Soirat (janvier). Bloy commence un nouveau roman, *La Désespérée*, première ébauche de *La Femme pauvre*. Liaison avec Eugénie Pasdeloup.

1888 : Eugénie Pasdeloup donne naissance à un enfant de Bloy : Maurice Léon (4 juillet). Publication d'*Un brelan d'excommuniés* chez Savine (novembre). Première collaboration au *Gil Blas* (décembre).

1889 : Liaison avec Marie Krysinska. Renvoi du *Gil Blas* (février). Mort de Barbey d'Aurevilly (23 avril) et de Villiers de L'Isle-Adam (19 août). Sérieuses fissures dans l'amitié avec Huysmans. Rencontre de Jeanne Molbech, que Louise Read et François Coppée tentent de détourner de Bloy. Celui-ci lui écrit les *Lettres à la fiancée*.

1890 : Début de la collaboration à *La Plume* (avril). Conversion de Jeanne Molbech (19 mars) et mariage (27 mai). Publication de *Christophe Colomb devant les taureaux* chez Savine (octobre).

1891 : Départ pour le Danemark (février), où Bloy présente une série de conférences : *Les Funérailles du naturalisme*. Dans son pays natal, Jeanne donne naissance à Véronique, son premier enfant (23 avril). Publication dans *La Plume* d'un article sur *Là-bas* qui consacre la rupture avec Huysmans (juin). Retour à Paris et installation au 155, rue Blomet (septembre). À peine rentré, procès en correctionnelle contre Péladan que Bloy a éreinté dans *La Plume*. Publication de *La Chevalière de la Mort* dans *Le Magasin littéraire* de Gand (octobre). Rencontre et amitié du peintre Henry de Groux. Bloy suspend la rédaction de *La Femme pauvre*.

1892 : Fin de la collaboration à *La Plume* (février). Différend avec Louise Read à propos de la tombe de Barbey d'Aurevilly et brouille avec de vieux amis : Landry, Lalotte, Buet... Bloy commence à tenir son journal intime. Publication du *Salut par les Juifs* par Adrien Demay (septembre). Déménagement pour Antony. Bloy est repris par le *Gil Blas* (septembre), auquel il va livrer des articles, des anecdotes militaires et des contes, source de revenus réguliers. Premier article dans le *Mercure de France* (octobre).

1893 : Publication de *Sueur de sang* chez Dentu (août).

1894 : Naissance d'André, deuxième enfant de Jeanne et Léon Bloy (12 février). Affaire Tailhade (avril). Bloy prend la défense de l'écrivain blessé dans l'attentat du restaurant Foyot. Après avoir refusé de se battre en duel avec Edmond Lepelletier, il est chassé de la rédaction du *Gil Blas* : c'est la misère. Publication de *Léon Bloy devant les Cochons* chez Chamuel (juin) et des *Histoires désobligeantes* chez Dentu (décembre).

1895 : L'« année terrible ». Installation au 11, impasse Cœur-de-Vey, dans un logement insalubre. Mort d'André (26 janvier). Rencontre du capitaine Bigand-Kaire qui organise une tombola en faveur de l'écrivain. Déménagement au 2, cité Rondelet. Naissance de Pierre, troisième enfant de Jeanne et Léon Bloy (25 septembre). Maladie de Jeanne et hospitalisation à Sainte-Anne (novembre). Mort de Pierre (10 décembre).

1896 : Reprise de *La Femme pauvre*, dont l'écrivain avait abandonné la composition depuis 1891.

1897 : Naissance de Madeleine, quatrième enfant de Jeanne et Léon Bloy (9 mars). Publication de *La Femme pauvre* au Mercure de France (mai).

1898 : Publication du *Mendiant ingrat* par l'éditeur belge Edmond Deman (avril). Refroidissement de l'amitié avec Henry de Groux à l'occasion de l'affaire Dreyfus. Rencontre de Jehan Rictus.

1899 : Départ pour un deuxième séjour au Danemark. Installation provisoire chez Mme Molbech à Askov, puis déménagement à Kolding,

1900 : Au retour du Danemark (juin), installation provisoire chez Henry de Groux et brouille des deux familles. Déménagement à Lagny (juillet). Mort de Maurice Léon, le fils de Bloy et d'Eugénie Pasdeloup, que l'écrivain n'a jamais cessé de secourir (16 juillet). Publication du *Fils de Louis XVI* (juillet) et de *Je m'accuse...* (septembre) à l'édition de la Maison d'Arts, grâce à son ami Redonnel.

1901 : Amitié de René Martineau.

1902 : Publication de l'*Exégèse des lieux communs* (juin) au Mercure de France.

1903 : Bloy collabore à *L'Assiette au beurre* pour trois articles. Publication des *Lettres de Barbey d'Aurevilly à Léon Bloy* (juin) et des *Dernières Colonnes de l'Église* au Mercure de France (octobre).

1904 : Installation à Montmartre. Rencontre de Georges Rouault et de Georges Desvallières. Publication de *Mon journal*, suite du *Mendiant ingrat*, au Mercure de France (juillet).

1905 : Déménagement au 40, rue du Chevalier-de-La-Barre. Amitié de Jacques et Raïssa Maritain, qui deviennent ses filleuls. Publication de *Quatre Ans de captivité à Cochons-sur-Marne*, 3e volume du *Journal*, au Mercure de France (mai), et de *Belluaires et Porchers* chez Stock (juillet). Nouvelle maladie de Jeanne (décembre).

1906 : Amitié de Pierre Termier avec qui Bloy partage la même dévotion pour La Salette et le secret de Mélanie. Réédition du *Salut par les Juifs* chez Victorion par les soins des Maritain (janvier). Troisième séjour de Bloy sur la « Sainte Montagne » où il rencontre Josef Florian (août). Véronique entre à la Schola cantorum (octobre), bientôt suivie par Madeleine. Amitié entre Vincent d'Indy et la famille Bloy. Publication de *L'Épopée byzantine et Gustave Schlumberger* aux Éditions de la Nouvelle Revue (décembre).

1907 : Publication de *La Résurrection de Villiers de L'Isle-Adam* chez Blaizot (janvier).

1908 : Publication de *Celle qui pleure* au Mercure de France (juin) grâce à l'aide financière de Pierre Termier.

1909 : Publication de *L'Invendable*, 4e volume du *Journal*, au Mercure de France (juillet), et du *Sang du pauvre* chez Juven (novembre).

1910 : Quatrième séjour de Bloy à La Salette, avec Philippe Raoux (juin). Amitié de Pierre Van der Meer de Walcheren, qui devient son filleul, et de sa famille.

1911 : Installation à Bourg-la-Reine et parution du *Vieux de la Montagne*, 5e volume du *Journal*, au Mercure de France (mai).

1912 : Publication de la *Vie de Mélanie écrite par elle-même en 1900* (février) grâce à des documents fournis par les abbés Combe et Rigaux, amis de la Bergère ; en octobre, paraît *L'Âme de Napoléon*, au Mercure de France.

1913 : Publication de *Sur la tombe de Huysmans* dans la collection des « Curiosités littéraires » (octobre) et de l'*Exégèse des lieux communs*, 2ᵉ série, au Mercure de France (novembre). Réédition du *Désespéré* (juillet) et de *Sueur de sang* (décembre) chez Crès.

1914 : Réédition du *Désespéré* au Mercure de France (mars) ; de *Je m'accuse...* dans la Bibliothèque des Lettres françaises et des *Histoires désobligeantes* chez Crès (juin). Publication du *Pèlerin de l'Absolu*, 6ᵉ volume du *Journal*, au Mercure de France (juillet).

1915 : Publication de *Jeanne d'Arc et l'Allemagne* chez Crès (mai). Sérieuse alerte cardiaque (juin).

1916 : Publication de *Au seuil de l'Apocalypse*, 7ᵉ volume du *Journal*, au Mercure de France (juin). Réconciliation avec Henry de Groux (octobre).

1917 : Le 3 novembre, Bloy meurt entouré des siens. Parution chez Crès de *Constantinople et Byzance* (reprise de *L'Épopée byzantine*).

1918 : Jeanne Léon Bloy fait publier *Dans les ténèbres* (juillet) au Mercure de France.

1920 : Publication de *La Porte des humbles* (octobre 1920), dernier volume du *Journal*, au Mercure de France, que Jeanne dédie au père Augustin Jakubisiak.

1922 : Jeanne autorise la publication des *Lettres à sa fiancée* chez Stock.

1925 : Jeanne fait publier *Le Symbolisme de l'Apparition*, que Bloy avait composé en 1879-1880.

1996-2009 : Publication du *Journal inédit*, en cours à L'Âge d'homme.

II. Anne-Marie Roulé

1846 : Naissance à Rennes (25 février). Elle est la fille naturelle de Françoise Roulé, née le 2 avril 1805. Sa mère, faute de ressources, l'abandonne à l'Assistance publique.

1846-1860 : Elle est élevée par les religieuses de l'ordre de Saint-Thomas-de-Villeneuve qui ont la charge de l'annexe de l'Hôpital général, où sont recueillis les enfants abandonnés.

1860 : Sa mère la reconnaît par acte notarié (25 août). Les frais avancés par l'Assistance publique ont été probablement acquittés par les demoiselles de Kermarec, chez lesquelles Françoise Roulé est employée comme laveuse. Anne-Marie est placée chez une couturière.

1862 : Très pieuse, Anne-Marie entre comme aspirante dans la congrégation des « Enfants de Marie » au sein de sa paroisse de l'église Toussaints (14 mars).

1865 : Sur recommandation de l'abbé Boissier, vicaire de l'église Toussaints, elle entre dans l'atelier de lingerie et passementerie que dirigent les religieuses du couvent Notre-Dame-de-la-Charité, à Vitré.

1866 : Elle est élue définitivement dans la congrégation des Enfants de Marie (6 mai).

1867 : Elle forme le projet d'entrer dans la vie religieuse. Grâce à l'abbé Boissier, elle est reçue comme postulante au monastère de Notre-Dame-de-la-Charité, à Tours. Mais, en raison de sa naissance illégitime, la maîtresse des novices ne lui propose qu'une place de sœur tourière ou de sœur converse, tout au plus, ce qu'elle refuse. Elle revient donc à Rennes où, selon toute vraisemblance, elle reprend son travail de couturière.

1874 : Elle perd sa mère (16 décembre).

1876 : Après avoir été séduite, elle doit quitter Rennes. Elle s'installe à Paris où elle mène la vie d'une grisette au quartier Latin.

1877 : Elle s'installe au 71, quai de la Tournelle, où elle est brièvement entretenue par un étudiant franc-comtois. Elle rencontre Léon Bloy (février). Celui-ci, après quelques mois de liaison, obtient d'elle qu'elle s'inscrive sur le registre de l'Archiconfrérie du Très-Saint-et-Immaculé-Cœur-de-Marie pour la conversion des pécheurs, à Notre-Dame-des-Victoires (27 juin). Elle cesse de mener sa vie de femme entretenue pour vivre avec Bloy. Le couple envisage de se marier, mais doit renoncer à cette idée, faute de ressources pour s'établir, l'aide matérielle de Marie-Louise de Kermarec ayant été sollicitée sans succès (décembre).

1878 : Dans la chapelle du Sacré-Cœur, à Montmartre, Anne-Marie effectue son « chemin de Damas » et se convertit (septembre) : « À dater de ce jour – écrit Bloy à Mme Hello le 27 août 1880 – commença cette histoire étonnante de relations fraternelles, de prières sans relâche, de communication surnaturelle et de souffrances dont le récit détaillé paraîtrait invraisemblable. »

1879 : La crise mystique se développe, dans un contexte de solitude, de misère et de ferveur eschatologique.

1880 : Anne-Marie, qui prétend que « l'avenir [...] est entre les mains de saint Joseph », fait de Bloy le « dépositaire d'un grand secret » touchant à « l'avènement du Saint-Esprit » (lettres à Hello, 14 mars et mai 1880). Elle l'accompagne en pèlerinage à La Salette (17 septembre-16 octobre).

1882 : Elle sombre dans la folie. Au bout de quelques mois d'une vie de réclusion où Bloy veille sur elle, un médecin prescrit son internement immédiat à Sainte-Anne où elle est accueillie le lendemain (30 juin). Quelques mois plus tard, elle est transférée à Caen, au Bon-Sauveur.

1907 : Elle meurt d'un cancer à l'estomac (7 mai).

BIBLIOGRAPHIE

Pour des informations bibliographiques plus complètes, on peut consulter :

SAINT-LOUIS DE GONZAGUE, sœur Marie, *Léon Bloy face à la critique. Bibliographie critique*, Nashua (New Hampshire, États-Unis), College Rivier, 1959, 581 p.
DOTOLI, Giovanni, *Situation des études bloyennes*, suivie d'une bibliographie de 1950 à 1969, Paris, A.-G. Nizet, 1970, 397 p.
ARVEILLER, Michel, « Bibliographie », *Léon Bloy*, Cahier de l'Herne, n° 55, Paris, Éditions de l'Herne, 1988, p. 470-493.

I. ŒUVRES DE LÉON BLOY

Parmi les éditions successives du *Désespéré*, on retiendra les éditions suivantes :

Le Désespéré, Paris, Tresse et Stock, 1887 [mis en vente en 1893], 580 p.
Le Désespéré, Paris, Soirat, 1887, 430 p.
Le Désespéré, édition intégrale publiée avec une préface de l'auteur et un frontispice gravé par P.-E. Vibert, Paris, Georges Crès et Cie, « Les Maîtres du livre », 1913, 462 p.
Le Désespéré, roman, avec un portrait, nouvelle édition, Paris, Mercure de France, 1914, 440 p.
Le Désespéré, édition enrichie de documents inédits et d'une étude biographique par Joseph Bollery, Paris, Club des libraires de France, 1955, 478 p.
Le Désespéré, in *Œuvres*, t. III, édition établie par Joseph Bollery et Jacques Petit, Paris, Mercure de France, 1964, 341 p.

Pour le reste de l'œuvre, on consultera :

Œuvres, édition établie par Joseph Bollery et Jacques Petit, Paris, Mercure de France, 1964-1975, 15 vol.

Journal, édition établie, présentée et annotée par Pierre Glaudes, Paris, Robert Laffont, « Bouquins », 1999, t. I (1892-1907), 990 p. ; t. II (1907-1917), 900 p.

Journal inédit, texte établi par Marianne Malicet, Marie Tichy et Joseph Royer, sous la direction de Michel Malicet et Pierre Glaudes, Lausanne, L'Âge d'homme, 3 vol. parus : t. I (1892-1895), 1996, 1498 p. ; t. II (1896-1902), 1999, 1568 p. ; t. III (1903-1907), 2007, 1384 p.

Pour la correspondance, on se reportera en particulier aux volumes qui concernent la période contemporaine de la composition du *Désespéré* :

Lettres de jeunesse (1870-1893), Paris, Édouard Joseph, 1920, 142 p.

Lettres à Georges Khnopff, Liège, Éditions du Balancier, 1929, 55 p.

Lettres à Véronique, Introduction de Jacques Maritain, Paris, Desclée de Brouwer, « Les îles », 1936, 112 p.

Lettres aux Montchal (1884-1894), in *Œuvre complète*, t. III, IV et V, Paris, Typographie Bernouard, 1947, 596 p.

Lettres. Correspondance à trois : Bloy, Huysmans, Villiers de L'Isle-Adam, réunies et présentées par Daniel Habrekorn, Vanves, Éditions Thot, 1980, 318 p.

II. Études consacrées à Léon Bloy et au *Désespéré*

1. Ouvrages

BARBEAU, Raymond, *Un prophète luciférien, Léon Bloy*, Paris, Aubier, 1957.

BARDÈCHE Maurice, *Léon Bloy*, Paris, La Table ronde, 1989, 411 p.

BÉGUIN Albert, *Léon Bloy l'impatient*, Fribourg, LUF, 1944, 279 p.

—, *Léon Bloy mystique de la douleur*, Paris, Labergerie, 1948, 191 p.
BOLLERY, Joseph, *Le Désespéré de Léon Bloy, histoire anecdotique, littéraire et bibliographique*, Paris, Société d'éditions littéraires et techniques, 1937, 241 p.
—, *Léon Bloy*, Paris, Albin Michel, 1947-1954, 3 vol. t. I : *Origines, jeunesse et formation (1846-1882)*, 486 p. ; t. II : *Ses débuts littéraires du Chat noir au Mendiant ingrat (1882-1892)*, 465 p. ; t. III : *Sa maturité, sa mort du Mendiant ingrat à La Porte des Humbles (1892-1917)*, 437 p.
CATTAUÏ, Georges, *Léon Bloy*, Paris-Bruxelles, Éditions universitaires, « Classiques du XXe siècle », 1954, 125 p.
COLLEYE, Hubert, *L'Âme de Léon Bloy*, Paris, Desclée de Brouwer, 1930, 286 p.
DOTOLI, Giovanni, *Autobiographie de la douleur. Léon Bloy écrivain et critique*, Paris, Klincksieck, 1998, 375 p.
FONTANA, Michèle, *Léon Bloy, journalisme et subversion (1874-1917)*, Paris, Honoré Champion, « Romantisme et modernités », 1998, 433 p.
FUMET, Stanislas, *Mission de Léon Bloy*, Paris, Desclée de Brouwer, « Les îles », 1935, 383 p.
—, *Léon Bloy captif de l'absolu*, Paris, Plon, 1967, 284 p.
GLAUDES, Pierre (éd.), *Léon Bloy au tournant du siècle*, Toulouse, Presses universitaires du Mirail, « Cribles », 1992, 350 p.
—, *L'Œuvre romanesque de Léon Bloy*, Toulouse, Presses universitaires du Mirail, 2006, 752 p.
GRIFFITHS, Richard, *Révolution à rebours. Le renouveau catholique dans la littérature en France de 1870 à 1914*, Paris, Desclée de Brouwer, 1971, 349 p.
GUYOT, Gaëlle, *Latin et latinité dans l'œuvre de Léon Bloy*, Paris, Honoré Champion, « Romantisme et modernités », 2003, 546 p.
JUIN, Hubert, *Léon Bloy*, Paris, Éditions du Vieux Colombier, 1957, 113 p. [rééd. Paris, Obsidiane, 1990, 111 p.].
LEVAUX, Léopold, *Léon Bloy*, Louvain-Paris, Éditions Rex, 1931, 288 p.
LORY, Marie-Joseph, *Léon Bloy et son époque (1870-1914)*, Paris, Desclée de Brouwer, 1944, 222 p.
—, *La Pensée religieuse de Léon Bloy*, Paris-Tournai, Desclée de Brouwer, 1953, XXV-351 p.

MELMOUX-MONTAUBIN, Marie-Françoise, *L'Écrivain-journaliste au XIXe siècle : un mutant des Lettres (Barbey d'Aurevilly, Bloy, Vallès, Mirbeau)*, Saint-Étienne, Éditions des Cahiers intempestifs, « Lieux littéraires », 2003, 257 p.

NÉGRELLO, Gilles, *Léon Bloy critique*, Martineau, Paris, Honoré Champion, « Romantisme et modernités », 2005, 472 p.

PARISSE, Lydie, *Mystique et littérature. L'autre de Léon Bloy*, Caen, Lettres modernes Minard, « Archives », 2006, 148 p.

PETIT, Jacques, *Léon Bloy*, Paris, Desclée de Brouwer, « Les Écrivains devant Dieu », 1966, 144 p.

PIJLS, Peter Joseph Hubert, *La Satire littéraire dans l'œuvre de Léon Bloy*, Leyde, Université Pers Leiden, 1959, 231 p.

SARRAZIN, Bernard, *La Bible en éclats : l'imagination scripturaire de Léon Bloy*, Paris, Desclée de Brouwer, « Théorème », 1977, 265 p.

STOCK, Paul-Victor, *Memorandum d'un éditeur*, Paris, Stock, 1935-1936, 2 vol. [voir dans t. I : p. 1-55 ; dans t. II : p. 119-164].

VIER, Jacques, *Léon Bloy ou le Pont sur l'abîme*, Paris, Téqui, « L'Auteur et son message », 1986, 307 p.

2. Cahiers, bulletins et séries consacrés à Bloy

Cahiers Léon Bloy [dir. Joseph Bollery], La Rochelle, septembre 1924-avril 1952 [rééd. Genève, Slatkine Reprints, 1973, 3 vol. : 1 (1924-1929) ; 2 (1929-1935) ; 3 (1935-1952)].

Bulletin de la Société des études bloyennes [dir. Michel Arveiller] : n° 1, janvier 1988 ; n° 2 : mars 1988 ; n°s 3-4, novembre 1988-janvier 1989 ; n° 5 : mai 1989 ; n° 6, octobre 1989 ; n°s 7-8, janvier-avril 1990 ; n° 9, juillet 1990 ; n°s 10-11, octobre 1990-janvier 1991 ; n°s 12-13, avril-juillet 1991.

Cahiers Léon Bloy. Nouvelle série, n° 1, Paris, Nizet, 1991 [un seul numéro paru, dirigé par Dominique Millet et Michel Arveiller].

Léon Bloy, série de la Revue des lettres modernes [dir. Pierre Glaudes], publiée par les Lettres Modernes Minard, 8 vol. parus : 1. « La guerre de 1870. *Sueur de Sang* » (1990). – 2. « Le rire de Léon Bloy » (1994). – 3. « Journal intime, Journal littéraire. L'année 1892 » (1995). – 4. « Un siècle de réception. Hommage à Yves Reulier » (1999). – 5. « Bloy et la communication. "L'enfer de médias" » (2001). – 6. « Bloy critique » (2005). – 7. « Sur *Le Désespéré*. Dossier 1 » (2008). – 8. « Sur *Le Désespéré*. Dossier 2 » (2008).

3. *Numéros spéciaux de revues et dossiers*

Résurrection, Nouvelle série, n° 7-8 : *Léon Bloy. Études, souvenirs et témoignages*, Toulouse, Didier, 1944, 180 p.

Les Cahiers du Rhône, n° 11 : *Léon Bloy*, édition du centenaire augmentée de textes inédits, Neuchâtel, La Baconnière, janvier 1944-septembre 1946, 222 p.

À rebours, n°s 41-42 : *J.-K. Huysmans et Léon Bloy, histoire d'une amitié orageuse*, automne 1987, 111 p.

Cahier de l'Herne, n° 55 : *Léon Bloy*, dirigé par Michel Arveiller et Pierre Glaudes, Paris, Éditions de l'Herne, 1988, 492 p.

Les Dossiers H : *Léon Bloy*, Dossier conçu et dirigé par Michel Aubry, Lausanne, L'Âge d'homme, 1990, 294 p.

4. *Choix d'articles*

ARVEILLER, Michel, « Les débuts littéraires de Léon Bloy », in Michel Malicet (éd.), *Hommages à Jacques Petit*, t. I, Paris, Les Belles Lettres, 1985, p. 301-326.

—, « Ernest Hello et Léon Bloy. Les débuts d'une amitié », *Studi di letteratura francese*, n° 22, 1997, p. 241-251.

BARTHES, Roland, « Léon Bloy », *Tableau de la littérature française*, t. III : *De Mme de Staël à Rimbaud*, Paris, Gallimard, 1974 [rééd. *Le Bruissement de la langue*, Paris, Seuil, 1984, p. 221-224].

BIRON, Michel, « Écrire à trois. Huysmans, Bloy et Villiers de L'Isle-Adam », in Benoît Melançon (éd.), *Penser par lettres. Actes du colloque d'Azay-le-Ferron*, Saint-Laurent (Québec), Fides, 1998, p. 89-105.

COOMBES, John, « Léon Bloy : Language, Reason and Violence », *French Studies*, n° 42, 1998, p. 443-457.

DEREU, Mireille, « Sur une page de Bloy. Style et énonciation », *Le Génie de la forme. Mélanges offerts à Jean Mourot*, Nancy, Presses universitaires de Nancy, 1982, p. 567-576.

DURAND, Pascal, « Trois notules sur une rhétorique de l'excès », *Bulletin de la Société des études bloyennes*, n° 5, mai 1989, p. 18-25.

FONTANA, Michèle, « Caïn Marchenoir et le pauvre Lélian », *Revue Verlaine*, n° 1, 1993, p. 91-102.

GLAUDES, Pierre, « Du sang, de la douleur et des larmes... Lecture du *Désespéré* de Léon Bloy à la lumière de Sacher Masoch », *Romantisme*, n°48, 1985, p. 47-61.

—, « Bloy et la crise du symbolique », *Revue d'histoire littéraire de la France*, n° 1, 1987, p. 68-82.

—, « Le tourment de l'irrévocable. Lecture du *Désespéré* », *Bulletin de la Société des études bloyennes*, n° 3-4, novembre 1988-janvier 1989, p. 34-51.

—, « Marche-noir. Le symbolisme spatial dans *Le Désespéré* », *Francofonia*, n° 23, automne 1992, p. 34-55.

—, « Léon Bloy entre deux solitudes », in Pierre Glaudes et Dominique Rabaté (éds), *L'Invention du solitaire, Modernités*, n° 19, Bordeaux, Presses universitaires de Bordeaux, 2003, p. 225-238.

GUYAUX, André, « Avant-garde à rebours ; l'invention de Maldoror », *Littérature moderne*, n° 1 : *Avant-garde et modernité*, 1988, p. 33-40.

MILLET-GÉRARD, Dominique, « Les écrivains et La Salette », *Catholica*, n° 54, hiver 1996-1997, p. 76-92.

—, « "L'Évangéliaire plein d'enluminures" : la tentation latinisante chez Léon Bloy », *Studi di letteratura francese*, vol. 22, 1997, p. 143-159.

—, « L'envers et l'effigie. Écriture de l'analogie spéculaire chez Bloy », *Travaux de littérature*, n° 10, 1927, p. 129-145.

PARISSE, Lydie, « De Maldoror à Marchenoir : Léon Bloy héritier de Lautréamont dans *Le Désespéré* », *Cahiers Lautréamont*, livraisons XLVII et XLVIII : *Les Lecteurs de Lautréamont (Actes du 4ᵉ colloque international Lautréamont)*, Tusson, Éditions du Lérot, 1999, p. 395-404.

—, « Paradoxes et figures du renoncement dans les romans de Léon Bloy. Du modèle pénitentiel au modèle mystique », *Rivista di Storia e Letteratura Religiosa*, vol. 41, n° 1, 2005, p. 63-106.

PETIT, Jacques, « L'expression de la violence chez Léon Bloy », *Hommages à Jacques Petit*, t. I, *op. cit.*, p. 339-389.

PIJLS, Peter Joseph Hubert, « Léon Bloy et le journalisme », *Neophilologus*, n° 44, 1960, p. 265-285.

POLET, Jean-Claude, « *Le Désespéré* de Léon Bloy, ou une éthique impossible de l'écriture », in Jeanne-Marie Beaude (éd.), *Éthique et écriture. Actes du colloque international de Metz (14-15 mai 1993)*, Paris, Klincksieck, 1994, p. 115-124.

— « Huysmans et Bloy. Écriture et religion », *Bulletin de la Société J.-K. Huysmans*, n° 71, 1980, p. 58-63.

ROYER, Joseph, « L'édition critique du *Désespéré* », *Bulletin de la Société des études bloyennes*, n°s 10-11, octobre 1990-janvier 1991, p. 95-131.

SARRAZIN, Bernard, « Lyrisme et métaphore ou les avatars du cri prophétique de Léon Bloy », *Romantisme*, n° 6, 1973, p. 87-98.

—, « La notion de sacrifice de Joseph de Maistre à Léon Bloy », *Revue des études maistriennes*, n° 3, Paris, Les Belles Lettres, 1977, p. 151-159.

—, « Sang, feu ou quoi ? La crise de l'idée sacrificielle dans l'œuvre de Léon Bloy », *Romantisme*, n° 31, 1981, p. 37-46.

—, « Un rire bizarre, bizarre... De Saturne à Janus : Villiers et Bloy », *Revue des sciences humaines*, n° 242 : *Villiers de L'Isle-Adam, poète de la contradiction*, avril-juin 1996, p. 137-159.

— « Satan sublime, Satan trivial. Trois satanismes littéraires : Baudelaire, Huysmans, Bloy », *Graphè*, n° 9 : *Figures de Satan*, 2000, p. 155-168.

TABLE

Présentation 7
Notice 50

LE DÉSESPÉRÉ

[PREMIÈRE PARTIE]
LE DÉPART

[I]	63
[II]	67
[III]	70
[IV]	72
[V]	75
[VI]	78
[VII]	80
[VIII]	83
[IX]	86
[X]	90
[XI]	92
[XII]	94
[XIII]	97
[XIV]	100
[XV]	103
[XVI]	106
[XVII]	109
[XVIII]	112
[XIX]	114

[XX]	117
[XXI]	120
[XXII]	123
[XXIII]	126
[XXIV]	130

DEUXIÈME PARTIE
LA GRANDE CHARTREUSE

[XXV]	135
[XXVI]	140
[XXVII]	147
[XXVIII]	151
[XXIX]	156
[XXX]	160
[XXXI]	163
[XXXII]	171
[XXXIII]	177
[XXXIV]	183
[XXXV]	187
[XXXVI]	194
[XXXVII]	197
[XXXVIII]	201

TROISIÈME PARTIE
LE RETOUR

[XXXIX]	207
[XL]	212
[XLI]	216
[XLII]	219
[XLIII]	225
[XLIV]	229
[XLV]	232
[XLVI]	237
[XLVII]	251
[XLVIII]	255

QUATRIÈME PARTIE
L'ÉPREUVE DIABOLIQUE

[XLIX] 261
[L] 264
[LI] 268
[LII] 278
[LIII] 282
[LIV] 287
[LV] 294
[LVI] 299
[LVII] 305
[LVIII] 307
[LIX] 318
[LX] 329
[LXI] 335
[LXII] 340

CINQUIÈME PARTIE
LA FIN

[LXIII] 349
[LXIV] 352
[LXV] 358
[LXVI] 365
[LXVII] 385
[LXVIII] 388
[LXIX] 394
[LXX] 400

Notes 407
Documents 475
   I. Ébauches du *Désespéré* 475
   II. Sources du *Désespéré* 485
   III. Préface 504
   IV. Clé du *Désespéré* 508
Chronologie 527
   I. Léon Bloy 527
   II. Anne-Marie Roulé 534
Bibliographie 537

Mise en page par Meta-systems
59100 Roubaix

N° d'édition : L.01EIIPNFG1256.C003
Dépôt légal : mai 2010
Imprimé en Espagne par Novoprint (Barcelone)